横溝正史少年小説コレクション 7

南海囚人塔

Nankai Shujinto

横溝正史

Yokomizo Seishi

日下三蔵 編

柏書房

横溝正史少年小説コレクション7

南海囚人塔

挿画

『南海の太陽児』　玉井徳太郎
（12・13P地図　芝 義雄）
『南海囚人塔』　嶺田 弘
「黒薔薇荘の秘密」「謎の五十銭銀貨」　諏訪部晃
「悪魔の画像」　岩田浩昌
「あかずの間」　高木 清
『少年探偵長』　飯塚羚児

南海の太陽児

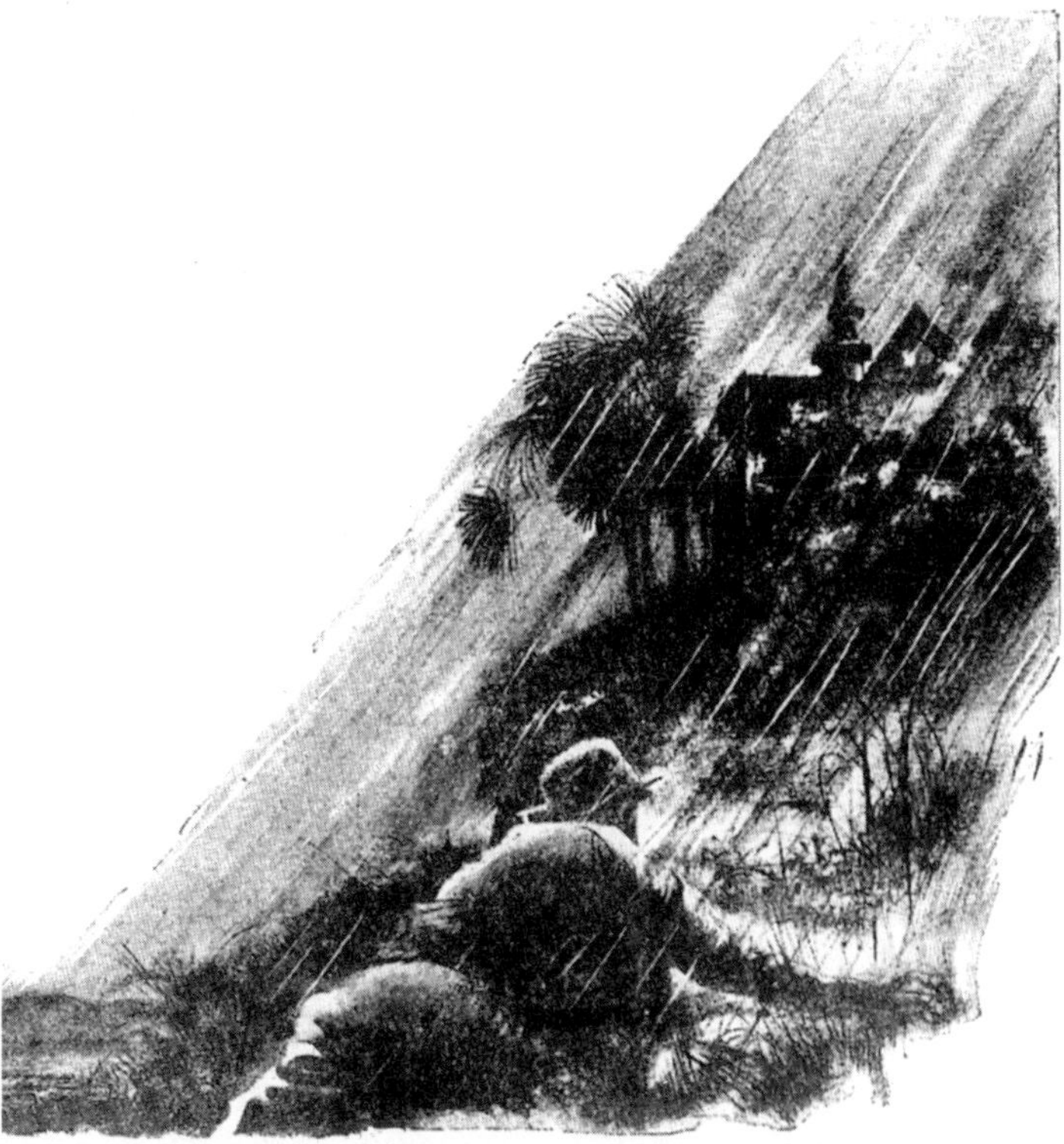

龍神館の住人

東京湾を東西から抱擁《ほうよう》する、房総《ぼうそう》半島と三浦《みうら》半島。

この三浦半島の東京湾に面した突端《とったん》に観音崎《かんのんざき》の灯台があり、外海《そとうみ》に面した出っ鼻《でっぱな》に、城《じょう》ヶ島《しま》の灯台があって、附近《ふきん》を航行する船舶《せんぱく》の安全をまもっていることは誰《だれ》でも知っていようが、この城ヶ島の灯台からほど遠からぬ三浦三崎の小高い丘のうえに、附近の人々が龍神館《りゅうじんかん》と呼んでいる奇妙な建物が立っていて、厳然《げんぜん》として太平洋の荒浪を睥睨《へいげい》していることを、知っている人はあまり沢山《たくさん》はあるまい。

古くから三崎に住む古老の話によると、龍神館が建てられたのは、いまから十七八年も昔のことだという。うち見たところ、異国情緒《じょうちょ》――というよりも、寧《むし》ろいくらか南国情緒をおびた白堊《はくあ》の建物で、館の正面の壁に、まるで船の舳《じく》にあるような龍神の像が彫りつけてあって、これがあたかも、遠い海のかなたにある島々を睥睨するかのように、高く鉾《ほこ》をさしあげているのが、通りすがりの人々の眼《め》をそばだたしめた。

さて、昭和××年九月十一日の夜のこと。

この日はあたかも二百二十日《にひゃくはつか》にあたっていたが、古人の暦《こよみ》にあやまりはなく、明方《あけがた》から吹きつのってきた風は、夜に入ると果然、猛烈な豪雨をともなってきた。

吹きすさぶ風の雄叫《おたけ》び、沛然《はいぜん》たる豪雨の飛沫《しぶき》、岸をかむ波浪《はろう》の唸《うな》り。――さながら、家も樹《き》も人も吹きとばしてしまいそうな大暴風雨だったが、よく見れば、この猛烈な嵐のさなかを、まるで海燕《うみつばめ》のように風に吹かれてよろばい、よろばい、丘のうえにある龍神館を目ざしてやってくる、一個奇妙な黒い影があった。

さきほど、村外れにある漁師の家をたたき起《おこ》して、「この辺に龍神館という建物がある筈《はず》ですが、どういけばよろしいのですか」

と、訊《たず》ねていたのが、たしかにこの男だったが、後になって、その漁師が人に語ったところによると、「それは、なんともいえぬ奇妙な男でした。そう、日本人といえばたしかに日本人でした。それに濡《ぬ》れそぼれてこそおれ、洋服もちゃんと着、靴もはき、帽子もかぶっておりましたが、それでいて、その男と面と向《むか》っていると、何《な》んともいえぬ変梃《へんてこ》な気持がしたものです。まず第一に、その言葉ですが、これが立派な日本語でありながら、どこか変なところがあるのです。鼻にかかったような、妙に歯切れの悪いところがあり、私は最初、半島人かと思いました。しかし、その皮膚の色や、瞳《ひとみ》の輝きを見ると、すぐそうでないことに気がついたのです。何んといっていいか、たとえば深い深い海の底に、ゆらゆらとうごめいているあの海草のような深緑《ふかみどり》――そういう肌の色をしているのです。それにまたその瞳の色というのが、よく夏の夜などに海のうえに漂《ただよ》っている夜光虫《やこうちゅう》、ああいうほのかな光を湛《たた》えているのですから、そういう眼でじっと見据《みす》えられた時には、さすがの私も、思わずぶるぶると身顫《みぶる》いが出たほどです」

そう繰返《くりかえ》し繰返し、人に語ったということだが、それはさておき、こちらは奇怪な旅人だ。漁師に道を教えられると、折《おり》からの暴風雨《あらし》をものともせず、よろばうようにやってきたのは丘の麓《ふもと》。――と見れば、暴風雨《あらし》にもまれるあの白堊館の正面に、龍神の像が鉾をさしあげて招くがごとく、闇夜《やみよ》のなかに輝いている。

それを見ると突然、奇怪な男は感極《きわ》まったように、俄破《がば》とその場にひれ伏した。そして祈禱《いのり》を捧《ささ》げるように、高く両手をさしあげたが、そのとき男の瞼《まぶた》から、滂沱《ぼうだ》として涙が溢《あふ》れているのが見えたのである。

折から嵐はいよいよ激しく、滝を浴びたように濡れそぼれた奇怪な男の雨合羽《あまがっぱ》が、巨大な蝙蝠《こうもり》の羽根のように羽搏《はばた》いたが……。

ちょうどその頃《ころ》。

相模《さがみ》湾と太平洋を一望のもとに俯瞰《ふかん》する、龍神館の二階の一室では、二人の男が黙々《もくもく》として、嵐の雄叫びに耳をすましていた。

一人は髭《ひげ》の濃い、赭顔《あからがお》の、胡麻塩《ごましお》の髪を五分刈《ごぶがり》にした、がっちりとした体附《からだつ》きをもった偉丈夫《いじょうふ》、年齢《とし》はおそらく、五十の坂をとうの昔に越えているのだろうが、うち見たところ、四十そこそこにしか見えない。この界隈《かいわい》では降矢木《ふりやぎ》大佐という名前で知られている、退役《たいえき》の海軍軍人である。

もう一人はしなやかな体つきの中にも、強靭《きょうじん》な粘りと、鍛錬《たんれん》をおもわせるような、日焼《ひや》けした紅顔《こうがん》の美少年。年齢《とし》は十八だというが、どう見ても二十《はたち》より下とは見えない、どこか一風変《かわ》ったところのある立派な体格だ。名前は東海林龍太郎《しょうじりゅうたろう》といって、この二人が龍神館の主人だったが、そもそも降矢木大佐と、東海林龍太郎がどういう間柄になるのか、この附近でも誰一人、知っている者はない。

大佐はしばらく黙然《もくねん》として、暗い海のかなたを見詰めていたが、ふいに龍太郎のほうを振りかえると、呟《つぶや》くようにこういった。

「こういう晩になると、いつも十七年まえのことが思い出される。お前の親父《おやじ》が、産まれてまだ間もないお前を抱いて、飄然《ひょうぜん》と俺《おれ》のところへやってきたのは、ちょうどこういう暴風雨《あらし》の晩だった」

父──と、聞くと、龍太郎の健康そうな頬《ほお》に、ぼっと紅《べに》の色がさして、瞳がきらきら輝いてくる。不思議なことにその瞳の輝きには、どこやらさっきの奇怪な旅人に似たところがあった。夏の夜に漂う夜光虫、そういうほのかな潜光《せんこう》をたたえているのである。

「小父《おじ》さん、父のことをもっと詳しく話して下さい。なぜ僕が父のことを訊《き》いちゃいけないのです。父のことというと、小父さんはいつも言葉を濁《にご》してしまう。しかし僕は知りたいのです。僕の父はいったいどういう人なのです。そしてどこへ行ったのです」

俄《にわ》かに激してきた龍太郎の面《おもて》を、降矢木大佐はじっと見つめていたが、ふいにほっと溜息《ためいき》をつくと、

「ふむ、話してやろう」

「え、話して下さいますか」

龍太郎の面には、さっと緊張のいろが現れた。

「ふむ、話してやる。龍太郎、お前も今年十八だ。こういう話を聞かせても早過ぎるという年頃《としごろ》でもあるまい。それに何んだか今夜は妙に話したくなった。しかし断っておくがな龍太郎、俺もあまり詳しいこ

とは知らんのだ」

深々と安楽椅子《あんらくいす》に体を埋《うず》めた大佐の瞼の裏には、十七年昔のある夜のことが、まざまざと甦《よみがえ》ってくる。

それは、今夜と同じようなひどい嵐の晩だった。

……

南海の太陽児

「その頃《ころ》は俺はまだ少佐で軍艦に乗っておったが、そういう俺に、兄弟も及ばぬほど親密にしていた一人の親友があった。名前を東海林健三《けんぞう》といって、二人は中学時代の同窓だったのだ。中学を出ると、俺は海軍のほうを志《こころざ》したが、東海林は俺とちがって画家が志望だった。龍太郎、それがお前の親父で、お前が教えられずとも、立派な絵が画《か》けるのは、恐らくこの父からの遺伝だと思う」

はじめて聞く父の話に、龍太郎は胸をわくわくさせていた。ああ、十七年というあいだ、どのようにこの話に憬《あこが》れていたことだろう。何かしら自分の周囲にまつわっている秘密、どことなく、ふつうの人間と変《かわ》っている自分の体質に秘められた神秘の鍵《かぎ》が、今宵《こよい》はじめて大佐の口から説明されようとしているのだ。龍太郎が胸躍《おど》らせて、炯々《けいけい》と眼《め》を輝かせているのも無理はない。

大佐は再び語りはじめる。

「画家——と、ひと口にいうと、いかにも柔弱者《にゅうじゃくもの》のように思われるが、お前の親父は一風変っていた。同じく絵筆に親しみながらも、ほかの画家と全然ちがったところがあった。なんというか、狭い日本に跼居《きょくきょ》していることを潔《いさぎよ》しとしない、一種国士《こくし》肌なところがあった。そういう親父が、当然眼を向けたのは、ひろい海の向《む》うに横《よこた》わっている国々島々だった」

時あたかも第一次欧洲《おうしゅう》戦争の直後で、南洋に散在している夥《おびただ》しい群島が、日本の委任統治《とうち》に入った。それを聞くと東海林健三は矢も楯《たて》もたまらず、一本の絵筆を携《たずさ》えて、飄然と南の海をめざして旅立ったが、それが恰《あたか》もいまから二十年昔のことである。

「それから三年、お前の親父の消息は杳《よう》として絶えてしまった。誰《だれ》一人、東海林健三の行方《ゆくえ》を知っている者はない。俺もいろいろ心配して、南洋庁のお役人に調べてもらったが、かいもく消息がわからない。

分《わか》っているのはパラオから、蘭領《ランりょう》セレベス島のメナドのほうへ渡っていったというきりで、その後がさっぱり分らなくなっているのだ。

結局、東海林健三は蘭領印度《インド》のどこかの島で、死んでしまったのだろうと噂《うわさ》していたが、それが三年目に飄然として帰ってきたのだ。

忘れもしない、それが今夜と同じような暴風雨《あらし》の晩だった。俺は当時軍艦をおりて、横須賀《よこすか》の要塞《ようさい》司令部附《つ》きを仰《おお》せつけられていたが、そこへ嵐の夜、お前の親父が飄然と訪ねてきたのだ。まだ産まれて間もないお前を抱いて……」

降矢木大佐はそこでふいに話を切ると、きっと利《き》耳《みみ》をたてた。暴風雨《あらし》の底から、けたたましい犬の啼《なき》声《ごえ》が聴《き》こえてくる。

「隼《はやぶさ》だな。どうしてあんなに吠《ほ》えるのだろう」

「さっきから、ああやって吠えているようです。ところで小父《おじ》さん、それからどうしたのですか」

肝腎《かんじん》なところで話を切られた龍太郎は、いかにももどかしそうだった。大佐は立って外を覗《のぞ》いてみたが、何も見えなかったのか、また安楽椅子《あんらくいす》に戻ってくると、

「ふむ、なんだか気にかかる犬の啼声だが――まあ、いい。さて、そのとき帰ってきたお前の親父は、ひどく衰弱していたうえに、気の緩《ゆる》みかその晩から熱が出て、一ヶ月あまりは枕《まくら》から頭もあがらぬ大病だ。しかし、もともと丈夫《じょうぶ》な体だから、だんだん快《よ》くなってきたが、それにつれて俺に奇妙な話をはじめたのだ」

「奇妙な話ですって？」

「ふむ」

大佐はしばし凝然《ぎょうぜん》として龍太郎の顔を瞶《みつ》めていたが、やがてつと立ちあがると、壁にかかっている世界地図を指さして、

「龍太郎、おまえも知っているとおり、これが蘭領印度だ。蘭領印度はアジア大陸の東南に位《くらい》し、赤道《せきどう》の南北に跨《またが》り、北緯六度から南緯十一度、東経九十五度から百四十一度の間に散在している大小無数の島々から成《な》っている。住民はわれわれ日本人と同じアジア系黄色人種だが、これがいろいろな種族に分れて、おおざっぱに数えても五十以上の種族が住んでいる。この五十余種族が言語も風俗もちがった生活をめいめいに営んでいるのだが、その中に驚くな

かれ、純粋の日本人が日本語を話し、日本の風俗をつたえて、一大王国を形成しているというのだ」

「蘭領印度に日本人の王国があるんですって？」

龍太郎もこれには驚いた。あまり話が突飛《とっぴ》で、とても信じられないのである。

「ふむ、お前が信じないのも無理はない。俺もお前の親父から話を聞いた時には、てっきり気が狂っているのだとしか思えなかった。しかし、東海林の話によると、理路整然としているのだ。彼の話によると、徳川《とくがわ》幕府が海外渡航を禁止する以前の日本人は、頗《すこぶ》る進取《しんしゅ》の気象《きしょう》に富んでいて、盛んに外国貿易をやっていたものだ。彼等《ら》の多くは隊をくんで南支那《シナ》から今の仏領印度支那《インドシナ》、さては南洋方面へまで舟を漕《こ》ぎ出していたものだが、これが鎖国令《さこくれい》とともに、故国へ帰るにも帰れなくなった。そこでやむなく現在の蘭領印度の或《あ》る島へ流れついて、そこで立派な日本人町を形成し、それがしだいに発展して、現在では一大王国にまでなっているというのだ」

「しかし、それならそういう事実がもっと広く、世界に知れていてもいい筈《はず》じゃありませんか」

「ところがそうではない。蘭領印度といっても実際に開発されているのは、ジャヴァ、マズラの二島に過ぎず、その他のボルネオ、スマトラ、セレベス、ニューギニアの如《ごと》きは全然未開のまま放置されているが、しかもこの未開の土地が、蘭領印度の総面積のうち、九十三％を占めている。ボルネオ一つを例にとってみても、日本内地に台湾《たいわん》、樺太《カラフト》、それに朝鮮の南半を加えたほどの広さだというから、いかに広大な土地が、暗黒地帯として取り残されているかということが解《わか》るだろう。問題の日本人王国というのは、この暗黒地帯の奥にあって、この地方特有の大密林に包囲されているうえに、しかも外界と絶対に交渉を断《た》っているのだから、いままで誰《だれ》一人その存在に気附《きづ》いた者はないというのだ」

話をきいているうちに、龍太郎はしだいに怪しく血の躍《おど》るのをかんじた。

赤道直下の大密林、その人外境《じんがいきょう》に人知れず発展をつづけている日本人王国――ああ、なんという奇怪な、そして神秘な存在だろう。

龍太郎の頰《ほお》には、さっと血の色がさしてくる。

「しかし、しかし、それなら父はどうして、そういう王国の存在を知ったのですか」

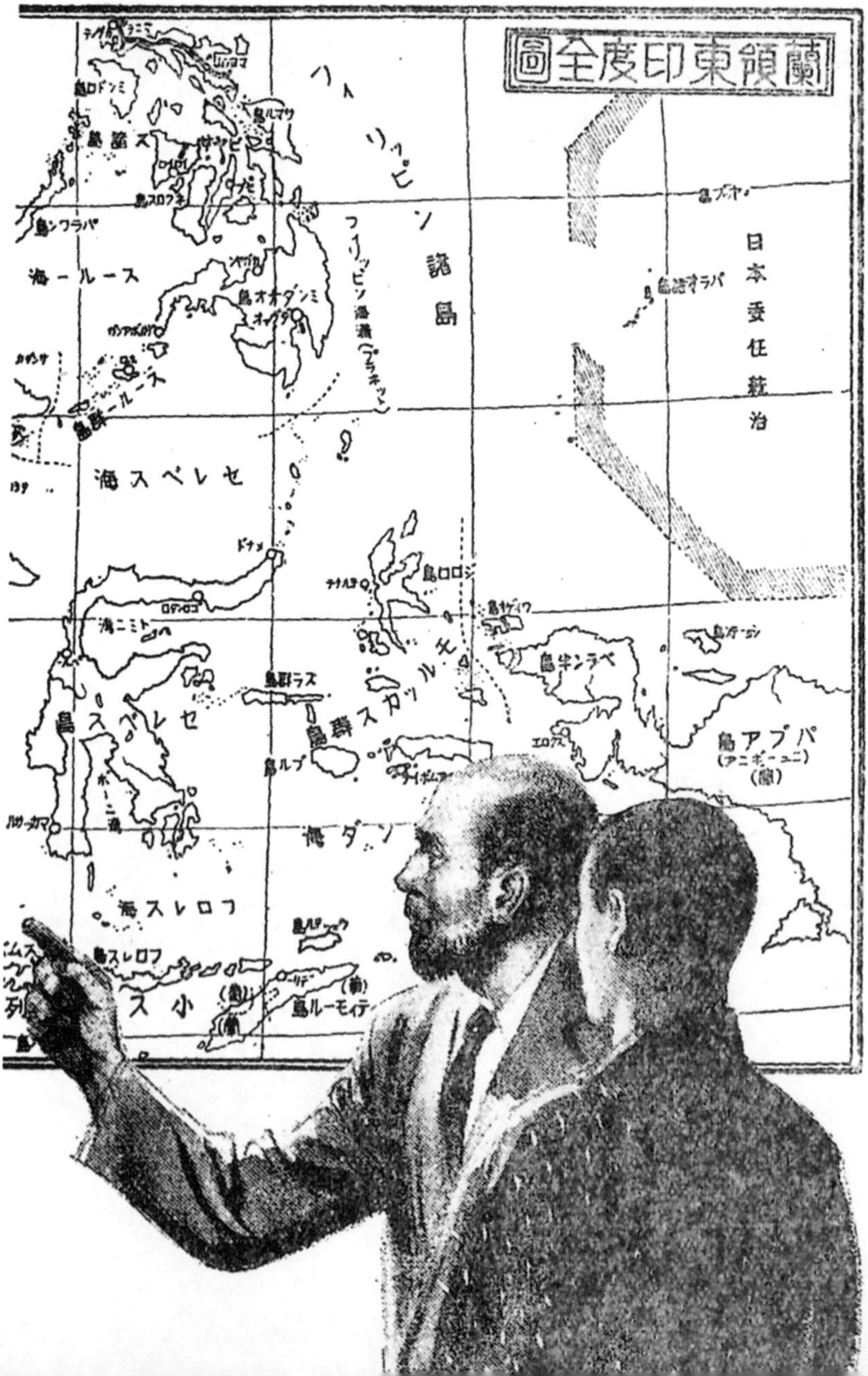
蘭領東印度全圖
フィリッピン諸島
スールー海
セレベス海
セレベス島
ミンダナオ島
ジロロ島
モルッカ群島
日本委任統治
パプア島
バンダ海
フロレス海
フロレス島
チモール島

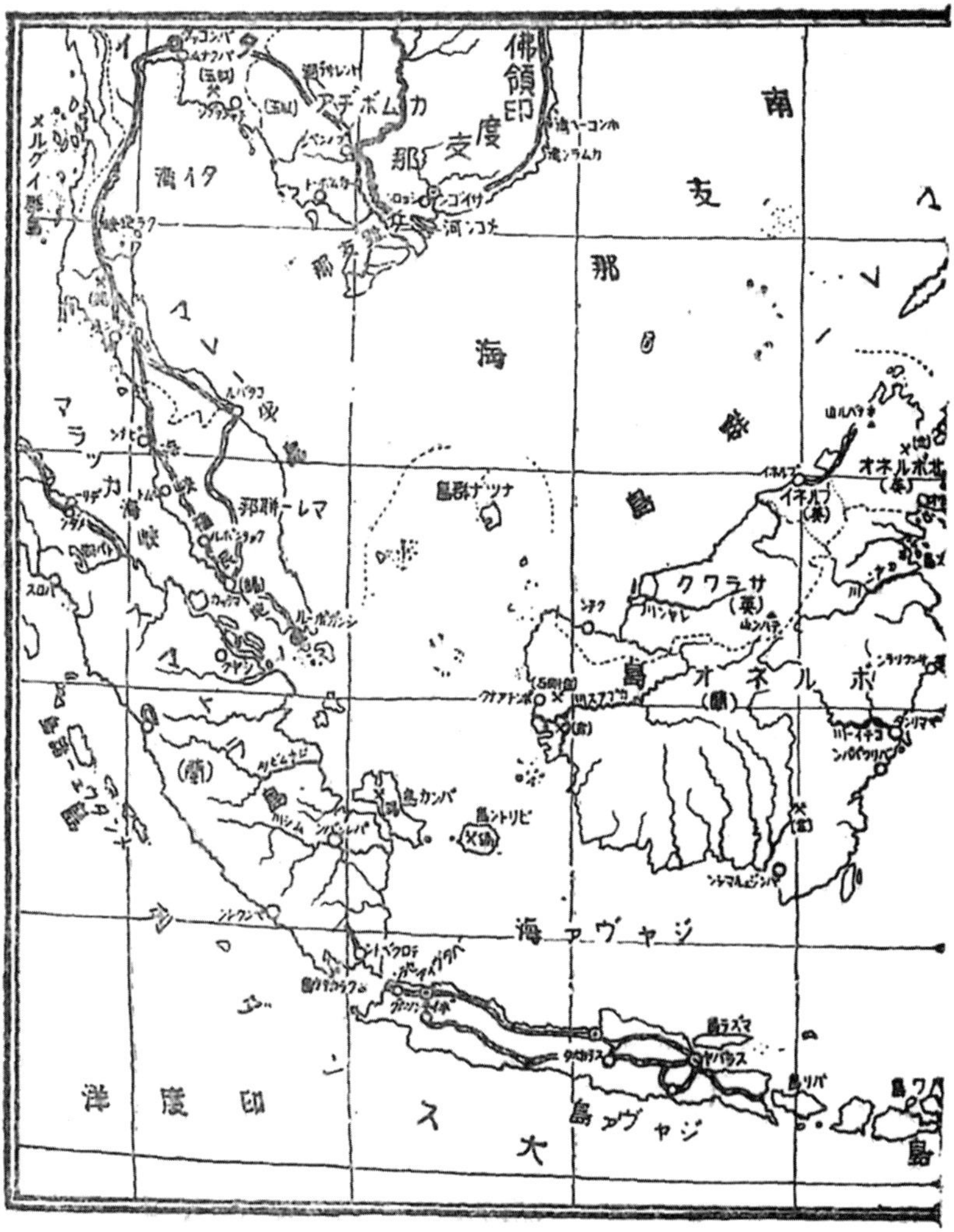

南支那海
佛領印度支那
カムボヂア
タイ湾
マラッカ海峡
マレー聯邦
ナツナ群島
サラワク
ボルネオ島
北ボルネオ
スマトラ島
バンカ島
ビリトン島
ジャヴァ海
ジャヴァ島
スラバヤ
バタビヤ
マヅラ島
バリ島
印度洋

「龍太郎、よくお聞き。お前の親父はその王国へいってきたのだ。そしてお前は、そこからやってきた赤ん坊だったのだ」

「え？　僕が……」

「そうだ、お前の親父の東海林健三は、その王国へ足を踏みいれ、そしてそこの高貴の姫君と結婚したのだ。二人のあいだに産まれたのが即《すなわ》ち、龍太郎、お前だ。お前は南海の児《こ》なのだ」

龍太郎ははじめて、自分の皮膚につつまれた秘密の謎《なぞ》がわかった。自分は同じ日本人でも、三百年来、赤道の太陽に焦《や》かれた南海の太陽児《たいようじ》だったのだ。

龍太郎が呆然《ぼうぜん》として、自分の体を瞶《みつ》めているとき、突然けたたましい犬の啼声とともに、ずどんと嵐を貫《つらぬ》く銃声。つづいてひーっというような悲鳴が戸外の闇《やみ》をつんざいた。

海よりの使者

「あ、あれは何《な》んだ！」

弾《はじ》かれたように立上《たちあが》った降矢木大佐と龍太郎、しばしきっと顔を見合《みあわ》せていたが、折《おり》からりりりりりとけたたましい呼鈴《よびりん》の音。それを聴くと二人は殆《ほと》んど同時に立上って、階段を転げるように降りた。

見ると玄関の三和土《たたき》のうえに、雨と血にまみれて俯伏《うつぶ》しているのは、まぎれもなくさっきの奇怪な旅人だった。側《そば》に忠僕の直爺《なおじい》やが、仰天《ぎょうてん》したような顔で突立《つった》っていた。

「おお、旦那《だんな》さま」

直爺やは大佐と龍太郎の顔を見ると、言葉せわしく、

「今、呼鈴が鳴りましたので、何気《なにげ》なく扉《と》を開くと、この人がいきなり転げこんで……」

大佐が身を跼《かが》めて調べて見ると、奇怪な旅人は右の肩から肺の上部へかけて、見事に弾丸《たま》を撃ちこまれている。開け放った扉の外には、暗い暴風雨《あらし》が咆《ほう》哮《こう》して、隼の声が遠く聞《きこ》える。

「爺や、その扉をしめろ、龍太郎。お前はこの男を居間《いま》へ連れていけ」

旅人はまだ死にきってはいなかった。居間へ運びこんで傷の手当てをしたうえ、強い気付薬《きつけぐすり》を飲ませると、ぱっちりと眼《め》を開《ひら》いたが、側に立っている龍太郎の顔を見ると、ふいにベッドから身を起《おこ》して、

「おお、あなただ、あなたに間違いはない。お父様に生写《いきうつ》しだ。龍太郎様！」

「なに？」

見も知らぬ男から、突然わが名を呼ばれて龍太郎も驚いたが、傍《そば》の大佐もびっくりした。

「君は誰《だれ》だ。どこから来たのだ。どうして龍太郎の名を知っているのだ」

「おお、若様のお名を知らずにどうしましょう。私は向《むこ》うから……」

と、片手を伸ばして、

「海の向うからやって来ました。龍太郎様をお迎えに。……ここに、ここに……」

と、ポケットを押《おさ》えながら、奇怪な旅人は再びぐったりとベッドに突伏《つっぷ》す。

「しっかりしろ。これ、しっかりしないか。龍太郎、ポケットを探ってみろ」

「はい」

龍太郎が急《いそ》がしくポケットを探ると、奇妙な形をした鰐皮《わにがわ》の財布が出てきた。その財布を開くと、中から出たのは、獣《けだもの》の皮をなめしたような奇妙な紙に、黒い墨《すみ》で、
わが子龍太郎へ

父より

龍太郎ははっと顔色を動かしたが、大佐はそれを見るより太い髭《ひげ》をぎゅっとひねって、

「ああ、とうとう来たな。いつかこういう日もあろうかと思った。折《おり》も折、この嵐の中に——。これも何かの因縁《いんねん》だろう。龍太郎、その手紙を読むまえによく聞け」

「はい」

「十七年まえに、俺《おれ》は馬鹿だったのだ。お前の親父《おやじ》の話を信じることが出来なかったのだ。もし、俺が信用したら、俺をともなってお前の親父は、もう一度南の王国へ渡るつもりだったのだ。それを俺が拒否したがために、お前の親父はひとり海を渡っていった。そのときお前の親父はこの龍神館を建て俺にお前を托《たく》していった。いつかはきっと、お前を迎えに寄越《よこ》すといって。……」

「ああ、それじゃ、この人は私を迎えに来た海からの使者なのですね」

「そうです。若様——」

ベッドに突伏した男が、また頭を持ちあげると、きれぎれの声で呟《つぶや》いた。

「おお、それじゃ父はまだ生きているのか」

「いいえ」

海よりの使者は悲しげに頭を振ると、

「あなたのお父様は、十七年まえに亡くなられました。日本からお帰りになると間もなく、熱病でお果てなされたのです。そのとき書かれたのが、そのお手紙でございます」

「それじゃ、何故《なぜ》もっと早く、この手紙を持って来てくれなかったのだ」

「いいえ、よくお聞き下さいまし。お父様の御遺言《ごゆいごん》はかようでございました。やまと王国が――それが私たちの国の名です。……やまと王国が無事に治まっている間は、自分の息子《むすこ》を故国へおいておけ、息子には立派な後見人《こうけんにん》がついている。きっと立派な青年になるだろう。だが、やまと王国に不吉なことが起《おこ》ったら、その時こそは息子を呼び迎えよと。……」

「それじゃ、何かお前の国に、ちかごろ不吉なことが起ったのか」

「はい、起りました。白い皮膚をした男が、密林の王国へまぎれこみました。その男が、さまざまな悪企《わるだく》みを、国民の頭脳《あたま》に吹きこみます。――おお、やまと王国はいま、その男の掌中《しょうちゅう》に握られようとしております。やまと王国は滅びます。龍太郎様！　いって下さい。いって王国を救って下さい」

使者の体内からはしだいに気力が失せていく。生命の灯《ひ》がいよいよ細っていくのが見えた。

龍太郎はいきなり、その男の体を抱きしめて、

「よし、行くぞ、安心しろ、行ってその白人を追払《おっぱら》ってやろう。だが――だが――お前を狙撃《そげき》したのはいったい何者だ」

海よりの使者はそれを聴くと、ふいにまたもや、ぎっくりと頭《かしら》をあげた。

「おお、そいつは恐ろしい奴《やつ》です。王国へまぎれこんだ白人の手先です。私たちは三人でその国を抜け出して来ました。そのうちの一人は海のうえで、もう一人はこの国へ上陸すると間もなく、そいつの手にかかって殺されました。そして最後に残ったこの私も――」

「そいつは一体どんな男だ」

「背の高い、鬼のような男です。気をつけて下さい。

そいつに気をつけて下さい」

「何か、その男に目印はないか？」

「目印？　おお、目印は――」

うなだれた。

だが、そのとたん、海よりの使者はがっくりと首うなだれた。生命の最期《さいご》の灯が消えたのである。

龍太郎と降矢木大佐はしばし、黙然《もくねん》として、この健気《けなげ》な使者のまえに頭をたれていたが、やがて、気がついたように龍太郎は父よりの手紙を開いてみた。


わが子龍太郎よ。密林の王国はいまこそ汝《なんじ》を必要としている。即刻来《きた》れ、来りて王国を救え。

父より

懐《なつか》しい父の筆蹟《ひっせき》、十七年の月日に、その手紙は半《なか》ばぼろぼろになっていたが、龍太郎はまだそこに残っている、父の移《うつ》り香《が》を懐しむように、ひしとその手紙を頰《ほお》へあてた。

鰐皮《わにがわ》の財布の中には、この手紙のほかにもう一枚、何やら紙片が入っている。開いてみると地図だった。

「ふむ、これがやまと王国の所在地だな」

それは蘭領印度中の、ある島を示した詳細な地図である。そして、その地図のはしには、細々《こまごま》とした旅行の注意が書き入れてあった。

「龍太郎、お前はいくか」

「はい、行きます。行って父の終焉《しゅうえん》の地を葬《とむら》います」

「ふむ、それと同時に、危窮《ききゅう》に瀕《ひん》した王国を救うのもお前の責任だ。龍太郎、着物を脱いで見ろ」

「はい」

龍太郎がするすると着物を脱ぐと、深海に漂《ただよ》う海草のような、深緑《ふかみどり》をした皮膚のある一点、腰のあたりに一個巨大な龍の刺青《ほりもの》がしてあった。

「東海林の話では、これこそ王国の名誉を表象する聖なる龍の記号《しるし》だということだ。この聖龍にかけて……」

「はい、父の墳墓《ふんぼ》となった国を救います」

「おお、よく言った。俺《おれ》も行こう」

「え？　それじゃ小父《おじ》さんもいってくれますか？」

「おお、行くとも」

二人がしっかりと手を握りあった時だった。またしてもけたたましい犬の吠《ほ》える声が聴《きこ》えてくる。

「おや、隼がかえって来たようだ」

その言葉も終《お》らぬうちに、ぱたんと扉《ドア》のひらく音がして、風のように躍《おど》りこんできたのは、狼《おおかみ》のように巨大な日本犬だ。

「おお、隼、かえって来たか。どこへ行っていた」

龍太郎が手を出すと、隼は誇らしげに、声高く嘯《うそぶ》いたが、そのとたん、何やらばさりと床のうえに落ちたものがある。

「何《な》んだ、隼、何を咬《く》わえて帰ってきたのだ」

大佐が何気《なにげ》なく拾いあげてみると、それは血まみれになった人間の耳——それも日本人の耳ではなく、明《あきら》かに白皙《はくせき》人種の耳だった。

「ああ、解《わか》りました。隼は海よりきた使者を撃った男を追っかけて、格闘の揚句《あげく》、片耳を食いちぎってかえって来たのです」

「ふむ、これはよい目印が出来たわい。龍太郎、われわれの目下《もっか》の敵は、片耳を食いちぎられた国籍不明の外国人だぞ」

二人がきっと眼《め》を見交《みか》わしたとき、戸外の嵐は漸《ようや》くその鋭鋒《えいほう》をおさめて、海の彼方《かなた》からしだいに薄明《うすあかり》がひろがって来るのだ。

海賊潜水艦

それから二ヶ月ほど後のことである。

わが委任統治領《とうちりょう》、南洋群島の首府の所在地パラオから、太平洋を西へ、蘭領セレベス島の北端にあるメナドへと向《むか》う一汽船の中に、二人連れの日本人の乗客があった。

いうまでもなくこの二人連れは、わが降矢木大佐と東海林龍太郎だ。この二人づれのほかに、愛犬隼もときどき甲板《かんぱん》に姿を見せる。

日本ではもう北風の吹きすさむ十一月だというのに、赤道に近いこの附近《ふきん》は、真夏の太陽が海をやいて、エメラルド色の水が眼にいたいほどぎらぎらと輝いている。

おりおり南洋特有のスコールが沛然《はいぜん》とやってきて、泡《あわ》だつ海をみるみる包んでしまう。そしてそのスコールのあがったあとには、美しい虹《にじ》が二つも三つも空にかかって、この美景だけは内地にいては見られない。

汽船はわが大阪商船の名古屋丸《なごやまる》、排水量八千八百噸《トン》、時速十四浬《カイリ》。

甲板に立って眺《なが》めると、おりおり島とも陸地ともつかぬ、奇妙なものが眼界をかすめていく。大佐に話を聞いてそれが有名な珊瑚礁《さんごしょう》だということを、龍太郎ははじめて知った。

一体、珊瑚礁というのは、珊瑚虫という眼に見えない微生物が、何万年という長い年月をかけて、営々と築きあげたもので、これが点々として南の海に、堅固《けんご》な要塞《ようさい》をつくっているのである。

というのは珊瑚礁は、島を囲繞《いにょう》して出来るのだが、一朝《いっちょう》島が火山の爆発か何かで水面下に沈没すると、そこに一環の珊瑚礁だけがのこる。これを礁湖《しょうこ》といって、珊瑚礁の外の大海がいかに荒れても、礁湖の中はいつも、油を流したように静かである。もし、その礁湖内に島が残ると、これを環礁《かんしょう》といって、環礁こそはもっとも完璧《かんぺき》な軍事基地になりうる素質をそなえているのである。何故《なぜ》といって、そこには珊瑚虫の築いてくれた堅固な砲台があるし、この台地は概《おおむ》ね、外側が五尺《しゃく》から十五尺の断崖《だんがい》になっているうえに、礁湖のほうへ傾斜しているから外から攀《よ》じ登るのに容易でない。しかも礁湖の中は、全艦隊を収容してなお余りある広さがあるのだから、これこそ天恵《てんけい》の海軍工事だった。

「この南洋群島が日本の委任統治に入ったとき、アメリカやイギリスは、日本がここに軍事施設をすることを怖《おそ》れて、国際連盟規約でこれを禁じたのだが、こういう天然の要塞がいたるところにあるのだから皮肉《ひにく》じゃないか」

降矢木大佐は甲板に立って哄然《こうぜん》と笑ったが、龍太郎は今更《いまさら》のように、自然の力の偉大さに頭をさげずにはいられなかった。

船がパラオ本島を離れるころ、ときどき奇妙な帆《はん》船《せん》が、名古屋丸の側《そば》を通りすぎる。

「ふむ、あの帆船かい、あれはな、濠洲《ごうしゅう》と南洋のあいだにある、アラフラ海へ真珠貝《しんじゅがい》をとりにいくダイバー・ボートという船だ。むろん日本人の仕事で、根拠地はパラオにある。この真珠貝採りは、日本でも重要産業の一つになっているんだ。龍太郎、よく分《わか》ったろうな。日本人はあらゆるところへ発展している。北へも、南へも。——」

船の旅は快適だった。

警戒した片耳の異国人は、まだ一度も姿を見せない。パラオからメナドまで、二日か二日半の航程《こうてい》だ。それから先は。……

　だが、二日目の昼過ぎのことだった。

　甲板でうたたねをしている龍太郎の側で、突然隼がけたたましく吠《ほ》え出したので、ふと見ると名古屋丸の行手《ゆくて》に、奇妙な波紋が起《おこ》ったかと思うと、ふいに海の底から、奇妙な

怪物がむくむくと頭を持ちあげて来たのである。

「あ、小父《おじ》さん、あれはなんでしょう？」

「なに？」

　降矢木大佐も龍太郎の声に、思わずその方へ向き直ったが、突然、雷にうたれたように眼を瞠《みは》った。

「ああ、潜水艦だ！」

　いかさま、今しも水面に全貌《ぜんぼう》を現わした奇怪な潜水艦は、波を蹴《け》ってするするとこちらへ近づいてくる。と、ふいに汽船はぴたりと停止して、船内には俄《にわ》かにけたたましい喧騒《けんそう》がまき起《おこ》った。

「どうした？　どうした？　なぜ汽船を停《と》めるのだ」

「いま、あの潜水艦から停止命令がきたのです。船を停めないと魚雷をぶっ放《ぱな》すと脅《おど》かしていやがるんです」

「なに、魚雷をぶっ放す？　一体どこ

の潜水艦だ」

「解《わか》りません。国籍不明の潜水艦です」

やがて潜水艦もこちらに砲門を向けたまま、ぴたりと停止したが、すると間もなく一艘《そう》のボートが降《お》ろされて、するするとこちらへ近附《ちかづ》いてくる。

双眼鏡を取り出してみると、いずれも六尺《しゃく》豊かな異国人だが、徽章《きしょう》を剥《は》ぎとっているので、何国人とも解らない。ボートは汽船の舷側《げんそく》にぴたりと停まると、下から奇妙なアクセントの日本語で怒《ど》鳴《な》った。

「その船に東海林龍太郎という、日本人が乗っている筈《はず》だが、その男をこちらへ引き渡して貰《もら》いたい」

「なに」

大佐と龍太郎は思わずぎょっとして、甲板の手摺《てすり》から下を覗《のぞ》いた。

「東海林龍太郎？　いや、そういう名前の日本人は乗っていない」

そう答えたのは船長だ。ボートの外国人は、せせら笑うように、

「嘘《うそ》をついても駄目《だめ》だ。こちらにはちゃんと調べが

ついている。その男を引渡《ひきわた》さないと、魚雷をぶっ放して汽船を沈める。よろしいか」

「畜生《ちくしょう》！」

龍太郎はふいにつかつかとその方へ近附いた。

「東海林龍太郎は俺《おれ》だが、何か用か」

「おお、お前にちがいない。お前の写真ここにある。早く汽船からおりてこのボートへ乗るよろしい」

「いやだと云《い》ったら」

「いやだといったら魚雷ぶっ放す。お前一人のために、船の人全部、海の藻屑《もくず》になるよろしいか」

「ようし！」

きっと唇《くちびる》を嚙《か》みしめた龍太郎の周囲を、ばらばらと降矢木大佐をはじめとして、船長や事務長、さては大勢の船員が取り巻いた。

「龍太郎、いっちゃいかん」

「東海林君、よしたまえ。よし、魚雷をぶっ放すというならぶっ放させろ。われわれも日本人だ。どういう理由があるのか知らんが、君一人犠牲《ぎせい》にすることは出来ん」

口々に騒ぐのを龍太郎は静かにおさえて、

「皆さん、皆さんのお志《こころざし》は有難《ありがた》いですが、僕としては、自分一人のために皆さんを犠牲にするには忍びません。皆さんには貴《とうと》い使命がある。祖国はいま、一人の生命、一艘の汽船といえども無駄に失ってはならない時です。僕は行きます」

決然としていう龍太郎の肩を押《おさ》えて、

「龍太郎行くか。お前が行くなら俺も……」

「いいえ、小父さんは残っていて下さい。どうぞ心配しないで下さい。僕は決して死にません。決して、決して……あの使命を果《はた》すまでは……。小父さん、あなたは先に約束の場所までいって待っていて下さい」

大佐をはじめ一同と、しっかりと訣別《けつべつ》の握手をした龍太郎は、足許《あしもと》もしっかりとボートへと降りていく。

それから間もなく、龍太郎を呑込《のみこ》んだ国籍不明の怪潜水艦は、再び海底深くもぐり込んで、いづくともなく立去《たちさ》った。あとには隼が、悲しげに、吠えつづけている。……やがてまた沛然《はいぜん》たるスコールがやって来た。

片耳の鬼

無礼なる哉《かな》、怪潜水艦？

怪しき潜水艦は東海林龍太郎を誘拐《ゆうかい》すると、悲憤《ひふん》の涙にくれる名古屋丸を尻眼《しりめ》にかけ、そのまま悠々《ゆうゆう》と海底ふかく潜りこんだが、それからしばらく後のこと。

ここは西南太平洋の一劃《いっかく》。

ジャヴァ、セレベス、ボルネオ――そういう島々が横《よこた》わっているこの西南太平洋には、陸の破片《かけら》のような小さい島が、いたるところに散在している。

そういう島の多くは、珊瑚礁《さんごしょう》でとりかこまれたいわゆる環礁《かんしょう》で、どんな精細な海図にも載《の》っていなかったし、名前さえついていないのも珍しくない。

国籍不明の怪潜水艦が、あれから間もなく姿を現わしたのは、そういう無名の一珊瑚礁だった。

だが、無名とはいえ、これを無人島と早合点《はやがてん》してはいけない。

潜水艦のなかから、いきなり外へ引出《ひきだ》された龍太郎は、一瞥《ひとめ》、島の様子を見るや、あっとばかりに眼《め》を瞠《みは》ったが、それもまことに無理ではない。

無人島どころか、その島のうえには、チョコレート色の肌をした土人が、まるで蟻《あり》のように蠢《うごめ》いているのだ。

数にしておよそ数百人、いや、ひょっとするとその倍ぐらいもいたかも知れない。よく見ると、二人、いや三人ぐらいずつ、鉄の鎖《くさり》で腰をつながれ、それが蟻の行列のように、黙々《もくもく》として、風化した白い丘陵《きゅうりょう》の斜面を、あるいは這《は》い下り、あるいは這いのぼっているのである。

みんなてんでに、重そうなセメント袋を肩にかついでいる。そのために二重《ふたえ》に折れそうなほど腰の曲《まが》っているのもあった。

しかも、そういう土人の列のそばには、ところどころに白人の監督がついていて、ちょっとでもなまけたり、弱音《よわね》をあげたりする者があると、ただちに情容赦《なさけようしゃ》もなく鞭《むち》が鳴るのだ。

ああ、この絶海の孤島の中で、彼らはいったい何をしているのだろう。

答えは簡単だ。

明《あきら》かにこの珊瑚礁のなかには、いま驚くべき大工事が、秘密のうちに進捗《しんちょく》しているのだ。その工事というのが、どういう種類のものであるかは、ここで管々《くだくだ》しく述べるまでもあるまい。龍太郎の祖国日本にとって、好もしからざる種類のものであることは想像に難《かた》くない。

龍太郎はその様子を見るや、かっと血が沸《わ》き立つのをおぼえたが、その時だ。

「何をぼんやりしているんだ。早く歩かないか」

うしろから、いやというほど腰を蹴《け》られて、砂のうえに腹匐《はらば》いになった龍太郎、夢からさめたように、はっとわれにかえると、腹の中は煮えくり返るようだった。

「はははは、まあそう手荒なことはするな。驚くだけ驚かせておけ。こいつもいまに、あの連中の仲間になるんだからな」

ひとりが笑うと、ほかの連中も破鐘《われがね》のような声をあげて笑う。

この怪潜水艦の乗組員が、みんな英語を話すことは分《わか》っていたが、彼らが果《はた》して英国人であるか、それとももう一つの英語国民、アメリカ人であるかはまだよく分らない。

それはさておき一同は、龍太郎を中にかこんで歩き出したが、やがて岬《みさき》の突《と》っ鼻《ぱな》を曲ると、龍太郎はいよいよ心中の驚きを隠すことが出来なかった。

そこには驚嘆すべき築堤《ちくてい》工事が、はや半《なか》ば完成しかかっているのだ。起重機が唸《うな》りを立て、いたるところに鉄骨が組み立てられている。セメントは山と積まれ、丘陵から海岸へかけて、ケーブルが蜘蛛《くも》の巣のように張られている。

全島の要塞《ようさい》化！　それがこの驚くべき大工事の秘密だった。

それにしても、ここに堅固《けんご》な要塞が築かれたら、日本にとって、それは何《な》んという大きな脅威《きょうい》となるだろう。まるで咽喉《のど》首《くび》へ匕首《あいくち》を擬《ぎ》されたようなものではないか。

龍太郎はそれを思うと、いま自分がおかれている危険な立場もうち忘れ、思わず若い血が躍《おど》るのだ。

やがて一同は丘陵の中腹に立っている白堊《はくあ》の営舎《えいしゃ》へたどりついた。見るとその営舎のまえには、いかめしい銃剣を持った哨兵《しょうへい》が立っている。すべてが、重要基地のものものしさだった。

「問題の日本人をつれて参りました」

潜水艦の乗組員のひとりが報告すると、受付はすぐ奥へ引込んだが、あらかじめ無電連絡がついていたのだろう、再び出て来ると、龍太郎だけが奥へ連れていかれた。

そこは長官の部屋ともおぼしきひろい一室で、壁には精細な地図が掲《かか》げてあり、事務机のうえには地《ち》球儀《きゅうぎ》がおいてある。

その地球儀をなかにはさんで、二人の男が話をしていた。一人は長官と見えて、白い軍服を着ていたが、もう一人は白麻《しろあさ》の背広《せびろ》を着た男で、鼻がおそろしく隆《たか》く、目が落ちくぼんで、まるで絵にかいた悪魔《サタン》のような顔をしている。

「閣下《かっか》、日本人東海林龍太郎をつれて参りました」

案内の男が報告すると、二人の男はいっせいにこちらをふりかえったが、その時である。

さすが度胸を定めた龍太郎も、ぞっとするほどの恐ろしさに打たれたのである。

おお、見よ！

白麻の背広を着た男は、片耳が喰《く》いちぎられたように、半分なくなっているのである。

土人モコ

ああ、片耳の男！

あの、片耳の鬼！

海よりの使者が、あんなにも念をおして注意した、これがやまと王国の憎むべき攪乱者《かくらんしゃ》なのだ。

密林の王国から、はるばる日本まで尾行していって、三人の使者をつぎつぎに斃《たお》していった恐るべき悪魔、兇暴《きょうぼう》な殺人鬼、それがいま自分の眼《め》のまえに立っている。さすが剛腹《ごうふく》な龍太郎も、さっと身内が寒くなるような感じだった。

「ジョンソン君、君のいうのはこの男のことかね」

軍服を着た男は、龍太郎の頭のてっぺんから、足の爪先《つまさき》までじろじろ眺《なが》めていたが、やがて眉根《まゆね》に皺《しわ》をよせると、片耳の男のほうをふりかえった。してみると、この片耳の悪魔は、ジョンソンという名前と見える。

「さあてね、閣下、じつは私もよく知らないのです。まだ一度も会ったことがありませんのでね」

「なんだ、君も知らない？」

軍服の男は眉根の皺をいよいよ深くして、

「それじゃ困るじゃないか。君がたって懇望《こんぼう》するものだから、ああいう際《きわ》どい芸当《げいとう》をやらせたのだ。うっかりするとこれは国際問題だぜ。しかるに何《な》んぞや、君がこの男を知らぬとあっては……」

「なに、その御心配には及びませんよ。この男が果《は》たして私の欲する人物であるかないか。確《たし》めるのは雑作《ぞうさ》ありません。おい、ハリー」

片耳の悪魔は、案内して来た男をふりかえると、

「その男を裸にしてみろ。もしそいつが本物の東海林龍太郎なら、軀《からだ》にたしかな目印がついている筈《はず》だから」

龍太郎は呼吸《いき》をのんだ。

なんという無礼な一言、龍太郎はこみあげる憤怒《ふんぬ》に、顔を真赧《まっか》にそめたが、ハリーはそんなことには頓着《とんちゃく》しない。つかつかと龍太郎のそばによると、はや、洋服を剝《は》ぎかかる。

「何をする！」

「静かにしろ、騒ぐと為《ため》にならんぞ」

まだ弱年とあなどってか、無理矢理《むりやり》に上衣《うわぎ》に手をかけたハリー、龍太郎を裸にしようとする刹那《せつな》、

「無礼な！」

龍太郎が叫んだと見るや、ハリーの軀は見事に虚《こ》空《くう》に一回転、もんどり打って床のうえに叩《たた》き伏せられていた。

「ほほう、味をやりよる。この手練《てなみ》ではとてもハリーの手に合わぬな」

長官はにやりと微笑《わら》うと、卓上の呼鈴《ベル》を押した。そして呼鈴《ベル》に応じて土人の少年が現われると、

「モコをすぐここへ呼んで来い」

と、命令する。

土人の少年がさがると、間もなく、あわただしい足音を立てて、一人の土人がやって来た。

見ると雲つくばかりの大男だ。腰から下には白いズボンを穿《は》いているが、上にはなにも着ていない。赤道《せきどう》の陽《ひ》にやけた皮膚は赤銅色《しゃくどういろ》をして、隆々たる瘤《こぶ》が、肩といわず腕といわず一面に盛《も》りあがっている。素足で、手に太い皮の鞭《むち》を持っているところを見ると、この男は土人の監督をしているらしい。腰には一挺《ちょう》のピストルをたばさんでいた。

「モコ、貴様《きさま》は力自慢だったな」

「……」

何をいうといわぬばかりに、モコはぐっと眉をあげた。

「どうだ。ここにいる男と力較《ちからくら》べをする気はないか」

モコはじろりと龍太郎の顔を見たまま、ふふんと鼻を鳴らしただけだった。一見、華奢《きゃしゃ》な龍太郎の軀つきを見て、少からず軽蔑《けいべつ》した顔色だ。

長官はにやにや微笑《わら》いながら、

「はははは、だいぶ不平らしい面持《おもも》ちだな。しかしモコ気をつけろよ。こいつはまるで女のような軀つきをしているが、これでなかなかの達人なんだぜ。どうだ、貴様の腕でこの男を裸にすることが出来るか」

土人モコはしばらく長官と龍太郎の顔を見くらべていたが、やがて憤然《ふんぜん》と鞭をすてると、龍太郎のまえに仁王《におうだ》立ちになった。

こうして対《むか》いあって立つと、龍太郎は相手の乳《ちち》のところぐらいしかない。

モコは相変《あいかわ》らずさげすむように、歯を剝《む》き出して龍太郎の顔を見ていたが、やにわに猿臂《えんぴ》をのばして、

「おう」

と躍《おど》りかかったが、その刹那、

「ええッ！」

龍太郎がさっと腰をひねると見る間に、小山《こやま》のようなモコの体は、地響《じひび》きたてて床をなめていた。

欣《よろこ》んだのはハリーだ。この大男のモコが投げられるくらいだから、自分が投げとばされるのは当《あた》りまえだとばかり、いくらか面目《めんもく》を取りかえしたような顔つきをしている。

モコはしばらく呆気《あっけ》にとられたような顔つきで、ぼんやり龍太郎の顔を見ていたが、やがてぎりぎりと歯ぎしりすると、

「おのれ」

ふたたび跳《は》ね起きて、遮二無二《しゃにむに》いがみかかって来る。龍太郎は腰をひねって二三合《ごう》、そいつをやり過《す》していたが、やがてまた利腕《ききうで》に手がかかったと見るや、モコの体は一廻転《かいてん》、また一廻転、水車の如《ごと》く虚空に舞ったかと思うと、蛙《かえる》のように床に四つん這いになってしまった。

もう起きあがる気力もないのである。大きな腹が嵐のように波うって、額《ひたい》からは玉の汗、それに反して龍太郎は平然として、呼吸ひとつ乱れていない。

「どうだ、まだ来るか」

「ううむ」

モコは無念気《げ》に唇《くちびる》をかんだ。

長官と片耳のジョンソンは、まるで奇蹟《きせき》でも見るような眼つきをしている。

龍太郎はにんまり微笑《わら》ってその方をふりかえると、

「つまらぬ腕立《うでだ》ては止《よ》したがよかろう。君たちが見たいものは分《わか》っている。見たくば見せてやろう。よく拝《おが》んでおけ」

叫ぶやいなや龍太郎、するすると上衣を脱ぎ、ズボンをとって褌《ふんどし》一本になったが、その時だ、呼吸《いき》もたえだえになって床に腹這《はらば》っていたモコの唇から、

「あっ」

と、かすかな叫び声が洩《も》れた。

鎖の囚人

だが、龍太郎の体に気をとられていた他の連中は、誰《だれ》ひとりそれに気がつかない。

「ふむ、こいつは見事だ。実に立派な体をしている」

長官が驚嘆の眼をみはったのも無理ではない。褌一本ですっくとばかり立ちはだかった龍太郎の軀《からだ》の美しさ。

肌は深海の神秘を思わせるように、ふかい緑色をして、しかも、その腰のあたり、巨大な龍の刺青《いれずみ》がしてあるのだ。

「ジョンソン君、君のいった目印というのは、この刺青のことかね」

「そうです。それこそ、やまと王国の貴人の印《しるし》にちがいないのです」

「ふむ、じゃこの男にちがいないね」

「違いありません。有難《ありがと》うございました」

「で、この男をどうしろというのかね」

「実は――」

と、ジョンソンが耳打ちをすると、長官は眉《まゆ》をひそめて、

「ふむ、じゃこいつをこの島に幽閉《ゆうへい》しておいてくれというのだな」

「そうなんです、絶対にこの島から出さないようにして頂《いただ》きたいのです。こいつが逃げ出すようなことがあると、とんでもないことが起《おこ》るんです」

「なに、逃げ出すようなことは絶対にないが……モコ！」

長官はふいに土人のほうを振りかえって、

「その男を向《むこ》うへつれていけ。今後、そいつは貴様《きさま》にまかせたから、絶対に逃がすんじゃないぞ」

「はい」

モコはやっと立上《たちあが》ると、素速《すばや》く腰からピストルを抜いて、

「こちらへ来い。これから貴様は俺《おれ》の配下だ。さっきの仕返しは存分にしてくれるわ」

床に落ちていた鞭《むち》を拾うや、ピシリ、激しい音を立てて鞭が宙《ちゅう》にうなった。

「あっ！」

龍太郎は思わずよろめく。

美しい肌のうえに、みるみるうちに鞭の跡が蚯蚓《みみず》脹《ば》れとなって、きっと嚙《か》みしめた唇から血が滲《にじ》んだ。

モコは歯を剝《む》きだして笑いながら、

「どうだ。この鞭の味がよく分《わか》ったろうな。この後、俺の命令にそむくと、いつでもこの鞭がお見舞いすると憶《おぼ》えておけよ」

モコが鞭をふってみせるのを、長官は笑いながら制して、

「もういい、もういい。お仕置きはそれくらいにして向うへ連れていけ。ズボンは着用を許してやれ」

ああ、こうして龍太郎は、大事をまえにひかえながら、哀《あわ》れ、この残忍酷薄《ざんにんこくはく》な異国人の奴隷《どれい》とならなければならないのだ。さっき見た、あの鎖《くさり》につながれた囚人《しゅうじん》の群《むれ》、龍太郎はそれを思うと、身内が寒くなるような絶望感におそわれるのだった。

モコが龍太郎を連れ去ると、長官は片耳のジョンソンをふりかえり、

「どうだ、これで君も安心したろう。時に、君はすぐこの島をたつつもりかね」

「いや、いろいろと有難うございました。これで私もやっと安心しましたから、今夜にでも、ここを出発するつもりです」

「行先はやっぱりあそこかい」

「そうです。まだ仕残した仕事がありますから、もう一度あの密林の王国へ踏みこんでいきます」

「どうも、俺には信じられんね。この西南太平洋に、日本人の王国があるなんて」

「いや、これは決して夢でもお伽噺《とぎばなし》でもない、厳然《げんぜん》

たる事実なんです。しかも彼らと来たら、実に勇敢な民族なんです。いまのところ、まだ日本人であるという、民族意識は持っていないのですが、さっきの男のような奴《やつ》が乗り込んで焚《た》きつけたら、どんな事になるかも知れない。それを未然に防ごうというわけで……」

「しかし、俺の考えじゃ、何もそう恐れることはないと思うがね。たかが相手は、文化にとり残された、いわば未開人じゃないか。精鋭な武器を持った兵隊を、一ヶ聯隊《れんたい》も送れば、そんな王国ぐらい、一揉《ひと》みに揉みつぶしてしまうことが出来る筈《はず》じゃないか」

片耳のジョンソンはそれを聞くと、にやりと微笑《わら》って、

「それは、閣下《かっか》がその王国の位置を御存じないからです。そこへ達するには唯《ただ》一つの途《みち》しかない。しかも、その途たるや、実に危険きわまる通路で、どんな新兵器といえども、無事に越えられるかどうか疑問なんです。飛行機でさえ、その王国に達することは出来ない、天然の要害《ようがい》になっているんです」

長官はまだ信じかねる顔つきで、

「それじゃまあ、君の思うようにやりたまえ。あの男はたしかに俺が引受《ひきう》けたから」

「有難うございます。それじゃまた、これが当分のお別れです」

片耳のジョンソンは、長官と握手をして出ていったが、ちょうどその頃《ころ》龍太郎は、ほかの囚人と鎖でつながれて……。

囚人一一三号

囚人一一四号というのが、その日以来、龍太郎の名前となった。

彼がいっしょにつながれている囚人というのは、三十前後の、立派な体つきをした男だが、不思議なことにはこの男、どう見てもふつうの土人とは見えなかった。

土人にしては肌の色が浅すぎた。瞳《ひとみ》にもどこか智《ち》的《てき》なひらめきが見える。しかも、妙なことには、この男はまるで唖《おし》のように、一言も口を利《き》かないのだった。

「おい、一一三号、貴様《きさま》の相棒をつれて来てやったぜ。まあ、せいぜい可愛《かわい》がってやれ」

モコがはじめて龍太郎をつれて来た時も、その男はじろりと龍太郎の顔を見たきりで、一言も口を利かなかった。モコが二人の腰を、重い鉄の鎖でつないで立ち去ると、ぺっと唾《つば》をはいたきりだった。

こうして、龍太郎の苦難の日がはじまったのだ。

夜明けから日没までつづく労働、少しでもなまけると、容赦《ようしゃ》なくとんで来るモコの鞭《むち》、焼けつく炎天《えんてん》――さすが鍛《きた》えに鍛えた龍太郎の体も、こんなことが長くつづけば、やがて参ってしまうのは分《わか》りきっていた。

しかし彼の相棒一一三号は、こういう境遇に慣れているのか、一言も不平らしい言葉を洩《も》らさなかった。まるで虫のように黙々《もくもく》と働き、夜になると牛のように眠ってしまう。しじゅう一緒にいるのだから、少しは親愛の情を示しそうなものだのに、この男には一向《いっこう》そういうところがなかった。

長い苦役《くえき》のために、多分人間らしい感情を失ってしまったのだろうと思われるくらいだ。

だが――

そういう龍太郎の考えかたは間違っていたのだ。

五日とたち、十日とたつうちに、龍太郎はしだいに、この男の挙動に、ある秘密の蔭《かげ》がつきまとっているのを感じた。

丘陵《きゅうりょう》のセメント運びをしている時、一一三号はときどき立ちどまって、じっと海のかなたに眼《め》をやっていることがあった。島は珊瑚礁《さんごしょう》に取りかこまれていたが、折々《おりおり》その珊瑚礁のはるか沖合《おきあい》を、白帆の帆《はん》船《せん》がかすめていくことがあった。

それはいつか降矢木大佐から聞いた、ダイバー・ボートという船で、濠洲《ごうしゅう》の近海へ、真珠《しんじゅ》採《と》りにいく船なのだ。

一一三号はそのダイバー・ボートが通る度《たび》に、熱心にその白帆をかぞえていた。そして、いつも失望したように、軽く頭をふって溜息《ためいき》をつくのである。

いや、不思議なのはそればかりではない。龍太郎はある夜、それよりももっと妙なことに気がついた。

囚人たちは、いずれもみな山の中腹に掘ってある洞穴《どうけつ》の中に眠るのである。その洞穴の入口には、鉄の格子《こうし》がはまっていて、夜になるとその格子には厳重な錠《じょう》がおろされ、その鍵《かぎ》はモコが持っている筈だった。

ところがある夜、龍太郎がふと眼覚《めざ》めると、いつも一緒に鉄につながれている筈《はず》の、一一三号がいないのだ。見ると解《と》きほどかれた鉄が、土のうえに放《ほう》ってある。

龍太郎ははっとした。

鎖をといて逃げたのだと思った。だが、そのつぎの瞬間洞穴の入口から、逃げた筈の一一三号が足音を盗みながら帰って来たので、龍太郎はいよいよ驚いた。

彼はまわりに眠っている土人たちを起《おこ》さないように、そっと龍太郎のそばへかえって来ると、自分で鎖を腰にまきつけ、鎖の錠にピンと鍵をおろした。

この男は鍵を持っているのだ！

龍太郎が思わず、

「あっ！」

と、叫び声を立てると、一一三号はいきなり大きな掌《て》で龍太郎の口を蔽《おお》い、

「しっ！　話は明日《あす》だ！　スコールの最中に！」

これが龍太郎の聞いた、この男の最初の言葉だったが、何《な》んとそれは日本語ではないか！

龍太郎は思わず胸がわくわくした。ああ、懐《なつか》しい日本語、まるで地獄で仏に会ったような気がしたのも無理はない。ひょっとすると、この一一三号は日本人ではあるまいか。そう考えると、龍太郎はもう、その夜一晩じゅう眠られなかった。

さて、その翌日である。

午《ひる》過ぎになると、果《はた》して猛烈なスコールがやって来た。このスコールこそは、苦役に従事している土人たちにとっては、天の恵みも同様なのだ。この豪雨のあいだだけは、苦役から解放される。冷たい雨は、焼けただれた肌を冷やしてくれる。なおそのうえに、猛烈な雨の響きのなかではどんな事を話そうと、人に聴かれる心配はないのだ。

スコールがやってくると、一一三号はいきなり龍太郎の手をとって地上に顔をふせた。

「昨夜《ゆうべ》は驚いたろう。実はもっとまえから君に話そうと思っていたのだが」

と、龍太郎の耳に口をよせた一一三号は、白い歯を出してにっこり笑っている。もうそこには、無智《むち》な土人の表情は微塵《みじん》もなかった。

「君の話はモコから聞いた」

「モコ」

「そうだ。君はまだ知らないが、あいつはわれわれ

の味方なのだ。いや、味方というよりは君の僕《しもべ》といった方が当《あた》っている」

「私の僕ですって？」

「そうだ。モコは君の体についている聖龍の印を見たそうだ。モコはやまと王国から来た男なんだぜ。自分の生命《いのち》にかえても、君を救わねばならんと云《い》っている。あいつがしばしば鞭を揮《ふる》うのは、寧《むし》ろ君をかばうためなのだ。君を、ほかの監督の手に渡さないためにな」

「しかし、しかし、そういうあなたは、一体どういう人なんです。何んだってこんな島へ来たんです」

「僕か、僕の名前は寺木《てらき》――寺木中尉だ。しかし、土人のあいだではテランギという名で通っている」

「だが、こんなところで……」

「しっ、スコールが通りすぎた。あまり喋舌《しゃべ》っちゃいかん。いずれ近日……」

　寺木中尉の言葉も終《おわ》らぬうちに、モコが二人のすがたを見つけてつかつかと近附《ちかづ》いて来た。

「誰《だれ》だ、いま、喋舌っていたのは、ふむ、一一三号と一一四号とだな。作業中に喋舌った奴《やつ》は、鞭をうけなければならぬ事を知っているだろうな」

　いいも終らぬうちに、鞭は恐ろしい唸《うな》りを立てて、かわるがわる二人のうえに落ちて来たが、その鞭の音にまじって唯《ただ》一言。

「用意は出来た。ボートは明晩来る！」

　と、モコの言葉。寺木中尉の顔にはそのとたん、さっと歓喜の色がもえあがった。

大爆発

　その日の夕方から、土人たちのあいだには妙なざわめきが起りはじめた。

　監督たちがどんなに叱咤《しった》しても、土人たちは仕事をしようともせずに空ばかり眺《なが》めていた。そして、口々に何やら罵《ののし》り騒いでいた。

「どうしたのです。何を騒いでいるんです」

　監督たちが、土人を叱《しか》るのに夢中になっているのを幸い龍太郎は寺木中尉に訊《たず》ねた。

「ふむ、鳥が逃げるといって騒いでいるのだ」

「鳥？」

「そうだ。見たまえ。鳥が群《むれ》をなして島を立ち去っていく。これは嵐の前兆だというのだ」

なるほど、みれば夕陽《ゆうひ》にそまった西空を、胡麻《ごま》をまいたように鳥の群が、北をさしてとんでいく。

「どうも、この蒸暑《むしあつ》さは尋常《じんじょう》ではない。土人という奴《やつ》は敏感だからな。皮膚の感覚で嵐を予知するのかも知れない。折《おり》も折だ。嵐が来れば、いっそう面白《おもしろ》いかも知れんぞ」

寺木中尉は物凄《ものすご》い微笑《ほほえみ》をうかべたが、果《はた》せる哉《かな》、夜に入ってから吹き出した風は、その翌日になると猛烈な雨をともなってやって来た。

赤道附近《せきどうふきん》を通過する嵐の猛烈さと来たら、とても内地では想像もつかない。それは降るというよりは叩《たた》きつけるといった方が当《あた》っている。吹くというよりえぐるといった方が正しい。嵐は一日じゅう島を吹きあらし、夜になってもなかなか歇《や》

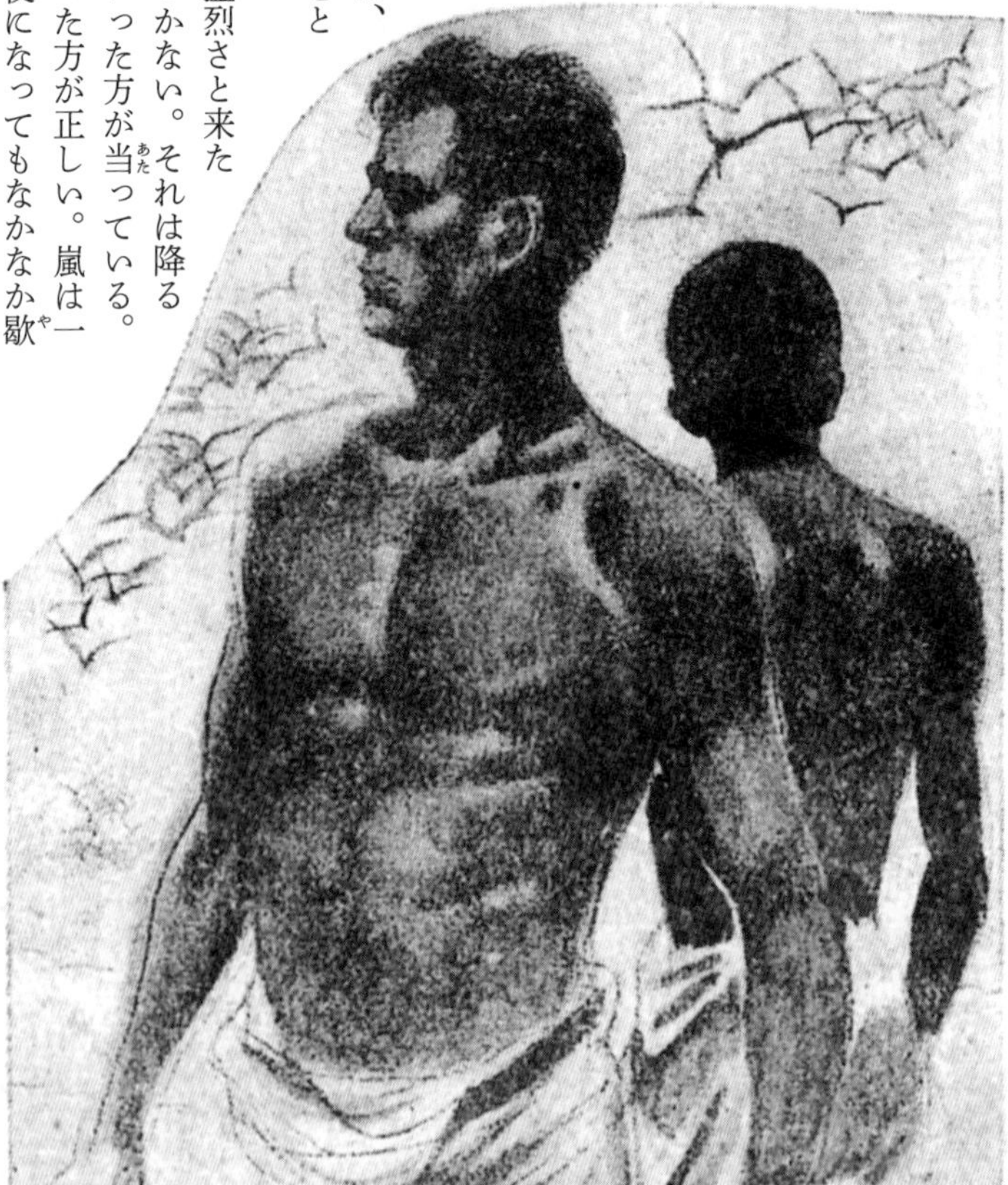

むけしきはなかった。

むろん、仕事は終日中止で、土人たちは洞穴《どうけつ》の中に閉じこめられたままだった。

ところが、日が暮れてよほど経《た》ってからだった。ごろごろと雑魚寝《ざこね》をしていた土人たちのあいだに、奇妙なざわめきが起って来た。

はじめは誰《だれ》かがブツブツ呟《つぶや》いていたのが、しだいに声が高くなって、やがて洞穴の中には名状《めいじょう》することの出来ない喧騒《けんそう》が捲《ま》き起った。

「島が爆発するのだ。神様は白人の仕事をお欣《よろこ》びにならない。いまに島が爆発するぞ」

誰かがそんなことを叫んでいる。それにつれて海嘯《つなみ》のような悲鳴、叫声《さけびごえ》、怒号《どごう》が洞穴をゆすぶった。

「いまだ。さあ、来たまえ」

鎖《くさり》はすでに解《と》かれてあった。寺木中尉は龍太郎の手をとって、洞穴の入口へ突進した。入口には鉄格《てつごう》子《し》がはまっていたが、中尉はその鍵《かぎ》も持っていた。

いち速く格子を開くと、

「みんな逃げろ、島が爆発するぞ！」

大声で怒鳴《どな》ったからたまらない。わっという叫び、鎖の響き、土人たちは雪崩《なだれ》をうって洞穴からとび出した。

外は依《い》然《ぜん》として猛烈な大暴風雨だ。その中を蜘《く》蛛《も》の子を散らすように逃げまどう土人たち、騒ぎをききつけて白人の監督たちがとび出して来たが、この嵐の中ではどうすることも出来ない。

「とまれとまれ、洞穴の中へ引返《ひきかえ》せ、引返さぬと射つぞ」

声を嗄《か》らして叫んでみたが、そんな言葉が耳に入るような状態ではな

かった。そのうちに誰かがピストルを射ち放《はな》したが、結果は却《かえ》って面白《おもしろ》くなかった。

　嵐と、奇妙な予言におびえ切った土人たちは、ピストルの音にいよいよ逆上した。監督の制止もきかばこそ、二人、あるいは三人ずつ鎖につながれたまま、あるいは転び、あるいは躓《つまず》きつつ、彼等《ら》は一様に海をさして逃げていく。

「珊瑚礁《さんごしょう》へいけ。礁湖《ラグーン》を渡って珊瑚礁へ逃げろ！」

　誰かが大声に叫んでいる。その声につれて、はや、水の中へとび込んでいるものもあった。寺木中尉と龍太郎にとっては、こういう混乱こそもっけの幸いだった。

　眼《め》もあけられぬ嵐をついて、岬《みさき》のうしろへやって来ると溶鉱炉《ようこうろ》のように泡立《あわだ》つ礁湖《ラグーン》の入江に、一艘《そう》の独木船《カヌー》がつないであった。二人の姿を見ると、その独木船《カヌー》からモコが立上《たちあが》って、

「早く、早く、時間がありませんぞ」

「よし、やったか」

「やりました。爆発は瞬時のうちに起ります」

「ダイバー・ボートは？」

「沖に碇泊《ていはく》しています」

「よし、来たまえ」

　二人がボートへ飛び込むと、独木船《カヌー》は矢のように岸をはなれる。

　吹きつける風、降りしきる雨、逆《さか》まく波の飛沫《しぶき》！

「お体を伏せていて下さい。珊瑚礁の外は、これくらいの波ではありませんぞ」

「よし」背中を丸くした三人のうえを、大きな波がとび越える。その中を、喘《あえ》ぐようにして独木船《カヌー》が珊瑚礁のほとりまで来たときだった。

　天地もゆるげとばかりに、轟然《ごうぜん》たる音響が波をゆすぶったと思うと、岬の向《むこ》うに、さっと恐ろしい火柱が立った。

　火柱は一本だけではない。つづいてまた一つ、更《さら》にまた一本――相ついでおこった大爆発が、嵐の空を真紅《しんく》に焦《こ》がして、どこともなく、遠雷のとどろきにも似た響きが、みるみる島全体を覆《おお》っていった。

「龍太郎君、よく見ておきたまえ。何《な》んという素晴《すば》しい光景だろう。これこそ祖国の敵を亡《ほろ》ぼす葬式の炬火《のろし》なのだ」

　嵐の中に舟をとどめて、三人はしばらく焔《ほのお》に包まれた島の景色を眺めていたが、やがて寺木中尉は決

然として、

「これで僕の任務は終《お》わった。龍太郎君、今度は君の仕事の番だ。さあ、行こう。僕も及ばずながら力を貸すぞ」

　モコは龍太郎の体をだいて、恭《うやうや》しく最敬礼《さいけいれい》をしていたが、やがて無言のまままた櫂《かい》を操りはじめた。その行手《ゆくて》にダイバー・ボートのシグナル灯が、嵐の中にもまれもまれて明滅《めいめつ》している。

熱帯娘ヒアテ

　東海林龍太郎が寺木中尉と土人モコに救われて、あの燃えあがる珊瑚礁をあとにしてからはや一ヶ月。ここは蘭領東印度《インド》のなかでも、もっとも開拓がおくれているといわれる、ボルネオの東海岸、サマリンダの町である。

　時候《じこう》はあたかも一月下旬、日本ならばさしずめ炬《こ》燵《たつ》恋しい季節だが、赤道《せきどう》直下のこのあたりでは、夏も冬もほとんど気温に高低はなく、砂白く、椰子《やし》の葉青く、照りつける太陽の激しさは、げにや常夏《とこなつ》の国の名にそむかない。

　このサマリンダの町の中央にある、サマリンダ・ホテルというのに、この間からずっと滞在している一人の日本人があった。年齢《とし》の頃《ころ》は五十二三、胡麻《ごま》塩《しお》の髯《ひげ》の硬《こわ》そうな、眼光炯々《けいけい》たる老人だが、何をするでもなく、いつもホテルのロビイに陣取って、新聞を読んだり、煙草《たばこ》を吸ったり、そうかと思うと、誰か待人《まちびと》があるように、人が入って来るたびにどきりとその方へ眼《め》をやる様子が、なんとなく曰《いわ》くありげに見えるのだった。

「旦那《だんな》様はここで誰かお待ちなんですの」

「ふん、どうしてそれがわかるかね」

「それはわかりますわ。護謨山《ゴムやま》を見にいらっした旦那にしては、ちょっとも外へお出にならないし、始終、表《おもて》の方へ気をくばっていらっしゃるんですもの」

「なるほど、ヒアテ、お前はなかなか悧巧《りこう》だね、お前のいうとおりだよ。実は待っている人があるんだ」

「その方、男の方、女の方？」

　ヒアテは悪戯《いたずら》っぽい眼をして微笑《わら》ってみせる。

　ボルネオの南、ジャヴァの東端にバリー島というのがある。天下の楽園として名高く、そこの娘は可憐《れん》な容姿と、純朴《じゅんぼく》な性質で世に識《し》られている。ヒアテはそのバリー島から来て、いまはこのサマリンダ・ホテルで女中《じょちゅう》をしている娘だった。

いったい蘭領印度に住む土人は、大体インドネシヤ族に属しているが、これが五十いくつかの種族に分《わか》れていて、種族によっては言葉の違うのもあったが、マレー語なら、どの種族にも通用するのである。この老紳士はよほどマレー語が達者と見えて、

「はははは、この年齢《とし》になって女でもあるまいよ。むろん男にきまっているさ」

老紳士は笑いながら、

「ヒアテ、お前は幾歳《いくつ》になったね」

「わたし？　十八ですわ」

「十八？　それでまだ、お婿《むこ》さんは持たないのかい？」

「あら、いやだ、お婿さんなんて？」

「だってこの辺じゃ十八といえば、もう赤ん坊の一人や二人あってもいい年頃《としごろ》だぜ。どうして結婚しないのだね。気にいった男がいないというわけでもあるまいに」

ヒアテは鹿爪《しかつめ》らしい顔をして考えていたが、やがて真面目《まじめ》腐って、

「ほんとうはそうなの、気にいった男がいないのよ。この辺の男はみんな嫌い」

「おやおや、可哀《かわい》そうに、お前ぐらいの別嬪《べっぴん》さんなら、さぞや焦《こ》がれている男も多かろうに、それじゃこの辺の色男台無《だいな》しだね」

「だって、そうじゃありませんか？　ここらの男と来たら、とても意気地《いくじ》なしで、白人と見たらペコペコ頭ばかり下げているんですもの。あたしそんなの嫌いよ」

「はははは、そりゃまあそうだろうが、そんなことをいっていたら、お前、生涯お嫁さんになれないぜ」

「なれなくてもいいの。気に入った男がいなかったら、生涯ひとりで働いて暮すの。でも、きっといまにそういう人が出て来るわ。ええ、あたしそんな気がしますわ。きっといまに、あたしの好きな人がやって来るわ」

「しかし、折角《せっかく》そういう男が現れても、向《む》うのほうで、お前なんか厭《いや》だといったらどうするね」

ヒアテはそれを聞くと、不思議そうな眼をして老紳士の顔を眺《なが》めていたが、やがて真面目くさって頭を振ると、

「そんな事はありません。あたしが好きになったら、きっと向うもあたしが好きになります。ええええ、そうですとも。はじめは好きでなくても、しまいにはきっと好きになるようにして見せますわ」

ヒアテは頰《ほお》を染めながら、きっと頭を反《そ》らしてみせる。

バリー島の娘は、物を運ぶのに頭に載《の》せる習慣がある。そのせいか、どの娘も姿勢の美しいので有名だが、わけてもこのヒアテは、二つの乳房《ちぶさ》が円《まる》い盆《ぼん》を伏せたように隆起しているのが見事だった。

老紳士は、いまさら自分の冗談を悔《くや》むように、

「いや、よくわかったよ。時にね、ヒアテ、お前にひとつ頼みたいことがあるんだが」

「はい、どういう事ですの」

ヒアテはいまの昂奮《こうふん》も忘れたように、けろりとして老紳士の顔を見ている。

「さっきもいった通り、私は人を待っているのだが、その相手がいつ来るかわからない。それでね、もし降矢木という名前を訊《たず》ねて来たら、相手がどんな風《ふう》をしていても構わない、すぐ私の部屋へ通して貰《もら》いたいのだが」

「わかりました。降矢木という名前を訊ねて来るんですね」

「ああ、そうだよ。ほらこれがお駄賃《だちん》だよ」

老紳士が投出《なげだ》した銀貨を、ヒアテは見向きもしないで、

「そんな物は要《い》りません。あたし旦那様の御用《ごよう》ならどんなことでも致しますわ。でも、それはお金が欲しいからじゃなく、旦那様が好きだからですわ」

ヒアテはくるりと振向《ふりむ》くと、そのまますっさとロビイから出ていった。その後姿《うしろすがた》を見送って、

「ははははは、なかなか愉快な娘だ」

呟《つぶや》きながら、またしても気になるように、眉根《まゆね》に皺《しわ》を刻みながら、往来《おうらい》のほうへ眼をやった老紳士、いうまでもなく、この人こそ龍太郎の後見役《こうけんやく》、降矢木大佐その人だった。

猛犬対猟犬

サマリンダのサマリンダ・ホテル。——これが故国を立ったとき降矢木大佐と東海林龍太郎の二人が目指した、最初の目的地だった。

パラオ島からメドナへ渡るその途中で、計らずも海賊《かいぞく》潜水艦のために、龍太郎を拉《らっ》し去られた降矢木大佐は、それからメドナへ直行すると海賊潜水艦の行方《ゆくえ》を必死となって探したが、消息は杳《よう》としてわからない。

そのうちにフィリッピン南方にある一珊瑚礁《さんごしょう》が、突如《とつじょ》大爆発したというたよりを、折《おり》からその附近《ふきん》を通りかかった汽船の乗組員から、大佐は聞いた。

もしやそれがあの潜水艦と関係があるのではあるまいか。そうだとすれば、所詮《しょせん》龍太郎の生命《いのち》はないものと諦《あきら》めねばならぬのだが……しかし、あの時、龍太郎もいったではないか。決して自分は死なない。どんなことがあっても生きのびて、きっとこの旅行の目的を遂げずにはおかないと、あれほどはっきり明言したではないか。

そうだ、龍太郎が死んでしまったと諦めるのはまだ早い。生きてひょっとしたら、自分より先にサマリンダへ行っているのではあるまいかと、そんな頼みにならぬことを頼みにして、それからすぐにメナドを立ち、すぐさまこちらへ直行した大佐だったが、その龍太郎からはいまだになんの消息もなく……日一日と憂色《ゆうしょく》濃い大佐にとって、ちかごろまたもや困った問題が持ち上った。というのは、和蘭《オランダ》官憲の圧迫が、しだいに強くなって来たのである。

そもそも蘭領東印度《ランりょうひがしインド》へは、日本から毎年八百名の入国が許可されたということになっているのだが、実際には二百名を超えることなく、しかも事変がはじまってからというものは、日本の真意を曲解して、邦人に対する圧迫が俄《にわ》かにきびしくなっている折柄《おりから》だ。かりそめにも大佐という肩書を持った降矢木大佐に、なにかと猜疑《さいぎ》の眼《め》が光るのも無理はない。

この調子ではたとえ龍太郎が生きていて、ここへ訪ねて来るようなことがあるとしてもそれまで滞在することは難しいかも知れぬと、今日も今日とてホテルの窓から、ぼんやりと灼《や》けつく舗道《ほどう》を見下ろしていると、俄かにけたたましい犬の吠声《ほえごえ》が聞《きこ》えて来た。

隼なのだ。それにしてもあの吠声は少々変だと、大佐が窓から身を乗り出してみると、いましも檳榔《びんろう》樹《じゅ》の並木の下で、犬が三匹くんづほぐれつ、凄《すさ》まじい喧嘩《けんか》の最中だった。

見るとその一匹はまぎれもなく隼だったが、相手の二匹はいままでついぞこの辺で、見たこともない立派なシェパード、まるで狼《おおかみ》のように牙《きば》をむき出し、左右から躍《おど》りかかって来るのを、右に左に、たくみに体を躱《かわ》しながら、隙《すき》を見てはさっと相手の手もとに飛びこんで、ぐさっと耳に武者《むしゃ》振《ぶ》りつく隼の勇敢さ。しかし、相手もさるもの、毛を逆立《さかだ》て、前脚《まえあし》で必死となって隼を振り払う。それに敵は二匹だ。いつまでも一匹に喰《く》いさがっていては、あとの一匹が後背《うしろ》から迫って来る。

隼はすきを見てはひらりと飛びのき、またすきを見ては相手の胸《むな》ぐらへ躍りこんでいく。その身のこなしの敏捷《びんしょう》さ。

「ふふふ、隼でかしたぞ。しっかりやれ」

大佐は窓から身を乗り出し、思わず手に汗を握っている。

並木路はいっぱいの人群《ひとだか》りだった。

二匹のシェパードも、一筋縄《ひとすじなわ》でいかぬ相手と見てとったか、いまは無闇《むやみ》にとびつこうともせずに、牙を剝《む》き出し、前脚をふん張って唸《うな》るばかり。見ると二匹ともかなり手傷を負うているのに、隼のほうはかすり傷ひとつないらしい。悠然《ゆうぜん》と四脚をふんばったまま、寄らばいつでも相手にしてやると、いわぬばかりの面魂《つらだましい》。

その時だった。ホテルの中から姿は見えぬが、

「ネロ、ジュピタア、しっかりやれ」

と、誰《だれ》か英語でけしかける声。それを聞くと大佐は黙ってはいられなかった。

「隼、しっかりやれ。俺《わし》がついているぞ」

二階から声援を送ると、その声が聞《きこ》えたのか、隼は向《むこ》うを向いたままかすかに尾を振り、低い唸声《うなりごえ》をあげて、二三歩まえへ出たが、すると二匹のシェパードは、尻《しり》ごみするようにたじたじとうしろへよった。

それを見ると並木に群《むら》がった土人どもは、わっとばかりに囃《はや》し立てる。ここまで見ると大佐も大満足だった。これ以上けしかけて面倒なことでも起《おこ》って

はならぬと、部屋から出て階下へおりていくと、ホテルの正面玄関に、いま着いたばかりと見える白人が、不機嫌《ふきげん》な顔をして突立《つった》っている。

大佐はその側《そば》を通りぬけると、

「隼、来い、来い！」

呼ぶと隼は二匹のシェパードへ一瞥《いちべつ》くれておいて、悠々《ゆうゆう》とこちらへかえって来たが、そこに立っている白人の姿を見ると、俄かに物凄《ものすご》い唸り声をあげた。

「これ、あなたの犬ですか」

白人は降矢木大佐のほうを振返《ふりかえ》り、何故《なぜ》かぎょっとした面《おも》持ちだったが、隼の頭を撫《な》でている大佐はそれとは気がつかない。

「そうです。私の犬です」

「なかなか見事な犬ですね。日本犬ですか」

「さよう、日本犬です。柄《がら》は大して大きくないが、これでなかなか強いですよ。大抵《たいてい》の相手には負けませんからね」

言いながら、ひょいと頭をあげて相手の顔を見た降矢木大佐は、ちょっと不思議そうな表情だった。

暑さを避けるためかこの白人は、ヘルメットの下に白いハンケチをかぶって、それが片耳のうえまで垂《た》れ下っているのだった。

ああ、もし、降矢木大佐がこの男の正体を知っていたら、こうも気易《きやす》く話をすることは出来なかったろう。

この男こそ龍太郎を拉し去った当の張本人《ちょうほんにん》、あの片耳の鬼、ジョンソンなのだ。ジョンソンの眼にはその時、ちらと陰険《いんけん》な殺気が迸《ほとばし》ったが、神ならぬ身の降矢木大佐は、もとよりそれを知る筈《はず》もない。

ヒアテの心配

「旦那《だんな》様、御用心なさいませ」

部屋の掃除《そうじ》に来たヒアテが、意味ありげに降矢木大佐の耳もとに、そんな事を囁《ささや》いたのはその翌日のことだった。

「なんだね、ヒアテ」

「旦那様は昨日の白人を御存じですの」

「昨日来た白人？　ああ、あのシェパードを二匹つれている男か。あの男がどうかしたのかね」

「いいえ、別にどうということはありませんけれど、なんだか、うちの主人をつかまえて、しきりにあなたのことを聞いておりましたから……」

「俺《わし》のことを？　あの白人が？」

大佐は、なんとなく不安を感じながら、

「いったい、あの男はなんという名前だね」

「ジョンソンというのだそうですの。旦那様は御存じですか」

「ジョンソン、さあ、知らないね。アメリカ人かい、イギリス人かい」

「さあ、どちらかわかりませんけれど、なんだか油断のならない人ですわ。旦那様はお気附《きづ》きになったかどうか知りませんけれど、昨日、あの犬の喧嘩《けんか》のあったあとで、はじめて旦那様の顔《かお》を見た時も、あの人、とてもびっくりしたような表情をしておりましたもの」

そう聞くと降矢木大佐はいよいよ胸騒ぎを覚えて来る。髭《ひげ》を噛《か》みながら、しばらくじっと考えていたが、やがてふと顔をあげると、

「ヒアテ」

「はい」

「お前、もしやそいつの耳を見やしなかったかい」

「耳？」

ヒアテは不思議そうに首をかしげている。

「そうだ。耳だよ。ひょっとしたら、そいつの耳が片《かた》っ方《ぽう》なくなってやしないかと思うのだが……」

「まあ、気味の悪い！　そういえば旦那様、妙なことがございますわ。あの人ったら、部屋の中でも帽子を取らないのです。そして帽子の下にはいつもハンケチをぶら下げているんですわ。ひょっとすると、あれは耳をかくすためじゃありませんかしら」

そこまで聞けばもう十分だった。

あの男なのだ。やまと王国からはるばる日本まで三人の使者を尾行して来て、ついに三人とも兇手《きょうしゅ》に斃《たお》していった悪魔！　おお、そうだ。これで昨日の隼の、奇妙な素振《そぶ》りも諒解《りょうかい》出来る。滅多《めった》に人に吠えついたことのない隼があの男を見ると俄かに物凄い唸り声をあげたのは、いつぞやの嵐の夜のことを覚えていたからに違いないのだ。あいつが片耳を喰《く》いちぎられたのも、もとはといえば隼のためではないか！

そうわかると油断は出来ない。あいつがこの辺にうろついているところを見ると、ひょっとすれば、龍太郎の消息を知っているのではあるまいか。とっ

ちめて聞いてやろうか。いやいや、なんといっても
ここは白人に有利な土地だ。滅多《めった》なことをして、官
憲にこちらが不利になる口実をあたえてはならぬ。
咄嗟《とっさ》に思案《しあん》をきめた降矢木大佐、
「有難《ありがと》う、ヒアテ、せいぜい用心することにするか
ら、お前もなにか変《かわ》ったことがあったら、すぐ報《しら》せ
てくれるんだよ」
「ええ、それは申すまでもありませんわ。では旦那
様、あたしちょっと町へ買い物に出ますから、くれ
ぐれも気をつけて下さいね」
どういう因縁《いんねん》があってこの娘が、かくも自分のこ
とを心配してくれるんだろうと思うと、さすが物に
動ぜぬ降矢木大佐も、ヒアテを抱きしめて、頬摺《ほおず》り
してやりたいような可愛《かわい》さを覚えるのだ。
暫《しばら》くするとヒアテがバスケットを提《さ》げて、並木通《なみきどおり》
をちょこちょこと走っていくのが窓越しに見えた。
そのあとを見送って降矢木大佐、やおら階下の食堂
へおりていったが、例の白人の姿は見当《みあた》らない。
「昨日ついたお客様はどうしたのだね」
混血児《あいのこ》のボーイに聞いてみると、
「今朝早くお出かけになりました」

という返事。大佐は何《な》んとなく胸騒ぎを感じたが、
その日の夕方のことである。町へ使いにいったヒア
テが、ただならぬ顔色でかえって来たので、
「ヒアテ、どうしたんだ。なにをそんなに驚いてい
るんだ」
大佐が声をかけると、ヒアテはびっくりしたよう
に振返《ふりかえ》り、なにか言おうとする模様だったが、その
ままさっと奥へ入っていく。と、殆《ほと》んど同時に、外
から片耳のジョンソンがかえって来た。
「やあ、御勉強ですね」
ロビイで読書している大佐を見るとジョンソンは、
昨日にうってかわって、愛想《あいそ》のよい声で、にこにこ
と話しかける。笑うとこの男は、いっそう気味が悪
いのである。
「なに、勉強というわけではありませんが、あまり
退屈なものだから」
「あなたは滅多に外出されないそうですが、なにか
この土地に御用《ごよう》でもおありですか」
「さあ、用事といえば用事のような、遊びといえば
遊びのような、……」
「なるほど、暢気《のんき》な御身分ですな。お羨《うらや》ましいこと

です」

　にやにやと底気味悪い微笑を湛《たた》えながら、ジョンソンもどっかとそこに腰をおろすと、ありあう新聞を取りあげたが、折《おり》からそこへ、コーヒーを持って入って来たのはヒアテだ。

「おや、コーヒーかい。有難う」

　大佐がカップを受取《うけと》ろうとすると、ヒアテが素速《すばや》く、何やら丸めた紙片を大佐の手に握らせた。幸いジョンソンはそれと気がつかず、

「いや、コーヒーといえば全《まった》くこのコーヒーはうまいですな。なんしろ本場のジャヴァを、すぐ眼《め》のまえに控えているんですからね」

「そうですね。このコーヒーを飲むと、ちょっと他の奴《やつ》は飲めんでしょうね」

　相槌《あいづち》を打ちながら、読みかけの本のかげで、いまヒアテから渡された紙片をひろげてみると、それはなんともいえぬ変梃《へんてこ》なものだった。そこには上図のような絵が画《か》いてあるのだった。

　降矢木大佐はそれを見ると、思わず吹き出しそうになったが、ヒアテが世にも真剣な表情をしてこちらをじっと見ているので、思わずはっと、その紙片

を掌《てのひら》の中に丸めてしまったのである。

謎の絵手紙

冗談ではなかった。

それは絵手紙なのだ。ヒアテが必死の智慧《ちえ》をふりしぼって書いた絵手紙なのだ。

降矢木大佐はかつて、パラオ島にある土人の集会所に、絵文字で年代記を彫りつけてあるのを見たことがある。またエスキモーがいまでも絵手紙を、使用することがあるという話をいつか聞いたこともあった。

そもそも智慧の発達しない頃《ころ》、人類が最初に用いた意志の表示の記号は、世界のどこでも絵だったのだ。それがしだいに簡略化されて、支那《シナ》の漢字となり、エジプトの象形《しょうけい》文字となったことは誰《だれ》でも知っている。

ヒアテは文字を知らない。しかも、いま差迫《さしせま》って何事か大佐に知らせたいことがあるに違いないのだ。それは人前で話せないこと、しかも火急《かきゅう》を要することであることは、ヒアテのあの真剣な表情がよく物語っている。

大佐はもう笑わなかった。それから間もなく晩飯《ばんめし》がすんで部屋へ退《さが》ると、さっきの紙片をひろげて、熱心にそれを判読しようと取りかかっていた。

矢印の示すところで見ると、その絵手紙は左の上から読んでいくのらしい。先《ま》ず第一は三日月《みかづき》だが、これは判読するのに雑作《ぞうさ》はなかった。三日月は夜を示しているのだろう。次《つ》ぎは人が寝ているところらしい。夜になって人が寝る。そこまでは間違いない。

つぎは時計が十二時を示している。これはおそらく十二時を指すのだろう。十二時のつぎには人が帽子をかぶっている。つぎは鞄《かばん》で、その鞄を帽子をかぶった人間が提《さ》げている。

大佐はここではたと当惑したが、この手紙が自分に当てられた以上、帽子をかぶった人間は大佐自身であらねばならぬ。つまり、十二時になると、自分に帽子をかぶれ——ということはつまり服装をととのえろということだろう——服装をととのえ、荷物をまとめて待っていろということではあるまいか。

その次ぎは髪の長い人間が手招《てまね》きしている。そしてその人物が、自分をつれてどこかへ行こうとしている。分《わか》った、分った。髪の長い人間とはつまり女性、——ここではヒアテ自身を示しているのだ。ヒアテが自分をどこかへ案内しようとする。どこへ——？つぎの絵はどうやら河の側《そば》に椰子《やし》が生《は》えているところらしい。つまりそこへヒアテが自分をつれていく。つぎの絵は自分が櫂《かい》を持っているところ——。そうだ、櫂をもって舟に乗っていくと島がある。——と、そこまでは分ったが、さてそのつぎが分らない。

自分が両手をあげているのは、驚いているところだろうか。それはよいとしてそこに腕組みをして坐《すわ》っている三人の人物とは何者だろう。しかもその三人の人物と、自分の心臓をつないであるのは、どういう意味だろう。

わからない。わからない。大佐は最後のこの難問にぶつかって、暫《しばら》くううむと唸《うな》っていたが、その時さっと頭脳《あたま》をかすめたことがあった。

それはかつてアメリカの博物館で見たインディアンの歎願書《たんがんしょ》なるものである。インディアンの酋長《しゅうちょう》がアメリカ政府に提出した、ある事柄に関する歎願書だが、その中には動物で表現された各部落の記号が画《か》いてあり、その動物の心臓が、どれも同じように線でつないであった。説明によると、その線は各部落の意見がまったく一致しているという意味だそうだ。

してみるとこの絵手紙も、自分と三人の人物の意見が一致しているという意味だろうか。意見が一致するということは、別の言葉でいえば友人ということになるのかも知れない。島の中に自分の友人がいる、それを見て自分が驚くような人物が……

大佐はそこでふいにはっと胸をとどろかせた。その友人とはひょっとすると龍太郎ではあるまいか！

時計を見ると七時である。大佐は非常に昂奮《こうふん》をおぼえた。そうだ。この判読の可否《かひ》はさておき、物は試しだ。十二時になるまで寝ずに待っていよう。

大佐は注意深く荷物をまとめると、念のためにホテルの払いを卓子《テーブル》のうえにおき、期待と不安に胸をとどろかせながら、ベッドの端《はし》に坐って、じっと時刻の移るを待っていた。

——と、やがて十二時、どこかでコトリと物音がするとふいにすうっとドアが開いて、顔を出したのはまぎれもなくヒアテ。

「ヒアテ」

「レフー」

唇《くちびる》をおさえながら、ヒアテはそれでも大佐が用意をして待っていたのを見ると、さも満足らしく、

「さあ、行きましょう！」

「どこへいくんだ」

「しっ、黙って！」

ヒアテは一旦《いったん》廊下へ出たが、すぐまた引返《ひきかえ》して来ると、何を思ったか、大佐の胸からハンケチを取出《とりだ》し、それに何やら塗りつけると、ポンとベッドのうえに投げ出した。

「ヒアテ、何《な》んの呪《まじな》いだね。あれは……」

「何んでもいいの、ついていらっしゃい」

廊下づたいに裏階段をおりると、街路に野菜をいっぱい積んだ幌《ほろ》馬車がとまっている。幌馬車の中にはすでに隼も乗りこんでいた。大佐は今更《いまさら》の如《ごと》くヒアテの機転に感服《かんぷく》しながら、すばやくその馬車の中にもぐりこんだが、ヒアテはなにを思ったのか、

「ヌクラ！」

と、馭者《ぎょしゃ》を呼んで、

「お前ここでおりておくれ。馬車はあたしが曳《ひ》いていくから」

それから大佐に向《むか》って、

「旦那《だんな》様、靴を貸して下さいな」

「靴を？」

「何んでもいいから早く早く」

意味ありげなヒアテの言葉に、大佐が靴を脱いで渡すとヒアテはその裏にまた何やら塗って、

「ヌクラ、その靴をはいておいで。そしてどこでもいいから、これから町中を走り廻《まわ》って来るんだよ。いいかい、分《わか》った？　もしあたしのいう事をきかなかったら、今度あっても口を利《き》いてあげないよ」

ヒアテの言葉は覿面《てきめん》だった。正直そうな土人の若者は大佐の靴をはくと、まっしぐらに熱帯の月夜を駆け出していったのである。そのためにどのような恐ろしい災難に遭《あ》うかも知らずに。……

ヒアテの智慧

「ヒアテ、ありゃいったいどういうわけだい。おかげで俺《わし》ゃ跣足《はだし》だぜ」

「黙っていらっしゃい。靴ぐらいなんでもないわ、ヌクラには少し気の毒だけど……」

駆者台に乗ったヒアテは、いかにも嬉《うれ》しそうに鞭《むち》をふっている。

「ヒアテ、どうしたんだ今夜はまた馬鹿に嬉しそうじゃないか」

「ええ、嬉しいの。とても嬉しいのよ」

「ほほう、大した御機嫌《ごきげん》だが、いったいなにがそんなに嬉しいんだね」

「可愛《かわい》い人がとうとう見つかったのよ。今日買物にいく途中で、その人の方からあたしを呼びとめて下すった、とても可愛い方、これからその方のところへあなたと一緒にいくのよ」

大佐は思わずはっとした。

「ヒアテ、その可愛い人というのは、お前と同じ肌をした男かい?」

「ええ、そうよ。でもこの国の人じゃないわ。バリー島でもああいう人は見なかった。あたしあの人がどこの人か知らない。でもあたしにはわかっているわ。長い長いあいだあたしが待っていた人が来てくれたのだということを。あの人はもうあたしのものよ」

「その男というのは一人かい?」

「いいえ、連れが二人います。その中の一人が、あなたをこっそり連れて来てくれといったのよ。あの白人にわからないように……」

いいかけて、ヒアテは突然はっと口を噤《つぐ》むと、俄《にわ》かに馬車を急がせて、大通《おおどおり》から横へ曲《まが》ると、そこでぴたりと車をとめた。

「ヒアテ、どうしたのだ」

「しっ、黙って! 隼を——隼が吠《ほ》えないように気をつけて……」

その時、どこか遠くの方で、けたたましく犬の吠える声、それを聞くと隼が、馬車の中でピンと両耳を立てて唸《うな》り出した。

「しっ、静かに! 吠えるんじゃないぞ」

大佐があわてて隼の首を抱きしめた時だ。月光にぬれた向《むこ》うの大通を、風のように走りすぎたのはまぎれもなくネロとジュピタア。それが通りすぎて暫《しばら》くすると、入乱《いりみだ》れた跫音《あしおと》とともに、どやどやと現れたのは土人をまじえた数名の男、しかもピストル片手にその先頭に立っているのは、まぎれもなくあの片耳のジョンソンではないか。

一行が通りすぎると、ヒアテはほっと額《ひたい》の汗を拭《ぬぐ》

いながら、

「いい工合《ぐあい》に誤魔化《ごまか》されていったわ。でも可哀《かわい》そうなヌクラ！」

大佐には、はじめて万事がのみこめた。大佐のハンケチを部屋に残したのも、大佐の靴をヌクラにはかせたのも……あのハンケチと靴底にヒアテは同じ椰子油《やしゆ》を塗っておいたのだ。そしていまシェパードは、その匂《にお》いを追跡しているのである。おお、なんという賢さだろう。彼女はあらかじめ、ジョンソンがシェパードを使って、大佐のあとを尾行することを知っていたのだ。

「ヒアテ！」大佐は熱いものを呑込《のみこ》むような声だった。

「なんですの」

ヌクラの運命を思いやったのか、ヒアテもさすがに暗い顔をしている。

「あれはお前の智慧《ちえ》なのか？　それともお前の可愛い人が教えてくれたのか？」

「あの人は、ジョンソンが犬をつれていることは知りませんでした。でも、そんな事はどうでもいい。さあ、急ぎましょう。いまに間違いに気がついて、引返《ひきかえ》して来るにきまっているわ」

ヒアテが馬車を急がせてやって来たのは、サマリンダを貫《つらぬ》いて流れている、コティー河の上流だった。河を埋《うず》めて一面においしげっているマングローブの根元に、カヌーが一艘《そう》つないである。ヒアテと大佐が、馬車から飛びおりた時だった。そのカヌーの中からむっくり頭をもたげた一人の男。

「降矢木大佐ですか」

立派な日本語だった。大佐はおおと身を乗り出して、月の光に相手をすかしてみたが、半裸体《はんらたい》のその男に見覚えはなかった。

「いかにも俺《わし》は降矢木大佐だが、君は誰《だれ》だ」

「僕は寺木中尉です。東海林龍太郎君の友人です」

「おお、それじゃ龍太郎は生きているのか」

「はい、生きています。生きて向うの三角洲《デルタ》の中にかくれているのです。しかし……」

「しかし……？」

「龍太郎君は病気です。マラリヤらしいのです」

ヒアテには二人の話す日本語はわからなかったが、恋する者の敏感さ、マラリヤという言葉だけははっきり耳に入った。

「おお、あの人が病気？　あの人がマラリヤ？」

狂気《きちがい》のように叫ぶと、ヒアテはわれからさきに立って、ひらりとカヌーの中にとび込んだ。そのあとから大佐と隼も乗りこんで、

「ヒアテどうしたのだ。お前はもう帰っていいのだよ」

なだめるようにいうのだが、そんな言葉が耳に入るヒアテではなかった。

「いいえ、いきます。あの人はあたしのものです。あたしが介抱《かいほう》しなければあの人は死んでしまう。さあ、やって、舟をやって頂戴《ちょうだい》」

こう取乱《とりみだ》しては手のつけようがない。寺木中尉は仕方なく櫂《かい》をとって、河の中流まで漕出《こぎだ》したが、その時だ。けたたましい犬の吠声《ほえごえ》とともに、どやどやと河岸に駆けつけたのは、まぎれもなく片耳ジョンソンの一味の者だ。

「しまった。みんな体を伏せろ！」

大佐の言葉に一同は、パッとカヌーの底に平這《ひらば》いになったが、その刹那《せつな》、パンパンと夜のしじまを貫いて、ピストルの弾丸《たま》が霰《あられ》のように、カヌーの周囲に落下して来た。

密林《ジャングル》を縫《ぬ》うて

ボルネオの中部脊髄帯《せきずいたい》地方から源《みなもと》を発して、東部海岸へ注ぐコティー川。

そもそもこのコティー川というのは、英領ボルネオとの境界にある、島内随一《ずいいち》の高山テハン山あたりから、源を発しているということはわかっているが、途中を覆《おお》う果《はて》しなき大密林《ジャングル》と、ある不明の障害にさえぎられて、いままでだれひとり、その水源地方を探りあてたものがないのである。いわばそここそは文明の光から、まったく絶縁された一大人外魔境《じんがいまきょう》なのだ。

かつて片耳の鬼ジョンソンでさえが、あの珊瑚礁《さんごしょう》において、要塞《ようさい》司令官にこういったではないか。

「そこはどんな文明の利器といえども、絶対に近附《ちかづ》くことが出来ない人外境なのです。飛行機といえども、その天然の要害《ようがい》のうえを、安全に飛ぶことは出来ないでしょう」

――と。

されば、そこには一体どのような恐ろしい天然の

秘密があるのか、密林《ジャングル》の神秘が横《よこた》わっているのか――それらのことは、いま暫《しばら》くおあずかりとしておいて、さて今しも、この神秘に包まれた人外境を目差して、勇敢にコティー川を遡行《そこう》していく二艘のカヌーがあった。いうまでもなくこのカヌーこそ、やまと王国の秘境を探ろうと、命を的《まと》に突進していく南海の太陽児《たいようじ》、東海林龍太郎とその一行なのである。

　一艘のカヌーには龍太郎と降矢木大佐、それから龍太郎の看護をかって出て、どうしても帰ろうとしない熱帯娘のヒアテの三人。もう一艘のカヌーには寺木中尉と土人モコ、それから猛犬隼のほかに食糧や武器弾薬、その他身のまわりの必需品などが、ぎっしりと積みこまれている。

　あのサマリンダの町で、危《あや》うく片耳の鬼ジョンソンの追跡から遁《のが》れてきょうで三日目。一行はこうしていよいよ、目的のやまと王国めざして歩《ほ》一歩《いっぽ》と近附きつつあるのだが、それにしても彼らの身のうえには、なお多くの心痛や危惧《きぐ》の種《たね》があった。

　先《ま》ずその第一は、龍太郎の健康状態なのである。

　あの珊瑚礁を遁れ出てから、龍太郎は不思議な熱になやまされつづけていた。間歇《かんけつ》的に襲って来るその熱は、下《さが》ったときには殆《ほと》んど常態とかわらなかったが、一度上昇しはじめると、まるで体中が火のように燃えあがって、忽《たちま》ち人事不省《じんじふせい》となるのである。

　マラリヤの一種にはちがいなかった。しかしマラリヤとしても、よほど悪性のものであるらしく、大佐の携《たずさ》えて来たキニーネ剤も、とんとその薬効が見えないのである。おまけに食欲《しょくよく》の不振と、照りつける赤道《せきどう》の太陽にいためつけられ、あれほど頑健《がんけん》であった肉体も、日一日と憔衰《しょうすい》し枯瘦《こそう》していく。この状態がつづけば、たとえ無事にやまと王国へ辿《たど》りつくことが出来るとしても、果《はた》してそれまで体がもつだろうかと、それが一行にとっては憂慮《ゆうりょ》の種だった。

　この心配に搗《か》てて加えて、一行はたえずあの片耳の鬼ジョンソンの追跡に、気をくばっていなければならなかった。サマリンダではヒアテの機転で、たくみに彼の毒手からまぬがれることが出来たが、何しろ相手は蛇《へび》のように執念《しゅうねん》ぶかい片耳の鬼だ。そのままやみやみ引きさがろうとは思えない。こういううちにも、あの二匹の猟犬《りょうけん》を先頭に立てて、背後から迫って来るのではあるまいか。――そう考えると、一刻も油断は出来ないのである。

なおそのうえに、いよいよ未開の密林地帯へさしかかった現在となっては、猛獣毒蛇、さては慓悍《ひょうかん》な首狩人種《くびかり》ダヤク族の来襲にも、そなえなければならぬ。それやこれやで一行は、片時《かたとき》も気のやすまる暇《ひま》はなかったが、もし、こういう心配さえなかったら、この密林の旅ほど雄大にして、爽快《そうかい》なものはなかったであろう。

夜ともなれば月をかすめて、大蝙蝠《こうもり》の群《むれ》が黒い虹《にじ》をかけつらねたように、密林から密林へと飛翔《ひしょう》する。おりおりけたたましいカメレオンの声が、千古《せんこ》の闇《やみ》をつんざいた。

夜があけるとそこは、行けども行けども果《はて》しなく続いた紅樹海《こうじゅかい》だ。この紅樹林の尾根《おね》を、ときどき夥《おびただ》しい猿《さる》の大群がわたっていく。羽根美しい極楽《ごくらく》鳥《ちょう》が、密林の中を飛び交うのが見えるかと思うと、けばけばしい色彩をした鸚鵡《おうむ》が、かなきり声で囀《さえず》っているのも聞《きこ》える。

そこにはドリアン、マンゴスチンなどの、魂《たましい》をしびらせるような果実が、枝もたわわになっているし、バナナはいたるところに巨大な房《ふさ》をぶらさげている。熱帯には夏も冬もない。野生の果実は四季をえらばず実り、土人たちが食料に、不自由をかんずるようなことは絶対になかった。なるほどこれでは、彼らのあいだに、貯蓄心の芽生《めば》えが見られないのも無理ではあるまい。

だが、密林の旅は、こういうよいことばかりが続いているのではない。一歩眼《め》を河の中に転ずれば、そこにはボルネオ名物の鰐《わに》が、うじゃうじゃするほど甲羅《こうら》を干している。滅多《めった》に人間を見たことのない彼らは、一行のカヌーを見ても少しも驚かない。碧《あお》く澱《よど》んだ水の中に、ポッカリと浮いているさまは、どうかすると浮木と間違われ、危《あや》うくその甲羅にカヌーを乗りあげそうになる。

うっかりそいつに衝突して、カヌーが転覆《てんぷく》でもしようものなら一大事だ。

一度彼らは、河岸へ水を飲みに来た巨大な猿が、鰐に肢《あし》をとられて、ずるずると水の中へ引きずりこまれるさまを見たが、その時の猿の啼声《なきごえ》が、よほど後まで、耳について離れなかったものである。

ミュウ大陸の遺跡

こうしてサマリンダを出発してから七日目。一行を乗せたカヌーは、とある丘陵《きゅうりょう》地帯へと辿《たど》りついた。

コティー川はそこで嶮《けわ》しくくの字なりに屈曲《くっきょく》して、そのあたり密林がしばし途絶《とだ》えて、この辺には珍しい草原地帯をなしている。

このあいだから龍太郎の父、東海林健三が書き送った地図と、首っぴきをしていた降矢木大佐は、この草原地帯を見ると、思わずぎろりと眼《め》を輝かせ、

「ふむ、ここだ」

と、寺木中尉を振りかえり、

「寺木君、この草原地帯のことが地図にものっているが、ここにはたしかに、サイパン島にあるのと同じような、石柱が遺《のこ》っている筈《はず》だ」

「ひとつここらで上陸してみましょうか」

「よかろう」

カヌーの旅には、かなり飽々《あきあき》していたところだったし、それに食料もだいぶ心細くなっていたので、野生のバナナでもあさって来る必要があった。

そこで一行は、カヌーを岸へつないで上陸したが、と、彼らの眼にいきなりうつったのは、丘のうえに建っている巨大な石柱なのだ。

「ああ、あれだ東海林健三が地図に書きのこしたのは」

ちかづいてみると、それは縦横《たてよこ》四尺《しゃく》か五尺、高さ一丈《じょう》あまりの石柱のうえに、直径六七尺ばかりの石が、ちょうど曳臼《ひきうす》をさかさまにしたように伏せてある。そういう石柱が二間《けん》ほどの間隔をおいて、六対《つい》ばかりずらりとならんでいるのである。

「いったい、これは何《な》んのまじないでしょうねえ。土人たちが作ったものなんでしょうか」

「いや、なんのまじないかは不明だが、現存している土人たちの、手になったものでないことだけは確かだ。彼らの智慧《ちえ》では、とてもこれだけの工事は出来ないんだよ」

「すると、ここいらには、現在いる土人たちよりも、もっと文化の進んだ先住民族がいた、――というわけですか」

「そうなんだ。君はイースター島にある、巨石文化

を知らないかね」

「イースター島といえば、南米チリーから二千浬《カイリ》も沖にある、太平洋中の絶海の孤島ですね。名前だけは海図のうえでよく知っていますよ」

「そうだ。このイースター島が発見されたのは、今から二百年あまり昔のことだが、驚いたことにこの孤島には、見上げるばかりの巨石像が群《むれ》をなしている。それのみか象形《しょうけい》文字の彫刻や、石造の祭壇《さいだん》ようのものさえ数多く発見されている。つまり何時《いつ》の時代にかその島に、容易ならぬ文明を持っていた民族が、住んでいたことが想像されるが、それがどういう民族であるか、いまのところ皆目《かいもく》わからない。ところが、こういう驚嘆すべき巨石文化の大遺跡《いせき》は、イースター島ばかりではない。わが南洋群島に属するポナペ、クサイ、サイパンなど、いたるところに、同じような遺跡が発見されるのだ。そこで西洋のある学者は、つぎのような想像説をたてている。かつて太平洋のまんなかには、赤道《せきどう》をなかにはさんで、東西五千哩《マイル》、南北三千哩という広大な大陸があった。そこは見渡す限り緑の大平原で、そこに住む民族は自ら日の子と称し、日の神を崇拝《すうはい》し、天文、航海、暦術《れきじゅつ》、建築等、驚くべき発達をとげていた。学者はこれを仮《か》りにミュウ大陸と名づけて、この大陸こそは人類文化発生の地であり、欧洲《おうしゅう》文明の憧《あこが》れの的《まと》であったエデンの花園というのは、実にこのミュウ大陸を指しているというのだ。古代エジプト、バビロン、アッシリヤ等は、すべてこの大陸民族の植民地であり、そこに遺る古代文化の遺跡もすべて、ミュウ文化の模倣《もほう》にすぎないといっている。ところが、これほどの高文化を誇ったミュウ大陸も、その後突《とつ》如《じょ》として起《おこ》った地殻《ちかく》上の大変動のために、いまは昔の夢となってしまったのだ。激震と噴火と海嘯《つなみ》、――これが、ミュウ大陸を木《こ》っ葉微塵《ぱみじん》に破壊して、いまは、南太平洋に残る飛石《とびいし》づたいの群島だけが、漸《よう》く過去の文化を物語っているのだ」

「なるほど、そうするとここにあるこの石柱なども、ミュウ大陸の遺跡なんですね」

「そうだよ。ねえ、寺木君、人類の歴史は実に悠遠《ゆうえん》だ。しかしこれだけのことは云《い》えるだろう。人類のすべての文化は太平洋から起った。そして、やがて同じ太平洋こそは、人類文化の争覇《そうは》の地となるだろうということが……」

寺木中尉は感慨ぶかい面持《おもも》ちでこの古代文化の遺跡を撫《ぶ》していたが、突然、奇妙な声をあげると、

「あ、大佐、御覧《ごらん》なさい。ここに何やら彫《ほり》こんでありますよ」

中尉の指さすところを見ると、なるほど苔《こけ》におおわれた石柱の面に、何やら小さな文字が彫こんである。しかもそれは象形文字でもなければ、希臘《ギリシャ》文字でもない。明らかにわが日本の文字ではないか。

「おお、もしやこれは東海林健三の……」

大佐も昂奮《こうふん》の色をうかべて、苔をはらい、おぼつかない文字の跡を辿《たど》っていったが、やがて次《つ》ぎのような文句を判読することが出来たのである。

大正九年、日本人東海林健三ココヲ過グ。

大正十一年、日本人東海林健三再ビココヲ過ギテ大和《ヤマト》王国ニ入ル。

我ガ子ヨ。モシ汝《ナンジ》ココヲ過ギルコトアレバ我ガ霊ヲトムラヘ。又《マタ》、逆《サカサマ》ニツルサレタル時ハ、聖龍ノシルシヲ忘ルナ。

最後の文句は甚《はなは》だ唐突《とうとつ》で、その意味を解しかねるのだったが、しかし、これこそは龍太郎の父健三が、再び人外境《じんがいきょう》に入る時、そこに書き記していったものにちがいなかった。

ああ、人生の織る筬《おさ》の不思議さよ。

この熱帯の魔境の中に、父の手記を眼のまえにおきながら、肝腎《かんじん》の龍太郎はヒアテの腕に抱かれたまま、昏々《こんこん》として熱にうなされつづけているのである。

密林《ジャングル》の怪火

それはさておき、ミュウ大陸の遺跡で、意外に手間どった。降矢木大佐と寺木中尉の二人は、それから急いで、食料を探しにいかねばならなかった。

幸い例の巨石の下が、ほどよい日蔭《ひかげ》になっているので、そこに龍太郎とヒアテとモコの三人を残した大佐と寺木中尉の二人は、隼をつれて密林《ジャングル》の中へ、果実をあさりに出かけることになった。

「ヒアテ、それじゃ龍太郎のことは頼んだよ」

大佐がいくらか心配そうにいうと、ヒアテは美しい歯並《はなみ》を出して笑いながら、

「大丈夫《だいじょうぶ》ですよ。あたしの可愛《かわい》い人なんですもの。

決して粗略《そりゃく》にしゃしませんわ」

草のうえに坐《すわ》ったヒアテは、熱にうかされている龍太郎の頭を、膝《ひざ》のうえにのせながら、しきりに、木の葉で蝿《はえ》を追うている。

まったくこの辺でも蝿という奴《やつ》は多かった。かつてある西洋の詩人もいったとおり、人類の最後の一人が息を引きとろうという時でも、きっとその頭上には、蝿の奴めが舞い狂っているに違いない。

「大佐、どうも僕にはあのヒアテという娘が、気になってたまりませんよ」

「どうしてさ、親切ないい娘じゃないか」

「その親切が気がかりなんです。あの調子じゃどんなことがあっても、龍太郎君のそばを離れっこありませんぜ。熱帯娘の恋情《れんじょう》という奴は実に猛烈ですからね」

「ふむ、龍太郎には大分《だいぶ》参っているらしいな。しかし、まあいいじゃないか。さきのことはさきの事さ。いまはあの娘がいてくれたほうが何かと便利だ」

「それはそうですがね、どうせ一緒になれる二人ではなし、僕はいざという場合のことを考えると、あの娘が可哀《かわい》そうでならないんですよ」

若い中尉は、ヒアテの実意をつくしての看護を見るにつけ、何かと不憫《ふびん》でならないのだったが、果《はた》せる哉《かな》、やがて彼らはこの娘の世にも哀《あわ》れな恋の悲劇に、身を切られるような思いをしなければならないのだった。

それはさておき、隼をつれた二人が、密林の中へ入ると、そこにはあるある。ドリアン、マンゴスチン、バナナの類が、いたるところに自生しているのだ。

中尉は思わず溜息《ためいき》をつき、

「全《まった》く惜しいものですな。こういう天然の美味を、猿《さる》や鳥の餌物《えもの》にして放置してしまう。しかも一方では、食料難で苦しんでいる国民さえあるんですからね」

「そのとおりだよ、中尉。惜しいのはこの果物ばかりではない。見給《みたま》え、この紅樹《こうじゅ》の海を。この樹《き》はいま日本が苦しんでいる、木炭《もくたん》になるばかりじゃない、樹皮からはタンニンがとれる。わが台湾で躍起《やっき》となって栽培している熱帯資源が、ここではわんさと野生のまま、放置されているんだ」

大佐も憤《いきどお》ろしく、密林の奇怪な灌木《かんぼく》を靴で蹴《け》りながら、

「しかも和蘭《オランダ》官憲は、これ等《ら》の資源に手をつけようにも、手がつけられないのだ。彼らの貧弱な人的資源と資本では、ジャヴァの開発だけがせい一杯で、スマトラやボルネオは、さながら原始のままでほったらかしてある。しかも一方では人口の過剰と、資源の不足に悩まされつづけている国がある。こんな不公平なことが、いつまでも許されるだろうか」

「まったくです。このボルネオだけだって、灌漑《かんがい》したら立派な水田になり得る土地が、何百万町《ちょう》もあり、台湾の何十倍という米が、一年に三度もとれるというのに、絶対に手がつけてないのですからね」

「いや、農業ばかりじゃない。地下に埋蔵《まいぞう》された、鉱物資源だってそのとおりで、例えば石油だが、これなども採掘《さいくつ》しているとはいうものの、いまのところ実に貧弱なものだからな。もしこれへ、優秀な日本の技術が加わったらと思うのだが……」

「ええい、そういえば何もかも、癪《しゃく》にさわることばかりだ」

寺木中尉がいやというほど、灌木のうえを薙立《なぎた》てた時である。

密林の奥から、俄《にわ》かにパチパチと物のはぜる音が聞《き》こえたかと思うと、蒙々《もうもう》たる煙が物凄《ものすご》い勢《いきお》いで天に冲《ちゅう》するのが見えた。

「あっ、火事だ、大佐、火事です！」

寺木中尉は思わず顔色を失ったが、大佐は落着《おちつ》きはらったもので、

「なに、心配することはないさ。これが和蘭《オランダ》人のやりかたさ。密林を焼きはらってその跡へ護謨《ゴム》の木をうえつける。なるほど護謨《ゴム》も大切だが、こうして莫《ばく》大《だい》なパルプ資源が、闇《やみ》から闇へと葬《ほうむ》られていくかと思うと、まったく日本人にとっては涎《よだれ》が出るほど惜しい話さ」

だが。……

そういううちにも、火の手はいよいよ勢を加えて、密林をひとなめにしながら、こちらの方へ進んで来る。熱帯の乾ききった空気の中では、一度火事が起ると、激しいスコールが来るまでは、絶対に消えることがないのだ。

千古《せんこ》の秘密をつつんだ巨木が、焔《ほのお》に包まれ、火の粉《こ》を吐き散らしながら、大地をゆるがして倒れるさまは、壮絶《そうぜつ》とも凄絶《せいぜつ》とも言葉がない。

その焔に追われて、様々な奇獣怪鳥が、蜘蛛《くも》の子

を散らすように逃げて来る。

「大佐、危い！　逃げましょう」

「ふむ」

こうなっては大佐も落着いてはいられない。極楽《ごくらく》鳥《ちょう》や猿の群《むれ》にまじって、一目散《いちもくさん》に逃げ出したが、あとから追いすがる火の手の速さに、ともすれば煙に包まれてしまいそうになる。

二人は生命《いのち》からがら、やっと密林を抜け出して、草原まで出て来たが、と見ればひらめく太陽の中に、巨大な密林が一団の焔と化して崩れるさまは、何んとも形容の出来ぬほどの物凄《ものすご》さだ。煙の中を飛び交う鳥の叫び声、猛獣の咆哮《ほうこう》。――

大佐はほっと額《ひたい》の汗をふき、

「ふむ、危いところだったね」

「大佐、それにしても不思議じゃありませんか。大佐はさっき和蘭人が護謨園をつくるために、密林を焼き払うのだとおっしゃったが、この辺に和蘭人がいるのでしょうか」

大佐はそれを聞くと、思わずはっと顔色をかえた。和蘭人でないとすれば、火を放《はな》ったのはもしや、片耳のジョンソンではあるまいか。

二人はそれと気がつくと、一散《いっさん》にさっきの石柱のところまで取ってかえしたが、そこには龍太郎をはじめとして、ヒアテもモコも、影も形もなくなっている。

ただ踏みにじられた草の痕《あと》が、何か変事のあったことを物語るばかり。……

逆吊りの刑

陽《ひ》が落ちて月が出た。夕方頃《ごろ》やって来たスコールのために、さしもの火事も消えたが、まだぶすぶすといぶっている余燼《よじん》が、熱帯の夜の空気を不安にゆすぶって、おりおり塒《ねぐら》をうしなった猛獣の咆哮が、物悲しく聞《きこ》えて来る。

まったく、一朝《いっちょう》にして灰燼《かいじん》に帰した大密林の廃墟《はいきょ》ほど、物凄くも寂寥《せきりょう》を極めたものはない。一面の焼《やけ》野原のなかに、ところどころ黒く焼けのこった巨木の残骸《ざんがい》が、哀《あわ》れな姿をそば立たせて、そのうえに、赤銅色《しゃくどういろ》の半月《はんげつ》がかかっている。その月をかすめて、今宵《こよい》も真黒《まっくろ》な蝙蝠《こうもり》の虹《にじ》だ。

降矢木大佐と寺木中尉の二人は、そういう廃墟のほとりを、もう数時間もさまよい歩いている。

　龍太郎をはじめとして、ヒアテとモコの三人が、何者にか無理矢理《むりやり》に拉《らっ》し去られたことは、草原のうえに残っている、入乱《いりみだ》れた足跡からも判断することが出来た。

　彼らは河からあがって来て、再び河へ、三人のものを連れ去っていったらしい。泥のうえに残っていた足跡から見ると、大佐や中尉がおそれていたように、掠奪者《りゃくだつしゃ》は片耳ジョンソンの一味ではなくどうやらこの辺に住むダヤク族の蕃人《ばんじん》であるらしい。

　そこにかすかな希望の糸もほの見えるのだが、しかし考えてみると、ダヤク族というのは、いまだに首狩りの蕃習《ばんしゅう》を持っている未開土人なのだ。彼らは台湾の高砂《たかさご》族のタイヤルと血族を同じくしていて、時々彼らの神に生首《なまくび》を捧《ささ》げる習慣を持っているのである。

　もし彼らの手にかかって、神の生贄《いけにえ》とされたら。

——そう思うと、降矢木大佐も寺木中尉も気が気でなかった。しかし、土人どもはカヌーも一緒に持っていってしまったので、二人は河を遡行《そこう》することも出来ない。それに陸づたいに逃げていったのなら、隼の鼻が物をいうのだが、水のうえではどうすることも出来ない。

　それでも二人は必死となって、河沿いに上へ上へと登っていく。幸いにあの草原を境として、それから暫《しばら》くは密林《ジャングル》の繁《しげ》みもあまり深くはなかった、その代《かわ》り、うっかりしていると、河ぶちの泥沼に足をさらわれそうになる。その辺いったい、腐蝕《ふしょく》した植物が、どろどろとした底なしの沼をつくっていて、うっかりそれに踏み込みでもしようものなら、それこそずるずると全身を呑《の》まれてしまうのだ。

　そういう沼のほとりには、きまって巨大な動物の白骨が散乱している。思うに水を飲みに来た動物が、沼の餌食《えじき》になって、やがて白骨だけが浮《う》びあがって来たものだろう。凄惨《せいさん》なその有様《ありさま》を見ると、大佐も中尉も思わず眼《め》をそ向《む》けずにはいられなかった。

　しばらく川を遡《さかのぼ》っていくと、やがて流《ながれ》が二岐《ふたまた》に別れているところまで来た。一方は彼らの目差す、テハン山のほうへ続いているのだが、一方はそれよりずっと流れも細く、なだらかな沼沢《しょうたく》地帯のあいだを縫《ぬ》うて、そこで本流と合しているのである。

　ここまで来た時である。

さきほどからしきりに、そのあたりを嗅《か》いでいた隼が、突然、妙な唸《うな》り声をあげると、まっしぐらに草叢《くさむら》の中へおどりこんでいった。

「隼、どうしたのだ。帰れ、帰れ」

大佐が叫ぶと、隼はすぐ草叢の中から引きかえして来たが、見ると口に、何やら赤いものを咥《くわ》えている。

「隼、何を咥えて来たんだ」

猛獣を追っ払うためにかざして来た炬火《たいまつ》のあかりで見ると、それは赤い三角巾《さんかくぎれ》——まぎれもなく、ヒアテが頭に巻いていたものだ。

「あっ、ヒアテの三角巾だ」

「ふむ。すると彼らはこの辺を通っていったんですね。有難《ありがた》い、どうやらわれわれは、正しい足跡を辿《たど》っているらしい」

隼は尻尾《しっぽ》をふりながら、猶《なお》もしきりにその辺の土を嗅いでいたが、やがて支流に沿って猛烈な勢いで走っていく。

「大佐、隼がどうやら、足跡を嗅ぎつけたらしいですよ」

隼について走ること数町《ちょう》、彼らは流れがゆるく屈曲して、入江を形作っているあたりまで辿りついたが、そこまで来ると、隼がひらりと河のほうへ降りていった。

あとからついていって見ると、そこには生繁《おいしげ》った灌木《かんぼく》の中に、見覚えのあるカヌーが隠してある。

「あ、すると彼奴《きゃつ》らは、ここで上陸したんですね」

「よし、ここまで来ればもう探りあてることは雑作《ぞうさ》ない。——あっ、あれはなんだ」

降矢木大佐が振りかえった時である。いま後にして来た密林のあたり、空が真赤《まっか》に燃えあがっているのだ。余燼《よじん》がまだ燃え残って密林《ジャングル》にうつったのにちがいない。炎々《えんえん》たる焰《ほのお》が空をこがして、塗粉《ぬりこ》のような火の粉《こ》が一面に散乱している。

ど、ど、ど、ど——と、大地をゆるがすような音は、巨木が裂けて倒れる音か。と、それにまじって、どこからともなく、かすかな物悲しげな太鼓《たいこ》の音が聞えて来た。

「あ、あの物音は？」

と、見れば、密林《ジャングル》に取りかこまれた沼沢地帯の丘《きゅう》陵《りょう》のうえに、いましも点々として篝火《かがりび》がゆれているのが見える。太鼓の音はその篝火のほとりから聞えて来るのであった。

「ああ、ダヤク族の部落だ」

「よし、いって見ろ」

　その辺いったい沼の瘴気《しょうき》がたてこめて、ともすれば足がめり込みそうな水溜《みずたま》りなのである。その水も碧黒《あおぐろ》く澱《よど》んでそこにもここにも動物の骨が一面に散乱している。それは気の滅入《めい》るような、死界の荒《こう》涼《りょう》たる風景だった。

　二人はこういう沼沢地帯をぬけて、やっと中央の丘陵まで辿りついたが、その時、彼らの眼にうつったのは、何《な》んとも云《い》いようのない物凄い光景だった。

　中央の大篝火を取りかこんで、慓悍《ひょうかん》な面魂《つらだましい》をした土人の群《むれ》が、しきりに手をあげたり降ろしたりしている。どうやら、彼らは神に祈りを捧げているらしい。正面にいるのが酋長《しゅうちょう》と見えて、これがしきりに燃えあがる密林に向《む》って、何やら喚《わめ》いているのである。

　だが、降矢木大佐と寺木中尉が、思わずあっと呼《い》吸《き》をのんだのは、そういう光景ではなかった。

　酋長のそばに二本の高い棒が立っていて、その棒と棒の間に一本の綱が張りわたされている。そして、その綱から、真逆様《まっさかさま》に吊《つる》されているのは、まぎれもなく東海林龍太郎ではないか。

　それを見た刹那《せつな》、降矢木大佐の頭には、さっとばかりにさきほどの、石柱の文字がうかんだのである。

　――又《マタ》、逆《サカサマ》ニ吊サレタ時ハ、腰ノ聖龍ノシルシヲ忘ルナ。

　あの、健三の遺《のこ》した文字なのである。

秘境の扉

　分《わか》った、分った。あの文句はダヤク族の刑罰のことをいっているのだ。おそらく彼らは密林のあの大火を、神の怒《いかり》と解して、それを鎮《しず》めるために龍太郎を生贄《いけにえ》に供《そな》えようとするのだろう。だが、あの文句にある、聖龍の印《しるし》を忘るなとは、いったいどういう意味だろう。

　と、見れば、この恐ろしい死刑柱のそばには、ヒアテとモコが縛《しば》られて、二人とも生きている色も見えなかった。

　やがて、密林に向って禱《いのり》を捧げていた酋長が、手をあげて何やら合図をすると、二三人の土人がばらばらと立って、燃えあがる篝火の中から、火のついた薪《まき》を拾いあげた。あっ、その火が、龍太郎を下から焙《あぶ》り殺そうとする。

この時だった。

ズドンと闇《やみ》を貫《つらぬ》いて、とどろきわたった一発の銃声。――いうまでもなく、寺木中尉のはなったものである。

狙《ねら》いをあやまたず、薪を持っていた土人の胸板《むないた》を貫いたからたまらない。奇妙な叫び声をあげたかと思うと、土人は五六尺《しゃく》の虚空《こくう》を、見事にとんぼ返りをうって、そのままどさりと、傍《かたわ》らの篝火のほとりに落ちて動かなくなった。

この意外な出来事に、篝火のほとりは大騒ぎだ。上を下へとごった返しているその中へ、まっ先にとびこんでいったのは降矢木大佐。つづいて躍《おど》りこんだ寺木中尉が、酋長の胸板めがけて引金《ひきがね》を引こうとするのを、

「待て!」

呼びとめておいて、急《いそ》がしく龍太郎を綱から降ろすと、何思ったのかいきなり、ばりばりとそのパンツを引き裂いた。

――と見よ。燃えあがる篝火の中に、歴然《ありあり》と浮きあがったのはあの、奇怪な聖龍の印、――するとここに、世にも不思議なことが起《おこ》ったのである。

俄《にわ》かの侵入者に驚いて、槍《やり》を取るもの、弓をかまえる者、あるいは吹矢《ふきや》を持つ者――、てんやわんやと騒いでいた土人たちが、この聖龍の印を見ると、あっと一斉にうしろへ飛びのいて、べたべたとその場へ平伏《へいふく》してしまったのである。

これには大佐も中尉も、狐《きつね》につままれたような按《あん》配《ばい》だ。その石柱の文字から、聖龍の記号が、この土人たちのあいだに、何やら意味を持っているらしいことは想像出来たが、これほど効顕《こうけん》あらたかであろうとは、夢にも思わなかったのである。

それから後は、まるで夢に夢見るような心地《ここち》だった。ヒアテとモコの縛《いましめ》は忽《たちま》ちとかれる。熱にうかされている龍太郎は、酋長の住居《すまい》へ案内されて、まるで神様のように大切に取りあつかわれる。降矢木大佐と寺木中尉も、同様に神様あつかいだった。

「いったいどうしたんでしょうねえ。彼奴《あいつ》ら、あの聖龍の印を知っているんでしょうか」

「何か言い伝えでもあるんだね。まあいいさ。彼奴《あいつ》

らが神様あつかいにするなら、神様になっていてやろうよ。ちょうど幸い、暫《しばら》くここに逗留《とうりゅう》していて、龍太郎が恢復《かいふく》するのを待ってもいい」

何が幸いになるかわからなかった。龍太郎は計らずもここで叮嚀《ていねい》な介抱《かいほう》をうけて、ゆっくり療養する機会にぶつかったのである。

この丘陵《きゅうりょう》地帯には昔のミュウ大陸の遺跡《いせき》が、いたるところに残っていた。それは単なる石柱ばかりではなく、中には立派な石窖《いしむろ》もある。その石窖がかれ等《ら》の住居《すまい》で、龍太郎の療養には持って来いの場所だった。それに彼らは熱病に対する一種の療法も知っていると見えて、二三日すると、龍太郎はびっくりするほど元気になったが、するとここに滑稽《こっけい》な悶着《もんちゃく》が起ったのである。

龍太郎の介抱についた酋長の娘とヒアテが、互いに自分の権利を主張して譲らない。果ては血眼《ちまなこ》になってつかみあいまで始める始末に、これには折角《せっかく》よくなった龍太郎も、呆気《あっけ》にとられて言葉もなかった。

こうして早くも十日あまり立った。

ある日、酋長は降矢木大佐と寺木中尉を案内して、この沼沢地帯の奥にある一条《ひとすじ》の河のほとりまで導いた。小高い丘陵のうえに立って眺《なが》むれば、その流《ながれ》は再び鬱蒼《うっそう》たる密林を貫《つらぬ》いて、目路《めじ》もはるかな奥地まで続いている。そして、その流のはるか向《む》うに、どこか富士山《ふじさん》に似た山が、突兀《とっこつ》として聳《そび》えているのである。

「御覧《ごらん》なさい、あの山を」

酋長は右手でその山を指しながら、

「あなたがたがいこうとするところは、あの山の向うにあるのです。いいえ、私はよく知っています。いまから十七八年昔のことでした。私たちの村へ飄然《ひょうぜん》とひとりの旅人が辿《たど》りついたのです。その人はあなたがたと同じ皮膚を持ち、同じ眼《め》の色をしていました。その時分《じぶん》、私たちの種族のあいだには、沼の瘴気《しょうき》にあてられて、恐ろしい疫病《えきびょう》が流行していたのですが、その旅人が不思議な力で私たちの病気をなおしてくれました。その人はしばらく私たちの村にとどまっていたのですが、やがてあの山の向うへ去っていきました。その時その人が云《い》ったのです。いつかこの村に、聖龍の記号をもった若者が来ることがあろう。その若者こそ自分の子供なのだ。ここへやって来たら叮嚀に保護して、あの山の麓《ふもと》まで送ってくれるようにと。——あの若者ももう大体よくなったようです。明日はカヌーと案内の者をつけて、途中まで送らせます。だが、云っておきますが、そこは恐ろしいところです。いままでそこを窺《うかご》うて、二度と生きてかえった者はありません。それこそは神様のおつくりになった秘密の扉《とびら》——。それを越えるには、人は七つの生命を持っていなければならないのです」

　おぼつかない馬来語《マレー》でしゃべりながら、酋長は慄《りつ》然《ぜん》として体をふるわすのである。

　ああ、想像を絶した人外魔境《じんがいまきょう》の秘密の扉——そこには、どんな恐ろしいことがあるのだろう。

ヒアテの恋

　暫《しばら》くダヤク族の部落に滞在していた東海林龍太郎の一行は、ようやく龍太郎の健康も恢復したので、いよいよ目差すやまと王国へとむかって旅をつづけることになった。

「小父《おじ》さんにも寺木中尉にも、いろいろ御心配をおかけして申訳《もうしわけ》ありません。僕が病気をしたばっかりに、すっかり予定が狂ってしまいました」

　熱病のため見るかげもなくおとろえていた龍太郎の肉体も、部落における休養のために、だいぶ原《もと》に復して、頰《ほお》などにはほんのり紅味《あかみ》が見えて来たのが、降矢木大佐にも寺木中尉にも嬉《うれ》しかった。

「そんなことはないさ。人間誰《だれ》だって病気には勝てない。まあ一時は心配したが、それでもよくなったのは何よりだ」

「そうだとも、そうだとも。なに、僕などの苦労は物の数には入りやしないさ。なんといっても一番苦しかったのはヒアテだろうな。龍太郎君、君はヒアテにはよく礼をいわなければいけないぜ。君が助かったのはまったくヒアテの心尽《こころづく》しのおかげだぜ。なんしろカヌーに乗っているあいだ、ヒアテは君の頭を膝《ひざ》にのっけたまま、三日三晩というもの、一睡《いっすい》もしなかったことさえあるんだからね」

「ヒアテ」

　異郷の心細い旅にあっては、ひとの情《なさけ》ほど嬉しいものはない。龍太郎、いま寺木中尉の口から、熱帯娘ヒアテの心尽しの数々をきくと、思わず咽喉《のど》をつまらせてヒアテのほうを振りかえった。

「ヒアテ、ここへおいで」

「はい」

あんなに快活な娘で、およそ遠慮ということを知らぬ熱帯娘だのに、ヒアテは龍太郎にむかったときだけは、いつも顔に紅葉《もみじ》を散らして、とかく言葉も渋《しぶ》りがちなのが、はたで見ている寺木中尉にはいじらしかった。

「お前にはいろいろお世話になったね。ほんとにお前がいなかったら、僕はとうの昔この熱帯の密林のなかで、骨になっていたかも知れないのだ。いつか僕は、きっとこの御恩《ごおん》返しをするよ」

ヒアテはいくらか不服そうな眼差《まなざ》しでかすかに首を振ってみせる。恩返しなんて水臭《みずくさ》いという意味なのである。しかし龍太郎はかまわず言葉をつづけて、

「だがね、ヒアテ、いまはいけない。われわれはこれから、生きるか死ぬかわからない旅をつづけていくのだ。そこはおまえのような女のいくべきところじゃない。おまえにあれほど世話になりながら、こんな事をいうのは酷《むご》いようだけれど、これもおまえのためを思うから云《い》わねばならぬ。おまえはこれからお帰り、サマリンダへおかえり」

ふいにヒアテは大きく眼《め》を瞠《みは》った。瞠った眼にいっぱい涙が湧《わ》きあがっていた。しかし、龍太郎は委《い》細《さい》かまわず、

「幸いここの酋長《しゅうちょう》はもののわかった男だ。僕から言葉を添えれば、きっと善良な、賢い土人を貸してくれるだろう。それに送らせるから、おまえはいったんサマリンダへかえっておいで」

ヒアテはくると背を向けると、つかつかと土窖《つちあな》の隅《すみ》へいったが、だしぬけに額《ひたい》を壁にくっつけると、まるで堰《せき》を切って落《おと》したように激しく泣き出した。

降矢木大佐も寺木中尉も、ヒアテの哭《な》くのをはじめてみたが、いやその猛烈なさまと云ったら、熱帯のスコールそっくりだった。この赤道附近《せきどうふきん》の娘たちの恋情《れんじょう》は、太陽と同じように熱烈なものだが、その慟《どう》哭《こく》もまた、驟雨《スコール》と同じほど猛烈なものであることを、降矢木大佐も寺木中尉もその時はじめて知ったのである。

こりゃ厄介《やっかい》なことになったわい。——大佐はそう云わんばかりに、しきりに髭《ひげ》をかんでいる。寺木中尉はヒアテの心情がわかっているだけに、慰《なぐさ》めるにも言葉がなかった。

ヒアテはひとしきり哭いてしまうと、壁からはなれて、いきなり龍太郎の足許《あしもと》に身を投げ出した。そして泪《なみだ》のいっぱい溜《た》まっている眼で、龍太郎の顔を仰《あお》ぎながらきれぎれにこんなことをいうのである。嗚咽《おえつ》のためにおりおり言葉は途切れたが、だいたいそれは次《つ》ぎのような意味だった。

「いいえ、いいえ、龍太郎様、あたしはやっぱり参ります。あなたがどのように仰有《おっしゃ》っても、あたしは一緒に参ります。もしあなたがあたしをここへ置き去りになすっても、あたしはひとりでお後を慕《した》って参ります。熱帯にうまれ、熱帯にそだった娘は、一瞥《ひとめ》見て自分の夫を知るものです。そして龍太郎様あなたこそあたしの夫でございます。ながいながい間、物心《ものごころ》つきはじめた時分から、あたしが憬《あこが》れ、あたしが夢想していた夫は、あなたをおいて外《ほか》にはありません。天と地とを育《はぐく》む神が、あたしのためにあなたをお作り下すったのです。いえいえ、あなたのためにあたしをお作り下すったのです。風も嵐も地震も海嘯《つなみ》も、あなたとあたしを引裂《ひきさ》くことは出来ないでしょう。嵐のあとには虹《にじ》が出ます。海嘯のあとには浮洲《うきす》がのこります。その虹の架橋《かけはし》、浮洲の瀬をわたっても、あたしはきっとお後を慕って参ります。龍太郎さま、龍太郎様、どうぞ、どうぞあたしを連れていって下さいませ」

「この女詩人め！」

突如《とつじょ》、降矢木大佐が、破鐘《われがね》のような声で怒鳴《どな》ったのである。

「そんなに来たくばついて来るがいい。なに、寺木君、構《かま》やあせん。これから先、旅に退屈した時には、こいつに即興詩をうたわせて憂《う》さ晴らしをすることにしよう」

そう云いながらも降矢木大佐の眼には、きらりと白いものが光っていた。

泥海《でいかい》の難

それから五日の後、一行は再びカヌーの人となって、やまと王国さして漕《こ》ぎのぼっていた。

実はヒアテがこの間、あの悲しい恋の歌を唄《うた》った翌日、一行は直《ただ》ちに旅にのぼる筈《はず》だったが、ヒアテの泪が動機となったのか、その翌日から猛烈な雨が降り出した。いったいこの辺の雨は降るときは猛烈だが、そのかわり一時《いっとき》降ると、あとはからりと晴れあがって、ヒアテの歌のように空には虹が出るものだが、そのときばかりは、どうしたものか、三日三晩というものは、それこそ文字通り車軸《しゃじく》を流すような雨が降りつづけて、更《さら》にいつ歇《や》む気色《けしき》も見えなかった。

これには龍太郎をはじめとして、降矢木大佐も寺木中尉もすっかり気をくさらせて、降矢木大佐など、一日中土窖《つちあな》の窓から降りしきる雨を見ながら、髭《ひげ》をかみかみ、

「ヒアテ、これもみんなおまえのお蔭《かげ》だぜ。いつもはバリーの海のように晴々《はればれ》としているお前が、あの大雨を降らしたものだから、天も感応《かんおう》ましまして、こんな豪雨を送って来たのだ。いったいどうしてくれるんだね」

怖《おそ》ろしい眼をしてヒアテを睨《にら》みつけるのだが、ヒアテにはもうそんな怒りも通じようはなかった。龍太郎についていけるという嬉《うれ》しさで、彼女は有頂天《うちょうてん》になっていたし、それに一見怖ろしそうなこの老武人の胸に、優しい感情が宿っていることを見抜いてしまった。ヒアテは、いくら怒鳴られても、浮々《うきうき》とした笑声と、奇妙な即興詩とを押《おさ》えることが出来なかった。

「いいえ、旦那様《だんな》、この雨こそはみなさまにとっては憩《いこ》いの露《つゆ》、肉体の渇きを癒《い》やす情《なさけ》の糧《かて》、あたしは知っておりますの、われわれの行手《ゆくて》には、くるめく陽《ひ》と、燃えあがる火が渦《うず》まいています。神の恩寵《おんちょう》を蒙《こうむ》るものだけが、その陽と火の渦をくぐって、幸福の彼岸《ひがん》に達せられます。そここそはこの世の極楽《ごくらく》、地上の天国、恋も幸福もそこであたしを待っている。だが、だが、それまではあたしたちには休養が必要です。この雨こそは憩いの露、肉体の渇きを癒やす情の糧――」

「そしてヒアテ、おまえには嬉しい恋の、やらずの雨だろう」

雨は四日目の夕方になってやっと歇んだ。しかし三日三晩降りつづけた豪雨のおかげで、河という河は氾濫《はんらん》し、沼沢《しょうたく》地帯にあるこのダヤク族の部落の周囲など、一面の泥海《でいかい》と化し、とても舟など出せそうにもない。ダヤク族の酋長《しゅうちょう》なども、流木の危険があるし、それに雨のために飢えた猛獣が、いつ何時《なんどき》襲って来るかも知れないからといって、出発をかたく

止めるのだが、はやり切った一同の耳には、そういう道理ある言葉も入らばこそ、幸い九日目になると、水はよっぽど退《ひ》いたかに見えたので、一行はとうとうカヌーを出すことにきめたのである。

見渡せばあたりは一面、黄褐色《こうかっしょく》の泥海だった。打ちつづく紅樹林《こうじゅりん》も、半《なか》ばは水中に没して、氾濫した濁水《だくすい》はところどころ、恐ろしい滝津瀬《たきつせ》と鳴門《なると》の渦をつくっている。むろん河筋などわかろう筈はなく、もし酋長のつけてくれた土人の案内がなかったら、彼らは一歩も前進することは出来なかったろう。

一行は三艘《そう》のカヌーにわかれて、先頭には案内の土人が三人、つぎは寺木中尉と土人のモコ、最後のカヌーには、ヒアテと龍太郎のあいだに降矢木大佐がいかめしい顔をして割りこんでいる。

その夜は一行は、河岸からはみ出している岩蔭《いわかげ》の、ほどよい淵《ふち》をつくっているところにカヌーをとめて、窮屈《きゅうくつ》ながら舟の中で眠ることにした。なにしろあの豪雨のために、陸《おか》は一面の泥海と化し、天幕《てんまく》を張るところもなかったし、それに地辷《じすべ》りや崖崩《がけくず》れの危険があったからだ。

ちょうど幸いその淵は、流れから少し入込《いりこ》んでいて、静かな瀞《とろ》をつくっているので、カヌーを繋《つな》いでおいてもそう危険なことはなさそうだった。そこで一行は岸からはみ出しているマングローブの根に、カヌーを舫《もや》って睡《ねむ》っていたのだが、その翌朝、眼がさめてみると、そこにまるで法螺吹《ほらふき》博士の冒険譚《ものがたり》のような、滑稽《こっけい》な間違いが起《おこ》っていることを発見したのである。

と、いうのは、昨夜《ゆうべ》彼らがそこに舟を舫った時には、あたりは満々たる濁水を湛《たた》えていた筈だのに眼がさめてみると、すっかり水が退いてしまって、カヌーは一面の泥のなかに坐礁《ざしょう》しているのだ。これには一同すっかり弱ってしまった。泥のなかではカヌーを漕ぐわけにはいかぬ。といって十米《メートル》も向《むこ》うへ退いてしまった流れまで、カヌーを押していくにも、うっかり泥の中へおりれば、たちまち全身めりこんでしまいそうな状態だから、身動きをするわけにもいかない。

幸い、さすがに案内の土人たちはこういうことに慣れていたと見え、用心ぶかく淵の一番出口のところに陣取っていたので、そこばかりはまだ水も残っていたので、その舟から綱を渡してもらって、やっと泥の中から引き出されたが、この作業のために実に三時間というものを空費してしまったのである。

「危い、危い、もし土人のカヌーがなかったら、われわれは実に、もう一度豪雨が来るまで、あの泥海のなかに、エンコしていなければならなかったのだね」

と、一同は大笑いしたが、それから後はなんのこともなく、途中、漂《ただよ》う錦蛇《にしきへび》の屍骸《しがい》や、鰐《わに》に半分のまれたまま、どちらも屍骸となって流れていく大山猫《おおやまねこ》の、物凄《ものすご》い姿におびやかされただけで、その日の夕方日もとっぷりと暮れ果てた頃《ころ》、一行がやっと辿《たど》りついたのは、この河の上流にある大きな火山湖のほとりだった。

案内の土人はここで一泊したのち、一行と別れて帰る約束になっているのである。

熱帯富士

その晩は幸いに、湖水のほとりに乾燥地帯が見附《みつ》かったので、そこで天幕を張って野営《やえい》することになった。なにしろ昼の疲れがあるので、一同はあたりの景色を見る気力もなく、天幕が出来あがると、倒れるようにぐっすり眠りこけてしまったが、さて、その翌日、眼をさまして一番に天幕から這《は》い出した降矢木大佐は、あたりの景色を見廻《みまわ》して、思わず、あっと驚愕《おどろ》きの声を洩《も》らした。

「龍太郎も寺木中尉も、早く起きて出て来たまえ。素晴らしい、おお、何《な》んということだ！」

唯《ただ》ならぬ大佐の声に、何事ならんと寺木中尉と、龍太郎も眼を擦《こす》りながら起きて来たが、大佐の指さす彼方《かなた》を見ると、これもまた思わず、あっと感嘆の声を洩らした。彼らの眼前遥《はる》か湖水の彼方、雲表《うんぴょう》に聳《そび》ゆる山は、故国にある富士山とそっくり同じ形ではないか。それは雪こそ被《かぶ》っていなかったが、雪かと紛《まご》う真白《まっしろ》な火山灰におおわれ、秀麗な裾野《すその》を曳《ひ》いている姿は、故国の駿河《するが》の海から見るあの富士山を、いまかりにここに移したと思われるばかり、しかもその熱帯富士の頂《いただき》からは、何かしら紫《むらさき》色をした靄《もや》を渦《うず》のように吐いているのである。

「おお、これは素晴《すば》らしい！」

三人はしばし故国にある思いで、思わず感嘆の声を放ちながら、この熱帯富士と水に映《うつ》るその倒影を眺《なが》めていたが、やがて降矢木大佐が感慨のふかい声で呟《つぶや》くのである。

「分《わか》った、分った。やまと王国の先祖の人たちが、何故《なぜ》この附近《ふきん》に王国の礎《いしずえ》をきづいたか、その理由がいまこそわかったよ。彼らはこの山のすがたに、故国日本の永劫《えいごう》不滅の富士の象《すがた》を見出《みいだ》したのだ。それはちょうどわれわれやまと民族の先祖が、火にあくがれ、火を噴《ふ》く山を崇拝《すうはい》するあまり、あるいは北から、あるいは南から日本列島に渡って来て、ついに富士山の見える附近の土地に、最初の生活の根をおろしたと同様の心理なのだ。歴史は不滅だ。人類の生活は、永遠不滅の規則によって根柢《こんてい》づけられているのだ」

そこへ案内の土人が三人、一同の側《そば》へちかづいて来た。

「旦那《だんな》様、私たちのお別れする時が参りました。私たちはここから引返《ひきかえ》さなければなりません。私たちはこれ以上進むことが出来ないのです。しかしお別れするまえに、皆様のとるべき道をお教えしましょう。いま旦那様が御覧《ごらん》になっているあの山のちょうど中央ほどに、蝙蝠《こうもり》のように黒く禿《は》げたところが見えるでしょう。その蝙蝠をまともに目差して、このカヌーをあやつって参りますと、そこに大きな洞窟《どうくつ》がある筈《はず》です。この湖はその洞窟の中までつづいておりますから、旦那様がたはその洞窟のなかへお入りにならねばなりません。そして……いや、それから先は申しますまい。申上《もうしあ》げるにも、われわれにはその洞窟のなかに何があるか、よく知らないのです。でも、旦那様がたが目差しているところへいきつくには、その洞窟よりほかに途《みち》はないのでございます」

これには龍太郎をはじめとして、降矢木大佐も寺木中尉も驚いた。

「洞窟よりほかに途はない！　いや、われわれはそんな危《あぶな》っかしいところは真平御免《まっぴらごめん》だ。それよりも少し嶮《けわ》しくともあの山を越そう」

案内の土人は黙って眼の下に見える湖水の岸を指さした。何気《なにげ》なくそこを見ると、何鳥か遠くてしかとわからないが、その辺一帯に黒くなるほど鳥の死体がういている。土人はそれから、熱帯富士の頂にかかっている、紫色の靄の輪を指さして、

「旦那様、あの鳥どもはどうしてあそこで死んでい

るのでしょう。また、あの山にかかっている紫色の輪は何《な》んでしょう。生きとし生けるもので、あの山を越えたものはありません。鳥でさえも、あの山を飛びこえるとき、紫色の靄の輪の毒気にあてられて、この湖水を渡り切らぬうちに落ちてしまいます。もしあの山の向うにいきたいのなら、洞窟よりほかに途のないことがおわかりでしょう」

そこへやまと王国から来たという、土人のモコが口を出した。

「思い出しました。そうです、私もその洞窟を抜けて来たのです。ずっとずっと昔、私がやっと物心《ものごころ》ついた頃《ころ》——おお、真暗《まっくら》な、あやめもわかぬ洞窟、そして、そして——おお、火だ、とび散る火だ——誰《だれ》も、——誰もあれを抜けることは出来ない。みんな死ぬ、あの洞窟をうかがうものはみんな生きては出られない」

古い古い記憶がよみがえったのか、モコの瞳《ひとみ》にはみるみる、激しい恐怖のいろがうかんでくる。あの洞窟の唯一《ゆいいつ》の経験者たるモコの恐怖は、一同の不安を駆り立てないではいられなかったが、その時である、熱帯娘のヒアテがまた、唄《うた》うように語り出したのは。

「誰も生きては出られないのですって？　あたしの臆病《おくびょう》なお友達、それじゃあなたはどうして生きていらっしゃるの。奇蹟《きせき》。おお、あなたのうえに奇蹟があるなら、われわれにだって奇蹟はあるでしょう。さあ、参りましょう、勇ましい人たち、暗黒のなかに火が燃える。火はあたしたちの行手《ゆくて》を照らすみちしるべ、とび散る火華《ひばな》はあたしたちの血をかきたてる魔法の酒、さあ、参りましょう。あたしたちは何も恐れない。神を畏《おそ》れ敬《うやま》う故《ゆえ》に」

「ヒアテ、よく云《い》った。お前はわれわれの勇気をかき立ててくれる不思議な力を持っている。小父《おじ》さま、寺木中尉どの、われわれの行くべき途はただひと筋《すじ》、あの暗黒の洞窟へ。——」

そして、それから数時間の後には、彼らは果《はた》してあやめもわかぬ洞窟のなかに、自分たちの姿を見出していた。——

地底の湖

洞窟の入口をくぐってから、そして外界からさしこんでくる、ほの白い最後の光から隔絶されてから、いったい何時間、いや何日たったのだろう。

いけどもいけども、そこは果《はて》しない闇《やみ》だった。二艘《そう》のカヌーははぐれないように、一本のロープでしっかと結びつけてあったが、互いに相手のカヌーさえ見ることが出来ない。いや、相手のカヌーばかりではない。同じカヌーに乗っている人の顔さえ、体さえ、手さえ、足さえ見ることは出来ないのだ。

むろん、はじめのうちは用意して来た懐中電灯があった。そしてその懐中電灯の電池が切れてからは、炬火《たいまつ》の火がおぼつかないながらも、彼らのまわりを照らしてくれた。しかし、いまはその炬火をともすことも出来ないのだ。

切れたのだ！　マッチが――そして炬火にする材料が。

行けども行けども果しのない闇、気の狂いそうなほど濃い深い、闇黒《あんこく》の世界。その地底の暗黒の中に、一日、二日、三日、――いや何日たったか、それさえも彼らには判断することが出来ないのだ。

おお、考えてもみたい。そこは盲目《めくら》の世界よりももっともっと恐ろしい地獄なのだ。盲人はなるほど、この世の美しさを見ることが出来ない。しかし頭を垂《た》れれば、大地に手がふれる。横に手を伸ばせば、家の壁がある。木にも触れよう。花にも触ろう。また聴覚がある以上、人間世界のさまざまな生活の営《いとな》みの音を聞くことが出来る。ところが、ここにはそういうものが一切《いっさい》ないのだ。

はじめのうちこそ、櫂《かい》をながく横にのばすと、洞《どう》窟《くつ》の壁にふれることが出来た。頭上に高くさしあげると、洞窟の岩の天井《てんじょう》を探ることが出来た。しかしいまでは、何一つ櫂の先にふれるものはない。一切が空《くう》なのだ。カヌーの下にある水をのぞいては、一切が空々漠々《くうくうばくばく》たる無の世界なのだ。彼らはいつか地底にある、一大湖水のなかにまぎれこんでいたのである。

「大佐、大佐、いったいわれわれがこの地底の湖へもぐりこんでから、何日たっているのでしょう」

「俺《わし》にもわからない。懐中電灯の電池が、炬火がつきるまでには、少くとも二昼夜はかかった筈《はず》だが、それから何時間、いや、何日たったかな」

「おお、そうすると、少くともわれわれは三四昼夜以上、この地底の闇のなかを彷徨《ほうこう》しているんですね。

そしてひょっとすると……」

永劫《えいごう》ここを抜け出すことは出来ないのではないかと云《い》いかけたが、さすがに一同の心を思いやって、そこまでは云わなかった。

「それにしても大佐、この熱さはどうしたのでしょう。僕はなんだか熱くてたまらない。体が灼《や》けるような気がします。大佐はそうお感じになりませんか」

「ふむ、俺《わし》もさっきからそう思っていたところだ。なんだか熱い、咽喉《のど》が渇いてたまらん、そもそも地底の温度というものは、ある科学者の話によると……」

大佐が例によって、その博識を発表しようとした時である。ふいにどこからか妙な声が聞《きこ》えてきた。ひくい、ぶつぶつというような、すすり泣くような声が……

「ああ、火だ、燃える火だ、とび散る火だ。くるめく、くるめく、まっかにくるめく。火花は金粉《きんぷん》だ、おお熱い、肌が焼ける、髪がもえる。火と闇だ、われわれはここを出ることは出来ない」

「誰《だれ》だ、つまらんことを喋舌《しゃべ》るのは？」

「大佐、モコですよ、モコの奴《やつ》、気が変になったらしい。モコ、モコ、しっかりしろ」

「ああ、咽喉が渇く、喉咽が渇いても飲む水はない。水はあっても焼ける水だ、熱い、熱い、指が焼ける。おお、咽喉が渇く……」

大佐は何気《なにげ》なくカヌーから手をのばして、水のなかに指をつっ込んだが、とたんにあっと手をひっこめた。いつの間にか湖の水は熱湯と化している、モコが夢中で呟《つぶや》くように。——大佐はそのことを一同に知らせようかと思ったが、思い直して口をつぐんだ時、龍太郎の声が聞えた。

「ヒアテ、ヒアテ、大丈夫《だいじょうぶ》かい」

「はい、あたしは大丈夫ですわ」

「何故《なぜ》、唄《うた》わないのだね。いまこそお前が唄うべきときじゃないか。お前の唄はわれわれの心を不思議に引立《ひきた》ててくれるのに」

「ええ、唄いますわ。唄いますとも、あなたのために」

そしてヒアテはしばらくは考えている様子だったが、やがて美しい声を張って唄いはじめたのである。

――小鳥が闇へ舞いこんだ。光の世界から闇の世界へ舞いこんだ。行けども、行けども果しない闇、美しい小鳥の翼は傷つき、魂《たましい》は闇のために押しつぶされる。しかし、小鳥は絶望しない。絶望して自ら身をやぶることの愚《おろ》かさを知っているゆえに。

――小鳥が闇へ舞いこんだ。光の世界から闇の世界へ舞いこんだ。行けども、行けども果しない闇、美しい小鳥の翼は傷つき、魂は闇のために押しつぶされる。しかし、小鳥は知っている。墓標の下に埋められるまで、永遠の闇というものはないことを。生ける限りは、いつか闇から出られるということを。

「うまい！」

降矢木大佐と寺木中尉が、殆《ほと》んど同時に手を叩《たた》いた時だった。

突如《とつじょ》、彼らははるかかなたに当って、眩《くるめ》くような光芒《こうぼう》を眼《め》のまえに見たのである。おお、とび散る火花、噴出《ふんしゅつ》する焔《ほのお》の柱を、彼らはだしぬけに眼のまえにつきつけられたのだ。

やまと王国

そのまえから一同は、あたりの空気がいよいよ熱し、轟々《ごうごう》たる音響が耳を聾《ろう》するのを感じていた。しかし、それらはいずれも幻覚幻聴であろうと思って、互いに口に出すことを怖《おそ》れていたのだが、いまこそ彼らはその正体につきあたったのだ。

地底の火山、湖水のなかから噴出する焔の柱、おお、なんという壮絶《そうぜつ》さ、なんという凄絶《せいぜつ》さ、泡立《あわだ》つ水の中から噴出する焔は、方何里《ほうなんり》のあいだに火の粉《こ》と、熱湯の飛沫《しぶき》を撒《ま》き散らしながら、地底の闇をまっかに彩《いろど》っている。

「あっ！」

あまりの驚きに寺木中尉も降矢木大佐も、生命《いのち》の杖《つえ》とたのむ櫂《かい》を手ばなしたからたまらない。くるくるくると渦《うず》まく水に吸いこまれて、櫂は見る見る遠くのほうへ押しながされてしまった。

「しまった！」

何時間ぶり、いや、何日ぶりかに顔を見合《みあわ》せた一同は、お互いの顔が真蒼《まっさお》になっているのを発見するのである。櫂を失った以上、カヌーを漕《こ》ぎ戻すわけにはいかぬ。いまはもう流れにまかせるよりほかはなかった。しかも沸《たぎ》り立つ熱湯は、すさまじい渦をまきながら、しだいにあの火柱のほうへ吸いこまれていく。

火柱はまだ一里《り》のかなたにある。それでいてさえこんなに空気が熱いのに、もし、その中心へまきこまれたら？

「おお、髪が焼ける、体が燃える。熱い、咽喉《のど》が渇く、咽喉が渇いても飲む水はない。おお、おお、おお、咽喉が渇く」

一時、静かになっていたモコが、突然また狂ったように喋《しゃべ》り出したかと思うと、だしぬけにふらふらとカヌーから立上《たちあが》ったから、

「危い！」

寺木中尉が思わず抱きとめようとした時、ざぶんと音を立ててモコは沸り立つ熱湯の中へ顚落《てんらく》してしまった。ざあーッと灼《や》けるような熱湯の飛沫がとんで、それきりモコの姿は見えないのである。

思いがけないこのモコの悲劇は、一同の意気を消沈《しょうちん》さすに十分だった。顔見合せた龍太郎と降矢木大佐と寺木中尉の三人は、思わず深い溜息《ためいき》である。いずれは自分たちもモコと同じ運命に立至《たちいた》るであろうことを思って。——

だが、その中にあって、ヒアテだけがもちまえの快活さを失わなかった。矢庭に龍太郎の首にかじりつくと、

「龍太郎様、龍太郎様、なぜあなたはそのように悲しげな顔をなさいますの、臆病《おくびょう》な者は死んでいく。そして勇気のある者があとに残っていくのです。モコも一度はここをくぐった。この焰の柱をくぐって外へ出ることが出来たのです。その時モコのうえにどのような奇蹟《きせき》が起《おこ》ったのか知らないけれど、一度あったことは二度あります。あたしたちのうえに奇蹟が起らないとどうして云《い》えましょう」

ところが、ヒアテのその言葉がまるで呪文《じゅもん》ででもあったかのように、奇蹟がそこに起ったのである。

いままで高く地底の空（おかしな言葉だが）に冲していた光芒が、しだいに細くなっていったかと思うと、二三度、痙攣《けいれん》するようにびくびく勢《いきおい》を盛返《もりかえ》したのちに、遂《つい》にまったく水の中へ吸いこまれて、あとはまた暗澹《あんたん》たる闇の一色。

「ああ、わかった、あいつは間歇《かんけつ》的噴火口なのだ。一定の時間をおいて噴出する。その噴出の休止しているあいだに、ここを抜け出せば生命《いのち》は無事なのだ。モコも一度はそうしてここを通った。いやモコばかりではない。東海林健三もそうして無事に、幾度《いくど》かここを通り過ぎたのだ」

大佐の言葉に一同は、俄《にわ》かに勢を盛返したけれど、しかしまた、すぐ絶望の思いがかれらを包んでしまう。さっきの焔によって彼らはこの洞窟《どうくつ》がどれほど広いかはっきりと知ったのだ。はてしもない地底の湖、しかも方角もわからず、ましてや櫂を失ってしまったとなっては、どうしてここから抜け出せよう。まごまごしているうちに、またあの噴火の時刻が来たら。……

「とにかくこうなったら運を天にまかせるばかりだ。じたばたしたところで仕方がないさ。一度起った奇蹟だもの、もう一度起らないとは誰《だれ》が云《い》えよう。運は天にあり、ぼた餅《もち》は棚《たな》にありか。どっこいしょ」

もう漕ぐことも要らなくなったカヌーの中で、降矢木大佐は舷《ふなべり》にもたれて寝てし

まったが、果《はた》して、またもや奇蹟が彼らのうえに起ったのである。

それから二三時間の後のことだ。突如《とつじょ》ヒアテが狂喜の如《ごと》く声をはりあげた。

「おお、明りが見える。明りが見える！」

ヒアテの声に一同がはっとして顔をあげると、ああ、懐《なつか》しの明りが、白い、明るい光がほんのりと向《むこ》うのほうに見えるではないか。しかもカヌーは漕ぎもしないのに、どんどんとひどい速力でその方へ流されていく。

「おお、光だ、光だ！」

龍太郎も寺木中尉も、

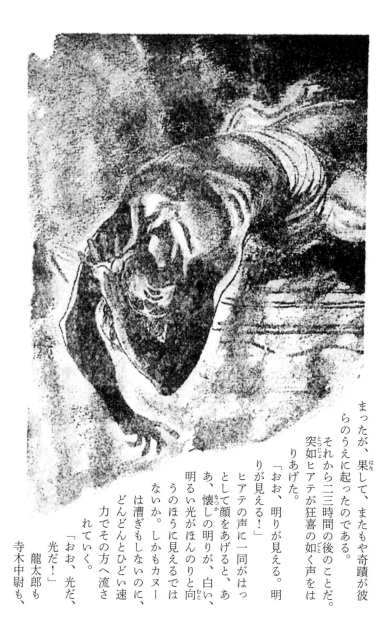

カヌーの中で躍《おど》りあがって叫ぶのだ。

「ヒアテ、ヒアテ、有難《ありがと》う、有難う、みんなおまえのおかげだよ、僕たちの生命を救ってくれたのは、ヒアテお前の歌だよ、おまえの楽天的な魂だよ」

「ふふん、何がヒアテのせいなものか」

大佐はジロリと二人を横眼《よこめ》で見ながら、

「われわれを救ってくれたのはこの流れだ。ねえ寺木君、われわれは馬鹿だったよ。暗がりの中で夢中で舟を漕いでいた、あれがいけなかったのだ。人間の腕の力というものは、右と左とちがっている。同じように漕いでいるつもりでも、いつか右の方が強く漕いでいるのだ。明るみの、目標のある世界では、視覚がその誤謬《ごびゅう》を教えてくれる。しかし暗闇の世界では、それがわからないから、われわれはいつか円を画《え》がいて、果《はて》なき円をえがいて漕いでいたのだ。脱出《ぬけだ》せる筈《はず》がないじゃないか。われわれはもっと早く櫂をすてて、唯《ただ》この流れに身をまかせればよかったのだよ」

しかし、誰も大佐のその饒舌《じょうぜつ》に耳をかたむけている者はない。カヌーは洞窟の入口にちかくなるにしたがって、いよいよスピードを加え、やがて矢のように外界へ流れ出しなおもどんどん下流へ下っていく。

一同は幾日ぶりかでほっと蘇生《そせい》の思いであたりの景色を見廻《みまわ》したが、それと同時に一同は、何《な》んともいえぬ変梃《へんてこ》なかんじに打たれたのだ。

おお、ここが南海にうかぶ未開の島の奥地だろうか。そこには彼らが子供の時から見慣れた瓦葺《かわらぶき》の屋根がある。森の中にはお社《やしろ》がある。向うに五重の塔が見える。そして折《おり》から聞《きこ》えて来た鐘《かね》の音も、ゴーンゴーンと聞き慣れたあの山寺の鐘の音。

更《さら》に、更に、もっともっと奇妙なのは、彼らの姿を見つけて集《あつま》って来た住民の姿。おお、それは日本の中世紀の風俗そのままではないか。

歴史の凝結《ぎょうけつ》

もしも時間が逆行して、われわれが一瞬のうちに、数百年昔の世界へもっていかれたとしたら、いったいどんな変梃な感じに打たれるだろう。——いま、東海林龍太郎の一行が味わっているのは、そういう、世にも異様な感じだった。

カヌーが下流へ流れていくにしたがって、あたりの景色はしだいに展《ひら》けて来たが、それと同時に、彼らはいよいよ、ここが椰子《やし》と護謨林《ゴムばやし》にとりかこまれた熱帯の奥地とは思えなくなって来るのである。

なるほど空には熱帯の太陽がくるめいている。しかし温度は耐えがたいほど暑いものではなかった。却《かえ》って湿度がひくいせいか、内地の真夏よりは、はるかに肌触りのいい空気だった。

しかも、左右の丘陵《きゅうりょう》に耕作《こうさく》された階段式の水田は、内地の山国そのままで、ところどころには桑畑《くわばたけ》さえ見られ、そのあいだに点綴《てんてつ》する百姓家《ひゃくしょうや》のたたずまいも、内地の風景といささかも変《かわ》るところはないのである。

懐《なつか》しい水車小屋、鎮守《ちんじゅ》の森、石の大鳥居《おおどりい》、赤い幟《のぼり》がハタハタと風にはためいているのは、お稲荷《いなり》様ででもあろうか。——風俗も習慣も、ここでは昔のままに守られているらしい。いや、あの騒々《そうぞう》しい白人文明の侵略をうけていないだけに、それは内地よりはるかに純粋に、美しい昔のすがたのままに伝えられているのである。

勢《いきお》いよくカヌーが下《くだ》っていくにしたがって、両岸にはしだいに人家《じんか》が多くなり、噂《うわさ》をききつけて河岸にとび出して来る人の数もいよいよ殖《ふ》えて来たが、そういう家の様子も、人々の服装も、足利《あしかが》末期に数多くつくられた、縁起絵巻《えんぎえまき》そのままだった。

「寺木君、見たまえ、かりに一国の主権者が、自国の文化を今の姿のまま後世へのこそうと、どんな深い注意をはらったところで、これほど完全に保存することは出来ないよ。ここでは歴史の流れが、足利末期でぴたりと休止してしまっているのだ。おお、何んという素晴らしい奇蹟《きせき》だろう。儂《わし》はあの人たちが、いったいどんな言葉を話すか、一刻も早く知りたいよ」

だが、櫂をうしなった一同は、カヌーを岸へ漕ぎ寄せるわけにはいかない。一本のロープでつながった二艘《そう》のカヌーは、やがてどこかの静かな淵《ふち》へ漂《ただよ》いよるまで、流れにまかせておくよりほかに仕様がなかったが、そのうちに、渓谷《けいこく》はようやく山間部をはなれて、都会地へと入ったらしい。

両岸には人家が櫛比《しっぴ》し、河岸を埋める群集の数はますます殖えていく。なかには輿《こし》にのった上臈《じょうろう》姿の女も見え、みんなてんでに何やらわめいている。そ

のうちに烏帽子《えぼし》をつけた具足《ぐそく》の武士が、馬にまたがり一散に街道を疾走《しっそう》していくのが見えたが、これはおおかた、この思いがけない侵入者のことを、役人の館《やかた》へ報告にいったのだろう。

「それにしても大佐、きょうはこの地方で、何かお祭《まつり》でもあるのではありますまいか。ほら、みんな妙に着飾っているじゃありませんか。尤《もっと》も、日頃《ひごろ》からああいう服装をしているのかも知れませんが……」

「いや、そういえば見たまえ。向《むこ》うの丘のうえの館には、白い幔幕《まんまく》が張りめぐらしてあるぜ。つまり、内地でいえば祭日とかなんとかいう奴《やつ》かも知れないな。――あっ、誰《だれ》やら舟を漕ぎ出して来たぞ」

なるほど、見れば岸をはなれた三艘の舟が流れを横切ってスルスルとこちらのほうへ漕ぎ寄せて来る。舟には一艘ごとに甲冑《かっちゅう》をつけた数名の武士が乗っていたが、まん中の舟に突っ立っているのがどうやら役人らしく、これは垂衣《ひたたれ》姿に烏帽子をつけ、腰には銀ごしらえの太刀《たち》をはいて、手に扇子《せんす》をもっている。武士たちはめいめい、太刀だの薙刀《なぎなた》だのを持っていたが、中に鉄砲をもっているのが三人あった。してみると、この古風な王国にも、鉄砲だけは伝わって

いるらしい。
三艘の舟はカヌーのそばへ漕ぎ寄せると、てんでに手をふって何やら叫んでいる。どうやら停《と》まれと云《い》っているらしいが、停まろうにも櫂がないから自由にならない。そのことを身振《みぶり》手振《てぶり》で知らせると、やがて漕ぎ寄せてきた舟のなかから、武士たちが長い熊手《くまで》をのばして、がっきりとカヌーの舷《ふなべり》にひっかけた。
こうして、東海林龍太郎の一行は、はじめてやまと王国の住民と、面とむかって相対《あい》することになったのである。

日姫月姫

さて、これからいよいよ垂衣すがたの老役人を相手の応待ということになったのだが、世にこれほど奇妙な問答はなかっただろう。

何しろ相手の言葉というのが、つれづれ草《ぐさ》やお伽《とぎ》草子《ぞうし》にあるような、日本の古語そのままと来ているのに、こちらは降矢木大佐の歯切れのいい現代語である。これが交互に吐かれるさまは、およそ時代錯《さく》誤《ご》そのもので、もしもその時の彼らの問答を、そのままここにうつすとしたら、おそらく一篇の滑稽《こっけい》小説が出来あがることだろう。

だが、ここには出来るだけ煩《はん》を避けるために、彼らの言葉をなるべく現代式に飜訳《ほんやく》することにしよう。

「その方《ほう》たちはいずれより参った。この国は濫《みだ》りに異国人の侵入を許さぬ掟《おきて》であることを存じておろうな」

太刀《たち》に反《そ》りをうたせて詰めよる役人の様子は、どこか芝居《しばい》めいておかしかった。降矢木大佐は微笑をかみ殺しながら、鹿爪《しかつめ》らしく口髭《くちひげ》をひねって、

「いや、この国にどういう掟があるか知らぬが、われわれは当地において、十分の歓待《かんたい》をうけることと信じている。何故《なぜ》ならば、われわれは卿《けい》らの祖先の国からやって来たもので、卿らと血を同じゅうしているものであるから」

大佐の言葉は不完全ながらも、彼らに意味が通じたらしい。一瞬、甲冑《かっちゅう》の武士も垂衣すがたの役人も眼《め》を瞠《みは》って一行の様子を眺《なが》めていたが、やがて役人がふたたび口をひらいて、

「なるほど、そう申せばその方たちの様子は、いたくわれわれに酷似《こくじ》している。しからばその方たちは日本国より参ったと申すのか」

「さよう、われわれは大日本帝国の臣民である」

役人はふたたび眼を瞠って、一行の様子を仔細《しさい》に観察していたが、やがて溜息《ためいき》とともに、

「もしその方たちの言葉に偽《いつわ》りがなくば、事は甚《はなは》だ重大である。われわれはかつて日本国について聞いたことがある。それをわれわれに語って聞かせた人物は、日本国からやって来た偉大な英雄であった。その英雄はかつてこの国の危機の際に、救世主の如《ごと》くあらわれ、われわれを破滅から救ってくれた。しかし、その後ある不幸な出来事のために、その英雄も敢《あえ》なくなってしまった」

役人の言葉に降矢木大佐は、龍太郎や寺木中尉と顔を見合《みあわ》せながら、思わず舷《ふなべり》から身を乗り出した。

「その英雄というのは、東海林健三という人物ではないか」

その言葉は征箭《そや》のごとく相手の胸を貫《つらぬ》いた。役人も甲冑の武士もはっと眼を輝かせながら、

「何《な》んと申さるる。しからばその方たちは、あの偉大な人物を知っているのか」

「おお、知らないでどうしよう。われわれがこの国に参ったのは、彼の遺志によるものでありますぞ。見られよ、御老体、ここにいるこの青年こそ、東海林健三の遺孤《いこ》龍太郎というものである」

そのとたん、役人の眼にははげしい感激の焔《ほのお》が舞いあがった。しばらく彼は穴があくほど龍太郎の顔を眺めていたが、やがてしだいに泪《なみだ》で瞳《ひとみ》をくもらせると、

「おお、おお、おお、それにちがいない。あの聖龍の刺青《ほりもの》を見ずとも、その面差《おもざし》を見れば何んの疑うところがあろう。健三殿に生き写しじゃ。これ、龍太郎どの、そなたはこの爺奴《じいめ》を覚えておられるか。はははは、それはちと無理かも知れぬな。健三殿がそなたを抱いてこの国を出られた時には、そなたは漸《よう》く乳房《ちぶさ》をはなれたばかりの赤ん坊でいられた。それにしても見事に成人された。お懐《なつか》しやの」

ハラハラと落涙する老人の言葉に、龍太郎は呆気《あっけ》にとられてしまった。この異郷の地で、かくも親しく自分を呼びかける人物に会おうとは、いったい誰《だれ》が夢想したであろう。

老役人はようやく気を取り直したように涙を拭《ぬぐ》いながら、

「いや、これは私といたしたことが失礼いたした。これも老《おい》の心弱さとお許し下され。それ、者ども、この賓客《まろうど》をわが館《やかた》へ叮嚀《ていねい》に御案内致せ」

それから後の出来事は、一行にとってはまるで夢《ゆめ》見心地《みごこち》だった。龍太郎たち四人の者は、三艘の舟に移されると、それから直《ただち》に河を横切って岸へあがった。岸には古めかしい風俗をした男女がいっぱい群《むら》がっている。やがて甲冑の武士が八方へとぶと、間もなくやって来たのは牛に牽《ひ》かせた檳榔毛《びんろうげ》の乗物だった。まるで源氏物語絵巻にでも出て来そうな乗物である。

一行がこれに乗ってやって来たのは、さっきカヌーの中から見た、あの幔幕《まんまく》を張りめぐらした館である。その幔幕に染めぬいてある、雪割笹《ゆきわりざさ》の紋所《もんどころ》も、一同には絵巻物の世界を思い出させるのだ。

この館の奥まった高殿《たかどの》に、一同が落ちつくと、それから間もなくさきほどの老役人が装束《しょうぞく》を改めてやって来た。そのうしろには髪を長く垂《た》れ、裲襠《うちかけ》を裾《すそ》長《なが》に着た老女が、高坏《たかつき》を捧《ささ》げてしたがっている。

「妻の早苗《さなえ》と申すものでござる。お見識《みし》りおき下さ

れい」

　老人はそういって老女を紹介すると、自らは和田《わだ》太郎左衛門幸盛《たろうざえもんゆきもり》という者であると名乗った。

　やがて若い侍女《じじょ》が銀の提子《ひさげ》と盃《さかずき》を捧げて現れる。そして、ここにまるで物語に読むような古風な宴《うたげ》がはじまったのである。

　和田太郎左衛門幸盛というのはなかなか愉快な老人だった。彼はやまと王国の王室の一族で、この地方の守護《しゅご》――一種の大名のようなものであるらしかった。

「龍太郎どの。そなたの父の健三どのと俺《わし》とは、刎頸《ふんけい》の友であった。かつて、この国が麻《あさ》のごとく乱れた時、健三どのと俺《わし》が力をあわせて、この王国の礎《いしずえ》を守ったのだ。だが、それももう遠い昔になる」

　老人は古い昔をしのぶように、懐古的な眼差《まなざ》しをしてみせたが、何故《なぜ》か、それ以上のことは語ろうとはしなかった。殊《こと》に、健三の最期《さいご》の模様を、龍太郎がいくら訊《たず》ねても、言葉を濁《にご》して答えようとはしない。

「御老人、それではせめて私の母のことをお教え下さいませ。母はどういうひとでございますか」

　龍太郎が訊ねると、和田老人はぎょっとしたように、

「おお、そなたの母か。そなたの母はこの国でも最も高貴な家柄《いえがら》の、美しい人でいられた、しかし、その人は不幸にも、そなたを産んでから間もなくみまかれたのだ」

　和田老人の言葉には、何かしら奥歯に物のはさまったような打ち解けないところがあった。龍太郎の父母の最期には、何かしら深い秘密があるらしいのである。

　その時寺木中尉が膝《ひざ》をすすめて、

「時に御老体、さきほど見ればこの地方には何かお祭《まつり》があるように見受けましたが、何かお目出度《めでた》いことでもあるのですか」

「おお、それについては是非《ぜひ》ともお話しいたしておかねばならぬことがある」

　太郎左衛門幸盛は膝をすすめて、

「明日はわれわれの先祖が、はじめてこの国に王国の礎をきずいた日なのじゃ。さればやまと王国は国を挙げてお祭をすることになっているが、わけても重大な式典というのは、明日都《みやこ》から、王国の女王が

たがこの地方にある八幡宮《はちまんぐう》へ御参詣《ごさんけい》に見えられることになっている……」

降矢木大佐はふとその言葉を聞きとがめ、

「はてな。御老体はいま女王がたといわれたが、するとこの国には女王が大勢いられるのかな」

「されば、やまと王国には目下主権者《もっか》が二人いられる。日姫月姫《ひめつきひめ》と申されて、双生児《ふたご》の御姉妹《きょうだい》でいられるが、このお二方が平等の神権《しんけん》をもってこの国を知しめし給《たま》うのだ」

和田太郎左衛門幸盛はいかにも困ったように、眉《まゆ》をしかめて溜息《ためいき》をついた。

謁見《えっけん》

やまと王国の目下の悩みは、この二人の主権者の存在にあったらしい。日姫と月姫とは同時に母の胎《たい》内《ない》からうまれたがために、どちらを姉とも妹とも区別することが出来なかったのである。

二人は平等の権利をもって成長し、先王の歿後《ぼつご》は、平等の権利をもって王座についた。爾来《じらい》、王国には紛糾《ふんきゅう》の絶間《たえま》がなかった。たとい日姫月姫が双生児《ふたご》の親密さと友愛を抱かれたとしても、それを囲繞《いにょう》する重臣たちのあいだには、常に嫉視《しっし》と反目がたえなかったのだ。

ある者は日姫を擁《よう》し、ある者は月姫を戴《いただ》いて、おのが権力を伸長しようと試みる。そのために宮廷内にはいまわしい暗闘がたえなかったのである。お二人がまだ独身でいられるからよかったが、もし、御結婚のあかつきには、きっと王国内には血で血を洗うような騒擾《そうじょう》が起《おこ》るにちがいないと、誰《だれ》しもが抱く不安の種はそれだった。

東海林龍太郎の一行がやまと王国についたのは、実にそういう危険を内部に臟《ぞう》している最中だったのだ。

さて、その翌日ともなれば、いよいよやまと王国随一《ずいいち》の祝典ともいうべき建国祭。

この国の住民たちが、足利中期から末期へかけて、南支《なんシ》沿岸を震撼《しんかん》させた倭寇《わこう》の子孫であることは、東海林健三の研究によっても明《あきら》かな通りである。彼らはみんな真に裸一貫《いっかん》、赤銅色《しゃくどういろ》の肌にまとうものとては、六尺《しゃく》の褌《ふんどし》一本、手には三尺の秋水《しゅうすい》をひらめかし、その進退《しんたい》の敏捷《びんしょう》さと、命を惜しまぬ勇敢さ、さては整然たる団体行動によって、当時支那《シナ》の官憲をどんなに懼《おそ》れさせたかは、いまなお歴史の語り草となっているところで、明《みん》朝の滅亡は実に、この倭寇の難によるとさえいわれるくらいである。

彼らが舟をやるや、艫《とも》に八幡大菩薩《はちまんだいぼさつ》と書いた白旗をかかげていたところから、一名これを八幡船《ばはんせん》とも呼ぶ。この八幡船の勇士たちが、徳川幕府の鎖国令《さこくれい》によって、国へかえるにもかえられず、諸々方々《しょしょほうぼう》漂流のあげく、遂《つい》に安住の地を見出《みいだ》して、うち樹《た》てたのが、この南海の孤島の奥地にあるやまと王国なのである。

彼らはここに建国の礎《いしずえ》をきずくと、郷里の宇佐八幡《うさはちまん》を勧進《かんじん》して、これをやまと王国の守護神《しゅごしん》と定めた。されば毎年、この八幡宮の例祭日には、上下をあげてのお祝いがある。王族はこぞって、この八幡宮への御参詣《ごさんけい》ということにきまっている。

いましもこの八幡神宮の舞楽殿《ぶがくでん》の玉座《ぎょくざ》についたのは、いうまでもなく日姫月姫、その左右にはやまと王国の文武百官がずらりと居《い》ならんでいる。やがてわが国の舞楽に似た一曲が、楽人《がくじん》たちによって奏しおえられると、玉座のまえにすすみ出たのは和田太郎左衛門幸盛。

日姫にむかって何か言上《ごんじょう》すると、姫はたいそう驚かれた模様で、傍《かたわ》らの月姫にむかって何事か囁《ささや》かれた。月姫もそれを聞くとかなり興味を催《もよお》したらしく、しばらく二人で何か話していたが、やがて日姫が和田太郎左衛門に向《むか》うと、

「それはまた甚《はなは》だ意外なことを聞くものじゃ。東海林の大臣《おとど》の遺児《わすれがたみ》がこの国にあるとならば、是非《ぜひ》会いたいと思いまする。すぐさま目通りいたすように申し伝えよ」

爽《さわや》かな日姫の言葉に、和田太郎左衛門ははっと答えて引きさがろうとしたが、その時である。

「あいや、姫君、しばらくお待ち下さいませ」

横合《よこあい》から言葉をさしはさんだのは、年の頃《ころ》は二十七八、色の黒い、兇暴《きょうぼう》そうな容貌《ようぼう》をした男だった。

「おお、熊丸《くままる》、してして何か用か」

「されば、目出度《めでた》い今日の式典に、どこの馬の骨か牛の骨かわからぬものを目通り許すなどとはもってのほか。この事必ずお思いとどまり下さいますよう」

「申すな熊丸、東海林の大臣《おとど》の遺児《わすれがたみ》をとらえて、馬

の骨とは何事。控えておれ。これ、太郎左衛門、苦しゅうない。すぐさまその者どもにこれへと申せ」

「はっ！」

と、答えて和田太郎左衛門がひきさがると、やがて廷臣たちの好奇の眼《まなこ》にむかえられてやって来たのは龍太郎をはじめとして、降矢木大佐に寺木中尉の三人だ。程《ほど》よいところに立ちどまって一礼すると、和田太郎左衛門が声を張りあげ、

「姫君方へ申上《もうしあ》げます。東海林健三が遺児《わすれがたみ》、同名龍太郎ならびに降矢木大佐に寺木中尉でございます」

「おお」

異口同音《いくどうおん》にそういって、二つの玉座から身を乗り出した日姫と月姫とのおもてには、その時どういうものか、同じようにポーッと紅葉《もみじ》が散ったから、さあ、妙な雲行きになったものである。

冷熱二人姫

日姫月姫、その時ともに十八歳。同じ日本人でも南国では女が早く成熟する。ましてや足利時代末期の風習をそのまま守っているこの国では、十八歳といえばもう立派な女だった。

普通ならばもう配偶者をもっていてもよい年頃《としごろ》だが、双生児《ふたご》の主権者という厄介《やっかい》な地位が、いまだに二人に独身を強《し》いているのである。

それにしても日姫と月姫。――この二人には何《な》んという大きな差があるのだろう。なるほど双生児《ふたご》であるから、仔細《しさい》に見れば顔容《かおかたち》におおくの共通点を見《み》出《いだ》すことが出来る。しかし一瞥《ひとめ》見た印象はまったく違ったものだった。

日姫が南国人には珍しく雪のような肌をして、あくまでも朗《ほが》かに、明《あ》けっぱなしな性格であるのに反して、月姫は色も浅黒く、しじゅう唇《くちびる》のはしを歪《ゆが》めた表情《かおいろ》には、どこか翳《かげ》のある、皮肉《ひにく》な性格がうかがわれるのである。

しかも、性格のまったく相《あい》反したこの二人の姫君が、龍太郎の姿を見ると、ほとんど同時に頬《ほお》に紅葉を散らした様子を、熊丸とよばれたさっきの若者は、いち速く見てとって、甚《はなは》だ心穏《おだや》かでない面持《おもも》ちなのだ。

「東海林健三の遺児《わすれがたみ》龍太郎といわれるのは卿《おんみ》のことか」

玉座《ぎょくざ》から身を乗り出した日姫は、龍太郎の面《おもて》から眼《ま》じろぎもせずにそういった。月姫はすでにいったんの昂奮《こうふん》が去ったのか、蒼褪《あおざ》めた顔をして、皮肉に唇をかみしめている。

「はっ。私が東海林健三の一子《いっし》、同名龍太郎にございます」

「よく見えられたな。懐《なつか》しく思いまするぞ。そなたの父、東海林健三の勲《いさおし》はこの国の歴史に長くのこることであろう。そなたがはるばるこの国を訪れたのも、きっと父の志《こころざし》をつぐためであろうな」

「恐れながら、私一身に叶《かな》うことならば、いかなる働きをもいといは致しませぬ」

「おお、よく申された。その潔《いさぎよ》い言葉をきいて、妾《わらわ》もどのように心強いか知れませぬ。のう月姫」

月姫は相変《あいかわ》らず皮肉な微笑をうかべたまま、それに対して否《いな》とも応《おう》とも答えなかった。しかし、龍太郎の視線が、日姫の美しい容貌《かお》に釘付《くぎづ》けになっているのを見ると、細めた眼《め》のなかに、一瞬さっと殺気がほとばしるのが見えた。

むろん、満堂の廷臣は、みな一様に龍太郎に気をとられているので、誰《だれ》ひとりそれに気附《きづ》いたものはなかったが、その中にあって唯《ただ》ひとり、熊丸というさっきの若者だけが、その様子を見ると、にやりと薄気味《うすきみ》の悪い微笑をもらしたのである。

「それにしても、この国の一番目出度《めでた》い祝典の際に、そなたと会うというのも何かの因縁《いんねん》であろう。そなたはこれから直《ただち》に都《みやこ》へ参るであろうな」

「はっ、それが姫君の御意《ぎょい》に召しますならば……」

「ほほほほほ、御意に召すも召さぬもない。それが妾《わらわ》の命令じゃ。これ、太郎左衛門」

「はっ」

「この人たちを明日すぐさま都へ御案内申せ」

「かしこまりました」

「それでは龍太郎とやら。今日は旅のことでもあれば、このくらいに致しておこう。いずれ、そなたに聞きたい話もあれば、都へ立ちかえってゆっくり会いましょう」

日姫が玉座から立上《たちあが》りかけた時である。

「あいや、姫君、しばらくお待ち下さりませ」

またもや言葉をさしはさんだのは熊丸だ。

「おお、熊丸何か申すことがあるのかえ」

「されば、氏素性《うじすじょう》もわからぬ旅の者をとらえて、あまりにも軽々しいお約束、尊《とうと》い御身分にも似合わしからぬことと存じられます。果《はた》してここにいる若者が、東海林殿の遺児《わすれがたみ》であるや否や、その証明《あかし》の立たぬうちは、滅多《めった》にお約束はなりませぬぞ」

　それを聞くと日姫の顔には、さっと怒りの色が燃えあがった。

「熊丸、何《な》んといやる。それではこの若者は騙者《かたり》であると申すのか」

「いえ、そうは申しませぬが、何か証明《あかし》を見ぬうちは……」

　その時だった。月姫が呟《つぶや》くように低い声でいった。

「東海林の大臣《おとど》の遺児《わすれがたみ》ならば、腰に聖龍の彫物《ほりもの》があったとやら……」

　その呟きを聞くと、一同ははっとしたように、龍太郎の一身に視線を集める。

　龍太郎は真赧《まっか》になって日姫を見た。日姫も顔を赧《あか》らめながら、惑《まど》わしげな瞳《ひとみ》で龍太郎を凝視《みつ》めている。龍太郎は降矢木大佐と寺木中尉をふりかえった。中尉は憤然《ふんぜん》たる表情《かおいろ》だったが、大佐は平然として口髭《くちひげ》をひねりながら、にやりと龍太郎の顔を見てうなずいた。

　龍太郎はその微笑によって決心がついた。無言のままスルスルと着物を解くと、満堂の視線のなかに素裸《すっぱだか》となって立ったのである。

「あっ！」

と、日姫は思わず扇《おうぎ》で顔をかくす。しかし、月姫は眼じろぎもしないで、龍太郎の腰にある聖龍の彫物を見ていたが、やがて冷《つめた》い声で、

「たしかに証明《あかし》は見届けました。東海林健三のわすれがたみにちがいありません。太郎左衛門」

「はっ」

「日姫の申さるるとおり、この若者を都へ御案内申上《もうしあ》げたがよかろう」

　そういってすうっと玉座から立上ったのである。

ヒアテと熊丸

　後で知ったことだけれど、この八幡宮《はちまんぐう》のある地方はウサといって、ここは和田太郎左衛門の所領になっている。都はこのウサから八十里《り》ほど西にあって、これをヒュウガという。

　やまと王国の先祖たちは、この国の建設にあたっ

て、地名をすべて彼らの憬《あこが》れの的《まと》である故国日本からとったものである。

龍太郎の一行が日姫月姫の還幸《かんこう》にしたがって、ヒュウガへ着いたのはそれから五日目のことだった。ヒュウガには和田太郎左衛門の本宅がある。当分のうち、そこが一行の宿舎にあてられていた。

都へかえってから三日目に、龍太郎は再び日姫月姫から公式に拝謁《はいえつ》を仰《おお》せつかった。それから、日姫と月姫が別々に龍太郎を招いて盛大な宴《えん》を張った。

いかに東海林健三の遺児《わすれがたみ》であるとはいえ、異国から来たばかりの一青年に対して、これはまた、あまりにも鄭重《ていちょう》なもてなしだと、廷臣たちのあいだには眉《まゆ》をひそめる者も少くなかったが、中でもこの歓待《かんたい》ぶりに満腔《まんこう》の不平を抱いている人物がふたりあった。

ヒアテと熊丸なのである。

この国へついた瞬間から、ヒアテは路傍《ろぼう》の石のように、誰《だれ》からもかえりみられなくなっていた。ヒアテにとってはそんなことはどうでもよかったのだが、唯《ただ》彼女の不満の種となるのは、龍太郎が日夜、日姫と月姫にまねかれて、滅多《めった》に話をするひまもないということである。

熊丸というのは日姫と月姫の従兄弟《いとこ》にあたってい
た。詳しくいうと熊丸三郎兼次《さぶろうかねつぐ》というのが彼の名《な》まえである。熊丸三郎はかねてから、やまと王国の王位に野心を抱いていたが、そのためには、どうしても日姫か月姫のどちらかと結婚しなければならなかった。

ところが、いま東海林龍太郎という未知の青年が現れて、二人の姫の関心を一身にひっさらってしまったから、熊丸の焦燥《しょうそう》たるや名状《めいじょう》することが出来ないのである。

さて、ある日のこと、ヒアテは満たされぬ心を抱いて、ヒュウガの町から町へと歩きまわっていたがそのうちにふと眼《め》についたのは町のはずれにある大伽藍《がらん》だ。元来バリー島の人間は非常に信心ぶかいものである。ヒアテも御他聞《ごたぶん》に洩《も》れず、神仏《しんぶつ》を信仰する心があったからだが、殊《こと》にこの大寺院の様子が、どこか故国バリー島の寺院に似ているのを見ると、彼女は思わず内部へ入っていった。

薄暗い寺院のなかには、その時人の姿はひとりも見えなかった。正面には丈余《じょうよ》の大仏が慈悲《じひ》円満の相《そう》好《ごう》で鎮座《ちんざ》まします。その仏像にも、ヒアテは故国バリー島を忍ぶのだった。

彼女は思わず大仏のまえに額《ぬか》ずいて、心の中の苦しみをうったえる。——と、この時である。誰やら忍びあしでこの寺院のなかへ入って来る様子に、ヒアテは何気《なにげ》なしにはっとして、思わず仏像のうしろに身をかくした。

何故《なぜ》そんなことをしなければならなかったのかわからないけれど、ヒアテは本能的な恐怖にかられたのだが、後から考えると、虫が知らせるというのはまったくこの事だったろう。

彼女が仏像のかげへかくれると殆《ほと》んど同時に、寺院の別々の入口からふたりの男が入って来た。ヒアテはまだよく知らなかったけれど、その一人というのは熊丸三郎兼次なのである。

だが、もうひとりは——その男の顔を見たとき、ヒアテは殆んど息がつまるかと思われるばかりだ。実に、その人物こそは、東海林龍太郎を仇敵視《きゅうてきし》する、あの恐ろしい片耳の鬼ジョンソンだったではないか。

熊丸はジョンソンの顔を見ると、いかにもいらいらとしたように足をとめた。怒りのために烏帽子《えぼし》がかすかにふるえて、水干《すいかん》の袖《そで》をひきちぎらんばかりに握りしめている。

「ジョンソン」

熊丸はさすがにあたりを憚《はばか》るような低声で、

「どの面《つら》さげて私に会いに来たのだ。君はいつか何《な》んといった。東海林健三の遺児《わすれがたみ》に、このやまと王国の土を踏ませるようなことは絶対にないといったではないか。ところがどうだい。あいつは……あいつは……」

細身の太刀《たち》を握りしめた熊丸三郎の手がはげしく顫《ふる》えている。

「あいつがいま、王宮でどのような歓待をうけているか、君もおおかた聞いているだろうな。まるで国《こく》賓扱《ひん》いだ。日姫も月姫もいまではあの青二才《あおにさい》のために夢中になっているのだ。ジョンソン、君はこれをどう弁明するんだね」

ジョンソンは口に啣《くわ》えていた葉巻《はまき》をポンと投げ出すと、不敵なせせら笑いをうかべて、

「殿、これほどお目出度《めでた》いことはないと、心から御祝い申上《もうしあ》げるしだいです」

「なに？」

熊丸はかっとして、

「日姫月姫の二人があいつに夢中になっているのを目出度いというのか」

「さよう、これほどうまい話がまたとありましょうか。ま、ま、そう憤慨《ふんがい》せずにお聞きなさい」

ジョンソンは落着《おちつ》きはらって、

「日姫月姫が二人とも龍太郎の奴《やつ》にのぼせあがっていることは、世間では誰《だれ》ひとり知らぬものはありません。ところで二人の姫から想《おも》われた龍太郎はどうするでしょう。あいつがいかに凄腕《すごうで》でも、二人の姫を同時に妻とすることは出来ますまい。どちらかひとりを選ばねばならぬ場合が来る。その際、捨てられた姫はどうするでしょう。ははは、それだから私はこんな目出度いことはないというのです」

「ふむ。すると、捨てられた方の姫をそそのかして……」

「そうそう。そこであなたが少し上手に立ちまわって御覧《ごらん》なさい。捨てられた姫の心を惹《ひ》きつけるのはなんでもないこと。そうなればもう誰憚《はばか》ることはない。姫の一人を擁《よう》して旗上げするあなたを、誰が謀《む》叛人《ほんにん》と呼ぶことが出来ましょう。殿、こんな目出度いことはないではありませんか」

仏像のうしろにあってこれを聞いたヒアテの心は、思わずさっと冷《つめ》たくなった。

ああ、片耳の鬼ジョンソン。かれはこうしていよいよやまと王国の攪乱《かくらん》に乗り出したのだ。そして、これがすべての白人のやり口なのである。同族あい闘わせて、やがてはその国を乗っとろうとするのが、彼らすべての白人の、共通した陰険《いんけん》手段なのである。ヒアテにはそういう事までは分《わか》らなかった

が、それから俄《にわ》かに言葉をひくめた二人の話に、胸は早鐘《はやがね》を打つ思い……。

日姫の嫉妬

東海林龍太郎の一行が、やまと王国へ着いてから早《は》や一ヶ月になる。

この王国の不思議な主権者、双《ふ》生児《たご》の女王日姫と月姫が、かわるがわる催《もよお》す夜毎《よごと》の饗宴《きょうえん》に、龍太郎はすっかり酔い痴《し》れていただろうか。

否《いな》！ 否！

熱帯特有の芳醇《ほうじゅん》な酒と、官能を麻痺《まひ》させるような、宮廷の歓楽生活に囲繞《いにょう》されながらも、龍太郎の胸中にはしだいに強い信念が根をおろして来る。

そこには幾多《いくた》の改革を要すべき

陋習《ろうしゅう》があった。風俗にも習慣にも、大至急改新しなければならぬ事実が山程《やまほど》あった。抑《そもそ》もこのやまと王国というのは、南はあのやまと富士に遮《さえぎ》られ、北ははてしない大密林によって、外部と交通を遮断《しゃだん》されているうえに、やまと富士の吐く有毒ガスが、絶えず上層気流を濁《にご》しているので、飛行機でさえこの国へ飛んで来ることは容易ではなかった。

そういう、天然の要害《ようがい》のために、やまと王国の住民たちは、この熱帯の奥地にあって、四百年にちかいあいだ外敵の侵入からまぬがれ、平和を享楽《きょうらく》しつづけて来た。そのために、かつては勇猛果敢だった民族の血も、いつしか泰平《たいへい》になれ、生命の目的はひたすら歓楽への追求に注がれる傾向があった。

それはちょうど熟《う》れ崩れる熱帯の果実も同様だった。甘美ではあるが、早晩、腐敗の運命はまぬがれぬ。今にして大手術をしなければ、この愛すべき国民は、もっとも近い機会において崩壊《ほうかい》をまぬがれぬだろう。

「龍太郎さま、またむずかしい顔をあそばして、いったい何を考えていらっしゃいますの」

今宵《こよい》は日姫の招宴《しょうえん》の番だった。

酔い痴れた廷臣たちが、美しい侍女《じじょ》を抱いて、放《ほう》埒《らつ》な歓楽に魂《たましい》をしびらせている様《さま》を、苦々しげに眺《なが》めている龍太郎のそばへすり寄って、そっとそう耳《みみ》打《うち》をしたのは日姫だった。

今日このごろの日姫の美しさは、その名の如《ごと》く照り輝くばかりで、譬《たと》えようもないほどだった。雪のような頬《ほお》にはぽっと紅《くれない》の色が幸福の象徴《シンボル》のようにさして、瞳《ひとみ》は何ものかに憬《あこが》れるように、きらりと輝いている。唇《くちびる》はぬれぬれとして、潔《きよ》らかな愛情に絶えず顫《ふる》えているようだった。

「あたしたちが、これほど心をこめて御歓待申上《かんたいもうしあ》げているのに、あなた様には何がお気に召さないのでしょう。はじめてお邂《あ》い申上げてから、あたしはまだ一度もあなた様の笑い顔を見たことがありませぬ。あなた様ばかりではない。あの二人のお友達も、いつもむずかしい顔をあそばして、眉根《まゆね》に皺《しわ》を刻んでいらっしゃる。それがお国振りとでも仰有《おっしゃ》いますの」

日姫の怨《えん》じるような息づかいを、ちかぢかと頬にかんじると、さすがに龍太郎も心が乱れる。あどけなく純粋で、ひたむきなこの日姫の愛情が、龍太郎の胸にとどかぬ筈《はず》はない。しかし、龍太郎の心はそれをそのまま受容《うけい》れるには、あまり多くの屈託《くったく》に占領されているのだった。

「龍太郎さま、龍太郎さま、何とか仰有って下さいまし。どうしてあなたはそう打ちとけて下さらないのでしょう。おお、分《わか》った。あなたはきっと月姫のことを考えていらっしゃるのね」

「何を、馬鹿なことを仰有る」

「いいえ、いいえ。そうだわ。きっとそうにちがいありませんわ。月姫の招宴の宵《よい》には、あなたはいつも元気で愉快そうだといううわさじゃありませんか。ああ、あなたのお心の中は、月姫がすっかり占領してしまって、あたしのことなんか、考えて下さるひまはないのですね」

「姫、つまらないことを仰有るものじゃありません。月姫の招宴の宵には、私が愉快そうだなどと、一体誰《だれ》が姫に申上げたのですか」

「熊丸が申しましたわ。月姫のまえに出ると、あなたはいつも嬉《うれ》しげで、この間の晩など、月姫といっしょにお踊りになったと申すではありませんか」

日姫のこの可愛《かわい》い嫉妬《しっと》は、もちろん一言のもとに打消《うちけ》せるような、いわれなきものだったが、そういう無根《むこん》の風説を、日姫に伝えてその心を掻《か》き乱そうとする熊丸に対して龍太郎はふとかすかな疑念をかんじはじめた。

「あなたは遠からず、月姫と御婚礼あそばすのであろうと云《い》っておりましたわ」

「馬鹿なことを!」

龍太郎は吐きすてるようにいうと、つと立上《たちあが》って真正面から日姫の顔を凝視《ぎょうし》しながら、

「姫、よくお考え下さいまし。この国に参って、いまだ一ヶ月に満たぬいわば旅の風来坊《ふうらいぼう》が、このような夜毎の歓待をうけるさえあるに、何故《なぜ》、そのような大《だい》それた野望を抱きましょう。私がうかぬ顔をしているのが、お目障《めざわ》りになればお許し下さいませ。私は心配しているのです。憂《うれ》えているのです。その心痛が私の顔を暗くするのです」

「まあ、御心配ですって? いったいどのような御心配がございますの。あたしがこのように、心をこめておもてなし申上げておりますのに」

「姫、私の心配の種というのはあれです。姫もよく御覧《ごらん》下さいまし」龍太郎は几帳《きちょう》ごしに、下に見える

大広間を、きっとばかりに指さした。

そこには、酔いしれた廷臣どもがあるいは美姫《びき》を抱き、あるいは瓶子《へいし》をかたむけ、あるいは淫《みだ》らな唄《うた》を唄っているのが、広い座敷に溢《あふ》れているのである。

崩る王国

「龍太郎さま、あれがどうかしたのでございますか」

日姫は不思議そうに龍太郎の顔をふりかえりながら、

「あの人たちは、みんな面白《おもしろ》く、愉快に酔っているのですわ。そして、それもこれもみなあなたに対するおもてなしなのでございますわ」

「いいえ、私に対するもてなしだったらもう結構です。私はああいう様《さま》を見るにつけ、この尊敬すべき王国の前途が心配でならないのです。酔っているのはあの人たちばかりではありません。国民全体が酔っている。豊富な自然の天恵《てんけい》に甘えて、誰《だれ》もかれも働こうとはしない。姫、これでよいのでしょうか。このままで果《はた》して、このやまと王国が繁栄をつづけていけるのでしょうか」

龍太郎の調子がしだいに激して来たので、日姫は不思議そうに眼《め》を瞠《みは》りながら、

「まあ、あたしにはあなたの仰有《おっしゃ》ることがよくわかりませんわ。国民全体が平和を楽しみ、愉快に酔っているのが、何故《なぜ》いけませんの？」

「もちろん、人間が休息を欲し、快楽を求めるのを悪いとは申上《もうしあ》げません。しかし、その快楽も種類によります。程度によります。快楽ばかりが人生の目的であって、働くことを忘れ、困難に打ち克《か》つ力を失ったら……そこには滅亡あるのみです」

「滅亡？」

ふいに日姫の顔から、さあーっと血の気がひいた。一瞬顔色は紙のように真白《まっしろ》になったが、やがて紫《むらさき》色の焔《ほのお》がその顔をおおうと、眼のなかには激しい怒りがつっ走った。

「滅亡ですって？　するとあなたは、この国が遠からず滅ぶだろうと仰有るの？」

「遺憾《いかん》ながら私は、そう申上げるよりほかに言葉はありません」

日姫はふいにすっくとばかりに立ちあがると、

「龍太郎さま、お取り消しなさい。その不吉な言葉を取り消して頂戴《ちょうだい》。あなたは少し思いあがり過ぎる」

日姫は長い髪の毛を、波のようにゆるがせながら、怒りのために体中をふるわせる。全《まった》く長い髪だった。長髪をもって美人の第一条件とするこの国でも、日姫ほど長い髪をもっている女は、二人と国内にないといわれる。その一筋をとって畳《たたみ》のうえにおいても、一枚の畳がまっくろになるといわれるほどの長い髪――それが屈辱《くつじょく》と憤怒《ふんぬ》のために蛇《へび》のようにふるえるのだった。

龍太郎もさすがに日姫の怒りの激しさに打たれたが、

「姫よ、私の言葉があまり唐突《とうとつ》ゆえ、姫のお怒りも御尤《ごもっと》もと存じます。しかし、私は自分の言葉を取り消そうとは思いません。私は幾度《いくたび》でも繰りかえして申上げます。このままでは早晩この王国は、救うべからざる混乱と崩壊《ほうかい》におちいるだろうと！」

日姫の顔はいよいよ紫色になった。まるで毛虫に刺されたように、びりびりと全身をふるわせながら、

「おお、おお、おお！　よくも申された。それがこの手篤《てあつ》い歓待《かんたい》に対する、あなたのお礼なのですか。その無礼な一言が、あたしの心をこめた歓迎に対する謝辞《しゃじ》なのですか。あたしたちは何代も何代も、この通りにして暮《くら》して来た。われわれの父も祖父も、この通りに楽しみながら国を治めて来た。それに対して誰ひとり苦情を申し立てたものはないのに、あなたは――この国へ来てからたった一ヶ月にしかならぬあなたが、そんな不吉なことを仰有ろうとは夢にも思わなかった」

「姫よ、お気に障《さわ》ったらお許し下さい。しかし私はこの国とこの国民を愛するが故《ゆえ》に、かくも苦い言葉を吐かねばならないのです。私は一ヶ月のあいだ、この国を視察させていただきました。そこには階段式の耕地もあり桑畑《くわばたけ》もある。しかしそれらはちかごろ耕《たがや》すことを忘れ、年とともに荒廃《こうはい》に帰《き》していく跡が顕著《けんちょ》です。国民は誰も耕そうとはしない。誰も勤労の尊《とうと》さを忘れて、ひたすら歓楽を追求するのに急《いそ》がしいのです」

「それくらいの事はあなたから今更《いまさら》聞くまでもない。あたしだってよく知っている。耕すことを忘れたのは、耕す必要がないからです。働かずに遊んでいる

のは、働かなくても何不自由もないからです」

「いいえ、そればかりではありません。あなたがたの先祖は、かつて世界に比類のない勇猛果敢な人々だったのです。その人たちは恐れを知らず、喜んで困苦《こんく》艱難《かんなん》にぶつかっていく、熾《さか》んな魂《たましい》を持っていました。ところが、現在のこの国民はどうでしょうか。いたずらに安《やす》きをむさぼり、男も女も事勿《ことなか》れ主義におちいってしまった。もしも他から敵が攻入《せめい》って来た時には、果《はた》して彼らに戈《ほこ》を取って立つ勇気があるでしょうか」

「ほかから敵が攻入って来るんですって？　この自然の要害《ようがい》に取囲《とりかこ》まれたやまと王国へ。……龍太郎さま、あなたは今宵《こよい》よほどどうかしていられる。そういう取越苦労《とりこしくろう》なら月姫にむかって仰有い。あの人はいつも陰気《いんき》なことを考えているのが好きな人です。きっとあなたと話がよくあうことでしょう。しかしあたしは真《ま》っ平《ぴら》です。あなたがそういう悲劇的な考えを捨てない限り、あたしはもう二度とあなたの顔を見たくはありません」

　日姫は帳《とばり》をかかげて、憤然《ふんぜん》と次《つ》ぎの間へさがっていった。あとには龍太郎が唯《ただ》ひとり悵然《ちょうぜん》とした面《おも》持ちで、あの長夜《ちょうや》の宴《えん》を見送っていたが、やがてかすかな溜息《ためいき》とともに、広間を抜けて階《きざはし》に足をかけた。

　仰《あお》ぐと空には月が出ている。その月も思いなしか暈《かさ》をかぶって。——龍太郎はふたたびふかい溜息ととも

に、階を降りかけたが、その時だった。裾《すそ》を乱してころぶように駆けつけて来たのは、たったいま怒りのために席を蹴《け》って立った日姫である。

「龍太郎さま！」

龍太郎は日姫の眼に、涙がいっぱいたまっているのを見て驚いたが、わざと冷然として、

「姫、何かまだ御《ご》用《よう》でございますか」

「いっちゃいけません。いっちゃ厭《いや》」

「いいえ、姫の御《ご》不興《ふきょう》を蒙《こうむ》ったうえからは、一刻もここにいるわけには参りません。お許し下さい。私は行かねばなりません」

「行く……？　どこへいらっしゃるの？」

そのとき突然、龍太郎の頭脳には巧妙な計略《けいりゃく》がうかんで来た。

「どこへと申して、そうそう、月姫

の御殿《ごてん》へ参ります」

「月姫のもとへ？」

日姫は果《はた》して真蒼《まっさお》になった。龍太郎は冷たい微笑でそれを見ながら、

「そうです。いま姫が仰有ったように、月姫のもとへ参って、私のこの意見を言上《ごんじょう》するつもりです。あの方ならば、きっとあなたのように、私の言葉をむげにお退《しりぞ》けにはなりますまい」

日姫はうちのめされたように、二三歩うしろへたじろいたが、ふいに龍太郎の胸にすがりつくと、

「いいえ、行っちゃいけません。龍太郎さま。あなたは私の心を苦しめる。あなたの唇《くち》から月姫の名をきくと、私は何故か身をやかれるような思いが致します」

「しかし、それはあなた御自身が云《い》い出されたことではありませんか」

「いいえ、いいえ、さっきいったのは嘘《うそ》、あたしはつい取乱《とりみだ》していたのです。あなたのお言葉があまり唐突ゆえ、ついわれを忘れてしまったのです。さあ、龍太郎さま、もう一度お戻り下さいませ。そして、とっくりとあなたの御意見を聞かせて下さいませ」

「でも、私の意見はきっと姫のお気に召しますまい」

「いいえ、いいえ、そんな事はありませんわ。あたしだって理性はそなえているつもりです。さあ、龍太郎さま、もう一度御殿へ……」

日姫が龍太郎の手をとって、哀願《あいがん》するように囁《ささや》いている時である。二人の立っている階のすぐ近く、勾欄《こうらん》の下からそっと抜出《ぬけだ》した男がある。

熊丸なのである、熊丸の眼は一種異様な眼差《まなざし》をしながら、ひとり何かうなずくとそっと、日姫の御殿から外へ抜け出していった。

ヒアテの心配

日姫が首都ヒュウガをあとにして、遠く北の密林地帯、アマクサ地方へ遊猟《ゆうりょう》に出かけると発表したのは、それから二三日後のことだった。

何しろふいの事とて、首府はそのために上を下への大《おお》騒動。狩猟などということは、もう長いあいだやった事がないので、廷臣たちはすっかり用意を忘れていた。いや廷臣のみならず、武人たちの間にも、

甲冑《かっちゅう》や刀槍《とうそう》をすっかり錆《さび》つかせているものも少くはなかった。

曾《かつ》ては、一朝《いっちょう》有事の際には、男という男が武器を執《と》って敢然と立った気風も、長いあいだの泰平《たいへい》のためにすっかりすたれてしまって、ちかごろは男子といえども、婦女子のように脂粉《しふん》を粧《よそお》い、管絃《かんげん》をもてあそぶことが流行していたのである。

殊《こと》に主権者が女性となった近頃《ちかごろ》では、その弊風《へいふう》がいよいよ激しかっただけに、一同はこの勅令《ちょくれい》に寝耳に水と驚いて、先《ま》ず身のまわりの用意をととのえるので、大狼狽《ろうばい》をしなければならなかった。

中には和田太郎左衛門とその一族の如《ごと》き、いまだに先祖の気風を忘れぬ剛健な武士もあって、この人々は日姫のこの度《たび》の試みをひどく喜んでいたが、それとは反対に、この挙を無謀《むぼう》なりとして不平をとなえた連中も少くなかった。当然そこにはいろいろな風説《ふうせつ》がうまれたが、この風説にいっそう拍車《はくしゃ》をかけたのは、狩猟にいかれるのは日姫だけで月姫は依《い》然《ぜん》として首都にのこるという事実だった。

「いよいよ、日姫と月姫との仲が割れたのだ。いまに国中がひっくり返るような大騒動が持ちあがるぞ」

と、いう者があるかと思うと、

「日姫は北のアマクサ地方の土民兵をかり集めて、一挙にヒュウガへ攻入《せめい》り、月姫を滅《ほろぼ》そうという計画なのだ」

と、まことしやかに触れ歩く者もある。そして彼らが一様にそのあとへ附加《つけくわ》えるのは、

「これというのも、ちかごろやって来た東海林龍太郎という男がいるためだ。あいつはいつかこの国を乗り取るだろう」

と、いう言葉である。

むろん、これらの流言《りゅうげん》が熊丸三郎の方寸《ほうすん》からうまれた事はいうまでもない。

狩猟の用意には一ヶ月という時日が費《ついや》された。しかし、そのあいだは別に変《かわ》ったこともなく、日姫と月姫とは相変らず親密な御姉妹《きょうだい》だった。ただ、日姫がいよいよ美しく快活になっていくに反して、月姫が日増しに憂鬱《ゆううつ》になっていくのが、誰《だれ》の眼《め》にもわかるのだった。

やがて準備はととのった。そしていよいよ明日が出発という前日である。

和田太郎左衛門の邸《やしき》では、この狩猟に供奉《ぐぶ》する龍太郎や降矢木大佐、さては寺木中尉のために盛んな別離の宴《えん》がひらかれていた。

「いや、勇ましい事じゃ、壮《さかん》な事じゃ。この勇ましい狩猟にお供《とも》が出来ぬとは、この幸盛、千載《せんざい》の恨事《こんじ》でござるて」

和田太郎左衛門は日姫の留守《るす》中、首都警備のために居残《いのこ》ることになっているのである。

「俺《わし》も、御老体と獲物を競うことが出来ぬのは甚《はなは》だ残念だが、これもお役目とあらば致方《いたしかた》がござるまい。その代《かわ》り、御老体の分も俺《わし》が引受《ひきう》けた。きっと余人の二倍の獲物《えもの》をあげてお眼にかけよう」

降矢木大佐は盃《さかずき》をあげながら昂然《こうぜん》とわらっている。この老武人の体内には、いまや戦闘をまえにした時のような血が、烈々《れつれつ》として躍《おど》っているらしい。

寺木中尉も上機嫌《じょうきげん》で、

「私は狩猟にはさほど興味はないのですが、なんといっても今度の旅行は愉快です。是非《ぜひ》一度、北方の密林地帯へ出向いてみたいと思っていたところですからな」

何かしら、思うところありげな中尉の言葉に、和田太郎左衛門幸盛は、不思議そうな表情で、

「はて、すると寺木中尉には何かあの地方に、御用《ごよう》がおありでございますかな」

「なに、ちょっと考える仔細《しさい》がありますので……しかし、これはまだここで打ちあけるわけには参りません」

「おやおや、ひどく秘密主義だが、いや結構結構、寺木中尉が何を企《たくら》んでいるか、俺《わし》はひとつお手並《てなみ》拝見といこう」

こうして狩猟をまえに勇み立っている人々があるかと思うと、一方ひどく打沈《うちしず》んでいる女がひとりあった。いうまでもなくヒアテなのである。

賑《にぎ》やかな篝火《かがりび》をよそに、ヒアテはひとり庭の奥で、美しい熱帯の月を眺《なが》めている。月が物を思わせるのは、世界のどこへ行っても同じことだった。

碧《あお》く澄みきった空に輝く南十字星、その星はヒアテの胸にふとバリー島の記憶をもたらせて来る。そよ吹く微風に頰《ほお》をなぶらせながら、月を仰《あお》ぎ、星をかぞえているうちにヒアテは何《な》んとも名状《めいじょう》することの出来ない悲しさに打たれ、思わず頰を涙でぬらした。

——と、この時である。

ひそやかに近附《ちかづ》いて来る人の跫音《あしおと》をきいて、ヒアテはふと振返《ふりかえ》ったが、見るとそこに立っているのは、あの恋しい懐《なつか》しい龍太郎ではないか。

「ヒアテ!」龍太郎はヒアテの頬に流れている泪《なみだ》を見ると、驚いたように側《そば》へちかづいて来た。

「おまえ、こんなところで何をしているのだ。さっきから私は、どんなにおまえを探したか知れやしないよ」

その優しい言葉を聞くと、ヒアテの眼からは、おさえかねる泪が滂沱《ぼうだ》として溢《あふ》れて来る。

「おまえ泣いているんだね。ああ、わかった。おまえはきっとバリー島が恋しくなったのだね」

ヒアテは怨《うら》めしそうに龍太郎の顔を仰ぐと、

「龍太郎さま、あたしが泣いているのはそのためではありません。明日に迫った別離《わかれ》の切《せつ》なさが、あたしの胸を掻《か》きむしるのです」

「別離《わかれ》?」龍太郎は優しくヒアテの手をとりながら、

「そうそう、おまえはこの市《まち》に残るのだそうだね。何故《なぜ》われわれと一緒にいかないのかね」

「いいえ、龍太郎さま。あたしは参ることが出来ません。あたしはこの市《まち》に残らなければならないのです」

何かしら思いつめたようなヒアテの顔を、龍太郎は不思議そうに覗《のぞ》きこみながら、

「どうして? 何故おまえはここに残らなければならないのだ」

「そのわけは申上《もうしあ》げるわけには参りません。しかし龍太郎さま、気をおつけ遊ばして。旅のあいだ、どうぞ御用心あそばして」

「ヒアテ、それはいったいどういう意味だ」

「あたしにもよくわかりません。しかしあたしは感ずるのです。いいえ、いいえ、吹く風が、月が、星があたしの耳に囁《ささや》くのです。何かきっと起《おこ》るだろうと。……あの月が二つに割れて、あなた様のお身のうえに、何か大事が起るだろうと、木の葉があたしに囁くのです。龍太郎さま、どうぞどうぞ、首途《かどで》の際のこの不吉な言葉をお怒りにならないで、身の周りに御注意下さいませ。あたしはここに残りますけれど、あなた様の身をおまもり申上げますわ」

ヒアテは、龍太郎の胸にすがりつくと、よよとばかりに泣きむせぶのだった。

近附く黒雲

日姫の一行が狩猟に旅立ったのはその翌日だった。姫の輿《こし》には、廷臣の半分と、武人の半分とが供奉《ぐぶ》していた。その中に龍太郎や降矢木大佐や寺木中尉が、供奉していたことはいうまでもないが、あの熊丸三郎が神妙《しんみょう》な顔つきで、一族郎党《いちぞくろうとう》とともに従っているのは些《いささ》か意外だった。

首府から二十里《り》ばかり北の方に、タテチという宿場がある。月姫はそこまで一行を見送って来たが、そこで盛んな別離の交歓があると、その翌日、日姫と別れて首府へ引返《ひきかえ》していった。

ヒュウガからアマクサ地方まで二百八十余里、約一ヶ月の旅程だった。未開王国としては、割合に道路が発達しているので、旅行はそれほど困難なものではなかった。後に降矢木大佐が研究したところによると、これらの道路は、おそらく、いつか話したミュウ大陸時代の住民が、建設したものであろうということである。

その頃《ころ》にはまだやまと富士が噴出《ふきだ》しておらず、したがって王国は直接、密林によって外部と接触していたにちがいないという、大体の説である。

それはともかく、最初の十日あまりの旅行のあいだには、別に取り立てていう事もなかったが、首府を出発してから十一日目のことである。

お供《とも》に加わった熊丸三郎が俄《にわ》かの腹痛のために、これ以上旅行をつづけることが出来なくなった。

「姫よ、せっかくここまでお供しながら、ここでお別れしなければならぬのは甚《はなは》だ残念です。何卒《なにとぞ》私の緩怠《かんたい》をお許し下さいますよう」

何しろ王族の血をひいた重臣のことだから、日姫が直接に見舞いに来ると、熊丸はいたく恐縮したように寝床《ねどこ》から起上《おきあが》る。

「いいえ、病には誰《だれ》しも打ち勝つことが出来ぬものです。無理をして若《も》しものことがあってはなりませぬ。気長にここで養生《ようじょう》したがよい」

「有難《ありがた》いお言葉、なに、これしきの病、一日か二日すればきっと恢復《かいふく》するでしょう。そうしたらきっと姫のおあとを慕《した》って参りますほどに、何卒お気安く御出発下さりませ」

「それでは暫《しば》しの別離《わかれ》じゃ。気をつけたがよいぞ」

こうして熊丸三郎を残した一行は、その、翌朝予定どおり出発したが、あとに残った熊丸三郎、二日をそこに費《ついや》したが、三日目に一族郎党をひきまとめると、何思ったのか日姫の後を追おうともせず急遽《きゅうきょ》都へ引返《ひきかえ》していったのである。

その表情には何かしら、近附《ちかづ》く黒雲を暗示するようなところがあった。

花を喰う虫

「なに、熊丸三郎が参ったと?」

勾欄《こうらん》のはしに出て、所在《しょざい》なさそうに籠《かご》の鸚鵡《おうむ》を相手にしていた月姫は、侍女《じじょ》から熊丸三郎の参内《さんだい》を聞くと、ぎょっとしたように振返《ふりかえ》った。

もとから翳《かげ》のある、どこか潜熱《せんねつ》をひめた月姫だったが、ちかごろは、いよいよ面《おもて》が暗く、物思いに沈む日が多かった。ことに日姫の一行が旅立ってからというものは、侍女にも語らぬ不安と焦立《いらだ》たしさに、どうかすると心の平静が乱されがちだったが、そこへ思いがけなく熊丸三郎の名前を聞いて、愕然《がくぜん》として色をかえたのも無理はない。

「はて、どうしたことであろう、熊丸は日姫とともに、旅をつづけていることとばかり思っていたに。まあ、よい、すぐこちらへ通せ」

侍女が下《さが》ると、熊丸三郎がすぐ勾欄の下へ現れた。見ると物々しい扮装《いでたち》だから、月姫は思わず眼《め》を瞠《みは》って、

「熊丸、どうしたのじゃ、そなたは日姫の供をして参ったと思うのに、何故《なぜ》ここへ帰って来た。そして、そのものものしい扮装《いでたち》はどうしたのじゃ」

「どうしたとはお情《なさけ》ない。日姫の御不興《ごふきょう》も覚悟のうえで、こうして帰って参りましたが、みんな姫、あなたのお身を思う故《ゆえ》でございますぞ」

「なに、わたしの身を思うとは?」

「おいたわしや、姫君。姫はまだお気附《きづき》になりませぬか。この度《たび》の日姫の狩猟を、姫はいったい何《な》んと思召《おぼしめ》す」

「日姫の狩猟……? おお、わたしがそれについて何を思おう。ちかごろとかく惰弱《だじゃく》に流れる人民どもの心をひきしめるためには、まことに結構な企《くわだ》てと思いまする」

「ああ勿体《もったい》ない。姫には何も御存じでおわさぬと見

ゆる」

「なに、わたしが知らぬと申すか。するとこの度の企てには、何かほかの意味があるとその方《ほう》は申すのか」

「むろんの事でございます。なるほど狩猟は結構な企てにはちがいございませぬ。しかし、この泰平《たいへい》の御代《みよ》に、俄《にわ》かに兵をかり集める日姫の心底。姫、姫はそれについて何もお疑いではございませぬか」

「ほほほほほ」月姫はさりげなく微笑《わら》うと、

「何をいうかと思えば熊丸のしたり表情《がお》な。姫とわたしの仲を知らぬと見ゆる。二人は姉妹《きょうだい》は日姫とわたしの仲を知らぬと見ゆる。二人は姉妹《きょうだい》――いいえ、姉妹《きょうだい》も姉妹《きょうだい》、同時に母の胎内《たいない》からうまれたものじゃ。されば、二身にして一体、切っても切れぬ同体の同じ日姫が、何故そのような企《たくら》みをわしに抱《いだ》くものか」

熊丸は躍起《やっき》となって、

「さればこそおいたわしいと申上げまする。なるほど従来《いままで》のお二人の仲ならば、何故熊丸がこのような、よしないことを申上げましょう。しかし事情はかわって参りました。三ヶ月まえのやまと王国とは、ちがって参りましたぞ」

「なに、違って参ったとは?」

「されば、私の申上げるのは、あの龍太郎と申す男のことでございます。あの者が参ってから、お二人の仲が昔のままではないことは姫もよく御存知の筈《はず》」

「なにを申す?」

月姫の暗い面には、さっと紅《くれない》の血がさしたが、すぐまた持ちまえの冷然たる色にかえると、

「何をたわけた、龍太郎はただ大切な賓客《まろうど》ゆえ、日姫とともに代《かわ》るがわるもてなしを致しているだけの事。それがために日姫とわたしが、不仲になるような事があってよいものか」

「おお、姫、姫はまだ何も御存知ではいられませぬ。その龍太郎は日姫とさきほど婚礼いたしましたぞ」

「なに、日姫と婚礼!」

熊丸三郎も予期していたことではあるけれども、この嘘《うそ》が、これほど大きな効果を持つだろうとはさすがに思いよらなかった。その瞬間の月姫は、まるで大地が真《ま》っ二《ぷた》つに裂けて、地底へ沈んでいくような眼差《まなざ》しだった。

「熊丸、それは真実《ほんとう》か!」

そう叫んだ時の月姫の声ほど、世にも悲痛な、そして世にも絶望と憤怒《ふんぬ》にふるえる響きを持っているものはないのであった。

謀反

やまと王国の首都、ヒュウガの警備司令長官として、居残《いのこ》っていた和田太郎左衛門幸盛は、ある晩不思議な夢を見た。

天に輝いていた太陽が、俄《にわ》かに黒雲に包まれるよと見るまに、やがてそれが真二《まっぷた》つに割れたのである。

「南無三《なむさん》！」

幸盛は夢の中で思わず叫んだが、そのとたん、われとわが声に驚いて眼《め》をさました。気がつくと全身にびっしょり冷汗《ひやあせ》である。

「ああ、不吉な夢を見た。昔から夢は五臓六腑《ごぞうろっぷ》のつかれというが、それにしても今の夢は気にかかる。日姫の留守《るす》中、由《よし》ないことが起《おこ》らねばよいが……」

熊丸三郎が途中から、引返《ひきかえ》したことはまだ知っていなかったが、さすがに世故《せこ》に長《た》けた老人だけに、幸盛もかねて、王国にわだかまる不穏な空気はうすうす感附《かんづ》いていた。殊《こと》に東海林龍太郎の一行がやって来てから、日姫党と月姫党とが、事毎《ことごと》にせめぎ合うのも、心ひそかに憂慮《ゆうりょ》していた折柄《おりから》だけに、いっそういまの夢は気にかかった。

「はははは、なんの他愛もない。あまり取越《とりこし》苦労が過ぎたから、詰まらない夢を見たまでだ。儂《わし》も夢が気になるようでは、よっぽど耄碌《もうろく》したものじゃ。亡くなられた東海林健三殿に聞かれたら、さぞ笑われる事であろうて」

自ら慰《なぐさ》めるように呟《つぶや》いた幸盛は、強《し》いて眼を閉じると、瞼《まぶた》の裏にありありと浮かんで来るのは、ありし日の龍太郎の父の面影《おもかげ》なのだ。

「あの頃《ころ》は儂も若かったな。健三殿とずいぶんいろんな冒険をやってのけたものだが、その健三殿もいまはいない。そしてその遺児《わすれがたみ》が、あんなに立派に成人している。儂も年をとった筈《はず》だ」

和田太郎左衛門幸盛と龍太郎の父東海林健三は、心を許しあった莫逆《ばくぎゃく》の友だった。そして一度この王国が、謀反人《むほんにん》のために危《あやう》く瓦解《がかい》しようとしたのを、未然に喰《く》いとめて王室の礎《いしずえ》を磐石《ばんじゃく》の安《やす》きにおいたのもこの二人が協力の結果だった。

「健三殿はその勲《いさおし》で、王室の御一族、龍姫《たつひめ》という美しい佳人《かじん》を得られた。しかしそれが却《かえ》って悪かったのだ。儂でさえ、その後ずっと経《た》つまで知らなかった陰謀《いんぼう》の、犠牲《ぎせい》になって身を滅ぼされた。それにしても因縁《いんねん》だなあ。その健三殿の遺児《わすれがたみ》龍太郎と、熊丸三郎が二人の姫の寵《ちょう》を争うのも、やっぱり前世からの約束事にちがいないな」

　年寄りの眠りは浅い。そして寝覚めがちな夜半《よわ》の想《おも》いはともすれば過去の追憶に走りがちだった。もしこのまま何事も起らなかったら、幸盛の述懐はおそらく暁《あかつき》かけて続いた事だろう。

だが。——

その時突如《とつじょ》として幸盛の追想を破るような物音が、俄かにけたたましく闇《やみ》を貫《つらぬ》いたのである。

どどどどどと轟《とどろ》く陣太鼓《じんだいこ》、法螺貝《ほらがい》の音《ね》、そして人馬のおめく声。——和田太郎左衛門は素破《すわ》こそとばかり、すっくと寝床《ねどこ》から起直《おきなお》っていた。

ああ、夢ではない。たしかに陣太鼓の音なのだ。しかもこの邸《やしき》を囲繞《いにょう》してどっとあがる喊声《かんせい》は、事の尋常《じんじょう》でないのを思わせる。

「誰《だれ》かある。あの物音は何事じゃ」

幸盛が大音声《だいおんじょう》に呼ばわったとたん、どどどどどと、天地を撼《ゆる》がすばかりの銃声が、首都の闇をつんざいて、和田太郎左衛門の邸内《ていない》は、俄かに上を下への大混乱となった。何者かが邸へ向《む》って一斉射撃を行ったらしい。それにつづいてわっとあがる鯨波《とき》の声が、海嘯《つなみ》のように夜のしじまを蹴破《けやぶ》った。

「誰かある。金弥《きんや》はおらぬか。銀弥《ぎんや》はいずくじゃ」

　邸も割れんばかりの大声に、呼ばわりながら、素速《すばや》く寝床から飛び起きた幸盛は、そこは武人のたしなみだった。片時《かたとき》も側《そば》をはなさぬ甲冑《かっちゅう》を、手早く身につけたが、折《おり》からそこへあわただしく駆けつけて来たのは、小姓《こしょう》の金弥と銀弥だった。

「殿、殿、一大事でございますぞ」

「おお、金弥銀弥か。してあの物音は何事じゃ」

「御謀反でござります。熊丸三郎が月姫様を擁《よう》して、日姫様の留守《るす》中に、この首都を乗っ取ろう計略《けいりゃく》でございます」

「おお、それでは熊丸めが……」

　幸盛は瞬間呻《うめ》くように眼を閉じたが、その時ありありと浮かんだのは、さっき見た不吉な夢、ああ、あの夢はまさしく正夢《まさゆめ》だったのだ。

幸盛はすぐにかっと眼を瞠《ひら》くと、

「慌《あわ》てるでない。騒ぐでないぞ。者共《ものども》に申し伝えよ、叶《かな》わぬまでも最後まで防戦せよとな。なに、たかが相手はヘラヘラ武士だ。何程《なにほど》の事があろう。それ行け」

「はっ！」

金弥と銀弥が立ちあがった時である。またもやどどどと天地を撼がす砲声とともに、バラバラと小銃の弾丸《たま》が板戸にはねかえって、俄かにピッとあたりが明るくなった。敵はこの邸に火を放ったのである。

「おお、殿！」

金弥銀弥はさすがに顔色を失ったが、幸盛は却ってこれで闘志をかき立てられた。

「何糞《なにくそ》！」

眦《まなじり》を裂いて歯がみをすると、

「これしきの事にひるむ幸盛と思いおるか。行け行け！」

それから後の騒擾《そうじょう》はここに述べるまでもあるまい。法螺の音、陣太鼓の響き、鯨波の声、火砲《ほづつ》の響き、火と煙が一団となって、首都は忽《たちま》ち修羅場《しゅらば》と化した。

この有様《ありさま》を遠くから望見して、にやりと会心の笑みを洩《も》らしたのは、いうまでもなく片耳の鬼ジョンソン。ああ、こうして遂《つい》に白人の魔手は、やまと王国の心臓に喰《く》い入ったのである。

必死の防戦

それにしても全《まった》くよく防いだものだ。十重二十重《とえはたえ》に邸を取りまいて犇《ひし》めく寄手《よせて》の軍勢を、追いかえし蹴散《けち》らし、真夜中から暁まで和田太郎左衛門の郎党《ろうとう》は、一歩も敵軍を邸の中へ入れなかった。

そして夜明《よあけ》とともにこの国としては珍しい驟雨《しゅうう》がやって来たのである。

この驟雨は和田太郎左衛門幸盛にとっては、百万の味方を得たも同様だった。敵軍よりも恐ろしい火の手が、驟雨によって消しとめられた。なおその上にこの雨のために、敵味方ともに一時矛《ほこ》をおさめさせて、期《き》せずして休戦状態におちいったのだ。

和田太郎左衛門は、この間に、邸の中を見廻《みまわ》ったが、邸内はいたるところ惨澹《さんたん》たる有様である。寄手のうち出す弾丸《たま》のために、築地《ついじ》は破れ、蔀《しとみ》は穴だらけ、おまけに昨夜敵がはなった火のために邸内の東半分は焦土《しょうど》と化していた。

郎党の中《うち》にはかなり負傷者があった。中には胸部に貫通銃創《かんつうじゅうそう》をうけているものもあったが、しかし誰《だれ》一人意気銷沈《しょうちん》している者はなかった。いずれも軒昂《けんこう》たる士気を見せて、俄《にわ》か造《づく》りの砦《とりで》の修理に余念がない。

「よくやったな、勇敢に闘ったな、なに敵はいかに多勢でも、たかが知れた烏合《うごう》の衆だ。そのうち援軍も来よう。失望するな。落胆は禁物だ。最後のひとりまで戦うのだぞ」

「殿、いうにゃ及ぶ。熊丸如《ごと》きヘラヘラ武士の弾丸《たま》が当《あた》ってたまるものですか」

郎党のひとりは腕を叩《たた》いて哄笑《こうしょう》する。いつも頼もしい闘志を漲《みなぎ》らせていた。

こういう時になると、日《ひ》頃《ごろ》の幸盛の訓練が物をいうのである。ほかの廷臣や武人が、女性の主権者をいただいて、ひたすら詩歌管絃《しいかかんげん》に耽《ふけ》っているあいだに、和田太郎左衛門だけは、尚武《しょうぶ》の気風を奨励《しょうれい》する事を忘れなかった。この邸では詩を作ったり歌を唄《うた》ったりするよりも、刀槍《とうそう》をひねくり廻《まわ》している事のほうが尚《たっと》ばれていた。そういう気風が、こういう非常の際には物をいうのだ。眼《め》にあまる大軍をひかえながら、誰一人尻込《しりご》みをする者もなく、この君《きみ》ゆえならば、死もまた軽しというのが彼らの気風なのだ。

意外に手強い防戦に、寄手も些《いささ》か目算《もくさん》が外れたらしい。驟雨があがってからも折々緩慢《おりおりかんまん》な砲撃を加えるのみで、目立った襲撃は試みなかった。

しかし和田太郎左衛門は、よもやこのままで済まないことは、かねて覚悟のまえだった。

物見櫓《ものみやぐら》へあがってみると、邸の周囲には雲霞《うんか》の如き敵軍が屯《たむろ》している。そんな事に驚く幸盛ではなかったが、唯《ただ》ひとつひどく心をうたれたのは、王宮にひるがえっている御旗《みはた》である。いつもはそこに日月《じつげつ》二流の旗がひるがえっている筈《はず》だのに、今日は日姫の旗はおろされて、唯一本、月姫の旗のみが淋《さび》しく風に吹かれている。和田太郎左衛門幸盛は、それを見ると思わずハラハラと落涙《らくるい》した。

「おいたわしや月姫様は、佞臣《ねいしん》にたぶらかされたばっかりに、やがてはその身も滅ぼされ給《たま》うのであろう。あの旗は今こそ時を得顔《えがお》にひるがえっているが、やがては土足に蹂躙《じゅうりん》される日が来るのだ」

午《ひる》過ぎになって敵軍から、白旗をかかげた軍使がやって来た。いうまでもなく降服をすすめに来たのである。それを聞くと和田太郎左衛門は烈火《れっか》の如く憤《いきどお》って、軍使を追い返してしまった。

「かえったら熊丸三郎によく申せ。老いたりとはいえ和田太郎左衛門幸盛、正邪《せいじゃ》の区別は弁《わきま》えおるわい。死骸《しがい》となって土足にかけられようとも、生きてその方《ほう》如きに降《こう》を乞《こ》う男ではないとな」

軍使は倉皇《そうこう》として引上《ひきあ》げていったが、それから間もなく寄手の襲撃は俄《にわ》かに激しくなって来た。

「ふふふ。やりおるわい。そんなことで驚く幸盛ではないぞ。者共《ものども》、闘え。死ね、生恥《いきはじ》をさらすでないぞ」

だが、そういいながら幸盛は、すでに邸の運命を予知していた。いかに郎党が勇敢なりとはいえ、寄手は数十倍の大軍なのだ。いつまでも支え切れるものではない。いつかこの邸も落ちるだろう。そしてその時こそは自分の運命も終焉《しゅうえん》を告げる時なのだ。

もちろん、死は恐れない。男子として正義の戦場に生命《いのち》を隕《おと》すは本快《ほんかい》である。だが、そのまえにしなければならぬ事があった。アマクサ地方に遊猟《ゆうりょう》中である、日姫に一刻も早く急を告げなければならないのだ。だが、その使者には誰がなる。……和田太郎左衛門はここに至って、はたと当惑《とうわく》するのだった。

密使ヒアテ

戦いの第二夜がやってきた。日没と共に寄手の襲撃はいよいよ猛烈さを加えてきた。それは前日にもまさる勢いだった。和田太郎左衛門幸盛は、熊丸三郎の焦燥《しょうそう》が眼に見えるような気がするのだ。

たかが無防備のこの邸一つを攻めあぐんだとあっては、味方の士気に影響するところが大きい。また、いまだに日和見《ひよりみ》的態度を持《じ》している大名の向背《こうはい》もおぼつかない。彼等《ら》に威信を示すためにも、一刻も速かにこの邸を落《おと》さなければならないのである。

今夜もやるだろう。――幸盛はそう覚悟をきめていた。と、幸盛のその覚悟に応ずるかのように、俄かにどっと寄手の中から、凄《すさ》まじい鯨波《とき》の声が起《おこ》ったかと思うと、パチパチと物のはぜるような音が響いた。小銃の音なのだ。しかし小銃としては、いままで幸盛が聞き慣れた音と、些《いささ》か性質がちがっていた。妙に澄んだ、金属性の音が和田太郎左衛門をぎょっとさせた。

　と、その時遽《あわただ》しく駆けつけてきたのは小姓《こしょう》の金弥。

「殿、一大事でございます。敵は新式の銃を持っているものと思われますぞ」

「なに、新式の銃？」

「されば、その銃の威力は厚板三枚重ねた楯《たて》も、容赦《ようしゃ》なく貫《つらぬ》きまする。そのために味方に死傷者が俄かに殖《ふ》えましてございますぞ」

　南無三《なむさん》！　と幸盛は歯がみした。どうして熊丸がそのような恐るべき銃を手に入れたのか知らぬが、こういう事が知れ渡っては、味方の士気に影響するところが大きい。

「よいよい、捨ておけ。捨ておけ。しかし金弥、そのような事を触れ廻《まわ》るのではないぞ」

「はっ！」

　その時またもや、パチパチと続けざまに豆を煎《い》るような小銃の音、どっとあがる鯨波《とき》の声、和田太郎左衛門が物見櫓《ものみやぐら》へあがってみると、邸の東側から凄《すさ》まじい火の手があがった。敵はまたもや風上に火を放《はな》ったのだ。

　そういつもお誂《あつら》え向きに驟雨《しゅうう》が来るとは限らない。しかも今宵《こよい》はかなり激しい東風である。火はたちまち炎々《えんえん》と天を焦《こ》がして、邸の方へ迫ってくる。

　幸盛はこの態《てい》を見ると、自分の部屋へかえって来て、心静かに硯《すずり》と紙を引き寄せると三通の手紙を書いた。

「誰《だれ》かある。金弥はおらぬか。銀弥はいずくにある」

　呼ばわったが返事はない。いまや戦いは酣《たけなわ》と見えて、邸の周囲は犇《ひし》めく物音、おめき声、銃声がひっきりなしに闇《やみ》を貫いて、おりおり弾丸《たま》がこの部屋の蔀《しとみ》を貫いてとんで来た。

「金弥はおらぬか。これ、銀弥はいずくじゃ」

「旦那《だんな》様、何か御用《ごよう》でございますか」

　思いがけない女の声に、幸盛は驚いて振りかえったが、そこに立っているのはヒアテだった。

「おお、そちは龍太郎の従者《じゅうしゃ》だったな。そうそう名前はたしかヒアテといったっけ。ヒアテ、その方《ほう》はいままでどこにいたのじゃ」

「闘っていたのでございますわ」

　ヒアテは煙硝《えんしょう》に黒くなった両手をひろげてみせた。

さすがに顔色は蒼褪《あおざ》め、髪や衣服にも、ところどころ焦《こ》げた跡はあったが、その様子には些《いささ》かも取乱《とりみだ》したところはなかった。

「ほほう、闘っていたと申すのか。女ながらもなかなか勇敢なものだな。怖《こわ》くはないのか」

「怖いことはありません」

ヒアテは白い歯を出してかすかに笑うと、

「面白《おもしろ》いのです。敵を仆《たお》すのは愉快ですわ。あたし三人射ち殺してやりました。しかし、旦那様。何か御用でございますか」

「おお、そうじゃ、その方《ほう》金弥か銀弥を知らぬか」

「ああ、あの方《かた》なら……」

ヒアテは一瞬瞳《め》をつむったが、

「一人の方はさきほど敵弾に当《あた》って斃《たお》れました。そしてもう一人の方は……」

「ふむ、もうひとりの方は？」

「その敵《かたき》を討《う》つのだと仰有《おっしゃ》って、敵軍の中へ躍《おど》りこんでいらっしゃいました、旦那様、もうこのお邸も長いことはありませんわ」

ヒアテの語調は少しも乱れていなかったが、それを聞くと和田太郎左衛門は愕然《がくぜん》とした。それほど急が迫っているとは、夢にも思いがけなかったのである。一人は死し、一人は敵陣へ斬《き》りこんでいったという。そうすれば一体この手紙は誰が持って行くのだ！

幸盛の面《おもて》に現れた苦悩の表情を見ると、ヒアテはにっこり頰笑《ほほえ》んだ。

「旦那様、あたしが持って参りましょうか」

「なに？」

「そのお手紙は日姫さまと龍太郎さまへ、おとどけするのでございましょう。あたしにおまかせ下さいまし、あたしはきっと使者の役目を果《はた》して見せますわ」

「ヒアテ」

和田太郎左衛門は一瞬相手の眼の中を覗《のぞ》きこんだが、澄み切った邪念《じゃねん》のないヒアテの瞳《ひとみ》をみると、俄かに老《おい》の眼が曇《くも》ってきた。

「おまえに出来ると思うか。大切な役目じゃぞ」

「あたしに出来なくて誰にできましょう。空飛ぶ鳥も、翼を持った駒さえも、あたしより早く行くことは出来ません。千人の従者をつれた使者も、もろもろの妖術《ようじゅつ》を使う忍者も、あたしよりたしかにこの役

目を果すことは出来ないでしょう。旦那様、あたしにおまかせ下さいまし。十重《とえ》二十重《はたえ》の敵軍も、あたしにとっては物の数ではございません。あたしは脚《あし》に翼が生えたように、彼らの中を駆け抜けます。そして、きっとその手紙を龍太郎さまにお手渡し致します」

ヒアテの眼から、ふいに滂沱《ぼうだ》として涙があふれてきた。和田太郎左衛門は、この時はじめてこの熱帯娘の胸に秘められた想《おも》いを知ったのだ。

「ヒアテ、不憫《ふびん》な娘。おまえがこの都《みやこ》に残っていたのも神の思召《おぼしめ》しにちがいない。そうじゃ、この文使《ふみづか》いはそなたよりほかに誰が出来よう」

「それでは旦那様、この使いをあたしにまかせて下さいますか」

「おお、行ってくれ。ひとつは日姫様に、ひとつはそ

なたのいとしい龍太郎に、そ
してもうひとつはアマクサの領主、大友判官《おおともはんがん》どのに渡してくれ」

「旦那様、それでは行って参ります」

「おお、もういくか、待て、ヒアテ。そなたの無事をいのらしてくれ」

和田太郎左衛門が敬虔《けいけん》な面持《おももち》で、祝詞《のりと》をあげている時、がらがらと邸の一角が焼け崩《くず》れた。しかし、幸盛もヒアテも眉《まゆ》一筋動かさない。炎々《えんえん》と燃えさかる火の手の中に人々は不思議に力強い、朗々《ろうろう》たる太郎左衛門の祝詞の声を聞いていた。……

それから間もなく、炎々と燃えあがる首都をあとに、それこそ自分からいったとおり、脚に翼が生えたように、アマクサ指して走っていく娘のあったのを、敵も知らねば味方も知らなかったのである。

燃える水

こうして首都に謀反《むほん》がおこった頃《ころ》、日姫の一行はまだアマクサへ行き着いてはいなかった。

もし、この事を聞き知ったら、彼らは直《ただ》ちに引返《ひきかえ》した事だろうが、通信機関の発達しないこの国では、風聞《ふうぶん》は日姫の一行のあとを追って伝わる結果になった。

だから、それから十日あまり後に、やっとアマクサ地方に辿《たど》りついた時も、姫の一行はまだ夢にも、首都に起《おこ》ったこの兇事《きょうじ》を知らなかった。

アマクサ地方は大友判官《はんがん》の守護《しゅご》領になっている。大友判官重行《しげゆき》というのは、和田太郎左衛門と同年輩の老武人で、二人の息子《むすこ》を持っている。兄を権五郎《ごんごろう》重国《しげくに》といい、弟を為十郎行平《ためじゅうろうゆきひら》という。

日姫の一行はこの判官館《はんがんやかた》に逗留《とうりゅう》することになっていた。姫の一行がこの館に到着した夜、判官父子は一行のために盛大な野宴《やえん》をひらいた。この地方は首府とはちがって密林地帯になっていて、その密林のところどころに不毛の草原や沼沢《しょうたく》が散在している。

この地方の住民は、そういう密林や草原で、狩猟をして生活の糧《かて》としているのである。それだけに文化の程度は首都とは較《くら》べものにならなかったが、一体に勇敢で、争闘的精神にとんでいるのが特徴だった。

日姫の一行は、判官館でまる一昼夜旅の疲れを癒《いや》すと、いよいよその翌日から、壮大な狩猟がはじまった。

もし、この時の狩猟のさまを詳細に述べたら、それこそ最も愉快な冒険談が出来あがるのだが、残念ながらわれわれはいまそれを瞥見《べっけん》しているひまがない。狩猟の方は万事降矢木大佐や龍太郎に一任しておいて、ここでは主として寺木中尉のその後の行動を述べることにしよう。

首都ヒュウガをたつ時から、寺木中尉が狩猟のほかに、何かしらこの地方に対してかくれた目的を持っているらしいことはまえにも述べたが、果《はた》して彼は、この地方へ着いてからも、狩猟の一行に加わろうとはしなかった。

「中尉、あなたにも似合わないじゃありませんか。これほど大仕掛《おおじか》けで愉快な狩《かり》は、とても内地では想像できませんよ。何故《なぜ》一行に加わらないのです」

狩猟の第一日、数々の珍らしい獲物《えもの》をあげて、得意になって判官館へかえってきた龍太郎は、不思議そうに寺木中尉をからかうのだったが、中尉は笑って答えなかった。

「龍太郎、この男のことは捨てておけ。なんだか変な野望を抱いているらしい。しかもその野望たるや真言秘密《しんごん》でな、俺《わし》がどんなに聞こうとしても、頑《がん》として喋舌《しゃべ》りおらん。まあ、何を企《たくら》んでいるのかそのうちに分《わか》るじゃろう。それまでは捨てておけ、捨てておけ」

狩猟に汗を流した降矢木大佐は、愉快そうに哄笑《こうしょう》した。

その日の小手《こて》調べに成功した一行は、翌日はもっと大仕掛けな狩猟を試みることになった。少くとも三晩は野営《やえい》しなければならぬという、遠征を試みる事になっている。

「それじゃ寺木中尉、行ってくるぞ。留守番《るすばん》は君に頼んだ。まあせいぜい真言秘密の野望とやらを遂《と》げたまえ」

狩猟の案内には大友判官と次男の為十郎行平がたち、留守宅には権五郎重国と寺木中尉が残ることになった。

「行ってらっしゃい。大佐。せいぜい獲物の多《おお》からんことを祈ります。留守中私もちょっと遠征を試みることになるかも知れません」

降矢木大佐と寺木中尉は、しばし別れの握手をしたが、その一行を見送っておいて、寺木中尉は権五郎重国の方へ振返《ふりかえ》った。

「さあ、一行は行ってしまいました。時に権五郎さん、昨夜私の頼んでおいた事は、承知して下さるでしょうねえ」

権五郎重国というのは、年齢《とし》は二十五、この地方の住民としては、柔和《にゅうわ》でどこか智的《ちてき》な匂《にお》いのする青年であった。

「むろん、お安い御用《ごよう》です。三名の郎党《ろうとう》と馬と食糧を用意しておきました。しかし寺木さん、あなたの仰有《おっしゃ》った事はほんとうでしょうか。燃える水の源《みなもと》が、まだこの地方に残っているなんて……」

「いや、私にもしかとは請合《うけあ》えないのです。しかし首都で読んだ古い文献によると、かつてこの地方では、盛んに燃える水が出たという事が書いてありました。だから今でもどこかに、そういう源があるのではないかと思うのです」

「むろん、その事はわれわれも聞いて知っています。われわれより五六代まえの昔までは、盛んに燃える水が出たということです。しかし祖父の時代から、ピタリとそれがとまってしまって、父の代には一滴も出なくなりました。おそらく源が涸《か》れてしまったのだろうという話です」

「そうかも知れません。しかし、またどこか知られない土中に埋まっているのかも知れないのです。とにかく私は、それを探してみたいと思っているんです」

ああ、寺木中尉のいわゆる真言秘密の野望とはこれだったのだ。

燃える水——石油——それがこの地方にかつて豊富に出たらしいことは、中尉が先頃《さきごろ》首都ヒュウガの王室文庫の古文献から発見したところである。それ以来中尉はこの夢の虜《とりこ》になってしまった。文献によると、この地方にかつて噴出《ふきだ》した石油の量は、かなり豊富なものであったらしい。未開な全然近代的操作を知らぬこの地方で、しかく多量の石油が出たとすれば、そこには驚くべき豊富な油田が存在しているとしか思われぬ。

それほど豊富な油田が、一朝《いっちょう》にして涸渇《こかつ》してしまうとは想像出来ない。それは単に噴出《ふんしゅつ》がとまっただけで、油脈は依然《いぜん》として、この地方の地下に横《よこた》わっているにちがいないのだ。

近代生活と近代戦において、血の一滴にも例《たと》えられるガソリン、祖国がいま最も必要としている大油田。それを想像した時、寺木中尉の血は思わず湧《わ》きあがった。

その日の昼過ぎ、寺木中尉は権五郎重国の好意による馬に身を托《たく》し、三人の郎党を引率《いんそつ》して、この驚くべき探検にと旅立ったのである。

ちょうどその頃、首都を焼いた陰謀《いんぼう》の火がしだいにこの地方へも、燃え移りつつあることも知らずに——。

古老の話

まえにも云《い》ったとおり、このアマクサ地方は、その北方を果《はて》しない大密林によって覆《おお》われていた。それはどんな文明の利器といえども、一朝一夕《いっちょういっせき》には切り拓《ひら》くことが出来ないような、厚い密林の層なのである。

しかしどんな頑固《がんこ》な巌《いわ》にも、ところどころ裂目《きれめ》があるように、この密林地帯にも、あちこちに草原や沼沢《しょうたく》地帯が入込《いりこ》んでいた。そして、こういう地形がこの地方の風俗をいっそう複雑なものにしているのである。

寺木中尉が目をつけたのは、そういう沼沢地帯だった。こういう沼沢地帯は、判官館《はんがんやかた》のある部落から、一歩外へ踏み出すと、すぐ眼《め》のまえにひらけているのである。それは果《はて》しない草原と沼沢の連続だった。そしてその遥《はる》か向《むこ》うには、千古《せんこ》の大密林が屏風《びょうぶ》をめぐらしたように続いているのである。

寺木中尉はこういう草原の起伏《きふく》を越え、沼沢の泥濘《ねい》《でい》をわたって、その夜はひとまず、野営《やえい》をすることになった。そこは密林の袖《そで》ともいうべき場所で、その辺から熱帯特有の大樹木の層が、しだいに厚くなっているのである。

三人の従者《じゅうしゃ》のうちの二人は明日の遠征にそなえて、早く寝てしまった。そしてあとには寺木中尉と年老いた老従者だけが、篝火《かがりび》のそばに残った。

空には熱帯の半月《はんげつ》がかかって、日が落ちると同時に空気は急に冷《つめた》くなっていた。

「爺《じい》さん、おまえまだ寝ないのかね。よく寝ておかないと明日の遠征にへこたれるぜ」

「いいえ、旦那《だんな》、年をとるとあまり沢山《たくさん》眠らなくてもいいのです。俺《あっし》より旦那の方が眠くはありませんかえ」

「いや、俺《おれ》はまだ眠くない。しかし爺さん、おまえ年は幾《いく》つだね」

「はいはい、もうかれこれ七十になります。家には旦那ぐれえな孫がありますんでな」

いったい何《な》んのためにこの老人《としより》をつけてくれたのだろうと、寺木中尉は審《いぶ》かったが、そういう心が分《わか》ったのか、老人は黄色い歯を出してにやりと笑った。

「旦那、あなたは燃える水を探しにいらっしゃるという事ですが、ほんとうでございますかえ」

寺木中尉は、はっとした。初めて権五郎重国のあつい心が分ったように思えた。この老人は何か知っているのだ。

「ふむ、出来ることならそいつを探してみたいと思っているんだ。爺さん、おまえ若《も》しやそのありかを知ってるんじゃないか」

老人はかすかに首をふると、

「うんにゃ、旦那、俺《わし》もよくは知らねえ。しかしな、人間も長生きをすると、いろいろな事を見もし、聞きもするもんだ。俺《わし》の子供の時分には、極《ご》くわずかだったけれど、燃える水が出ていたもんだ」

「そしてそれは、いったいどの辺だったね」

寺木中尉は思わずせきこんで訊《たず》ねた。老人はしかしあわてず騒がず、

「恰度《ちょうど》いま、旦那の顔の向いてござらっしゃる方角だ。あの森のずっと奥でな。あれは源兵衛岬《げんべえみさき》とこの辺で云《い》いますがな。なに、岬と申しても海のことじゃねえんで、この辺では森を海にたとえて、そいつの出張っているところを岬といいますのじゃ。旦那、俺《あっし》ゃ海というものを見たことがねえが、巨《で》けえもんじゃそうなのう」

かつて彼らの祖先が渡ってきた海を、彼らは全《まった》く忘れているのだった。

「ふむ、そりゃ大きい」

「この森の十倍もあるだかね」

寺木中尉は思わず笑いながら、

「ふむ、まあそれくらいのもんだろう。しかし爺さん、その源兵衛岬の奥がどうした」

「そうそう、その話だったら、わしらの子供の時分、その源兵衛岬の奥を掘ると、どんどん燃える水が出たもんじゃ。ところがな、いまの判官さまの親御《おやご》さまが、妙なことからその岬の奥へ入ることを止められたんですわい」

「ほほう、それはまたどういうわけだね」

「わしもまだ子供じゃったけに、詳しいことは知らぬが、なんでもな、その方のお姫さま、つまりいまの判官さまの姉様じゃな、その方がこの源兵衛岬の奥へ、燃える水の井戸を見にいかれた。ところがそのままお行方《ゆくえ》が分らなくなってしまわれたんですわい。そこで父御《ててご》の判官は、悲歎《ひたん》のあまり、誰《だれ》もこの源兵衛岬の奥へ入ることはならんと、とめてしまわれたのじゃ」

寺木中尉は思わず声が咽喉《のど》から出そうになった。それでは燃える水の噴出《ふんしゅつ》はとまったわけではなかったのだ。ただ、年とともにその所在が忘れられていただけのことだったのだ。

「いや、年をとるといろんな事がありますわい。つい近頃《ちかごろ》も、その燃える水を探しにきた者がありますのでな」

「なに？　それじゃ俺よりほかに、油田を——いや、燃える水を探しに来たものがあるというのかい」

「さようで。判官様や権五郎さまは御存じねえようだが、弟御《おとうとご》の為十郎さまがその方を御案内して、こ

の近傍《きんぼう》を見せて廻《まわ》られたようじゃ。なんでも熊丸様の添書《てんしょ》を持って来られたとやらで、いつも駕籠《かご》にのってござらっしゃったで、わしらついぞ顔を見ることも出来なんだが、後で聞くと色の真白《まっしろ》な、髪の毛の真赤《まっか》な、とんと鬼のような大男じゃったげな」

そのとたん、寺木中尉は思わずかっと頰《ほお》に血ののぼるのを覚えた。

ジョンソンなのだ。あの片耳の鬼ジョンソンはこんな地方にまで手をのばしているのだ。中尉ははじめて、ジョンソンがこの国に乗りこんでいる事を知ると同時に、彼の陰謀《いんぼう》の容易ならぬ逞《たくま》しさを覚《さと》ったのである。

怪しい従者

先代の大友判官が立入《たちい》ることを禁止して以来、源兵衛岬の奥には誰ひとり入込《いりこ》むものもなかったので、そこはさながら人跡未踏《じんせきみとう》の人外境《じんがいきょう》も同様だった。

この辺では草木の発育がすばらしく速い。三年もたてば苗木《なえぎ》も立派な大木に成長する。

ましてや数十年というながいあいだ、人の往来《おうらい》のたえていた通い路《かよいじ》は、すっかり灌木《かんぼく》におおわれて、路《みち》らしい路はどこにもなかった。

それをいちいちきり拓《ひら》いて進むのだから、その困難なことといったら、筆にも言葉にもつくされない。

二日目は十里《り》も進まないうちに日が暮れて、また夜営《やえい》することになった。

「斧丸《おのまる》、おまえの小さい時に見たという、燃える水の井戸はどの辺になるんだね」

言い忘れたが、あの物識《ものし》りの古老の名は、斧丸というのである。

「さあ、それが……何しろずいぶん昔のことでございますし、それにこの辺の様子ときたら、すっかり変《かわ》っておりますので」

斧丸が当惑するのも無理はなかった。見渡す限り、丈《たけ》の高い灌木に取りかこまれたその一帯、どこにも目印になるようなものはないのである。

「なんでもわたしの覚えておりますには、そこへいく途中大きな滝がございましてな。千鳥《ちどり》ヶ滝《たき》とか申しておりましたが、それを越えるとすぐだったように覚えておりますんで」

「ふむ。滝があるんだね。滝があるとすると、どこかに河が流れていなければならん筈《はず》だが……」

権五郎重国から借りてきた地図をひらいてみたが、どこにも河らしいものは書入《かきい》れてはなかった。何しろ文化の度のひくいこの国のことだから、測量技術も進んでおらず、ましてや長年人《ながねん》が踏込《ふみこ》んだこともない地方のことだから、完全な地図が得られなかったのも無理はない。

「へえ、たしかに河がございました。このへんの沼《しょう》沢《たく》の水を集めて流れておりますんで。そいつが千鳥ヶ滝を落ちると、また大きな湖沼《こしょう》をつくっております。あの井戸のあったのは、たしかにその湖沼のまわりだったと覚えておりますが……」

「よし、それじゃ夜が明けたら、その河から探してかかろう。大きな河かい?」

「いえ、それほど大きな河じゃありません。それに深い森にとりかこまれておりますんで、なかなか分《わか》り難《にく》かろうと思われます」

「なに。それだけ目印があれば結構だ。よし、それじゃ明日は早いから、みんなそのつもりで早く寝ろ」

「へえ」

向《むこ》うのほうで莨《たばこ》をくゆらしながら、こちらの話を聞くともなしに聞いていた二人の従者《じゅうしゃ》は、それを機《し》会《お》に、天幕《テント》のなかへ這《は》いこむとそのまま寝てしまった。

寺木中尉と斧丸老人もこれまた別の天幕《テント》へ這いこんだが、その真夜中ごろのことである。

中尉はふと、人の話声《はなしごえ》を耳にして眼《め》をさました。話声はいかにもあたりを憚《はばか》るように、妙にボソボソときこえている。

(はてな。いま時分誰《だれ》かまだ起きているのかな)

中尉があたまをもたげてみると、そばには斧丸老人が、昼のつかれでぐっすり寝ている。話声はどうやら隣の天幕《テント》らしい。

その妙にあたりを憚るような調子が、ふと中尉の好奇心をあおった。四つ這《ば》いになったまま耳をすましていると、

「千鳥ヶ滝だな。よし、わかった」

「俺《おれ》が咳払《せきばら》いをするからな。それが合図だ。忘れちゃいけねえぜ」

「大丈夫《だいじょうぶ》だ」

「あわてちゃいけねえぜ。気取《けど》られると大変だから

な」

「いいってことよ。しかしあの老爺《おやじ》はどうするんだ。あいつも一緒にやるのか」

「ふむ。それを俺も考えているんだが……ついでのことにひとつ一緒にやっちまうか」

「そうだな。その方が後腹《あとばら》がいたまなくてよかろうぜ」

「よし、それじゃそういうことにしよう。老爺《おやじ》のほうは俺がひきうけるからな。咳払いだぜ。いいか、それが合図だ。忘れるな」

「いいってことよ。くどくはいうな。……叱《しっ》ッ」

ふいに一方が相手を制したと思うと、そのままプッツリ話声はたえて、じっとこちらの気配をうかがっている様子だ。中尉はあわてて音のしないように草のうえに身を横たえた。

「大丈夫だ。二人ともよく寝ているよ」

「うむ。それじゃ俺《おいら》もうち合《あわ》せはそのくらいにしておいて寝ようぜ」

どうやら二人は寝てしまったらしいが、さあ、中尉はいまの話が気になってたまらない。

千鳥ヶ滝で、いったい彼らは何をしようというのだろう。咳払いが合図だの、老爺《おやじ》もいっしょにやってしまおうのと、あれはいったいどういう意味だろう。

中尉は俄《にわ》かに不安がこみあげてきた。元来この二人の従者というのは、小伝《こでん》に半次《はんじ》という男だが、この探検旅行の最初からとかく、不審な挙動が多かった。中尉の命令に面《つら》ふくらせたり、肩をそびやかして無言の反抗を示したり、それをどうやらここまで連れて来たのは、ひとえに斧丸の懐柔《かいじゅう》によったものである。

こういうふうに最初から、信頼のおけぬ二人だけに中尉はいっそういまの密談が気にかかるのである。昨日、斧丸から聞いたところでは、片耳の鬼ジョンソンの魔手はこの地方まで伸びているらしい。それに大友判官やその嫡子《ちゃくし》権五郎重国というのは、十分信頼できる武人だったが、次男の為十郎行平というのは、どうやら腹に一物《いちもつ》ある男らしい。

それやこれやを考えると、寺木中尉は俄かに募《つの》ってきた不安に、その夜はとうとうまんじりともしないで夜を明かした。

千鳥ヶ滝

夜が明けると天幕《テント》をたたんで再び出発である。中尉は馬、あと三人は徒歩だ。例によって小伝と半次がブツブツいうのを、斧丸老人が骨を折ってなだめている。

中尉はそれを聞きながら、何喰《く》わぬ顔をして灌木《かんぼく》の中を進んでいく。しかし、心の中では寸刻《すんこく》の油断もしない。もしも彼らに不穏の挙動があったら、容赦《ようしゃ》なく射殺するつもりで、ポケットの中でしっかとピストルを握りしめている。

口を真一文字《まいちもんじ》に結んだ、中尉のその真剣な表情に圧倒されたものか、間もなく小伝と半次も、不承無精《ふしょうぶしょう》についで来はじめた。

行手《ゆくて》は例によってはてしもない灌木の叢林《そうりん》だ。そしてその向《むこ》うには更《さら》に、千古《せんこ》の大密林が怒濤《どとう》のごとく連なっている。

一行四名はその灌木の中をわけて、汗と埃《ほこり》にまみれながらつき進んでいく。密林の尾根《おね》がしだいに額《ひたい》のうえに迫ってきて、ところどころ、灌木の切れ目があった。そういうところには、きまって蒼黒《あおぐろ》い腐《ふ》水《すい》をたたえた沼沢《しょうたく》がまるで死物《しぶつ》のようにどろんと澱《よど》んでいるのである。

こういう沼沢地の存在が、しだいに数をましていったかと思うと、昼過ぎにいたって一行は、豁然《かつぜん》として拓《ひら》けた一大沼沢群地方に出会わした。

「あ、旦那《だんな》、これだ、これだ。ここが千鳥ヶ滝の上流になっているんです」

斧丸はそれをみると狂喜したが、それにしても、なんというそれは陰気《いんき》な眺《なが》めだったろう。

方《ほう》何十里《り》というひろさにわたって、数十の沼沢が、蒼黒い腐水をたたえて、無気味な底光《そこびかり》を放《はな》っているのである。そしてこの一大沼沢群の周囲には、屛風《びょうぶ》をたてたような密林が、天を摩《ま》するばかりに聳《そび》えている。あらゆるところで、物の腐敗するいやな匂《にお》いがした。

「ふむ。すると千鳥ヶ滝というのはこの向うにあるんだね」

「そうです、そうです。御覧《ごらん》なさい。この水は極《ご》くかすかだが動いています。こいつが先へ行くほど速くなっているんです。そして袋の口のように、この沼沢の水を集めて、河がひとすじ、あの林の中を貫《つらぬ》いているんです」

なるほど、ぶつぶつと泡立《あわだ》っている沼の表面は、ほんの極《ご》くかすかだったが、北をさして動いていた。

「よし、それじゃこの水の動くほうへついていけばいいわけだな」

「そうです。そうです。しかし旦那、気をつけて下さいよ。この沼の中にゃたいへんな魔物が棲《す》んでいるんです。落っこちたらそれこそ命はありませんぜ」

魔物——？

魔物とは何《な》んだろう。中尉はふかく心にとめもしなかったが、それから間もなく、世にも恐ろしい出来事が起《おこ》ってこの沼に棲む魔物の恐ろしさを、中尉はまざまざと眼《ま》のあたりに見て、思わず慄然《りつぜん》としたのである。

それはさておき、灌木地帯とちがって、沼沢地方の行軍はよほど楽だった。沼沢と沼沢のあいだを縫《ぬ》うて、細い路《みち》が網《あみ》の目のように八方につながっている。それはさながら自然の一大迷路だったが、幸い、水の流れというよい道案内があるので行手に迷うようなこともなかった。

なるほど進むにしたがって、沼の動きはしだいに敏活《びんかつ》になってくる。そしてやがては何十という沼沢の水を集めた一つの河が、滔々《とうとう》として北をさして流れているのである。

「さあ、もうすぐです。あの密林の角《かど》を曲《まが》ったあたりに、千鳥ヶ滝がある筈《はず》です」

斧丸はしだいに元気づいてくる。中尉も思わず心が躍《おど》るのだった。

やがて進むにしたがって、轟々《ごうごう》たる滝の音が聞《きこ》えて来た。それはさながら、密林によどむ千古の静寂《せいじゃく》をゆすぶるように、黄昏《たそがれ》の空気をふるわせて響いているのだ。

そのあたりから沼沢地帯はしだいにせばまって、その代《かわ》りあの大密林があたりを圧するように左右から迫ってくるのだ。

そしてその密林の中を貫いて、一筋の河が黄色い浪《なみ》をあげながら奔流《ほんりゅう》している。地勢はしだいに嶮《けわ》しくなり、路とては殆《ほと》んどなかった。わずかに河と密林を区《く》劃《ぎ》る帯のような磧《かわら》地帯が、ようやく彼らにとって通路となるのだ。

「あ、あれだ。あれが千鳥ヶ滝です」

ふいに斧丸が昂奮《こうふん》したような叫び声をあげる、と、みれば、奔流する河のゆく手がぷっつりと断ち切られて、その向うに屏風のような断崖《だんがい》が、鬱蒼《うっそう》たる密林におおわれて聳えていた。

おそらくそれは自然の大変動の結果出来た、地質の一大断層なのだろう。この断層をつたって、千鳥ヶ滝は下の密林地帯へ落ちこんでいるのである。

むろん、いま一行が立っているところは、滝は見えなかった。しかし、耳を圧するその轟音《ごうおん》から考えて、いかにその滝が雄大なものであるか察しられるのだ。

一行は足を早めてその滝のうえへ辿《たど》りついたが、中尉はここで思わず感嘆《かんたん》の声を放《はな》ったのである。

ああ、人跡未踏《じんせきみとう》のこの大密林の奥に、十数丈《じょう》の白布をかけつらねた滝の壮快なこと。滝は幾筋《いくすじ》にもわかれ、そして幾層かの段階をつくりながら、遥《はる》か下方の滝壺《たきつぼ》へとむかって落下している。

中尉は馬上にまたがったまま恍惚《こうこつ》として、脚下《きゃくか》に奔流し渦巻《うずま》き、泡立《あわだ》つ滝の見事さに見とれていたが、その時だ。突如《とつじょ》、

「エヘン、エヘン」

と、いう小伝の咳払《せきばら》い。

中尉がはっとして振りかえった拍子《ひょうし》に、半次がつつうと側《そば》へよって来たかと思うと、中尉のまたがった馬の耳に、何やら固いものを放りこんだからたまらない。

馬は俄《にわ》かにヒヒンといななないて棒立ちになった。

「己《おの》れ！」

中尉はポケットからピストルを取り出すや、パンパンと続けさまにぶっ放《ぱな》したが、あなや、その音にいよいよ驚いた馬が、狂気のように前脚《まえあし》を高く宙《ちゅう》にかいたかと思うと、崖《がけ》のうえから真逆様《まっさかさま》に、滝壺むかって顚落《てんらく》していった。

「あっ、おまえ方《がた》何をするのだ」

斧丸老人は愕然《がくぜん》として色を失ったが、それをむんずとうしろから抱きすくめたのは小伝という悪党だった。

「何をするもへちまもあるもんか。為十郎様に頼まれて、あいつをここで殺してしまったのだ。この老耄《おい》れ《ぼれ》め、手まえも一緒にくたばってしまえ」

どんとうしろから突き放したからたまらない。哀《あわ》

れ、斧丸も中尉のあとを追って、滝壺めがけて礫《こいし》のように落ちていった。

沼の魔物

「ふふふ、うまく行ったな」

渦立つ滝壺をうえから覗《のぞ》いて、にんまり顔を見合《みあわ》せたのは、小伝と半次、ふたりの悪党だった。

「こうしておけば、あとで死骸《しがい》が見附《みつ》かっても、おいらの仕業《しわざ》だという証拠はねえ。二人とも間違って、滝のうえから落ちたのだといえばいいのさ」

「そうとも、そうとも、馬の奴《やつ》が驚いて、棒立ちになったのを、斧丸の老爺《おやじ》がとめようとして、それでふたり一緒に落ちたといえばいい」

にんまりと北叟笑《ほくそえ》んだ二人はやおら立上《たちあが》ると、

「どれ、それじゃ急いでかえろうじゃねえか。日が暮れてしまわねえうちに、せめて沼地のほとりまで辿りつきたいものだ」

やがて二人はあとをも見ずにその場を駆け去ったが、それから間もなく辿りついたのはさっきの沼沢《しょうたく》地方だ。

日は漸《ようや》く密林のかなたに落ちて、湖沼《こしょう》のうえにはしだいに夜の色が濃くなってくる。

「兄哥《あにき》、気をつけていかなくちゃいけないぜ。うっかり沼へはまっちゃ大変だ」

「大丈夫《だいじょうぶ》ってことよ」

「それにしてもさっき斧丸の奴が、この沼にゃ魔物が棲《す》んでいるといいやがったが、ありゃほんとのことかな」

「馬鹿なことを。あの老耄《おいぼれ》が何をいうことやら。……ほいしまった。烏帽子《えぼし》を落《おと》した」

見れば小伝の揉《もみ》烏帽子が、蒼黒《あおぐろ》い水のうえに浮いている。

「ちょっと待ってくれ。あれを取って来るから」

小伝は沼のほとりへ降り立って、ありあう棒切れで烏帽子を掻《か》きよせようとしたが、烏帽子はついと、その棒先から逃げていく。

「こん畜生《ちくしょう》、いまいましい奴だ」

ざぶざぶと二三間《げん》沼の中へ踏みこんだが、ふいにあっという叫びが小伝の唇《くちびる》から洩《も》れる。

「兄哥、どうした、どうした」

「泥に脚をとられたらしい。済まねえがちょっと手をひいてくれ」

「だから云《い》わねえことじゃねえ。つまらねえ物惜《ものお》しみをするからよ」

半次もざぶざぶと沼の中へ入っていくと、

「そら、しっかりこの手につかまりねえ。……あっ。しまった」

半次もどうやら泥の中に足をつっ込んだらしいのである。

「こん畜生、いまいましい泥沼だ」

手をつなぎあったまま、二人は夢中になって足を沼から抜こうとするが、片方を抜くと、片方がそれ以上沼の中へめり込んでしまう。そいつを抜くとまた片方が、まえよりもっと深く泥のなかへはまり込んでしまうのだ。

「兄哥、こ、こりゃどうしたのだ。まるで誰《だれ》かが沼の中から、おいらの足を引っ張っているようだ」

「馬鹿なことをいうもんじゃねえ。あわてるからよ、あわてずにゆっくり足を引き抜きねえ」

だが、そういう小伝自身もあわてているのである。無茶苦茶《むちゃくちゃ》に泥の中から抜き出そうと、手足をばたばたと藻掻《もが》いているが、藻掻けば藻掻くほど、しだいしだいに体はめり込んで、いまは腰から下腹《したはら》まで、すっかり泥の中にしずんでしまった。

「あ、兄哥、こいつはいけねえ。こ、こりゃ沼の中に魔物がいるんだぜ。助けてえ！」

「馬鹿め、そ、そんな事が……あっ、もう駄目《だめ》だ。助けてくれえ！」

二人の悪党は夢中になって叫んだが、もとより人《じん》跡未踏《せきみとう》のこの人外境《じんがいきょう》、誰ひとりそういう声を聞くものもない。

いまや二人は腰から腹、腹から胸へとしだいしだいに底無《そこな》し沼に吸いこまれて、やがて泥は首から口へと迫ってくる。

「うわっ、助けてくれえ。人殺しだ。助けてえ！」

二人は涙を流した。両手を高くさしあげて、子供のようにおいおい泣いた。だが、その声もしだいしだいに弱っていくと、やがてその頭もずぶずぶと泥の中に吸い込まれて……最期《さいご》に四本の手が蒼黒い水のうえにひらひらしていたが、やがてそれも見えなくなると、あとはもとの静けさ。

二人をこの死の淵《ふち》へさそった、あの小伝の揉烏帽子ばかりが、ふわりふわりと水のうえに浮かんでい

るのも皮肉《ひにく》だった。

人を飲む底無し沼、――これが斧丸のいった沼の魔物なのである。

危機一髪

さて、こちらは千鳥ヶ滝のうえから突落《つきおと》された寺木中尉と斧丸の二人だ。

まともにこれが滝壺《たきつぼ》まで落ちていたら、むろん二人とも命はなかったが、まえにも述べたとおりこの滝は、幾層《いくそう》もの段階をつくっている。中尉の馬はその段階に突き当《あた》り、跳《は》ねとばされながら、滝壺まで落下していったが、中尉は幸い、途中でひらりと馬からとびのき、崖《がけ》からはみ出している灌木《かんぼく》の枝にとびついていた。

それは全《まった》く危いいのちだった。千に一つ、万に一つも頼めぬこぼれ幸いだった。だが、運が強かったというのだろうか、中尉は危く、一本の灌木の枝によって、そのいのちを支えることが出来たのである。

その枝を伝って、中尉がようやく崖の凸起《とっき》まで辿《たど》りついた時である。

「旦那《だんな》さま――旦那さま――」

遥《はる》か下の方で斧丸の声がした。斧丸もどうやら助かっているらしい。中尉はそれを聞くと、思わず声をふるわせた。

「斧丸――斧丸か」

「おお、そういう声は中尉さま。早く来て下さいまし。ああ、腕が折れる。眼《め》が眩《くら》みそうだ」

斧丸の声はいまにも消え入りそうだった。

「どこだ。――どこにいる、斧丸、貴様《きさま》はどこにいるのだ」

「はい、中尉さま、ここでございます。この崖縁《がけぶち》でございます」

その声に中尉が体を乗り出すと、斧丸はひとつの崖の凸起に、必死となってぶら下っているのだ。

ちょうどその辺で、二筋の滝が一つになって、岩にあたって物凄《ものすご》い飛沫《しぶき》をあげている。斧丸はその飛沫を満面にうけて、いまにも気を失いそうだった。

「おお、斧丸、しっかりしろ。いまいってやるからその手をはなすな」

「早く来て下さいまし、おお、崖が崩れる。手が滑《すべ》りそうだ」

「大丈夫《だいじょうぶ》だ。しっかりしろ」

中尉はあたりを見廻《みまわ》したが、両側には真白《まっしろ》な滝が落下している。水に磨《みが》かれた岩のおもてはすべすべとして、とても伝っていけるような足場はない。

しかし、愚図愚図《ぐずぐず》していたら、斧丸の力はつきて、滝壺へ落下するにきまっていた。

「よし！」

きっと瞳《ひとみ》を定めた中尉は、崖に背をぴったりよせると、つるつると滑っていった。まったくそれはいのちがけの仕事なのだ。もし、斧丸のすがりついている岩の凸起が、うまくその体をうけとめてくれなかったなら、中尉の体は滝壺めがけて顚落《てんらく》していかねばならない。

だが、またしても中尉の運が強かったのである。

斧丸のすがりついた岩の凸起が、がっきりと中尉の体をうけとめると、中尉は二三度弾《はず》むようにもんどりうったが、やがてつと手をのばして斧丸の瘦腕《やせうで》をうえからつかんだ。

まったく危い瞬間だった。そのとたん、斧丸がいのちの綱とすがりついていた岩の端《はし》が、ぼろりと欠けると、礫《つぶて》のように滝壺にむかって落ちていったのである。

「有難《ありがと》うございます。旦那さま、あなたはこの老耄《おいぼれ》にとってはいのちの恩人でございます」

斧丸は中尉の体に取りすがり、涙を流して喜んでいる。

「いや、そんな事はどうでもいいが、これからがまたひと思案《しあん》だ。斧丸、どうしてこの滝から抜け出したものだろう」

中尉が困惑の眉《まゆ》をひそめたのも無理はなかった。二人がいまいるところは、ちょうど滝の中ほどの畳《たたみ》一畳《じょう》くらいのひろさの棚《たな》のような崖のうえだ。周囲には轟々《ごうごう》と数条の滝が物凄い勢いで落下しているし、崖を這《は》いのぼろうにも、いまいったとおり、これは砥石《といし》のようななめらかさなのだ。

これには二人ともはたとばかりに当惑したが、その時である。斧丸が思い出したように、

「そうそう、旦那さま、思い出しました。さっきこの岩にぶら下《さが》っている間に、下の方を見ると、ちょうどこの岩の下あたりに、洞穴《ほらあな》みたいなものがあるんです。あそこへ行けばなんとかなるかも知れませんぞ」

「よし、それじゃそいつをひとつ探検してみよう」

　斧丸に帯をとかすと、中尉はそれを自分のバンドとつなぎあわせて、

「斧丸、おまえはこの帯をつたっておりてみろ。そしてうまく洞穴へもぐり込めたら、俺《おれ》もあとからいく。なに、俺は帯なんかなくても何《な》んとかする」

「旦那、大丈夫ですか」

「大丈夫だ。愚図愚図していると日が暮れてしまうぞ」

「へえ、それじゃ旦那、帯のはしでしっかりつかまえていて下さいよ。離しちゃいけませんぜ」

　帯のはしをつかんだ斧丸が、岩の下へおりていったかと思うと、

「あ、旦那、大丈夫です。こりゃ何んだか横穴みたいなものですぜ」

「よし」

　それを聞いた中尉は、素早《すばや》く岩にぶら下ると、

「斧丸、どの辺だ。このままとび込んだらとび込めるか」

「へえ、大丈夫です。しっかりはずみをつけて前へとんで下さい」

「よし」

　二三度反動をつけていた中尉が、ひらりと体をまえに躍《おど》らせると、斧丸と折重《おりかさ》なって洞穴の入口へ倒れた。

「なるほど、こいつは妙な洞穴だ。大分《だいぶ》ふかいらしい。斧丸、なかへ入ってみるか」

大油田

　老人はいくらか躊躇《ちゅうちょ》の色を見せたが、いまの場合、そこよりほかにいく場所はない。幸い寺木中尉のポケットにあった懐中電灯はまだ壊れてはいなかった。

　そこで二人がこの洞穴の中へ入っていくと、じめじめとした洞穴は、爪先《つまさき》上りにしだいにうえの方に向《むか》っている。どうやら、千鳥ヶ滝の裏の崖《がけ》を、斜《ななめ》に縫《ぬ》って上方へ向っているらしいのだ。

　この洞穴をものの十町《ちょう》あまり来た時だろうか。さきに立った中尉がふいにぎょっとしたように立止《たちど》まると、

「あ、あれはなんだ」

　懐中電灯をさし向けると、そこには何んという事

だ、無残《むざん》な人間の白骨が横《よこた》わっているではないか。

「ああ、人だ――人が死んでいる」

その白骨はボロボロになった着物をまとっていた。もちろん生地《きじ》も分《わか》らぬまでに、腐蝕《ふしょく》していたが、それでもこれが赤地に金糸銀糸《きんしぎんし》の刺繡《ししゅう》をしたものであることはうかがえる。

ふいに中尉ははっとしたように斧丸と顔を見合わせた。

「斧丸、こりゃ行方《ゆくえ》不明になったという、先代の大友判官《はんがん》の姫君じゃあるまいか」

「旦那《だんな》さま」

と、斧丸は声をふるわせながら、

「俺《あっし》もいまそれを考えていたところで」

そうなのだ。――先代の大友判官の姫君、鶴姫《つるひめ》は、燃える水の出る井戸を見にいったまま行方不明になったという。これこそ鶴姫の死体にちがいなかった。

そして、鶴姫の死体がある以上、油田地方はそう遠くないにきまっている。

――と、その時だ。寺木中尉はまたしてもぎょっとしたようにかたわらを振りかえった。

「斧丸、見ろ、見ろ、あの水を……壁をつたって落ちるあの水を……」

「へえ、旦那、あの水がどうかしましたので」

「あれは普通の水じゃない。あの匂《にお》いを嗅《か》いでみろ。あれは燃える水だぞ」

ああ、いかにもそれはふつうの水ではなかった。滴々《てきてき》として壁をつたって落ちる液体――まぎれもなくそれは強い臭《にお》いをもった石油――原油なのだ。こうして、ここにその石油が、滴々として垂《た》れている以上このうえには、大油田が横《よこた》わっているにちがいない。

中尉はそこで夢中になって、洞穴をなおもまえへ進んでいったが、突然あっと叫んで立ちどまったのである。横穴はいきどまりになっていて、その代《かわ》りそこに深い縦穴《たてあな》が頭のうえにある。仰《あお》ぐと星の光がチカチカ見えた。

「斧丸、こりゃ井戸らしい。わかった、わかった、あの不幸な姫君は、この井戸の中へ落ちた揚句《あげく》、あそこまで這《は》っていって死なれたのだ」

それは深さにして、三丈《じょう》ぐらいもあったから、幼い姫君にはそこを這い出すことは無理だったにちがいないが、頑健《がんけん》な手脚《てあし》を持った寺木中尉には、それは大して困難なことではなかった。

それから間もなく、苦労してやっとその井戸から這いあがった寺木中尉は、あたりの様子を見廻《みまわ》して、思わずあっと立ちすくんだ。

おお、それこそ彼があんなに願望した、油田地方なのだ。方《ほう》何十里《り》という広漠《こうばく》たる草原のあちこちに、点々として散らばっているのは、その昔、燃ゆる水を汲《く》みとった井戸、中にはいま寺木中尉が這い出した井戸のように、涸渇《こかつ》したのもあったが、一方には臭《くさ》い水を泉のように吐き出しているのもある。ああ、その無数の井戸。それこそは地底の宝庫、あの大油田を示す証拠でなくて何んであろう。

寺木中尉はそれを見ると、思わず万歳《ばんざい》の叫びをあげた。滂沱《ぼうだ》たる涙を頰《ほお》に流しながら。……

包囲陣

さて、大油田の実在をたしかめた寺木中尉と斧丸は、それから直《ただち》に帰途についた。

この帰途に関してはあまり多く語ることはなかったが、唯《ただ》、荷物や食糧をすっかり小伝と半次に持っていかれたので、二人ともおそろしい飢餓《きが》に責められたことだけは言い落《おと》すわけにはいかないだろう。

それからもうひとつ、あの恐ろしい沼のほとりを通りかかった時、斧丸がふと、そこに浮いている揉《もみ》烏帽子《えぼし》を見附《みつ》けたことだ。

「あ、旦那様、御覧《ごらん》なさい。あそこにういているのは小伝の揉烏帽子じゃありませんか」

「ああ、そうらしいな。するとあの悪党どももここを通ってかえっていったのだな」

寺木中尉が何気《なにげ》なくいうと、斧丸は意味ふかい微笑をうかべて、

「旦那、果《はた》してあいつらは無事にここを通りすぎたでしょうか。御覧なさい。ここにふたりが沼へ入っていったらしい足跡がついています。しかし、沼から出て来た足跡はどこにもありませんぜ」

中尉はその言葉を解《げ》しかねて、

「それじゃ二人とも、沼へはまったままだというのかい」

「そうです。旦那、これが私の申しあげた沼の魔物でございます。一旦《いったん》ここへ踏みこんだが最後、誰《だれ》だって二度と抜け出せるものじゃございませんわい。

この沼には魔物がいたるところに棲《す》んでいるんです。そいつが脚《あし》をひっぱって、じりじり泥の中へ引きずり込むんです」

それを聞くとさすがに中尉も愕然《がくぜん》とした。

「おお、それじゃあいつらは、この底なし沼にのまれたというのかい」

「そうにちがいありませんや。小伝の奴《やつ》があの揉烏帽子を沼の中に落《おと》した。それを取りに沼へ入った。それきりでさあ。この蒼黒《あおぐろ》い泥の中に、あいつらの死骸《しがい》がなかったら、私はこの白髪《しらが》首《くび》を旦那に差上《さしあ》げますぜ」

中尉はふと、その時の恐ろしい光景を思いうかべて、慄然《りつぜん》としたことである。

「ふむ、それが事実だとしたら、悪党にはちょうど似合いの最期《さいご》だな」

「旦那。私もいまそういおうと思っていたところですよ」

そこで意味ふかい微笑をうかべた二人は、黙々《もくもく》として帰路についた。

こうして沼沢地《しょうたくち》を抜け、灌木林《かんぼくりん》を踏みこえて、殆《ほと》んど夜もねむらずに、二人がやっと判官館《はんがんやかた》のある部落に辿《たど》りついたのは、それから二日目の夜のことだったが、部落がちかづくに従って、二人はしだいに妙な胸騒《むなさわ》ぎをかんじだしたのである。

見れば部落のあたり、炎々《えんえん》として天をこがす焔《ほのお》だった。そして、風にのってかすかに聞《きこ》えるのは、法《ほ》螺《ら》の音、陣太鼓《じんだいこ》のひびき。――

中尉はそれを見るとはっとばかりに胸とどろかせた。

「斧丸、何かあったのだろうか」

「旦那、こりゃ唯事《ただごと》じゃございませんぜ」

その時、斧丸の胸にふとうかんだのは、千鳥ヶ滝のうえで小伝と半次が云《い》った言葉だ。

為十郎さまに頼まれて、寺木中尉を亡きものにするのだといったあの言葉――ああ、それではもしや寺木中尉のみならず、あの日姫や龍太郎、さては降矢木大佐の身のうえにも、何か変《かわ》ったことがあったのではあるまいか。勘定《かんじょう》してみると、あの狩猟の一行は、すでに判官館へかえっている時分《じぶん》なのだ。

「斧丸、こりゃ大変だ。もしも為十郎行平の奴《やつ》が謀《む》反《ほん》を起《おこ》したのなら、俺《おれ》はウカウカ部落へはかえられないぞ」

「旦那、大丈夫《だいじょうぶ》でございます。あなたは私にとっては命の恩人だ。必ずお救い申しますが……しかし、用心に越したことはありません。しばらくここで待っていて下さいよ。私がひと走り、様子を聞いて参りましょう」

部落の入口に寺木中尉を待たせた斧丸は、バラバラと走っていったが、やがて血相《けっそう》かえて帰って来ると、

「旦那、大変です。やっぱり思ったとおりです。為十郎さまが謀反を起したらしい」

「おお。そして姫や、龍太郎などはどうした」

「さあ、それでございます。為十郎さまはあの狩場《かりば》で、姫や龍太郎さまを殺そうとしたのだそうでございますが、それを覚《さと》った降矢木大佐が、ひそかに二人をともなって、あの判官館へ逃げかえったのだということで。そこで為十郎さまの軍勢が、館《やかた》を取りまいて攻めているのだそうでございます」

「してして、判官はどうしているのだ。判官もやっぱり姫に弓をひいているのか」

「はい、なんでも為十郎さまに説《と》き伏せられ、謀反に加わっていると申します。しかし、御嫡男《ごちゃくなん》の権五郎さまは、あくまで姫のお味方をして、館を防いでいると申すことで」

と、息をもつかず語ったが、ふと思い出したように、

「そうそう、私とした事が云い忘れていましたが、向《むこ》うに旦那に会いたいという者が待っております」

「なに、俺に会いたいという者？　誰だ」

「さあ、それが私にも分《わか》りません。女のようでございますが、人眼《ひとめ》につきたくない様子で、向うの百姓家《しょうや》の納屋《なや》にかくれております」

「よし」

誰だか中尉には見当《けんとう》もつかなかったが、気がかりなままに、斧丸のあとについていくと、

「ここでございます」

斧丸がしのびやかに指さす納屋の戸を、がらりとひらいて、中尉は愕然《がくぜん》としたのである。

「おお、おまえはヒアテではないか」

いかにもそれはヒアテだった。ヒアテは疲労と困《こん》憊《ぱい》で、息もたえだえな体をそこに投げ出していたが、それでも中尉の顔を見ると、

「中尉さま」

ひと言いって、あとはもう涙だった。

折《おり》からまたもや、どっと起る鯨波《とき》の声、どうやら寄手《よせて》が必死となって、館を攻めにかかったらしい。

密使斧丸

ヒアテの口から、首府における反逆事件をきいた寺木中尉が、どんなに驚いたか。——それらの事はいまさらくだくだしく述べるまでもあるまい。

事態は寺木中尉が想像していたより、はるかに重大だった。

為十郎行平の憎むべき裏切《うらぎり》行為は、それが単独になされたものではなく、予《あらかじ》め熊丸三郎と諒解《りょうかい》があったらしいところに重大な意味があるのだ。

この際、ただ一つの頼みの綱は、大友判官《はんがん》の嫡男《ちゃくなん》権五郎重国が、姫のお味方として判官館《はんがんやかた》に籠城《ろうじょう》しているということだった。しかし、思えばこれとてもまことに危いといわざるを得ぬ。父と弟を敵として、いつまで館を支えている事が出来るだろう。

元来、この地方の武士や土民は、大友判官に心の底から服従しているのだ。その判官を敵としては、たとい日姫の威光をもってしても、長く戦うことは出来ないだろう。

それにしてもあの温厚の長者大友判官が、なんだってこんな大《だい》それた謀反《むほん》に加担したのだろう。為十郎行平の腹黒さは、かねて定評のあるところだったが、大友判官ともあろう人が、どうしてこういう思慮のない振舞《ふるま》いに出たものだろう。

「ヒアテ」

寺木中尉は沈痛《ちんつう》な面持《おもも》ちで、

「ともかくわれわれは一刻も早く、姫や龍太郎君を救い出さねばならない。だが、それには非常な危険を冒《おか》さねばならないのだ。何しろ姫のいられる判官館は、あの通り十重《とえ》二十重《はたえ》に包囲されているのだからね」

「中尉様、危険ぐらいはなんでございましょう。あたしがいままで経《へ》て来たあの数々の恐ろしい思いにくらべれば、これくらいの包囲をくぐり抜けることはなんでもありませんわ。中尉様、お願いでございます。どうぞあたしをつれていって下さいまし、一刻も早く判官館へつれていって下さいまし」

ヒアテが必死となって頼むのも無理ではなかった。

敵地にひとしい何百里《り》を、あるいは野に寝、草に伏し、いくどか馬を乗りつぶしながら、漸《ようや》くここまで辿《たど》りついたのも、ひとえに龍太郎にあいたいため、その龍太郎の唇《くちびる》から、一口でもいい、感謝の言葉を聞きたいためだった。

「ふむ。私とてももとより危険は覚悟のまえだが、ここでむざむざ敵の手にとらえられて、犬死《いぬじに》するのはつまらない。同じ命をすてるにも、何か思案《しあん》がありそうなものだ」

中尉はほっと溜息《ためいき》ついて、深い思案にくれるのだったが、ヒアテはなかなか、そういう言葉も耳にははいらず、

「いいえ、いいえ、そんな悠長《ゆうちょう》なことをいっている場合ではございません。愚図愚図《ぐずぐず》していては館が落ちてしまいます。あれあれ、またあのように火の手が……」

なるほどその時判官館の北方にあたって、どっとばかりに火の手があがって、ふたりのかくれている納屋《なや》のなかまで、血のようにまっかな色に染められた。

パチパチと豆を煎《い》るような小銃の音、わっとあがる鯨波《とき》の声。包囲陣の攻撃は、いよいよ熾烈《しれつ》をきわめて来た。

こうなっては寺木中尉も、もう思案などしている場合ではなかった。

「よし、行こう。ヒアテ、おまえもおいで、同じ命をすてるなら、姫や龍太郎君のそばで一緒に死のう」

中尉は決然として立ちあがったが、その時である。さっきから納屋の表《おもて》で張番《はりばん》をしていた斧丸老人が、あわただしくふたりの行手《ゆくて》をさえぎった。

「あ、少々お待ち下さいまし。様子は残らずききましたが、それは悪い思案でございます。あれ御覧《ごらん》なさいませ。寄手はもう蟻《あり》の這《は》い出る隙間《すきま》もないほど、館のまわりを取りかこんでおります。これを無事に潜《くぐ》り抜けようなど、とても思いもよらぬことでございます」

「有難《ありがと》う。おまえの心配は尤《もっと》もだが、われわれはそうしなければいられないのだ。一《いち》か八《ばち》か——とにかくそれよりほかに方法はないのだ」

「いえいえ、方法がないことはございません。ここにひとつ、乗るか反《そ》るか、やってみる値打ちのある

仕事がのこっております」

「なに、それはいったいどういう事だ」

「はい、さっきから聞いておりましたら、そこにいる娘さんは、和田太郎左衛門様から、判官様にあてた手紙をお持ちとのこと、それを判官様にとどけるのでございます」

「斧丸、なるほどそれもひとつの方法にちがいないが、いまさら、その手紙を判官にとどけたところで何《な》んになろう。判官は謀反《むほん》の加担者だ」

「いえいえ、さようではございません。まあお聞き下さいまし。私は判官様をよく存じあげております。あの方に限って、そんな非道《ひどう》なことをなさる方ではございません。今度のことは、きっと何か思いちがいしていられるのでございます。それに判官様と和田太郎左衛門様とは、兄弟も及ばぬ親密な仲と承《うけたま》わっております。判官様も太郎左衛門様の御書面を御覧になったら、きっとお心をひるがえされるにちがいございません」

斧丸のいさめを聞いているうちに、中尉は一縷《いちる》の希望をかんじたが、つぎの瞬間、またもやどっとあがる鯨波をきくと、その希望もたちまち挫《くじ》けてしまうのだった。

「だが——どうしてこの書面を判官にとどけるのだ。判官の周りには、きっとあの為十郎奴《め》が鵜《う》の目鷹《たか》の目で監視の網《あみ》を張っているにちがいない。近附《ちかづ》けばたちまち殺されるばかりだ」

「私が参ります。はい、私におまかせ下さいまし。私は寄手のなかにも顔見《かおみ》識《し》りが沢山《たくさん》ございます」

「斧丸」

中尉はふいに熱いものが咽喉《のど》にこみあげて来るのをかんじながら、

「露見《ろけん》すれば命はないぞ。それも覚悟か」

「旦那《だんな》様。私の命は千鳥ヶ滝で失ったも同様でございます。それをこうして生きていられるのは、ひとえに旦那様のお蔭《かげ》でございます。旦那様、聞けば日本人というものは、恩義にはあついものだと聞いております。その日本人の血をひいている、このやまと王国の人民が、恩義を忘れてよいものでございましょうか」

「斧丸!」

中尉はしっかりと、この痩《や》せおとろえた老人の肩に手をおいた。

「有難《ありがと》う。よく云《い》ってくれた。それでは行け。神様はきっとおまえをお守りして下さるだろう」

斧丸はうやうやしく一礼した。それから納屋を出て、流弾丸《ながれだま》の飛び交う戦場のまっただなかへと面《おも》もふらずに突き進んでいった。

苦戦

寄手の軍が館の北方に放《はな》った火は、おりからの烈風にあおられて、みるみるうちに燃えひろがり、判官館にバラバラと火の粉《こ》が降って来る。

その火の粉を満身にあびながら、物見台《ものみだい》につっ立っているのは、余人ならぬ降矢木大佐だった。

「は、は、は、やりよる。やりよる。敵もとうとうしびれを切らせたと見えて、こんどは火責めというわけか」

大佐は面白《おもしろ》そうに笑っている。この剛腹《ごうふく》な大佐の眼《め》から見ると、命がけの攻防も、子供の兵隊ごっこぐらいにしかうつらぬらしい。

「お客人、そこは危《あぶの》うございますから、何卒《なにとぞ》下へお降り下さいますよう、若殿様の仰《おお》せでございます」

幾度《いくたび》権五郎重国の使者がそう注告しても、大佐は頑《がん》としてきき入れなかった。

大佐は銃を取りあげると、先頭に立って進んで来る、侍大将に覘《ねら》いを定めた。

「それ、一発お見舞い申すぞ」

曳金《ひきがね》をひくと、パッと白い煙が立って、侍大将はバッタり地上に仆《たお》れている。それをみた寄手の雑兵《ぞうひょう》たちは、たちまちわっと浮足《うきあし》立って来るのである。

さっきから数時間あまり、幾度《いくど》もこういう事が繰りかえされていた。大佐の射撃はまったく神技《かみわざ》といってもよかった。百発百中というが、大佐は百発で百人以上の敵を仆すことさえ出来た。というのは一発で二人の敵を射殺《いころ》すことさえ珍しくなかったからである。

寄手の軍がいくどか決死の勇をふるって攻め寄せながら、そのつど、いざというところで浮足立って退却するのは、この降矢木大佐の射撃に負うところが多かったのである。

しかし、さすがは物慣れたこの老武人、口では太《たい》平楽《へいらく》をならべていても、覆《おお》いがたい味方の頽勢《たいせい》ははっきりとわかっていた。堅固《けんご》な城塞《じょうさい》ならいざ知らず、判官館《はんがんやかた》では防禦《ぼうぎょ》にも際限があった。もし寄手がもう一押《ひと》し押してくれれば、ひとたまりもなく潰《つい》えてしまうのはわかりきっている。

それに、一番いけないことは、都《みやこ》から姫のお供《とも》をして来た肝腎《かんじん》の部下たちが、おおむね戦《いくさ》になれぬ長《ちょう》袖者《しゅうしゃ》流だったことだ。それに反して攻撃軍は、日《ひ》頃《ごろ》から狩猟にきたえたこの地方の荒武者だ。勝敗の数《すう》は最初からわかりきっているのだったが、それをともかく今まで支えて来たというのは、降矢木大佐の働きと、ひとつには権五郎重国の駈引《かけひき》がよろしきを得ていたからにほかならぬ。

権五郎重国はまったくよく奮戦した。それに彼の周囲にのこっている部下は、判官の家の児郎党《ころうとう》のなかでも、もっとも義心のあつい連中だった。

しかし、そういう連中も、ひとり斃《たお》れ、ふたり戦死して、いまはもう残っているのは、役にも立たぬ都の腰抜けばかり。こうして夜《よ》を徹しての攻防数時間、東の空がようやく白《しら》みかけた頃《ころ》おいには、勝敗の数は歴然たるものがあった。

その明方《あけがた》ごろの事である。

突如《とつじょ》わっという鯨波《とき》の声が、館のなかから起《おこ》ったかと思うと、建物の一角からふいに火の手があがった。つづいて入乱《いりみだ》れた足音、罵《のの》り騒ぐ声々。——素破《すわ》こそ敵が乱入したかとばかりに、大佐が物見台から体を乗り出した時である。

日姫をはじめ龍太郎、それから権五郎重国の三人が、数人の従者《じゅうしゃ》にとりかこまれて、血相《けっそう》かえて物見台のうえにあがって来た。

「おお、龍太郎、あの騒ぎはどうしたのじゃ。いよいよ敵が攻め入ったのか」

「いいえ、小父《おじ》さん。裏切者《うらぎりもの》でございます。都から扈従《こじゅう》して来た姫の従者《じゅうしゃ》が、敵へ寝返りを打ったのでございます」

南無三《なむさん》！　大佐は思わず歯軋《はぎし》りをした。

見ると裏切者の一行は、館の所々方々《しょしょほうぼう》に火を放《はな》ちながらひしひしと物見台の下へせめ寄せて来る。彼らは姫のからだや龍太郎の首級《しゅきゅう》を手土産《てみやげ》に、敵に和を乞《こ》おうとしているのだ。こうなってはもう、逃れるすべはなかった。

「姫！」龍太郎は蒼白《そうはく》の面持《おもも》ちに、それでもにっこり微笑をうかべると、

「どうやら御最期《おさいご》のときが参ったらしゅうございま

す。お覚悟をあそばせ」

「龍太郎様」姫もさすがに悪《わる》びれてはいなかった。決心のいろを面《おもて》にうかべて、

「覚悟はとうに極《き》めております。ただ残念なのは、頼みに思うわたしの近従《きんじゅう》が、思いのほかに腰抜《こしぬけ》どもだったことでございます。龍太郎様、いまこそあなたのお言葉が思いあたりました。あの者どもは管絃《かんげん》を弄《もてあそ》ぶことは知っていても、銃をとるすべは知らなかったのです。遊興と歓楽になれた身では、鉄砲の音は地獄の責め太鼓《だいこ》のように恐ろしかったのでございましょう。おお、やまと王国は滅びました。かつてはあのように勇猛果敢だった民族の、しかも最も貴《とうと》い人々の子孫があれですもの……それというのもわたしの治世《ちせい》がわるかったのでございましょう」

　姫は淋《さび》しくわらって、

「蒔《ま》いた種は刈らねばなりません。さあ、龍太郎、あなたの手にかけて下さいまし」

　その時、わっと鯨波の声をあげながら、裏切者の一行が、蟻《あり》のように物見台めがけて群《むら》がりのぼって来た。

　権五郎重国は全身から凜漓《りんり》としたたる血汐《ちしお》を拭《ぬぐ》おうともせず、その階段のうえに突っ立ったまま、

「姫、きゃつらはこの重国が引き受けました。この間に潔《いさぎよ》く御生害《ごしょうがい》あそばせ」

「おお、それでは龍太郎様」

「姫！」だが、その時である。さきほどから濛々《もうもう》とあがる煙の中より、はるかに敵陣をにらんでいた降矢木大佐が、ふいに頓狂《とんきょう》な声をあげたのだ。

「や、や、これはどうした事だ。向《むこ》うからやって来たのは寺木中尉ではないか。おお、そうじゃ。あっ、ヒアテもいる。そして大友判官《はんがん》も……」

「ヒアテが……」

　龍太郎が愕然《がくぜん》として立ちあがってみれば、いかさま寺木中尉とヒアテを先頭に立ててやって来る敵軍の中には、大友判官が悄然《しょうぜん》と首うなだれて従っていた。そしてその判官の携《たずさ》えた槍《やり》のさきに突きさしてあるのは、まぎれもなく為十郎の首級ではないか。

永遠のわかれ

　戦闘はただちに中止された。

　大友判官は不肖《ふしょう》の子を血祭《ちまつり》にあげて、姫のまえに

罪を謝《しゃ》したのである。まったくそれは危い瞬間だった。ヒアテの来るのがもう一日おくれたら、……いや、たといヒアテがやって来ても、あの斧丸の働きがなかったら、日姫や龍太郎はここにあえない最期《さいご》をとげていたにちがいない。

「日姫よ」

大友判官は悪《わる》びれもせずに姫のまえに手をつかえて、

「私は不肖の子にあやまられたのでございます。今度の企《たくら》みは和田太郎左衛門殿も同意のうえだと欺《あざむ》かれたのでございます。姫の側近より異国人をのぞくための義挙《ぎきょ》だとそそのかされたのでした。しかし、今更《いまさら》となっては弁解無用、なにとぞこの判官を御存《ごぞん》分《ぶん》にあそばして下さいませ」

「判官」

姫はその手をとると、

「そなたの誤解は残念におもいます。しかしそれも詮《せん》ないこと。わたしはあの戦《いくさ》の間じゅう、一度もそなたを疑《うたぐ》ったり憎んだりしたことはありません。さあ、立ちなさい。そしてもう一度矛《ほこ》をとって、今度はわたしのために戦うのです」

姫のさばきは鮮《あざや》かだった。おそらくこれでこの剛直な老判官は、姫の馬前に命をすてることを誓ったことだろう。

ここに馬鹿を見たのは都《みやこ》から扈従《こじゅう》して来た腰抜《こしぬけ》どもで、この裏切者《うらぎりもの》たちに対しては、姫は些《いささ》かも仮借《かしゃく》しなかった。彼らはことごとく斬《き》られてしまったのである。

さて、こうしてアマクサ地方の乱はひと先《ま》ず平定したが、つぎはいよいよ月姫との決戦なのだ。

日姫はヒアテから書面を受取《うけと》ると、血の涙を流して悲しんだのだ。

「ああ、月姫――あなたはなんという無分別《むふんべつ》を起《おこ》されたのでしょう。姉妹《きょうだい》が――それも同時に母の腹からうまれたあなたとあたしが、このような浅間《あさま》しいいさかいをしようとは――亡くなられた父君や母君は、草葉《くさば》のかげでどのようにお歎《なげ》きでございましょう」

さて、龍太郎にあてた和田太郎左衛門の書面には、驚くべき秘密が明かされていた。

その書面によると、龍太郎の父東海林健三はふつうの死を遂《と》げたのではなかった。彼は熊丸三郎の父、熊丸隼人《はやと》のためにひそかに毒害されたというのだ。

——されば、熊丸三郎こそはおん身《み》にとっては父の敵《かたき》の片割れ、かつはまた王国にとっては獅子身《しししん》中《ちゅう》の虫にござ候《そうろう》、何卒《なにとぞ》姫に力を添え、この国のためにかの奸物《かんぶつ》をおのぞき下されたく、この事おん身の父になりかわり、繰り返し繰り返し申し添え候。


東海林龍太郎がこの書面を見て、どのように悲憤《ひふん》の涙にくれたかはいうまでもあるまい。

さあ、こうなるといよいよ熊丸三郎と月姫を相手に、決戦をいどむばかりである。

そこで直《ただち》に御前《ごぜん》会議が行われたが、ここで座して月姫の軍勢の攻めよせて来るのを待つより、潔《いさぎよ》くこちらから打って出て、途中で一戦を交《まじ》えようということに衆議一決《しゅうぎいっけつ》した。

「なに、相手は多寡《たか》が知れた都育ちの腰抜け武士だ。この地方の荒武者をすぐって当《あた》れば何程《なにほど》のことがあろう」

降矢木大佐は意気すでに敵を呑《の》まんばかり、大友判官《はんがん》とともに直に軍備にとりかかった。

こうして兵も集まり、軍備もいよいよととのって、明日にも進発しようというまえの晩のことである。

龍太郎はふと館《やかた》の隅《すみ》でヒアテと出会った。ヒアテは何かしらまた深い物思いにしずんでいる風情《ふぜい》だった。

「ヒアテ」

龍太郎はやさしくその肩に手をおくと、

「どうしたのだ。おまえは何故《なぜ》そのように悲しげな顔をしているのだ。明日は戦《いくさ》の首途《かどで》だというに……さあ、またいつものように、唄《うた》っておくれ。わたしたちを勇気づけるように勇ましい唄を唄っておくれ」

「いいえ、龍太郎様、今宵《こよい》はかんべんして下さいまし、あたしはとても勇ましい唄など唄えそうにもございません。明日のわかれを思えばあたしの胸はつぶれるばかりでございます」

「ヒアテ、何をいうのだ。おまえも私たちと一緒にいかねばならない。おまえこそ私たちにとっては護《まも》りの神ではないか」

「いいえ、あたしは一緒に参りません。龍太郎様、これがきっと長《なが》のわかれになることでございましょう。でも、でも龍太郎様、どうぞよく覚えていて下さいまし。どこにいても、たといこの肉体はほろんでも、ヒアテはあなた様のことを思いつづけていると知っていて下さいまし、あなた様はきっと日姫様と御婚礼あそばすことでしょう。そしてこの国をしろしめすことになるでしょう。そうなっても、どうぞこのヒアテのことをたまには思い出して下さいまし」

龍太郎にはヒアテの言葉が腑《ふ》に落ちなかったが、その夜ヒアテはこの判官館を抜け出して、いずこともなく姿をくらましてしまった。

ヒアテの裏切

さて、これからいよいよやまと王国の内乱について、一通りのべるべきだが、ここでは出来るだけ簡単に、その顚末《てんまつ》だけを書き記しておこう。というのは戦物語《いくさものがたり》というものは、筆で現わすととかく無味乾燥なものになりがちだからである。

両軍が最初に衝突したのは、かつて熊丸三郎が、日姫をあざむいて都《みやこ》へ引きかえしたあの地方だった。そしてここにいよいよ、やまと王国の関《せき》ヶ原《はら》ともいうべき決戦の幕が切って落《おと》されたのだ。

この戦《いくさ》は最初のうちは概《がい》して、日姫のほうが有利だった。ところが月姫がたに有力な新兵器が現れるに及んで、さすが勇猛なアマクサ武士も総崩れになってしまった。

敵はこちらより遥《はる》かに優秀な鉄砲をもっていた。その鉄砲の射程距離は、日姫の軍隊が持っているものの倍あった。アマクサ武士は勇猛なことにおいて申分《もうしぶん》なかったが、近代戦（この戦《いくさ》こそやまと王国最初の近代戦だった）においては、旺盛《おうせい》な士気とともに優秀な兵器が必要だった。その兵器において、日姫の軍隊は敵より数等劣《おと》っていることを発見したのである。

「しまった。敵にはあの片耳のジョンソンがついているのだ。そしてあいつがいつの間にやら、優秀な銃を持ち込んだのだ」

降矢木大佐と寺木中尉は、いまさらのように愕然《がくぜん》としたが、更《さら》にいけないことは、味方の総大将ともいうべき大友判官《はんがん》が戦死したことである。

大友判官はこの間の過失をつぐなおうとして焦《あせ》りすぎた。その結果猪突《ちょとつ》して遂《つい》に敵弾のいけにえになったのだが、この事がアマクサ軍の士気をどれだけ沮喪《そそう》させたか知れなかった。

こうして日姫の陣営は日ましに憂色《ゆうしょく》が濃くなっていったが、それに反して月姫の本営はあたるべからざる気焔《きえん》だった。

その本営へある日、不思議な捕虜《ほりょ》がつれて来られた。

「総大将へ申しあげます。怪しい女が徘徊《はいかい》しておりましたから捕《とら》えました。こちらへ連れて参りましょうか」

「怪しい女？　どれどれ、こちらへ連れて来い」

総大将というのはいうまでもなく熊丸三郎だった。その側《そば》には片耳のジョンソンが参謀長《さんぼうちょう》といった格でひかえている。

その二人のまえに引き出された女を見て、片耳のジョンソンは思わず腰をうかせた。

「おお、おまえはヒアテじゃないか」

いかにもそれはヒアテだった。ヒアテは泥のようにつかれた体をぐったりと熊丸三郎のまえに横《よこた》えると、放心したようにあらぬ方を眺《なが》めている。

「なに、ヒアテといえば東海林龍太郎の従者《じゅうしゃ》だな。そのヒアテが何用《なによう》あってこれへ参った。おお、わかった。おおかたこちらの様子を探りに参ったのであろう。それ、者共《ものども》、この女を銃殺してしまえ」

「いや、まあまあ待ちなさい。熊丸君、この女の様子を見ると、何かわけがありそうだ。さあ、ヒアテ、こちらへおいで」

ジョンソンは猫撫《ねこな》で声《ごえ》で、

「おまえ、どうして龍太郎のもとをはなれて来たのだ。おまえはあの男に首ったけだった筈《はず》じゃないか」

「はい……」

ヒアテは悪《わる》びれずに、しかし悲しげに睫毛《まつげ》をふせて呟《つぶや》いた。

ジョンソンはからかうように、そしていくらか淫《みだ》らな色さえまじえた笑いをうかべながら、

「それになんだって、あいつの側をはなれて、こんなところをうろうろしているんだ」

ヒアテはきっと唇《くちびる》をかみしめると、真正面から熊丸とジョンソンの顔を視凝《みつ》めて、

「あたしは追い出されたのです。あたしがいては龍太郎様や日姫様の邪魔になるのです。あたしは犬のように叩《たた》き出されました。あんなにつくしてやったこのあたしを……一度ならずあの人を助けてやったこのあたしを、あの人たちは犬のように追い出してしまったのです。旦那《だんな》様、敵《かたき》を討《う》って下さいまし。あたしはあの人と日姫の首を二つならべて足蹴《あしげ》にしてやりたいのです」

熱帯娘の愛情は人一倍はげしい代《かわ》りに、その嫉妬《しっと》の情もまた猛烈なものであることを知っているジョンソンは、それを聞くとにやりと笑った。幾度《いくど》もいうとおりヒアテはなかなか美しいのである。殊《こと》にこうして頬《ほお》を染め、激昂《げっこう》している時の姿は、ジョンソンの食指《しょくし》を動かすに十分だった。

「ヒアテ、おまえはなかなか利口《りこう》な娘だ。おまえがあいつたちに復讐《ふくしゅう》しようというのはかしこい考えだ。よしよし、私にまかせておくがいい。きっとおまえの敵はとってやるよ」

毛むくじゃらの手でヒアテの肉づきのいい肩を抱きながら、ジョンソンは熊丸三郎のほうを見て、もう一度にやりと片眼《かため》でわらった。

栄光

その真夜中のことである。

日姫の陣営はにわかに騒がしくなって来た。うちつづく敗戦に、すっかり観念のほぞを定めて、ちかごろでは却《かえ》って熟睡《じゅくすい》するようになった日姫は、にわかの騒ぎにがばと起き直ると、

「龍太郎様、龍太郎様」

と、せわしく呼んで、

「どうしたのでございましょう。なんだかあたりが騒がしゅうございますが」

「姫、敵の本営に火の手が見えるのです。それに銃を射ちあう音も聞《きこ》えます。ひょっとすると敵の陣営に、内輪《うちわ》揉《も》めが起《おこ》ったのではありますまいか」

「ああ！」

姫は手を握りあわせると、

「それはまことでございますか。おお、これがよい前兆でありますように……」

日姫が寝間着《ねまき》のうえに裲襠《うちかけ》をまとって外へ出てみると、なるほど河をはさんだ敵陣は、炎々《えんえん》ともえあ

がって、焔《ほのお》は空をまっかに染めている。

そして渦巻《うずま》く火と、火の粉《こ》の底から、おりおり聞えて来るのはパチパチと銃を撃ちあう音。

「ああ、内輪揉めだ。内輪揉めだ。姫、どうやらこれで味方の勝利らしゅうございますぞ」

降矢木大佐は満面に笑みをうかべて上機嫌《じょうきげん》だった。

折《おり》から駆けつけた寺木中尉も、

「姫、敵陣には内紛《ないふん》が起りました。さかんに銃を撃ちあっております。それにしてもどうも不思議ですね。旗色が悪い折ならばともかく、ああして勝利を十中八九まで掌中《しょうちゅう》に握りながら、ここで内紛を起すというのは解《げ》せない事です」

寺木中尉の言葉を待つまでもなく、一同奇異《きい》の思いで、しかし油断なく防備をしたまま、敵陣の様子をうかがっていたが、その内紛は朝まで続いた。

そして明方頃《あけがたごろ》になって、やっと火勢がおさまるとともに、漸《ようや》く事の真相がわかって来たのである。その真相はつぎのようにして、日姫の陣営を訪れた。

明方頃、月姫よりの使者と名乗る軍使が、うやうやしく一台の柩《ひつぎ》をささげて日姫の陣へやって来たのである。

日姫をはじめ龍太郎、降矢木大佐、寺木中尉の首脳部が、怪訝《けげん》の面持《おもも》ちでこの軍使を引見《いんけん》すると、

「日姫様。月姫様よりの贈物《おくりもの》でございます。何卒《なにとぞ》御覧《らん》下さいまし」

日姫のまえに捧《ささ》げたのは例の柩だ。降矢木大佐は不審に思って、この柩をひらいたが、とたんに一同はあっとばかりに驚いた。

「おお、ヒアテ」

いかにも、それはヒアテの死骸《しがい》だった。見るとヒアテは無残《むざん》にも、胸のうえを貫《つらぬ》かれて、そこだけが紅薔薇《べにばら》のように染まっていた。

日姫もこれを見ると驚いて、

「まあ、月姫は何《な》んだって、このようなものをあたしのもとへ寄越《よこ》したのであろう」

「月姫様は」

と、一句一句軍使は言葉に力を入れながら、

「この者こそは、龍太郎殿にとって、又《また》となきよき家来であった故《ゆえ》、手篤《てあつ》く日姫様のお手で葬《ほうむ》って戴《いただ》きたいと——、これが、月姫様の御遺言《ごゆいごん》でございます」

「なに、御遺言?」

日姫は弾《はじ》かれたように、

「それでは月姫はなくなられたのか」

「はい、立派に御生害《ごしょうがい》あそばしました。そしてその決心をさせたものこそ、ここにいるヒアテという娘でございます」

「おお」

日姫はうめくように、

「わたしにはわからない。自害するならむしろあたしの方であった。月姫は血迷われたのではないか」

「いや、月姫様の御生害はお見事でございました」

「しかし、しかし、何故《なにゆえ》にこそ……さあ、その事情《わけ》を話しておくれ。月姫は何んだって御自害なされたのじゃ」

「はい、それをお話しするのが私の役目でございます。この娘は昨日、欺《あざむ》いて月姫の陣営へ参りました。そしてうっかり気を許して、この女を寝所《しんじょ》へともなった味方の参謀《さんぼう》、ジョンソンを刺殺《さしころ》したのでございます。月姫様や熊丸様はもちろん非常なお怒りでございました。そしてヒアテを面前に引き出すと、口を極《きわ》めてお罵《ののし》りになったのでございます。その時ヒアテがいったのです。――自分がこのような大《だい》それた事をしたのは、すべて龍太郎様のためであると。

――すると熊丸様は烈火《れっか》のようにお怒りになって、

――しかし、その龍太郎はそなたを裏切って、日姫と結婚したというではないかと、この娘はそれに対して莞爾《かんじ》とこう答えたのです。

――そうです。龍太郎様は日姫様を想《おも》っていらっしゃる。しかしそれが何んでしょう。あたしが龍太郎様を想う心は自分のものです。龍太郎様の心がどうあろうとも、あたしは自分の心に忠実でありたいと。――

それからまたこの娘は月姫様に申しました。

――月姫様。戦《いくさ》はいずれあなたの勝ちになるでしょう。日姫様や龍太郎様はとても生きてはいられますまい。しかし月姫様、あなたはそれで幸福でしょうか。勝利のうちに苦い悔恨《かいこん》をお嘗《な》めになりはしないでしょうか。おそらくその悔恨は、生涯あなたにつきまとうでしょう。そして、あなたこそは世の中でいちばん不仕合《ふしあわ》せな女となるでしょう。――

それからまたヒアテはこう申しました。

――女がいったん心の中《うち》できめた殿御《とのご》は、この世の中で唯一《ゆいいつ》のものです。その殿御が自分の思うまま

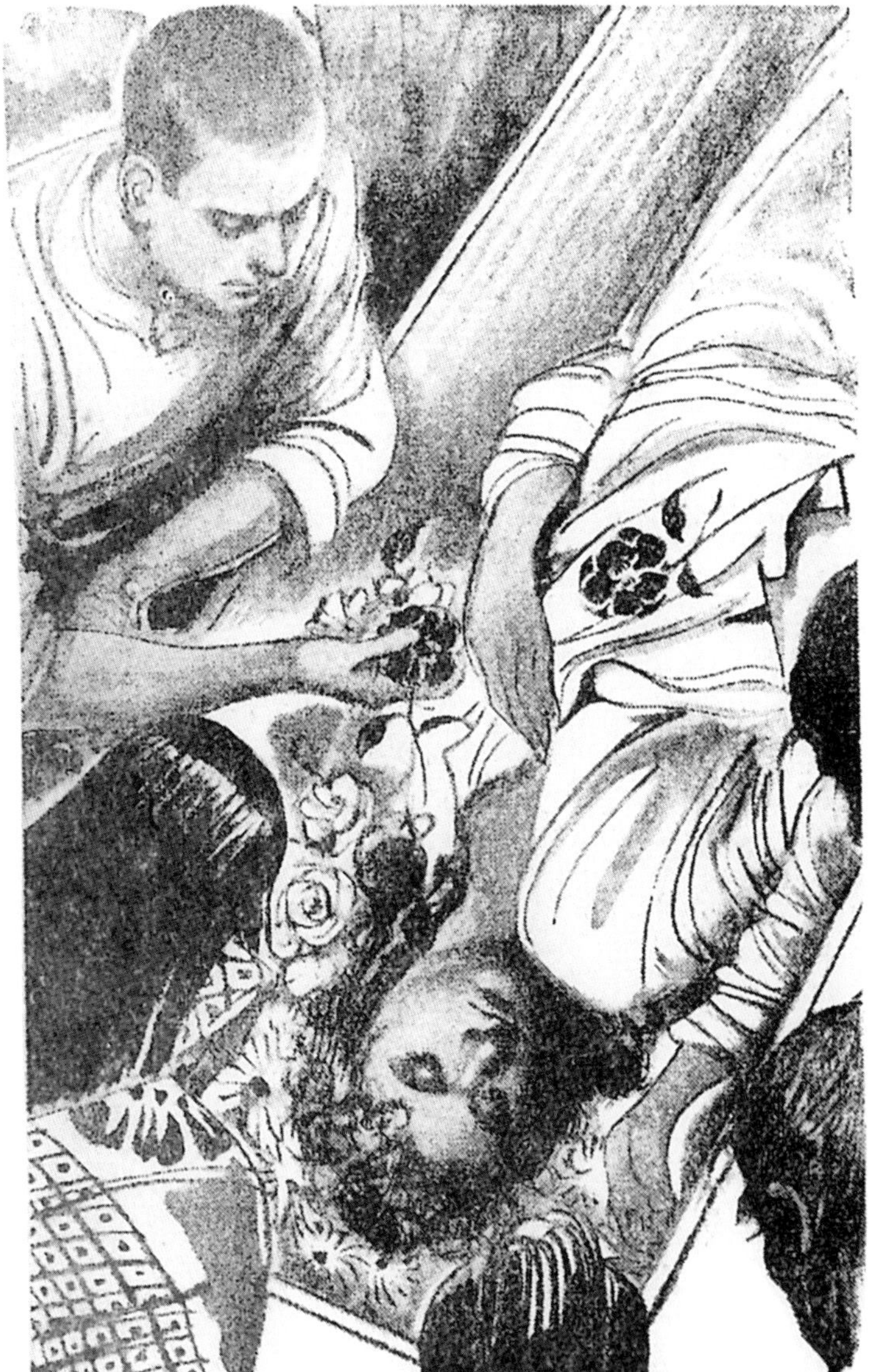

にならぬからとて、いったんきめた心をかえるというのは、女にとってどんなに不幸なことでしょう。――と。

熊丸様はそれをお聞きになると、悪鬼の如《ごと》く猛《たけ》り立って、矢庭《やにわ》に腰の銃をとってヒアテを撃ち殺してしまいました。しかし、それと同時に熊丸様は、月姫様をお殺しになったのも同じことです。何故《なぜ》といって、ヒアテの無残《むざん》な最期《さいご》を見たとたん、月姫様はすっくと立って、奥へ駆け込むと、自らも御生害あそばしたのでございます」

「おお」日姫は思わず両手で犇《ひし》とばかりに顔をおおうた。軍使はふたたび言葉をつぐと、

「こうして統率者を失った月姫の陣営では、恐ろしい内紛が起りましたが、しかしこれも間もなくおさまるでしょう。熊丸様もさきほど御生害あそばされましたから。……さあこれで私の役目はすみました一同矛《ほこ》をおさめて、日姫様の御処分を待っております」

しかし、日姫はその言葉を皆まで聞いていなかった。つと立ちあがると柩のそばに立ち寄り、

「健気《けなげ》な者よ」と呟《つぶや》いて、それからゆっくりと龍太郎のほうを振りかえった。

「龍太郎様、さあ、あなたの手でこの健気な娘のうえに花をまいておやりあそばせ。この娘こそ、やまと王国にとっては救いの神でございました」

「ヒアテ！」龍太郎は柩のうえに身をかがめて、静かにその眼《め》をねむらせてやった。それから花を――紅白の色美しい花をバラバラとヒアテの胸のうえにまいてやった。

降矢木大佐と寺木中尉は、粛然《しゅくぜん》として頭をたれている。

その時、高らかに休戦の法螺《ほら》の音《ね》が鳴りひびいたのだった。

南海囚人塔

幽霊船の巻

甲板の二少年

　南洋通いの定期郵船上海丸《シャンハイまる》は、シンガポールを出《しゅっ》帆《ぱん》すると、一路横浜《よこはま》へ向《む》って急いでいた。

　日本の暦《こよみ》にすれば、今日は恰《あたか》も四月三日、神武《じんむ》天皇祭だ。東京ではまだ袷《あわせ》の上に羽織《はおり》を重ねている時《じ》候《こう》であるのに、南方の海のなんという華々《はなばな》しい明るさだろう。紺碧《こんぺき》の海は藍壺《あいつぼ》よりも濃い色を湛《たた》えているし、熔鉱炉《ようこうろ》の灼熱《しゃくねつ》を思わせるような太陽は、遠慮会釈《えしゃく》もなく照りつける。

　上海丸は、この熱湯のような海の中を、喘《あえ》ぎ喘ぎ進んでゆくのだった。


　もう二日すれば、懐《なつか》しい日本の領海へ入るという日のことである。上海丸の甲板《かんぱん》には、この常夏《とこなつ》の遠《わだ》海《つみ》に最後の名残《なご》りを惜《お》しんでいる二人の少年があった。よく似た年《と》齢《し》ごろの筋骨逞《たくま》しい、見るからに元気そうな少年だ。

　きりりと引緊《ひきしま》った口許《くちもと》、秀《ひ》いでた額《ひたい》、二人にはどこやら似通《にかよ》ったところがある。それも道理、二人とも上海丸の船長佐伯龍蔵《さえきりゅうぞう》の甥《おい》で、従兄弟《いとこ》同士の間柄である。年嵩《としかさ》の方を速雄《はやお》、もう一人の方は勇二《ゆうじ》といって、春の休暇を叔父《おじ》にせがんで、南洋見学に赴《おもむ》いたその帰途なのだ。

「ねえ、勇二君、明後日《あさって》はいよいよ日本の領海へ入るのだねえ」

　甲板の手摺《てすり》に凭《もた》れし速雄は、胡麻《ごま》を散らしたように群《むら》がる海鳥の群《むれ》に、じっと瞳《ひとみ》を据《す》えながらそういった。

「そうだってねえ。明後日の朝基隆《キールン》へ立寄《たちよ》って、それから真直《まっす》ぐに横浜へ帰るという叔父さんの話だが、東京ではみんな、どんなに待構《まちかま》えているだろうな」

「そうさ。しかし、東京も東京だけれど、僕なんだかこのまま南洋の海に別れてしまうのかと思うと、残り惜しくてしょうがないよ」

「僕だって同じことだ。僕は生涯この航海のことを忘れないよ」

「生涯なんていわずに、僕はもう一度、近いうちに出掛けて見たいなア。風の死んだ、あの椰子《やし》の葉蔭《はかげ》の風景は、こうして眼《め》を瞑《つむ》っていても歴然《ありあり》と見えるようだよ」

二人はしばらく、無言のまま、この短い航海で得た経験を頭の中で思いうかべた。焦《こ》げつくような太陽の色、青々とした椰子の葉蔭、一日一回、極《きま》ってやってくる驟雨《しゅうう》、奇妙な土人の風俗——それ等《ら》の珍らしい風習が走馬《そうま》灯《とう》のように、懐《なつか》しく頭の中を往来する。

「そうだね、僕もこのまま南洋の島々におさらばだなんていいたくないよ。ねえ、速雄君、来年もう一度、叔父さんに頼んで連れていって貰《もら》おうじゃないか」

「そうだ、それがいい、僕もさっきからそう考えていたところだ」

二人の少年は、互いに会心の笑みを洩《も》らしながら、甲板の上でひしと手を握りあった。しかし、運命というものはなんという不思議なものであろう。来年とはいわず、間もなく彼等二人が、あの恐ろしい秘密のために、再びこの南洋の海へ呼戻《よびもど》されようとは、その時二人は夢にも気づかなかった。しかしそれは後《のち》の話だ。

二少年は無量の感慨をこめた眼差《まなざ》しで、涯《はて》しなき海の彼方《かなた》を見詰めていたが、その時である、ふと奇妙なものが彼等の眼に入った。

「おや、あれは何《な》んだろう」

「おかしいな。船かしら、船にしては妙な恰好《かっこう》だな」

速雄と勇二は、肩にかけていた双眼鏡を惶《あわただ》しく眼に当てた。

成程《なるほど》、彼等が首をかしげたのも無理はない。遥《はる》かなる海の彼方に、ぽっかりと浮《うか》んでいる不思議な船——船かと見れば館《やかた》のようでもあり、館かと見れば船のようでもある。よほど不思議な漂流物だ。

奇怪な漂流船

不思議な漂流船は波の間《ま》に間《ま》にうかびながら、船の進行するにしたがってだんだんこちらへ近寄ってくる。間もなく彼我《ひが》の距離数百米《メートル》となった。

しかし、不思議な船の正体は依然《いぜん》として分《わか》らない。三階建の館《やかた》が二個連《つらな》り、窓には厚い色硝子《いろガラス》が嵌《は》めてある。古風な油絵で見る、外国のお城のような建物だ。

この奇怪な漂流船は他の船員の眼《め》にも入ったと見えてたちまち船中は大騒ぎになった。

「何《な》んだろう」

「何んだろう」

「どうも不思議な船だな」

と甲板《かんぱん》に集《あつま》った人々は、漂流船に瞳《ひとみ》を据《す》えながら、口々に喚《わめ》いているが、誰《だれ》一人その正体を見破る者はない。

「幽霊船かも知れないぜ」

「馬鹿なことをいうな、こんな天気のいい日に幽霊船なんかが出てたまるものか」

そのうちに船長の命令で、ボートが降ろされることになった。奇怪な漂流船探検だ。

「叔父《おじ》さん、僕等《ら》も連れていって下さいな」

「おお、速雄に勇二か、よしよし一緒についてくるがいい」

船長は可愛《かわい》い二少年を振返《ふりかえ》るとにこにこしながら頷《うなず》いた。速雄と勇二は勇躍《ゆうやく》してボートに跳《と》びうつった。

ボートは二手《ふたて》に別れて、速雄たちの乗っている方には、佐伯船長を初めとして、一等運転士の澤田欣《さわだきん》哉《や》、船医の山口剛三《やまぐちごうぞう》などの他に数名の下級船員が座をしめている。

「船は船に違いないが、これは余程旧《よほどふる》い船に違いないぞ」

さっきから双眼鏡の中を一心に覗《のぞ》いていた佐伯船長、距離が大分《だいぶ》接近した折《おり》、傍《かたわら》の澤田運転士を振返ってそう言った。

「あれ見給《みたま》え、甲板から下はすっかり水の中に浸《ひた》っているのだ。だから、あの城のような建物だけしか見えないのだが、どうも不思議だ。これは二三百年以前のオランダ船に違いないぜ」

二三百年以前のオランダ船――なんという奇怪な言葉だろう。物もあろうに、数百年を経過した船が、この海洋の上を漂流していようとはどうしても頷けぬ。しかし、不思議な漂流船が間近になるにつれて、誰も船長の言葉を成程《なるほど》と思わずにはいられなかった。

水中からわずかに突出《つきだ》した艫先《へさき》には、奇怪な怪物の顔と楯《たて》のようなものを彫りつけてあり、破れ残った色ガラスには、聖母マリヤの図が歴然《ありあり》と画《えが》かれている。たしかに現代の汽船ではない。しかし、これが数百年以前の古船としたら、どうして今ごろ、こんな海上を漂流しているのだろう。数百年の間を、どこにどうして、その齢《よわい》を保っていたものだろうか。

近附《ちかづ》くに従って、艫先といわず艫尾《とも》といわず、一面に海草だの貝殻《かいがら》だのが附着《ふちゃく》しているのが見えた。

「成程わかった。この船はどこかの島影に坐礁《ざしょう》して、何百年かの間経過したのだが、それが近ごろになってどうかしたはずみに、ぽっかりと浮きあがったものに違いない。それにしても、よほど不思議なことだ」

佐伯船長が首をかしげている折《おり》しも、ボートはどしんと不思議な漂流船に突当《つきあた》った。

「ともかく中を検《しら》べて見よう。どんな不思議なことがあるまいでもない」

船長の声に、ばらばらと彼《か》の漂流船に跳《と》びうつった船員たち、我れがちにと奥の方へと進んでゆく。佐伯船長はじめ、澤田運転士、山口船医、それにつづいて速雄、勇二の二少年も、遅れず彼方《かなた》の船に跳びうつったが、一歩甲板へ足を踏み入れた刹那《せつな》、一同思わずあっと叫んで後退《あとずさ》りした。

累々たる白骨の山

彼等が立ちすくんだのも無理はない。不思議な漂流船の中は、累々《るいるい》たる骸骨《がいこつ》の山だ。あちらに三人、こちらに五人と、重《かさな》りあった白骨が見るも無気味に横《よこた》わっている。中には長剣を握りしめたまま倒れているのさえある。

「ほほう。こいつは大変だ。これで見ると、漂流する前にこの船の中ではなにか大事件がおこったらしいな。いやこの大事件のために漂流するような破目《はめ》になったのかも知れぬて」

さすが剛気な佐伯船長も、思わず顔を外向《そむ》けている。山口船医は黙って白骨の握っている長剣を眺《なが》めていたが、

「船長、あなたのお言葉はあたりましたよ。この船はたしかに二百年を経過しています。御覧《ごらん》なさい。この骸骨の握っている長剣は、エリザベス朝時代（今から二百年ほど以前の英国の女王の時代）にオランダで流行《はや》ったものです」

船医の言葉に一同は、今更《いまさら》のように顔を見合《みあわ》せた。世界中の海を廻航《かいこう》していると、しばしば不思議なことに出会うものだが、今までこんな奇怪なことに出会ったのは初めてだ。

一同は累々たる骸骨を避《よ》けながら、更に奥の方へと進んでゆく、と、外から見ると二階にあたる部屋の一つに、金《きん》ピカの定紋《じょうもん》がついた扉《ドア》があった。

「ふむ、これが船長室に違いない。どれ、一つ中を検《あらた》めて見ようじゃないか」

扉《ドア》は錆《さ》びついてなかなか開きそうにもなかった。それでもみんなが力をあわせて、遮二無二《しゃにむに》押すと、めりめりという音を立てて扉《ドア》は毀《こわ》れた。中へ入ってみると、そこにも一つ長身の骸骨が、三尺《じゃく》あまりの長剣を握ったまま、横になっている。

「ふむ、これが船長だね、見給《みたま》え、この骸骨の様子で見ると、余程《よほど》の大男だったに違いないよ」

船長の言葉がまだいいも終《おわ》らぬうちに、なにを見つけたのか速雄が奇妙な声をあげた。ふりかえって見ると、彼は今、大きなトランクの蓋《ふた》を持ち上げている。覗《のぞ》いてみた一同は、今更のようにあっと驚いて顔を見合せた。

中は一杯金貨の山だ。それも日本の小判ではない。彼等《ら》が今まで、一度も眼《め》にしたことのない、奇妙な外国の金貨がトランクにぎっしり詰《つま》って、燦然《さんぜん》たる光を放《はな》っている。

「こいつは驚いた。これだけあれば一身代《いっしんだい》だぜ」

澤田運転士は更《さら》に第二のトランクを開いてみた。するとそれには金貨はなくて、奇妙な小筐《こばこ》が一つ入っている。筐《はこ》を開いてみると、中には古びた聖書と、なにやら訳《わけ》のわからぬ文字を一杯書いた本が一冊、半《なか》ば朽《く》ちて、ぼろぼろになっていた。

「ふむ、こいつはなにかの手掛《てが》かりになるかも知れない。澤田君、よくそれを蔵《しま》っておき給え」

佐伯船長の命令に、澤田運転士はそれを筐に蔵《おさ》め

て小脇《こわき》に抱え込んだ。

その時である。隣室に当《あた》って、みしりみしりと床を踏む奇妙な跫音《あしおと》がきこえた。

それを聞いた一同は、思わずはっと顔を見合せた。船員たちはみんな甲板《かんぱん》に見張りをさせてあるはずだ。誰《だれ》もいない無人の漂流船、その中に聞《きこ》える不思議な跫音――一同が思わず息を噤《の》んで顔を見あわせたのも無理ではない。

跫音はまだつづく。

みしりみしりと、荒々しく床を蹴《け》る音――しかもその音はだんだんこちらへ近附《ちかづ》いてくるではないか。一同が固唾《かたず》を噤んで待ちかまえていると、やがてその鼻先へ、さっと扉《ドア》がひらかれた。

その途端、さすが剛気の佐伯船長も思わず「や、やッ」と声を立てて二三歩後へ下った。

船中の怪老人

扉《ドア》の彼方《かなた》にあらわれたもの。――

それは雪のような白髪を頂《いただ》いた老人だ。身には不可思議な襤褄《ぼろ》を纏《まと》い、手脚《てあし》は痩《や》せさらばいて、今にも倒れそうな恰好《かっこう》だが、たしかに生きた人間だ。

しかも、ああ、なんという不思議なことだろう。この老人、眼《め》といい、鼻といい、皮膚の色といい、まぎれもない日本人でないか。

老人はしばし、不思議な面持《おもも》ちで、まじまじと一同の顔を見まわしていたが、突然、さっと恐怖の色を浮《うか》べると、なにやらわけの分《わか》らぬことを一声高く叫んで、一目散《いちもくさん》に逃げだした。

「捕《とら》えろ、あの爺《じい》さんを捕えろ！」

それと見た佐伯船長、声を嗄《か》らして叫ぶ。その声を聞くや否《いな》や、速雄と勇二の二少年は脱兎《だっと》のような勢いで、老人の後をおいかけた。老人はかねて、この船中の勝手をよく知っていると見えて、あちらに隠れ、こちらへ逃げ、なかなか捕《つか》まろうとはしなかったが、やがて、とある一室に逃げこんだ。

「よし、あの部屋の中へ逃げこんだら袋の中の鼠《ねずみ》だ。勇二君、気をつけ給えよ」

「大丈夫《だいじょうぶ》、あんなよぼよぼの老人くらい」

二人が部屋の中を覗いてみると、老人は大きな卓《テー》子《ブル》の下へはいこんで、ぎらぎら光る眼で二人の顔を見あげている。その様子が、まるで憐《あわれ》みを乞《こ》う犬のようで、危険を思わせるような態度はどこにも見えない。

「ああ分った。爺さん、気が狂っているのだよ。こりゃいっそ、手荒なことをするより、優しく言ってやった方がいいかも知れないぜ」

「そうだ。僕もさっきからそう思っていたところだ。なんだか様子が普通ではないね。一つ優しく呼んでやろうじゃないか」

　勇二少年はそういいながら卓子《テーブル》の下を覗きこんで、

「爺さん、出てきた方がいいよ。僕たち決して怪しい者じゃないんだから」

　と、そう優しく声をかけると、初めのうちは、それでもなかなか言うことを聞かなかった老人は、やがて嬉《うれ》しそうに相好《そうごう》を崩して、のこのこと卓子《テーブル》の下から這《は》い出してきた。

「爺さん、お前日本人だろう」

　老人が出てくると、速雄と勇二の二少年は、両方から優しくその手をとりながら、そう訊《たず》ねかけた。老人はしかしぼんやりとしたまま、それに答えようともせぬ。その様子では、この奇怪な老人、頭が狂っているばかりではなく、口を利《き》くこともできないのだ。折《おり》からそこへどやどやと佐伯船長初め、澤田運転士、山口船医などが駈《か》けつけてきた。

「おお、捕《つかま》えたか、でかしたでかした」

「叔父《おじ》さん、この爺さんは気が狂っていて、口を利くこともできないのですよ。しかし、僕たちとおなじ日本人であることはたしかです」

「ほほう、成程《なるほど》、気が狂っているのか。それにしても不思議だな。どうしてこの船の中にたった一人生《いき》残《のこ》っていたのかなア」

　その時、老人の側《そば》へよって、つくづくとその様子を眺《なが》めていた山口船医は、あっと叫んで顔色を変えた。

「御覧《ごらん》なさい。老人の左の腕を御覧なさい」

　船医の言葉に、一同老人の左の腕を見れば、そこにはくっきりと大きな刺青《いれずみ》が浮いている。日輪《にちりん》を啣《くわ》えた奇妙な蜥蜴《とかげ》の刺青だ。それを見た途端《とたん》、佐伯船長、澤田運転士は共に声を揃《そろ》えて叫んだ。

「あ！　黄衣海賊《こういかいぞく》の印《マーク》だ！」彼等《ら》は真蒼《まっさお》になった。

　ああ黄衣海賊とは何者か。あの剛気な佐伯船長ですら、思わず色を失ったほどの恐るべき黄衣海賊の名！

「叔父さん、黄衣海賊というのはなんのことです。このお爺さんが何かそれに関係があるのですか」
速雄は不思議そうに一同の顔を見廻《みまわ》しながら、そう訊ねたが、誰《だれ》もそれに答えようともしない。まるで石のように口を噤《つぐ》んだまま、この奇怪な老人の顔を見詰めている。

一体、この老人は何者だろうか。二百年以前に難《なん》船《せん》したというこの奇妙なオランダ船の中に、たった一人生きている日本人――ああ、この不可思議な謎《なぞ》は、一体如何《いか》にして解くべきであろうか。

速雄と勇二の二少年は、共に一種異様な身慄《みぶる》いを感じながら、思わず息を殺して顔を見合《みあわ》せた。

海賊船赤鬼丸《あかおにまる》の巻

孃を返《か》えしてくれ

何百年という長い間、広いひろい大洋の真只中《まっただなか》を漂流していた不思議なオランダ船、その無気味な幽霊船の中に、生きた老人が隠れひそんでいるということからして、既《すで》に奇中の奇であるのに、その老人の左腕に、あの世にも恐ろしい刺青《ほりもの》を発見したのだから、佐伯船長を初めとして、澤田運転士、山口船医などが、あっとばかりに顔色を失ったのも無理ではない。さらば、この刺青《ほりもの》には一体いかなる秘密がひそんでいるのだろうか。――何も知らない速雄、勇二の二少年は怪訝《けげん》にたえぬ面《おも》持ちである。

「叔父《おじ》さん、一体その黄衣海賊《こういかいぞく》というのは、何《な》んのことですか」

速雄がさも不思議そうな顔附《かおつ》きで、そう訊《たず》ねたのも無理ではない。

「ウム、お前たちが知らないのも無理じゃない。黄衣海賊というのはな、今、世界の航海者たちから鬼のように恐れられている海賊団の名前なのだ」

「へえ、二十世紀の現代でも、そんな恐ろしい海賊団があるのですか」速雄はさもさも呆《あき》れはてたように、傍《そば》に立っている勇二と顔を見合《みあわ》せたが「ところで、その海賊団とここにいる、お爺《じい》さんと一体どんな関係があるのですか」

「お前は何も知らないから、そんなことを言うのだが、黄衣海賊の首領という奴《やつ》は冷酷無残《れいこくむざん》、まるで悪魔の使者《つかわしめ》のような奴だ。そいつの手にかかって行方《ゆくえ》不明になった船がどの位あるか分《わか》らない。黄衣海賊団の印《マーク》として、団員たちはみんな、左の腕に日輪《にちりん》を啣《くわ》えた蜥蜴《とかげ》の刺青《ほりもの》をしているのだ」

　それを聞いて、速雄、勇二の二少年は初めて会得《えとく》をすることができた。なるほど、この老人の左の腕には、まぎれもなくその刺青《ほりもの》があるのではないか。しかし、ここにいるこの半気狂《きちが》いの老人が果《はた》して、そんな恐ろしい海賊団の団員であろうか。否《いな》！　否！　頬《ほお》は落ち、肉はこけ、白髪《はくはつ》は蓬《よもぎ》のごとく乱れて、一見いかにも兇暴《きょうぼう》らしく見えるけれどその眼《め》の底にはどこかに、柔和《にゅうわ》な光を湛《たた》えている。この老人がどうして、聞くも恐ろしい海賊団の団員と思えよう。

　その時、放心したように、洞《うつ》ろな眼を瞠《みは》ったまま立悸《たちすく》んでいた老人の唇《くちびる》から突然、ふしぎな呻声《うめきごえ》が洩《も》れてきた。

「嬢よ――、嬢はどこへ行った。――嬢を返《か》えしてくれ。お前たちの命令は何《な》んでも聞くから、あの可《か》愛《わい》い嬢を返えしてくれ」

　悲痛な、啜泣《すすりな》くような声音《こわね》だ。それを聞くと、一同は思わず顔を見合せた。嬢とは何者ぞ。気の狂った、この老人の娘のことだろうか。その娘はしかし、一体何処《どこ》にいるのだ。

　折《おり》から、熱帯の真白《まっしろ》な太陽は、遠く海の彼方《かなた》に落ちかかって、海鳥の羽搏《はばた》きが急に騒々《そうぞう》しくなった。潮のうねりが一種異様な粘りを帯びて、この奇怪な漂流船を高く低く揺《ゆす》ぶる。南洋の海に日没がやってきたのだ。

「おい、君たち、愚図愚図《ぐずぐず》していると日が暮れてしまうぞ。とにかく、我々はこの船を引《ひき》あげようじゃないか、澤田君、山口君、貴重品はみんなボートへ移してくれ給《たま》え、それから、速雄と勇二は、このお爺《じい》さんに気をつけて、万一のことがないようによく番をするのだぞ」

　船長の命令によって、甲板《かんぱん》にいた船員たちはすぐにその場へ呼びこまれた。そして、幽霊船内の貴重品は一つ残さずボートへ移された。金貨の一杯詰まったトランク、ふしぎな古代書類、剣、楯《たて》、などおよそこの船の記念となりそうなものは、片《かた》ッ端《ぱし》からボートへ持ち込まれた。

「船長、ところでこの船はどうするのですか、このまま捨ててゆくのはいかにも残念ですね」

「ウム、俺《おれ》も今それを考えていたところだ。見たところ、大した噸《トン》数もなさそうだ。一つ基隆《キールン》まで曳《ひ》いてゆくか」

「そうできれば、それに越した事はありませんね。何しろこいつは立派な骨董品《こっとうひん》ですぜ」

「よろしい。じゃ、そういう風《ふう》に手配を極《き》めてくれ給え」

　船長を初め一同は、この奇怪な髑髏《どくろ》船に最後の一《いち》瞥《べつ》をくれると、ひらりとボートに乗移《のりうつ》った。

　それから一時間ほど後《のち》のこと、上海丸は、この奇怪な髑髏船をしたがえて、ふたたび一路日本への途《みち》を急いでいた。

　日は既《すで》に落ちて、空には一点の星屑《ほしくず》も見えぬ。その漆黒《しっこく》の闇《やみ》を縫《ぬ》って、喘《あえ》ぐように上海丸にひかれてゆく奇怪な髑髏船！　ああ、誰《だれ》が知ろう、その化物《ばけもの》じみた廃船の上に、低く黒く、不吉な運命の影が覆《おお》いかぶさっていることを！

暹羅猿《シャムざる》ジャコー

　夜が来た。

　上海丸をつつむ大海原《おおうなばら》の暗黒は、闃《げき》として音もない。羅針盤《らしんばん》を睨《にら》みながら、舵機《だき》を握っている澤田運転士と、夜勤番《やきんばん》にあたった二三の船員を除いた他の人々は、みんな昼の疲れのために深い眠りに落ちている。潮のうねりが急に高くなって、やがて来る《きた》べき暴風雨《あらし》を警報している。

　速雄はふと奇怪な物音に夢を破られた。なにかしら、どしんと千仞《せんじん》の谷へでも突落《つきお》されたような、一種異様な物音だ。素破《すわ》とばかりに寝台《ベッド》の上におきなおって見れば、傍《そば》には勇二が何もなかったようにすやすやと安らかに眠っている。はてな、それでは夢だったのかしら。――速雄はそんなことを思いながら、ふたたび枕《まくら》に頭をつけようとした時である。隣室にけたたましい動物の啼声《なきごえ》が聞《きこ》えた。

ジャコーだ、暹羅《シャム》の豆猿《まめざる》ジャコーの声だ。それにつづいて荒々しく怒号《どごう》する人の声。

甲板を蹴《け》るあわただしい靴音。

勇二もそれにふと眼《め》を覚《さま》した。

「どうしたの、今のはなんの音だね」

「叱《し》ッ！　なにか起《おこ》ったらしい。大急ぎで洋服を着たまえ。様子を見に行ってこようじゃないか」

甲板の方にはあわただしい靴音や、怒号する声がまだつづいている。と思う間もなく、ズドンと一発の銃声。素破唯事《ただごと》ではない。速雄と勇二の二少年は思わず顔を見合《みあわ》せた。異様な不安がむらむらと湧起《わきおこ》ってくる。隣室では豆猿がいよいよ猛《たけ》りくるっている様子だ。

速雄と勇二は手早く身仕舞いをすませると、弾丸のように扉《ドア》に体をぶっつけた。その拍子《ひょうし》に、ひらりと速雄の肩に飛びかかった小さい生物《いきもの》がある。ジャコーだ。濠洲《ごうしゅう》の港で叔父《おじ》に買ってもらって以来、すっかり二人に慣れ切っている、豆猿のジャコーだ。

ジャコーは、歯をむき出し、尻尾《しっぽ》を立ててしきりに喚《わめ》き叫んでいる。敏感なこの豆猿は、何か容易ならぬことが、船中におこりつつあることを知っているのだ。

見れば、隣室にいるはずの、あの怪老人の姿も見えない。二人の胸には、又《また》しても名状《めいじょう》のしがたい不安が湧きおこってきた。

「勇二君、気をつけたまえ。これは唯事じゃないぜ」

「ムウ！」

二人の顔は真蒼《まっさお》だ。昂奮《こうふん》に戦《おのの》く脚《あし》を踏みしめながら、船室《キャビン》の間をとおりぬけてゆく。その二人の肩間には豆猿のジャコーが、気が狂ったように怒号しながらブラ下《さが》っている。

やがて、二人は甲板へ出た。と、その途端彼等《ら》はあっとばかりに立悚《たちすく》んでしまった。

見よ、甲板の中央には、六尺《しゃく》豊かの大男が、のっそりと突立《つった》って、今しも頻《し》きりに部下の者を督励《とくれい》しているではないか、左の手には大きな半月刀《はんげつとう》を携《たずさ》え、頬《ほお》から眉間《みけん》へかけて恐ろしい傷痕《きずあと》のある、見るも冷《れい》酷無《こくむ》残《ざん》な面附《つらつき》をした男だ。その脚下《あしもと》には、佐伯船長をはじめ、澤田運転士、山口船医などがたかてこて、に縛《いまし》められている。が、更《さら》に不思議なのは、あの髑髏《どくろ》船から連れてきた怪老人である。老人の手には一挺《ちょう》の短銃《ピストル》が握られている。しかもその銃口《つつぐち》は、しっかりと佐伯船長の方に向けられているではないか。

幽霊船の最期

「おお、速雄に勇二か」

佐伯船長は二人の姿を見ると悲痛な声で叫んだ。見るとその顳顬《こめかみ》のあたりには、痛々しく血が滲《にじ》んでいる。

「叔父《おじ》さん！」と叫んで、二人は思わずその側《そば》に駆けよろうとしたが、いきなり背後から、荒くれた腕でしっかり抱きしめられた。

「馬鹿野郎、誰《だれ》かその小童《こわっぱ》も縛《しば》ってしまえ」

割鐘《われがね》のような声だ。

その命《めい》に応じて、二三人の荒男が跳《と》びかかったかと思うと、見る見るうちに二人ともに荷物のように縛りあげられてしまった。

速雄と勇二には、今や事態がはっきりと分《わか》ってきた。首領らしい大男には、二人ともたしかに見覚えがある。濠洲《ごうしゅう》の港で火夫《かふ》として雇《やと》い入れた、仙波《せんば》という男だ。今から思えば、その男の素性《すじょう》を、碌《ろく》に調べもしないで雇い入れたのが、一期《いちご》の不覚だった。

こうして下級船員として乗《の》りこんでは、その船を横領《おうりょう》するのが、彼等《ら》海賊《かいぞく》仲間の常套《じょうとう》手段である。しかし、あの奇怪な老人は果《はた》して何者だろう。不思議なオランダ船の中に、半狂人のようになって生残《いきのこ》っていた老人が、予《あらかじ》め海賊と気脈を通じていたものとはどうしても思えない。

「よしよし、これで船の中の奴《やつ》は残らず片附《かたづ》いたな。これで、この上海丸もそっくり俺《おれ》のものだ。おい船長、お気の毒だが、君たちアしばらく窮窟《きゅうくつ》な思いをしてもらうぜ」

仙波は威嚇《いかく》するように半月刀《はんげつとう》を振りまわしながら、大口を開いて、カラカラと笑った。

真紅《まっか》な、血を啜《すす》ったような唇《くちびる》だ。

佐伯船長は黙っている。真蒼《まっさお》な顔には、無念の色が激しく動いて、バリバリと奥歯を嚙《か》む音が聞《きこ》えた。

「大将、ところで、この爺《とっ》さんはどうしましょう」

一人の男が仙波の側へ近附いてくるとそう訊《たず》ねた。

「ウム、気狂《きちが》い爺《じじい》か、こいつにはこれから肝腎《かんじん》な用事がある。なるべく叮嚀《ていねい》に扱ってやれ」

「承知しました。それにしても、この爺《じい》さん、よくよく運のない奴と見えますね。せっかく逃げ出したと思ったら、また大将の手にフン捕《づか》まってしまうなんて」

「フン、それがこっちの運のいいところさ、俺もこいつがあのオランダ船の中から、のこのことこの船へ連れてこられたのを見た時は、さすがにぎょっとしたが、しかし、これでわざわざ日本まで帰る手数がはぶけたというものだ。ところで、さっき一等運転士が、あの船の中から持ってきた書類はたしかに持っているだろうな」

「そこに抜かりはありませんや、ちゃんと俺の懐中《ポケット》の中にしまってありますよ」

「よし、いずれこの爺さんの気狂《きちがい》が治ったら、ゆっくりとそれを読ませることにしよう。これであの宝《ほう》物《もつ》はみんな俺のものだ」

何が嬉《うれ》しいのか、仙波はゴリラのような手を擦《こす》りあわせて喜んでいる。

ああ。奇怪なる彼等の対話！

彼等は前から、この不思議な老人を知っていたと見えるのだ。しかし、書類といい、宝物という言葉は、果して何を意味するのだろうか。

「おい、野郎ども、乗組員の方が片附いたら、そろそろ出帆《しゅっぱん》するとしようぜ。行先は分《わか》ってらあな。南洋の地獄島《じごくとう》だ」

仙波は片手に半月刀を携《たずさ》え、片手に強い酒の瓶《びん》を打ち振りながら、居合《いあ》わせた部下の者に命令するように言った。

「ところで、大将、あのオランダ船はどうしましょう」

「あいつか、あんな厄介物《やっかいもの》は海ん中へ沈めてしまえ」

下知《げち》一番、繋《つな》いであった太いワイヤーが切って離されると無惨《むざん》や、あの不思議なオランダ船は、二三度左右に大きく揺れたかと思うと、間もなく、ぶくぶくと大きな渦巻《うずまき》の中に捲《ま》き込まれて、見る見るその奇妙な館型《やかたがた》の船体を、海底深く隠してしまった。

かくして、その夜、奇怪な海賊団に占領された上海丸は、何処《どこ》でどう塗り変えられたものか、その名も恐ろしい赤鬼丸《あかおにまる》、巧《たく》みに他の船の目を避けながら、南へ南へと進んでゆく。

灰色の塔

それから、幾日経《いくにちた》ったか知らない。

暦《こよみ》のない船底の倉庫の中では、一日がまるで一年のように思われる。速雄や勇二たちにとっては、たった一晩で運命ががらりとどんでん返《がえ》しを打った。間もなく日本の領海へ入るという日を控えながら、兇悪無惨《きょうあくむざん》な海賊《かいぞく》の手に捕らえられた彼等《ら》は、最早《もはや》、何《な》んの望みも、断たれてしまったのだ。

海賊たちが、一思《ひと》いに殺そうとしないところに、いずれ彼等はせめてもの望みを繋いでいるのだが、いずれ鬼のような彼等のことだ。生かしておくには生かしておくだけの理由があるに違いない。その理由がどんなに恐ろしいものであるか、速雄も勇二もまだ知らなかった。

「速雄君、今日は何日《いくにち》ごろだろう」

お互いに顔を見ることもできぬ暗い船底の倉庫だ。鎖《くさり》で足をつながれた勇二は、犬のように四ん這《ば》いになりながらそう訊《たず》ねた。

「さあ、あれからもう一週間は経っているから、多分四月の十日ごろだろう」

「なるほど、その時分《じぶん》かも知れないね。それにしても大《たい》そう暑くなってきたなア。一体我々をどこへつれてゆこうとするのだろう」

「地獄島——、地獄島といつか仙波の奴が言ったな。多分そこへ連れてゆくのだろうよ。それにしても、叔父《おじ》さんたちはどうしているんだろうな」

「大丈夫《だいじょうぶ》、我々をこうして生かしている以上、叔父さんたちもきっと、この船の中のどこかに、幽閉《ゆうへい》されているに違いないよ」

「そうだと安心だが——、生きていればまたいつか会える。そして、この復讐《ふくしゅう》をすることもできるのだ」

「叱《し》ッ！　誰《だれ》か来たようだぜ」

二人はそこでぴたりと口を噤《つぐ》んだ。なるほど、梯子《はしご》を伝って、たどたどしく此方《こっち》へ近附いてくる足音が聞える。

「嬢よ、嬢はどこへいった。可愛《かわい》い嬢を返《か》えしてくれ」

怪老人の声だ。

「おいおい、爺《とっ》さん、そっちへいったところでお前の娘なんかいやしねえぜ。おとなしくしていりゃ、明日は娘さんに逢《あ》わしてやるんだ。さあ、さあ、こっちへ来な」

「嘘《うそ》だ。お前さんたちは嘘つきだ。俺《わし》の可愛い嬢を返えしてくれ。おお、嬢よ、嬢はどこにいる？――」

老人の啜泣《すすりな》くような声にまじって、荒々しく叱咤《しった》する仙波の声がしばらくつづいていたが、間もなくその足音はだんだん間遠《まどお》くなっていった。

「不思議だな。あの爺《じい》さんは娘の事ばかり言っているね」

「娘さんを失《な》くしたので気狂《きちが》いになったのかも知れないよ。しかし、一体あの爺さんと海賊団とはどんな関係があるのだろうね」

そういいながら速雄はごろりと横になった。勇二も諦《あきら》めたようにそれに倣《なら》った。

それから、どれくらい経ったろうか。

突然二人は、天地も砕《くだ》けんばかりの激動に体をどしんと投出《なげだ》されてはっと眼《め》を覚《さま》した。めりめりと船体の割れる音、空《から》まわりする推進機《プロペラー》のひびき！　それにつづいて甲板《かんぱん》を右往左往《うおうさおう》する足音が聞《きこ》える。怒《ど》号《ごう》する声！　叱咤する声！

難船《なんせん》だ！　浅瀬へ乗りあげたのだ！

「勇二君！」

「大丈夫だ。気をしっかり持っていたまえ」

二人は鎖につながれたまま、転びつまろびつしながら、しっかりとお互いに抱きあった。そのとたん、又《また》してもめりめりという物凄《ものすご》い船体の唸《うな》り。――と、それにつれて船底の鉄壁に、ぽっかりと大きな裂目《さけめ》ができた。さっと、目眩《めくら》むような日光がさしこんでくる。

そのとたん二人は鉄壁の破目《やぶれめ》から、きらきらと輝きわたる眼前の光景をはっきりと見た。

島だ！　したたらんばかりの緑色に覆《おお》われた、奇怪な見慣れぬ島。――その島の一角にそそり立っている、世にも奇妙な灰色の塔。――

その塔の頂《いただ》きにはへんぽんとして旗がひるがえっている。しかもその旗には色鮮《あざや》かに、日輪《にちりん》を咥《くわ》えた蜥蜴《とかげ》の印《マーク》が画《えが》かれているではないか。

黄衣海賊の印《マーク》だ。世にも恐ろしい、兇悪無惨な黄衣海賊の印《マーク》だ！

その時、三度《みた》び船体が無気味な唸りを立てた。と思う間もなく、海水が滝津瀬《たきつせ》のように、とうとうとして、二人の繋がれている船倉へ流れこんできた。何処《どこ》かでジャコーのけたたましい声が聞える。——

海底の洞窟の巻

一難去って又一難

船底の一室に、鎖《くさり》で繋《つな》がれていた速雄、勇二の二少年の運命は、果《はた》してどうなったか。——それを語る前に、筆者は筆を転じて、同じく船底に捕《とら》われの身となっていた、佐伯船長を初めとして、山口船医、澤田運転士等《ら》の身の上を述べねばならぬ。

怪船、赤鬼丸が暗礁《あんしょう》に乗りあげた刹那《せつな》、船底が真《ま》二《ぷた》つに裂けたことは、前にもいっておいた。幸か不幸か、佐伯船長、山口船医、澤田運転士などが幽閉《ゆうへい》されていた部屋は、この最初の衝動によって、めりめりと扉《ドア》が破れた。

どしん！　とはげしい動揺、——だが、なんという幸いだろう。そのとたん、佐伯船長の脚《あし》に巻きつけられていた鎖が、ぷっつりと断《き》れる。

「山口君、澤田君、いるか」

「いる、大丈夫だ。船は暗礁に乗りあげたらしいな」

「うむ、逃げるなら今のうちだ。待ちたまえ。いま君たちの鎖を解《と》いてやる」

真暗《まつくら》な船底の一室だ。佐伯船長は腹這《はらば》いになったまま、二人の方に近づいてゆく。その間も、船はしっきりなしに、物凄《ものすご》い呻《うめ》き声を立てている。立って歩くこともできぬほどのはげしい動揺だ。

甲板《かんぱん》の方では、右往左往《うおうさおう》する悪漢どもの周章《あわただ》しい足音が聞《きこ》える。早くも、どこかに浸水しはじめたらしい。どっという物凄い水の音が聞《きこ》える。

しかし、さすがに佐伯船長は、こういう場合にいたっても落着《おちつ》きはらっていた。

「山口君も澤田君も大丈夫だろうな。周章《あわ》てちゃいかんぞ」

「大丈夫。覚悟はかねて極《き》めている」

若いだけに、澤田運転士は元気がいい。

「山口君、君はどうした。いやに元気がないじゃないか」

「ああ、僕はどうなってもいい。こうなりゃ神様の手にすがるばかりだ」

「そんな弱いことじゃいかん。しっかりし給《たま》え。いますぐ鎖を解いてやるぞ」

佐伯船長はそう言いながら、山口船医に身を摺《す》り寄せたが、相手の顔を見ると、思わずあっと息を内へひいた。

なんという変《かわ》り方だろう。肉は落ち、眼《め》は凹《くぼ》み、髪の毛もしばらく見ぬ間にすっかり白くなっている。皮膚はかさかさに乾いて、唯両眼《ただりょうがん》のみは、熱病患者のように、物狂わしく光っている。

「あっ！　これはどうしたのだ。ひどい熱があるじゃないか」

「船長、――ボ、僕はもう駄目《だめ》だ。マラリヤにやられた。もう、とても助かる見込みはない。船長、――、僕は放《ほう》っておいて、君たちだけで逃げてくれ給え」

「馬鹿、そんなことができるもんか。気をしっかり持たなきゃだめだぞ」

薄暗闇《うすぐらやみ》の中で、鎖ががちゃがちゃと鳴った。

「そら、鎖はとけたぞ。澤田君、肩をかしてくれ給え。山口君を担《かつ》いでゆこう」

「よし！」若い澤田運転士は、鎖が解けると牡牛《おうし》のように立上《たちあが》った。

「山口さん、僕の肩につかまって下さい。行くところまで行きましょう。それで駄目なら、その時観念しても遅くはないのです」

そういいながら、澤田運転士はたくましい腕を山口船医の肩に巻きつけた。が、そのとたん、さすがの彼も思わずぞっとした。何《な》んというひどい熱だろう。まるで焼けつくような熱さが、薄い衣服を通して伝わってくる。

澤田運転士はその熱を感ずると同時に、はっきりと死というものを眼の前に見た。

この高熱ではとても助かる見込みはない。可哀《かわい》そうに、山口船医は、この名も知れぬ孤島のほとりで、浅間《あさま》しい屍《しかばね》となり果てるのではなかろうか。――

「おい、なにを愚図愚図《ぐずぐず》しているのだ。早くしないと船が沈んでしまうぞ」

佐伯船長の声だ。はっと気をとり直した澤田運転士、山口船医を背負ったまま、脱兎《だっと》のごとき勢いで、船長の後につづいてゆく。

狭い、ごたごたとした船底の廊下。その中を三人の者は、決死の覚悟で進んで行く。歩いている足が、ともすればとられそうなほど、船は、はげしく傾斜しはじめた。

狭い艙孔《ハッチ》を抜けて、三人はようやく甲板にたどりついた。そのとたん、

「いよう、御三方《おさんかた》、ようこそここまで来られたな」

という憎々《にくにく》しい声。仙波の声だ。今しも海を見捨ててボートに乗り移ろうとしていた仙波は、三人の姿を見ると、咄嗟《とっさ》の間に短銃《ピストル》を身構えた。

ああ、一難去って、又《また》一難！

佐伯船長等《ら》三名の者は、又しても悪漢どもの懐中《ふところ》へとびこんできたのだ。なんという不運だ!!

漂うジャコー

沈みゆく赤鬼丸を後に残して、ボートはするすると海上を滑《すべ》ってゆく。乗っているのは、佐伯船長等三名の他には、憎むべき海賊の首魁《しゅかい》仙波とその輩下六名。いやいや、それにもう一人、あの怪老人だ。老人は赤鬼丸が次第に水面から姿を没して行くのを見ると、ボートの中で歯を嚙《か》み鳴らして喜んでいる。なにか声高《こわだか》に叫んでいるが、なにを言っているのか、

さっぱりわからない。

「おい、爺《じい》さん、静かにしねえか。あんまり荒《あば》れるとボートが引っくり返ってしまうぜ」

仙波が鋭い声で怒鳴《どな》りつけた。

ああ、それにしても速雄や勇二たちはどうしたのだろうか。赤鬼丸は今や、最後の飛沫《ひまつ》を水面高くあげたかと思うと、そのまま、がっくりと、水の中に沈んでしまった。後には凄《すさま》じい渦巻《うずまき》と、船の破片があたり一面に取り残された。しかし、速雄や勇二たちの姿はどこにも見当《みあた》らない。

船底の一室に捕《とら》われの身となっていた彼等二人は、無慙《むざん》にも海底の藻屑《もくず》と消えてしまったのだろうか。

突然、ボートの行手《ゆくて》にあたって、けたたましい動物の啼声《なきごえ》が聞《きこ》えた。

「おお、ジャコーだ。ジャコーが生きている」

佐伯船長は思わずボートから体を乗出《のりだ》した。なるほど、見れば、波の間《ま》に間《ま》に漂っている板片《いたぎれ》の上に、ちょこなんと縋《すが》りついているのは、たしかに暹羅猿《シャムざる》のジャコーではないか。

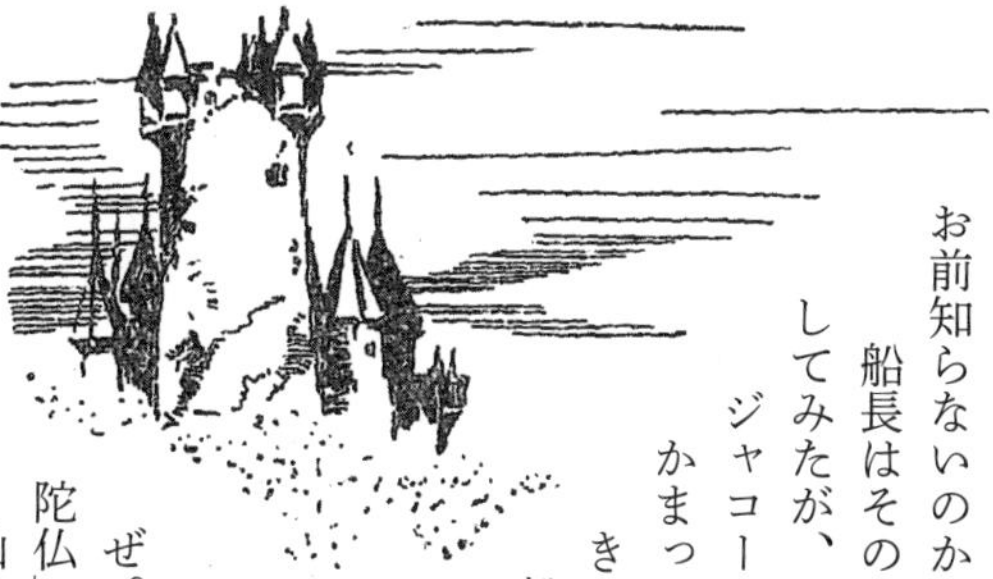

ボートが一間《けん》ばかりのところへ近附《ちかづ》いて行くと、ジャコーはひらりと身を躍《おど》らせて、佐伯船長の肩に跳《と》び移った。

「おお、ジャコー、よく生きていたな。それにしても速雄や、勇二はどうしたんだ。ジャコー、お前知らないのか」

船長はその辺の海を、隈《くま》なく眼《め》で探してみたが、それらしい姿は見当らぬ。

ジャコーは何故《なぜ》か、船長の肩につかまったまま、けたたましく啼《な》きつづけている。さすがの船長もがっかりとしたように溜息《ためいき》をついた。

「はははは、お気の毒だが、あの子供たちゃ、どうやら海の藻屑になってしまったらしいぜ。南無阿弥陀仏《なむあみだぶつ》南無阿弥陀仏」

仙波が毒々しい声をあげて笑った。

それを聞くと、佐伯船長と澤田運転士は、思わず拳《こぶし》を握りしめたが、どうすることもできないボートの中だ。相手は恐ろしいピストルを握っている。ちょっとでも刃向《はむか》おうものなら、いつなんどき、その銃口《つつぐち》から弾丸《たま》がとび出してくるかも知れないのだ。

「まあまあ、おとなしくしていろよ。ほら、今にお前たちゃ、あの灰色の塔に閉じこめられてしまうんだ」

仙波が指す方を見れば、白い砂丘《さきゅう》の彼方《かなた》に、きつ然《ぜん》として灰色の塔が聳《そび》えている。それこそは、世にも恐ろしい黄衣《こうい》海賊《かいぞく》団の巣窟《そうくつ》だ。そして、一度そこへ幽閉《ゆうへい》されたが最後、二度と娑婆《しゃば》の風に当《あた》れるとは思われぬ。

佐伯船長と澤田運転士は、思わず顔見合《みあわ》せて、ウムと唸《うな》った。ただ一人山口船医だけは高熱のために昏々《こんこん》として眠っている。しかも、ああ、その寝顔の上には、くっきりと死の影が覆《おお》いかぶさっているではないか。

洞窟をさ迷う怪少女

佐伯船長が絶望したように、速雄と勇二の二少年は、果《はた》して海底の藻屑《もくず》と消えたのだろうか。

いやいや、彼等《ら》は決してまだ死んではいなかった。死の一歩手前というところで、世にも不可思議な奇《き》蹟《せき》が起《おこ》ったのである。

どっと流れこんできた海水に、そのまま気を失ってしまった速雄は、しばらくたってから、ふと正気を取戻《とりもど》した。見ると辺《あたり》は真暗《まっくら》で、なにかしら、体がぐんぐんと深みへ引っ張りこまれるような感覚だ。耳がじいんと鳴るばかりで、あたりは死のような静けさである。

ああ、これが死というものか、俺《おれ》は到頭《とうとう》死んでしまったのだな。——速雄がふとそう呟《つぶや》いた時、なにかしら、彼の脚《あし》に触《ふれ》るものがある。

ぎょっとして首を擡《もた》げてみると、勇二だ。勇二がいまや、夢中になって速雄の脚に武者《むしゃ》振《ぶ》りついているところだ。

「おお、勇二君じゃないか」

「速雄君！」

おやおや、それじゃ自分たちはまだ死んでいるのではなかったか。それにしても、ここは一体どこだろう。そして、どうして自分たちは、あの危地《きち》を脱することができたのだろう。

速雄は不思議そうに、改めてきょろきょろとあたりを見廻《みまわ》したが、初めて分《わか》った分った。速雄たちが今居《い》るところは、海底の洞窟《どうくつ》なのだ。船室が真二《まっぷた》つに割れると同時に、外へ投げ出された二人は、幸か不幸かそこに開《ひら》いている、暗礁《あんしょう》の洞窟の中に吸いこまれたのだ。

さっきから、ぐんぐんと体が引《ひ》っ張《ぱり》こまれると思ったのは、この洞窟の中に吸いこまれてゆく、潮に乗っていたからなのである。

時間はちょうど上潮《あげしお》の時刻と見えて、海水はぐんぐんと洞窟の中へ進んで行く。その潮に乗って、二人の体は、この常闇《とこやみ》の洞窟の奥深く、運ばれてゆくのだった。

「勇二君、しっかりし給《たま》え。ひょっとすると我々は助かるかも知れないぜ」

「うん、大丈夫《だいじょうぶ》だ。しかし、ここは一体、どこだろう」

「さあ、僕にも分らない。しかし、この潮の加減だと、我々が今いる洞窟は、きっと島の方まで続いているに違いないよ。そして島にはきっと、抜出《ぬけだ》せる孔《あな》があるに違いないと思うのだ」

「そうだと有難《ありがた》いがなあ。それにしても、叔父《おじ》さんたちはどうしたろうな」

「我々だって、こうして奇蹟的に命を助かっているのだ。叔父さんたちだって、きっと無事でいられるに違いないよ」

その時である。

今まで潮に浮《うか》んで手脚《てあし》を動かしていた速雄が、突然頓狂《とんきょう》な声を挙げた。

「おや勇二君、立って見給え。脊《せ》がとどくよ。ほら」

なるほど、勇二も言われたとおり立ってみると、足の先が固い岩石にあたった。水は胸の辺《あたり》までしかない。

「このまま進んで行けば、だんだん水は浅くなって行くに違いないよ。そして、どこか地上へ抜出せる孔に突当《つきあた》ることができると思う」

速雄の言葉に誤りはなかった。

海水は次第次第に浅くなって行く。

胸から腹、腹から脛《すね》へと、進んでゆくに従って、水は見る見るうちに浅くなって行く。そしてやがて、彼等はついに、固い岩の上までやってきた。

思うにこの奇怪な洞窟は、地獄島の一角から、はるか沖合《おきあい》にある海底の暗礁まで続いているのに違いない。人間の手によって作られたのか、それとも、自然の微妙な摂理《せつり》によって出来上《できあが》った洞窟なのか、それはまだ分らない。しかし、今の彼等にとっては、そんなことはどうでもよかった。ただ助《たす》かったというだけで充分である。

「洞窟はまだ、これからずいぶん奥の方までつづいているらしいね」

「ウム、とに角《かく》、行けるところまで、行って見ようじゃないか」

今のところ、彼等にはそうするより他に途《みち》はなかった。

幸い洞窟はかなり広くて、立って歩いても充分だった。岩壁にはぬらぬらとした海苔《うみごけ》が一面に附着《ふちゃく》して、その間を、小さい蟹《かに》がウジャウジャするほど這《は》いまわっている様子だ。なにしろ、光と言っては、一筋《ひとすじ》も入ってこないのだから、さっぱり辺《あたり》の様子が分らない。

「勇二君、僕の肩にしっかりつかまっていてくれ給え。ここで又《また》離れ離れになったら、二度と逢《あ》う事はできなくなるぜ」

「よし」

二人は手をつながんばかりにして、そろそろと摺《すり》足《あし》で進んでゆく。

洞窟の空気はまるで刺すように冷《つめた》い。おまけに二人は、びっしょりと海水で濡《ぬ》れているのだから、その寒さと言ったらお話にならないほどである。

二人ともがたがたと体を慄《ふる》わせながら歩いて行く。突然、何を思ったのか、先に立った速雄がピッタリと足を止めた。

「どうしたの、速雄君」

「しっ！　聞《き》こえるか、ほら、あの跫音《あしおと》――」

速雄は低声で、押《おさ》えつけるように囁《ささや》いた。

「え？　跫音？」

勇二はどきりとした。

なるほど、耳を澄《すま》せば、微《かす》かにことりことりという跫音が聞えてくる。何者かが、この同じ洞窟の中を歩いているのだ。しかも、その跫音は、次第次第に近附《ちかづ》いてくる。

「誰《だれ》だろう」

「気をつけ給え」

二人は手を繋《つな》ぎ合ったまま二三間《けん》進んだ。向《むこ》うの跫音も段々こちらへ近附いてくる様子である。

コトコトコト……。

無気味な跫音、それが真暗《まっくら》な洞窟の岩壁に反響して、一種異様な物凄《ものすご》さを捲起《まきおこ》す。

やがて、その跫音は、速雄たちの二三間向《むこ》うで立止《たちどま》った。速雄と勇二は手を握りあったまま、石のように固くなっている。全身にはびっしょりと冷汗《ひやあせ》だ。

つい間近の闇《やみ》の中に、人間の喘《あえ》ぎ声が聞える。――

突然、闇の中から不思議な声が聞えた。

「誰《だ》アれ、其処《そこ》にいるのは――、爺《じい》やじゃないの」

ああ！　それは女の声だった。しかも、まだ年若い少女の声だ！　洞窟の中にひそむ、この奇怪な少女。――一体彼女は何者なのだろう。

水葬礼《すいそうれい》の巻

岩窟《いわや》の少女

海底の大岩窟《がんくつ》の中で、突然、

「誰？」

と、しかも意外な日本語で声をかけられたのだから、速雄と勇二の二少年が、ぎょっとして立ちすくんだのも無理ではなかった。

二人はつと寄り添うと、お互いにしっかと手を握りあい、もしものことがあれば生命《いのち》をかけても闘わん考え。

「誰？　そこにいるのは？」

又《また》しても暗闇《くらやみ》の中から声だ。優しい、美しい少女の声音《こわね》である。勇二はそれを聞くと思いきってつかつかと前へ出た。

「僕たち、難船《なんせん》してこの岩窟《いわや》の中に打ちあげられたものです。決して怪しいものではありません」

「あら」という声が少女の唇《くち》から洩《も》れた。

「あたし、どうしましょう。爺《じい》やだとばかり思っていたのに」

闇《やみ》の彼方《かなた》で、当惑《とうわく》したらしく、かすかに身動きをする気配が感じられる。勇二はそれを感じると、又一歩前へ踏み出した。

「お聞きすれば、あなたもどうやら日本の方《かた》のようでございますね。こんなところに、どうしてあなたのような、日本人が住んでいるのか、僕にはよく分《わか》りませんが、かく申す我々も日本人ですよ。悪者に誘拐《ゆうかい》されて、地獄島というところへつれて行かれる途中、船が暗礁《あんしょう》に打ち上げたのです。決して、怪しいものではありません」

「まあ！」とかすかな嘆息《たんそく》が少女の唇から洩れた。

「それでは、あなた御存知ありませんの。ここがその地獄島なんですわ」

「え？　それじゃ、ここが目的の地獄島だったのですか」

「そうですわ。名前のとおり、とてもとても恐ろしいところよ」

「そんな恐ろしいところに、どうして又あなたはいるのです」

「わたし？　わたしはこの島の囚人《しゅうじん》なんですわ。でも、女だし、まだ子供だしするから、この島の中だけでは自由に跳《と》び廻《まわ》ることを許されているのです。ああ、それじゃ、あなたもあいつ等《ら》に捕《とら》えられたのですね、お気の毒に……」

その時、岩窟《いわや》の奥の方から、ことりことりとかすかな足音が聞《きこ》えて来た。見ると、手にカンテラをぶら下げていると見えて、その足音の進む範囲だけ、ボーと岩窟《いわや》の壁が明るく見える。

速雄と勇二は思わずどきりとした。悪漢？

「いいえ、心配することはいりませんわ。あれは私の忠実な爺やですわ」

少女はそう言って、なにか考えていたが、

「ああ、いいことがある。あの爺やに頼んで、あなた方をあの茨《いばら》のお城へかくまって貰《もら》うことにしよう。そうすれば、悪者たちにも見つからずにすむかも知れないわ」

そこへ、カンテラを提《さ》げた爺やが近附《ちかづ》いて来た。彼は少女と話している二人の少年の姿を見ると、ぎょっとして一歩後へ身を引いたが、

「爺や、何も心配することはないの。この人たちも、

あの灰色の塔の悪漢どもに誘拐されてきた人たちなのよ。私、今茨の城へこの人たちをつれて行こうと思っていたところなの」
少女はそういって、無邪気《むじゃき》な手を老人の腕に触れた。

茨の城

カンテラの光の中で見ると、二人とも実に奇妙な風《ふう》をしている。老人も娘さんも、木の葉や海草を巧《たく》みに綴《つづ》り合《あわ》したものを、まるで南洋の土人のように腰の周囲《まわり》にまきつけているのである。娘さんはまだ十五か六の、色こそ黒く焼けていたが、目《め》鼻立《はなだ》ちのぱっちりとした、いかにも怜悧《りこう》そうな顔附《かおつ》きをした少女だ。

老人というのはまるで狒々《ひひ》のような顔をしている。日本人だか、土人だか分らない。たぶん南洋の土人だろう。時々、歯をむき出して、二人の方に跳《と》びかからんず気勢を示す。その度《たび》に、娘さんが鋭い声で叱《しか》りつけた。すると、この無気味な怪物は、まるで催眠術《さいみんじゅつ》にでもかかったように、一も二もなく参ってしまうのである。

「あたしの名前は妙子《たえこ》というのよ。もう三年もこの島にいるの。この爺さんはね、もと私の番人だったんだけど、今ではすっかり私のいうことを聞くようになったのよ。私の家来も同様だわ。ところで、あなたがた東京からいらしたの？」

妙子は岩窟《いわや》の中を、先に立って歩きながら速雄と勇二に話しかけた。

「ええ、そうです」

「東京？　そう？　じゃ、あなた近ごろ猿渡《さるわたり》博士というのが、外国から帰ったというような噂《うわさ》を聞かなかった」

「猿渡博士？」

と二人は首をかしげて、

「さあ、一向《いっこう》聞きませんね」

「そう」

妙子は明らかに失望したらしく肩をゆすったが、丁度そのころ、向《むこ》うの方に、かすかな明りがさしているのが見えた。到頭《とうとう》、岩窟《いわや》の一方の出口へきたのだ。

「さあ、いよいよ、茨の城へきましたよ。これから、あなたがたはあすこで、誰《だれ》にも知られずに暮すんですよ。食物《たべもの》は私か爺やが、代《かわ》る代《がわ》る運んで来てあげるわ」

岩窟《いわや》が尽きるところに、深い井戸があった。井戸の側壁《そくへき》には、天然の石を刻んだ階段ができている。妙子は敏捷《びんしょう》にそれを昇って行った。速雄も勇二もその後につづいてゆく。

茨の城というのは、この島の西側に建っていると見えて、そこからはあの無気味な灰色の塔は反《かえ》って見えなかった。ちょうどその中ほどに、切り立てたような丘が聳《そび》えている。だから、あの灰色の囚人塔《しゅうじんとう》からこの茨の城へ向《むか》うには、どうしても海の方から廻《まわ》ってくるか、それとも地下の隧道《トンネル》をくぐってくるかしなければならないのだ。これ等《ら》の事実は、後《のち》において、速雄たちにとって、大いに有利に事件を展開させてくれた。

「どう？」

古びた、ぼろぼろの城の頂上に立った時、少女は遥《はる》かなる海の彼方《かなた》を見わたしながら、二人をふり返ってそう言った。

「ここはなかなか要害堅固《ようがいけんご》よ。ほら、ご覧なさい。背後《うしろ》はあのきびしい絶壁《ぜっぺき》でしょう。だから、いざとなった時は、ここに立籠《たてこも》っている者の勝利よ」

少女はそう言って、凝《じ》っと二少年の顔を見ていたが、ふと思い出したように、

「時に、あなた方、航海中、奇妙な船の噂を聞きませんでした？　古い館《やかた》みたいな恰好《かっこう》をしたオランダの船が、操縦者《そうじゅうしゃ》もなく波の間《ま》に間《ま》に浮《うか》んでいたというような話を……」

それを聞くと、速雄と勇二はドキリとして顔を見《み》合《あわ》せた。少女が聞いているのはたしかにあの船のことなのだ。自分たちが、海上で拾いあげた、あの奇妙な髑髏《どくろ》船のことだ！

「どうして、あなたはその船のことを知ってるんですか。僕たちがそもそも、今度のような不幸な目に落ちたのは、みんなその船を拾い上げて以来ですよ」

「ええ！　その船を拾い上げたのですって？」少女は突然、嚙《か》みつくように叫んだ。「そして、そして、その中《うち》には誰もいませんでしたか。生きてる人間が、誰かいませんでしたか」

「いましたよ。不思議なお爺さんです。そいつは

我々に命を救われながら、我々を裏切って海賊《かいぞく》の手に渡した奴《やつ》です。今この島へ海賊たちと一緒に上陸しているかも知れません」

「え？　この島へ帰ってきたのですって！」

少女はふいに絶叫《ぜっきょう》した。

彼女は喘《あえ》ぐように、凝っと二人の姿を見ていたが、なにを思ったのか、突然踵《きびす》をくるりと返《か》えすと、脱兎《だっと》のごとき勢《いきおい》でもときた岩窟《いわや》の中へ飛《とび》こんだ。

それを見ると、少女の身の上になにか危難が起《おこ》ったものと誤解したらしい。あの無気味な南洋土人の爺やが、腰の短剣の柄《え》を握りしめながら、じりじりと二人の方に近寄ってくる。

その時、下の方から、急《いそ》がしい少女の声が聞《きこ》えた。

「爺や、何をしてるのよ。早くいらっしゃい。爺や！」

水葬礼

憎むべき海賊《かいぞく》の首領、仙波を初めその手下一同、かの奇怪な老爺《ろうや》それに捕《とら》われの佐伯船長、山口船医、澤田運転士を乗せたボートは、沈みゆく船を後に、かの奇怪な灰色の塔を目指して進んで行った。

その間にも山口船医の容態《ようだい》は刻々として悪化してゆく。はげしい熱病に襲われた揚句《あげく》、船の坐礁《ざしょう》、ボートでの避難と——次から次へとおこった身辺《しんぺん》の変化が、すっかり彼の骨を刻み、肉を斬《き》りさいなむのだ。

哀《あわ》れ、頬《ほお》の肉は落ち、眼《め》は落ち凹《くぼ》み、今はもう見る影もない姿に変《かわ》り果ててしまった。乾ききった唇《くち》からは、絶えず、苦しげな囈語《うわごと》が洩《も》れてくる。

「ええ、うるさい！」

突然、ボートの中に突立《つった》った仙波が荒々しく叫んだ。

「おい、誰《だれ》か、そのくたばり損《ぞこな》いを海の中へ突落《つきおと》してしまえ」

「え！」

さっと顔色を変えたのは佐伯船長と澤田運転士の二人だ。この鬼のごとき言葉に、思わず拳《こぶし》を握りしめた。

「何《な》んでえ、何んでえ。何んてえ面《つら》をしやがるんだ。ええ、おい、そこな奴《やつ》。口惜《くや》しかったら何んとでもして見ろい。どうせそいつは遅かれ早かれくたばってしまう奴さ。あっさりとここで水葬礼《すいそうれい》にしてやるなア、こちとらの慈悲《じひ》だと思いな。引導《いんどう》は鱶《ふか》の和尚《おしょう》が渡してくれらア」

何という冷酷無残《れいこくむざん》な言葉だろうか。人間の皮着た鬼とは全《まった》くこの男のことだ。

「ウヌ！」

二人は思わず拳を握りしめたが、多勢に無勢、それに素手《すで》では如何《いかん》ともすることができぬ。

その間に仙波の下知《げち》一番、二人の荒くれ男が山口船医の手足をとった。

「一《ヒ》イ、二《フ》ウ、三《ミ》イーだ」

ざぶん！

と水沫《すいまつ》が舟《ふな》べり高く上った。

ブルブルブル。と苦しげに踠《もが》く山口船医の姿が波間に見えた。しかし、それもほんの束《つか》の間《ま》、たちまち死の碧《あお》さを湛《たた》えた南洋の海がガブリと船医の体を呑《のみ》こんでしまった。

「南無阿弥陀仏《なむあみだぶつ》」仙波の嘲弄《ちょうろう》するような声だ。

それを聞くと、二人は熱い涙を嚥《の》みながら、

「南無阿弥陀仏」と心の中で手を合《あわ》した。

ああ！　山口船医はかくして南洋の海の藻屑《もくず》と消えたのであろうか。

白髪銅仮面《はくはつどうかめん》の巻

月下の怪物

夜が、この無気味な島の上に落ちてきた。

日中は焼けるくらいの暑さを感ずるのに、一度日が落ちると、まるで氷蔵《こおりぐら》のような冷《つめた》さが肌を刺す。

空には銀紙《ぎんし》の礫《つぶて》を、無茶苦茶《むちゃくちゃ》に投げつけたように、無数の星影が見える。風が落ちて、どこからか死火山の灰を思わせるような匂《にお》いが、そこはかとなく漂《ただよ》ってくる。

それでいて無性《むしょう》に寒い。

凝《じ》っとしていると、腰から下一面に、無数の針《はり》を植えつけられるような、痛さを感ずる。夜が明けるまでに、たっぷりと八時間は間があろう。それまでこのままにしていたら、気が遠くなるか、或《あ》るいはそのまま死んでしまうかも知れないのだ。

「速雄君、大丈夫《だいじょうぶ》かい？　寒くはないかい？」

暗《くら》がりの一室だ。それも壁土と石ばかりで四方を

取りかこまれた、なんの調度もない、からんとした、廃墟《はいきょ》の中の一室である。

勇二はさっきから、しっきりなしに襲ってくるおこりのような身慄《みぶる》いをこらえながら、やっとそれだけのことを言った。

「うん、僕は大丈夫だ。しかし勇二君、君はどうだい？」

速雄はどこまでも元気を失わない。彼は強《し》いて、快活な調子でそう返事をしたが、ほんとうは彼自身も、さっきからひどく気を滅入《めい》らせているところなのだ。

「僕はさっきから、なんだか睡《ねむ》くって、――こう、四肢《てあし》の関節がバラバラになってしまうような、気《け》だるさだよ」

「いけない！　君、眠っちゃいけないよ！　気を張りつめていなきゃだめだよ。ナニ、これぐらいのことでへこたれてたまるもんか」

しかし、そうはいうものの、考えてみれば二人とも、まる一昼夜というものを、ほとんど飲まず食わずに過《す》ごしてきたのである。しかも、あの難船《なんせん》と、海底の洞窟《どうくつ》の大冒険。――考えてみると、それで、今こうして生きているのが、不思議なくらいである。

それにしても、あの奇怪な少女妙子はどうしたのであろうか。食物を持ってきてくれると約束しながら、今に至るまで姿を見せないのは、なにか彼女を憤《おこ》らせるようなことをしたのか、それとも、彼女自身の上に、なにか間違いがおこったのではなかろうか。

第一、速雄にも勇二にも、あの少女の正体というのからして、見当《けんとう》がつかないのである。この絶海の地獄島に、ただ一人、年端《としは》もゆかぬ日本の少女が棲《す》んでいようなどと、どうして想像されよう。彼女自身、この島の囚人《しゅうじん》だといったが、あんな小娘を捕《とら》えておいて、海賊どもは何にしようというのだろう。

……

速雄は、ふと立上《たちあが》ると窓の側《そば》に立寄《たちよ》って外を眺《なが》めた。凝《じ》っと部屋の中に蹲《うずくま》っていることが、耐《こら》えきれなくなったからである。

外は美しい銀色のパノラマ景色だ。

前にもいったように、この茨《いばら》の城というのは、背後《うしろ》に切り立てたような絶壁《ぜっぺき》を背負い、前には岩の多い小さな入江をひかえている。速雄はいま何気《なにげ》なく、この入江の景色に見とれていた。

と、――突然、いつの間にきたのか、同じように彼の側《そば》に立っていた勇二が、ふいにぎゅっと彼の腕を握りしめた。

「あれ、――あれは何《な》んだろう！」

低い、押しつぶされたような声音《こわね》だ。それが死の静けさの中へ、いんいんとして響渡《ひびきわた》ってゆく。

「どれ？」

「ほら、あの右側の岩影に、――ああ、又《また》出てきた――白い着物を着た……」

勇二が指さしているのは、はるか眼《め》の下に見える一個の岩影だ。何気なくその方に眼をやった速雄は、思わず「や、や！」と声を挙げて尻《しり》ごみをした。

はるか彼方《かなた》なる、岩多き砂浜を、人か魔か、得体《えたい》の知れぬ奇怪な影が、或いは跳《と》ぶように、或いは翔《か》けるように、漂々乎《ひょうひょうこ》として歩いているのである。距離があるのではっきりと、その正体を見破ることはできない。しかし、それは奇怪といおうか、凄惨《せいさん》といおうか、思わずぞっとするような姿をしていた。

腰の辺《へん》まで達してあろうと思われる髪の毛は、まるで雪のように真白《まっしろ》だ。それでいて顔といえば、銅の仮面をかぶったように、異様に黒く艶々《つやつや》としている。仮面――？　そうだ、それはたしかに、顔というよりは仮面といった方が当《あた》っている。黒く凹《へこ》んだ二つの眼と、三《み》ヶ月《づき》型に横に裂けた大きな口があるばかり、後は一面に艶々と黒光りがしている。奇怪なのはそればかりではない。その着物と、手に持っている奇妙な武器だ。

着物は、死人の着物のように真白で、そして、手には、長い柄《え》のついた銀色の鎌《かま》を持っている。

何んのことはない、外国の絵に出てくる死神の姿を、さらに奇怪なものにしたような姿なのだ。怪物は、無論、見ている者があろうなどとは夢にも気がつかぬらしい。長い髪の毛と、白い着物の裾《すそ》を引摺《ひきず》りながら、漂々《ひょうひょう》として、まるで夢遊病者《むゆうびょうしゃ》のように歩いている。月の光が、それを更《さら》に神秘的なものに彩《いろど》った。

島の魔王

「何んだろう！」

「何んだろう！」

茨《いばら》の城の一室から、この奇怪な光景を見下ろしている速雄と勇二の二少年は、思わず凝《じ》っと固く手を握りあった。二人ともビッショリと額《ひたい》に汗をかいている。

「何んだろう!」「何んだろう!」二人はもう一度呟《つぶや》きあった。その声は、暗《やみ》の中に縺《もつ》れあって消えて行く。二人とも、さっきから、心臓を刺されるような恐怖を感じているのだ。体が石のように固張《かたば》って、吐く息さえも、火のように熱い。

怪物は岩の間を見えつかくれつ、相変《あいかわ》らず漂々《ひょうひょう》とした歩き方でさまよっていたが、間もなくその姿は、遠く入江の端《はず》れに見えなくなってしまった。

「ああ!」「ああ!」怪物の姿が見えなくなると、二人はほとんど同時に、同じような溜息《ためいき》をついた。何かしら、悪夢の後のような、妙な気重《きおも》さで、それ以上、もう口を利《き》く元気もない。

しかし、幸いにして、この怪物の出現は、二人の少年にとって一服の気付薬《きつけぐすり》になった。激しい恐怖のために、寒さも空腹もどこかへすっとんで了《しま》った感じだ。それから夜明けまで、二人はほとんど眠ることもできなかったが、気が張り詰めていたせいか、気が遠くなるようなこともなく、無事に夜が明けた。

明方《あけがた》ごろ、二人はうとうととした眠りに落ちたが、間もなく人の跫音《あしおと》ではっと眼《め》を覚《さま》した。

跫音の主は、昨日《きのう》からあんなに待ちかねていた少女妙子である。彼女は片手に提《さ》げた籠《かご》の中に、山のように食物《たべもの》を盛っていた。それは粗末《そまつ》な貝料理だの、獣の肉に過ぎなかったが、その時の二人にとって、それがどんな山海《さんかい》の珍味よりもうまかったことは言うまでもあるまい。

妙子は二人が貪《むさぼ》り食う様子を、黙って微笑《ほほえ》ましげに見ていたが、やがて彼等《ら》の食事が終《おわ》るのを待って、静かに口を開いた。

「どうなすったの? 二人ともお顔の色が真蒼《まっさお》だわ。そうそう、火を持ってきてあげられなかったので、寒くて眠れなかったのでしょう」

そう言われて、速雄と勇二の二少年は思わず顔を見合《みあわ》せた。彼等はしばらくまじまじとお互いの顔を見ていたが、やがて、速雄が思いきったように、昨夜見た奇怪な怪物の物語を一伍一什《いちごいちじゅう》話して聞かせた。妙子は黙ってそれを聞いていたが、話が進んで行くにしたがって、彼女の顔は見る見るうちに真蒼にな

って行く。

「まあ、銅色の顔をして、白い着物を着た――？」

「そう、そして、真白《まっしろ》な髪の毛に、銀色の鎌《かま》を持った――」

「ああ、じゃ、この島の魔王に違いないわ。それじゃ、あたしたちも愚図愚図《ぐずぐず》してはいられないわ！」

妙子の言葉には、言い知れぬ恐怖が籠《こも》っている。

「何んですって！　島の魔王ですって？」

「ええ、そうなの。もとこの島が、噴火山で滅茶滅茶《めちゃくちゃ》になってしまう前には、ここにもたくさんの土人が住んでいて、近所の島の中でもかなり栄《さか》えていたんですって、その頃《ころ》から土人たちの間には奇妙な言い伝えがあるの。白い髪に、銅色の顔を！　銀色の鎌を持った魔王がこの島に住んでいる。そして、その魔王の姿が人眼にふれた時には、この島の終《おわ》りなんですって。何年か前に、この島が噴火のために滅茶滅茶になる前にもその魔王が姿をあらわしたという話ですの。ですから、その言い伝えは、土人から、今ではこの島に住んでいる海賊《かいぞく》たちの間に言い伝えられて、あいつ等《ら》は何よりもそれを恐れているの。だからあたし達も急がなければならないわ」

「急ぐって、何を急ぐのです」

「極《きま》ってるじゃないの。昨日《きのう》、向《むこ》うの囚人塔《しゅうじんとう》へ捕《とら》えられてきた、あなたがたのお仲間を救って、一刻も早くこの島から抜出《ぬけだ》すのよ」

　ああ、少女妙子の言葉の、いかに大胆で率直であることよ！　彼女の輝かしい瞳《ひとみ》には、歴々たる勝算が現れているようである。

　しかし、この繊弱《かよわ》い二人の少年と少女の身を持って、果《はた》して、あの海賊どもに当《あた》ることが出来るのだろうか。

魔王出現

佐伯船長と澤田運転士が、この灰色の囚人塔に閉《とじ》籠《こ》められてから、早《はや》一ヶ月の暦《こよみ》がめくられた。囚人としての彼等は、まことに奇妙な労働を課せられている。

　捕えられてきた翌日から、日中は、嘴《つるはし》を握らされて、赤鬼仙波の一味が命ずるままに、塔の周囲の固い岩石を発掘するのだった。囚人は彼等の他に、十二三人いた。土人もいれば白人もいる。いずれも黙々《もくもく》として、嘴を揮《ふる》っている。一声でも口を利《き》こうものなら、たちまち赤鬼の鋭い鞭《むち》だ。彼等は疲れ果てた額《ひたい》に、血の汗を滲《にじ》ませながら、奴隷《どれい》のように働かなければならないのだ。

　何《な》んのための発掘かわからない。唯《ただ》、奇妙なことには、発掘の場所を指定する時には、いつもあの、オランダ船から連れてきた奇怪な老人が立合《たちあ》っていることだ。怪老爺《ろうや》の手には、ボロボロになった地図が握られている。老人はその地図を見ながら、赤鬼仙波に発掘の場所を指定している様子だ。

夜になると、囚人どもはぞろぞろと灰色の塔へ送りこまれ、その塔の一番高所の部屋へ別々に檻禁《かんきん》される。部屋には窓が一つしかなくて、しかもその窓には太い鉄の格子《こうし》が嵌《はま》っている。よし、その窓を破ることができたとしても、外は切り立てたような塔の側面だ。どうしてこの塔から脱出することができよう。

だから、この塔に捕えられたが最後、彼等は永遠に、得体《えたい》の知れない、あの発掘事業に従事しなければならないのだ。

同じ部屋に閉籠められた佐伯船長と、澤田運転士の二人は、最初の一週間ほど、こんなことならいっそ自殺した方がましだと思っていた。ところが、一週間目ぐらいから、どうしたものか彼等の面上には、一抹《いちまつ》の希望の色が浮《うか》ぶようになった。

夜。――部屋へ閉籠められる、そして、一度見廻《みまわ》りの者がまわってくる。その跫音《あしおと》が聞《きこ》えなくなると同時に、二人はむっくりと床《とこ》から起上《おきあが》るのだ。彼等の手には一挺《ちょう》ずつ平《ひら》い鉄の棒が握られている。その鉄の棒が鑢《やすり》のかわりになる。深夜彼等は、物音に気を配りながら、静かに、丹念に窓の鉄格子を擦《す》り外して行くのだ。

この鑢というのは、いつも食事を運んでくる少女が、ひそかに獣の肉に挟んで持ってきてくれたものなのだ。少女は一言も物をいわない。だから、誰《だれ》から送ってきたものか分《わか》らないが、とに角《かく》、これによって、自分たち二人の他に味方があることがわかった。

佐伯船長と澤田運転士は、撓《たゆ》まざる努力で、夜毎《よごと》、夜毎窓の鉄格子を擦り減らして行った。

一ヶ月。――そして、到頭《とうとう》今夜だ。佐伯船長と澤田運転士の二人は凝《じ》っと暗闇《くらやみ》の部屋の中に蹲《うずくま》って、何事か合図のあるのを待っている。番人はとっくの昔に通りすぎた。窓の鉄格子は、見たところなんの異状《いじょう》もないが、いざとなればいつでも取外《とりはず》しができるようになっている。

外はいつものような星月夜《ほしづきよ》。窓の外には、南洋特有の紺碧《こんぺき》の夜空がひろがっている。

突然、音もなく、風のように窓がまちの外へ小さい影があらわれた。あまり、ふいのことだし、思いがけない出来事だったので、船長と運転士の二人は思わずどきりとしたが、次《つ》ぎの瞬間、二人は一斉に窓の側《そば》へ駆けよった。

「ジャコー!」「ジャコーだ!」

それはいかにも速雄、勇二の二少年が可愛《かわい》がっていた暹羅猿《シャムざる》のジャコーではないか。ジャコーも二人の姿を見ると、キ、キと、咽喉《のど》を鳴らして歓喜の情をうったえる。

「や、や、綱だ。ジャコーの体に綱が結びつけてある」

「なるほど、この綱で塔を抜け出せというのだな!」

鑢といい、いま又《また》この綱といい、島の中にはたしかに自分たちの味方がいる! 或《あ》るいはそれは、速雄か、勇二のどちらかではあるまいか。——

しかし、今の場合二人は、そんなことで暇《ひま》どっているべき時ではなかった。

彼等は手早く、ジャコーの体から綱を解くと、その一端を鉄の扉《とびら》の釦手《ボタン》に結びつけた。試みに引張《ひっぱ》ってみると大丈夫《だいじょうぶ》。人の二人や三人の重みに耐えるには充分な太さだ。

「船長、貴方《あなた》からお先へ」

「よし」船長は身軽に窓から外へ乗出《のりだ》した。外は数丈《じょう》もある塔の側面だ。するするするする——掌《てのひら》の皮が綱にすれて剝《む》けるが、そんな事に構っている場合ではない。澤田運転士もその後につづく。滑走《かっそう》するように、二人の姿は地上に滑《すべ》り降りてゆく。

二人の足が、やっと地上に辿《たど》りついた、と思った瞬間、何《な》んという畜生《ちくしょう》の浅間《あさま》しさ! 船長の肩にのっかっていたジャコーが一声高く歓喜の叫びで、島中の眠りを揺起《ゆりおこ》した。

「何んだ、何んだ!」

「脱走だ、撃殺《うちころ》せ!」

口々に騒ぐ声。どやどやという入乱《いりみだ》れた跫音。一刻も猶予《ゆうよ》はできない。

「こちらへ!」と突如《とつじょ》気惶《ぜわ》しい声にふり向けば、いつも食事を運んでくれる少女の姿。見ればその背後《うしろ》には、敵か、味方か、あの奇怪なオランダ船の怪老《ろう》爺《や》が附添《つきそ》っているではないか。しかし、今は有無《うむ》を言っている場合ではない。四人一団となって走る、走る。——

背後《うしろ》からは海賊《かいぞく》どもの跫音が段々近附《ちかづ》いてくる。

「止《と》れ! 撃つぞ!」

赤鬼の怒号《どごう》する声。ズドン! という砲音、弾丸《たま》がヒュッと船長の耳をかすめて飛んだ。続いて二三発！

　ああ、今はもうこれまでか。せっかく脱出したものの、飛道具《とびどうぐ》には敵《かな》わない。それに老人と少女の足《あし》弱《よわ》連れだ。ふたたび海賊の手に落ちることは、火をみるよりも明《あきら》かだ。

　だが、——だが、この時である。すぐ手の達《とど》きそうな背後《うしろ》まで、迫っていた海賊どもの間に、突然、異様な混乱が巻起《まきおこ》った。

「や、や、あれは。——あれは。——」赤鬼仙波の振絞《ふりしぼ》るような恐怖の声。それに続いて、どやどやと後退《あとずさ》りする海賊どもの跫音である。

　佐伯船長は何気《なにげ》なくヒョイと後《うしろ》を振返《ふりかえ》った。その途《と》端《たん》、彼も心臓の冷《つめた》くなるような恐怖に打たれたのである。

　雪のような髪を振乱《ふりみだ》した、白衣《びゃくえ》の怪物が、銅色の面《めん》を月に輝かせて、海賊どもを威嚇《いかく》するように、銀色の鎌《かま》を打振《うちふ》っているではないか。

それは、一眼《ひとめ》見て、骨を刺すような無気味な姿だった。

島の魔王！　彼は再び姿を現わした。恰《あたか》も、この島の滅亡を予言するような、無気味な、死の姿を。

——

悪戦苦闘の巻

怪老爺の正体

異様な島の魔王、白髪銅仮面《はくはつどうかめん》の出現によって、はしなくも救われた佐伯船長、澤田運転士の二名は、少女妙子の案内によって、無事に茨《いばら》の城へ到着することができた。

久しぶりで会った速雄、勇二の二少年と手を握りあっていかに彼等《ら》が喜んだか、それ等のことは、今さら喋々《ちょうちょう》するまでもあるまい。ここに不思議なのは、例の怪老爺《ろうや》である。あの奇怪なるオランダ船の中から救い出されてから、この老人は絶えず、敵か味方か、佐伯船長たちを苦しめてきた。それだのに、今見ると、島の少女妙子と手を握りあって、嬉《う》れし涙にかきくれている様子。別に気が狂っているとも見えない。

佐伯船長を初め、澤田運転士、速雄、勇二の二少年も、この不思議な光景に思わず眼《め》をそばだてた。

老人の方でも間もなくそれに気づいたのか、

「いや、俺《わし》としたことがあまりの嬉れしさに、つい取乱《とりみだ》して失礼いたしました。さぞ、皆様は俺《わし》に対して恨《うら》みもし、不思議にも思っていなさることだろうが、俺《わし》は決して怪しい人間ではないのです」

その言葉にはしっかりとした響きが籠《こも》って、今までとは全《まった》く打ってかわった様子なり、物ごしだ。一同思わず息を呑《の》んでその話に耳を傾ける。

「皆様は故郷《くに》にいられる時分、猿渡博士という名をお聞きになったことはございませんか」

「猿渡博士？」

佐伯船長はちょっと首をかしげたが、すぐに思い出したように、

「ああ、思い出しました。世界でも有名な言語学者でしたね。何《な》んでも欧洲《おうしゅう》からの帰りの船が難船《なんせん》したか、沈没したかで、博士も、御一緒だった令嬢もそのまま行方《ゆくえ》が分《わか》らないという話でした。そうそう、あれはもう四五年以前の話でしたかね」

「そう、その猿渡博士というのが即《すなわ》ち俺《わし》じゃ。そしてここにいるのが俺《わし》の娘の妙子なのじゃ」

「え！」

その言葉を聞くと、ひとしく一同は思わず驚きの声をあげた。

ああ、この怪しげな老人が、世にも有名な猿渡博士であろうとは！ 成程《なるほど》そう言われてみれば、争いがたい気品と落着《おちつ》きを見出《みいだ》すことができる。とは言うものの、その博士が、どうして赤鬼仙波などの手《て》前《さ》きになって働いていたのであろうか。

「その御不審は尤《もっと》もですじゃ」

博士はいち早くも、一同の顔に浮《うか》んだ疑惑の色を読取《よみと》ったのだろう。寄沿《よりそ》っている妙子の指を手さぐりながら、ぽつりぽつりと不思議な身の上を話し始めたのである。

「そうだ、あれはたしか四年前の秋だったかな。俺《わし》は娘と二人で、久しぶりに故国へ帰るために、緑丸《みどりまる》という船に乗っておった。その緑丸が印度洋《インドよう》にさしかかったころのことだ。突然、我々は海賊《かいぞく》に襲われたのだ。世間では緑丸のことをどう思っていたか知らんが、あれは難船したのでも、暗礁《あんしょう》に乗上《のりあ》げたのでもなく、実は海賊《かいぞく》に分捕《ぶんど》りにされてしまったのじゃ。今思い出してもぞっとする。悪党たちは各々《おのおの》武器を手にして、突然船内に蜂起《ほうき》しおった。考えてみ

ると、マルセイユから乗込《のりこ》んだ下級船員のうちの大半がこの海賊の手下どもだったのだね。無論我々は抵抗を試みた。しかし、獰猛《どうもう》な海賊相手、しかもこちらは武器も持たない素手《すで》じゃ。どうして敵《かな》うことがあろう。忽《たちま》ちのうちに、船内は死骸《しがい》の山となった。船長を初め乗客に到るまで、およそ海賊の身内でないものは片っ端《かたっぱし》から殺されてしまった。あの時は俺《わし》もやがては虐殺《ぎゃくさつ》されることと思ってすっかり観念していたのじゃ。ただ、可哀《かわい》そうなのはなにも知らぬ娘の妙子のことである。この娘《こ》ばかりはなんとかして助けてやりたいと思っていた。ところが意外なことには海賊どもは俺等《わしら》親子だけは捕《とら》えたものの一向《いっこう》殺しそうな模様もない。

『おいおい、貴様《きさま》たちは、俺《わし》たち親子をどうしようというのだ』

　俺《わし》はあまり不思議でならないからそう訊《たず》ねてみた。すると海賊の親分がいうのには、

『お前《めえ》さんには一寸《ちょっと》用事があるんだ。実はこの船を襲ったというのも、お前《めえ》さんの体に用事があったばっかりよ。娘さんが可哀そうだと思うなら、黙って俺《おれ》たちの言うことを聞いていた方が身のためだぜ』

　さあ分《わか》らない。海賊どもの口ぶりから察すると、彼奴等《あいつら》は予《あらかじ》め、俺《わし》が緑丸に乗込むことを知っていて、こうした大仕掛けな誘拐《ゆうかい》を企《くわだ》てたらしいのだが、さて、一体この俺《わし》に海賊どもは何《な》んの用があるのかしら……

　しかしまあ、そうした謎《なぞ》は解けぬながら、命だけは兎《と》もかくも助かることができたらしい。そうこうしているうちに、海賊どもは分捕った緑丸を運転して、この島へ俺《わし》をつれてきたのだ。そして俺《わし》は初めて、海賊どもの用事というのを知ることができた。それは世にも不思議な使命であったが。……」

　猿渡老博士はそこまで語ってくると、ふと口を噤《つぐ》んで並居《なみい》る人々の顔を見廻《みま》わした。

埋められた財宝

「さて、海賊の用事というのは」

と、しばらくして老博士は又《また》もや語《ことば》をついだ。

人々は片唾《かたず》を呑《の》んで聞きとれている。

「俺《わし》に妙な古代文を読ませるということだったのだ。古代文といっても、今から三四百年以前の、ポルト

ガル語なのじゃが、それが奇妙な暗号になっている。成程《なるほど》、今のところ世界中で、このような古めかしい文章を読み、その暗号を解くことのできるものは、俺《わし》を措《お》いてそうたくさんはないはずじゃ。さてこそ、彼奴等《かやつら》は俺《わし》を誘拐し、俺《わし》の力によってその暗号を解かせようというのだ。俺《わし》は言われるままにその暗号文の初めの方を鳥渡《ちょっと》読んでみた。ところが実に驚くべき内容を持っているので、それを掻《かい》つまんで話をすると、何んでも、今から三百五十年ほど以前に、この近海を荒していたオランダの海賊団の一隊が、この島の中に莫大《ばくだい》な金銀財宝を埋めたというのだ。埋められた宝は、そのまま誰《だれ》の手にも発掘されずに、未《いま》だに、この島の何処《どこ》かに埋蔵《まいぞう》されている。時価に直して、数百万円を下《くだ》るまいと言われる莫大な宝物《ほうもつ》だ。暗号文にはその事並びに宝の所在が書いてあったらしいが、どうしたものか肝腎《かんじん》な終《おわ》りの方がなくなっている。だからどうしても宝の所在を知ることはできなかった。海賊どもはそれを知ると、急に立腹して俺《わし》をあの囚人塔《しゅうじんとう》の中へ押しこめてしまった。そして三年という月日が経《た》った。その間、俺《わし》は何んとかして、この島を脱出したいと種々《いろいろ》と苦心していたが、今年になってようやくその機会を摑《つか》むことができた。ある晩俺《わし》は、監視人の眼《め》を忍んで、囚人塔を脱出すると、島の西端にある岬《みさき》まで逃げのびた。ところが、この岬には実に奇妙な物があるのだ。というのは、今から三四百年以前に使われたらしい、古いオランダ船がそのまま岬の岩と岩との間に挟《はさま》って身動きもならぬ様子で浮いているのだ。思うに、これは昔この島の地殻《ちかく》に大変動があった際、突然岬の岩が崩れて、折《おり》から碇泊《ていはく》していた船を奇蹟《きせき》的に抱きこんだものらしい。言うまでもなく、この島に財宝を埋めたという海賊の船らしく、海賊どもは船が動かなくなったものだから、どうすることもできず、果《はて》はみんな気が狂ってお互いに斬死《きりじに》してしまったらしい。ところが俺《わし》が囚人塔を脱出して、この岬まできた時、実に不思議なことが起《おこ》った。何百年かの間、身動きもできなかったはずのこのオランダ船が、突然、潮の加減か何かでふわりと浮上《うきあが》ったのだ。俺《わし》はそれを見ると驚喜した。これこそ、俺《わし》を救ってくれる神の御心《みこころ》に違いないと、前後の考えもなくその船に乗《のり》こんだ。船は浮上ったまま、ふわりふわりと沖《おき》合《あい》さして流れて行く。その時になって俺《わし》は初めて、娘をこの島に残してきたことに気がついた。俺《わし》は地《じ》団駄《だんだ》を踏んで口惜《くや》しがったが、もうどうにもならない。舵《かじ》も何もないオランダ船は、波の間《ま》に間《ま》に流れてゆく。そして、十幾日《いくにち》かを海上で過《すご》してきた到頭《とうとう》ある日、あなた方の船に発見されたのだ……」

海賊来《きた》る

猿渡老博士の話はここで終《おわ》った。

何《な》んという奇妙な物語であろうか。一旦《いったん》この島を脱出した博士は、上海丸に救われ、そしてやがては再びこの島へ戻らねばならぬ破目《はめ》になったのである。

これで人々の疑いはすっかり解けた。

「成程《なるほど》、それで埋められた宝というのは、まだこの島にあるのですか」

佐伯船長が先《ま》ずそう訊《たず》ねかけた。

「あります。たしかにこの島のどこかに隠されているに違いないのです。というのは、あなた方がオランダ船の中で発見した古い書物がありました。最近俺《わし》はあれを読んでみたのです。そして、いよいよ、宝物《ほうもつ》がこの島に埋められていることをはっきりと知りました」

「成程、それで海賊《かいぞく》どもは、あなたの指図《さしず》に従って、方々《ほうぼう》を発掘しているのですね」

「ハハハハハ！」

突然老博士は思いがけなく哄笑《こうしょう》した。

「あれはみんな出鱈目《でたらめ》ですよ。ああでもしなければ、あなた方に用事がなくなるから、海賊どもはすぐにも殺してしまうでしょう。つまりあれは海賊どもを欺《あざむ》く一つの手段で、あなた方も詰《つま》らぬ労働をさせられたというものの、そのおかげで命が助《たすか》っていたの

ですから、まあ辛抱《しんぼう》しなさい」

「成程、そういうわけだったのですか」

佐伯船長を初め、澤田運転士も、今さらのように博士の奇智《きち》に舌を捲《ま》いた。

こうして、人々が物語に余念のない時である。突然、慌《あわただ》しくこの茨《いばら》の城へ駈《か》けつけてきた者があった。妙子の奴隷《どれい》となっているあの黒ん坊の土人だ。

「大変です。皆さん」土人は息も切れぎれに叫んだ。

「海賊どもが墜道《トンネル》を通ってこの城へやってきます」

「何？　海賊どもがくる？」

それを聞くと同時に、人々は一斉に顔色を変えた。尋常《じんじょう》に戦うとなれば多勢に無勢だ。それに向《むこ》うは武器を持っている。人々が顔色を変えて立騒《たちさわ》ぐのも無理ではない。しかし妙子だけは、なにか決するところあるものか、突然きっぱりとした声音《こわね》で言った。

「皆さん。大丈夫《だいじょうぶ》ですわ。こちらにはこれだけの人数が揃《そろ》っているのですもの。海賊など少しも恐れる事はありませんわ。それにあの墜道《トンネル》の中の様子は私が一番よく知っているのですもの。今に一泡《ひとあわ》吹かしてやりましょう」

妙子はそういって、平然として人々の顔を見わたした。

妙子の策戦

　妙子の策戦《さくせん》というのはこうであった。

　囚人塔《しゅうじんとう》と茨《いばら》の城をつなぐ墜道《トンネル》には二つの入口しかないと思われている。一方は囚人塔へ、そしてもう一方の口はこの茨の城の井戸の中である。

　ところが、実際にはもう一つの入口が、あの墜道《トンネル》の途中にあるというのだ。海賊《かいぞく》どもがこの茨の城に近附《ちかづ》いてきたころを見計《みはから》って、その入口から彼等《ら》の退路をはばめば、それこそ袋の中の鼠《ねずみ》も同然、どうすることもできないというのである。

「さあ。なにを愚図愚図《ぐずぐず》しているのです。あの井戸に蓋《ふた》をして、なにか重い物をのっけておいて下さい。そうすれば、どうしたって彼奴等《あいつら》はこの茨の城へやってくることはできないのですわ」

　なるほど妙子の言葉には一理ある。

　今のところ、他に防ぎようとても思い浮《う》かばない人々は、そこで大急ぎで茨の城の裏庭へ出た。そこには古い大きな井戸がある。かつて、速雄、勇二が妙子につれてこられたのもこの井戸からだったし、昨夜《ゆうべ》、佐伯船長、澤田運転士等が救われてきたのも、同じこの井戸からである。

　今のところ、囚人塔とこの茨の城をつなぐ道路としては、この井戸の口より他に途《みち》はないのだ。

　今、この井戸の口に耳をあてて聞き澄《す》ませば、はるか彼方《かなた》よりあわただしい跫音《あしおと》が響いてくる。言うまでもなく、赤鬼仙波の一味が攻めよせてくる跫音だ。

「やってきたぞ。ほら、大急ぎだ」

　見廻《みま》わせば、幸い裏木戸《うらきど》に使われている厚い鉄の扉《ドア》が、蝶番《ちょうつがい》がとれて半《なか》ば外れそうになっている。

「よし、あの鉄の扉《ドア》を持ってこい」

　早速の機転。鉄の扉《ドア》を井戸の蓋にすると、そこは火山の跡《あと》だ。大小様々《さまざま》、手ごろな石がごろごろしている。

「あの石を蓋の上に積みあげろ！」

　佐伯船長、澤田運転士、それに猿渡老博士も今は必死だ。重い石を抱えては井戸の蓋に積重《つみかさ》ねる。

「しめしめ、これぐらい積んでおけば、どんな力のある奴《やつ》だって下からはね返すわけには行くまい。それになにしろ足場の悪い井戸の中のことだからな」

佐伯船長が快《こころよ》げにそう呟《つぶや》いた時である。突然、猿渡博士があたりを見まわして叫んだ。

「おや、子供たちはどうしたろう。妙子や速雄君や勇二君はどこへ行ったのだろう」

大人たちが初めて彼等の姿の見えないことに気がついた頃《ころ》、速雄と勇二の二少年は、妙子の案内で一目散《いちもくさん》に岬《みさき》を駆下《かけくだ》っていた。

「妙子さん、妙子さん、一体僕たちを連れてどこへ行こうというのです」

「まあ、いいから黙ってついていらっしゃい」

妙子はまるで鹿《しか》のように身軽く岬の岩の間を跳《と》んで行く。速雄と勇二は、息をきらしながらその後からついて行った。

やがて、岬の大きな岩と岩との裂目《さけめ》までできた時である。突然妙子は立止《たちどま》って、二人をふりかえった。

「ほら、この岩の間に小さな孔《あな》があるでしょう。これをくぐって行くと、あの墜道《トンネル》の途中へ出ることができるのよ」

まっ暗《くら》な孔の中である。四つん這《ば》いになってようやく通ってゆけるぐらいの狭い、曲《まが》りくねった孔だ。三人は犬のようにその中をくぐり抜けて行った。と、やがてぱっと眼《め》の前が広くなったと思うと、そこは早《はや》、例の墜道《トンネル》の中。

「ほら、耳を澄《きこ》してごらんなさい。海賊どもが騒いでいる声が聞えるでしょう。あれは井戸の蓋が開かないものだから憤《おこ》っているところよ」

成程《なるほど》、はるか茨の城の方から口々に罵《ののし》り騒ぐ声が、嵐のように墜道《トンネル》を突抜《つきぬ》けて聞えてくる。

「さあ、仕事は今のうちよ」

しばらく、妙子の後について行くと、突然、彼女が立止《たちどま》った。

「ほら、御覧《ごらん》なさい。危いから気をつけてね……」

足下を見れば深い深い陥穴《おとしあな》があって、その上に大きな板がわたしてある。

「この橋はね。あたしが初めてこの墜道《トンネル》を見つけた時、危いから爺《じい》やに拵《こしら》えさせたの。さあ、いいから、この橋を落《おと》してしまいましょう」

「ええ、橋を落すんですって?」

「そうよ、そうすりゃ、あいつ等はもう囚人塔の方へ帰ることもできなくなるじゃないの。つまり袋の中の鼠も同然だわ」

素晴らしい妙子の思いつきだ。

成程、井戸に蓋をされ、退路の橋を落されては、海賊どもは二度とこの墜道《トンネル》から抜出《ぬけだ》すことはできないのだ。

「そいつは面白《おもしろ》い。勇二君、手を貸し給《たま》え」

二人はうんと腕に力をこめた。

地底大宝庫の巻

退路をはばむ

ただ一つの退路の橋を落して、海賊どもを袋の中の鼠《ねずみ》と、閉じ籠《こ》めてしまおうという妙子の策戦《さくせん》である。

「そいつは面白い。勇二君、手を貸し給え」

二人がうんと腕に力をこめると、さまで重くない板の橋だ。五寸《すん》――一尺《しゃく》とじりじりと上《あが》ってゆく。やがて、その一端《いったん》が、岩の角《かど》から離れたかと思うと、ずるずると深い陥穴《おとしあな》の中にめりこんで行く。

「危い！　ほら、二人とも手を離して！」

傍《そば》で見ていた妙子が思わずそう声をあげた。その声に、速雄と勇二の二少年は、はっとして、握っていた板橋の一端から手を離す。

ドボン！

深いふかい音を立てて、橋は真暗《まっくら》な陥穴の中に落ちていった。さっと、つめたい潮風が舞いあがってきて、上気《じょうき》した三人の頬《ほお》を撫《な》でる。

「万歳《ばんざい》！」三人は思わず喊声《かんせい》をあげた。

この橋さえ落してしまえば、海賊どもはもう囚人《しゅうじん》塔《とう》へ帰ろうにも帰れないのだ。それかといって、この墜道《トンネル》のもう一方の入口には重いおもしが載《の》っけてある。袋の中の鼠も同然だ。

「ああ、海賊たちが帰ってきたようすだわ。さあ、私たちは見附《みつ》からないうちに、ここを出ましょうよ」

「なあに、かまうもんか。どうせ一丈《じょう》もあるこの広い陥穴が跳《と》び越せるもんか。ここで彼奴等《やつら》の泣面《なきつら》を見ていてやろうじゃないか」

「駄目《だめ》、駄目、彼奴等《あのひとたち》は飛道具《とびどうぐ》を持ってるんですもの、もし見附かったら、どんなことになるか知れやしないわ。それより、早く茨《いばら》の城へ帰って、お父さんたちを安心させてあげましょうよ」

「そうだね。妙子さんのいうのも尤《もっと》もだ。それじゃ、ここはこのままにして、一先《ひとま》ず茨の城へ引上《ひきあ》げることにしようか」

思慮《しりょ》ぶかい速雄が、そういってはやり立つ勇二を促《うなが》して、一先ずこの真暗《まっくら》な墜道から外へ出ることにした。

さっきくぐってきた、狭い、頭の支《つか》えそうな墜道《トンネル》を、彼等《ら》三人が這《は》って出てくるころ、背後《うしろ》の方にあたって、俄《にわ》かに騒々《そうぞう》しい人の叫び声が聞《きこ》えてきた。誰《だれ》か一人、橋の取去《とりさ》られたことに気がつかないで、誤って陥穴へ落っこちたらしい。口々にわめき狂う声が、重い墜道《トンネル》内の空気を慄《ふる》わして響いてくる。

「態《ざま》ア見ろだ！」

「いい気味だわ」

やっと墜道《トンネル》の外へ這い出すと、妙子は速雄、勇二の二少年と顔を見合《みあわ》せて、思わずにっこりと微笑《ほほえ》んだ。

長いこと、苦しめられてきた海賊どもに、完全に復讐《ふくしゅう》することができたのだ。彼等をこうして閉じこめている間はこの島はこちらの天下なのだ。彼等が、何等《なんら》かの策を見つけて、あの墜道《トンネル》から抜出《ぬけだ》すまでには、相当の暇《ひま》があろうというもの。それまでには、なにかまた第二段の策を設けることもできる。

見わたせば、岩の多い入江はいぶしたような朝霧《あさぎり》に霞《かす》んで潮をふくんだ風が快《こころよ》く三人の頬《ほお》を撫《な》でる。

一体、彼等三人にとって、こんな涼々《すがすが》しい朝をむかえるのは何日目ぐらいだろうか。水天一髪《すいてんいっぱつ》、茫乎《ぼうこ》たる沖のかなたより、今しも朝霧を破って、いぶしあげたような陽《ひ》の昇るのが見えた。

「まあ、綺麗《きれい》だこと！」妙子が思わずそう嘆声《たんせい》をあげたとき、突然速雄がぎゅっと身を固くした。

「あれ――、あれを見給え！」

速雄の声は異様に緊張《ちょう》して慄《ふる》えている。

と見れば、今しも数町かなたに、岩の間を漂々乎《ひょうひょうこ》として彷徨《ほうこう》している怪しの白影《はくえい》、――白衣《びゃくえ》、黒面《こくめん》、利月《とげつ》のごとき鎌《かま》を手にした、ああ、又《また》しても忌《いま》わしき島の魔王の姿ではないか！

魔王追跡

島の魔王！

忌わしき死の影を曳《ひ》いた島の魔王の姿。なにかしら、ぞっとするような不吉な影を刻んで、まるで風のごとく、漂々乎として、岩から岩へとさまよい歩いている不可思議極《きわま》る魔王の影。

それを見た刹那《せつな》、三人の少年少女は、思わず血潮の冷《つめた》くなるような悪寒《おかん》を覚えた。

「ああ、あれだ！」

「あれが島の魔王だ」

口にはいわねど、三人の胸には異様な戦慄《せんりつ》が湧《わき》おこる。

「一つ、後を尾《つ》けていって見ようか」

「およしなさい。どんな災難が降ってくるかも知れないわ」

「なあに、怪しげな姿はしているけれど、あれだってたしかに人間に違いないよ。一つ後を尾けていって、あわよくばふん擱《づかま》えてやろうじゃないか」

又しても勇気にたけりたつのは勇二である。速雄は黙って考えこんでいたが、なにを思ったのか、突然、

「よし、勇二君、やっつけよう、一体、あいつがどこに隠れているのかそれだけでも一つ、つきとめてやろうじゃないか」

「まあ、そんな危険なこと、お止《よ》しなさいというのに……」

「いいえ、大丈夫《だいじょうぶ》です。妙子さん、決して深入りはしないつもりです。あなたは皆のところへ帰って、このことを言っておいて下さい。僕たちもすぐ後か

ら帰りますよ」

「まあ」色蒼《いろあお》ざめて、涙ぐんでさえいる妙子を見ると、速雄はわざと元気に笑って見せながら、

「勇二君、行こう」と、促《うなが》した。

「よし！」勇二も、妙子を振返《ふりか》えると、にっこりと笑って見せながら、

「大丈夫です、妙子さん、帰りにはうんとお土産《みやげ》を持ってきますよ」

やがて二人の姿は勇ましく岩影へ消えていった。

妙子はしばらく、その後《うしろ》を気遣《きづか》わしげに見送っていたが、なにを思ったのか、一散《いっさん》に茨の城へとって返《か》えした。

なんとかして、彼等の無謀《むぼう》な思いつきを引止《ひきと》めねばならぬ。でないと、どんな災難が降って湧《わ》いてくるかも知れないのだ。妙子は健脚《けんきゃく》にまかして、茨の城めがけて走って行く。

しかし、この時すでに、速雄と勇二の二少年の上には、大きな不幸の影が襲いかかっていたのだ。

白衣、黒面の島の魔王！

一体、彼の正体は何者だったのだろうか。

宝庫の番人

妙子と別れた速雄と勇二の二少年は、はるか、彼方《かなた》に見える白い影を追って、岩から岩へと傍目《わきめ》も振らず、歩いていた。

不思議な白影は、時々立止《たちどま》っては、きょろきょろと辺《あたり》を見まわしている。その度《たび》に銅の仮面が、怪しくも朝日の光を受けて、きらきらと輝いた。

「人間だね。人間には違いないね」

「そうだ。人間があんな仮面をかぶって人を驚かせているのだ。それにしても、なんのためにあんな怪しげな風《ふう》をしているのだろう」

岩から岩へと、巧《たく》みに姿をかくしながら、怪物の後をおって行く二人は、時々こんな会話をかわしていた。

そうとも知らぬ怪物は、やがて岬《みさき》の西端までやってきた。その時には既《すで》に、彼我《ひが》の距離わずかに十数間《けん》、岩影からそっと覗《のぞ》いてみる二人の眼《め》には、まざまざと怪物の全貌《ぜんぼう》が映《うつ》って見える。そばから見れば見るほど、奇怪な、なんとも彼《か》ともいいようのない

姿だ。

怪物はしばらくあたりを、胡散臭《うさんくさ》そうに眺《なが》めまわしていた。と思うと、やっと一声、奇妙な叫声《さけびごえ》をあげたかと見る間に、その体はさっと岩から飛んだ。

「あっ！」という叫声が一斉に二人の唇《くちびる》から洩《も》れる。見よ。たった今まで眼前に突立《つった》っていた怪物の姿は、一瞬にして、煙のごとく消え果てたではないか。

「おや、どこへ行ったのだろう」

「おかしいな」

二人はしばらく岩影に身を跼《かが》めて様子をうかがっていたが、怪物の姿はなかなか現れぬ。

「勇二君、行ってみようじゃないか」

「よし！」

岩影から這《は》い出した二人は、さっき怪物が突立っていたあたりまで、のこのこと這ってゆく。しかし、不思議にも、怪しい白衣の姿は、どこにも見当《みあた》らないではないか。

「ああ、あんなところに、なにか白い物が見える」

突然、あたりを見まわしていた勇二が、低い叫声をあげた。見ればなるほど、岩と岩とに挟まれたせまい空隙《すきま》に、白い布の切端《きれはし》が引っかかっているではないか。たしかに、あの怪物の着物の一端だ。

「ふむ、あすこへ跳《と》んだのだね。一つ行って見ようじゃないか」

突兀《とっこつ》として起伏せる岩石の間をおりて行った二人は、その岩底までやってきた時、突然、

「あっ！」と低い叫声をあげた。

「こんなところに洞穴《ほらあな》がある！」

なるほど、見れば海草におおわれた岩と岩の間に、人間一人がようやく窺《くぐ》れるぐらいな洞穴があるではないか。

「驚いたね。こんなところに隠れていたのだ。一つ、中を探検して見ようじゃないか」

「ウム、よし」

なんと言っても、若い二人には前後の分別《ふんべつ》がなかった。この奇怪な岩窟《がんくつ》を見た刹那《せつな》、大きな好奇心が、しっかりと二人の心臓を摑《つか》まえてしまったのだ。

岩窟は外で思ったよりずっと広かった。しかも、どこから洩《も》れてくるのかほのかな光線が忍びこんでいるので、歩くのに不自由は感じない。

「大丈夫《だいじょうぶ》かい？」

「大丈夫」

二人は互いに励ましあいながら、一歩一歩と奥の方へ歩いてゆく。この時、二人がもっと気をつけていたら、この岩窟が単なる自然の悪戯《いたずら》でできたものではなくて、大きな人間の力によって、故意に通じられたものである事に気がついていただろう。

岩窟の中には縦横無尽《じゅうおうむじん》、蜘蛛《くも》の巣のように道が通じている。まるで八幡《やわた》の藪知《やぶし》らずのようだ。

突然、とある曲角《まがりかど》をまがった時、速雄と勇二の二少年はあっと叫んでその場に立悖《たちすく》んでしまった。

岩窟から更《さら》に奥の岩窟へ通ずべき、入口のところに、丈余《じょうよ》の大入道《おおにゅうどう》がにょっきりと立っているではないか。片手に尖《とが》った槍《やり》を抱え、両脚《りょうあし》を岩と岩との上に踏張《ふんば》って、いかにもこの岩窟の神聖を衛《まも》っているかのごとき恰好《かっこう》である。

「なアんだ。人形か」

「ああ、吃驚《びっくり》した。僕も本当の人間かと思ったよ」

しばらくしてから、二人はほっと溜息《ためいき》を吐《つ》きながら、思わず互いに顔を見合わした。奇怪な大入道は人形だったのだ。しかし、なんという奇怪なる人形であろう。

裸体《らたい》の全身は、まるで漆《うるし》をぬったように真黒《まっくろ》で、かっと見開いた眼《め》には、不思議なる光が宿っている。この薄闇《うすやみ》にも拘《かかわ》らず、それは五彩《ごさい》の虹《にじ》を放《はな》っているのだ。

「あっ！」しばらく、その不思議な眼に見入っていた速雄は、突然そう叫ぶと、思わず勇二の手をぎゅっと固く握りしめた。

「勇二君！　あれを見給《みたま》え。あの眼を――」

「え？　あの眼？」

「そうだ。君、あれはダイヤモンドだぜ！」

「え！」

そうだ。たしかにダイヤモンドに違いない。

しかし、しかし、あんな大粒なダイヤモンドが、果《はた》してこの世の中にあるだろうか。

もし、ありとすれば、この岩窟こそは、海賊《かいぞく》どもが必死となって探し求めている、あの地底の大宝庫ではあるまいか！

岩窟内の大宝庫

「速雄君！」

「勇二君！」

期《き》せずして、同時に同じようなことを思い浮《うか》べた二人は思わず顔を見合わした。その顔面は蒼白《そうはく》で、吐く息さえも異常に緊張している。昂奮《こうふん》のために、二人の全身は熱病患者のように慄《ふる》えてさえもいるのだ。

「中へ入ってみようか」

「ウム」

二人はしばらく思い決しかねたように躊躇《ちゅうちょ》していたが、やがて思い切ったように、

「行こう！」と力強く頷《うなず》きあった。

ああ、この地底の大宝庫。それを衛《まも》るために立っている黒奴《くろんぼ》の守衛《しゅえい》の威嚇《いかく》をも顧《かえりみ》ず、無謀《むぼう》にも踏《ふみ》こんで行く二少年の上に、なにか災難がふりかかってくるのではなかろうか。

道はそこから割に簡単になった。今までのように抜道《ぬけみち》、横道はそうたくさんはない。二人は迷わずに奥へ奥へと進んでいった。

やがて、突然二人は大広間のような部屋へ突当《つきあた》った。それは到底《とうてい》、岩窟の中とも思えぬくらい贅美《ぜいび》をつくした部屋の構えだ。正面には王座めいた台がしつらえてあり、その上には金銀をちりばめた黒塗《くろぬり》の棺《かん》が五つ、古びた落ちつきの中に置いてあるのだ。

二人は静かにその棺に近寄って行った。

速雄が先《ま》ずその一台の棺を開いてみる。

と、突然彼は、

「わっ！」

と叫んで跳《と》びのいた。

ダイヤだ！　ルビーだ！　エメラルドだ！　サファイヤだ！　その他彼等の想像もおよばぬ宝石類が、棺からあふれんばかり、一杯に満たされているではないか。

「勇二君！　次の棺をあけて見給《みたま》え」

速雄の声に、勇二はもうなんの躊躇もなく第二の棺を開いてみる。

と、これにはまた、金貨、銀貨がうなるほどつめこまれているのだ。第三、第四の棺と、彼等は順次に開いていった。

　と、そこにあるものはすべて宝石だ。金貨だ。恐ろしいくらいの富の蓄積である。

「驚いたね」

「驚いた。猿渡老人の言葉はやっぱり嘘《うそ》じゃなかったのだね。海賊どもこの大宝庫を探していたのだ」

「しかし、それにしても痛快じゃないか。彼奴《やつら》等を出し抜いて、我々が第一に発見したのだ」

「さっそく、叔父《おじ》さんたちにこのことを知らせてやろうじゃないか」

　二人は手を取りあって欣《よろこ》んでいる。

　しかし、この時二人は気がつ

かなかったのだ。彼等が夢中で通ってきた地底の迷路、それはあまりに複雑で、あまりに入組《いりく》んでいる。彼等は何《な》んの目印もなく通ってきたが果《はた》して、無事にこの迷路から外へ出る事が出来るであろうか。

ああ、暗黒のこの迷路！

　それはこの財宝を守るために、わざと造られたものではなかろうか。そして速雄達も、この大宝庫の神秘の鍵《かぎ》を握りながら、この迷路より外に出ることができずに、徒《いたずら》に餓死《がし》するのではなかろうか。

地底の大迷路

　岩窟《がんくつ》内に大宝庫を発見した速雄と勇二の二少年、暫《しばら》くは雀躍《こおどり》して喜んでいたが、やがて速雄が厳粛《げんしゅく》な顔をして、勇二の方を振返《ふりかえ》った。

「ああ、分《わか》ったよ、勇二君」

「分ったって、何が？」

「ほら、海賊《かいぞく》どもが探している財産のことさ。昨日《きのう》、猿渡博士が話していたね、赤鬼仙波の一味は、昔の海賊どもがこの島に埋《うず》めた宝を探しているんだって。それがきっとこれに違いないよ」

　勇二もそれを聞くと手を拍《う》って、

「そうだ、それに違いない。そうすれば僕たちは海賊を出し抜いて、あいつらより先に、財宝の所在を発見したわけだね」

「そうだよ。天はやはり、悪事には加担し給《たま》わぬのだ。きっと僕たちにこの夥《おびただ》しい財宝を与えて、世の中のためになるように使えという神意に違いないよ」

「そうだ。やはり神様の御心《みこころ》だねえ。速雄君、それじゃ、一刻も早く茨《いばら》の城へ帰って叔父《おじ》さんたちにこの話をして、宝物を運出《はこびだ》そうじゃないか」

「ああ、それがいい」

　二人は一旦《いったん》開いた棺《かん》の蓋《ふた》をすると、その部屋に目印をして、もときた道へ取って返そうとした。

　ところが、どっこい、そいつがうまく行かぬのだ。

ああ、彼等は何《な》んという無謀《むぼう》な少年たちだったろう。八幡《やわた》の藪《やぶ》のように入組《いりく》んだ地底の大迷路を、彼等はついうかうかと、何んの目印もなく通ってきたのだ。だから、今ここから出ようとするに当《あた》って、二人ともはたと当惑しなければならなかった。

「勇二君、確かにこの道だったねえ」

「そうだよ。僕もそう思うのだが、何んだか同じような道が幾《いく》つもあるから分らない」

「なに、きっとこの道だよ。行って見ようじゃないか」

無謀と言おうか大胆と言おうか、二人は前後の考えもなく、ずんずんと思った方角へ進んで行く。しばらくして、又《また》二人ははたと立止《たちどま》った。

「おかしいね。ここはたった今通ってきた道じゃないか。そうじゃない？」

「あっ！　そうだよ。ほら、見給え、あすこに天狗《てんぐ》の面《めん》のような恰好《かっこう》をした岩の角《かど》があるね。さっき、確かにあの岩の側《そば》を通ったよ」

「なんだ、それじゃ僕たち、同じ道を歩いて来たんだね」

二人は笑いながら、今度はさっきとは反対の方向へ歩き出した。

「速雄君、速雄君」

暫《しばら》く行くと、勇二が大分《だいぶ》疲れたらしい足を引擦《ひきず》りながら、そう声をかけた。

「なんだい？」

「さっき、僕たちが入ってきた時には、こんなに道が長かったかい？」

「そうだよ、僕もさっきから考えているんだが、もっと短かったようだね」

「おかしいよ、どうも。僕たちだんだん入口から反対の方へ歩いているのじゃないかしら。それとも、同じところばかり歩いているような気がするよ」

そう言った時、突然、速雄がまたもやふいに立止った。

「どうしたのだい、速雄君」

勇二少年はだんだん心細くなってきた。そこへ、突然速雄が立止ったものだから、はっとせずにはいられない。

「あれを見給え、勇二君」

「どれ？」

「ほら、あの岩さ」

指さされた方を見た刹那《せつな》、勇二は思わず低い声でああと呻《うめ》いたのである。そこには又しても、天狗の面の形をした岩があるではないか。

「同じだ！　さっき通ったところと同じだ！　速雄君、僕たちは又もや、もとの場所へ戻って来たのだよ」

勇二はそう叫ぶと、唇《くちびる》の色までもう真蒼《まっさお》になっている。速雄もそれに答えようとはしなかったが、沈《ちん》痛《つう》な色が、顔《かお》面一杯にひろがっているのだ。

ああ、到頭《とうとう》彼等は完全に迷ってしまったのだ。出ることも進むことも出来ない地底の大迷路——速雄と勇二は完全にその虜囚《とりこ》になってしまったのである。

救助船来《きた》る！

日が暮れかけて、茨の城ではだんだん不安が増してきた。朝出て行ったきり、速雄も勇二もまだ帰って来ない。叔父《おじ》の佐伯船長はいうまでもなく、澤田運転士、猿渡老博士たちは、次第にこみ上げてくる不安に、じっとしていることが出来なかった。みんなてんでに、額《ひたい》に深い皺《しわ》を刻みながら、灰色の冷《つめた》い部屋の中を歩き廻《まわ》っている。

「ともかく、明日《あした》の朝になったら、もう一度捜索《そうさく》して見よう。なあに、狭い島の中の事だ。生きていたら必ず見附《みつ》かるに違いないよ」

強《し》いて元気そうにいったのは佐伯船長である。

「そうとも、速雄君にしろ、勇二君にしろ大人も及ばぬ勇敢な少年だ。まさか、むざむざ海賊《かいぞく》どもの手に落ちようとは思われないよ」

澤田運転士も、慰め顔《なぐさ》にそれに和したが、ああ、誰《だれ》が知ろう。速雄勇二の二少年は、今や、海賊よりももっと恐ろしい、自然の罠《わな》に落ちているのだ。海賊の手に捕《とら》えられているのなら、或《ある》いは持前《もちまえ》の奇智《きち》をもって、相手を欺《あざむ》くことも不可能ではないだろう。然《しか》し、しかし、今二人が捕えられているところは、地底の大迷路なのだ。泣いたとて、騒いだとて、誰一人応ずる者のない、岩窟《いわや》の中の恐ろしい八幡《やわた》の藪《やぶ》知《し》らずなのだ。

「あたしが悪かったのですわ。あたしがあの時、無理にも止めればよかったのですわ」

部屋の隅《すみ》で悄然《しょうぜん》と打ちうなだれていた妙子は、ふと涙ぐんだ眼《め》をあげると、切《せつ》なげに溜息《ためいき》をついた。

「もしものことがあったら、ああ、あたしどうしたらいいかしら」

「妙子」その時、今まで黙っていた猿渡博士が、ふいに重々しく唇《くち》を開いた。

「それじゃ、速雄君と勇二君とは、島の魔王とやらの後を追跡して行ったというのだね」

「ええ、そうですの。あたし随分《ずいぶん》止めたんですけれど、大丈夫《だいじょうぶ》、大丈夫だといって、そのまま行ってしまったんですの」

「ふむ」博士は大きく溜息《ためいき》をついて、「それじゃ二人とも今ごろは、海賊の宝の側《そば》で冷くなっているのかも知れん」

「えっ！　何《な》んですって！」

聞いていた三人は、驚いて博士の方へ振《ふり》むき、

「そうじゃ、俺《わし》はあんたたちがあまり気の毒だから黙っていたが、島の魔王というのは、海賊の財宝を番している悪魔の化身《けしん》なのじゃ。俺《わし》がこの間から研究している古文書《こもんじょ》には、こんな事が書いてある。

『我々が埋《うず》めたる宝を、なんの断りもなく暴かんとする者には、必ずや天罪《てんざい》たちどころに下《くだ》るべし。我々はそのために島の魔王を、財宝の番人として残しおけばなり。島の魔王とは白衣黒髪《びゃくえこくはつ》、長き鎌《かま》を持ち、銅《あかがね》色の顔をなせり。この魔王の姿を見る者に災厄《さいやく》下らん』とこんな文句じゃ」

博士はぼろぼろになった手帳を繰《く》りながら、

「それからまだ、こんな意味の事も書いてある。なんでもこの財宝というのは、地底の大迷路の奥の院にかくしてあるのじゃそうな。だから、たとえ、その財宝に近附《ちかづ》く者があったとしても、帰る時には道に迷って、二度と再び外へ出ることはできんというのだ。速雄君たちはきっとこの迷路の中で迷っているに違いない」

「そして、そしてその迷路というのは一体どこにあるのですか」

佐伯船長は我《わ》れを忘れて博士に詰《つめ》よった。もしその所在さえわかれば、なんの自分の危険など構っていられようぞ、これからすぐにでも二人を救いに出掛けるつもりだ。老博士は気の毒そうに頭をふって、

「それが分《わか》れば、なんの心配もないのじゃが、残念ながら、この手帳には書いてない。いや、書いてあったのかも知れんが、字が消えてしまって、読めなくなっているのじゃ」

「ううん」

それを聞くと佐伯船長は思わず絶望の呻《うめ》き声を挙げた。

と、その時である。

窓の側に立っていた妙子が奇妙な声をあげた。

「あっ！　あれは何んでしょう！」

その声に、一斉に窓の側に駆けよった三人の者、見れば真暗《まっくら》な沖合《おきあい》に、ゆるやかに動いている青白い灯《あかり》！

「ああ！　船だ！　船が通っている。信号しろ。何か燃やすのだ。向《むこ》うの船に見えるようになにか燃やすのだ！」

佐伯船長の狂気したような声。

しかし、ああ、時も時、速雄と勇二の二少年の姿が見えなくなった今日という今日、救いの船が通りかかろうとは何んという皮肉《ひにく》だろう。

魔王の正体

速雄と勇二の二少年にとっては、どのくらいの時間が経《た》ったか、まるで見当《けんとう》もつかぬ。へとへとに疲れ切った二人には、もう三年も五年も、この地下の大迷路をうろついているような気がする。

疲労と困憊《こんぱい》と、それに加えてひしひしと身に迫ってくる空腹とが、二人の魂《たましい》に真黒《まっくろ》な絶望を感じさせるのだ。

「速雄君、僕たちは二度とふたたび、外の光を仰《あお》ぐことができないのじゃなかろうか」

そういうのも絶《た》え絶《だ》えである。

「何をいうのだ。そんな気の弱い事じゃ駄目《だめ》だよ。入ってきた道だ。出られぬということがあるものか」

二人は又《また》しても歩きまわる。薄暗い、曲《まが》りくねった地底の迷路だ。幾度《いくど》か躓《つまず》き、幾度か倒れながら、それでもお互いに励ましあいながら、必死となって出口を探している。

空腹のために鋭敏になった速雄の耳が、その時、ふいに微《かす》かな物音をとらえた。

「勇二君！　あれは何《な》んだろう！」

「え？」

「ほら、あの物音さ、だんだん近附《ちかづ》いてくる――」

注意されて、勇二も耳を澄《すま》してみれば、おお、確かに聞《きこ》える、聞える、規則的な物音が、天井《てんじょう》の低い岩窟《がんくつ》内にこだましながら、だんだんこちらへ近附いてくるではないか。しかも、近附くにしたがって、次第に明瞭《めいりょう》になってきたその物音――、それはたしかに人間の跫音《あしおと》ではないか。

「ああ、跫音だ！　人だ！　人だ！」

勇二は今までの疲労も心配もどこへやら、飛立《とびた》つばかりの声音《こわね》である。

「しっ！　静かにし給《たま》え！　敵か味方かまだ分《わか》らぬじゃないか。もし海賊《かいぞく》の一味だったらどうする」

速雄の杞憂《きゆう》は適中した！　ああ、突然岩影から、ぽっかりとあらわれた姿――それこそ白衣長髪《びゃくえちょうはつ》、銅《あかがね》色の仮面をつけた、まぎれもなく島の魔王ではなかったか！

「島の魔王だ！」

「ああ！」

絶望的な二人の呻《うめ》き。恐怖が冷《つめた》い汗となって、二人の背筋《せすじ》を流れる。見つかったら取り殺されるだろう。海賊よりも、死の迷路よりも、更《さら》に更に恐ろしい、この怪物！　二人は最早《もはや》身動きをする事も出来ない。

刻々として近附いてくる、恐ろしい怪物を目の前に見ながら、二人はついに観念の眼《まなこ》を閉じた。

見つからなければいい――、二人のそういう願いもむだだった。近附いてきた島の魔王は、地上にうずくまっている二少年の姿を見て、ぎょっとしたように足を止めた。そして、しばらく彼等の姿を見つめていたが、突然、つかつかとそばへ駆けよってくると、いきなり声をかけたのである。

「おや！　そこにいるのは速雄君に勇二君じゃないか！」

声をかけられて速雄勇二の二少年は愕然《がくぜん》とした。ああ、自分たちの名を親しげに呼ぶこの島の魔王の正体は、果《はた》して何者であったろうか！

一路故国へ

暁《あかつき》の色が、南洋の海を黄金《こがね》色に染めていた。冷い潮風が頬《ほお》を打って、鷗《かもめ》が群《むれ》をなして頭の上を飛んで行く。

今しも、茨《いばら》の城から見下《みお》される、地獄島の起伏の多い岬《みさき》には、三艘《そう》のボートが横付けにされ、十二三名の船員が、岬に立ったまま、何事か声高《こわだか》に騒いでいた。

「遅いなあ、どうしたのだろうう」

「こう、愚図愚図《ぐずぐず》していられちゃ、我々の職務にかかわるぜ」

そういう声は絶えて久しい日本語だ。成程《なるほど》、見れ

ばはるか沖合《おきあい》には、一艘の汽船が碇泊《ていはく》しているが、その船腹には、さくら丸という日本字が朝日に輝いている。

昨夜《ゆうべ》、沖合を通りかかったのはこのさくら丸なのだ。そして、佐伯船長の発案によって放《はな》った火を見つけて、かくは救助ボートを下ろしたのだろう。

今、船員たちががやがやと騒いでいるところへ、佐伯船長をはじめとし、澤田運転士、猿渡博士、令嬢の妙子、それに色の黒い土人から、猿《さる》のジャコーまでが、めいめい物思いに沈んだ顔つきで近《ちか》附《づ》いてきた。

「如何《どう》でした」その姿を見ると、船員たちの中でも頭《かしら》だった紳士が、つと前に進んでそう訊《たず》ねかけた。

「駄目《だめ》です。やはり見附《みつ》かりません」

紳士はそれを聞くと暗然《あんぜん》とした顔で、

「お気の毒です。二人の甥御《おいご》を失われた御心事《ごしんじ》は深く御同情申上《もうしあ》げます。しかし、さっきも申上げたとおり、最早《もはや》一刻も御猶予《ごゆうよ》はなりませんぞ。ほら、この地殻《ちかく》の呻《うな》りをお聞きなさい。それにあの

噴火山から立つ煙を。——この島は今にも爆発するかも知れないのです」

「仕方がありません。断念しましょう」

船長の声は腸《はらわた》を千切《ちぎ》るように切《せつ》なかった。誰《だれ》も一言も利《き》かない。黙々《もくもく》としてボートの方へ歩んで行く。やがて、ボートの用意はできて沖のさくら丸目差して漕《こ》いでゆく。

噴火孔《ふんかこう》から立つ煙はいよいよ濃くなって行った。やがて、煙に混《まじ》って、鉄をも熔《と》かす青白い焔《ほのお》が立《たち》昇《のぼ》りはじめた。

「丁度《ちょうど》、よかったですね。噴火山はいよいよ活動を始めました。今にあの島も破壊してしまうでしょう。そして、隧道《トンネル》に閉じ込められた海賊《かいぞく》どもも木《こ》っ葉微塵《ぱみじん》となってしまうのです。天の配剤でしょう」

さくら丸の甲板《かんぱん》に助けあげられた時、救いの紳士は厳粛《げんしゅく》な顔をしてそういった。しかし、佐伯船長の心は暗く、鉛《なまり》のように重い。可愛《かわい》い二人の甥を死地に残して、なんで心が楽しかろう。

その時である。甲板に立って、人から借りた望遠鏡を眼《め》にあて、あの恐ろしい地獄島に、最後の名残《なご》りを惜しんでいた妙子が、突然奇妙な声をあげた。

「おや！　あれは何んでしょう。ああ、筏《いかだ》だわ。人が乗っている、一人、二人、三人――気狂《きちが》いのように手を振っているわ。ああ！」

突然、妙子は望遠鏡を落《おと》しそうになった。

「小父《おじ》さま！　小父さま！　速雄さんと勇二さんが――」

後は感極《きわま》って言葉が出ない。

「な、なんだって！」

佐伯船長は奪いとるように、その望遠鏡を眼に当てた。と、地獄島の岩かげから、さくら丸目差して漕ぎよせてくる奇妙な筏の影だ！

「ああ、速雄だ、勇二だ、助かった！　助かった――しかしもう一人は誰だろう」

船長は急《いそが》しげにもう一度望遠鏡の度《ど》を合わしたが、ふいにぎょっとした様《よう》に身を引いて叫んだ。

「山口船医だ！　海賊どもの水葬礼《すいそうれい》になったはずの山口船医だ！」

さくら丸は今故国をさして、一路穏《おだ》やかな航海をつづけている。船室では夜毎《よごと》冒険談に花が咲いた。

「あの時、僕は死にきってはいなかったのだ」

と山口船医の話である。

「だから海に投《なげ》こまれると、間もなく息を吹返《ふきか》えした。そして流れついたのが、あの岩窟《がんくつ》の中さ。僕はそこであの奇妙な、島の魔王の衣裳《いしょう》を発見した。随《ずい》分《ぶん》古いものであったところから考えた、あれはきっと、昔の海賊たちが、隠した財宝を護《まも》るために、あらぬ伝説をつくり、時々ああいう姿をして、当時住んでいた土人でも脅《おど》かしていたに違いないよ。僕もその故智《こち》に倣《なら》って、あの衣裳をつけては海賊どもをおどかしていたのだ」

船医はそう言って、その後に豪快な笑いをつけ加えると、卓子《テーブル》の上に並べてあった大粒のダイヤモンドを無雑作《むぞうさ》に掻廻《かきまわ》した。

「これが海賊どもの財宝の一部分さ。咄嗟《とっさ》の場合だから、めいめいポケットに詰められるだけ詰めてきたのだが、これだけしか持ってこられなかった。しかし、これでも、数百万、いや、恐らくは数千万円は下《くだ》るまいと思う。これはみんな、発見者たる速雄君と勇二君のものだ」

それを聞いた時、速雄は静かに立上《たちあが》った。
「この財宝の所分《しょぶん》については僕に別に考えがありま
す。しかし、ここにある、この紅玉《ルビー》」
と、速雄は見事な大粒のルビーを取上《とりあ》げて、
「このルビーの所分だけは僕に一任されたいのであ
ります。即《すなわ》ち、我々を海賊の手から救って下すった、
随一の功労者、妙子さんにこのルビーを捧《ささ》げたいと
思います」
真赤《まっか》になってはにかんだ妙子の周囲《まわり》に、盛んな拍《はく》
手《しゅ》が起《おこ》った。その中《うち》にはジャコーの元気のいい叫声《さけびごえ》
も交《まじ》っていたのである。

黒《くろ》薔《ば》薇《ら》荘《そう》の秘密

迷路研究家

富士夫《ふじお》君は、みょうな夢をみていました。

それはまっくらな洞穴《ほらあな》の中なのです。洞穴の中には、クモの巣のように四方八方《しほうはっぽう》に抜け道がついていて、まるで迷路のようになっています。富士夫君はさっきからその迷路の中をさまよい歩いていました。

いけども、いけども、つきることなき迷路の道……富士夫君の胸にはしだいに、不安とおそろしさがこみあげてきます。いまさら、あとへ引きかえそうにも、なにしろ、クモの巣のようにこみいった迷路ですから、どこをどう通ってきたのかわかりません。

ああ、まっくらな地底の迷路……富士夫君は、ひとりそこにとりのこされて、さびしさと、おそろしさに泣きだしそうになりました。

声を出してさけぼうとするが、どうしたものか、舌がもつれて声が出ません。くらやみのなかをいちもくさんに、かけだしたいと思いましたが、足がすくんで動きません。

ああ、自分はこのまっくらな迷路の中で、人しれず死んでしまうのではあるまいか。いつまでもいつまでも、出口のない、迷路の中をさまよい歩いて……。

おそろしさと心配で、富士夫君は腹の底がつめたくなって、ほろほろ、涙が頰《ほお》をつたいました。……と、そのときです。どこかで、トントンと、壁をたたくような音……。富士夫君はそれをきくと、はっとくらやみのなかで、目をかがやかせました。

だれか来た！　だれかが自分を助けに来たのだ！

「たすけてえ、たすけてえ……。ぼくはここにいます」

富士夫君は、思わずさけびましたが、そのひょうしに、はっと目をさましました。

なあんだ、夢だったのか……。気がつくと、富士夫君は、ほっと胸をなでおろしました。気がつくと、全身にぐっしょりと寝汗をかいて、心臓がドキドキと大きく波打っています。

富士夫君はきゅうにはずかしくなってきました。それというのがさっき富士夫君は、夢のなかで大きな声をあげてさけびましたが、それはたしかにさけんだのにちがいないのです。げんに富士夫君は、自分の声におどろいて、目をさましたらしいのですから……。

富士夫君はじっと、ベッドのなかで耳をすましていました。だれか、いまの声におどろいて、かけつけて来やあしないか、もし、そんなことがあったら、どんなにはずかしいことだろうと……。

しかし、さいわい、みんなよくねむっているとみえて、家《うち》のなかは、シーンとしずまりかえっています。富士夫君は、ほっと胸をなでおろしました。そして、あらためてもう一度ねむろうとしましたが、いちどさめたねむりは、なかなかもどって来そうにありません。ねむろうとすればするほど、頭はさえるばかりです。

そこで富士夫君は、むりにねむろうとするのをあきらめて、さっきの夢のことを考えてみました。どうして、自分はあんなみょうな夢をみたのだろう。

……そのわけは、富士夫君にもよくわかっていました。いま、そのわけというのから、お話ししていきましょう。

その日、富士夫君はとてもつかれていたのです。伯父《おじ》さんの、小田切《おだぎり》博士といっしょに、この黒薔薇《くろばら》荘《そう》へたどりついたときには、からだが綿《わた》のようにつかれ、足が棒のようになっていました。それもむりではありません。八月の暑い炎天《えんてん》下《か》、十キロあまりのハイキングをしたのちに、やっと黒薔薇荘へたどりついたのでしたから。……

富士夫君はことし十五才、新制中学の二年生ですが、この夏休みを、伯父さんの小田切博士につれられて、伊豆《いず》半島のとある温泉場へ避暑《ひしょ》に来ました。富士夫君はたいへん、頭のよい少年でしたが、からだが、あんまりじょうぶでありません。

そこで、伯父さんの小田切博士は、この夏休みを利用して、うんときたえてやろうと、毎日、海水浴だの、ハイキングだのと、富士夫君をひっぱりまわしていましたが、きょうはひとつ十キロあまりのハイキングをして、黒薔薇荘へいって、とめてもらおうということになったのです。

そのみちみち、黒薔薇荘について、伯父さんは、つぎのような話をしてくれました。

「わたしはね、いつもこの温泉場へ来ると、きっと一度は、黒薔薇荘をおみまいすることにしているのだよ。それというのが、黒薔薇荘には、いま、たいへん気のどくなひとびとが住んでいるのだからね」

小田切博士の話によると、黒薔薇荘の主人というのは、もと子爵《ししゃく》で、古宮一麿《ふるみやかずまろ》という人だったそうです。この古宮子爵という人は、たいへん趣味のひろい人だったそうですが、とりわけ、建築にかけては、日本でも有名な大家《たいか》だったといいます。

なんでも、大学を出ると、すぐ洋行して、諸外国のめずらしい建物を見てまわりましたが、とりわけ、ヨーロッパの古城に興味をもち、かえってくると、さっそく、この伊豆半島の一角に、あちらの古城をまねて建てたのが、いまの黒薔薇荘だそうです。

そして、家具でも、調度《ちょうど》でも、装飾品でも、ぜんぶ、ヨーロッパから曰《いわ》くつきの品《しな》をとりよせましたから、広さこそ、それほどではないにしても、黒薔薇荘のなかへはいると、まるで、外国の古城へいったような気がするそうです。

「それから、古宮子爵は……、いや、いまでは子爵でもなんでもないが、いいなれているから、古宮子爵としておこう……、古宮子爵は、みょうなものに興味をもっていてね」

「伯父さん、みょうなものって、なあに」

「迷路さ、富士夫は迷路を知らないかい。外国の古い建築物と、迷路とはきってもきれぬ縁《えん》があるんだよ。エジプトのピラミッドでも、なかに迷路があるといわれている。それから、ギリシアのまえにさかえた、地中海のクレータ島の遺跡《いせき》にも、大きな迷路がみられるそうだ。それからまた、ローマのカタコンバ、これはローマ城と、ちかくの村々をつなぐ地下トンネルなのだが、これがまるでクモの巣のような、地底の迷路になっていたそうだ。古宮子爵は、そういう迷路をしきりに研究していたんだよ」

「伯父さん、子爵はどうして、そんな迷路など研究していたんでしょう」

「それはね、つまり、この伊豆半島のどこかに、大《おお》じかけな迷路をつくって、観光客をひっぱろうという考えからさ。外国人はそういうものに、たいへん興味を持っているからね。ああ、やっと着いた。富士夫、あれが黒薔薇荘だよ」

小田切博士にいわれて、はじめて黒薔薇荘を見たときのことを、富士夫はいつまでも忘れることができないでしょう。

頬に傷のある男

黒薔薇荘は、ゆくてに見える小高い丘のうえに建っていました。

まえにもいったように、それほど、大きな建物ではありませんが、物見《ものみ》やぐらや、とがった塔や、鐘《かね》つき堂などが空にそびえていて、それが、おりからの夕日に、まっかに照りはえているところは、なんともいえぬ、美しいながめでした。

「伯父さん、すばらしい建物ですね」

富士夫君は、さけびました。

「ふん、すばらしいだろう。しかしね、あのすばらしい建物にも、かなしいことがあったのだよ。そして、いまあそこに住んでいるのは、かなしみの涙のかわくひまのないひとびとなのだ」

「伯父さん、そのかなしいこととはなんですか」

「うん、いま話してやろう」

ふたりは黒薔薇荘へ通ずる、ゆるやかな坂をのぼっていきましたが、そのとき、かたわらの林のなかから、だしぬけにとび出して来た男があります。

相手もふたりのすがたを見ると、ギョッとしたように立ちどまり、それから、あわてて顔をそむけましたが、ふたりのほうでも、その男のすがたを見ると、思わずドキッと立ちすくみました。それも、むりはないのです。その男の顔つき、身なりというのが、なんともいえぬほどものすごいのです。

そいつは大きな黒めがねをかけ、顔じゅうに、クマのようなひげを生やしていました。おまけに額《ひたい》から左の目じりへかけて、大きなきずあとが走っています。見るからに、ぞっとするようなすごい顔、しかも、着ているものといったら、乞食《こじき》のようにぼろぼろの洋服、手には、太い棍棒《こんぼう》のようなステッキをにぎっています。

小田切博士と富士夫のふたりは、ぞっと顔を見合わせましたが、相手はすがたに似あわず、気の小さい男とみえて、顔をそむけるようにして、にげるように、こそこそと坂をくだっていきました。

「なんでしょう、伯父さん、あれ……」

「ふむ、浮浪者《ふろうしゃ》かなんかだろうが、ああいうやつが、うろついていては、黒薔薇荘のひとびとも気をつけなければいけない」

小田切博士は、だまって歩きだしましたが、やがて思いなおしたように、

「それでねえ、富士夫、さっきの話のつづきだが……」

と、富士夫君のほうをふりかえりました。

「そうそう、伯父さん、黒薔薇荘のかなしい話とは、どういうことですか」

「それがねえ、ちょっとみょうなんだよ。ある晩、とつぜん、古宮子爵がいなくなったんだ。いや、煙のように消えてしまったんだよ」

「煙のように消えてしまった……。伯父さん、それは、どういうわけですか」

「どういうわけだかよくわからない。とにかく煙のように、消えてしまったというよりほかはないんだ、それは去年の夏のことなんだが、その晩、子爵《ししゃく》が寝室へはいっていったのを、おくさんも、おじょうさんも見ていたそうだ。ところが、つぎの日になると、子爵のすがたが、どこにも見えないんだ。しかも、おかしいのは、表《おもて》の玄関も、裏の勝手口も、それから家じゅうの窓という窓も、ぜんぶがなかからちゃんと錠《じょう》や閂《かんぬき》がおりていたんだ。つまり、子爵が出ていった形跡はぜんぜんない。それでいて、家じゅう、すみからすみまでさがしたのだが、子爵のすがたはどこにも見えないんだ。だから、煙のように、消えたというよりほかはないだろう」

「へんですねえ」

「ほんとにへんだよ。それでも、その当座《とうざ》、おくさんやおじょうさんは、いまにひょっこり、どこからか、かえってくるんじゃないかと待っていたが、一年たった今日にいたるまで、まるで音《おと》さたなしなんだ。それで、おくさんの達子《たつこ》夫人も、おじょうさんの美智子《みちこ》さんも、泣きの涙でくらしているんだよ。

しかも、達子夫人はあまり泣いたために、ちかごろは、目が見えなくなったそうだ」

　富士夫は、思わずいきをのんだ。

「伯父さん、そして、美智子さんというのはおいくつですか」

「おまえより、二つ下の十三だよ。だからね、おまえもむこうへいったら、よくおふたりをなぐさめてあげなきゃ……。ああ、そうそう、それから、子爵が消えてしまったとき、もうひとつ、ふしぎなことがあったんだよ」

「なんですか、それは……?」

「子爵はね、宝石を集めるのが道楽《どうらく》でね、ダイヤだの、ルビーだの、いろんな宝石をたくさん持っていたのだが、子爵がいなくなってから、その宝石をさがしてみたところが、どこにも見あたらないのだ」

「へえ、ふしぎですねえ」

　富士夫君はなんども、なんどもためいきをつきました。

　それからまもなく、ふたりは黒薔薇荘へたどりつきましたが、あらかじめしらせてあったので、達子夫人と美智子さんが、大《おお》よろこびでむかえてくれました。

　なるほど、達子夫人は気のどくにも、目を泣きつぶして、緑色のめがねをかけています。美智子さんも、その年《とし》ごろのおじょうさんとしては、とかく思いにしずみがちなのは、やはり、消えてしまった、おとうさんのことを、案じわずらっているからでしょう。

　さて、その晩、黒薔薇荘には、小田切博士と富士夫君のほかに、もうひとり客がありました。その人は、この黒薔薇荘のすぐとなりにある、洋館の別荘をちかごろ買いとって、避暑《ひしょ》に来ているひとで、名まえを柳沢一郎《やなぎさわいちろう》といって、弁護士だそうです。年ごろは四十前後で、背の高い、りっぱな紳士でした。

「ちかごろは、柳沢さんが毎日、おみまいにきてくださるので、こんな心じょうぶなことはありません。おさない美智子や、召使《めしつか》いばかりでは心ぼそくって……」

　と、目の見えぬ達子夫人は、緑色のめがねのおくで、目をしばたたいていました。

　小田切博士と富士夫君は、その柳沢さんといっしょに、夕飯《ゆうはん》のごちそうになり、それからむかし子爵の居間《いま》になっていたへやで、よもやまの話をしていましたが、そのうちに、富士夫君は昼のつかれが出て、こくりこくりといねむりをはじめ、とうとう、そこに寝こんでしまいました。

それを見るとしんせつな柳沢さんが、富士夫君をだいて、かねて富士夫君にあてがわれていた、二階のこのへやへはこんで来て、ベッドのなかへ寝かしてくれたのですが、富士夫君は、ちっとも、そんなことを知りませんでした。

それが九時ごろのことで、柳沢さんはそれからまた、十二時ごろまで話しこんで、となりの別荘へかえっていきました。

さて、話をまえにもどして、さっき目をさましたた富士夫君です。寝られぬままに、きょうここへ来るとちゅう伯父さんからきいた黒薔薇荘のふしぎな話を、それからそれへと考えていましたが、そのときです。どこかでトントンと壁をたたくような音……。

富士夫君はそれをきくと、ぎょっと、くらやみのなかで目をみはりました。

トントントン……。

壁をたたくような音は、あいかわらずつづいています。ああ、富士夫君はさっき、その音を、夢のなかできいたのです。しかし、それはけっして夢ではありません。たしかにトントンと壁をたたくような音が。……

富士夫君は思わずベッドから、身をおこして、へやのなかを見まわしましたが、すると、そこに、なんともいえぬ異様なことがおこったのでした。

大時計の怪

富士夫君はこの部屋へ、ねむったままつれて来られたので、いままで気がつかなかったのですが、ベッドの足のほうの部屋のすみに、大きな時計がおいてあります。

これは外国で、ふつう祖父《グランド・ファーザー》の時計《クロック》といわれているもので、人間の背よりもたかいものです。それにしても、くらやみのなかで、どうして、この時計が目にうつったかというと、この時計の文字盤には、くらやみのなかでも、時間がわかるように、夜光塗料がぬってあるからです。いや、文字盤だけでなく、大時計ぜんたいに、夜光塗料がぬってあるらしく、くらやみのなかに、ボーッと輪郭《りんかく》がうきあがっています。

　文字盤の下の、人ひとりもぐりこめるくらいの大きなガラス戸のむこうには、ゆらゆらと金色の振子《ふりこ》がゆれていました。時間をみると、十時半。

　富士夫君は、なんということなく、その振子を見ていましたが、ふいにドキリと目をみはりました。

　ああ、どうしたのだろう、自分はまだ夢をみているのだろうか。ゆらゆらゆれる金色の振子が、いつのまにやら、人の顔に見えてきたではありませんか。

「あっ!」

　富士夫君は思わず、シーツのはしをにぎりしめました。

　たしかに人だ、人の顔だ。しかも、それはなんという異様な顔だろう。よく、サーカスなどに出てくる道化師《どうけし》のように、まっしろに白粉《おしろい》をぬったうえに、やたらに紅《べに》で、ハートだの、ダイヤだのを書きちらした顔……、そんな顔が、にやにやと大きなくちびるをまげて笑いながら、じっとこちらをみつめている……。

　ああ、やっぱり夢なのだ。それでなければ、こんなばかなことがあるはずがない。時計の振子が、人の顔に見えるなんて……。

　だが、やっぱりそれは、夢ではありませんでした。顔につづいて、ぼんやり人のかたちが見えて来ました。サーカスの道化師のように、赤い水玉模様のだぶだぶの服をきたすがたが……。ああ、大時計のなかにだれかいる……。

　富士夫君は、なにかさけぼうとしました。だが、そのときです。大時計のガラス戸が、さっと左へひらいたかと思うと、なかからおどり出したのは奇妙なピエロ、道化師です。富士夫君はあまりの怪奇、あまりのおそろしさに、わっと大声にさけんで、シーツに顔をふせましたが、そのとたん、うしろからおどりかかった強い腕が、富士夫君のからだをだきすくめたかと思うと、しめったハンケチのようなものを鼻にあてがいました。

　なにやら、あまずっぱいようなにおいが、ツーンと鼻から頭へぬけました。と、思うと、富士夫君はフーッと気が遠くなって、それきり、あとは、なにがなにやら、わけがわからなくなったのです。富士夫君がかがされたのは、麻酔薬《ますいやく》にちがいありません。

それから、いったい、なん時間、ねむっていたのでしょうか。

富士夫君がフーッと目をさますと、部屋のなかにはどこからともなく、かがやかしい朝の光《ひか》りがさしこんでいました。富士夫君はしばらくキョトンとして、まじまじと天井《てんじょう》を見ていましたが、ふいに、昨夜のできごとがさっと、頭のなかへうかんできました。

富士夫君はバネのように、ベッドからはねおきましたが、と、見ると、ベッドの足下のほうの壁のすみに、あの、奇妙な大時計が、ゆらゆら金色の振子をふっています。

時間をみると十一時。

富士夫君はベッドからとび出すと、つかつかと大時計のそばに歩みよりました。そして、そっと文字盤の下のガラス戸に手をかけましたが、これは、鍵《かぎ》がかかっていなかったらしく、すぐひらきました。

富士夫君はしばらく大時計のなかに頭をつっこんで、時計のなかをしらべていましたが、ふいに、ドキリと息をのみました。

大時計のうしろの板をなでているうちに、ガタリとそれがはずれて、そこに大きなあながで きたからです。

抜け穴！

富士夫君はとっさにそう考えると、部屋から外へとび出しましたが、そこであっけにとられたように、ぼんやり目をみはりました。大時計のうしろの壁は、すぐ廊下に接していて、そこには壁をくりぬいたあとなど、みじんもありません。第一、廊下へ抜け穴をつくる人間もありますまい。

これには富士夫君も、がっかりしてしまいましたが、念のために、そのときの部屋のようすをわかりやすく、つぎの頁《ページ》に図解しておきましょう。

なんだ、それじゃ、自分の思いすごしだったのか、大時計の背中の板がはずれたのは、古くなって、ねじ釘《くぎ》がゆるんでいたからであろう。昨夜のできごとは、みんな夢だったにちがいない。ぼくはずいぶんつかれていたのだから。……そうでなければ、時計のなかから、ひとがとび出して来るなんて、そんなばかなことがあるはずはない。それも、よりによって、あんな奇妙な道化服の男が……。夢だったんだ。なにもかも夢だったんだ。富士夫君は、まだ、なん

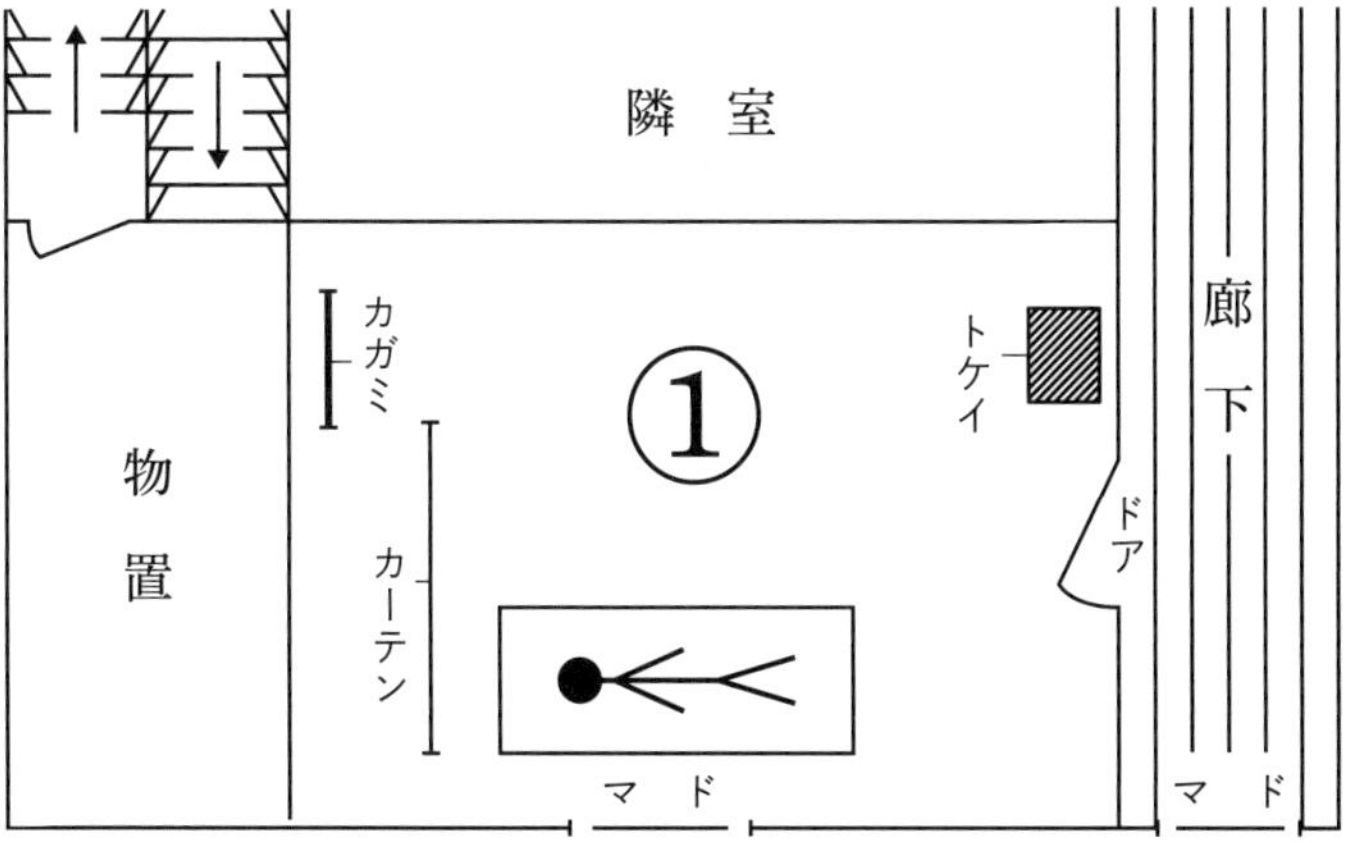

となく、腑《ふ》におちぬものがあって、しばらく、部屋のなかをキョトキョトと見まわしていましたが、やがて、洋服に着かえると、階下《した》へおりていきました。階下《した》には、おとなりの柳沢さんがもう来ていて、伯父の小田切博士と、たのしそうに話をしていました。

小田切博士は富士夫君の顔をみると、おかしそうに笑って、こういいました。

「富士夫君、おまえはよっぽどくたびれたと見えるね。けさはずいぶん、朝寝《あさね》坊《ぼう》をしたよ。なんだ、その顔は……。まだ、夢からさめぬという顔つきじゃないか。は、は、は、さ、早く顔をあらって、朝ごはんのごちそうにおなり。きょうは、おくさんが、宝物室《ほうもつしつ》を見せてくださるおやくそくだから……」

床の紅玉《ルビー》

富士夫君の朝ごはんのすむのを待って、達子夫人が、宝物室を見せてくれることになりました。この宝物室というのは、階下のホールのとなりにあって、そこには、ゆくえ不明になった古宮さんが金にあかして集めた、いろんな珍奇な宝物がおさめられているのです。

西洋のむかしのよろいがあるかと思うと、インドから買ってきたという、きみのわるい仏像もあります。西洋の盾《たて》、剣、かぶと、いろんな紋章《もんしょう》のついた瓦《かわら》、そのほか、さまざまなめずらしい宝物が、壁といわず、陳列《ちんれつ》だなといわず、足の踏場《ふみば》もないほど、ならべてあります。

「主人がいなくなりましてから、わたしはなるべくここへはいらぬことにしています。はいったとて、目に見えるではありませんが、このにおいをかぐと、主人のことが思い出されて……」

達子夫人が、かなしそうにつぶやきました。

小田切博士と柳沢さんは、同情にたえぬようにうなずきましたが、そのときです。美智子さんが、あら！　と、ひくいさけびをあげたのは。……

「美智子や、どうかしたの？」

達子夫人が、たずねると、

「おかあさま、仏像の持った剣のさきに、みょうなものがひっかかっているのよ」

そういいながら、美智子さんがとりあげたのは、かぎざきになったような、布のきれはしでした。富士夫君はなにげなく、その布を見ましたが、ふいに、ぎょっと息をのみました。

ああ、それは、白地に赤い水玉模様の布……。サーカスの道化師《どうけし》などが、きている衣裳《いしょう》と、同じ模様ではありませんか。

「まあ、だれが、こんなところへ、こんなものをひっかけていったのかしら……、おかあさま、へんな布がひっかかっていたのよ。あら！」

そのとき、美智子さんの足の下で、ガリガリと、なにか鳴る音がしました。美智子さんはおどろいてとびのくと、床のうえからなにやらひろいあげましたが、またもや、

「あっ！」

と、さけぶと、ぶるぶる手をふるわせました。見ると美智子さんは、まっかなルビーを人さし指と親指のあいだにつまんでいるではありませんか。

「おかあさま、おかあさま。ルビーよ、ルビーよ、ほら、おとうさまといっしょになくなった、宝石のひとつのルビーよ」

「まあ、美智子や、なにをいうの。あれほど、さが

しても見つからなかった宝石が……」

「だって、ここにあったのよ。この床に落ちていたのよ。おかあさま、ほら、さわってごらんなさい」

達子夫人は手さぐりで、ルビーに手をふれましたが、きゅうにおろおろした声で、

「美智子や、美智子や、どうしてこれがいまごろ床のうえにあったのでしょう。あれほどさがしてもみつからなかったものが……」

「おくさま」

そのとき、しずかに言葉をはさんだのは柳沢さんでした。

「それはまえから、そこに落ちていたのをお見落しだったのじゃありませんか。なにしろ小さなものですから……」

「いいえ。そんなことないわ。あたし、毎日ここへはいってくるのよ、そして、すみからすみまで歩きまわるのよ。そうすると、おとうさまが、どこかにいらっしゃるような気がするんですもの。きのうもあたし、ここへはいって来ましたわ。しかし、そのときには、ここにはこんな布もなかったし、ルビーも落ちていなかったわ」

美智子さんがやっきとなっているので、小田切博士と柳沢さんは、思わず顔を見あわせました。

こんなことから、宝物室の見物は中止になりました。

美智子さんのいうことがほんとだとすれば、昨夜、だれかここへはいって来たものがあるにちがいありません。しかし、召使《めしつか》いを呼んできいてみると、玄関も裏口も、なかから閂《かんぬき》がおりていたし、窓という窓も、ぜんぶ、内から鍵《かぎ》がかかっていたといいます。

「みょうですな」

「みょうですね」

小田切博士と柳沢さんは、また、顔を見あわせましたが、美智子さんは、やっきとなって、

「いいえ、なにもみょうなことないわ。だれかが、どこかからはいってきたのよ。どこからはいって来たのかしらないけれど、あたし、そのひとを知ってるわ」

「え？　知ってる？　だ、だれです。それは……」

柳沢さんが、びっくりして、たずねました。

「頰《ほお》に大きなきずのあるひとよ。あたし、そのひとが毎日このおうちのまわりをうろついているのに気

がついていたわ。あのひとよ、きっと、あのひとが、どこからかしのびこんで来たのよ」

あまり気をたかぶらせたせいか、美智子さんは、ワッと泣き出しました。目の見えぬ達子夫人は、なにがなにやら、ただもうおろおろするばかり……。

そのときでした。富士夫君が、そばからこんなことをたずねたのです。

「伯父《おじ》さん、伯父さん、伯父さんたちは、ゆうべ、なん時ごろまで起きていたの？」

この問いに、小田切博士は、ふしぎそうに、

「わたしは、十二時ごろまで、柳沢さんやおくさんと話をしていたよ。富士夫、それがどうかしたの？」

「いいえ、ちょっとたずねてみただけなんです」

あの奇妙な道化師が、大時計からとび出したのは、十時半のことだった。いかに、とっさのできごととはいえ、みんなが起きていたとしたら、あのさわぎに気がつかぬはずはない。してみると、あれはやっぱり夢だったのだろうか。……

富士夫君は、まだあのできごとを、夢とも、ほんとのできごととも判断しかねているのでした。

富士夫君の発見

その晩、達子夫人は頭痛がするといって、夕飯《ゆうはん》がすむと、すぐに寝室へしりぞきました。美智子さんも、同じように、頭がいたいからといって、お母さんといっしょに、お部屋へさがりました。富士夫君までが、ゆうべよく寝られなかったといって、八時ごろに、昨夜の部屋へひっこんでしまいました。

あとでは、小田切博士と柳沢さんが、将棋をさしはじめました。

富士夫君はしかし、けっしてねむいのではありません。ねむいどころか、かずかずの疑問に、頭はさえわたるばかりです。

仏像の剣にひっかかっていた水玉模様の布のきれはし、それから、あのルビー……、ゆうべたしかに、だれかが、この黒薔薇荘《くろばらそう》へはいって来たのだ。そして、そいつはこの大時計のなかから出て来たのだ。

しかし、この大時計のうしろの壁に、なんのしかけもないのはどういうわけだ。あれは、やっぱり、自分の夢だったのだろうか。……

富士夫君は、いくども、いくども、大時計のガラスのドアを、あけたり、しめたりしていましたが、とつぜん、なにを思ったのか、あっとさけんで、立ちすくんでしまいました。

ああ、この大時計のガラス戸は右へひらく。……そうだ、それがあたりまえのことなのだ。どんなドアでも、左へひらくドアはない。しかし、昨夜、奇妙な道化師《どうけし》がとび出したときには、ドアはたしか左へひらいたではないか。なぜだろう、なぜだろう。

……

富士夫君は、一生《いっしょう》けんめいに、そのことを考えていましたが、やがて、ハッとあることに気がつきました。そこで、へやじゅうしらべてみましたが、と、そのとき階段をあがってくる靴音がきこえて来ました。伯父さんの小田切博士があがって来たのです。

「伯父さん、伯父さん」

富士夫君が、ドアをあけて呼ぶと、

「なんだ、富士夫、まだ、起きていたのか」

「伯父さん、柳沢さんはかえりましたか」

「ふむ、いま、かえった。なにか用かい」

「いえ、あの、伯父さんに話があるんです。ちょっとここへ来てください」

小田切博士がふしぎそうに部屋のなかへはいってくると、富士夫君は、ぴったりとドアをしめました。そして、小さい声で、手みじかに、昨夜の話をしてきかせました。

それを聞くと、小田切博士もびっくりして、さっそく、大時計をしらべましたが、すぐがっかりしたように、

「富士夫、それはやっぱりおまえの夢だよ。うしろの壁に、なんのしかけもないじゃないか」

「いいえ、そうじゃないのです。伯父さん、その時計の振子《ふりこ》のドアは、ゆうべ、左へひらいたんです。ところが、いま、しらべてみると、そのドアは右へひらくではありませんか。伯父さん、右へひらくドアが、どうして、左へひらいたとみえたのでしょう」

「富士夫、おまえ、なにをいっているのだい。おまえのいうことはよくわからないよ」

「伯父さんわからないの。それじゃ、これをみてください」

富士夫君はつかつかと部屋を横ぎり、大時計の真

正面の壁にかかっている黒いカーテンを、さっとまくりました。と、そこにまたもや、ありありとひとつの大時計があらわれたではありませんか。

小田切博士は、思わずあっと目をみはりましたが、すぐつぎの瞬間、その大時計の正体がわかりました。それは、ほんとの時計ではなく鏡にうつった時計の影なのです。

「ああ、わかった、わかった、富士夫、おまえのみたのは、あの鏡にうつった影だったのだね。それで、右と左がはんたいに見えたのだね」

「そうです。しかし、伯父さん、道化師がとびだしたとき、ぼくはたしかにドアのほうへ足をむけて寝ていたんですよ。そのことは、月の光《ひか》りがかすかに右からさしこんでいたので、おぼえているんです。そして、へんな物音にドアのほうを向いたとき、そこに時計があったんです」

「ふうむ、するとおまえの見たのは、やっぱり、本物の時計だったのかい」

「いいえ、そうじゃありません。伯父さん、ぼくの見たのは、やっぱり鏡にうつった影だったんです。つまり、ゆうべは、ドアのそばに鏡があり、その正面に時計があったんです。それをあとで道化師のやつが、鏡と時計をおきかえておいたのです」

富士夫君の話を図にすると、道化師がとび出したときの部屋のようすは、つぎの頁《ページ》のようになります。

「なぜ、時計と鏡をおきかえたかというと、ぼくの思いちがいを、あくまでも思いちがいのまま、通させようというはらなのです。つまり、ほんとに時計のあった場所を知られたくなかったからです。なぜならば、ほんとに時計のあったうしろの壁にこそ抜け穴があるからなのです」

小田切博士に手つだってもらって、ついたてのようになった鏡をおしのけると、まぎれもなく、うしろの壁にドアのようなわれめがあるではありませんか。

小田切博士はぎょっとしたように、息をのみましたが、ああ、そのときなのです。どこか、壁のおくのほうで、コトリという音……。それをきくと、富士夫君は、

「あっ、来た!」

と、小声でさけんで、カチッと電気のスイッチをひねりました。そして、博士とふたり、くらやみの

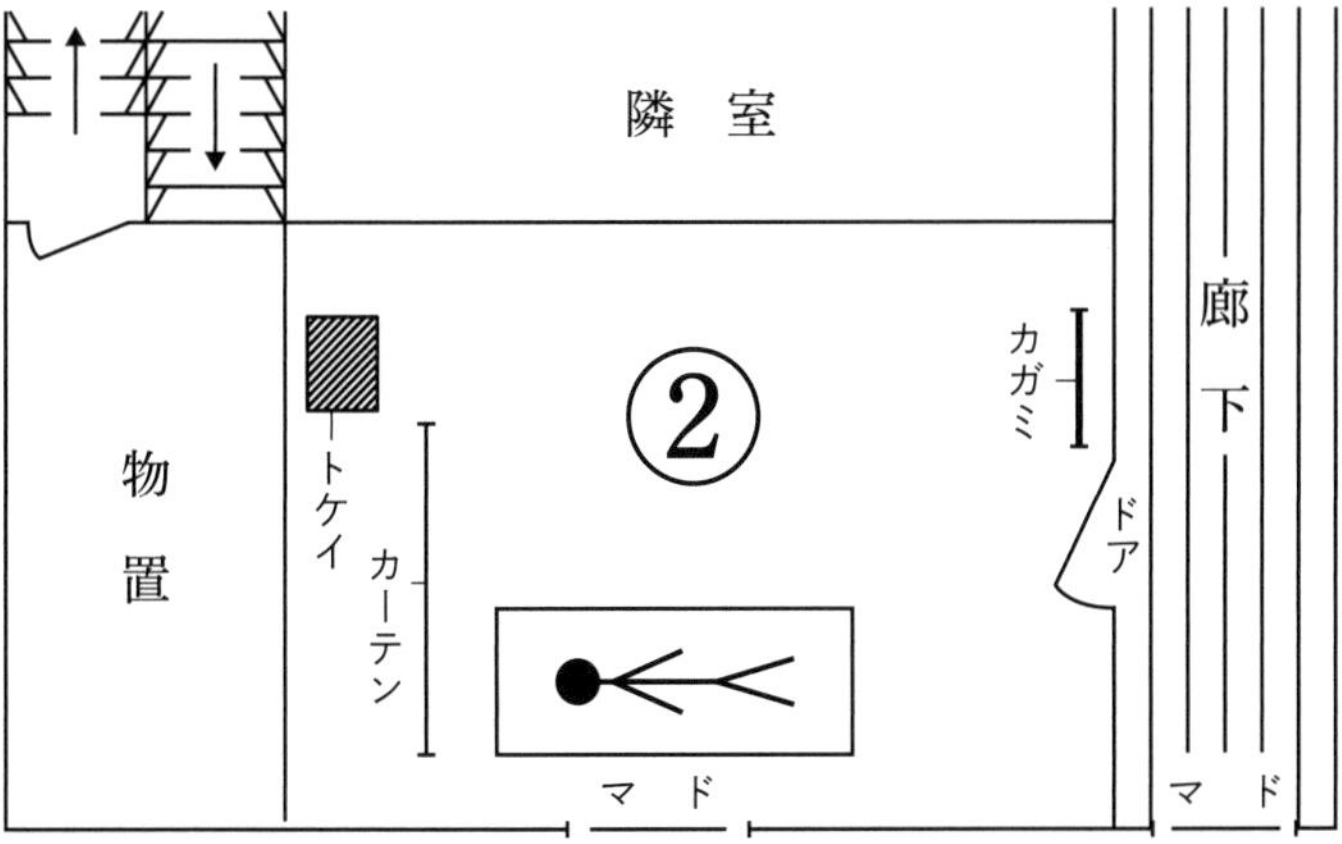

なかで、じっと息をころしておりました。

　コトコトコト……ああ、きこえる、きこえる。それはたしかに壁のなかから……壁のおくの階段をのぼるような足音なのです。やがて、階段をのぼりきると、足音は抜け穴のむこうまで来て、ぴたりと、とまりました。

　たぶんなかのようすをうかがっているのでしょう。富士夫君の心臓はガンガン鳴ります。額《ひたい》には汗がびっしょり、……富士夫君は歯をくいしばって、つぎにおこることを待っていましたが、やがて、カタッという音とともに、壁がバネのようにむこうへひらき、そこからはいってきたのはたしかに、昨夜の道化師です。

　道化師は、うすくらがりのなかを、キョロキョロあたりを見まわしていましたが、そのときです。みょうなことが起こりました。道化師のうしろから、もうひとつ、黒い影がとびこんで来たかと思うと、

「曲者《くせもの》！」

　やにわにうしろから、とびついたから、たまりません。ふたつの影はものすごい音をたてて床にころがりました。それから、組んず、ほぐれつ、たいへ

んなさわぎです。

これには富士夫君もびっくりして、あっけにとられていましたが、そのとき、廊下をあわただしく走ってくる足音がしたかと思うと、

「ど、どうしたのです。なにごとが、起こったのです」

「富士夫さん、富士夫さん、どうしたの」

達子夫人と美智子さんの声でした。この声に、やっと気がついた富士夫君が、ドアをあけると同時に小田切博士がパッと電気をつけました。

と、見れば、床には道化師がぐったりのびて、そのそばから、よろよろと起きなおったのは、なんと、頰《ほお》におそろしいきずのある男ではありませんか。

「あ、き、きみはだれだ、なにものだ」

小田切博士の声をきくと、きずのある男は、かなしげに首を左右にふりました。

「小田切君、達子、美智子。……おれがだれだかわからないのかい、おれだよ、古宮一麿だよ」

それだけいうと、頰にきずのある男は、よろよろと富士夫のベッドにたおれかかったのでした。

十時半の謎《なぞ》

古宮一麿氏は、なぜ、一年もすがたをくらましていたのでしょうか。それはまことに奇妙な事情によるのでした。

外国のお城の研究家だった古宮さんは、同時に、迷路や抜け穴の研究家で、さてこそ、じぶんの建てた黒薔薇荘《くろばらそう》にも、こっそり秘密の抜け穴をつくっておいたのです。

そして、ときどき、変装してはそこからぬけだし、近所の町や村へあそびに出かけ、だれも自分だと気がつかないのにとくいになっていました。

ところが、一年まえのある晩、たいへんなことがおこったのです。

その晩も、変装して、抜け穴からぬけだして、近所の町へあそびに出かけた古宮さんは、そのかえりがけ、足をすべらせて崖《がけ》から谷底へおち、大《おお》けがをして、気をうしないました。

さいわい、生命《いのち》には別条なく、古宮さんは夜明けごろ、しぜんと息をふきかえしましたが、そのとき

には、いままでのことをすっかり忘れてしまっていたのです。あまり強く頭をうったので、自分の名まえも、家も、妻も、子も、なにもかも忘れて、すっかり別の人間になり、ふらふらと東京へ出てしまったのです。

そして、土方《どかた》のようななれぬ仕事をしながら、一年の月日を送りましたが、つい、先日、仕事場でまた大けがをしました。上から、重い材木がたおれて来て、古宮さんは頭を強くうって、気をうしなったのです。ところが、なにがさいわいになるかわかりません。また頭を強くうったために、こんど気がついたときには、もとの古宮さんにかえっていました。

古宮さんはそのことを、自分をつかっていた山脇《やまわき》という土方の監督さんにうちあけました。黒薔薇荘の抜け穴のことや、それから宝物室にかくしてあるたくさんの宝石のことといっしょに……。

ところが、この山脇監督というのが悪いやつで、それをきくと、古宮さんをあるところへ押しこめ、じぶんは柳沢弁護士と名乗って、黒薔薇荘のとなりの別荘をかいこみ、ひそかに抜け穴をとおって、宝石をぬすみ出そうとしていたのでした。あの、道化師が柳沢こと、山脇監督だったことはいうまでもありません。

さて、いっぽう、押しこめられていた古宮さんは、やっとそこをぬけだすと、黒薔薇荘の近所へかえり、山脇監督をひそかに見はっていたのでした。そして、今晩、とうとうそれをとりおさえたのです。

さあ、こうしてすべての事情がわかると、達子夫人や、美智子さんのよろこびは、どんなだったでしょうか。

その翌日はあらためて、親子三人、それに小田切博士や富士夫君もまじえて、さかんなお祝いをいたしましたが、その席上、抜け穴のありかを見やぶった富士夫君のかしこさが、どのようにほめたたえられたか、ここに申すまでもありますまい。

さて、富士夫君が鏡にうつった時計から、道化師のとび出すのを見た時刻、それはほんとは何時だったのでしょうか。富士夫君は十時半と見たのでしたが、ほんとの時間はなん時だったのしょうか。諸君もひとつ鏡に時計をうつして、しらべてみてください。

謎の五十銭銀貨

私のマスコット

駒井不二雄《こまいふじお》君のおじさんの、駒井啓吉《けいきち》は小説家である。ことし三十六になるが、いたってのんきな人で、三十六になるのに、おくさんもなく、不二雄君のところに同居してる。

その啓吉おじさんのところへ、ある日、雑誌社の人がきて、『私のマスコット』という題で、お話をしてくれとたのんだ。マスコットというのは守り神のことである。

すると、啓吉おじさんは、

「私のマスコットですか。私のマスコットというのは、これですよ」

と、そういって、机のうえにあった五十銭銀貨を、雑誌社の人に見せた。いまはもう五十銭銀貨なんて、見ようたって見られないが、戦争の途中までは、こういうおかねが、通用していたのだ。

もっとも、五十銭銀貨にもいろいろあって、だんだん小さくなったが、啓吉おじさんのマスコットは、大正三年に出たもので、直径三センチぐらいある。

雑誌社の人はふしぎそうに、

「これが先生のマスコットですって、なにかこれにはわけがあるのですか」

と、たずねると、啓吉おじさんはにこにこ笑って、

「そうですとも、これにはおもしろい話があるんです。まあ、聞きたまえ、こうですよ」

と、話しだしたのはつぎのような物語である。以下しばらくわたしというのは、啓吉おじさんのことだと思ってください。


あれは昭和十六年の暮《くれ》か、十七年の春か、とにか

く寒い晩のことでした。わたしは用事があって新宿《しんじゅく》の裏通りを歩いていました。ところで、きみはおぼえているかどうか、あのじぶん、新宿の裏通りには、夜になると、ずらりと易者《えきしゃ》が店を出していましたね。

その晩、わたしはぶらりと、易者に手相をみてもらったんです。いいえ、わたしは手相だの人相だのということは、大きらいなんですが、つい、そんな気になったんですね。そこで易者のいうままに、手袋をぬいで、左手を出したんですが、すると易者はぎっくりしたように、わたしの顔を見あげました。

易者がおどろいたわけはわかっています。ほら。ぼくの左手の小指ははんぶんなくなっているでしょう。これは戦争のはじめに、上海《シャンハイ》で負傷したんですが、易者がおどろいたのはこのことだろうと、わたしは気にもしませんでした。じつはあとから考えると、もっと深いわけがあったらしいんですが。……

ところで、その時のわたしのようすですが、なにしろ寒い晩でしたから、オーバーの襟《えり》を立て、それにマスクをしていましたから、易者にもよく顔が見えなかったろうと思います。さて、易者がわたしの手相をみて、どんなことをいったか、よくおぼえていませんが、そんなことはどうでもいいのです。そのあとで、わたしが見料《けんりょう》として一円札をわたすと、そのおつりとして易者がわたしにくれたのが、この五十銭銀貨なんです。

あとから考えると、その時の易者のようすは、たしかにへんでしたよ。きょろきょろあたりを見まわし、わたしに銀貨をにぎらせると、早くいけというような合図をするんです。

わたしもへんだと思いましたが、べつに気にもとめず、そのまま新宿駅から立川《たちかわ》ゆきの電車にのったのです。ええ、そのじぶんからわたしは、吉祥寺《きちじょうじ》のこの家に住んでいるんですよ。

ところで、そのじぶんすでに、銀貨はめずらしくなっていたんでしょう。で、わたしはなにげなく、電車のなかで、その銀貨をいじっていたんですが、どうも少し軽すぎるように思われるんですね。

これはへんだと思ったものだから、家《うち》へ帰ってしらべてみると、たしかに軽い。おまけにたたいてみると、音もちがう。どうも中がうつろになっているんじゃないかと思われる。わたしは、はっとして、まわりのぎざぎざをしらべたところが、これがみんな食いちがっているんです。わたしはいよいよ好奇心を起こして、いろいろいじくっていると、どうでしょう、ほら、このとおり。……


　と、そこまで話すと啓吉おじさんは、くるくる銀貨をねじっていたが、するとどうだろう、銀貨の裏と表《おもて》がぽっかりはずれて、しかもうつろになったその中には、紙きれのようなものが、はいっているではないか。

　雑誌社の人はおどろいて、

「あっ、その紙ぎれはなんですか」

「それがね、どうやら暗号らしいのですが、……ほら、これです」

　と、銀貨の中からとりだした薄い紙をひろげてみると、そこには、つぎのような数字が書いてあるのだった。

3.2　1.1　5.5　2.2″7.2　5.5
5.5　1.1　6.2°6.1　8.1　1.2　4.1″

　雑誌社の人は目をまるくして、

「なるほど、これは暗号らしいですね。そして先生はこの暗号をお解《と》きになったんですか」

「なかなかそうはいきません。ぼくは同じ小説家でも、探偵小説家じゃありませんからね」

「しかし、先生、易者がどうしてこんなものを、先生にわたしたのでしょう」

「それは、こうだと思うんです」

　と、啓吉おじさんはにこにこしながら、

「あの易者は人ちがいをしたんですよ。そして、人ちがいの原因というのはわたしの左の小指だろうと思うんです。易者はあの晩、左の小指のかけてる男に、この銀貨をわたすことになっていたんですね。そこへわたしがこの左手を見せたもんだから、わたしの顔を見なおした。ところがあいにく大きなマスクをかけていて、顔がよく見えなかったので、つい、まちがえてこの銀貨をわたしたんですね。とにかくぼくはその翌晩、もう一度新宿へ出向いていって、易者を探してみたんですが、とうとう見つからなかったので、いまだにこうして持っているわけです。どうせこんな銀貨を使ったり、暗号を使ったりしているのだから、なにかきっと、後暗《うしろぐら》い仕事に関係があるんだろうと思いますが、ほら、よくいうでしょう。泥棒のおきわすれていったものを持ってると、幸運がくると、……それでぼくはこの銀貨を、マスコットとしてだいじにしているんですがねえ」

不二雄君も、その時おじさんのそばにいて、はじめてこの話をきいたのだが、ひどく興味をそそられて、おじさんや、雑誌社の人といっしょに、なんとかして暗号を解こうと、いろいろ首をひねったが、とうとう解くことができなかった。

ところで諸君、諸君はひとつこの暗号を解いて、啓吉おじさんや不二雄君の鼻をあかしてくれませんか。なに、これはたいへんやさしい暗号なのですよ。

さて、啓吉おじさんのその話は、暗号の数字だけをぬきにして、そっくりそのまま、その月の雑誌にのせられたが、それがもとになって、ひとつの事件が起こったのである。

ふしぎな客

それは雑誌がでてから、一週間ほどのちのことである。

啓吉おじさんのところへ、香山由紀子《かやまゆきこ》といううきれいなお嬢さんが遊びにきた。

由紀子さんはことし十八、もとはたいへんなお金《かね》持《もち》で、高輪《たかなわ》のほうに二十もおへやがあるという、りっぱなお屋敷をもっていたが、戦後だんだん貧乏して、高輪のお屋敷も売りはらい、ちかごろ不二雄君のおうちのそばへ、引越《ひっこ》してきたひとである。

由紀子さんは、まえから啓吉おじさんの小説の愛読者だったが、それがつい近所に住むようになったものだから、ときどき、こうして遊びにくるのである。不二雄君もこの由紀子さんが大好きなので、遊びにくると、いつもそばにくっついている。不二雄君は小学校の六年生だが、ひとりっ子で兄弟がないものだから、由紀子さんを、姉のようにしたっているのである。

きょうもきょうとて、その由紀子さんが遊びにきたので、不二雄君もおじさんの部屋へきて、いろいろとりとめのない話をしていたが、そのうちに、啓吉おじさんが、心配そうに由紀子さんの顔をのぞきこみながら、こんなことをいった。

「どうしたの、由紀ちゃん、きょうはなんだか元気がないね。また、おかあさんがわるくなったんじゃないの」

由紀子さんのおとうさんは戦争中になくなり、いまではおかあさんとふたりきりの暮しだが、そのおかあさんが、からだが弱くて、しょっちゅう寝ていることを、啓吉おじさんも不二雄君もよく知っていた。

啓吉叔父《おじ》さんに、やさしくなぐさめられると、由紀子さんはもう涙をうかべて、

「ええ、ちかごろまた少し……、それで、先生にお願いがあるんですが」

「ぼくにたのみ……？　どんなこと、いってごらん、ぼくにできることなら、なんでもしてあげるよ」

「ええ……」

由紀子さんはちょっと口ごもったのちに、それでも思いきったように、

「あたし、ピアノを売ろうと思うんですが、どなたか買ってくださる人はないでしょうか。それを先生にお願いしようと思って……」

「ピアノを売る？」

啓吉おじさんは、目をまるくして、

「どうして、ピアノなんか売るの。だって、このあいだきたときは、ピアノは自分のいのちだから、どんなことがあっても手ばなさないといってたじゃないの」

啓吉おじさんがそういうと、由紀子さんはいよいよ悲しそうな顔をして、

「ええ、あたしもそう思っていましたが、おかあさまのご病気で、いろいろ、お金がいるものですから。……それにおかあさまがご病気なのに、のんきにピアノなんかひいてられないと思いますのよ」

由紀子さんはかねてから、音楽家になるのが志望だった。

「ふむ、まあ、それはそうだけれど、そう、きゅうに売ってしまわなくっても……」

と、ふたりがそんな押問答《おしもんどう》をしているところへ、女中《じょちゅう》がお客さまの名刺を持ってはいってきた。名刺をみるとお客さまというのは、『オーロラ』という雑誌を出している、極光社《きょくこうしゃ》という雑誌社の人で、山田進《やまだすすむ》という人だった。

「ああ、そう、それじゃこちらへ通しておくれ」

啓吉おじさんがそういうと、由紀子さんはそわそわして、

「お客さまですわ。それじゃ、あたし帰りますわ」

と、腰をうかしかけるのを、啓吉おじさんはひきとめて、

「いいんだよ。どうせ原稿をたのみにきたんだろうから、そんなむずかしい話じゃありゃしない。きみが帰ると、不二雄がさびしがるから、まあ、もう少しいてやってください」

と、そんなことをいってるところへ、極光社の山田進という人があがってきた。いいわすれたが啓吉おじさんのお部屋というのは、二階の洋間になっているのである。

「はじめまして、わたし、極光社の山田進というものですが……」

そういってあいさつをしたところをみると、山田進というひとは、年《とし》ごろ四十二、三、ひたいのはげあがった、人相のよくないひとで、どうしても雑誌社の人とは見えなかった。

さて、山田進という人の用件というのは、啓吉おじさんの察しのとおり、原稿の注文だったが、啓吉おじさんが、いまいそがしいからとことわると、すぐ、はあ、そうですかと、話をひっこめてしまった。ひどくあきらめのよい人だと、そばで聞いていた不二雄君でさえが、たよりないように思ったくらいだ。

そこで啓吉おじさんと、山田進という人は、二《ふた》こと三《み》こととりとめのない話をしていたが、きゅうに相手が思い出したように、

「そうそう、このあいだある雑誌で、先生のお話を拝見《はいけん》しましたよ。ほら、五十銭銀貨の話……、あれはひどくおもしろい話ですが、ほんとにあんなことがあったんですか。先生の作り話じゃないんですか」

と、そんなことをいいだした。

「ほんとうですとも。作り話じゃありませんよ。ほらその証拠がこの五十銭銀貨です」

と、啓吉おじさんが、机のうえにおいてある、五十銭銀貨をとってみせると、

「あっ、それがそうですか。なるほど、ちょっと拝見してもいいですか」

「さあ、どうぞ、どうぞ。表《おもて》のほうをうえにして、右のほうへまわしてごらんなさい。ほら、ひらいたでしょう」

「あっ、なるほど、これはまた、じつにこまかい細《さい》工《く》をしたものですね。ああ、この紙が暗号を書いた

ものですか」

山田進は、暗号の紙をひらこうとするのを、

「いや、それだけはいけません」

と、啓吉おじさんは、いきなり銀貨をとってしまった。

「この暗号だけは、だれにも見せないことにしています。暗号の解けるのはよいが、どんなことから、人にめいわくがかかからないものでもありませんからね」

「なるほど、それはそうですね。いや、これは失礼しました」

山田進という人は、いかにも残念そうなようすだったが、それからまもなく、きゅうに用事を思いだしたといって、あいさつもそこそこに、帰っていった。

あとでは三人顔を見合わせていたが、不二雄君がいまいましそうに、

「おじさん、いったい、いまの人はなにしにきたの。まるで銀貨を見にきたみたいじゃないの」

すると、啓吉おじさんはにやにや笑って、

「あるいはそうかもしれない。極光社の人なら、ぼくはみんな知ってるんだが、あんなへんなやつはいやあしないよ。それに不二雄、おまえ気がつかなかったかい。あいつ右手の手袋はぬぎながら、左手の手袋だけは、とうとうしまいまでぬがなかったじゃないか。あれはいったい、どういうわけだかわかるかい」

啓吉おじさんはそういって、いかにもおもしろそうに笑うのだった。

深夜の怪事件

その晩のことである。

不二雄君は真夜中ごろ、へんな物音にふと目をさました。

ミシリ、ミシリ。……

だれやら、屋根のうえを歩いているようである。

どろぼう……？

そう思うと、不二雄君の心臓が、きゅうにガンガン鳴りだした。全身から、さっとつめたい汗がふきだした。

不二雄君は、いつも玄関のわきの部屋に、ひとり

で寝ることになっており、そのおとなりは啓吉おじさんの寝室だった。おとうさんやおかあさんは、ずっとはなれた、奥のお部屋でおやすみになる。

不二雄君は蒲団《ふとん》のなかで、からだを固くして、じっと物音に耳をすましている。

ミシリ、ミシリ。……

また、屋根をふむ音がする。ああ、もうまちがいはない。たしかにだれかが屋根のうえを歩いているのだ。不二雄君の心臓は、いよいよはげしくおどって、のどがひりつくようなかんじであった。

やがて屋根を歩く音がやんだかと思うと、こんどはゴトゴトと、どこかをこじあけるような物音。

——どうやら啓吉おじさんの、洋間の窓をこじあけているらしい。あの洋間は雨戸《あまど》がなくて、ガラス戸だけだから、こじあけようとすればすぐひらく。

たいへんだ、泥棒がおうちへはいってくる！

不二雄君は勇気をふるって、寝床《ねどこ》のなかからはいだした。となりのお部屋に寝ている、啓吉おじさんにしらせようと思ったからだ。不二雄君はそっと障《しょう》子《じ》をひらいて廊下へ出たが、そのとたん思わずギョッと立ちすくんでしまった。

まっくらな階段のしたに、だれやらひとが立っている！

こんどこそ不二雄君は、思わず大声でさけびそうになったが、そのとき階段のしたに立っていた人が、ネコのように足音もなく、不二雄君におどりかかってきたかと思うと、大きなてのひらでしっかり口をおさえると、

「しっ、だまって、声をたてるな！」

ああ、おどろいた。それは啓吉おじさんだった。

「あっ、びっくりした。おじさんだったの？　おじさん、おじさん、二階にだれか……」

「しっ、だまって、おじさんもよく知っている。不二雄、おまえはここにおいで、おじさんはちょっと二階へいってみるから……」

「おじさん、ぼくもいく」

「ばか、おまえは、あぶないからここにおいで」

「ううん、いくんだ、いくんだ。泥棒をつかまえてやるんだ」

どんなにいってもきかないので、おじさんはとうとうあきらめて、

「よし、それじゃだまってついてくるんだぞ。声を

出したらだめだぞ」

足音をしのばせて、ふたりが階段をのぼっていくと、どろぼうはすでに窓をやぶってはいってきているらしく、洋間のドアのすきまから、ぼんやり光《ひか》りがもれている。その光りのうごくところを見ると、懐中電灯を持っているらしい。

啓吉おじさんと不二雄君は、ドアのまえまではいよると、そっとすきまから中をのぞいたが、いる、いる、たしかに人が、机のうえをかきまわしているのである。洋服を着て、ゲートルをまき、鳥打帽《とりうちぼう》をまぶかにかぶり、おまけに黒いマフラを鼻のうえまでまいているので、顔は少しも見えなかったが、ぎろりと光る目がものすごい。

どろぼうはしばらく机のうえをかきまわしていたが、やがてなにを見つけたのか、

「あった！」

と、小さくさけんで、なにやらつかんでポケットにねじこんだが、そのときだった。

「どろぼう！」

だしぬけに啓吉おじさんがさけんだから、いや、どろぼうのあわてたのなんのって、ガラガラピシャンと、そこらじゅうにつきあたりながら、窓から外へとびだすと、ドタバタ屋根をふみならしてにげだした。

啓吉おじさんと不二雄君は、すぐに部屋へとびこんで、窓から首を出すと、

「どろぼう、どろぼう！」

大声にさけんだから、泥棒はいよいよあわてて、ころげるように屋根から下へとびおりたが、そのときである。

軒下《のきした》からひらりとひとつの影がとび出すと、なにやらぎらりと光るものをひらめかして、いきなりさっと泥棒のうえにおどりかかった。

「うわっ！」

おそろしい悲鳴なのである。それと同時にどろぼうは、骨をぬかれたようにくたくたと、道のうえにへたばってしまった。すると軒下からおどりだした影は、すばやく泥棒のポケットをさぐったのちに、なにやらとり出すと、暗い夜道をいちもくさんににげだした。

二階の窓からこれを見ていた、啓吉おじさんも不二雄君も、あまりのことに声も出なかったが、そこ

へ、さわぎをきいてかけつけてきたのは、不二雄君のおとうさんとおかあさんである。

「啓吉、どうしたんだ、いまのさわぎは……」

「にいさん、泥棒がはいったんですよ。どろぼうが……」

「まあ、泥棒ですって不二雄、あんたもこんなところへきて……」

おかあさんは、はやおろおろ声である。不二雄君は、そのおかあさんにすがりついて、

「ああ、おかあさん、泥棒は、あそこにたおれているんですよ。おじさん、おじさん、おじさん。泥棒はどうして動かないんでしょう。ひょっとすると泥棒はさっきのやつに……」

不二雄君の声はふるえた。啓吉おじさんもまっさおになっている。

下をみるとどろぼうが、道のうえにたおれたまま、いつまでたっても動くけはいは見えなかった。

洋服だんすを買いに来た男

泥棒は、はたして死んでいるのであった。うしろから、するどい刃物でえぐられて、たったひと突きのもとに殺されたのだった。

さて、この泥棒が極光社の記者、山田進と名のって、その日、啓吉おじさんをたずねてきた、あの人相の悪い男であったことは、いまさらここに書きそえるまでもあるまい、それにしても、山田進を殺していった、もうひとりの男は何者だろう。

「なるほど、なるほど、するとこいつがきのう、極光社の記者といつわって、あなたをたずねてきたというんですね。そして、その目的は五十銭銀貨をしらべにきたらしいと。ふうむ、なるほど、それはみょうな話ですね」

その翌日、しらせをきいてかけつけてきたのは、等々力《とどろき》警部といって、警視庁でも有名な腕ききの人だった。啓吉おじさんから、きのうの話、さらにさかのぼって数年まえに、啓吉おじさんが謎《なぞ》の銀貨を手にいれたいきさつを聞くと、ひどく興味をもよおしたらしく、

「なるほど、するとその易者《えきしゃ》は、この男とまちがえて、あなたに銀貨をわたしたんですね」

「それにちがいないと思います。ごらんなさい、そ

いつの左の手を……、小指が半分なくなっているでしょう」

なるほど、殺された山田進の左手をしらべてみると、啓吉おじさんと同じように、小指が半分かけていた。きのう啓吉おじさんをたずねてきたとき、左の手袋だけは、とうとうしまいまでぬがなかったのは、それをかくすためだった。

「なるほど、すると易者のへまから、銀貨を手に入れそこなったこの男は、それ以来、銀貨の行方《ゆくえ》をさがしていたところが、はからずも今月の雑誌で、あなたの話を読んだものだから、ようすをさぐりにきたんですね。そして夜になって、銀貨をぬすみにきたと。……ところで、その銀貨はどうしましたか」

「それがねえ、机のうえにほうり出してあったものですから、まんまとこいつにぬすまれて……」

啓吉おじさんが頭をかくと、等々力警部もまゆをひそめて、

「そいつはまずいことをしましたねえ、するとこいつが銀貨をぬすんでにげだすところを、待ちぶせしていたやつが刺し殺して、その銀貨を横どりしてにげたということになりますね」

「そうだろうと思います。こいつが、銀貨を持っていないところをみると……」

「ふうん、ところでその暗号ですがね、あなた、それをおぼえていらっしゃいませんか」

「それがねえ」

啓吉おじさんは、またしても頭をかいて、

「なにしろ、やたらに数字をならべてあるだけで、……どうも、よくおぼえておりません」

「ふうん」

等々力警部は、いよいよ不満らしく鼻をならした。

それにしても、不二雄君はふしぎでならなかった。啓吉おじさんという人は、うわべはのんきらしく見える人だが、ほんとうは、たいへんきちょうめんな性質なのである。それがどうしてやすやすと、銀貨をぬすまれたり、暗号の数字をわすれたりしたのだろう。……

それはさておき、その日はいったん等々力警部もひきあげ、死体も警視庁にひきとられたが、それから三日ほどしてから、警部がにこにこしながらやってきた。

「わかりましたよ、死体の身許《みもと》が、……山田進とい

うのはまっかなうそで、あいつは小宮三郎《こみやさぶろう》という前《ぜん》科者《かもの》なんです。ところで、おもしろいのは、あいつの兄貴《あにき》に小宮譲治《じょうじ》という、宝石専門のどろぼうがあったんです。こいつ、あだ名を紳士譲治というくらいで、いつも紳士みたいななりをして、上流社会に出入りをしては、宝石を専門にぬすんでいたんです。ところが、この紳士譲治は、昭和十七年の一月につかまって、取調《とりしら》べ中に牢《ろう》で死んでいるんですが、ここにおもしろいのは紳士譲治がつかまったときは、天運堂春斎《てんうんどうしゅんさい》という、あやしげな名まえの易者のうちに間借《まが》りしていたんですよ」

　それをきいて、はたとひざをたたいたのは啓吉おじさん。

「なるほど、わかりました。紳士譲治はつかまるとき、弟の三郎になにかいいたいことがあったが、口ではいえないことなので、暗号に書いて銀貨にかくし、それを天運堂にたのんだんですね」

「そうです、そうです。そのとき天運堂も調べられたが、これはなにも知らずに、譲治に部屋をかしていただけとわかって、許されたんですが、そいつが三郎とまちがえて、あなたに銀貨をわたしたんですね。ところで問題はその暗号ですがねえ、譲治はなにを弟にしらせようとしたか、ひょっとするとぬすんだ宝石の、かくし場所ではないかと思うんですがねえ」

　それをきいて、あっとおどろいたのは不二雄少年、もし、それがほんととすると、啓吉おじさんが暗号の数字をわすれたのは、なんという残念なことであろうか。

　等々力警部も、しきりにそれを残念がっていったが、すると、そのあとへやってきたのが由紀子さんだった。

「先生、きのうはうちでも、ちょっときみの悪いことがあったんですよ」

　と、由紀子さんはなんとなく、おびえたような顔色だった。

「きみの悪いって、どんなこと？」

「それがねえ、へんな人がやってきて、だしぬけにこんなことをいうんです。こちらさんには、りっぱな洋服だんすがあるということですが、それをゆずってはくれまいか、と、そんなことをいうんです。あたし、あまりだしぬけだから、おことわりしたんですが、その人は一時間あまりもねばって、それはしつこいんですのよ。そして、あげくのはてには、あすもう一度くるから、よく考えておいてくれというんです。あたし、いまにあの人がくるかと思うと、きみが悪くて、きみがわるくて……」

由紀子さんは、いかにもきみ悪そうに肩をすぼめたが、それを聞いてひどくおどろいたのは啓吉おじさんだった。

「なんですって、洋服だんすをゆずってくれって。……そして、それはいったい、どんな男でした」

「そうですねえ、年齢は六十ぐらいでしょうか。なんだかいやに、家《うち》の中をじろじろ見まわして、……ほんとにきみの悪い人でしたわ」

啓吉おじさんは、しばらくだまって考えていたが、だしぬけにみょうなことをいいだした。

「由紀子さん、ひょっとするとお宅では、いまから八年ほどまえに、宝石かなんか、ぬすまれたことはありませんか」

由紀子さんはそれを聞くと、びっくりしたように目をみはったが、やがていきをはずませると、

「まあ、先生はどうしてそれをごぞんじなんですの。ええ、ありましたわ。あれは昭和十六年の暮でした。そのじぶん、おとうさまもたっしゃでしたが、ある晩、大《おお》ぜいのお客さまをご招待して、パーティをひらいたのです。ところがそのパーティの席で、おかあさまが身につけていらした、ダイヤ入りのブローチがなくなったんです。お客さまがうたがわれて、みなさん、身体検査をおうけになりましたが、とうとうブローチは出てきませんでした。そのブローチに、はまっているダイヤというのは、ずいぶん大きな、上等のもので、いまのお値段にすると、どのくらいするかわかりません。あれがいまあったら……と、おかあさまはいつもいっていらっしゃるんです」

由紀子さんの話をきいているうちに、啓吉おじさんはしだいに興奮してくるようすだった。

燦然《さんぜん》たりダイヤ

その晩の九時ごろのことだった。由紀子さんのおうちの茶の間には、四人の男女がひたいをあつめて、なにやらひそひそ話をしていた。四人の男女という

のは、由紀子さんに啓吉おじさん、それから、不二雄君に等々力警部である。等々力警部は啓吉おじさんの電話によって、いそいでかけつけてきたのである。

「由紀子さん、おかあさんは、……?」

「はあ、おかあさんはさっき先生のくだすった、お薬がきいたのか、よくねむっていらっしゃいます」

「それはよかった、今夜、ここでひと騒動《そうどう》おこるかもしれないから、おかあさまはなるべく、しずかにねむっていてもらいたいのです。警部さん、手錠《てじょう》をもってきてくださいましたか」

「はあ、もってきましたよ。しかし、駒井さん、いったい、今夜、ここで何事がもちあがるというんです。わしにはいっこう、わけがわからんが……」

「なに、いまにわかりますよ。ところで由紀子さん、洋服だんすを買いたいというやつは、きょうもやってきましたか」

「はあ、きました。先生のおっしゃったように、かたくおことわりしますと、それではせめて、その洋服だんすを、見せてだけでもくれないかといいますので、それもおことわりしますと、ものすごい顔をして帰っていきました」

啓吉おじさんは、にやりと笑って、

「いや、それはよかった。万事上首尾《じょうしゅび》です。警部さん、手錠のほうはしっかりたのみますよ。それから今夜はわざと、泥棒がはいりやすいように、雨戸《あまど》をいちまい、あけておいてやりましょう」

それをきくと一同は、いよいよ目をまるくしたが、なかでも警部はふしんにたえぬ顔色で、

「駒井さん、いったい、どうしたというんです。洋服だんすがどうとか、こうとか、それに泥棒がはいりやすいようにとか、すると今夜、ここへどろぼうがくるというんですか」

「いや、それもいまにわかります。それよりも、そろそろ電気を消そうじゃありませんか。由紀子さん、洋服だんすは洋間でしたね」

「ええ」

「警部さん、電気を消して洋間の張番《はりばん》をしていましょう」

警部はもとより、不二雄君にも、なにがなにやら、さっぱりわけがわからなかったが、それからまもなく、家中の電気を消すと、啓吉おじさんと等々力警

部、それから不二雄君の三人は、そっと洋間にしのびこんだ。由紀子さんはおかあさんのそばにつきそっていることになったのである。

この洋間は十畳《じょう》ぐらいの広さで、そこにピアノと洋服だんす、さらに椅子《いす》テーブルがおいてあるから、身動きもできぬくらいにごたごたしているが、そのかわり、かくれ場所はいくらでもある。不二雄君はピアノの蔭《かげ》に身をかくした。啓吉おじさんと等々力警部も、それぞれほどよいところを見つけてかくれた。

それからおよそ、どのくらいの時間がたったのか。——くらやみの中で、人を待つということは、ずいぶんしんぼうがいるものである。不二雄君にはそのあいだが、百年も二百年ものながさのように思われた。茶の間の柱時計が十時をうち、十一時をうっても、べつにかわったことは起こらなかった。ひょっとすると、啓吉おじさんの思いちがいではないかしら、……不二雄君が、そんなことを考えはじめたときである。

庭のほうで、ガサと木の枝をゆする音。——不二雄君がギョッとして、いきをのんでいると、ゴトゴトとガラス戸をこじあける音がした。ああ、きた、とうとうきた。やっぱり啓吉おじさんの、予想は的中したのである。

やがてガラス戸がひらいたのか、ドアをあけっぱなしにした洋間のなかへ、すうっとつめたい風が吹きこんでくる。

不二雄君の心臓はガンガンおどる。つめたい汗がふきだしてくる。

——と、このとき、だれやら黒い影が、すべるように洋間のなかへはいってきた。その男は洋間へはいると、しばらくじっと、あたりのようすをうかがっていたが、やがて懐中電灯を取りだすと、へやのなかをぐるりと見まわす。不二雄君は、あやうく懐中電灯の光《ひか》りにさらされそうになって、あわてて床に身をふせた。

やがて、懐中電灯の光りは、ぴたりと洋服だんすのうえに静止する。男はスーッと、音をたてて息をうちへ吸いこんだ。それから忍び足に、洋服だんすのまえへちかよると、そこにしゃがんで、左のひき出しをひらいたが、そのときだった。

等々力警部がくらやみから出て、ネコのようにおどりかかったかとみると、「わっ」と、のけぞるような男の声、ふたつの影が、しばらく床のうえでもみあっていたが、啓吉おじさんがいそいで電気をつけたときには、男の両手にはみごとに手錠がかかっていた。

「駒井さん、駒井さん」

さすがに警部も息をきらして、ひたいに汗をぬぐいながら、

「いったい、こいつは何者です。なにを目あてにしのびこんだんです」

啓吉おじさんは、手錠をかけられた男の顔を、しばらく見つめていたが、やがて、にっこり笑うと、

「おい、天運堂君、ひさしぶりだね。きみはぼくを見わすれたのかい。ぼくはほら、いつかきみに小宮三郎とまちがえられて、五十銭銀貨をわたされた男だよ」

手錠をはめられた男は、あっと大きく目をみはったが、それを聞くと等々力警部もおどろいて、

「おお、それじゃ、これが天運堂春斎という易者《えきしゃ》ですか」

「そうです。そして、小宮三郎を殺したのもこいつです。その証拠には警部さん、そいつのポケットをさぐってごらんなさい。きっと、五十銭銀貨が出てきますよ」

警部が天運堂のポケットをさぐってみると、はたして五十銭銀貨が出てきた。

そこへ騒ぎを聞きつけて、由紀子さんがまっさおな顔をしてかけつけてきたが、啓吉おじさんはその顔をみると、にっこり笑って、

「由紀子さん、お喜びなさい。八年まえにぬすまれた、おかあさんのダイヤは、まだこの家にありますよ」

といいながら、ポケットから取りだしたのは、なんと、これがまた五十銭銀貨ではないか。不二雄君はあっとおどろいて、

「おじさん、おじさん、その銀貨はどうしたの」

「不二雄、おじさんが本物の銀貨を、ぬすまれるほどの、ぼんやりだと思っていたのかい。このあいだ泥棒のぬすんでいったやつは、おじさんが用意しておいたにせもので、ここにあるのが本物だよ」

と、啓吉おじさんは銀貨をひらくと、なかから取りだしたのが暗号の紙、

「不二雄、よくおぼえておいで。これは暗号としては、いちばんやさしいものだよ。おじさんはとうの昔にこれを解《と》いていたのだ。これはね、アイウエオを利用した暗号だよ。3.2とある数字のまえのやつは、アカサタナの行を示し、あとの数字はアイウエオの段を示しているんだ。不二雄、五十音をそこへ書いてごらん。そして右から左へ、上から下へと、一、二、三、と番号をつけるんだ。さあ、できたら調べてみよう、三行めの二段は?」

「三行めはサ行ですから、二段めの字はシです」

「そうだ。そうだ、そのとおりやって、その暗号を解いてごらん」

不二雄君はおもしろがって、一生《いっしょう》けんめいにやりだしたが、諸君もまけずにやってください。

「おじさん、解けたよ。解けたよ。しかし、これじゃ意味がわからないや」

「なんと解けた?」

「シアノキミノノアヒハヤイタ……」

「あっはっは、それじゃわからないね。ではね、暗号の数字に点がふたつついた字にはにごりをうち、丸のついた字は丸をつけ、下からぎゃくに読んでごらん」

いわれたとおりにやってみると、

「ダイヤハピアノノミギノアシ、——ダイヤはピアノの右の足——あっ、おじさん、ダイヤはピアノの右の足にかくしてあるんだ」

不二雄君はそうさけぶと、そこにあったピアノにとびつき、右足に彫ってある、唐草《からくさ》模様をいじくっていたが、するとどうだろう。唐草模様のひとつがくるくる動いて、やがてぽっかりはずれると、中から出てきたのは、なんとダイヤモンドをちりばめた、世にも、りっぱなブローチではないか。由紀子さんはそれを見ると、感《かん》きわまって、思わず泣きだしたのである。

紳士譲治はブローチをうばったものの、身体検査をされることをおそれて、ピアノの中にかくしたのである。そして、後日、ぬすみにくるつもりのところ、つかまりそうになったので、ダイヤのありかを暗号にして、弟の三郎にわたそうとしたのが、あやまって、啓吉おじさんの手にはいったのである。

啓吉おじさんは、その暗号をすぐに解いたものの、ピアノとだけで、どこのピアノだかわからないので、どうすることもできなかった。そうして、八年という月日がたったが、このあいだ雑誌社から、マスコットのことを聞きにきたので、ふと思いついてその話をした。そして、ひょっとすると、だれか心当《こころあた》りのある人が、あれを読んでたずねてきやあしないかと、待っているところへ、やってきたのが小宮三郎、啓吉おじさんはそのようすから、てっきり晩にぬすみに来ると思ったから、わざとにせものを机のうえにほうり出しておいたのである。

「だけど、おじさん、にせもののほうの暗号には、なんと書いておいたの」

「ダイヤは洋服だんすの右のひきだしの奥の孔《あな》にあり。……と、ピアノのあるくらいの家なら、洋服だんすもあるだろうと思ったんだよ。あっはっは、しかし、由紀子さん、世の中って広いようで、せまいもんですね。八年間、ぼくのさがしていたピアノが、すぐ目と鼻の間にあるなんて……」

「先生、ありがとうございました」

由紀子さんは心からそう礼をのべると、ていねいにおじぎをしたのであった。

悪魔の画像

赤色の絵

「ああ、これは杉勝之助《すぎかつのすけ》の絵だな」

おじさんはそういって、くすんだ銀色のがくぶちにおさまった、大きな油絵のまえに、ちかぢかと顔をよせました。

その絵というのは、たて一メートル五十センチ、よこ一メートル十センチもあろうという、大きな油絵ですが、いちめんにべたべたと、赤い色がぬりつけてあって、なんとなくきみのわるいかんじです。

「おじさん、杉勝之助ってだれ？」

良平《りょうへい》くんがききますと、

「杉勝之助というのはね、戦争中に、わかくして死んだ天才画家なんだ。世間から赤の画家といわれるほど、赤い色がすきで、どの絵を見ても、赤い色がいちめんにべたべたとぬってあるからすぐわかる。ああ、やっぱりそうだ。ここに杉のサインがある」

と、おじさんはいくらかじぶんの眼力《がんりき》をほこるように、絵の右下のすみを指さしました。見ると、なるほどそこに、杉勝之助の名まえが、ローマ字でかいてあります。

「おじさん、杉という人を知ってるの？」

「いや、とくべつこんいだったわけじゃないが、なにかの会で二、三どあったことがある」

良平くんのおじさんは、清水欣三《しみずきんぞう》といって、いまうりだしの小説家ですが、いたってのんきな人で、いまだおくさんもありません。そして、じぶんの姉にあたる、良平くんのおかあさんのところに、同居しているのです。

良平くんのおとうさんは、さる大会社の重役ですが、お仕事のかんけいで、しじゅう旅行していらっしゃるので、おうちがぶようじんだからと、こちらからおねがいして、欣三おじさんにいてもらっているのです。

良平くんは、このおじさんがだいすきでした。

小説家のなかには、ずいぶん気むずかしい人もあるということですが、欣三おじさんにはすこしもそんなところはありません。学生時代、テニスの選手だったということだけに、いかにもスポーツマンらしい、さっぱりとした人で、仕事のひまなときなど、良平くんをあいてに、キャッチ・ボールなどしします。また、いままでに読んだ、外国のおもしろい小説の話をしてくださることもあります。

おじさんは夕《ゆう》がたになると、町をさんぽするのが日課になっていましたが、そんなとき、良平くんのすがたが目につくと、

「おい、良平、おまえもいこう」

と、いつもきっとさそうのでした。

良平くんのすんでいるのは、郊外《こうがい》にある、おちついた学園町でしたから、夕がたのさんぽなどにはおあつらえの場所でした。良平くんの一家は三月《みつき》ほどまえに、そこにおうちを新築して、ひっこしてきたばかりでした。

そして、その日も良平くんは欣三おじさんにさそわれて、さんぽのおともをしたのですが、そんなとき、おじさんがかならずたちよるのは、駅前にある古道具屋です。

古道具屋というものはおもしろいものですね。ミシンだの蓄音器《ちくおんき》だのという、文明の利器があるかと思うと、ふるめかしい仏像だのよろいだのがありますす。お琴《こと》があるかと思うとオルガンがある、ベッドや洋服だんすのような、大きなものがあるかと思うと、豆つぶほどのお人形があったりします。そして、それらのものがふるびて、くすんで、ほこりをかぶって、ごたごたとならんでいるところは、なんとなく、神秘的なかんじがするものです。

おじさんはときどきそこで、へんな皿や花びんを買っては、掘りだしものをしたとといくいになっていましたが、いま、杉というひとの絵を見つけたのもその古道具屋なのです。

それは西洋の悪魔らしく、つののようなふさのついたずきんをかぶり、ぴったり肉にくいいるようなじゅばんを着て、おどりながら、笛を吹いている全

身像なのですが、じゅばんもずきんもまっかなばかりか、バックまでが、えんえんと燃えあがる火の赤さなのです。

良平くんはなんとなくきみがわるくなって、

「おじさん、おじさん、杉という人はどうして死んだの。病気だったの？」

とたずねますと、おじさんは絵にむちゅうになっているのか、うわのそらで、

「ううん、病気じゃない。自殺したんだ」

「自殺……？」

良平くんが目をまるくしていると、

「そうだ。気がちがって自殺したんだ。いかにも天才画家らしいじゃないか」

と、おじさんはなおもねっしんに、その絵に見いっていましたが、

「そうだ。ぼくはまだ、ねえさんに、新築祝いをあげてなかった。ひとつ、これを買っておくことにしよう。応接室の壁に、ちょうど、てごろの大きさじゃないか」

と、おくのほうへいきそうにしたので、びっくりしたのは良平くんです。

「おじさん、およしなさいよ。この絵、きみがわるいよ。それに自殺した人の絵なんか……」

「アッハッハ、良平は子どものくせに、いやに迷信家だね。そんなこと、なんでもないさ」

店の主人にかけあうと、ねだんもてごろだったので、金をはらって、あとからとどけてもらうことにしましたが、そのときでした。

表《おもて》からはいってきた黒メガネの男が、その絵を見ると、びっくりしたようにそばへより、しばらく、ねっしんに見ていましたが、やがて主人にむかって、

「きみ、きみ、この絵はいくらかね。わたしにゆずってもらいたいのだが……」

とたずねました。主人はこまったように、

「いえ、あの、それはたったいま、このかたにおゆずりしたばかりで……」

それをきくと、黒メガネの男は、ギロリと欣三おじさんの顔を見て、

「しつれいですが、この絵をわたしにゆずってくださらんか。いくらでお買いになったのか知りませんが、わたしは倍はらいます」

と、はや、紙入《かみい》れをだしそうにしましたので、欣

三おじさんはムッとして、

「お気のどくですが、それはおことわりします」

「倍で気にいらなければ、三倍でも四倍でも……」

それをきくと欣三おじさんは、いよいよふゆかいな顔をして、

「いや、ぼくはもうけようと思って、この絵を買ったのじゃありません。気にいったから買ったのです。十倍が百倍でも、おゆずりすることはできません。おい、良平、いこう。おじさん、晩までにとどけてくれたまえ」

おじさんはそういうと、さきに立って店をでかけましたが、すると、そのときうしろから、その男がきみわるい声でよびとめました。

「おい、きみ、きみ」

「なに?」

「そんなことをいって、あとで後悔するな」

そのことばに良平くんがギョッとしてふりかえると、黒メガネの男はメガネのおくからものすごい目でこちらをにらんでいるのでした。

油絵はその晩、古道具屋からとどきましたが、おかあさんもその絵をごらんになって、

「まあ、良平のいうとおりだわ。欣三さん、これ、なんだかきみのわるい絵ね」

「アッハッハ、ねえさんまでそんなことおっしゃっちゃいけません。せっかくぼくが新築祝いにおおくりしようというのに……」

「ホホホ、すみません。じゃ、いただいとくわ。ありがとうね」

「では、さっそく応接室にかけますから、ねえさんもてつだってください。おい、良平、道具箱をもってきてくれ」

「はい」

そこで良平くんもてつだって、油絵を応接室の壁にかけると、三人で、あらためてその絵のまえに立ってながめました。

「まあ、こうして見ると、やっぱりいいわね。はじめはあんまり赤いので、なんだかきみがわるいように思ったけれど」

「それがこの画家の特色なんですよ。赤の画家といわれていたくらいですからね」

「でも、そのかた、どうして自殺なすったの?」

「それがよくわからないんです。かきおきがなかっ

たんでね。きっと、気がちがったんだろうといわれています。天才と狂人は紙一重《かみひとえ》だといいますからね」

「じゃ、ぼく、天才なんかになりたくないや」

良平くんがうっかりそんなことをいってのけたので、一同大笑いになりましたが、ちょうどそこへ、美しいお客さまがありました。

「まあ、おにぎやかですこと。みなさま、なにを笑っていらっしゃいますの」

その人は森美也子《もりみやこ》さんといって、おなじ町にすんでいるおじょうさんですが、良平くんの一家がこちらへひっこしてきてから、おちかづきになり、ちかごろでは欣三おじさんの、仕事のおてつだいをしているのです。

「やあ、美也子さん、いらっしゃい。なにね、良平のやつが、おもしろいことをいうものですから……」

と、欣三おじさんがいまのいきさつを話してきかすと、美也子さんはふきだすかと思いのほか、みるみるまっさおになりました。

「まあ、それじゃこれが、杉勝之助という人の絵なんですの」

と、そういう声がなぜかふるえているようなので、一同はおもわず顔を見あわせました。

「そうですよ、美也子さん。あなたは杉という男をごぞんじですか」

「はあ、あの、ちょっと……」

と、そういったかと思うと、美也子さんはきゅうにハンカチをだして、目をおさえたので、欣三おじさんもおかあさんも、いよいよびっくりして目を見あわせていました。

美也子さんは、やがて涙をふいてしまうと、

「しつれいいたしました。つい、むかしのことを思いだしたものですから……わたし、杉さんというかたにおうらみがございますの。でも、あのかたをおうらみするのは、わたしどもの思いちがいかもしれないんですの。なにしろ、あのかたは死んでしまわれたので、おたずねするわけにもまいりませんし……」

「美也子さん、それはいったいどういうことですか。杉がなにかかわることでも……」

「それはいつか、おりがあったら申しあげますわ。わたしどもの思いちがいだったとしたら、杉さんに

たいへんしつれいなことですから……それより、先生、お仕事をつづけましょう」

それをきくとおかあさんは、良平くんの手をとって、

「そう、それじゃ良平、しつれいしましょう。おじさまのお仕事のじゃまをしてはいけませんからね。美也子さん、ごゆっくり」

「おくさま、たいへんしつれいいたしました」

美也子さんはなんとなく、かなしそうな顔をして、おかあさんや良平くんに頭をさげました。

その晩、良平くんはじぶんのへやへかえってきても、美也子さんのあのかなしそうな顔が、気になってたまりませんでした。

それというのが良平くんは、美也子さんがたいへんすきなのです。美也子さんはとてもきれいで、やさしくて、だれにもしんせつでした。そして、なにをさせてもよくできるのです。おかあさんもおじさんも、美也子さんの頭のよいのをほめています。それに美也子さんは、たいへんふしあわせな身のうえでした。

美也子さんはむかしからこの町に住んでいるのですが、まえに住んでいたおうちは、とてもりっぱな、大きなおうちでした。

それが戦争からこっち、だんだんびんぼうになり、家もてばなさなければならなくなったうえに、おとうさんがきゅうにおなくなりになったので、いまではおかあさんとたったふたりで、みすぼらしい家にすんでいるのです。

なおそのうえに、おかあさんが、ながい病気で寝ていらっしゃるので、いよいよこまって美也子さんが、はたらく口を見つけなければならなくなりましたが、ちょうどそのころ、ひっこしてきたのが良平くんの一家です。

欣三おじさんは美也子さんの気のどくな事情をきくと、じぶんのお仕事の、おてつだいをしてもらうことにしました。

欣三おじさんは小説家ですが、小説を書くためには、いろいろ材料をあつめたり、しらべたりしなければなりません。美也子さんはその材料をあつめたり、また、図書館へいって、いろいろなことをしらべたり、原稿の清書をしたり、さてはまた、おじさんのおっしゃることを筆記《ひっき》したりするのですが、頭

がよいので大《おお》だすかりだと、おじさんは、とてもよろこんでいるのです。

こうして美也子さんが毎日のように、おじさんのところへ出入《でい》りをしているうちに、良平くんはとても美也子さんがすきになりました。

そこで、あるときおかあさんに、

「ねえ、おかあさん、美也子さんみたいな人が、おじさんのおよめさんになるといいね」

と、しかつめらしい顔をしていうと、おかあさんはびっくりして、良平くんの顔を見ながら、

「まあ、良平ったら、なにをいうの。あなたはまだ中学の一年ぼうずじゃないの。そんなこと考えるもんじゃありませんよ」

「だって、美也子さん、とてもいい人だもの。それに頭もいいし、おじさんのお手つだいだってよくできるんだもの」

「だめ、だめ、子どもがそんなことというもんじゃありません」

おかあさんはそういって、良平くんをたしなめましたが、しかし、そのお顔を見ると、すこしもおこっていらっしゃるようではなくて、かえって、ニコニコしていらっしゃいました。

その美也子さんが、杉勝之助という人の絵を見て、どうしてあんなに泣きだしたのか、美也子さんは自殺したという天才画家に、どんなうらみがあるのだろうか……

そのとき良平の頭にふっとうかんだのは、きょう古道具屋であった、あのきみのわるい男です。あの男はとてもあの絵をほしがっていたが、あれにはなにか、ふかいわけがあるのではあるまいか……

そう考えると、あのきみのわるい悪魔の画像に、なにかふかい秘密がありそうに思われて、良平くんは胸がわくわくしてくるのでした。

すすり泣く声

その晩の真夜中ごろのことでした。

良平くんはねどこのなかで、ふと目をさましました。どこかで人のすすり泣くような声が、きこえたような気がしたからです。

良平くんはハッとして、くらがりのなかで耳をすましました。すすり泣く声はもうきこえませんでした

が、まもなく、ガタリと、なにかのたおれるような音がしました。

良平くんは、ハッと、ねどこからはねおきました。いまのもの音《おと》は、たしかに応接室からでした。

良平くんのあたまに、そのとき、さっと思いうかんだのは、応接室にある悪魔の画像のこと。それと同時に、古道具屋であった、あのきみのわるい男の目つきやことばを思いだすと、良平くんはなんともいえぬおそろしさを感じました。

ひょっとすると、あの男が、悪魔の画像をぬすみにきたのではあるまいか……

良平くんは心臓がガンガンおどって、全身からつめたいあせがにじみでるのを感じます。

しかし、良平くんはすぐに、じぶんがこわがっていてはいけないのだと考えました。ちょうどそのころ、おとうさんはお仕事のために、十日ほどのご予定で、関西のほうへ旅行していらっしゃるので、じぶんがしっかりしなければいけないのだと決心したのです。

良平くんはそっとねどこからぬけだすと、離れにねているおじさんをおこしにいきました。

「おじさん、おじさん、おきてください」

くらがりのなかでおじさんをゆすぶっていると、応接室のほうからまたへんな声がきこえてきました。だれかがすすり泣いているのです。それをきくと良平くんは、全身につめたい水をかけられたような、おそろしさときみわるさに、ガタガタとふるえながら、

「おじさん、おじさん、おきてください」

ゆすぶっていると、おじさんはやっと目をさましました。

「良平か。ど、どうしたんだ。いまごろ……」

「おじさん、応接室のなかにだれかいるんです」

「どろぼう？」

「ええ、でも、だれか泣いているんです」

おじさんはびっくりしてはねおきました。

「泣いている？」

くらがりのなかで、ふたりが耳をすましていると、応接室のほうで、またガタリともの音がしました。

それをきくとおじさんは、ねどこからとびだし、くらがりのなかで帯をしめなおして、へやからでると、

「良平、おかあさんは？」

「おかあさんはごぞんじないようです」

「よし、じゃ、そのままにしておけ。びっくりさすといけないから。良平、おまえじぶんのへやへいって野球のバットをもってこい」

良平くんがバットをもってくると、おじさんは、それをかた手《て》にひっさげて、応接室のドアのまえまでそっとしのびよりました。良平くんもそのあとからくっついていきます。心臓がガンガンおどって、胸がやぶれそうでした。

応接室のなかにはたしかにだれかいるのです。ガサガサという音がきこえます。しかし、ふしぎなことにはそれにまじって、ひくいすすり泣きの声がきこえるのです。

おじさんもそれをきくと、さすがにギョッと、いきをのみましたが、すぐ気をとりなおして、ドアのにぎりに手をかけると、いきなりぐっとむこうへおしながら、

「だれだ！　そこにいるのは！」

そのとたん、へやのなかでは、ドタバタといすやテーブルにぶつかる音がしましたが、やがてだれかが窓から外へとびだしました。

「ちくしょう、ちくしょう！」

おじさんはむちゃくちゃにドアをおしましたが、むこうから、つっかいぼうがしてあるらしく、十センチほどしかひらきません。

「だめだ。良平、庭のほうからまわろう」

かって口《ぐち》から庭へでると、裏木戸《うらきど》があけっぱなしになっています。ふたりはすぐにそこから道へとびだしましたが、あやしいもののかげは、もうどこにも見えません。

しかたなしにふたりは、応接室の窓の下までひきかえしてきましたが、そのとたん、ギョッとしたようにいきをのみました。

窓のなかから、まだすすり泣きの声がきこえてくるではありませんか。

良平くんもおじさんも、それをきくとゾッとしたように顔を見あわせましたが、すぐつぎのしゅんかん、おじさんは窓をのぼって、へやのなかへとびこみました。良平くんもそれにつづいたことはいうまでもありません。

おじさんが電気のスイッチをひねったので、応接室はすぐあかるくなりましたが、見ると、そこには

ひとりの少女が、いすにしばられ、さるぐつわをはめられて、目にいっぱい涙をたたえ、むせび泣いているではありませんか。

おじさんはいそいでそのナワをとき、さるぐつわをはずしてやると、

「きみはいったいだれなの。どうして、いまごろこんなところへやってきたの？」

おじさんは、できるだけやさしくたずねましたが、少女はただもう泣くばかりで、なかなかこたえようとはしません。

「良平、おまえこの子知ってる？」

「ううん、ぼく、知りません。いままでいちども見たことのない子です」

まったくそれは見知らぬ少女でした。としは良平くんとおないどしくらいでしょう。みなりこそまずしいけれど、かわいい、りこうそうな顔をした少女でした。

おじさんはまた、なにかいいかけましたが、そのときドアを外からたたいて、

「まあ、欣三さん、良平、どうしたの。なにかあったの。いまのさわぎはどうしたの？」

そういう声はおかあさんです。見るとドアのうちがわには、大きな長《なが》いすがおしつけてあります。おじさんはそれをおしのけながら、

「アッハッハ、ねえさん、なにもご心配なさることはありませんよ。どろぼうがはいったのですがね、かわいいおきみやげをおいて、逃げてしまいましたよ」

「まあ、そしてなにかとられたの」

おかあさんのそのことばに、良平くんははじめて気がついたように、へやのなかを見まわしましたが、すぐアッとさけぶと、

「おじさん、おじさん、やっぱりそうだよ。どろぼうはあの絵をぬすみにきたんだよ」

その声におかあさんもおじさんも、ハッと壁のほうをふりむきましたが、そのとたん、ふたりともおもわず大きく目を見はりました。

ああ、どろぼうはあきらかに、悪魔の画像をぬすみにきたのです。

しかし、あの大きながくぶちから、はずすことができなかったので、ふちから切りぬいていこうとしたのでしょう。はんぶんほど切りぬかれたカンバス

が、だらりとがくぶちからぶらさがっているのでした。

どろぼうの忘れ物

おじさんが電話をかけると、すぐにおまわりさんがやってきました。そのおまわりさんは上村《かみむら》さんといって、たいへんしんせつな人でした。

上村さんは話をきくと目をまるくして、

「へえ、どろぼうがこの子をおきざりに……」

上村さんはなだめたり、すかしたりして、さまざまにたずねましたが、少女は泣くばかりで、ひとこともこたえません。上村さんはとほうにくれて、とうとう少女を警察へつれていくことになりました。

「ねえ、上村さん、おねがいですから、この子をあまりおどかさないでね」

おかあさんは心配そうに少女にむかって、

「あなた警察へいったら、なにもかも、しょうじきにいうんですよ。こわがることはありませんからね。あなたはわるい子じゃない。それは、このおばさんがちゃんと、知ってますからね」

少女はそれをきくといよいよはげしく泣きながら、おまわりさんにつれていかれました。

その日は日曜日だったので、夜があけてからも一同は、このふしぎな事件について語りあいました。しかし、だれにもこの謎《なぞ》を、とくことはできませんでした。

どろぼうが、悪魔の画像をぬすみにきたことはわかっています。しかし、あの少女はどうしたのでしょうか。あの子はどろぼうのなかまなのでしょうか。

みんなそれをふしぎがっていましたが、しかしまもなく、その謎だけはとけました。おひるすぎに上村さんがやってきて、

「やっとあの子がしゃべりましたよ。あの子は杉芳《よし》子《こ》といって……」

と、上村さんは悪魔の画像を指さしながら、

「この絵をかいた杉勝之助の妹なんです」

それをきくと一同は、ギョッと顔を見あわせましたが、そこで上村さんの語るところによるとこうなのです。

杉勝之助が自殺したとき、芳子はまだ七つでした。ふたりには両親がなかったので、おじの諸口章太《もろぐちしょうた》と

いう人が、芳子をひきとりました。そのとき章太は、勝之助の絵をすっかり売りはらってしまったのです。それがいまから八年ほどまえのことでした。

芳子はそののち章太にそだてられましたが、ちかごろのおじのそぶりに、へんなところがあるのに気がつきました。章太はときどき、ま夜中《よなか》ごろ、そっとかえってくることがありました。しかも、どうかすると、まるく巻いた布のようなものをもってくるのです。芳子はあるとき、そっとそれをしらべて見て、それが八年まえに自殺した、兄の絵であることに気がつきました。芳子はへんに思いました。

ところがそのころある新聞に、ちかごろあちこちで、杉勝之助の絵がぬすまれるという記事がでていたのです。それを読んだときの芳子のおどろきはどんなだったでしょうか。

おじさんが、兄のかいた絵をぬすんでまわっている。なぜそんなことをするのかわかりませんが、それはわるいことにきまっています。

あるとき芳子は泣いておじをいさめました。しかし章太はきこうとはせず、その後も勝之助の絵のありかをつきとめては、ぬすんでくるのです。芳子は気ちがいになりそうでしたが、まさかおじをうったえるわけにもゆきません。

ゆうべもおじが家をぬけ出したので、そっとあとをつけてくると、はたしてこの家へしのびこみました。そこでじぶんもあとからはいってきて、とめようとしましたが、章太はその芳子をいすにしばりつけ、さるぐつわをはめてしまったのです。

「おそらくこの絵を切りとったらいましめをといて、つれてかえるつもりだったんでしょうが、そのまえに発見されたんですね」

三人は話をきいて、おもわず顔を見あわせました。

「それで、その男はどうしました？」

「あの子から住所をきくとすぐ行ってみましたが、もちろんかえっちゃいませんよ。ところでここにわからないのは、その男がどうして杉勝之助の絵を、そんなにねっしんにさがしているのかということです。杉の絵には、そんなにねうちがあるのですか」

「杉はたしかに天才でした。しかし、それはごく一部の人がみとめているだけで、世間では問題にしていなかったのですから、いまきゅうに値がでるとは思えませんね」

「だからわからないのです。ひょっとするとその絵には、なにか秘密があるんじゃないでしょうか。絵のねうちとはべつに……」

それをきくと良平くんは胸がドキドキしました。いままでに読んだ探偵小説などを思いだし、きっとその絵のうらに、なにかたいせつなものがかくされているのだろうと思いました。

しかし、すぐそのあてははずれてしまいました。一同は悪魔の画像をがくからはずして、ていねいにしらべてみましたが、しかし、べつにかわったことも発見できなかったのです。

こうして、一同は、奥歯にもののはさまったような、もどかしさをかんじましたが、するとそこへ美也子さんがみまいにやってきました。美也子さんは欣三おじさんから、ゆうべの話をきくと、目をまるくしておどろいていました。

「ねえ、美也子さん。あなたは杉にうらみがあるといってましたね。それはいったいどんな話なの。なにか参考になるかもしれないから、ひとつその話をしてくれませんか」

そういわれると、それ以上かくすわけにもいかず、美也子さんはつぎのような話をしました。

美也子さんのおうちにはエル・グレコの絵がありました。エル・グレコというのは、いまから三百年あまりまえに死んだスペインの大画家で、グレコの絵といえばたいへんなねうちがあるのです。美也子さんのおうちにあったのは、聖母マリアが幼いキリストをだいて、雲のなかに立っている図でしたが、おとうさんが洋行なすったとき、フランスで買っていらっしゃったものなのです。

ところが戦後、おうちがまずしくなったとき、その絵を売ろうとして専門家に見せると、いつのまにか、にせものにかわっていたのです。

「父が外国から持ってかえったとき、それはたしかにほんものでした。それがにせものにかわっていたとすると、日本でだれかにすりかえられたにちがいございません。そこで思いだすのは、いまから九年まえ、杉さんがその絵を模写《もしゃ》なすったことです」

模写というのは原画とそっくりおなじにうつすので、画家は勉強のために、古い名画をよく模写することがあるのです。

「杉さんは一月《ひとつき》ほどうちへかよって、その絵を模写なさいましたが、それはそれはよくできた模写で、原画とそっくりでした。だからうちの絵がにせものにかわっていたとすれば、そのとき、杉さんが模写なすった絵よりほかにあるはずがなく、ひょっとすると杉さんが、だれかにたのまれて……と、いううたがいも出てくるわけです。しかし、そのときには、杉さんはずっとむかしに亡くなられていたので、おききするわけにもまいりません。ゆうべ杉さんのお名まえをうかがったとき、ふとそのことを思いだし、いまもし、エル・グレコの絵さえあったら、おかあさまをご入院おさせすることもできるのにと……」

美也子さんがなげくのもむりはありませんでした。エル・グレコは世界的な大画家ですから、いまその絵があったら、何百万円、いや、何千万円するかわからないのです。

良平くんは美也子さんの、かさねがさねの不幸に、同情せずにはいられませんでした。

さてその日の夕《ゆう》がたのことです。なにかどろぼうののこしていったものはないかと、もういちどいえのまわりをしらべていた良平くんは、窓の下の花壇《かだん》のなかから、ふと、へんなものを見つけました。

それはメガネでした。しかもその玉というのがまっ赤《か》なガラスなのです。

良平くんはなんともいえぬ、へんな気持《きもち》にうたれました。青メガネだとか、黒メガネなら、べつにめずらしくはありません。しかし、赤い玉のメガネなど、いままで、見たこともきいたこともありません。

良平くんはなんとなく、心のさわぐのをおぼえながら、しかし、これがどろぼうの落《お》としたものだという証拠もないので、そのままだれにも話さずに、そっとしまっておきました。

しかし、あとから思えばこの赤メガネこそ、すべての謎をとく鍵《かぎ》だったのです。

画像の秘密

良平くんはねどこのなかで、またハッと目をさましました。

どこかでガタリというもの音……

あれからきょうでちょうど十日め。

あの二、三日こそ、きょうくるか、あすくるかと、毎晩ろくに眠れませんでしたが、五日とたち、一週間とすぎて、どろぼうの記憶もようやくうすれたこのま夜中《よなか》……

良平くんがねどこのなかで半身《はんしん》をおこして、じっとき耳をたてていると、とつぜん庭のほうからきこえてきたのは、はげしい男のわめき声、それにつづいてピストルの音。

ギョッとした良平くんがねどこからとびだし、むちゅうになって洋服に着かえていると、なにかわめきながら、またズドンズドンとピストルをうちあう音。わめいているのは上村巡査のようでした。それにつづいて、だれかが裏の道を走っていく足音がしました。

良平くんがやっと洋服を着て、へやから外へとびだすと、

「あっ、良平、あなた、いっちゃだめ」

だきとめたのはおかあさんでした。

「おかあさん、おかあさん、あれどうしたの」

「このあいだのどろぼうがまた来たらしいのよ。それを上村さんが見つけてくだすって……」

「おじさんは……?」

「おじさんは上村さんのかせいにいきました。しかし、あなたはいっちゃだめ。あぶないから」

「だいじょうぶです。おかあさん、ぼく、ちょっといってみます」

ひきとめるおかあさんをふりきって、外へとびだすと、遠くのほうでピストルの音、人のわめきあう声。その声をたよりに走っていくと、むこうに陸橋が見えてきました。

そのへんいったい高台になっているのですが、その一部をきりひらいて、はるか下を郊外《こうがい》電車が走っています。そして、上には、たかい陸橋がかかっているのです。

どろぼうはこの陸橋の上まで逃げてきましたが、見るとむこうからもピストルの音をききつけて、パトロールが走ってきます。うしろから上村巡査に欣三おじさん、それにさわぎをきいてとびだした、近所の人が大《おお》ぜいおしよせてきます。

どろぼうは、もう絶体絶命です。

ズドン！　ズドン！

めくらめっぽうに二、三発、ピストルをうったかと思うと、ひらりと橋のらんかんをのりこえましたが、そのとたん、古くなってくさりかけたらんかん

が、メリメリときみの悪い音をたててくずれました。

「うわっ!」

どろぼうは、世にも異様な悲鳴をのこして、まっさかさまに落ちていきました。

「あっ、落ちた、落ちた」

「下へまわれ、下へまわれ」

良平くんはドキドキしながら、はるか下の線路のうえによこたわっている、どろぼうのすがたを見まもっていましたが、どろぼうはもう、身動きをするけはいもありません。そのうちに、線路づたいに、カンテラをもった人が四、五人、なにかさけびながら近づいていくのが見えました。

そこまで見とどけておいて、良平くんがおうちへかえってみると、さわぎをきいて美也子さんがおみまいにきていました。そこで応接室にあつまって、三人でお話をしていると、半時間ほどして欣三おじさんと、上村さんがかえってきました。

「おじさん、どろぼうは?」

「死んだよ、首根《くびね》っこを折って。良平、やっぱりあの男だったよ。古道具屋で会った男……」

「どうもざんねんなことをしましたよ。きっともういちどやってくるにちがいないと、このあいだから気をつけていたんですが、かんじんなところで殺してしまって……これであの男が、なぜ杉の絵ばかりねらうのか、わからなくなってしまいましたからね」

職務に忠実な上村さんは、いかにもざんねんそうでした。おかあさんがいろいろお礼をおっしゃいました。

「しかし、上村さん、あいつへんなメガネをかけてましたね。赤いメガネ……こなごなにこわれてましたけど、あれどういうわけでしょう」

赤いメガネ……!

良平くんはそれをきくと、ハッとこのあいだひろったメガネのことを思いだしました。

ああ、それではやっぱり、あれはどろぼうが落《おと》していったものだったのか。

良平くんはそっとへやからぬけだして、じぶんのへやから赤いメガネをもってくると、それをかけて応接室のなかを見まわしていましたが、とつぜん、なんともいえぬ大きなおどろきにうたれたのです。

悪魔の画像にべたべたぬられたあの赤い色は、メガネの赤にすっかり吸収されて、そのかわりに、いままで、赤色のために目をおおわれていたべつの色、べつの形が、悪魔の画像の下から、くっきりとうかびあがってきたではありませんか。

おさないキリストをだいた聖母マリア！

「ああ、エル・グレコだ！　エル・グレコの絵がそこにある！」

気ちがいのようにさけぶ良平くんをとりまいて、そこにどのようなさわぎがもちあがったか、それはみなさんの想像にまかせましょう。

さて、エル・グレコを模写《もしゃ》した杉勝之助は、毎日それをながめて勉強していましたが、そのうちに、どうしても模写ではものたりなくなり、ほんものがほしくなりました。そこで美也子さんの一家が軽井沢《かるいざわ》へ避暑《ひしょ》にいっているすちゅうにしのびこんで、ほんものと模写とすりかえてしまいました。

しかし、ほんものをそのまま、じぶんのアトリエにおいとくわけにはゆきません。なぜといって、そこには本職の画家たちがよくあそびに来ますから、すぐほんものか模写か見やぶってしまいます。

そこでエル・グレコの絵のうえに、べつの絵をかいておいたのです。

みなさんは白い紙に、赤と青で線をひいて、そのうえに赤いパラピン紙をあてがうと、赤の線はきえて、青の線だけが紫《むらさき》になって見えるのをごぞんじでしょう。

杉勝之助はその原理を応用したのです。そして、エル・グレコの絵が見たくなれば、赤いメガネをかけて観賞していたのです。

しかし、そのうちに良心のとがめと、とてもエル・グレコにおよばないという絶望から、とうとう気がくるって自殺したのです。

勝之助のおじの諸口章太は、そんなことは知らないで、勝之助の絵を売ってしまいました。ところがそれから四、五年もたって、勝之助の日記を読んで、はじめてそこに、そんな貴重な絵がかくされていることを知り、はじめのうちはかたっぱしから勝之助の絵をぬすんでまわっていましたが、どれもこれも思う品《しな》ではなかったので、はじめて赤いメガネをかけて、ぬすむまえに、よくしらべることを思いついたのでした。

悪魔の画像は専門家の手によって、きれいに洗いおとされました。そして、もとどおりエル・グレコの絵にかえると、欣三おじさんからあらためて、美也子さんにかえされました。

美也子さんはしかし、それを売ろうとはしませんでした。売る必要がなかったからです。

なぜといって、美也子さんはそれからまもなく、欣三おじさんと結婚したのですから……

したがって、欣三おじさんは良平くんのおうちをでましたが、そのかわり、良平くんのおうちには、また、新しい、よいお友だちがやって来ました。

いうまでもなく、それが杉勝之助の妹の、あのけなげな芳子であることは、きっとみなさんもご推察《すいさつ》なすったことでしょう。

あかずの間《ま》

おにわのどぞう

由紀子《ゆきこ》はだんだん、このおうちが、うすきみわるくなってきました。

由紀子はことし、小学校の三年生です。おうちがまずしいので、このおやしきへ、ひきとられてきたのです。それですから、学校へいっているじかんのほかは、どうしても、ようじをいいつけられて、こきつかわれます。

しかし由紀子は、からだもじょうぶで、はたらくことのすきな子ですから、こきつかわれることには、なんのふへいもありません。ただこのおやしきが、うすきみわるくなってきたのです。

由紀子のいるおやしきは、東京のはずれの、吉祥寺《きちじょうじ》にあります。吉祥寺のえきから、あるいて二十五分もかかるという、さびしいむさし野《の》の林の中に、一《いっ》けんぽつんと、はなれてたっているのです。しかし、由紀子がうすきみわるくかんじだしたのは、そのことではありません。由紀子はゆうきのある少女ですから、おうちのまわりのさびしいことなど、すこしも気にかからないのです。

由紀子がうすきみわるくおもっているのは、このおやしきにすんでいる人たちです。おもてのひょうさつには、平田雷蔵《ひらたらいぞう》と出ておりますが、その人は、月に二、三かいやってくるだけで、ふだんは、るすばんのふうふがいるだけです。

るすばんは、おっとのほうを山下亀吉《やましたかめきち》といい、としは五十五、六です。あたまがはげあがって、かみもうすく、日やけしたかおに、ぎろりと目つきのするどい男です。ひるのあいだは草むしりをしたり、土いじりをしたりしていますが、夜になると、酒ばかりのんでいます。

おかみさんのほうは、梅子《うめこ》といって、五十ぐらいのとしごろで、かまきりのようにやせた女です。由紀子がちょっとまごまごしていると、がみがみと、口ぎたなくののしるのはこの女です。三百つぼいじょうもあろうという、ひろいこのおやしきの中に、いますんでいるのは、この三人きりなのです。

ときどきやってくる、しゅじんの平田雷蔵という人は、なにをする人なのかわかりません。

いつもシルク・ハットをあたまにかぶり、めがねをかけ、でっぷりとふとったからだで、ちょっと見ると、てじなつかいかなにかのようです。みなりなども、まっくろなようふくに、ちょうネクタイをしめ、さむいばんなど、くろいがいとうをはおってきます。

そしていつも、へびのような、うすきみわるいはんてんのある、ステッキをこわきにかかえているのです。

はじめて由紀子が、このおやしきへつれてこられたばん、平田雷蔵は、ひじかけいすにこしをおろして、由紀子のすがたとせいせきひょうを見くらべながら、

「すこし、せいせきがよすぎるようだな」

と、そばにたっている山下亀吉にいいました。

「へえ、できはいいようですね」

と、山下亀吉がこたえました。

「あんまりあたまがよすぎても、こまるんじゃないかな」

「あたまがいいたって、たかが、こんなおチビさんじゃありませんか」

由紀子は、三年生としても、ちいさいほうでした。それにしても、由紀子はふたりのはなしをきいて、ふしぎにおもわずにはいられませんでした。せいせきのよいのが、なぜいけないのだろう。あたまがよいのが、なぜわるいのだろう……。

由紀子は、まったく、できのよい子です。いつもクラスのトップです。

「まあ、いいさ。とうぶんおいてみて、わるかったらかえすまでのことさ」

「じゃ、この子にきめてよろしいですね」

「ああ、おまえにまかせるよ」

由紀子はすこし、心ぼそくなってきました。そこ

で、すこし、いきんでいいました。

「おじさん、学校へは、やってもらえるんでしょうね」

「ああ、いいよ。そのおじさんのいいつけにしたがいな」

と、しゅじんの平田雷蔵は、うるさそうに手をふっていいました。

こうして、由紀子がこのおやしきへすみこんでから、はや、ふたつきになるのですが、由紀子がだんだん、このおやしきをうすきみわるくおもいだしたのは、十日ほどまえからのことでした。

このおやしきのにわのおくには、ふるぼけた一つのどぞうがあります。どぞうのうしろやまわりには、木がいっぱいしげっていて、ひるでもくらいところです。どぞうのあついとびらには、大きな、なんきんじょうがかかっていて、かぎは、おかみさんの梅子がもっています。

梅子はまいにち、あさとばんの二かいずつ、どぞうの中にはいっていきます。どぞうへいくとき、梅子はいつも、おぼんをもっています。おぼんの上には、おむすびの五つ六つと、たくわんのきれはしをいれたさらがのっています。そして、かた手《て》にどびんをさげているのです。

「おばさん、あのどぞうの中に、だれかいるんですか」

と、このおやしきへきてから、二、三日のち、由紀子がそうたずねたことがあります。

すると、梅子はぎろりと由紀子のかおを見て、

「あのどぞうの中には、このおやしきの、まもり神さまがおまつりしてあるんだよ。まもり神さまのご神体《しんたい》を、いったいなんだとおもう？」

「おばさん、なんなの？」

「大きな大きな、白いおへびさまだよ」

「大きな大きな、おへびさま……？」

と、由紀子はおもわず、目をまるくしました。

「そうさ。だから、あのどぞうにちかよるんじゃな

いよ」

おどかすような目で、じろりとつよく由紀子のかおをにらみながら、梅子がねんをおすようにいいました。

どぞうの中

由紀子はしかし、そのじぶんには、まだそれほど、このおやしきを、うすきみわるいともおもいませんでした。

いかにさびしいところとはいえ、この東京のいっかくに、白い大きなへびなどいるはずがない。おばさんは年《とし》よりだから、あんなばかなことをしんじているのだ。

それこそめいしんというものだわ……。

と、由紀子はそんなふうに、たかをくくっていました。

ところが、十日ほどまえのことです。おかみさんの梅子がころんで、あしをくじきました。それが、みるみるはれあがって、ばんがたには、うごけなくなってしまいました。そこで、どぞうへおそなえをもっていくやくが、由紀子へまわってきました。

「由紀子や、おまえ、これをへび神《がみ》さまにそなえてきておくれ」

見るときょうは、おむすびやたくわんのほかに、さけのきりみが一つついていました。

「はい、おばさん」

「おまえ、こわくはないかね」

「いいえ、べつに……」

「ほっほっほ、おまえは、なかなかゆうかんな子だね。それじゃここにかぎがあるから……」

と、大きなかぎを出してわたすと、

「だけど、いっとくがね、へび神さまのご神体《しんたい》を見ると、たちまち目がくらんで、つぶれてしまうんだよ。だから、どぞうのとびらをひらくやいなや、目をつぶらなければいけないよ。そして、とびらのすぐうちがわへ、このおぼんとどびんをおくと、すぐひきかえしておいで」

「はい、おばさん、それではいってきます」

と、由紀子が、かぎをスカートのポケットにいれ、おぼんとどびんをもっていきかけると、

「ああ、ちょっとおまち」

と、おかみさんの梅子がよびとめて、

「どぞうのおくに、かいだんがある。かいだんの下に、からになったおぼんと、どびんがおいてあるだろうから、それをひきかえに、もってかえっておくれ」

「でも、おばさん、それじゃ目をあけなければいけないわ」

「すこしくらいならいいのさ。でも、いっとくがね、あまりきょろきょろ、そこらを見まわすんじゃないよ。それをおいて、からのどびんとおぼんをもったら、さっさとどぞうを出ておいで」

「それじゃ、おばさん、このおぼんやどびんは、かいだんの下においてくるんですか」

「ああ、そうおし。それから、どぞうを出てきたら、なんきんじょうに、かぎをしっかりかけてくるんだよ」

梅子のいうことは、すこしおかしかったけれど、由紀子はべつに気にもとめませんでした。おぼんと

どびんをもって、おくのどぞうへ出むいていきました。

じこくはちょうど六時ごろ、夏のことだから、まだあたりは、あかるかったのです。ポケットからかぎをとり出し、なんきんじょうをはずして、とびらをひらくと、どぞうの中から、ひんやりとしたかぜがふいてきます。

どぞうの中はうすぐらかったが、でも、ぜんぜん目が見えぬというほどではありません。

おかみさんは、目がつぶれるなんどと、おどかしましたが、由紀子は、そんなことはしんじません。かいだんの下まですすんでいくと、はたしてそこに、からのおぼんとどびんがおいてありました。

由紀子はもってきたおぼんと、どびんをそこにおき、からになったおぼんと、どびんをぶらさげて、ひっかえそうとしましたが、とつぜん、ぎょっとたちすくみました。

大学生のおにいさん

由紀子がひきかえそうとしたとき、どぞうの二かいからきこえてきたのは、さらさらというきぬずれの音、すすなくようなうめきごえ、しかもそのうめきごえは、たしかににんげんにちがいない。なんだか、女の人のようです。

だれかいる！　しかも、にんげんが……。

由紀子はあしが、がくがくふるえました。口の中が、からからにかわいてきました。どびんをぶらさげた手が、ぶるぶるおののきました。

大《おお》いそぎで、どぞうの中からとび出した由紀子は、バターンと、とびらをうしろにしめると、ほっと大きく、といきをつきました。気がつくと、からだじゅう、ぐっしょりあせです。

由紀子は、ハンケチであせをぬぐうと、二、三ど大きく、しんこきゅうをしました。

かんがえてみると、へびがおむすびをたべるはずがありません。いやいや、おむすびはたべるかもしれないけれど、どびんのお茶をのむはずがない。やっぱり、だれか人がいるのだ。しかも、人がいることをかくしているのだ。なぜだろう……？

由紀子は、しんぞうがどきどきしましたが、気をおちつけなければいけないとおもいました。由紀子はだいたんで、あたまのはたらく少女です。人がいることに気がついたとわかると、しかられるかもしれないとおもいました。

だから、梅子のところへかえってきたとき、由紀子のかおいろは、ふだんと、ちっともかわっていませんでした。

「ああ、はやかったね」

と、梅子はさぐるように、じろりと由紀子のかおを見ると、

「なにか、かわったことでもあったかい」

「いいえ、おばさん」

と、由紀子はへいきなかおで、うそをつきました。

「べつになにもなかったわ」

梅子はあんしんしたように、

「それじゃ、とうぶん、おまえにたのむよ。おばさんのあしがなおるまで……」

「ええ、いいわ」

梅子のあしのけがは、おもいのほか、おもかったのです。

そこで、由紀子がまいにち、あさとばんの二かいずつ、おぼんと、どびんをどぞうの中へ、はこばなければなりませんでした。由紀子は、へいきなかおをしていましたが、ほんとうは、こわくてこわくて、たまらなかったのです。

あるときは、どぞうの二かいは、しいんとしていました。しかし、あるときは、どぞうの二かいから、しくしくと、女の人のすすりなきがきこえました。

びょうにんなのかしら……?

しかし、びょうにんなら、おいしゃさんをよばなければいけません。おくすりも、のまさなければならないでしょう。もっと、じようのあるものを、たべさせなければならないはずです。

だから由紀子は、このおやしきが、だんだんうすきみわるくなってきたのです。

すると、ある日のこと、学校からのかえりがけ、

「ああ、きみ、きみ、ちょっと……」

と、由紀子のうしろからよびとめた人があります。ふりかえってみると、それは、かくぼうをかぶった、大学生のおにいさんでした。おにいさんは、にこにことして、いかにもやさしそうな人でした。

「きみは、平田雷蔵さんのうちにいる少女だね」

「はい」

「みょうなことをきくようだが、平田さんのおうちには、あかずの間《ま》がありゃしないかい」

「あかずの間って？」

「あかずの間というのは、人をいれない、人にのぞかせないおへやのことだ。そんなおへやが、ありゃしないかい」

由紀子は、おもわずどきっとしました。あのどぞうのことだわ……と、由紀子はおもいました。

大学生のおにいさんは、由紀子のかおいろを見て、

「ああ、やっぱりあるんだね。そのおへやには、かぎがかかっているの？」

「ええ、なんきんじょうが、かかっています」

と、由紀子はおもわずいってしまいました。

「なんきんじょう？　それはいったいどういうおへやなの？」

由紀子はだまって、大学生のおにいさんのかおを見ていました。おにいさんは、しょうじきそうなかおをしています。すくなくとも、平田雷蔵や、山下亀吉よりも、しんようができそうでした。

由紀子はこのあいだから、どぞうのことで、おもいなやんでいたのです。このおにいさんなら、はなしてもいいとおもいました。

おにいさんは、由紀子のはなしをききおわると、

「そして、なんきんじょうのかぎは、だれがもっているの」

「おばさんがもっています」

「そのかぎを、こっそり、もち出すことはできないかしら？　ほんの五ふんか十ぷん、おにいさんに、かしてもらえばよいのだけれど……」

由紀子はちょっとかんがえて、

「できないことはありません。おじさんもおばさんも、ばんになると、いつも、さけによってしまいますから」

「それではねえ、きみ、由紀子ちゃんといったね。由紀子ちゃん、こんばん八じごろ、おうちのうらもんのそとでまっているから、そのかぎをもってきてくれないか。ほんの五ふんか十ぷんでよいのだから」

「ええ、いいわ」

由紀子は、こころよくひきうけました。

おじさんのわるだくみ

由紀子はそのばんのことをおもい出すと、あとあとまで、しんぞうがどきどきするようでした。由紀子はおばさんの目をぬすんで、なんきんじょうのかぎをもち出したのです、やくそくどおり、うらもんのそとには、大学生のおにいさんがまっていました。

おにいさんは、由紀子からかぎをうけとると、ろうのかたまりのようなもので、かぎをいじくっておりました。

「おにいさん、なにをするの」

由紀子のこえは、ふるえていました。

「しっ！　だまっていらっしゃい。いますぐすむから」

おにいさんのしごとは、五ふんほどでおわりました。

「ありがとう、由紀子ちゃん。さあ、はやくかぎをもとのところへ、かえしておきなさい。そして、なにくわぬかおをしているのですよ。いまにきっと、おれいをします」

「いいえ、おれいなんかいいのよ」

大学生のおにいさんにわかれたとき、由紀子のしんぞうは、はやがねをうつように、ドキン、ドキンとなっていました。

それでもさいわい、かぎを、もとのところへかえしにきたとき、亀吉と梅子は、まだおさけをのんでいました。そして、由紀子がかぎをもち出したことに、すこしも気がつかないふうでした。

あれから、おにいさんはどうしたのかしら……？　あのろうのかたまりのようなもので、いったいなにをしたのかしら……？

由紀子は、まいにち、そのことが気になってたまりませんでした。しかし、大学生のおにいさんからは、そののち、なんのおとさたもありませんでした。

こうして、一《いっ》しゅうかんたちました。さいわい梅子のあしもなおったので、由紀子は、どぞうへいかなくてもよくなりましたが、なんだか、かえって、ものたりないような気もしました。

ところが、一しゅうかんめのま夜《よ》なかのことです。とつぜん、由紀子は、はっと目をさましました。にわのおくのどぞうのほうから、けたたましいわめきごえや、さけびごえがきこえてきたからです。

由紀子は、さっとねどこからおき出しました。そして、大《おお》いそぎでみじたくをしました。きっと、あの大学生のおにいさんが、やってきたのにちがいないとおもいました。

由紀子はこわごわ、いえからそとへ出てみました。見ると、どぞうのまわりには、かいちゅうでんとうの光が、いっぱいうろうろしていました。それはどうやら、おまわりさんのようでした。

由紀子は、おもわずあしがふるえました。それでもゆうきをふるって、こわごわ、どぞうのほうへちかづいていくと、いつのまにきたのか、しゅじんの平田雷蔵のすがたも見えました。亀吉もいました。梅子もいました。しかし、どうしたのか、三人とも手《て》じょうをはめられているではありませんか。由紀子が、あっけにとられて、いまにもなきだしそうなかおをしていると、

「あっ、由紀子ちゃん」

と、そばへとんできて、いきなり手をにぎりしめたのは、大学生のおにいさんでした。

「ありがとう、ありがとう。おかげで君子《きみこ》ちゃんが

たすかったんだよ。ほら、このおじょうさんが君子ちゃんだ」

見るとそこには、ほねとかわにやせおとろえた少女が、おまわりさんにかかえられて、ぐったりしていました。

由紀子が、すべてのじじょうをしるまでには、そうとうひまがかかりました。

平田雷蔵は、君子のおじさん、つまり、君子のおとうさんのおとうとでした。君子のおとうさんはお金もちでした。ところが、そのおとうさんとおかあさんが、つぎつぎとなくなったので、君子は、ひとりぼっちになりました。だから君子がなくなると、君子のざいさんは、おじさんのものになるのです。そこでおじさんは、君子をどぞうにとじこめて、だんだんからだをよわらせて、ころしてしまおうとしたのです。

大学生のおにいさんは、田村一彦《たむらかずひこ》といって、君子のおとうさんの、しんゆうの子どもでした。かねてから、雷蔵をあやしいとにらんで、ようすをさぐっていたのです。

あのとき、由紀子のもち出したかぎのかたちを、ろうのかたまりでうつしとると、それで、あいかぎをつくりました。そしてこっそり、どぞうの中へしのびこむと、そこに、ほねとかわとにやせおとろえた君子が、とじこめられていたのです。

そこで、そのことをけいさつにしらせたので、おまわりさんが大《おお》ぜいやってきて、君子をたすけ出したのでした。

君子はいま、一彦おにいさんのおうちへひきとられています。由紀子もいっしょにひきとられて、そこから学校へかよっています。

君子は、まだまだからだがよわっていますが、やがてげんきになって、由紀子といっしょに学校へかようようになるでしょう。

特別収録作品

少年探偵長

海野十三

怪事件の第一頁《ページ》

まさか、その日が、この大事件の第一ページであるとは春木《はるき》少年は知らなかった。あとからいろいろ思い出してみると、その日は、運命の大きな力が、春木清《きよし》をぐんぐんそこへひっぱりこんだとも思われる。

ふしぎな偶然の出来事が、ふしぎにいくつも重なって起《おこ》ったように感じたが、それもみんな、清少年の運命であったにちがいないのだ。

奇々怪々なるその大事件は、第一ページにあたるその日において、ほんのちょっぴり、その切口《きりくち》を見せただけであった。もし春木少年が、そのときにこの事件の大きさ、深さ、ものすごさ、おそろしさを半分ぐらいでも見とおすことができたなら、彼はこの事件に関係することをあきらめたであろう。それほどこの事件は、大《おお》じかけの恐怖事件であって、とても少年の身では歯がたたないばかりか、大危険にまきこまれることは分《わか》り切っていたのである。

まあ、前おきのことばは、このくらいにしておいて、春木少年がその事件の第一ページの上に、どういう工合《ぐあい》にして、足を踏みこんだか、それについて語ろう。

その日、春木少年は、この間から学校で仲よしになった同級生の牛丸平太郎《うしまるへいたろう》という身体《からだ》の大きな少年といっしょに、日曜を利用した山登りをやっていたのである。その山登りというのは、芝原水源池《しばはらすいげんち》の奥にあるカンヌキ山の頂上まで登ることであった。

春木少年が、この町へ来たのは、ほんの一カ月ほど前のことだった。その前、彼は東京にいた。この町は関西の港町だ。

くわしいことは、いずれ後でのべる時があるから、ここには説明しないが、春木清少年は、家の事情によって、とつぜんこの港町の伯母《おば》さんの家へあずけられたのであった。そして清は、近くの雪見《ゆきみ》中学校へ転校入学したのだった。彼は二年生だった。

一時はずいぶんさびしい思いもしたが、清はこの頃《ごろ》ではすっかりなれてしまった。そして学校にも牛丸君のような愉快な友だちができるし、それから又《また》港町のうしろにつらなっている連山の奥ふかく遊びにいく楽しみを発見して、ひまがあれば山の中を歩きまわった。

その日、清は、牛丸の平ちゃんと連立《つれだ》って、おひるごろカンヌキ山の頂上にたどりついた。そこで弁当をたべ、それからそこにある荒れ寺の境内《けいだい》でさんざん遊び、それから午後三時ごろになって、二人は帰途についた。

秋の日は、六時頃にはもうとっぷり暮れるので、午後三時に頂上を出ると、麓《ふもと》へ出て町へはいるときは、町にも港にも灯《ひ》がいっぱいついているはず、すこし山の上で遊びすぎておそくなった。

そこで二人は、競争をして、山を下りることにした。

カンヌキ山を下りて、芝原水源池に近くなったところに、渓流《けいりゅう》にうつくしい滝がかかっているところがある。この滝の名は、イコマの滝というんだそうだ。文字はたぶん生駒の滝と書くのであろう。

カンヌキ山から出ている下り道が二つあった。東道と西道だ。この二つの道は、生駒滝のすこし手前で出会い、いっしょになる。そこで春木少年と牛丸少年は、べつべつの道をとってどっちが早く生駒滝につくか、その滝の前で出会う約束で、競争をはじめたのだった。

「ぼくは、だんぜん東道の方が早いと思うね。ぼくは東道ときめた」

牛丸少年はそういった。

「そうかなあ。じゃあ、ぼくは西道をかけ下りて、君より早く、滝の前についてみせる」

春木少年は、牛丸が東道をえらんだものだから、やむなく西道を下りることにしたのだった。この決定が、春木少年を例の事件にぶつからせることになった。もしこのとき反対に、牛丸少年が西道をえらんだら、牛丸の方が怪事件にぶつかったことであろう。

二人は、一《イ》チ二《ニ》イ三《サ》ンで、左右へ別れて、山を下りはじめた。

秋の日は、まだかんかん照っていた。しかしだいぶん低くなっていた。

春木少年の方は、口笛を吹きながら、手製の杖《つえ》をふりまわしつつ、どんどん山を下りていった。すこし心細くないでもなかったが、ときどき山の端《は》からはるか下界《げかい》の海や町が見えるので、そのたびに彼は元気をとりもどした。

二時間ばかり後に、彼はついに生駒の滝の音が聞《きこ》えるほどの近くにまで来た。

「さあ、ぼくの方が早いか。それとも牛丸君が勝ったか。なにしろ牛丸君は、この土地に生《うま》れた少年だから、山の勝手はよく知っている。だから、ぼくはかなわないや」

春木の方は、そういうわけで自信がなかった。

ところが、実際は春木の方が、ずっと先についたのであった。

牛丸少年の方は、途中で手間どっていた。というのは、東道では、途中で丸木橋が落ちていて、そのために彼は大《おお》まわりしなくてはならなかった。本当は、東道の方が近道だったのだけれど、思いがけない道路事故のため、牛丸は春木清よりも三十分もおくれて現場につくことになったのだ。

そして三十分もおくれたということが、二人の少年の運命の上に、たいへんなちがいをもたらした。それは一体どういうことであったか。春木少年は、何事も知らず、生駒の滝の前へついて、

「しめた。ぼくの勝《かち》だ。牛丸君は、まだついていないじゃないか」

と、ひとりごとをいって、あたりを見まわした。滝は、大太鼓《おおだいこ》をたくさん一《いち》どきにならすように、どうどうとひびきをあげて落ちている。春木は帽子をぬいで、汗をぬぐった。赤くなった紅葉《もみじ》や楓《かえで》がうつくしい。

「おやッ」

少年は目をみはった。

滝をすこし行きすぎた道の上に、誰《だれ》か倒れているのであった。黒い洋服を着た男であった。

(どうしたのだろう)

様子がへんなので、清はおそるおそる、そのそば

に近づいた。すると、いやなものが目にはいった。うつむいて倒れているその洋服男のかたく握りしめた両手が、まっ赤《か》であった。血だ。血だ。

「死んでいるのか？」

少年が、青くなって、再び瞳《ひとみ》をこらしたときに、洋服男の血まみれの手が少し動いて、土をひっかいた。

重傷の老人

「あ、あの人は生きているんだ」

春木少年は叫んだ。

叫ぶと、そのあとは、おそろしさも何も忘れて、血染めの洋服男のそばにかけより、膝《ひざ》をついて、

「もしもし。しっかりなさい。どうしたのですか。どこをやられたのですか」

と、呼びかけた。

そのとき少年は、この血染めの人が、かなりの老人であることを知った。顔に、髭《ひげ》がぼうぼうとはえ黒い鳥打帽子《とりうちぼうし》がぬげていてむき出しになっている頭髪は、白毛《しらが》ぞめがしてあって、一見黒いが、その根元のところはまっ白な白毛であった。鳥打帽子がぬげているそばには、茶色のガラスのはまった眼鏡《めがね》が落ちていた。

老人は、苦しそうに顔をあげて、春木の方へ顔をねじ向けた。が、一目春木を見ただけで、がっくりと顔を地面に落とした。全身の力をあつめて、自分に声をかけた者が何者であるかをたしかめたという風《ふう》であった。

老人は、うんうん呻《うな》りはじめた。

「しっかりして下さい。傷はどこですか」

と、春木はつづいて叫びながら、老人を抱きおこした。

分《わか》った。老人の胸はまっ赤であった。地面におびただしく血が流れていた。傷は、弾丸《だんがん》によるものだった。左の頸《くび》のつけ根のところから弾丸《たま》がはいって、右の肺の上部を射《い》ぬき、わきの下にぬけている重傷であったが、春木少年には、そこまではっきり見分ける力はなかった。しかし傷口があることは彼にもよく見えたので、そこを早くしばってあげなくてはならないと思った。

しばるものがない。繃帯《ほうたい》があればいいんだが、そ

んなものは持合《もちあ》わせがない。

どうしようか。そうだ。こうなれば、服の下に着ているシャツと、それから手拭《てぬぐい》とを利用するほかない。春木少年は実行家だったから、そう決心するとまず老人を元のようにねかし、それから急いで服をぬぎすて、縞《しま》のシャツをぬぐと、それをベリベリと破って長いきれをこしらえ、端《はし》と端とつなぎあわせた。手拭もひきさいて、それにつないだ。

「これでよし。さあ出来た、おじさん、しっかりなさい。傷口に仮《か》りの繃帯をしてあげますからね」

そういって春木は、再び老人を抱きおこして、上向きにした。

老人は口から、赤いものをはき出した。胸をやられているからなのだ。少年は、絶望の心をおさえ、老人をしきりにはげましながら、傷口をぐるぐる巻いてやった。

その間に、老人は苦しそうにあえぎながら、目をあけたり、しめたりしていたが、少年がしてくれた傷の手当《てあて》がすんで、しずかに地面にねかされたとき、

「あ、ありがとう。か、神の御子《みこ》よ……」

と、しわがれた聞きとれないほどの声で、春木少年に感謝した。そのとき老人ののどが、ごろごろと鳴って、口から赤い泡立《あわだ》ったものがだらだらと流れだした。

「ものをいっては、だめです。おじさんは、胸に傷をしているのですからね」

老人は、かすかにうなずいた。

「さあ、これからどうしたらいいか。ぼく、山を下りて、誰《だれ》かを呼んで来ますから、苦しいでしょうがしばらくがまんしていて下さい」

そういって春木は、老人のそばから立ち上《あが》って、ふもとへ走ろうとしたが、そのとき、老人が一声《ひとこえ》高く叫んだ。

「お待ち」

「えッ」

「そばへ来てください」

「なんですか。そんなに口をきくと、ますます出ますよ」

春木は、老人のそばへ膝をついた。

「もう、もう、わしはだめだ。あんたの親切にお礼をしたいから、ぜひ受けてください。今、そのお礼の品物を出すから、ちょっと、横を向いていて下さ

れ」

「お礼なんて、ぼく、いいですよ。大したことはしないんだから」

「いや、わしはお礼をせずにいられない。それにこのまま、わしが死んでしまえば、莫大《ばくだい》なる富の所在《ありか》を解く者がいなくなる。ぜひあんたにゆずりたい。あんたは、何という名前かの」

老人は、苦しそうにあえぎ、赤い泡をふき出しながら、少年に話しかける。その事柄は、真《まこと》か偽《いつわり》かはっきりしないが、とにかく重大なことだ。

「ぼくは、春木清というのです」

「ハルキ・キヨシ。いい名前だな。ハルキ・キヨシ君に、わしは、わしの生命《いのち》の次に大切にしていたものをゆずる。キヨシ君。すまんがわしをもう一度、うつ向けにしておくれ」

春木少年は、老人のいうとおりにした。

「キヨシ君。わしがいいというまで、ちょっと横を向いていておくれ」

老人は、へんなことをいった。しかし少年は、いわれるとおりにした。

老人は、ふるえる手を、自分の右の目のところへ持っていった。それから彼は、指先で右の目のところをもんでいた。そのうちに、老人の指先には、白い球がつまみあげられていた。卵大ではあるが、卵ではなく、一方に黒い斑点がついていた。

義眼であった。老人の右の目にはいっていた入れ目であった。

「さ。これをキヨシ君に進呈する」

老人は、気味のわるい贈物《おくりもの》を、春木少年の方へさしだした。

なんということであろう。老人は気がちがったのであろうか。

春木少年は、まさか義眼とも思わず、それを卵か石かと思って受取《うけと》った。

もらった義眼

「これは何ですか。これはどんな値打《ねうち》のあるものですか」

少年は、老人の義眼を、手のひらの上でころがして見ながら、不審がった。

そのとき滝のひびきの中に、別の物音がはいって来た。ぶーンと、機械的な音であった。春木少年はまだ気がついていなかったが、老人の方は気がついて、びっくりした。

「おお、キヨシ君。悪い奴《やつ》がこっちへ来る。あんたは、早くそれを持って、洞穴《ほらあな》か、岩かげかに早くかくれるんだ。早く、早く。いそがないと間にあわない。そして、空から絶対にあんたの姿が見られないように、気をつけるんだ。さあ。早く……」

「どうしたんですか。そんなにあわてて……」

「わしを殺そうとした悪者の一派が、ここへやって来るのだ。あんたの姿を見れば、あんたにも危害を加えるだろう。よくおぼえているがいい。悪者どもが、ここを去るまでは、あんたは姿を見せてはならない。身体《からだ》を動かしてはならない。あんたは今、わしからゆずられた大切な品物を持っているということを忘れないように。さ、早くかくれておくれ」

老人は、気がちがったように、わめきつづける。

春木少年は、重傷の老人がこの上あんな声を出していたら、死期を早めるだろうと思った。だから早く老人のいうとおり、岩かげかどっかへかくれるのが、老人のためになると思って、立ち上《あが》った。

が、老人にたずねなくてはならないことが、たくさんあった。

「この卵みたいなものをどうすればいいんですか」

「な、中をあけてみなさい。早く、かくれるんだ。だんだん空から近づくあの音が聞《きこ》えないのか。早く早く」

そういわれて春木少年は気がついた。頭の上からおしつけるような、ごうごうたる物音がしている。でも、もう一つ老人に聞いておかねばならないことがあった。

「おじさん。おじさんの名前は、なんというのですか」

「まだ、そこにぐずぐずしているのか」

重傷の老人は腹立たしそうに叫んだ。

「わしの名はトグラだ」

「トグラですか」

「戸倉八十丸《やそまる》だ。早くかくれろ。一刻も早く！　さもなきゃ、生命《いのち》がない。世界的な宝もうばわれる。早く穴の中へ、とびこめ。あのへんに穴がある。だが、気をつけて……」

老人の声は、泣き叫んでいるようだ。

春木は、今はこれ以上、老人をなやませては悪いと思った。そこで、瀕死《ひんし》の老人の指した方向へ走った。大きな岩が出ていた。滝つぼとは反対の方だ。

彼が、岩かげにとびこんだとき、頭上にびっくりするほど大きいものが、まい下《くだ》ってきた。

ヘリコプターだった。

竹とんぼのような形をした大きな水平にまわるプロペラを持ち、そして別にもう一つ小さなプロペラをつけた竹とんぼ式飛行機だった。

ヘリコプターは、宙《ちゅう》に浮いたように前進を停止し上下、自由に上《あが》ったり、下《さが》ったりできる飛行機である。だから、滑走場《かっそうじょう》がなくても飛びあがることができ、またせまい屋上へ下りることもできる。

そのようなヘリコプターが、夕闇《ゆうやみ》がうすくかかって来た空から、とつぜんまい下りて来たので、春木少年はおどろいた。

なぜであろう。ヘリコプターが、なに用あってまい下りてくるのであろう。

戸倉老人が、恐怖していたのは、そのヘリコプターであろうか。

春木少年は岩かげにしゃがんで、この場の様子をうかがった。

ヘリコプターは、垂直に下ってきた。

と、ぱっとあたりが昼間のように明るくなった。ヘリコプターが探照灯を、地上へ向けて照らしつけたのだ。

「あッ」

春木少年は、岩にしがみついた。

ぎらぎらと、強い光が春木少年の左の肩を照らしつけた。

少年は、なんとはなしに危険を感じ、しずかに身体を右の方へ動かして、ヘリコプターの探照灯からのがれようとした。

しかし探照灯は追いかけて来るようであった。

春木は、岩にぴったりと寄りそったまま、身体を右の方へ移動していった。

すると、彼はとつぜん身体の中心を失った。右足で踏んでいた土がくずれ、足を踏みはずしたのだった。そこには草にかくれた穴があった。身体がぐらりと右へ傾く。「あッ」という間もなく、彼の身体は穴の中へ落ちこんだ。両手をのばして、岩をつかもうとしたが、だめだった。

少年の身体は、深く下に落ちていって、やがて底にたたきつけられた。それは、わりあいにやわらかい土であったが、彼はお尻《しり》をしたたかにぶっつけ、「ウン」と呻《うな》り声をあげると、気を失った。

気を失った少年のそばに、戸倉老人がゆずり渡した疑問の義眼が一つころがっていた。そして義眼の瞳《ひとみ》は、まるで視力があるかのように、上に丸く開《ひら》いている空を凝視《ぎょうし》していた。

空中放《はな》れ業《わざ》

穴の中に落ちこみ、気を失ってしまった春木少年は、その直後に起《おこ》った地上の大活劇を見ることができなかった。

まったく、彼の思いもかけなかったような活劇の幕が、そのとき切って落《おと》されたのであった。

ヘリコプターから、とつぜん、だだだだだッ、だだだだッと、はげしい機関銃が鳴りだした。弾丸《たま》は、戸倉老人の倒れている身辺《しんぺん》へ、雨のように降りそそいだ。弾丸《たま》が地上に達して石にあたると、ぴかぴかッと火花が光り、それが夕暮のうす闇《やみ》の中に、生き物のようにおどった。だが、弾丸《たま》は、戸倉老人のまわりに落ちるだけで、老人の身体は突き刺さなかった。

「うわッ、なんだろう」

滝つぼの正面の道路《みちばた》の上に、少年の姿があらわれた。春木ではなかった。牛丸少年であった。彼はようやく生駒の滝の前に今ついたのであった。彼にはまだこの場の事態がのみこめていなかった。だから身の危険を感じることもなく、道のまん中に棒立ちになって、火花のおどりを、いぶかしく眺《なが》めたのであった。

が、一瞬ののち、彼は戸倉老人の倒れている姿を認めた。また、つづいて起った銃声のすさまじさによって、はっと身の危険を感じた。

「あ、あぶない」

牛丸少年は、身をひるがえすと、かたわらの大きな柿の木に、するするとのぼった。牛丸は、木登りが得意中の得意だった。だから前後の考えもなく、柿の木なんかによじ登ったのである。それは、彼のために、幸福なことではなかった。

そのときヘリコプターは、戸倉老人のま上《うえ》にまできた。胴の底に穴があいて、そこから一本のロープがゆれながら、まい下《くだ》ってきた。

するすると、ロープを伝わって、一人の男がするすると下りてきた。そのときロープの先は、地上についていた。その男は、カーキ色の作業衣に身をかためた男だった。その男も倒れている戸倉老人も共に探照灯の光の中にあった。

老人は、死んでしまったように、動かない。

牛丸少年は、柿の枝につかまって、この有様《ありさま》をびっくりして眺めている。

作業衣の男は、ついに地上に足をつけた。ロープを放して、戸倉老人の方へ走りよった。そして膝《ひざ》をついて、老人の身体をしらべだした。彼のために、老人は二三度身体を上向きに又《また》下向きにひっくりかえされた。

しばらくすると、作業衣の男は立上《たちあが》って、手をふって、上のヘリコプターへ、合図のようなことをした。

ヘリコプターの胴の窓からも、一人の男が上半身を出して、下へ手をふって合図をした。

下の男は、分《わか》ったらしく、合図に両手を左右へのばした後で、ロープの端《はし》を手にとって、戸倉老人に近づくと、老人の身体をロープでぐるぐる巻きにしばりつけた。

それから自分は、老人よりもロープの上の方にぶら下った。

それが合図のように、ロープはぐんぐんヘリコプターの方へ巻きあがっていった。ヘリコプターは、宙《ちゅう》に浮いて、じっとしている。この有様を、牛丸少年は、あっけにとられて柿の木の上から見ていた。

ところが、とつぜん作業衣の男が、片手をはなして、牛丸少年の登っている柿の木を指した。と、ぱっと強い探照灯の光が牛丸少年の全身を照らしつけた。

「うわッ。たまらん」

牛丸平太郎は、生《うま》れつきものおじをしない楽天家であったが、このときばかりは、もう死ぬかもしれないと思った。彼は目がくらんで、呼吸《いき》をすることができなくなった。彼は懸命《けんめい》に、両手と両足で、柿の木の枝にしがみついていた。目は、全然ものを見分ける力がなくなった。

「柿の木の上で、盲《めくら》かな」

ヘリコプターの音が遠のいていったのが分ったとき、牛丸は、ひとりごとをいった。俳句になるぞと思った。

このとき、ようやくすこしばかり、ものの形が見えるようになった。

「ひどい目にあわせよった」

彼は、そろそろと柿の木から、すべり下りていった。

牛丸少年は、滝の前に、小《こ》一時間もうろうろしていた。もうまっくらな中を、あたりを探しまわった。

「おーい。春木君やーい」

と、何十ぺんも、友だちの名を呼んでみた。しかしその返事は、彼の耳に聞《きこ》えなかった。

その間に、彼は、倒れていた人のあとへも行ってみた。そこには、血の跡らしいものが黒ずんで地面を染めているのを見た。

「誰《だれ》だろうね、ここに倒れていた人は」

彼には事情が分らなかった。

ヘリコプターで救助作業をやったのかもしれないが、しかしその前に、はげしい銃声のようなものを聞いた。それを聞きつけたから、彼はびっくりして柿の木へ登ったのだ。彼は後で考えて、「ぼくは、あのときは、なんてあわてん坊であったろう」と苦笑したことだった。

いつまでたっても、春木君がやってこないので、一時間ばかりたった後に、牛丸少年は、ひとりで山を下りていった。

牛丸はなんにもしらなかったが、ここにふしぎなことがあった。それは、戸倉老人の身体からはなれてとび散らばっていた老人の帽子も眼鏡《めがね》も、共にそのあとに残っていなかったことである。

それにしても、重傷の戸倉老人を拾っていった、ヘリコプターに乗っていた者は、何者であったろうか。

老人を救助に来た者だとは思われない。もし救助に来た者ならば、老人は春木少年の前であのように恐怖してみせるはずはないのだ。

すると、あのヘリコプターは、戸倉老人のためには敵手《てきしゅ》にあたる連中が乗っていたものであろうか。

この生駒の滝を背景とした血なまぐさい謎《なぞ》にみちた一幕こそ、やがて春木清が少年探偵長として全世界へ話題をなげた奇々怪々なる「黄金メダル事件」

へ登場するその第一幕であったのだ。

穴からの脱出

岩かげの穴の中に落ちこんだ春木少年は、まだ牛丸君がその附近《ふきん》にいた間に、われにかえることができた。

彼は、牛丸君が自分を呼ぶ声をたしかにきいた。そこで彼は、穴の中から返事をしたのである。いくども牛丸君の名を呼んで、自分がここにいることを知らせたのである。しかし牛丸君は、ほかの方ばかりを探していて、春木が落ちこんでいる穴の上には近よらなかった。

そのうちに牛丸は、あきらめて、生駒の滝の前をはなれ、ふもとへ通ずる道をおりていった。

あとに残されて穴の中にひとりぼっちになった春木のまわりは、だんだん暗くなってきた。彼は、お尻《しり》をさすりながら、あたりを見まわした。

「あッ、あの球だ」

彼は、そばに戸倉老人の義眼が落ちているのを見つけると、あわてて拾いあげた。

「何だろう。ふしぎなものだなあ。おやおや、目玉みたいだぞ。こっちをにらんでいる。ああ気味がわるい」

あまり気味がわるいので、彼はそれをポケットの中へしまった。

「さあ、なんとかして、この空《から》っぽの井戸からあがらなくては」

見ると、空井戸の底には、横向きの穴があった。人間がやっとくぐってはいれるほどの穴だった。しかし、気味がわるくて、春木ははいる気がしなかった。彼は立上《たちあが》った。そして上を向いていろいろとしらべてみたが、そこには上からロープもなにも下《さが》っていなかった。深さは十四五メートルらしい。

「土の壁が上までやわらかいといいんだがなあ。そしてなにか土を掘るものがあるといいんだが。待てよ、ナイフを持っているからこれで掘ってやろう」

春木は、空井戸の土壁に、足場の穴を掘り、それを伝って上へあがることを思いついた。そこで、早速《さっ》《そく》その仕事を始めた。

それは手間のかかる仕事であったが、少年は根気よく土の壁に足場を一段ずつ掘っていって、やがて穴のそとに出ることができた。

「やれ、ありがたい」

春木は、そこで大きな溜息《ためいき》を一つして、あたりを見まわした。あたりはまっくらであった。そしてまっ暗闇《くらやみ》の中から、滝の音だけがとうとうと鳴りひびき、いっそう気味のわるいものにしていた。

ただ晴夜《せいや》のこととて、星だけが空にきらきらと明るくかがやいていた。しかし星あかりだけでは、道と道でないところの区別はつかなかった。彼は、山を下りることを朝まで断念するしかないと思った。むりをして下りれば、足をふみすべらして谷底へ落ちるおそれがある。

「しょうがない。今夜は、滝の音を聞きながら野宿《のじゅく》だ」

春木は、草の上に尻餅《しりもち》をついた。決心がつけば、野宿もまたおもしろくないこともない。ただ、明日になって、伯母《おば》たちに叱《しか》られるであろうが、それもしかたなしだ。

春木は、急に腹が空《す》いているのに気がついた。ポケットをさぐったが、例のへんな球の外《ほか》になんにもない。みんなたべてしまったのだ。

そのうちに寒くなって来た。秋も十一月の山の中は、更《ふ》けると共に気温がぐんぐん下っていくのであった。

「ああ、寒い。これはやり切れない」

空腹はがまんできるが寒いのはやり切れない。どうかならないものか。

「あッ、そうだ。ライターを持っていた」

こういうときの用心に、彼はズボンのポケットに火縄《ひなわしき》式のライターを持っていることを思いだした。そうだ。ライターで火をつけ、枯れ枝をあつめて、どんどんたき火をすればいいのである。少年は元気づいた。

火縄式のライターは、炭火のように火がつくだけで、ろうそくのように焔《ほのお》が出ない。それはよく分《わか》っていたが、彼はこの前火縄の火に、燃えあがりやすい糸くずを近づけて、ふうふう息をふきかけることにより、糸くずをめらめらと燃えあがらせて、焔をつくった経験があった。その経験を今夜いかして使うのだ。

彼は、服の裏をすこしさいて、糸くずと同様のものをこしらえ、それにライターの火縄の火を燃えあがらせることに成功した。焔はめらめらと、赤い舌をあげて燃えあがった。その焔を、枯れ草のかたまりへ移した。火は大きくなった。こんどは、それを枯れ枝の方へ移した。火勢は一段と強くなった。それから先はもう困らなかった。明るい、そしてあたたかい焚火《たきび》が、どんどんと燃えさかった。

あたたかくなり、明るくなったので、春木少年はすっかり元気になった。附近から枯れ枝をたくさん集めて来た。もう大丈夫《だいじょうぶ》だ。

火にあたっていると、ねむくなりだした。昼間からの疲れが出て来たものらしい。

しかしここで睡《ねむ》ってしまっては、焚火も消えてしまい、風邪《かぜ》をひくことになるであろうと、彼は気がついた。そこで、なんとかして睡らない工夫をしなくてはならない。彼は考えた。

「そうだ。さっき戸倉のおじさんからもらった球をしらべてみよう」

それは、この際うってつけの仕事だった。少年はポケットから、例の球を出した。火にかざして、彼ははじめてゆっくりとその品物を見たのだ。

「ヤッ。これは目玉だ。気持《きもち》が悪い」

彼はぞっと背中が寒くなり、目玉を手から下へとり落とした。目玉は、ごろごろところがって、焚火のそばまでいった。

「待てよ。あれはほんとうの目玉じゃないらしい。ああ、そうだ。義眼だろう、きっと」

彼は、自分があわてん坊だったのに気がついて、おかしくなり、ひとりで笑った。

「あ、目玉があんなところで、焼けそうになっている、たいへん、たいへん」

彼はあわてて、もえさしの枝を手にとると、焚火のそばから義眼を拾い出した。

「あちちちちッ」

義眼はあつくなっていて、彼の手を焼いた。彼の手から、義眼は再び地上に落ちた。すると義眼は、まん中からぱっくりと、二つに割れた。

それは春木少年のためには、幸運であったといえる。なぜなら、火で焼けでもしなければ、この義眼を開けることは、なかなかむずかしいことであったから、つまりこの義眼は、一種の秘密箱であったのだ。この球を開くには、どんなにしても一週間ぐらい考えなくてはならなかったのだ。少年は幸運にもその球形の秘密箱を火のそばで焦《こ》がしたがために、秘密箱のからくりは自然に中ではずれ、彼が二度目に手から地面の上へ落とすと、ぱっくりと二つに割れたのである。しかし、これには春木少年はおどろいて、目をぱちくりした。

「おや。中になにかはいっているぞ。ああそうか。あれなんだな。あのおじさんのいったことは嘘《うそ》でないらしい」

莫大《ばくだい》なる富だ。世界的の宝だ。いったいそれは何であろうか。

春木少年は、手をのばして、二つに割れた戸倉老人の義眼を手にとって調べた。

「ああ、こんなものがはいっている」

義眼の中には、絹《きぬ》のようなきれで包んだものがはいっていた。中には、なにかかたいものがある。

絹のきれをあけると、中から出て来たのは半月形《はんげつ》の平ったい金属板だった。かなり重い。そして夜目《よめ》にもぴかぴかと黄いろく光っている。そしてその上には、うすく浮彫《うきぼり》になって、横を向いた人の顔が彫りつけてあり、そのまわりには、鎖《くさり》と錨《いかり》がついていた。裏をかえしてみると、そこには妙な文字《もんじ》のようなものが横書《よこがき》になって数行、彫りつけてあった。しかしそれがどこの国の文字だか、見たことのないものだった。古代文字《こだいもんじ》というよりも、むしろ音符号《おんぷごう》のようであった。

「金貨の半分みたいだが、こんな大きな金貨があるんだろうか。とにかく妙なものだ。いったいこれは何だろうか」

と、彼はそのぴかぴか光る二つに割られた黄金のメダルを、ふしぎそうに火にかざして、いくどもいくども見直した。

「字は読めないし、それに半分じゃ、しょうがないが、これでもあのおじさんがいったように、これが世界的な莫大な富と関係があるものかなあ」

せっかくもらったが、これでは春木少年にとってちんぷんかんぷんで、わけが分らなかった。

さあ、どういうことになるか。

そのとき、一陣の山風がさっと吹きこんできて、枯葉がまい、焚火の焔が横にふきつけられて、ぱちぱちと鳴った。すると少年のすぐ前で、ぼーッと燃え出したものがある。

「あっ、しまった」

それは、この半月形の黄金メダルを包んであった絹のきれだった。それには文字《もんじ》が書いてあることがそのとき始めて春木少年の注意をひいたのである。火は、その絹のハンカチーフみたいなものを、ひとなめにして焼きつくそうとしている。少年は、驚《おど》ろいて、火の中へ手をつっこみ、燃える絹のきれをとりだすと、靴でふみつけた。

火はようやく消えた。

「やれやれ。もちっとで、全部焼いてしまうところだった」

焼け残ったのはその絹のハンカチーフの半分よりすこし小さい部分だった。それにはこまかく日本文字《もんじ》が書いてあった。少年は、その文字を拾って読み出したが、なにしろ半分ばかりが焼けてしまったので、その文字はつながらなかった。

だが、少年は読めるだけの文字を拾っていったが急に彼は顔をこわばらせると、

「ああ、これはたいへんなものだ」と叫んだ。にわかに彼の身体《からだ》はぶるぶるとふるえだして、とまらなかった。

なぜであろうか。

いったいその焼けのこりの絹のきれは、どんなことが書いてあったろうか。そして半月形の黄金のメダルこそ、いかなる秘密を、かくしているのだろうか。

深山には、にわかに風が出て来た。焚火の火の粉《こ》が暗い空にまいあがる。

六天山塞《ろくてんさんさい》

さて、戸倉老人をさらっていったヘリコプターはどこへ飛び去ったか。

ヘリコプターは、暮色《ぼしょく》に包まれた山々の上すれすれに、あるときは北へ、あるときは東へ、またあるときは西へと、奇妙な針路《しんろ》をとって、だんだんと奥山へはいりこんだ。

約一時間飛んでから、そのヘリコプターは、闇《やみ》の中をしずしずと下降し、やがて、ぴったりと着陸した。

その場所は、どういう景色のところで、その飛行場はどんな地形になっているのか、それは肉眼では見えなかった。なにしろ、日はとっぷり暮れ、黒白も見わけられぬほどの闇の夜だったから。ただ、銀河ばかりが、ほの明るく、頭上を流れていた。

このヘリコプターには、精巧《せいこう》なレーダー装置がついていたから、その着陸場を探し求めて、無事に暗夜の着陸をやりとげることは、わけのないことだった。レーダー装置は、超短電波を使って、地形をさぐったり、高度を測《はか》ったり、目標との距離をだしたりする器械で、夜間には飛行機の目としてたいへん役立つものだ。

こうしてヘリコプターは無事着陸した。しかもまちがいなく六天山塞《ろくてんさんさい》へもどって来たのである。

六天山塞とは、何であるか?

この山塞について、ここにくわしい話をのべるの

は、ひかえよう。それよりも、ヘリコプターのあとについていって、山塞のもようを綴《つづ》った方がいいであろう。

そのヘリコプターが無事着陸すると、操縦席《そうじゅうせき》から青い信号灯がうちふられた。

すると、ごおーッという音がして、大地が動きだした。ヘリコプターをのせたまま、大地は横にすべっていった。

それは大仕掛《おおじかけ》な動く滑走路《かっそうろ》であった。細長い鉄片を組立《くみた》ててこしらえた幅五メートルの滑走路で、動力によってこれはベルト式運搬機のように横にすべって動いていく。そうしてヘリコプターは、山腹にあけられた大きな洞門《どうもん》の中へ吸いこまれてしまった。

それから間もなく、動く滑走路は停《とま》った。そしてうしろの洞穴《どうけつ》のあたりで、がらがらと鉄扉《てっとびら》のしまる音が聞《きこ》えた。

その音がしなくなると、とつぜんぱっと眩《まぶ》しい光線がヘリコプターの上から照らしつけた。洞門の中の様子が、その瞬間に、はっきりと見えるようになった。そこは建築したばかりの大工場で、この一棟へはいった。土くれの匂《にお》いなどはなく、芳香を放つ脂《あぶら》の匂いがあった。そして壁も天井《てんじょう》も、明るく黄いろく塗られて、頑丈《がんじょう》に見えた。ただ床だけは、迷彩をほどこした鋼材の動く滑走路がまん中をつらぬいているので、異様な気分をあおりたてる。

ばたばたと、ヘリコプターをかこんだ五六名の腕ぷしの強そうな男たちは、ピストルや軽機銃をかまえてヘリコプターの搭乗者へ警戒の目を光らせる。彼らの服装は、まちまちであり、背広《せびろ》があったり、作業衣であったりした。

すると機胴の扉があいて、一人の長髪の男が顔をだした。

「大丈夫《だいじょうぶ》だ。彼は手を振って、
奴《やっこ》さんはもうあばれる力なんかないよ」

といった。この男は、生駒滝の前で、戸倉老人を縄《なわ》ばしご伝いにヘリコプターから下りてきて、拾いあげた男だった。波立二《なみたつじ》といって、この山塞では、にらみのきく人物だった。

そのとき、奥から中年の男が駆けだしてきて、波立二に声をかけた。

「おい。戸倉はまだ生きているか。心臓の音を聴《き》いてみてくれ」

心配そうな顔だった。

「脈はよくありませんよ。でもまだ生きています」

「新しく傷を負わせたのじゃなかろうね。そうだったら、頭目《とうもく》のきげんが悪くなるぜ」

「ふん、木戸《きど》さん、心配なしだよ。おれがそんなへまをやると思いますか。射撃にかけては――」

「そんならいいんだ。今、担架《たんか》を持ってくるから、そのままにしておいてくれ」

木戸とよばれた中年の男は、ほっとした面持《おももち》になって、うしろを振返《ふりかえ》った。担架をかついだ一隊が、停ったエレベーターからぞろぞろとでてくるのが見えた。

その中に、ひとりいやに背の高い人物が交《まじ》っていた。首が長くて、ほんとに鶴《つる》のようである。顔は凸《でこ》凹《ぼこ》がはげしくて岩を見るようで、鼻が三角錐《さんかくすい》のようにとがって前へとびだしている。もうひとつとびだしているのは、太い眉毛《まゆげ》の下の大きな両眼《りょうめ》だ。鼻の下には、うすい髭《ひげ》がはえている。かますの乾物《ひもの》のように、やせ細っている彼。そして背広の上に、まっ白《しろ》の上《うわ》っぱりを長々と着て、大股《おおまた》ですたすたとやって来、ものもいわずにヘリコプターの上へ登ってはいった。

彼は、すぐでてきた。そして木戸の前に立って、ものいいたげに相手を見下ろした。

「どうだね、机《つくえ》博士」

木戸は、さいそくするように、机博士の小さく見える顔を仰《あお》いだ。

「ふむ、頭目の幸運てえものさ。このおれ以外の如《い》何《か》なる名医にかけても、あの怪我《けが》人はあと一時間と生命《いのち》がもたないね」

机博士は、表情のない顔で、自信のあることばをいい切った。

「ほう、助かるか」木戸は顔を赤くした。「ではすぐ手当《てあて》をしてもらうんだ。頭目は、すぐにも戸倉をひき寄せて、話をしたいんだろうが、いったいこれから何時間後に、それができるかね」

「世間並《なみ》にいえば、三週間だよ」

「君の引受《ひきう》けてくれる時間だけ聞けばいいんだ」

「この机博士が処置をするなら今から六時間後だ。それなら引受ける」

「よし、それで頼む。頭目に報告しておくから」

「今から六時間以内は、どんなことがあってもだめ。

一語も聞けないといっておいてくれたまえ。銃弾は際《きわ》どいところで、心臓を外れているが、肺はめちゃめちゃだ。ものをいえば、血とあぶくがぶくぶく吹きでる。普通ならすでに、この世の者ではないさ。しかし奴《やっこ》さん、うまい工合に傷の箇所に、血どめのガーゼ――ガーゼじゃないが、きれを突込《つっこ》んで、器用にその上を巻いてある。奴さんにとっては、これはうちの頭目以上の幸運だったんだ」

博士はひとりで喋《しゃべ》った。

「手術はここでするから、医局員でない者はどこかへ行ってもらいたいね」

「え、ここでするのか、机博士」

「そうさ。どうして、この重態の病人を、動かせるものかね。狭くても、しょうがないやね」

と、博士はいった。

「電気の用意ができました」

部下の合図があった。博士は、再びヘリコプターの座席へもぐりこんだ。

男装の頭目

それにつづく同じ夜、正確に時刻をいうと、午前二時を五分ばかりまわった時であった。

この六天山塞《ろくてんさんさい》の指揮権を持っている頭目の四馬剣尺《しばけんじゃく》は重傷の戸倉老人と会見することになった。

戸倉老人は、車がついている椅子《いす》にしっかりゆわえつけられたまま、四馬頭目の待っている特別室へ運ばれこまれた。そのそばには机博士が、風に吹かれている電柱のようなかっこうで、つきそっていた。

頭目は、ゆったりと椅子から立ちあがり、カーテンをおし分けて、戸倉老人の方へ歩みよった。

彼の風体《ふうてい》は、異様であった。

四馬剣尺は、六尺《しゃく》に近いほどの長身であった。そしてうんと肥《こ》えていたので、横綱にしてもはずかしくないほどの体格だった。彼はそのりっぱな身体《からだ》を長い裾《すそ》を持った支那《シナ》服に包んでいた。彼の両手は、長い袖《そで》の中にかくれて見えなかった。

その支那服には、金色の大きな竜が、美しく刺繍《ししゅう》してあった。見るからに、頭が下《さが》るほどのすばらしい模様であった。

四馬剣尺の顔は見えなかった。

それは彼が、頭の上に大きな笠形の冠《かんむり》をかぶっていたからで、その冠のまわりのふちからは、黒い紗《しゃ》で作った三重の幕が下りていて、あごの先がほんのちょっぴり見えるだけで、顔はすっかり幕で隠れていた。

「おい、戸倉。今夜は早いところ、話をつけようじゃないか」

頭目四馬は、おさえつけるような太い声で戸倉老人にいった。

戸倉は、青い顔をして、椅子車の背に頭をもたせかけ、黙りこくっていた。死んでしまったのか、睡《ねむ》っているのか、彼の眼《め》は、茶色の眼鏡《めがね》の奥に隠れていて、あいているのか、ふさいでいるのか分《わか》らないから、判断のつけようがない。

「おい、返事をしないか。今夜は早く話をつけてやろうと、こっちは好意を示しているのに、返事をしないとは、けしからん」

そういって四馬は、長い袖をのばすと、戸倉の肩をつかんで揺《ゆす》ぶろうとした。

「おっと待った、頭目」

と、とつぜん停《と》めた者がある。机博士であった。彼は、頭目の前へ進みでた。

「頭目。あんたからわが輩《はい》が預《あずか》っているこの怪我《けが》人は、奇蹟《きせき》的に生きているんですぞ。手荒なことをして、この老《おい》ぼれが急に死んでしまっても、わが輩は責任をおわんですぞ。一言おことわりしておく次第である」

机博士は、俳優のように身ぶりも大《おお》げさに、戸倉老人が衰弱しきっていることを伝えた。

「ちかごろ君の手術の腕前もにぶったと見える」

「肺臓の半分がめちゃめちゃだった。それを切り取ってそのかわりに一時、人工肺臓を接続してある。当人が、自分の手で人工肺臓を外すと、たちまち死んでしまう。つまり自殺に成功するわけだ。だからこのとおり椅子にしばりつけてあるわけだ。当人があばれん坊だからしばりつけてあるわけではない。以上、責任者として御注意しておきます」

と、机博士は手を振り足を動かし、ひびのはいったガラスのコップのような戸倉老人の健康状態を説明すると、うやうやしく頭目に一礼して、椅子車のうしろへ下《さが》った。

「博士。しかしこの老ぼれは、喋《しゃべ》れないわけじゃなかろう」

「ここへ担《かつ》ぎこまれたときは、血のあぶくをごぼごぼ口からふきだして、お喋りは不可能だった。が、今は手当《てあて》をしたから、発声はできます。もっとも当人が喋る気にならないと、喋らないでしょうが、それはわが輩の仕事の範囲ではない」

戸倉に返事をさせるか、させないかは、頭目、あんたの腕次第だよ——と、いわないばかりだった。

「ふん」頭目は、つんと首をたてた。「わしは知りたいと思ったことを知るだけだ。相手が柿の木であろうと、人間であろうと、太陽であろうと、返事をさせないではおかぬ。それに、このごろわしは気が短くなって、相手がぐずぐずしていると、相手の口の中へ手をつっこんで、舌を動かして喋らせたくなるんだ。すこしらんぼうだが、気が短いんだからしょうがない」

机博士も木戸も、その他の幹部たちも、おたがいの顔を見合わした。頭目がそんなことをいうときには、頭目はきっとすごいことをやって、部下たちをびっくりさせるのが例だった。その前に、頭目は、しっかりした計画をたてておく。それからそれに向《むか》ってぐんぐん進めるのだった。だから、成功しないことはなかった。らんぼう者のように見えながら、その実はどこまでも心をこまかく使い、抜け目のないことをする頭目だった。部下たちが、頭目に頭が上《あが》らないのも、そこに原因があった。

はたして、その夜のできごとは、後日になって部下たちがたびたび思いださないではいられないほどの、重大な意味を持っていた。その重大なるできごとは、今、彼らの目の前でくりひろげられようとしているのだ。

「おい、戸倉。きさまの生命を拾って、ここへ連れてきてやるまでには、三人の生命がぎせいになっているのだぞ。きさまを救うためにきさまを襲撃した二人連れのらんぼう者を撃ち倒したのは、わしの部下だったが、可哀《かわい》そうに自分も撃たれて生命を失った。死ぬ前に、彼は携帯用無電機でその場のことをくわしくわしのところへ報告してきた。報告が終《おわ》ると彼は死んだのだ。いい部下を、きさまのために失ってしまった。わしは、きさまから十分な償《つぐな》いを受けたい」

「私だって、ひどい目にあっている。おたがいさまだ」

　戸倉老人が、はじめて口をきいた。軽蔑《けいべつ》をこめた語調だ。

「ふん。なんとでもいうがいい」と頭目四馬は軽くうけ流すと、一歩前進した。「そこでわしは取引《とりひき》を完了したい。おい、戸倉。きさまが持っている黄金の三日月《みかづき》を、こっちへ渡してしまえ」

　四馬がずばりと戸倉老人に叩《たた》きつけたことば！　それはあの黄金メダルの片われを要求しているのだった。

「なにが欲しいんだか、私にはちんぷんかんぷんだ」

　老人は、いよいよ軽蔑をこめていう。

「こいつが、こいつが……。きさまが黄金の三日月を知らないことがあるか。きさまが持っていることは、ちゃんと種《たね》があがっているんだ。早く渡してしまった方が、とくだぞ」

「わしはそんなものは知らない。もちろん、持ってはいない。いくどきかれても、そういうほかない」

　戸倉老人の語調は、すこし乱れてきた。机博士はうしろで注射薬のアンプルを切る。

「知らないとはいわせない。では、これを見よ」

　四馬は、とつぜん右手で長い左の袖をまくりあげた。左の手首があらわれた。そのおや指とひとさし指との間に支えられて、ぴかりと光る小さな半《はん》月《げつ》形のものがあった。例の黄金メダルの片われであった。しかしこれは春木少年が今持っているあの片われとは形がちがっていた。

　つまり、春木

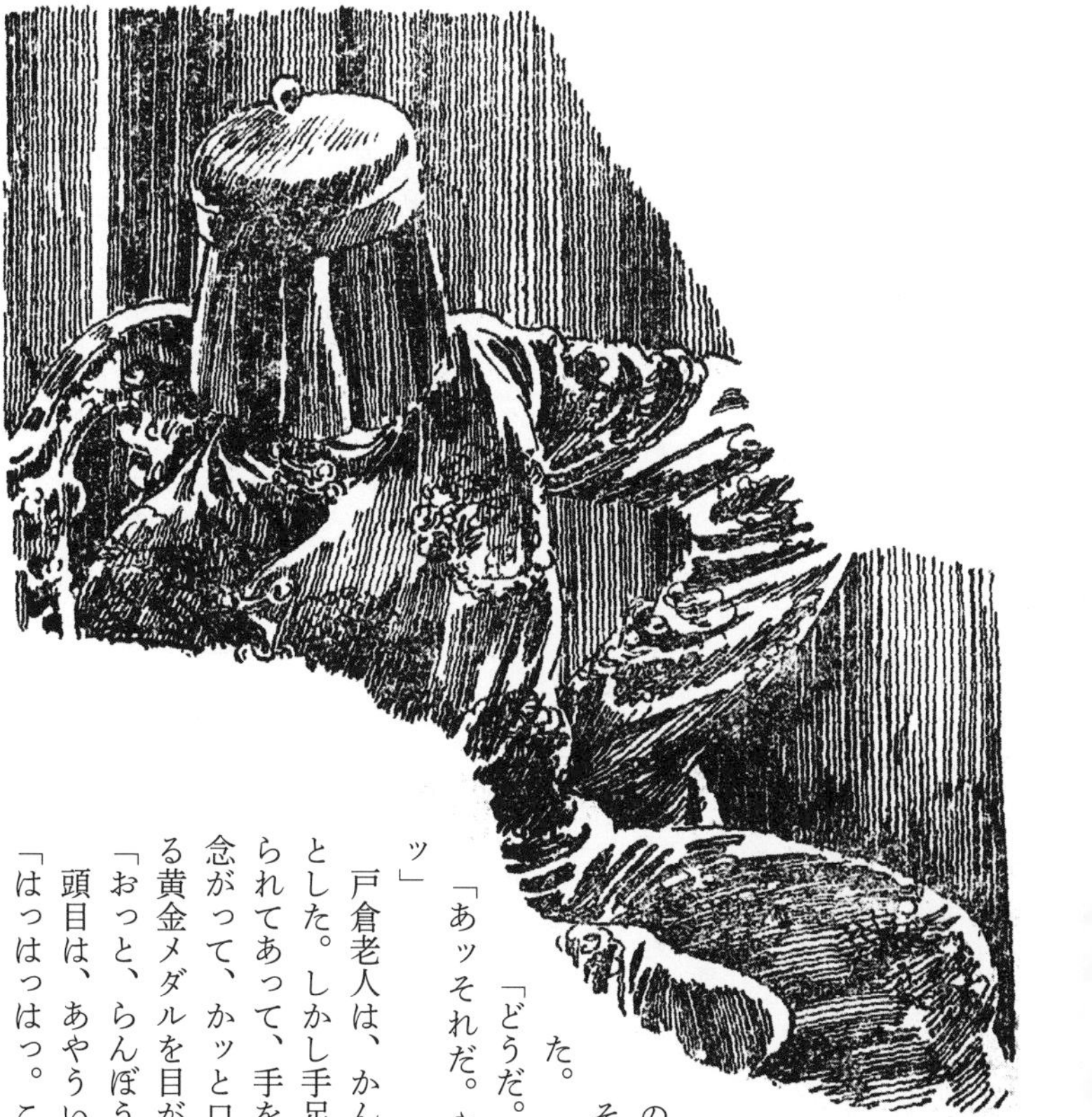

少年の持っているのは、片われにちがいないが、半分よりすこし大きく、メダルの中心から角をはかると、百八十度よりも二十度ばかり大きい。

今、四馬が指の先につまんで見せたのは、半分より小さいもので、扇《おうぎ》形をしている。

それを頭目は戸倉の前へつきつけた。

「どうだ。これが見えないか」

「あッそれだ。や、汝《なんじ》が持っていたのか。ちぇッ」

戸倉老人は、かん高い声で叫ぶと、手を延ばそうとした。しかし手足は、椅子車に厳重にしばりつけられてあって、手を延ばすどころではない。彼は残念がって、かッと口をあくと、頭目のさしだしている黄金メダルを目がけて、かみついた。

「おっと、らんぼうしては困る。はっはっはっ」

頭目は、あやういところで、手を引いた。

「はっはっはっ。これが欲しいんだな。きさまにくれてやらないでもないが、その前に、きさまが持っている他の半分をこっちへだせ。一週間あずかったら、両方とも、きれいにきさまに返してやる。どうだ、いい条件だろうが。うんといえ」

このとき戸倉は、ぐったりとして、頭を椅子の背につけていた。目をむいているのか、目をとじているのか、それは茶色の眼鏡にさえぎられて分らないが、彼の両肩がはげしく息をついているところを見ると、戸倉老人は今なんともいえない悪い気持《きもち》になって苦しんでいるものと思われる。もちろん、彼は頭目の話しかけに、一語もこたえない。

「黙っていては、わからんじゃないか。わしは早い取引《とりひき》を希望しているのだ。おい、戸倉。きさまが黄金三日月をかくしている場所をわしが知らないとでも思うのかい」

それを聞いて、戸倉老人は、ぎょっと、身体をかたくした。

「ははは。今さらあわててもだめだ。わしは気が短い。欲しいものは、さっそく手に入れる。まず、これから外して……」

四馬の手が、つと延びた。と思うと、戸倉老人がかけていた茶色の眼鏡が、頭目の手の中にあった。眼鏡をもぎとられた老人の蒼白《そうはく》な顔。両眼は、かたくとじ、唇《くちびる》がわなわなとふるえている。

「ふふふ。きさまがおとなしくしていれば、わしは乱暴をはたらくつもりはない。そこでわしが用のあるのは、きさまが目の穴に入れている義眼だ。それを渡してもらおう」

「許さぬ。そんなことは許さぬ。悪魔め」

老人は大《おお》あばれにあばれたいらしいが、手足のいましめは、ぎゅっとおさえつける。

四馬はそれを冷やかに見下して、

「ええと、きさまの義眼はたしか右の方だったな。おい、みんなきて、戸倉の頭を、椅子の背におしつけていろ」

木戸や波や、その他の部下が戸倉にとびついて、頭目が命じたとおり、椅子の背におしつけた。戸倉の鳥打帽子《とりうちぼうし》がぬげかかった。四馬はその前に進みよって、右手を延ばすと、戸倉の右眼を襲った。

エックス線のかげ

頭目の手には、戸倉の義眼がのっている。

「ふん。これが黄金の三日月の容器《いれもの》とは、考えやがったな。しかしこうなれば、お気の毒さまだ。ありがたく頂戴《ちょうだい》してしまおう。いやまだお礼をいうのは早い。この中から三日月さまをださなくては……」

頭目は、義眼を両手の指先で支えて、くるくるとひっくりかえしてみた。しかし、義眼のどこをどうすれば開《ひら》くのか、見当《けんとう》がつかなかった。その開き方は、某人物より一応きいておいたのではあるが、どこをききまちがえたか、彼の記憶にあるとおりに、義眼の上下を持って左右にねじってみても、さっぱりあかないのだった。

(ふーン、こいつはまずい)と、頭目は心の中で舌打ちをした。だが、それを今顔色にあらわすことは戸倉に対しても、また部下に対してもおもしろくない。

が、問題は、それですむものではなかった。早くこれを開いてみる必要があった。

「おい木戸。大きな金槌《かなづち》を持ってこい。急いで持ってこい」

と、頭目は命令した。

「はい」と返事をして木戸が引込《ひっこ》んでから、再び彼がこの部屋にあらわれるまでに、ちょっと時間があった。一座は、ここでほっと一息いれた。

机博士は、戸倉老人の腕に、強心剤の注射を終えると、自分の指先をアルコールのついた脱脂綿《だっしめん》で拭《ぬぐ》って、それからぎゅーッとくびを延ばして背のびした。

「ねえ、頭目。もう一回、今みたいな手あらなことをなさると、わが輩《はい》はこの人物の生命について責任をおいませんぜ。これで二度目の警告です」

と、机博士は、しずかにいい放《はな》った。これに対して頭目はだまりこくっていた。博士は、肩をすぼめた。

そこへ木戸がもどってきた。頭の大きな金槌を頭目に渡す。

「これでいいんですかね」

「うん」

頭目は、卓子《テーブル》の上に義眼をおいた。そして金槌を握った右手をふりかぶって、義眼の上に打ち下ろそうとした。

「頭目。ちょっと待った」

と、声をかけた者がある。机博士だった。

頭目はいやな顔をして、博士の方へ首を向けた。

「頭目。金槌で義眼をうち割って、中のものを見ようというんでしょう。しかしそれはまずいなあ。かんじんのものに傷がつくおそれがある」

「じゃあ、どうしたらいいというんだ」

「その黄金三日月とやらは、もちろん、金属でしょう。義眼は樹脂《プラスティック》だ。それならば、その義眼を、ここにあるX《エックス》線装置でもって透視すれば、いともかんたんに問題は解決する。なぜといって、X線は、樹脂をらくに透《とお》すが、黄金は透さない。だから、中にある黄金三日月が、かげになってありありと蛍光《けいこう》板《ばん》の上にあらわれる。どうです。いい方法でしょうがな」

と、机博士はうしろから携帯用X線装置を持ちだしてきて、頭目の前の卓子《テーブル》の上においた。この装置は、さっき戸倉の胸部の骨折を調べるために使ったものであった。

「これは名案だ。じゃあ、これにX線をかけて見せてくれ」

と、頭目は、あんがいすなおに頼んだ。

「よろしゅうござる」

博士はそういって、装置からでている長いコードの先のプラグを、電源コンセントにさしこんだ。それからぱちンとスイッチをひねって、目盛盤《めもりばん》を調整した。すると光線蔽《おお》いのある三十センチ平方ばかりの四角い幕を美しい蛍光が照らした。この蛍光幕とX線管との間に、博士は手を入れた。すると蛍光幕に骸骨《がいこつ》の手首がうつった。博士の手だった。

「さあ用意はよろしい。ここへ義眼をさし入れる。そしてこっちから蛍光幕をのぞくと見えます」

と、博士は身体を横にひらいて頭目をさしまねいた。

頭目は、X線装置の前へ進んで、博士からいわれたとおりにした。蛍光幕へ戸倉の義眼のりんかくがうつった。うつったのはその義眼ばかりではない。頭目の右の手首がうつった。どの指かにはめている、幅のひろい指環《ゆびわ》もうつった。

「あッ」

頭目は低くさけんで、手を引きあげた。しばらくすると、また義眼をつかんだ手がうつった。その指には、指環がはまっていなかった。頭目は、すばやく左手に持ちかえたのである。

「どうです。見えますか」

と、机博士がきいた。

「三日月の形をしたものは見えない」

頭目が、X線の中で義眼をぐるぐるまわしてみるが、義眼はすっかりすきとおっていて、金メダルの黒いかげはない。

「ああ、その中には、金属片がはいっていないのです」

と、机博士が横からのぞいてみて、そういった。

「しかし、そんなはずはないんだ」

頭目は、怒ったような声でいって、手をX線装置からだすと、義眼を卓上においた。

がーンと、大きな音がして、義眼が金槌で叩《たた》きつぶされた。頭目が、かんしゃくをおこして、やっつけたのである。X線装置が検出した結果を信じなかったのだ。破片があたりにとび散った。まわりにいた者は、あッと叫んで、口をおさえた。

が、その結果は、義眼の中には、なにも隠されていないということが分《わか》っただけである。

「ううーむ」

と、頭目は呻《うな》った。

しばらく誰《だれ》も黙っていた。嵐の前のしずけさだ。

と、とつぜん頭目が肩をいからして吠《ほ》え立てた。

「やい、戸倉。どこへ隠したのか、黄金メダルの片割れを！」

「わしは知らぬ。いや、たとえ知っておったとしても、お前のようならんぼう者には死んでも話さぬ」

戸倉老人は、のこる一眼を大きくむいて、四馬をにらみつけた。

「わしが知りたいと思ったことは、かならず知ってみせる。そうか。きさまの義眼というのは、もう一方の眼《め》なんだな」

というと、頭目は、又《また》もや戸倉にとびかかった。そして彼の指は戸倉の左の眼を襲った。

猫女

「あ、あぶない。待った」

叫んだのは机博士だ。あぶないと、大きな声。そしてやにわに、頭目《とうもく》の手首をつかんで引きとめた。

「なぜ、とめる?」

「お待ちなさい。戸倉の残る一眼は義眼ではないです。ほんものの眼《め》ですよ。抜き取ろうたって、取れるものですか。やれば、器量《きりょう》をさげるだけですよ。頭目、あんたが器量を下げるのですよ」

そういわれても、頭目は戸倉老人の頭髪をつかまえて、放そうとはしなかった。

「頭目、よく見てごらんなさい。ほんものの眼だということは、目玉をよく見れば分《わか》りますよ。瞳孔《どうこう》も動くし、血管も走っている」

そういって机は、携帯電灯を戸倉の眼の近くへさしつけた。

頭目は、戸倉の眼の近くへ顔を持っていった。そしてよく見た。なんどもよく見た。どうやら、こっちは、ほんものの目玉らしい。

そのときだった。頭目の注意力が、急に戸倉の目玉から放れた。彼は、自分の顔へ、下の方から光があたっているように思ったのである。そのとおりだった。机博士が手にもっている携帯電灯の光の一部が、偶然か、それとも故意か、頭目の顔を蔽《おお》う三重の紗《しゃ》のきれの下からはいってきて、彼の顔を下から照らしているのである。

(あッ)

「無礼者!」

と頭目が叫ぶのと、机博士の手から携帯電灯が叩《たた》きおとされるのと、同時であった。

博士は、手をおさえて、うしろへ身をひいた。彼の手から血がぽたりと床に落ちた。

「やあ君の手だったか。それは気がつかなかった。がまんしてくれたまえ」

頭目が、すぐ遺憾《いかん》の意をあらわしたので、一度に殺気立ったこの場の空気が、急にやわらいだ。

「おい戸倉。きさまが、しぶといから、こんな悶着《もんちゃく》が起《おこ》る。早く隠し場所をいってしまえ。この黄金メダルの半分の方はどこに隠して持っている」

頭目は、どこかにしまっていた黄金メダルの半分を再び左の指でつまんで、戸倉の方へさしつけた。戸倉は、頭目をにらみつけたまま、口を一文字《いちもんじ》につぐんでいる。

「早くいうんだ。早くいえ」

そのときだった。

とつぜん、この部屋のあかりが、一度に消え失せた。鼻をつままれても分らないほどの闇《やみ》が、一同を包んだ。

あッと叫ぼうとした折《おり》しも、

「動くと、撃つよ。動くな。あかりをつけると撃つよ。あかりをつけるな」

と、かん高い女の声が、部屋の一隅《いちぐう》から聞《きこ》えた。

女は、この部屋にはいなかったはず。みんなはふしぎに思った。女の声は、一同が集《あつま》っているところの反対側で、頭目の立っていた後方のようである。

「何者だ。名をなのれ」

頭目の声が闇の中をつらぬいた。

「よけいな口をきくな。わたしゃ暗闇の中で目が見えるんだから、撃とうと思えば、お前さんの心臓のま上《うえ》だって、撃ちぬいてみせるよ。わたしゃ――」

と女が、えらそうなことをいっているとき、部下が固まっているところで、誰《だれ》かが携帯電灯をぱっとつけた。

と、間髪《かんはつ》をいれず、轟然《ごうぜん》と銃声一発。

携帯電灯は粉微塵《こなみじん》になってとび散った。

「うーむ」

どたりと人の倒れる音。

「誰でも、このとおりだよ。わたしのいうことをきかなければ……」

たしかに、彼女がやった早業《はやわざ》にちがいない。それにしてもその怪しき女は、どこから、この部屋にしのびよったものか。ふしぎというより外《ほか》ない。電灯が消えると同時に女の声がしたようである。それまでは、煌々《こうこう》と明《あ》かるかったこの部屋だ。その状況のもとで、どうしてこの部屋へ忍びこめるだろうか。まるで見えないガス体のような女だといわなければならない。

「いよいよ、こっちの用事だが」と女の声はいやに落ちつき払っている。「おい、頭目さん、お前さんの大切にしている黄金メダルの半分をあっさりわたしに引き渡しておくれ。いやとはいわさないよ。早く返事をしてもらいたいね。おやおや、お前さんはなんてえ情《なさ》けない顔をするんだろう。わたしにゃ、紗の三重ベールなんか、あってもないのと同じこと、お前さんの素顔が、ありありと見えているんだ」

暗闇で、ものが見える目を持っていると自称する女であった。こういわれては、四馬頭目もぺちゃんこだ。

「うそだ。見えてたまるか」

頭目の声がした。腹立たしさと恐怖とに、語尾がふるえて聞える。

「まあ、そんなことは放《ほう》っておいて、おい、頭目。早く黄金メダルをおだしよ。おい、返事をしなさい、返事を……」

頭目の声が、しばらくして聞えた。

「ばかをいえ。誰がだすものか」

すると、くくくくッと女が笑いだした。

「お前さんも間《ま》ぬけだねえ。そんなことをいう前にお前さんの頭の上の方を見るがいい。みんなも見るがいい」

「なにッ」

頭目は上を見た。

「あッ、あれは……」

彼の頭上一メートルばかりのところに、闇の中にもはっきり光ってみえる小さい物体があった。しばらく目を定めてみると、それが例の黄金メダルの半分であることが、誰の目にも分った。

「そんなはずはない」と頭目の声。「あッ、無い。無くなっている、黄金メダルの半分が……。いつ、盗みやがったか」

「おさわぎでない。動けば撃つよ。わたしゃ、気が短いからね」

「何奴《なにやつ》だ、きさまは」

「まっくらやみで、目が見える猫女《ねこおんな》と申す者でござる。ほらお前さんの大切な黄金メダルが動きだした」

そのとおりであった。猫女のいったように、黄金メダルは空中をゆらゆらと動きだした。

「手をおだしでない。一発で片づけるよ」

ふしぎふしぎ、黄金にかがやくメダルは空中をとぶ。一同は、あれよあれよと、その運動を見上げているばかり。

そのうちに、宙《ちゅう》飛ぶ黄金メダルは、流星のようにすーッと下に下りた。とたんに、扉《とびら》がばたんと音をたてて閉《しま》った。

「あッ」

一同は首をすくめた。

と、頭目の大きな声が、出入口のところで爆発した。

「ちぇッ。逃げられた。戸の向こうで、鍵《かぎ》をかけやがった。おい明かりをつけろ。懐中電灯をつけろ。大《だい》丈夫《じょうぶ》だ。今の女は、ここからでていったんだ。そしておれたちは、この部屋に閉じこめられているんだ」

頭目はわめきたてる。

そのとき、電灯がぱっとついた。眩《まぶ》しいほど明かるい。一同は見た。頭目が、次の部屋との間の扉のハンドルを握って、うんうんいっているのを見た。

「おお、頭目」

「みんなこい。この扉をこじあけろ。こわれてもさしつかえないぞ」

と、頭目は扉から放れて、指をさした。

そこで部下たちは集って、扉へどすーンと体あたりをくらわした。二度、三度、四度目に扉の錠《じょう》がこわれて、扉は向こうにはねかえった。

「それッ」

と頭目を先頭に、部下たちが続いて、そこから次の部屋へとびこんでいった。

急にこの部屋はしずかになった。

残っているのは、痩軀《そうく》鶴《つる》のような机博士と、それからもう一人は、椅子車《いすぐるま》にしばりつけられた戸倉老人だけであった。

老人は、気を失っていた。

机博士は天井《てんじょう》を仰《あお》いで、首をふった。

「はて、ふしぎなことだわい。まさか妖怪変化《ようかいへんげ》の仕《し》業《わざ》でもあるまいに……」

と、不審の面持《おももち》で、両手をズボンのポケットに突《つっ》込《こ》んだ。

深夜の怪音

さて、話は春木少年と牛丸少年の上に移る。

春木少年は、生駒滝の前で焚火《たきび》をして、その夜を過ごしたことは、諸君もご存じのはずである。

牛丸少年の方は、この山道にも明かるいので、闇の道ながらともかくも辿《たど》り辿って、町まで帰りつくことができた。

牛丸君は、両親から叱《しか》られた。あまり帰りがおそかったので、これは叱られるのがあたり前である。

彼は、春木君が家へたずねてこなかったことを知り、念のために、春木君が起《お》き伏《ふし》している伯母《おば》さんの家へいった。

ところが、春木君はまだ帰ってこないので心配していたところだと、伯母さんは眉《まゆ》をよせていった。

それから大《おお》さわぎとなった。

同級生や、その父兄が召集《しょうしゅう》された。その数が二十名あまりとなった。

一同は提灯《ちょうちん》や懐中電灯を持ち、太鼓《たいこ》や拍子木《ひょうしぎ》や笛を持って暗い山中へ登っていった。

「迷《ま》い児《ご》迷い児の春木君やーい」

世の中が進んでも、迷った子供を探す呼び声は大昔も今も同じことであった。

「迷い児迷い児の春木君やーい」

どんどんどん、どんどんどんどん。

かあちかち、かちかちッ。

にぎやかに山を登っていった一行は、生駒滝の前に焚火があるのを発見し、それに力を得て近づいてみると、当の春木君が火のそばで、いい気持《きもち》にぐうぐう睡《ねむ》っているのを見出し、やれやれよかったと、胸をなで下ろした。

二人は、もう一度叱られ直して、山を下り、無事にめいめいの家へはいった。


その翌日になると、二人のことは町内にすっかり知れわたり、学校からは受持《うけもち》の先生が見えるというさわぎにまでなって、ふだんはのんき坊主の二人もすっかりちぢこまってしまった。

生駒滝事件のことは、二人の口からもれたので、遂《つい》には警察署にまで伝わり、その活動となった。二少年も証人として現場へ同行した。

機銃弾は発見されたが、血だまりは雨に洗われたためか、はっきりしなかった。

ヘリコプターがとんできて、空中吊上《つりあ》げの放《はな》れ業《わざ》をやったことは、牛丸少年の話だけで、それを証明するものがなかった。この次に、そういうものが飛んでいるのを見たら、気をつけることに申合《もうしあ》わせができただけだ。

春木少年は、戸倉老人からゆずられた黄金メダルなどのことについては、遂にいわなかった。彼は、そのことについて牛丸に話すこともしなかった。彼は、このことについてゆっくりと、自分でできるだけの研究をしてみたいと思った。その上で、話した方がいい。時がきたら、牛丸にも話をするつもりだった。

なにしろ瀕死《ひんし》の戸倉老人が彼に残していったことばによると、黄金メダルの件は、非常な機密であって、うっかりこれに関係していることを洩《も》らしたが最後《さいご》、思いがけないひどい目にあうにちがいないと思われた。現に、あの好人物の老人がむごたらしく瀕死の重傷を負っていたこと、それにつづいて牛丸君が見たとおり、老人がヘリコプターで誘拐《ゆうかい》されたそのものものしさから考えて、これはうっかり口にだせないと、春木少年を警戒させたのだ。

だが、春木少年は、その謎《なぞ》を秘めた宝の鍵《かぎ》黄金メダルの片われと、小文字でうずめられた絹《きぬ》ハンカチの焼けのこりを、いつまでも厳封《げんぷう》して机のひきだしの奥に収《しま》っておくことはできなかった。それは三日目の夜に入ってのことであったが、春木君は自分の勉強部屋にはいって、ぴったり扉《とびら》をしめて錠《じょう》をかけ窓にはカーテンを引き、それから例の二つの宝の鍵の入った包《つつみ》を取出《とりだ》して、机上のスタンドのあかりの下に開いてみた。

ぴかぴか光る三日月《みかづき》形の黄金片と、焼けこげのある絹ハンカチの一部とは、共に無事であった。

「ああ、ちゃんとしていた」

と、春木少年は自分の胸をおさえた。

「ふふふふ。ぼくは、この間の事件から、いやに神経質になったようだぞ。こんなものは、何でもないんだ。おもちゃみたいなものだ。あの戸倉とかいった老人は、気が変になっていたんじゃないかなあ」

彼は、今までと反対の心になって、二つの宝の鍵をばかばかしく眺《なが》めた。

「だが、これはほんとの金《きん》かな」

彼は、黄金メダルを手にとって撫《な》でてみた。なかなか美しい。そして重い。やっぱり黄金《きん》のように見える。黄金なら、これだけ売っても大した金《かね》になる。

(いっそ、売ってしまってやろうか。売ってしまえば、めんどうなことはなくなる。それがいい、そのうち貴金属商に、そっと見せて、値段がよければ売ってしまってやれ)

そんなことを考えていたとき、夜の静けさをついて空の一角から、ぶーンとにぶい唸《うなり》が聞《きこ》えてきた。

春木は、はっと目をかがやかした。

「飛行機が飛んでいる。まさかこの間のヘリコプターではないだろうが……」

耳をすましていると、どうもふつうの飛行機の音とはちがう。

「あッ、ヘリコプターだ。いけないぞ」

彼は、机上のスタンドのスイッチをひねって、室内をまっくらにした。そして手さぐりで、二つの宝の鍵を包んで、元のようにひきだしの奥へおしこんだ。

ヘリコプターの音は、だんだんこっちへ近づいてくるようだ。春木少年は、急に恐怖におそわれ、がたがたとふるえだした。

「分《わか》った。ぼくの黄金メダルを奪いにきたんだ。それにちがいない」

春木少年は、そう思った。

たいへんである。彼は生駒の滝の前で、あの黄金メダルを死守した戸倉老人が、賊《ぞく》のためどんなにひどい目にあったかを思いだした。それからとつぜん滝の前へおりてきたヘリコプターが、倒れている戸倉老人に対して猛烈な機銃射撃をやったあげくに、老人を吊《つ》りあげて飛び去ったことを思いだした。これは牛丸君から聞いたことだが、おそらくほんとうであろう。

どこまでも手荒い賊どものやり方だ。最新式の乗り物や殺人の器械を自由に使いこなして、必ず目的を達しないではやまないというすごい賊どもだ。

「ぼくなんか、とてもかなわないや。これはおとなしく黄金メダルを渡した方が安全だよ」

春木少年は、抵抗することの愚《おろ》かさをさとった。だが、くやしい。

「……待てよ。戸倉老人は、生命《いのち》にかけて、黄金メダルを賊どもに渡すまいと、がんばったのだ。それをぼくがゆずり渡されたんだから、ぼくも生命にかけて、これを守るのがほんとうじゃないか」

少年の気が、かわってきた。すると恐怖がすうーッとうすれていった。

「よし。逃げられるだけ逃げてやれ」

春木は考え直した。そしていったんしまった黄金メダルと絹のきれとを再びとりだし、すばやくズボンのポケットにねじこむと、裏口からそっと外へでた。

ヘリコプターは、いよいよ近くに迫っていた。信号灯か標識灯かしらないが、色電灯がついているのが見える。

春木は、首をちぢめて、塀《へい》のかげにとびこんだ。

二十日あまりの月明かりであった。姿を見られやすいから、行動は楽でない。

彼はヘリコプターから見つけられないようにと、塀づたいに夜の町をぬって、山《やま》手《て》へ逃げた。

二百メートルばかりいくと、そこから向こうは急に高く、崖《がけ》になっていた。崖の上には稲荷《いなり》神社の祠《ほこら》があった。このごろのこととて屋根はやぶれ軒《のき》は傾き、誰《だれ》も番をしていない祠だった。春木は、その石段をのぼることをわざとさけ、横の方についている草にうずもれた急な小道をのぼっていった。もちろん姿を見られないためだった。

　崖の上にのぼりついて、彼はほっとした。ここなら、まず、大丈夫《だいじょうぶ》である。

　というのは、ここは山の裾《すそ》で、ひどい傾斜になっている。稲荷神社のまわりには、古い大きい木がぎっしりとり囲んでいて、枝がはりだして隙間《すきま》もないほどだ。それに境内《けいだい》もごくせまい。ここなら、ヘリコプターが下りてこようとしても、翼が山の木にさわって、とてもうまくいかないであろう。春木は、そういう推理にもとづいて、崖の上のお稲荷さんへかけあがったのである。

おそろしき事件

おそろしい事件が、この時には既《すで》に、あらまし終《おわ》っていたのだ。今、その最後の仕上げが行われつつあった。

さて、それはどういう事件であったろうか。

ヘリコプターがだんだんこっちへ近づいてくるので、春木は不安になった。ヘリコプターは、このままの方向で飛びつづけると、お稲荷《いなり》のうしろの山に、ぶつかるにちがいなかった。春木は、自分がここにいることを、やっぱりヘリコプターに見つけられたかと思ったくらいだ。

ところがヘリコプターは、お稲荷さんの方までは飛んでこなかった。その途中にある河原の上と思うあたりで、得意の空中足ぶみをはじめたのである。その河原は、春木のいるところからは右手に見えていたが、その川は芝原水源池のあまり水が流れていて、末は湊川《みなとがわ》にはいるのだ。

「何をするつもりかなあ」

と春木は、こわごわ崖《がけ》の上の木立《こだち》のかげからのびあがってその方を注意していた。

すると、河原の向《むこ》う岸に、四五人の人影が固まって歩いているのに気がついた。彼らは上流の方へ向《むか》って歩いている。が、とつぜん彼らはひっかえした。影が長くなった。その先頭に、小さい影が一つ走っていた。

その小さい影は、ある一軒の家の石段をあがりかけた。と、あとの群《むれ》が、その小さな影の上に重なった。

人影の群は、ふたたび前のように、岸の上を上流に向って歩きだした。彼らは固まっていた。そして小さい影は、彼らの頭の上にかつがれているらしかった。

春木は、このとき、どきんとした。

「あ、あの家は牛丸君の家だ。……すると、もしや、あの小さい人影は、牛丸君ではなかったか」

はっきりした理由は分《わか》らないけれど、牛丸君も自分も、この間からヘリコプターの賊《ぞく》と因縁《いんねん》がついて、なんだかいつも睨《にら》まれているような気がしてならなかった。だから春木は、すぐ牛丸君が誘拐《ゆうかい》されていると、かんづいたわけである。そしてそれはほんとうに正しい観察であった。

牛丸少年をかつぎあげた怪漢の一同は、それから間もなく白い河原の中へ下りていった。そこには、おあつらえ向きにヘリコプターが上に待っていて、綱だか縄梯子《なわばしご》だかを下ろしてあった。

彼らが、その梯子にとりついて、だんだん上へひきあげられていくのが見えた。ただひとり河原に残っていた人影があったが、それは大きな人影であって、牛丸君ではなかったようである。このとき牛丸君は、あの戸倉老人のときと同じように、綱にくくりつけられ、ヘリコプターの中へずんずん引きあげられているのにちがいない。

ヘリコプターは、この離《はな》れ業《わざ》をたいへんすばしこくやってのけると、早《はや》やぐんぐん上昇を始めた。

「ひどい奴《やつ》だ」

春木は、むちゃくちゃに腹が立った。しかしどうすることができようか。相手は、自分たちが持っていない文明の利器を使って、好きなことをやってのけるのだ。手だしができやしない。

ヘリコプターは、ぐんぐん舞いあがり、それから予想していたとおり、山を越えて、北の方へいってしまった。

(もうおしまいだ。ああ、かわいそうな牛丸君よ。……しかし賊どもは、君を誘拐《ゆうかい》していって、どうするつもりだろうか。君は、なんにも関係がないのに……)

春木少年はそう思って、すこしばかり心が痛んだ。自分の身替《みが》わりに、牛丸君が誘拐されたのではないかと気がついたからである。やっぱり、黄金メダル探しが目的なんだろう。

あのとき生駒の滝の前で、自分は既に黄金メダルを戸倉老人からゆずられ、そして老人のいうところに従って、ヘリコプターから見られないようにするため、岩かげにかくれた。ところがそこに大きな穴があいていて、自分はその中へ落ちこんだ。

そのあとへ牛丸君がきた。そしてヘリコプターに乗っていた悪者どもから見られてしまったのだ。戸倉老人が誘拐されていって、黄金メダルを調べられたが、持っていなかったので、それではあの少年に渡したのではあるまいか、なにしろ戸倉老人は重傷であったから、倒れていた位置を動くことはできなかったはずだ。そういう考えから悪者どもは牛丸君を今夜奪っていったのであろう――と、春木少年はこのように推理を組立ててみたのである。

そのあとに、新しい不安が匐《は》いあがってきた。それは、「悪者どもが牛丸君を調べて、黄金メダルなんか知らないことが分ったら、悪者どもはその次はどうするであろうか。こんどは自分を誘拐にくるのではなかろうか。いや、なかろうかどころではない、悪者どもは必ず自分を襲うにちがいない」と気がついたからである。

「いやだなあ。これはたいへんだ」

春木少年は身ぶるいした。

どうしたら助かるだろうか。どうしたら安全になるであろうか。

それは警察の保護をもとめるのが一番よいと思われた。

「だが、待てよ」

警察の保護を受けるのはいいが、そうなると、あの黄金メダルのことも公《おおや》けに知られてしまう。すると戸倉老人の心に反することになりそうだ。また、せっかくここまで秘密にしてきたこの謎《なぞ》の宝ものを、むざむざと世間に知らせてしまうのは惜しい気がする。それから始まって、全世界に知れわたると、われもわれもと宝探し屋がふえて、結局春木自身なんかのところへその宝は絶対にころげこんでこないであろう。

春木少年は、やはり人間らしい慾《よく》があったために、黄金メダルを警察へ引きわたすのは、もうすこし見合わすことにした。

「しかし、そうなると、どうしたら安全になるだろうか。自分の生命も安全、黄金メダルも安全、という方法はないものか」

そう考えているとき、目の下の校舎の窓にぱっと明かりがついた。

スミレ学園

それはスミレ学園の校舎であった。スミレ学園というのは有名な私立学校であって、下は幼稚園から、上は高等学校までの級《クラス》を持っていた。どの組も人数が少く、先生は多く学費はかなり高価であったが、ここで教育せられた生徒はたいへんりっぱであったから、入学志望者は毎年五六倍もたくさん集《あつま》った。

灯《あかり》のついたのは、室内運動館であった。その二階の一室に灯がついたのである。運動をする場所は床から二階までぶっ通しになっているが、その外《ほか》にすこしばかり小さい部屋が一階と二階についていた。

一階は運動具をおさめる室などがあり、二階は図書記録室の外に、宿直室があった。今はこの宿直室は体操の先生である立花《たちばな》カツミ女史が寝泊《ねとま》りしていた。この先生は、列車に乗って遠方から登校するので、翌日も授業のある日は、ここに泊っていく。

春木少年は、自分の学校の先生ではないが、立花先生を見おぼえていた。なにしろ女史は目につく婦人だった。背丈《せたけ》が五尺《しゃく》五寸《すん》ぐらいある、すんなりと美しい線でかこまれた身体《からだ》を持っていた。そしてととのった容貌《ようぼう》の持ち主で、ただ先生であるせいか、冷たい感じのする顔であった。春木少年は、東京に住んでいたころ、近所にこの立花先生によく似た婦人があったので、先生の顔はすぐおぼえてしまった。

立花先生のことを、このへんの子供は、タチメンとよんでいた。それは身体が長い銀色の魚タチウオに似ていて、先生は女だからメスで（この町ではメスのことをメンという）つづけていうとタチウオのメン、つまりタチメンという綽名《あだな》がついたのである。

春木少年は、今ごろなぜ立花先生が起きたのであろうかとふしぎに思った。先生ではなく、他の人が灯をつけたのかとも思った。しかしそのとき先生の顔が窓ぎわにあらわれた。そしてちょっと外を見てから、急いでカーテンをひいた。それだけのことであったが、タチメン先生にちがいなかった。

「そうだ。タチメン先生に、この黄金メダルを預《あずか》ってもらおう。先生なら、女だけれど、体操の先生だから強いだろうし、秘密をまもって下さいといえば、承知して下さるだろう。そうすれば、ぼくも黄金メダルも安全になるのだ」

春木は、そう考えついた。

彼は、そのつもりになって、そこをでかけようとしたとき、急に事態がかわった。というのは、川向《かわむこ》うの牛丸君の家の前でさわぎが起《おこ》っているのが見えたからだ。どうやら家の人が外へとびだして、救いをもとめているようであった。家の人たちは、今まで家の中で悪者どもにしばられていて、縄《なわ》をほどくことができなかったのであろう。

「これは、こうしていられない。ぼくもすぐいって、さっき見たことを家の人に教えてあげなくてはならない」

この方が急を要することだった。春木少年は走りだしたがまたもや戻ってきた。彼は、そこに聳《そび》えている椋《むく》の木の根方《ねかた》を、ありあわせの石のかけらで急いで掘った。

しばらくして、彼が手をとめると、根方には穴が掘れていた。春木少年はポケットをさぐって、黄金メダルと絹《きぬ》ハンカチの燃えのこりとをだした。それからそれを鼻紙で包んだ。その包《つつみ》を、穴の中に入れた。それから、土をどんどんかぶせた。そして一番上に弁当箱ほどの丸い石を置き、それからまわりを固く踏みかためた。

「まあ、一時こうしておこう。でないと、牛丸君の家の前までいったとき、もしも、悪者が残っていて、ぼくをつかまえでもしたら、大切な宝ものをとられてしまうからなあ」

春木少年は、どこまでも用心ぶかかった。

そうなのである。油断はならないのだ。さっきヘリコプターが牛丸君をつりあげ、そして仲間をひっぱりあげて空へ舞いあがっていったが、あのとき河原に一人だけ残っている者があったではないか。それは誰《だれ》であるか分《わか》らなかったけれど、もちろん悪者の仲間にちがいない。彼はそれからどこへいったか見えなくなってしまったが、いつひょっくり姿をあらわすかしれないのだ。あんがい近所の塀《へい》のかげにかくれて、牛丸君の家の様子を監視しているのかもしれない。そうだとすると、あそこへ大切な宝ものを持っていくのはやめたがいいのだ――と、春木少年は考えたのである。

黄金メダルは春木少年の身体をはなれたので、彼は身軽になった。彼は崖《がけ》の小道を、すべるようにかけ下り、牛丸君の家の方へ走っていった。

息せき切って、牛丸君の家の前へいってみると、はたしてそのとおりだった。牛丸君のお父さんやお母さんが狂気のようになってさわいでいた。近所の人々も、だんだん集ってきた。そのうちにエンジンの音がして、警官隊が自動車にのって、のりつけた。

牛丸君のお父さんの話によると、四名の怪漢がはいってきて、ピストルでおどかしたそうである。強盗と同じだ。そして牛丸君をひっとらえると、ちょっと用があるからきてくれ、生命には別条ないから心配いらない、しかしいうことをきかないと痛い目にあうぞ、といって、牛丸君を外へつれだしたという。家の人はピストルでおどしつけられ、縄でぐるぐる巻きにされていたので、牛丸君を助けることができなかったということだ。

それから先のことは、春木少年がお稲荷《いなり》さんの崖の上から月明かりに見ていたとおりだった。

「警察はもっと早くきてくれないと、だめだなあ」

と、近所の人がいった。

「そうだ、そうだ。それに自動車ぐらいもってきたんじゃだめだ。相手は飛行機を使って誘拐《ゆうかい》するんだから、警察も、すぐ飛行機で追っかけないと、いつまでたっても、相手をつかまえることができない」

別の人が、そういった。

全《まった》くそのとおりであった。しかし警察の方では、そんなにきびきびやれない事情があるようであった。

春木少年は、牛丸君の両親に、お見舞だけをいって、さよならをした。この間のカンヌキ山のぼりのことをいわれるかと思ったが、両親ともそのことについてはなにもいいださなかった。それよりも一刻も早く息子《むすこ》を取りかえしてもらいたいと警察の人にすがることに一生《いっしょう》けんめいだったのである。

ひげ面男の登場

崖の上のお稲荷さんでは、春木少年が黄金メダルを埋めていってしまった後、おかしなことが起《おこ》った。

それは、お稲荷さんの荒れはてた祠《ほこら》の中から、一人の人物が、のっそりとでてきたのである。

その人物は、まず両手をうんとのばして、

「あッ、あッ、ああーッ」

と大《おお》あくびをした。

月に照らしだされたところでは、彼の顔は無精《ぶしょう》ひげでおおわれ、頭もばさばさ、身体《からだ》の上にはたくさん着ていたが、ズボンもジャケツも外套《がいとう》もみんなひどいもので、破れ穴は数えられないほど多いし、ほころびたところはそのままで、ぼろが下っていた。外套にはボタンがないと見え、上から縄《なわ》でバンドのようにしばりつけてあった。早くいえば、これは乞《こ》食《じき》のるいであった。もうすこしきれいなことばでいうと、放浪者であった。

「さっきから見ていりゃ、あの小僧め、へんなまねをしやがったぜ。いったい、あの木の根元に何を埋《うず》めたのか、ちょっくら見てやろう。食えるものなら、さっそくごちそうになるぜ」

空腹を感じていると見え、そのひげ面《づら》の男は舌なめずりをして、下へ下りてきた。そしてのっそり、崖の上の椋《むく》の木のところまでいった。

彼はすぐ埋めてある場所を発見した。そうでもあろう、春木少年が踏みつけていったすぐあとのことだから、気をつけて探せば、すぐ目にとまる。

「ははあ。この石が目印ってわけか」

ひげ面男は石をけとばすと、そこへしゃがみ、両手を使って土をかきだした。間もなく彼は目的物をつかんで立ち上《あが》った。

「なあんだ、これは……」

彼はあてが外れたという顔つきで、紙包《かみづつみ》を開いて中を見たが、よく正体が分《わか》らないので、それを持ったまま、祠の方へひきかえしていった。

祠の傾いた屋根をくぐり、格子《こうし》の中へはいると、御神体《ごしんたい》をまつった前に、三畳敷《さんじょうじ》きぐらいの板の間があり、そこに破れむしろが敷いてあった。そこがこのひげ面男——姉川五郎《あねかわごろう》の寝室であった。

彼は、むしろの上にごろんと寝ると、隅《すみ》っこのところへ手をのばして、ごそごそやっていたが、やがてその手が、船で使う角灯《かくとう》をつかんできた。この場所にはマッチをすって、それに火をつけた。彼はもったいないほどの明かりがついた。その下で、彼は紙包を開いた。

すると、絹《きぬ》の焼け布片《ぎれ》がでてきた。彼はそれを無造作にひらいた。こんどは黄金メダルがでてきた。ぴかぴか光るので彼はびっくりした。それを掌《てのひら》にのせて、いくども裏表《うらおもて》をひっくりかえして、見入った。

絹の焼け布片《ぎれ》の方は、紙と共にこの男の手をはなれ、折《おり》から吹きこんできた風のため、ひらひらと遠くへころがっていった。もしもこの光景を戸倉老人や春木少年が見ていたとしたら、おどろいて後をおっかけたことであろう。

「何じゃ、これは」

三日月型《みかづき》の黄金メダルは、姉川の掌の上でさんざん宙《ちゅう》がえりをやったが、その正体はこのひげ面男に理解されなかったようである。

「ぴかぴかしているが、これは鍍金《メッキ》だよ。それに半分にかけていちゃ、屑《くず》やにも売りつけられやしない。ああ、くたびれもうけか。損をしたよ」

ひげ面男は、黄金メダルを腹立たしそうにむしろの上に放《ほう》りだすと、角灯をぱっと吹き消した。そしてごろんと横になった。

しばらくすると、大きないびきが聞《きこ》えてきた。空腹をおさえて、ひげ面先生は睡《ねむ》ってしまったのである。

それから数時間たって、夜が明けた。

ひげ面男の姉川五郎は、早起きだった。もっとも朝日が第一番に祠の破れ目から彼の顔にさしこむので、まぶしくて寝ていられなかった。

彼は、むしろの上に起きあがって、たてつづけに大あくびを三つ四つやって、ぼりぼり身体をかいた。それから何ということなくあたりを見まわした。すると、ぴかりと光ったものが、彼の充血した眼《めい》を射た。

「何？　ああ、昨夜《ゆうべ》の屑がねか。おどかしやがる」

彼はひとりごとをいって手を延ばすと、むしろの上から黄金メダルをひろいあげた。そして朝日の下で、また裏表をいくどもひっくりかえして見た。

「鍍金《メッキ》にしてはできがいいわい。まさか、本ものの金《きん》じゃなかろうね。おい屑がねの大将、おどかしっこなしだよ。おれはこう見えても心臓がよわい方だからね」

彼は黄金メダルを手にして、左右をふりかえった。角灯が目にはいった。それを引きよせ、その角のところで、黄金メダルを傷つけた。メダルは楽に溝がきざみこまれ、下から新しい肌がでてきた。それを姉川五郎は、陽《ひ》にかざして、目を大きくむいて見すえた。

「おやおや。中まで金鍍金《メッキ》がしてあるぞ。えらくていねいな仕上げだ。……待て、待て。これは、本ものの金《きん》かもしれんぞ。そんなら大したものだ。叩《たた》き売っても、一カ月ぐらいの飲み料ははいるだろう。善は急げだ。さっそくでかけよう」

姉川は、黄金メダルをポケットの中へねじこんだ。それから彼は、腰縄をといて、外套をぽんと脱いだ。それから手を天井《てんじょう》の方へ延ばして、天井裏をごそごそやって、そこに隠してあった上衣《うわぎ》をとりだした。それをジャケツの上に着た。それからもう一度天井裏へ手をやると、帽子をだしてきた。それをぼさぼさ頭にのせたところを見ると、型はくずれているが、船乗りの帽子だった。

それから彼は、賽銭箱《さいせんばこ》の中から破靴《やぶれぐつ》をだして足につっかけズボンをひとゆすり、ゆすりあげてから、悠々《ゆうゆう》と石段を下りていった。

　こんな一大事が発生しているとは知らず、春木少年は八時ごろにお稲荷さんへのぼってきた。

　昨夜、宝ものを椋の木の根方《ねかた》に埋《うず》めたが、埋め方がうまかったかどうか、それを検分《けんぶん》するために、彼は朝早く崖をのぼってやってきたのである。

「ああッ！」

　彼の目は、すぐさま、異常を発見した。椋の木の根方はむざんに掘りかえされてある。春木少年は青くなって、そこへとんでいった。

「やられた」

　土の上に膝《ひざ》をついて、掘りかえされた穴の中を探ってみたが、昨夜彼が埋めたものは、影も形もなかった。そばを見れば目印においた丸石が放りだしてある。彼はがっかりした。そこに尻餅《しりもち》をついたまま、しばらくは起きあがる力さえなかった。

（失敗《しま》った。やっぱり、机の奥にしまっておけばよかったんだ。あわててもちだしたり、うっかりこんなところへ埋めたり、とんでもないことをしてしまった。せっかく戸倉老人が呉《く》れたのに、おしいことをした。……しかし誰《だれ》がここから掘りだして持っていったのだろうか）

　春木少年は、大がっかりの底から、ようやく気をとり直して立ち上った。

（なんとか取返《とりかえ》したいものだ。まだ絶望するのは早かろう）

　少年は、推理の糸口をつかみ、それからその糸を犯人のところまでたぐっていくために、境内《けいだい》をぶらぶらと歩きだしたが、そのとき生々《なまなま》しい足跡が祠の前からこっちへついているのを発見し、

「これかもしれない」

と、緊張した。

　彼は祠の中をのぞきこんだ。

　その結果、彼は姉川五郎の寝室があるのを見つけた。

「ぼくはうっかりしていた。ここにいた乞食に見られちまったんだよ」

くやし涙が、春木少年の頬《ほお》をぬらした。いくらくやんでも諦《あきら》めきれない失敗だった。

もしや祠の中のどこかに黄金メダルをかくしていないであろうかと思い、彼は祠の中へはいあがって、念入りにしらべた。

だが、そんなものはあろうはずがなかった。ただ、彼は祠の破れ穴のところに、絹の焼け布片《ぎれ》がひっかかっているのを発見し、声をあげてよろこんだ。

黄金メダルとこれとの両方を失ったかと思ったが、焼け布片《ぎれ》だけでも自分の手にもどってくれたことは、不幸中の幸《さいわい》であると思った。この上は、この焼け布片《ぎれ》は大切に保管し、二度とこんなことにならないようにしなくてはならないと思った。

姉川五郎は、黄金メダルを握って、どこへいったのであろうか。

二つに割れている黄金メダルの一つは、こうして春木少年の手から放れてしまった。もう一つは、六《ろく》天山塞《てんさんさい》の頭目《とうもく》四馬剣尺の手から猫女《ねこおんな》の手へ移った。このあと、この二つの貴重なる黄金メダルは、いかなる道を動いていくのであろうか。メダルの二つの破片がいっしょになるのは何時《いつ》のことか。

それにしても、この黄金メダルに秘められたる謎《なぞ》はどういうことであろうか。事件はいよいよ大舞台へのぼっていく。

少年探偵なげく

まったく春木少年は、がっかりしてしまった。もうなにをするのも、いやであった。自分のすることは何一つうまくいかないことが分《わか》った。彼はすっかりくさってしまった。

瀕死《ひんし》の戸倉老人が、いのちをかけて、かれ春木少年にゆずってくれた大切な黄金メダルの半ぺら！あれが、今ではもう彼の手にないのだ。

（お稲荷《いなり》さまだから、どろぼうから守ってくれると思っていたのに……）

境内《けいだい》の木の根元に、うずめたのが運のつきであった。誰《だれ》かがさっそく掘りだして持っていってしまった。

（きっと、あの祠《ほこら》に寝起《ねおき》している乞食《こじき》にちがいない）

春木少年は、あれからいくどもお稲荷さんの崖《がけ》にのぼって、裏手からそっと祠の中をのぞいた。だが、いつ見ても、破れござが敷きっぱなしになっているだけで、主人公の姿は見えなかった。

春木は、がっかりしたが、いくどでもくりかえしあの祠へいってみる決心だった。

黄金メダルを盗まれたことも、くやしくてならない大事件だったが、それよりも町中にひびきわたった大事件は、牛丸平太郎少年がヘリコプターにさらわれたことだった。

なにしろ、そのさらわれ方が、あまりに人もなげな大胆なふるまいで、親たちも近所の者も手のくだしようがなく、あれよあれよと見ている目の前で、ヘリコプターへ吊《つ》りあげられ、そのまま空へさらわれてしまったのだ。

警官隊の来《き》ようもおそかった。またたとえ間にあったとしても、やはりどうしようもなかったにちがいない。飛行機を持っていない警官隊は、どうしようもない。

牛丸平太郎は、みんなにかわいがられていた少年だから、この誘拐《ゆうかい》事件の反響も大きかった。ことに、その前に春木君が山の中で、行方《ゆくえ》不明になった事件のとき、牛丸君が誰より早くこれを知らせたことで、牛丸少年を知っている人は多かった。

春木としても、一番仲よしの友だちを、そんなひどい目にされたので、くやしくてならなかった。それで、ぜひ捜査隊の中へ加えて下さいと、先生にまでとどけておいたほどである。

「ああ、そうか。それはいいね。この前は、牛丸君が春木君の遭難《そうなん》を知らせた。こんどはその恩がえしで、春木君が牛丸君を探しにいくというわけだね。まことにいいことだ」

と、受持《うけもち》の主任金谷《かなや》先生は、ほめてくれた。

「先生。牛丸君は、なぜさらわれていったのでしょうか」

その時春木は、先生にたずねた。

「それがどうも分らないんだ。牛丸君の家は旧家だから、金がうんとあると思われたのかもしれないな。そんなら、あとになって、きっと脅迫状《きょうはくじょう》がくるよ」

「脅迫状ですか」

「うん。牛丸平太郎少年の生命《いのち》を助けたいと思うなら、何月何日にどこそこへ、金《きん》百万円を持ってこい——などと書いてある脅迫状さ。しかしほんとは牛丸君の家は貧乏しているので、そんな大金はないよ。もしそう思っているのなら、賊《ぞく》の思いちがいさ」

金谷先生は、牛丸君の家の内部のことをよく知っているらしかった。

「それじゃあ、なぜ牛丸君は、さらわれたんでしょうね」

「分らないね。牛丸君は、君のようにとび切り美少年だというわけでもないし……そうだ、君は何か心あたりでもあるんじゃないか。あるのならいってみなさい」

と、金谷先生は春木の顔をじっと見つめた。

そのとき春木は、例の生駒ヶ滝の事件のことをいってみようかと思った。あのときからヘリコプターにねらわれているのではなかろうかといい出したかった。しかし春木は、それをいったら、あの黄金メダルのことまでうちあけてしまいたくなるだろうと思った。その黄金メダルは、今はもう彼の手もとにないのだ。すべてはあれからあやしい糸がひいているように思う。それなら、ここで先生にうちあけてしまった方がいいのではないか。

だが、春木は、ついに、それをいいださずにしまった。

そのわけは、彼が口をひらこうとしたとき、そばを立花カツミ先生が通りかかったためである。この女の先生はスミレ学園につとめているが、方々《ほうぼう》の学校へもよく来る。そして体操の話をしたり、あたらしい体操や運動競技を教えていくのだ。

「やあ、立花さん」

と、金谷先生が声をかけた。

「おや、金谷先生。こんなところにいらしったんですか」

と、立花先生は、そばへ寄ってきた。

春木は、おじぎをして、二人の先生の前を離れた。そういうわけで、彼は黄金メダルまでの話をいいそびれてしまったのだ。

このとき春木には聞《きこ》えなかったけれど、神さまは口のあたりに軽い笑いをおうかべになり、悪魔はちょッと舌打ちをしたのであった。なぜだろう。

絹ハンカチの文句

その夜にも二回、その次の日の朝にも三回、春木少年はお稲荷《いなり》さんの祠《ほこら》を偵察した。

だが、彼が見たいと思った浮浪者《ふろうしゃ》の姿を見ることはできなかった。その浮浪者は、その夜はとうとうこの祠の中の寝床《ねどこ》へはかえってこなかったのである。

（なぜ、帰ってこないのだろうか。ひょっとしたら、あの黄金メダルを売りにいって、お金がはいったから、帰ってこなかったのではあるまいか）

春木少年の推理はするどく、かの姉川五郎の気持《きもち》をある程度まで、ぴったりあてた。

困った。売ったのなら、その売った先をいそいで探さないと手おくれになる。といって、それを聞くには浮浪者が帰ってこないと、聞くわけにいかない。彼はまたもや昨日の失敗がくやまれてくるのだった。

（ぐずぐずしていると、ますます工合《ぐあい》が悪くなる！）

少年にも、そのことがはっきり分《わか》った。

「そうだ。ぼくは、なんというバカ者だったろう。

盗まれるなら、あの黄金メダルに彫りつけてあった暗号文みたいなものを、べつの紙にうつしとっておけばよかったんだ」

　ああ、そう気がつくのが、おそかった。

　黄金メダルは、もう春木少年の手にはないのだ。まったく注意が足りなかった。人に見せまい、大切に大切にしようと思って、黄金メダルの暗号文もよく見ないで、しまっておいたのだ。

「ハンカチがある。あれにも字が書いてあった。そうだ、あのハンカチも、いつ盗まれるか知れない。今のうちに、文句をうつしておこう」

　春木は、やっと今になって、本道へもどった。しかし彼は、本道へもどるまでに、二度も大失敗をくりかえしている。

　少年は、その夜、例の焼けのこりの絹《きぬ》ハンカチを灯《あかり》の下にひろげてみた。

　ざんねんにも、四分の一か五分の一ほどしか残っていない。

　が、それでもこれは重大なる手がかりなのだ。

　さて、読みにかかったが、絹ハンカチに書かれてある文字は、細い毛筆で、達者にくずしてあるため、判読するのがなかなかむずかしかった。

　しかし少年は、その困難を越え、字引《じびき》をくりかえし調べて、どうやらこうやら一応はその文字を拾い読むことができた。

　いったい、どのような文句が、そこに書きつづられていたであろうか。

　十四行だけ残っていた。しかしその一行とて、行の終《おわ》りまで完全に出ているわけでない。しかし行の頭のところは、みなでている。それは、次のような文字の羅列《られつ》であった。


　ヘザ…………………

　たる…………………

　二つ合………………

　蔵する宝……………

　の開き方を知………

　り。オクタンとへ……

　したため協力せず……

　する黄金メダルの……

　のと暗殺者を送……

　斃《たお》れ黄金メダルは暗………

り、それより行方《ゆくえ》不明…………

ここにある一片《いっぺん》はオ…………

せし一片にして余《よ》は地中……

おいてこれを手に入れたる……


「なんだろう。さっぱり意味が分らない」

春木少年は、ざんねんであった。

もしも生駒ヶ滝のたき火で、こんなに焼いてしまわなかったら、一つの完成した文章が読めて、今頃《いまごろ》は重大な発見に小おどりしているだろうに。

「いや、未練《みれん》がましいことは、もういうまい。この焼けのこりの文句から、全体の文章が持っている重大な意味を引出《ひきだ》してみせる」

彼は発奮《はっぷん》した。

くりかえし、この切れ切れの文句を口の中で読みかえした。彼は、考えて考えぬいた。頭が火のようにあつくなった。

そのうちに、彼は、一つのヒントをつかんだように思った。

「この黄金メダルの半ぺらを一つずつ持っていた人物が二人ある。ひとりをオクタンといい、もうひとりをヘザ……というのだ」

オクタンにヘザ何とかであるが、ヘザの方は名前の全部が分っていない。とにかく、この二人が黄金メダルを半ぺらずつ持っていたとしてこの文句を読むと、意味が通るのであった。

これに勢いを得て、少年探偵は、さらに推理をすすめた。

すると、第二のヒントが見つかった。

「あの黄金メダルを二つ合わせると、宝のあるところの開き方を知ることができるようになっているんだ」

第三行と第四行と第五行とから、これだけの意味が拾えたように思った。

もしこれが当《あた》っているなら、黄金メダルの二個の半ぺらを手に入れた上で、二つを合わしてみなくてはならないのだ。メダルの裏にきざみこんである暗号文字のようなものが、二つ合わせて読むと、完全な意味を持つようになって、宝庫の開き方を知らせてくれるらしい。

少年探偵は、いよいよ勢いづいて、その先を解析した。

第六行から第十一行までは、大して重要なことではないらしいが、そこに書かれてある意味は、

——黄金メダルの半ぺらずつを持ったオクタンとヘザ某《なにがし》とは、仲がわるくて助け合わず、相手の持つ半ぺらを奪おうとして、暗殺者を送った。その結果、両人のうちの誰《だれ》かが死んだ。そして半ぺらは行方不明となった——

というのではなかろうか。

「いや、それでは、両人のうちの誰かが相手に暗殺者を向けて斃し、そして黄金メダルの半ぺらを奪ったものなら、その半ぺらはその者の所有となり、行方不明になるはずがない。これは意味が通じない。考えなおしだ」

いろいろと考え直したが、もうすこしで分りそうでいて、どうもうまい答《こたえ》がでなかった。少年探偵は、しゃくにさわってならなかったが、そのときはもうそれ以上に頭がはたらかなかった。

それから最後の三行から、次のことを推理した。

——この一片、すなわち、戸倉老人の持っていた半ぺらは、オクタンが持っていた方の半ぺらであって、自分、すなわち、戸倉老人は、これを地中から掘りだしたものである——

どうやら、これだけのことが分った。

オクタンとヘザ某とは、いったい何者であるか、それが分らない。これは文章のはじめの方に、説明があったのだろう。そこのところが焼けてしまったために、とつぜんオクタンとヘザ某の名がでてきて、彼らが何者であるのか、その関係や、二人の時代が分らないのである。

後日になって明《あ》きらかになったことだが、このように解釈した春木少年の推理は、原文の意味を七分《しちぶ》どおり正しく解いているのであった。少年探偵としては及第点であった。

このとき以来、彼は、右の解釈を基として、その後の活動をすることにしたのであるが、実はもう一つ、彼が考えたことがあった。それは、

——ヘザ某は、オクタンの放《はな》った暗殺者のために殺され、ヘザの持っていた黄金メダルの半ぺらは行方不明となった。オクタンは自分の持っている半ぺらをたよりに、宝探しをこころみたが、うまくいかなかった。そして彼は、残念に思いながら死んでしまった。だから、世界的大宝物《だいほうもつ》は、まだ発見されず

に、もとのところに保存されている――

まず、こんな風に推定したのだった。

だから、オクタンは、とても悪い奴《やつ》。ヘザ某は気の毒な人。そしてヘザ某の遺族か部下は、オクタンを恨《うら》んでいるが、彼らの手には、オクタンには奪われないで助かった黄金メダルの半ぺらがある。扇形《おうぎ》をしたその半ぺらを持っている者があったら、それはヘザ某の遺族か部下に関係ある者だ――と春木少年は思った。

このことが正しいかどうか、読者諸君には興味が深いであろう。なぜなれば、諸君は春木少年のまだ知らない事実――四馬剣尺や猫女《ねこおんな》のことなどを知っているのだから。

きれいな独房

かわいそうなのは、自宅からヘリコプターにさらわれていった牛丸平太郎少年だった。

彼がヘリコプターに収容せられたときには、気を失っていた。だから、あとのことはよくおぼえていない。

気がついたときは、固いベッドの上に寝ていた。おどろいて彼は起き直った。からだが方々《ほうぼう》痛い。

「おお、これは……」

明《あ》かるく照明された、せまい一室だったが、入口は扉《と》のかわりに、鉄の格子《こうし》がはまっていた。牢屋《ろうや》だった。ベッドは部屋の隅《すみ》にとりつけてあって、腰かけの用もしていた。

「ぼくを、こんなところへいれて、どうするつもりやろ」

牛丸は、鉄格子のところへいって、それが開くかどうかためしてみた。

だめだった。鉄格子の外側には、がんじょうな錠《じょう》前《まえ》がぶら下っているのが見えた。

鉄格子の前は通路になっていた。そして正面には、壁があるだけだった。

どこか抜けだすところはないかと、牛丸少年は部屋中を見まわした。天井《てんじょう》に小さい空気穴があいているだけだ。そこからでようとしても人間にはできないことだった。小さい猫《ねこ》ならでられるかもしれないが、牛丸は猫ではなかった。

天井は、高かった。

室内には、ベッドの外《ほか》になんにもない。いや、一つあった。それは便器であった。

牛丸少年は、この部屋に永《なが》いこと、とめておかれた。ここでは、時刻がさっぱり分《わか》らなかったけれど、牢番《ろうばん》らしい男がきて、鉄格子の窓から、食事をさしいれていったので、朝がきたらしいことをさとった。

牢番は、五十歳ぐらいのじゃがいものように、でくでく太ったおじさんだった。牛丸が話しかけても、牢番男は首を左右にふるだけで、返事をしなかった。

昼飯《ひるめし》を持ってきたときに、牛丸はまた話しかけた。牢番は同じように首を左右にふり、指で自分の耳と口とをさして、

(わしは、つんぼで、おしだよ)

と、知らせた。

夕飯《ゆうはん》のとき、牛丸が話しかけようとすると、牢番は、こわい目でにらんだ。そして不安な目付《めつき》で左右をふりかえった。そしてもう一度こわい目をし、大口をあいて、牛丸少年をおどかした。

牛丸は、がっかりした。すべての望みを失い、ベッドにうっ伏《ぶ》して、わあわあ泣いた。だが、誰《だれ》もそれを慰《なぐさ》めにきてくれる者はなかった。

疲れ切っていたと見え、その姿勢のまま、牛丸はねむってしまったらしい。

「起きろ。こら、起きろ、子供」

あらあらしい声に、牛丸はやっと目がさめた。

「さあ起きろ。頭目《かしら》のお呼びだ。おとなしくついてくるんだぞ」

若い男が、そういって、牛丸の手首にがちゃりと手錠《てじょう》をはめた。

牛丸は引立《ひきた》てられて、監房《かんぼう》をでた。

前後左右をまもられて、牛丸少年は通路を永く歩かせられ、それからエレベーターに乗せられて上の方へのぼっていった。その道中に彼はたえずあたりに気を配ったが、それはなかなかりっぱな建物に見えた。彼はここがカンヌキ山のずっと奥深い山ぶところにかくされたる六天山塞《ろくてんさんさい》の地下巣窟《そうくつ》だとは知らなかった。

「頭目《とうもく》。牛丸平太郎をつれてまいりました」

若い男は、頭目四馬剣尺が待っている大きな部屋へ少年をつれこんだ。

牛丸少年は、そこではじめて頭目なる人物を見た。華麗に中国風に飾りたてた部屋の正面に、一段高

く壇《だん》を築き、その上に、竜の彫りもののあるすばらしい大椅子《おおいす》に、悠然《ゆうぜん》と腰を下ろしているあやしき覆《ふく》面《めん》の人物は、四馬頭目にちがいなかった。

その左右に、部下と見える人物が、四五名並んでいた。秘書格の木戸の顔も、それに交《まじ》っていた。机博士のほっそりとした姿も、その中にあった。頭目が、覆面の中からさけんだ。

「うむ。波はそこに控えておれ。木戸。その少年を前につれてこい。直接、話をしてみる」

若い男は、入口を背にして、佇《たたず》んだ。

木戸が前にでていって、牛丸少年の肩をつかんで、頭目の前に引立てた。

「手荒《てあ》らにしないがいい」

頭目は木戸に注意をした。

「これ、牛丸平太郎。お前にたずねたいことがあったから、ここまできてもらった。これからたずねることについて正直に答えるのだぞ。もしうそをついたら、そのときはひどい罰をうけるから、うそはつくなよ」

太い威厳《いげん》のある頭目の声が、牛丸の胸を刺した。

牛丸少年は、だまっている。彼は、頭目の顔の前にたれ下《さが》っている三重のベールがふしぎで仕方がなかった。

「おい、牛丸平太郎。お前は、戸倉老人から黄金メダルの半分をうけとったろう。正直に答えよ」

頭目はそういって、牛丸の返事はどうかと、上半身を前にのりだした。

牛丸少年は、それでもだまっていた。

頭目は少年が返事をしないので、機嫌《きげん》をわるくした。彼は肩を慄《ふる》わせ、

「さあ、早く答えよ。お前が戸倉老人から渡された黄金メダルの半分は、どこへ隠して持っているのか」

と、声をあらくしていった。

「ぼくにものを聞きたいのやったら、聞くように礼儀をつくしたらどうです。昨日からぼくを罪人のようにひどい目にあわせて、さあ答えよといっても誰《だれ》が答える気になるものか」

牛丸は、はじめて口を開《ひら》くと、相手の非礼をせめた。

「お前から礼儀のお説教《せっきょう》を聞くために呼んだのではない。こっちからたずねることだけに答えればよい。それを守らなければお前の気にいるような拷問《ごうもん》をい

くつでもしてあげるよ。たとえば、こんなのはどうだ」

頭目が、椅子の腕木のかげにつけてある押釦《おしボタン》の一つをおした。すると天井《てんじょう》から、鍋《なべ》をさかさに吊《つ》ったようなものが長い鎖《くさり》の紐《ひも》といっしょに、すーッと下りてきた。そして牛丸少年の頭に、その鍋のようなものがすっぽりかぶさった。

「あ痛《いた》ッ」

鎖はぴーんと張った。そして鍋のようなものはしずかに持ちあがった。と、それに牛丸の頭髪が密着したまま、上へひっぱられていくのであった。

あの手この手

「痛い、痛い」

牛丸少年は宙吊《ちゅうづ》りになった。

痛い。髪の毛がぬけそうだ。もがくと、ますます痛い。牛丸は歯をくいしばり、ぽろぽろと涙を流した。

「これは拷問の見本だから、そのへんで許してやろう。お前たちの年頃《としごろ》は、わけもわからずに生意気でいけない。そう生意気な連中には拷問が一番ききめがある」

頭目は、けしからんことをいってから、拷問をとめた。鍋のようなものは、牛丸の頭髪をはなして、鎖紐と共にがらがらと天井の方へあがっていった。

日頃はのんき者の牛丸平太郎も、この拷問には参った。このような野蛮《やばん》な責め道具を、さかんに持っているのだとすれば、うっかりことばもだせない。

「そこで、もう一度聞き直す。戸倉老人から渡された黄金メダルの半分は、今どこにあるのか。さあ、すぐ答えなさい」

頭目の声は、以前よりはやさしくなった。やさしくなったが、その口裏には、「こんど答えなければ本式に拷問してやるぞ」との含みがある。返事をしないわけにいかない。

「ぼくは正直にいいますが、戸倉老人だの黄金メダルだのといわれても、何のことやら、さっぱり分《わか》りまへん。これはほんとです」

「なにイ……まだうそをつくか。それなれば――」

「いくら拷問されたって、今いったことはほんとです。今いうたとおり、なんべんでもくりかえすほかありまへん。それとも、ぼくからうそのことを聞きたいのやったら、拷問したらよろしいがな」

しゃべっているうちに牛丸はしゃくにさわってきて、又《また》もやいわなくてもいいことまでいってしまった。

「知らないとはいわさん。それでは、証拠をつきつけてやる。戸倉老人をここに引きだせ」

頭目の命令によって、戸倉老人がこの部屋へつれてこられた。車のついた椅子にしばりつけられていることは、この前と同じだ。ひげ面《づら》をがっくり垂《た》れて、目を閉じている。

戸倉老人の椅子は、頭目の前で、牛丸少年といっしょに並べられた。机博士がつかつかとやってきて、戸倉老人を診察した。それはかんたんにすんだ。机博士は自席にもどる。

「牛丸少年。お前の前にいるのが戸倉老人だ。この老人なら見おぼえがあるだろう。生駒ヶ滝の前で、お前はこの老人から何を受取《うけと》ったか。それをいっておしまい」

「この人、知りません。今はじめて会《お》うた人です」

牛丸は、そう答えた。彼は生駒ヶ滝の前に倒れていたのがこの老人かもしれないと思った。しかしあのときは、顔をよく見たわけでない。ヘリコプターから機銃掃射《そうしゃ》が始まったので、すぐ柿の木へかけあがったわけである。

「お前はどこまで剛情《ごうじょう》なんだろう。そんなに拷問されたいのか。それでは」

「待って下さい。ほんとにぼくは、この人を知りませへん。うそやありません。この人に聞いてもろうてもよろしい」

牛丸少年は重ねて同じ主張をした。

戸倉老人は、さっきから下を向いたままで、目を開かない。牛丸少年の顔を見ようともしないのであった。

老人の心の中には、今はげしい苦悶《くもん》があった。それは今彼のそばにいる少年が、春木清にちがいないと誤解していたからだ。死にゆく自分を介抱《かいほう》してくれた親切に、あの黄金メダルを少年に贈ったが、それが崇《たた》って、少年はこうして四馬剣尺のために自由を奪われ、ひどい責めにあっていると思えば、老人の胸は苦しさに張りさけんばかりであった。老人は、この気の毒な少年の顔を一目でも見る勇気がなかった。少年に何とあやまってよいか、老人の立ち場はひどく苦しいのであった。

「剛情者が二人集《あつま》った」

と頭目は牛丸と戸倉老人のことをいった。

「よし、それでは、のっぴきならぬ証拠を見せてやろう。おい波、あの写真を持ってきたか」

すると戸口に立っていた波が、ポケットから数葉《よう》の写真をひっぱりだして、頭目のところへ持ってきた。

「ふーむ。これで見ると、あのときお前は現場にいた子供にちがいない。これを見よ」

頭目は、写真を牛丸に手わたした。

牛丸は、それを見た。そしてどきんとした。彼が生駒ヶ滝の前まできたとき、ヘリコプターがまい下ってきたので、おどろいて柿の木にのぼった。そのときの彼の姿が、はっきりと撮影されているのであった。写真の中には、彼の顔をいっぱいに引伸《ひきのば》してうつしてあるものもあった。それを見ると、これは自分ではないということができないほど、はっきりしていた。

「どうだ。その写真にうつっているのはお前だろう。お前にまちがいなかろう」

頭目は、こんどはおそれ入ったかと、牛丸少年の面《おもて》をむさぼるように見つめる。

「これは、ぼくのようです」

牛丸は、あっさりとそれを認めた。

「しかし、この柿の木にのぼっているのがぼくだとしても、ぼくは誰《だれ》からも、何ももらいません。ほんとです」

戸倉老人が、このとき薄目をあいた。そして牛丸少年の顔を、さぐるようにそっと見た。

(おお……)

老人の顔に、狼狽《ろうばい》と喜びの色とが同時に走った。

(ああ神よ)

老人は口の中で唱《とな》えると、再びがっくりとなって椅子にうなだれ、目を閉じた。老人は、そばにいる少年が、春木清ではないのを知って、いままでのはげしい悩みから急に解放されたのであった。

そのとき頭目の、怒りにみちた声がひびいた。

「なんという手際《てぎわ》のわるいことだ。調査不充分だぞ。責任者は処罰される」

左右をふりかえって、頭目は部下を叱《しか》りつけた。

「この剛情者二人は、当分あそこへ放《ほう》りこんでおけ」

そういい捨てて、頭目はうしろの垂れ幕をわけて、その奥に姿を消した。

異様な背高《せいたか》のっぽの覆面《ふくめん》巨人だ。牛丸少年は、感心して、頭目のうしろ姿を見送った。

（あの覆面の下に、どんな顔があるのか。早く見てやりたいものだ）

彼はこわさを忘れて、好奇心をゆりうごかした。

万国骨董商

ここで話は、春木少年から姉川五郎の手へ渡った半月形《はんげつ》の黄金メダルの上に移る。

今、姉川五郎のことをくわしくのべるにあたるまい。なぜなれば、彼はひどく酔払《よっぱら》っていて、どうにもならない。彼の服装は、ぼろぼろ服と別れて、りゅうとした若い海員姿に変《かわ》っている。よほどたんまり金がはいったと見える。

彼がお稲荷《いなり》さんの境内《けいだい》の木の根元から掘りだした半かけの金属片は、たしかに黄金製であったのだ。

彼はそれを、海岸通《どおり》からちょっと小路にはいったところにある万国骨董商《こっとうしょう》チャンフー号に売ったのである。主人のチャン老人は、孔子《こうし》のように長い口ひげあごひげを生《は》やして、トマトのように色つやのよい老人であった。老人は、姉川の持ってきたメダルを二万円に買うといった。老人は、姉川はそれを聞くと十万円でないといやだといったが、結局三万五千円でチャン老人は買い取った。

大金をつかんで、宇頂天《うちょうてん》になって店をでようとする姉川に、うしろから老商チャンは声をかけた。

「こんなにかけてないで、丸々満足なのがあったら四割がたええ値で買いまっせ」

姉川は、ふふんと笑ったまま、店をでていった。

「ふふふふ。まるでただのようなもんや。つぶしても十二万円には売れる。しかし惜しいもんや。らんぼうなやり方で、半分に切断しよった。中まで黄金かどうか見るつもりやったんやろ」

老商はひとりごとをいいながら、黄金メダルを天秤《てんびん》の皿からおろし、こんどはそれを店の飾窓《かざりまど》の中にあるガラス箱の棚《たな》の一つの上にのせた。そのそばには、はんぱになった貴金属製の装身具が、所もせまく並べられてあった。片っぽだけのひすいの耳飾りや、宝石がなくて台ばかりの金色の指環《ゆびわ》や、数の足りない真珠《しんじゅ》の首飾《くびかざり》、さてはけばけばしい彫刻をした大小いろいろの指環や、古色《こしょく》そう然《ぜん》とした懐中時計をはじめ、何だか訳《わけ》の分《わか》らない細工物《さいくもの》や部品が、そのガラス箱の中にひしめきあっていた。

それは、姉川五郎が黄金メダルを売りとばしてから三日目の昼さがりのことだった。

その日は、ふしぎに例の三日月《みかづき》形の黄金メダルが客の目を吸いつけた。結局、その日黄金メダルにさわったお客の数は三名であった。

最初の客は、意外な人物、立花カツミ先生であった。

その日、立花先生は、新しい体操の実演と打合会《うちあわせかい》のために、海岸通の扇港《せんこう》ビルの講堂で午前中を過《す》した。それがすんで、外へでたが、そこで金谷先生といっしょになり、元町の方へ抜けて学校へもどることとなった。そのとき万国骨董商チャンフーの店の前を通りかかったのである。

はじめ、金谷先生がその飾窓の前に足をとどめた。先生はめったにこんなところへこないので、ガラス戸の中におさまっているいろいろの商品をもの珍らしくながめた。立花先生の方は、そんなものにあまり興味がないらしく、すこし迷惑そうな顔で、金谷先生のうしろに立っていた。

その金谷先生が笑いだした。

「ははは。この店は、がらくた店なんだよ。ちょっと見かけはいいが、ろくでもないものばかり並べてある。あれなんか、金貨の半かけだ。金貨の半かけはおかしい。金貨にしては大きいからメダルかな。とにかく半かけでは買い手もあるまいに……」

立花先生の顔が、飾窓へよってきた。

「立花先生。ほら、あそこにある金貨の半かけみたいなもの、あれはメッキですかな、それとも本物の金《きん》ですかな」

「さあ……」

立花先生は、かすれたように声をだした。

「あれがもし本物の金だったら、あれだけあれば、うちの母の金のいれ歯をすっかり修理することができるんだがなあ」

「もう、いきましょうよ」

先生二人は、老商チャンの飾窓から離れた。そしてにぎやかな元町へでた。

半町《ちょう》ばかり歩いたとき、立花先生は金谷先生に、

「わたくし、忘れていた用事を思いだしました。これからちょっといって参りますから、ここで失礼いたしますわ」

といった。そして二人は別れた。

立花先生は、すたすたとうしろへ戻った。

そして先生は例の万国骨董商の店へはいった。老主人チャンは、籠《かご》の小鳥に餌《えさ》をやっていたが、店の方をふりかえって、びっくりした。珍らしい客人《きゃくじん》である。

「なにをお目にかけましょうかな」

チャンは、もみ手をしながら、首をさげた。首を下げながら、美しい客の面《おもて》から目を放さなかった。

立花先生は、黄金メダルの半ぺらを見せてくれといって、手にとってよく見た。それは先生の気にいったようであった。そこで値段を聞いた。

「さよう。あんたさんのお望みですさかいに、大《おお》まけにまけまして、二十万円ですな。あれは純金に近いものでな、そのうえ、えらい由緒《ゆいしょ》のあるもので、二十万円は大勉強だっせ」

二十万円だという。三万五千円で姉川五郎から買いとったものが六倍の値段でふっかけられたのである。

「二十万円ですか。高いわねえ」

「それだけの値打《ねうち》は、十分におまんねん。その道の者なら、よう知ってます」

立花先生はしばらく唸《うな》っていたが、やがて老商チ

ヤンにいった。

「わたくし、ここに二十万円のお金を持っていないのです。それで今手《て》つけ金《きん》として二万円おいてまいります。これから家へかえって、のこりの十八万を持ってきますから、それをわたくしに売ったものとして下さい」

「へえーッ。どうもありがとうはんで。あの、二十万円で買いはりますか。よろしおます。二万円のお手つけ金。ここへちょうだいいたしましょう」

チャン老人は、自分のおどろきを隠すのに骨を折った。十五万円ぐらいに値切るかと思いの外《ほか》、いい値の二十万円で買うというのだ。そんなことなら、もっと吹っかけておけばよかった。こんな質素《しっそ》ななりをした婦人のことだから、二十万円だといえば、びっくり仰天《ぎょうてん》して、すぐさよならと店をでていくかと思いの外、とんでもないちがいだった。

その婦人客がそそくさと店からでていったあと、チャン老人は、黄金メダルを元のガラス箱の中に返した。

あとの二人の客

老商チャンは、またもとのように小鳥の籠に近づいた。

そして彼のかわいがっている小鳥に、餌をあたえはじめた。それが大方終《おおかたおわ》りに近づいた頃《ころ》、

「はい、ごめんよ」

と、店へはいってきた男があった。背の高いりっぱな人物だった。日本人のようであり、また外人のようにも見える。

この紳士こそ、四馬剣尺の部下として重きをなす机博士その人であった。

「ご主人。そのガラス箱の中にはいっている金貨の半分になったようなものを、ちょいと見せてもらおう」

博士は、長い手を延ばして、ガラス箱の棚《たな》を指した。

「ああ、これですか」

老商チャンは、それを取出《とりだ》して客に見せた。チャンは、立花先生と売約《ばいやく》が成立したことを忘れているような態度で、気軽に三日月形《みかづき》の黄金メダルをだしてみせたのである。

「これはおもしろいものだ。惜しいことに半分になっている。ご主人、これは本物のゴールド（金）かね」

「純金に近い二十二金《きん》ですわ」

「ふふん。で、値段はいくら」

「あまり売れ口がええものやないさかい、まあ大《おお》まけにまけて三十万円ですな」

「三十万円！　あほらしい、そんな値があるものか。ご主人、十五万円ではどうだ」

「あきまへん。三十万円、一文《もん》も引けまへんわい」

「そうかね。それじゃこれから三十万円、なんとかして集めてこよう」

机博士はそういって、チャンの骨董店《こっとうてん》をでていった。

その博士は、店先から五六歩離れると、肩をすくめて、ふふんと笑った。

「あの慾《よく》ばり爺《じじい》め、まさかおれが、あの黄金メダルの裏表《うらおもて》をあの店の中で、写真にとってしまったことに気がつくまい。ふふふ」

そういって、机博士は、オーバーの釦《ボタン》に仕掛けてある秘密撮影用の精巧《せいこう》な小型カメラを、服の上から軽く叩《たた》いた。博士らしい早業《はやわざ》であった。

「……だが、あの黄金メダルがあそこに売りにでているることを、頭目《とうもく》に知らせたものか、それとも何とかして、おれが手に入れておいたものか、さて、どっちにしたものだろうなあ」

博士は、海岸通《どおり》の方へ、長いコンパスで歩いていった。

第三の客がきたのは、それから三十分ばかりあとのことだった。

その人は、外国の船員の服装をつけていた。髪も瞳《ひとみ》も黒くて、日本人のようであったけれど、顔色の赤いことや鼻柱の高いことなどから見て、スペイン系の人のようであった。彼の顔立ちは整っていたが、どうしたわけか、おそろしい刀傷のあとが、額《ひたい》の上から左眼《ひだりめ》を通り、鼻筋から、唇《くちびる》までに達していた。ものすごい斬《き》り傷であった。しかしその傷は、光線が彼の顔の上に、或《あ》る方向から照らしつけるときに限り、非常にものすごく見えた。

「その半分のメダルを見せて下さい」

彼はおぼつかない英語で、そういった。

老商チャンは、客よりは上手な英語で応対した。

彼は、今日はこの黄金メダルに、妙に人気が集《あつま》っているのに気がついて、上機嫌《じょうきげん》であった。それと共に、彼はゆだんをしなかった。

刀傷のある船員は、黄金メダルを何十ぺんとなく裏表にひっくりかえし、またチャンから拡大鏡を借りて、念入りに全体を検べてみたり、掌《てのひら》にのせて重さを測《はか》ったりした。そのあとで、

「これをいくらで売りますか」

と、老商にたずねた。

「四十万円です」

チャンは、こういうのは金持《かねもち》ではないから早く追《お》っ払《ぱら》うにかぎると思って、かんたんに返事をした。

「四十万円ですか。私、千二百ドルで買います。千二百ドルなら五十万円以上にあたります。あなた、いい商売します」

客はそういって、ポケットから米貨の紙幣《しへい》をチャンの前へ並べだした。チャンは、近頃《ちかごろ》こんなにびっくりしたことはない。

「待って下さい。この品物は、実はもう売約ができていまして、さしあげかねます」

「いくらで売約しましたか」

「それは、あの……」

老商チャンは、まさか正直に二十万円とはいいだせなかった。

客は、紙幣を並べおえた。

「私、五十万円に買う契約、さっき、あなたとしました。私、買います。五十万円の高値でこれを買う人、私より外《ほか》にありません」

「よろしい。売りましょう」

チャンは、ついにそういった。二十万円に売るよりも五十万円に売った方が二倍半の大もうけだ。売約したあの婦人には、手つけの二万円の外に、あと

五千円か一万円つけて返せば、文句はないだろう。そう思った老商チャンであった。

客は、黄金メダルの半ぺらを持って、店をでていった。チャンは、受取《うけと》った紙幣をもう一度数えるのに熱中していた。

それから七八分あとのことだったが、万国骨董商チャンフー号の店先を通りかかった一人の少年が、不意に立ちどまって、さけび声をあげた。

「うわーッ。これは血やないか。店の奥から、えらいこと血が流れてきよるがな」

その声に、近所の人たちがおどろいてとびだしてきた。そしてチャンの店内へはいって、老主人の名を呼んだ。

チャンの返事はなく、ただ籠の中で、小鳥がチチチと鳴いていた。

「どうしたんやろか、チャンさんは……」

「あっ、こんなところに倒れている」

店の奥に、老商は朱《あけ》にそまって倒れていた。心臓の上にピストルで撃ったらしいひどい傷あとがあった。そしてそのまわりには、服の上に焼け焦《こ》げが丸くできていた。もちろんチャンは絶命していた。

誰《だれ》が、いつの間に、老商をこんなに冷《つめた》い死骸《しがい》にしてしまったのであろうか。

迷宮入りか

かわいそうな万国骨董商《こっとうしょう》チャン老人殺しのニュースは、たちまちこの港町のすみずみまでひろがった。

「なんというむごたらしいことをする犯人だろう。あの老人は家族もなく、さびしく小鳥と住んで、あの店をやっていたのに。ああ気の毒だ」

老人を見知っている人々の中には、こういってその死をいたむ者もいた。

「チャン爺《じい》さんは、あれでそうとうなもんだよ。こっちが売りに持っていった品物は、二束三文《にそくさんもん》に値ぎりたおす。それをあとで磨《みが》きをかけて、とほうもない高値で、外国人などに売りつけるんだ。足もとにつけこむのは得意中の得意さ。あんまりもうけすぎるから、こんどみたいな目にあうんだ」

そういって、にくまれ口をきく者もいた。

「いや、それは商売上手というものだ。そんなことでなにも爺さんは殺されることはないいんだ。ああして殺されたのは、爺さんがひどいことして集めた宝石の中に、おそろしい呪《のろ》いのかかっているダイヤモンドがあったんだ。それは元、インドの仏像のひたいにはめこんであったのを、ある悪い船《ふな》のりがえぐり取って、盗んでいった。そしてそれをチャン爺さんに売りつけた。するとインドの高僧が船のりに化《ば》けてはるばる取返《とりかえ》しにきたんだ。爺さんはすなおに返さなかったもんだから、あのように、えいッと刺し殺された」

「ちがうよ。ピストルで撃たれたんだ」

「あ、ピストルか。ピストルでもいいよ」

「ほんとかい、その話は」

「つまり、そうでもあろうかと、わしは考えたんだがね」

「なんだ。ひとが事件に熱中しているのをいいことにして、うまくかついだね」

「とにかく、あの爺さんは、叩《たた》けばほこりがでる人物だ。犯人は永久に分《わか》らないよ」

たしかにそのとおりで、犯人の目星がさっぱりつかないので、この事件を担当している秋吉《あきよし》警部はいらいらしていた。

彼は、チャン老人の絶命の三十分あとへ現場へついて、さっそく捜査の指揮をとったのであるが、血の流れている店内は、事件発見者の少年のしらせで駆けつけた近所の人たちによって、すっかり踏みあらされていた。犯人をつきとめるための証拠が、これではつかめない。警部は困ってしまった。

それに、チャン老人は、店内にひとり住んでいたので、当時の店内の様子を証言する者がいなかった。向《むこ》う三軒両隣《さんげんりょうどなり》はあるけれど、今日はチャン老人が殺害されると分っているなら、老人の店に出入りする人物に注意を払っていたであろうが、そんなことはあらかじめ分っていなかったので、誰も正確に出入りの人物を証言する者がなかった。おそらく犯人は、そういう事情をのみこんでいて兇行《きょうこう》したのであろうと、秋吉警部は考えた。

店内をしらべて、何が盗み去られたかを調査した。その結果が、まだはっきりしないのであった。なにしろたくさんのこまごました物がある。その品物の目録などはなかったから、何と何とがなくなったんだか分らない。

金庫は閉《しま》っていた。この中を調べたが、これもまたはっきり分らない。金庫の中には、日本の紙幣《しへい》やアメリカの紙幣などがしまってあった。これだけが有金《ありがね》全部であったのか、それとも犯人はその一部を盗んでから、金庫を閉めて逃げたのか、どっちとも分らなかった。

かれ秋吉警部には興味のないことであったが、読者には興味のあることがらを、ここで一つ述べておこう。それはアメリカの紙幣で千二百ドルがそっくりそこに残っていたことである。これは犯人がどういう種類の人物であるかを判断するのに、一つの参考となる。――秋吉警部は、気の毒にも、そのような資料をつかむ機会にめぐまれていないのだ。

そこで警部の注意力は、もっぱらチャン老人の致命傷と、彼の死んでいた場所とその身体《からだ》の恰好《かっこう》にそそがれた。

ピストルで心臓のまん中を見事に撃ちぬかれたのが、老人の死因だった。老人は声もたてずに死んだのであろう。

ピストルは老人の胸に向けられ、その銃口は老人の服にぴったりとふれていたにちがいない。その状況で、ピストルは発射されたのだ。だから銃口のあたっていた服には穴があいており、その穴のまわりの服地は、焼け焦《こ》げになっていた。

ピストルの弾丸《たま》は、背中をうちぬき、うしろの壁かざりをつきぬけ、壁にめりこんでいた。それを掘りだして調べてみたところ、そのピストルは、よく普通に見かけるブローニングやコルトのものではなく、口径《こうけい》のずっと小さい特殊のものだった。それは多分ピストルの形をしないで、他の物品に似せて作ってあるもののように思われた。たとえば万年筆の形をしたピストルだとか、扇子《せんす》の形をしたピストルだとかを、暗殺者はよく持っているが、そんな風《ふう》なものにちがいない、そういう物品に似せるためには、どうしても弾丸の口径を細くしなければならない。自然、火薬も少量しか使えないので、そういうピストルは、殺す相手の身体にぴったりとつけて発射しないと、弾丸が身体の中へはいらない。

「犯人は、只者《ただもの》じゃない。チャン爺さんを殺すことなんか、鶏《にわとり》の首をしめるほどにも感じなかったんだろう」

警部は、そう思って慄然《りつぜん》とした。

老人は、帳場《ちょうば》の台をへだてて、客と向《む》かいあっていたらしい。それから老人は、奥へゆこうとして身体をすこし曲げた。そのときすばやく犯人が握っているピストルが老人の心臓を服の上からねらい、直《ただ》ちに引金《ひきがね》がひかれたのにちがいない。老人の死顔《しにがお》には苦悩のあとも恐怖の表情もなく、おだやかな顔であった。そしてそのままそこに倒れると傷口からは血がとめどもなくふきだし、ついに店前まで流れていったのだと思われる。

それから犯人はどうしたか。それがさっぱり分らない。何か目星をつけてきたものがあって、それを取出《とりだ》して、すばやく逃げうせたものか、それとも老人を斃《たお》しただけで、すたこら逃げだしたものか、なんとも分らない。このへんで秋吉警部の捜査はゆき詰《づま》ってきたのであった。

しかたがないので、警部は、各署や水上署《すいじょうしょ》までに通告して、チャン老人殺しに関係あるあやしい人物があったら知らせてもらいたいとたのんだ。こんな方法では、運をたのむようなものだ。しかし証拠物が集《あつま》らないし、事件の目撃者もあらわれないのだから、こんなことでもするより外《ほか》なかった。

水上署には、外国船員にも気をつけてくれるように特に依頼した。だが、外国船員にあやしい者があっても、これを検挙するまでに持っていくことは容易なことではなかった。

秋吉警部はだんだんやつれていった。そして事件は迷宮入《めいきゅうい》りらしく思われてきた。

もしも、チャン老人が殺される日、あの店をたずねた客たちが名のってでるなら、警部は有力な手がかりをつかんだであろう。しかし誰も名のってでるものはなかった。むりもない。かかりあいになるのを恐れてのことだ。

金谷先生しゃべる

海岸通横丁の老骨董商《ろうこっとうしょう》殺しのニュースは、その翌朝には、新聞記事になっていた。

春木少年や牛丸少年の組をあずかっている金谷先生も、この新聞記事を読んだ。そしてすぐ気がついた。

「ははあ。あの店だ。昨日飾窓《かざりまど》をのぞきこんだが、金貨の割れたのを、れいれいしく飾ってあったあのがらくた古物商《こぶつしょう》だ。

あの家の主人が殺されたんだな。それを分《わか》ってい
れば、もっとよく顔を見ておくんだったのに」
　と、先生はすこしばかり残念であった。
　先生は登校すると、この話をとくいになって教員
室にしゃべり散らした。
「白いひげを長くたらした爺《じい》さんなんですよ。いか
にも小金《こがね》をためているという風《ふう》に見えましたね。そ
ういえば、福々《ふくぶく》しい顔なんだけれど、どことなくき
ついところがあったな。やっぱり自分の悲惨《ひさん》な運命
が、人相にあらわれていたんですよ」
　こんな風に話すものだから聞き手の先生がたは、
もっとくわしいことを聞きたがった。
「いや、それだけのこと。ぼくは、中へはいって見
ようかと思ったんですが、連れの立花先生がいやな
顔をしているので、それはやめましたよ。あのとき
はいっていれば、もっと諸君におもしろい話ができ
たんだがなあ」
　金谷先生がそういうと、聞き手の先生たちはみん
な笑った。
　そこへ立花先生がはいってきた。
「まあ、みなさん、なにをそんなにおもしろがって
いらっしゃるんですの」と、にこにこしてたずねた。
「あはは。金谷先生が、例の殺されたチャンという
万国骨董商の店を、昨日のぞいたというんです」
「まあ、いやなことですわ」
　と、立花先生は、美しい眉《まゆ》をひそめた。
「金谷先生は、あの店主が殺されると分っていたら、
店の中へはいって、しげしげと見てくるんだったな
どというもんだから、みんなで笑っていたところな
んです」
「気味のわるいお話は、もう聞きたくありません
わ」
「金谷先生のいうことに、連れの立花先生がうしろ
にこわい顔をして立っているものだから、ついには
いるのをあきらめたといってますよ」
「えッ」
　と立花先生はかたい顔になって金谷先生の方に向
き直ったが、すぐ顔を和《やわら》げ、
「金谷先生。よけいなおしゃべりをなさるものじゃ
ありませんわ。かかりあいがあると思われて、警察
へひっぱりだされるようなことがあったら、つまら
ないじゃありませんの」

と、かるくたしなめた。

「まいった。これは一本まいりました。今までのおしゃべりは取消《とりけ》しだ」

と、金谷先生はすっかり悄気《しょげ》てしまった。それがまたおかしくてたまらないと、同僚たちは腹をかかえて笑った。

金谷先生は、てれくさくなって、ひとりその座を立って、運動場へでていった。運動場では、早く登校した生徒たちが、元気にはねまわっていた。

「金谷先生」

先生は、自分の名前をよばれて、はっとわれにかえり、その方を見た。

四人の少年が、そろって、前へ近づいた。その中には春木少年の顔が交《まじ》っていた。その外に、小玉《こだま》君、横光《よこみつ》君、田畑《たばた》君の三少年がいた。

「どうしたの。いやに改まっているね」

と、金谷先生が受持の学童の顔を見まわした。

「先生。ぼくたち四人は、少年探偵団を結成しようと約束したんです。それで、先生に少年探偵団の顧《こ》問《もん》になっていただきたいのです」

少年たちの話は意外な申入《もうしい》れだった。

「少年探偵団だって。それはいったい、なんの目的で結成するのかね」

「まず第一の目的は、ぼくたちの級友である牛丸君を一日も早く救いだしたいことです」

「それは警察がやってくれる。君達が手をださないでもいい」

「でも、警察だけにまかせておけないと思うんです。なにしろ、今になっても、警察はすこしも活動をしてないようですからね」

「それは相手が手ごわいから、準備のためにそうとう日がかかるんだろう。君たちがでかけていってもだめさ。相手が強すぎるからね。返り討《う》ちになるよ」

先生は、少年たちが、きっと落ちこむにちがいない悪い運命を思って、その企《くわだて》に反対した。だが、少年たちは、そんなことでは尻《しり》ごみしなかった。春木少年は、言葉をつづける。

「第二の目的は、世界にまれな宝さがしに成功することなんです」

「なんだって。世界にまれな宝さがしとは……」

「先生。牛丸君がかどわかされたことも、実はこの

宝さがしに関係があると思うんです。そしてほんとうは、ぼくが連れていかれるはずのところ、賊《ぞく》はまちがって牛丸君を連れていったんだと思うんです」
「君のいっていることは、さっぱりわけが分らない」
「それはこの事件のはじまりからお話ししないと、お分りにならないのです。実はこの前、牛丸君とぼくと二人でカンヌキ山へのぼりましてねえ……」
と、それから生駒ヶ滝の前で戸倉老人にめぐりあ

い、黄金メダルの半かけと絹《きぬ》地《じ》にかいた説明書をもらったことから、メダルを失ったことまで、残りなくすべてのことを金谷先生にうちあけた。

先生はおどろいて、はじめは「ほう」とか「おもしろいね」といっていたのが、終《おわ》りには腕をくみ、身体をかたくして、「ふん、それからどうした」とか、「それはたいへんだ。で、どうした」とか、さかんに力《りき》んでたずねた。

「これが焼け残った絹のハンカチの一部です」

と、春木少年が金谷先生の手にそれを渡したとき、先生の緊張は頂点に達した。

「なるほど。これはほんものだ。えらいことになったものだ」

先生はそこで頭をひねって、しばらく沈黙したが、やがてあたりへ気をくばり、低い声でいった。

「春木君。先生は昨日、君がとられたという黄金メダルの半ぺららしいものを、海岸通の横丁の骨董店の飾窓の中に見かけたよ」

「ええッ。先生、それはほんとうですか」

「ほんとうかどうか、とにかく君が今話をした三日《みか》月《づき》形の黄金メダルというのによく似ていた。君の話では、お稲荷《いなり》さんのお堂に住んでいた浮浪者《ふろうしゃ》が、あの店へ売ったんじゃないかな」

「あッ、それにちがいありません。先生、その店はなんという店ですか。どこにありますか。教えて下さい。これからぼくはすぐいって、取返《とりかえ》してきます」

　こんどは春木少年の方が、大昂奮《こうふん》してしまった。

「待ちたまえ、春木君。その店の老主人は昨日何者かのためにピストルで殺されてしまったんだよ。今朝の新聞を見なかったかね」

「ああッ。そうか。すると今朝の新聞にでかでかと大きくでていたチャンフー号主人殺しというのは、この店ですね」

「そうなんだ。だからね、今はその筋《すじ》で殺害犯人を見つけようと鵜《う》の目鷹《たか》の目でさがしているから、君なんかうっかりいくと、たちまち捕《とら》えられて、容疑者になってしまうよ。そしたら、いつ娑婆《しゃば》へでてこられるか分りゃしない」

　先生がおそれるわけは、もっともであった。しかし春木少年は、警察にこの話をしてもいいと思った。そして店の飾窓にあったその黄金メダルを、自分にかえしてもらうには、早く話をした方が有利だと考えた。

　この考えを話すと、先生は困ってしまった。

（しまった、とうとう、またおしゃべりをしすぎた。さっきあんなに立花先生からいましめられていたのに、それを忘れて又《また》しゃべった。下手《へた》をすると、自分は参考人か容疑者として警察へ引っぱられるかもしれん。これは困ったことになった）

　先生の悄気《しょげ》かたはひどかった。

きびしい尋問

「頭目《かしら》。いったいどこへいってたんです。この三日というものは、頭目を探すので、大骨を折りましたぜ。しかも連絡はつかないじまい。骨折り損のくたびれもうけです」

　四馬剣尺が、どっかと腰をかけた頭目台《とうもくだい》の前へいって、この山塞《さんさい》の番頭格の木戸が、うらみつらみをのべたてた。木戸は、よほど骨を折ったものと見える。

「ふふン」

　四馬は、かるく笑っただけであった。

「こんどからは、なんとかたしかな連絡の道を用意しておいていただかないと、万一のときに、わしはこの山塞を持ち切れませんよ」

　木戸は、久しぶりに腹を立てているらしい。

「大丈夫《だいじょうぶ》だ。万一のときは、おれがとびこんでくるから、心配はいらねえ」

「こっちから知らせたいことがあっても、それができないとすれば、結局頭目の大損害じゃないですか」

「すると、なにかおれに知らせたいことがあったんだな。それは何だい」

「わしではないんです。机ドクトルが、何か見つけてきたんです。それが三日前のことで、ドクトルは町へいったんです」

「ふーン。三日前のことか」

頭目は、ベールの中で、日を逆《さかさ》にかぞえているようであった。

「チャンフー殺しのあった日のことだな」

「そうです。あの日の午後、ドクトルは息せき切ってここへ戻ってきましてな、『頭目はどこにいる』と食いつくようにいうんです。どうしたのかと訊《き》くと、『一刻を争うことだ、頭目の耳に入れたいことがある』という。なんだと聞きかえすと、『黄金メダルの半ぺらが、海岸通《どおり》のある店の飾窓《かざりまど》に売りにでている』というんです。わしはおどろきましたね」

「それからどうした」

頭目は気色《けしき》ばんで、その先の話をさいそくした。冠《かんむり》の下のベールがゆらゆらと動く。

「それから頭目《かしら》探しです。みんなをかりたてて、あらゆるところを探しまわりましたね。ところがだめなんです。机ドクトルからは、『まだか、まだか』と、きついさいそく。困りましたね。それで三日間、得るところなしです」

「ばかだなあ。そんなものが見つかれば、なぜすぐに買いにいかないんだ」

「おっと。それはいわないことにしてもらいましょう。この山塞では、四馬剣尺頭目が命令しないことは何一つ行えないいきびしいおきてになっているんです。これは頭目、あなたが作ったおきてですよ」

「よし、そんならよし。じゃあ机博士をここへ呼んでくれ」

「はい」

木戸がでていくと、やがて机博士がいれかわって、細長い身体をこの部屋にあらわした。彼は木戸とちがって、落ちつきはらっていた。頭目の前までいって、卓をへだてて、四角い椅子《いす》に腰を下ろした。

「ご用ですかな」

「今、木戸から聞いたが、三日前に、海岸通のある店で、黄金メダルの半ぺらを見つけたって」

「偶然に見つけましたよ。さっそく頭目に知らせようと骨を折ったんだが、残念にも、頭目に運がなかったな」

「本物かい」

「さあ、私は本物と鑑定しましたね。それも頭目がこの間まで持っていた半ぺらではなくて、その相手になる半ぺらでしたよ。三日月形《みかづき》をして、骸骨《がいこつ》の顔が横を向いているようでした」

「お前は、それを手にとってみたのか」

「手にとってみましたとも。万一にせ物では頭目に知らせてお叱《しか》りをこうむるばかりだから、掌《てのひら》にのせて比重をあたってみました。たしかに純度の高い黄金でできていることにまちがいなし。そこで値段を聞いたら、三十万円というんです。その因業爺《いんごうじじい》のチャンフーという主人がね」

「三十万円？」頭目はちょっとことばをとめたあとで「三十万円にちがいないか」

「ちがいなし。しかしなぜ頭目は、そんなことを聞くんです」

「とほうもない高値だから」

「ふふン」と机博士は、けいべつをこめた笑い方をして、

「しかしこれが例の宝庫へ連れていってくれる案内者なんだから、三十万円はやすいと思うがなあ」

「あの店の商品としては高すぎるんだ、そして君はどうした」

「どうしたもあるもんですか。さっそく山塞へかけ戻って、頭目に知らせるよう大《おお》さわぎを始めたんです。いったい頭目は、どこへいったんです」

それには答えないで、頭目はぴしゃりとことばを机博士に叩《たた》きつけた。

「お前は、チャンフーの店前で、なにか手品をやりゃしなかったか」

「手品ですって。とんでもない。私は、手術ならやりますが手品はやりませんよ」そういって机博士はうそぶいた。

二人の間に、しばらく沈黙があった。

と、とつぜん博士は口を開いた。

「チャンフーを殺したのは私じゃありませんよ。あ

んな老《おい》ぼれを殺す理由なんか、私にはありませんからね。……それより頭目。早くあの店へいって黄金メダルを持ってきたらどうです。頭目が今まで持っていたのは猫女《ねこおんな》に奪われちまったんだし、さびしいですからねえ。あれが一つ手にはいれば――」

「やめろ。あの店にはもう黄金メダルはないんだ。チャンを殺した犯人が持っていったのか、それとも……」

「それとも」

「まあ、それはいうまい」

「頭目。はっきりいって下さい。私が盗んできたとでもいうのですかい」

「おれは知らない。今日までかかって、いろいろと調べたが、手がかりなしだ」

頭目は、いつになくがっかりした調子でいった。

監房生活

その後、牛丸平太郎少年は、監房《かんぼう》の中におしこめられたままになっていた。あれ以来一度も頭目の前にもひきだされないし、またその手下のためいじめられもしなかった。むしろ牛丸少年は、山塞の人々から忘れられたようになっていた。

たいくつで、やり切れない牛丸少年であった。三度の食事が待ちどおしかった。その食事は、唖《おし》で聾《つんぼ》の五十男デク公《こう》が、きちんきちんとはこんでくれた。デク公というのは、山塞の人がつけたあだ名とみえる。「小《こ》竹《たけ》さん」と呼ばれることもあった。

とにかく小竹デク公さんが顔を見せてくれるのが、牛丸少年にとって、一日中の一番うれしいことだった。少年はデクさんに対し、親しみの表情を示したが、相手のデクさんにはそれを感じたことはない。いつも寝ぼけているような間《ま》ぬけ顔であった。

牛丸少年は、たいくつに閉口《へいこう》しながら、一つの願いを持つようになった。それはいつか頭目の前へいっしょに呼びだされた戸倉老人と、話しあうようになりたいという望みであった。

あの老人も、たしかにこの地下牢《ちかろう》のどこかの一室におしこめられているはずだった。それはいったいどこだろう。そしてどうしたらあの老人と連絡がとれるだろうか。牛丸少年はそれを宿題として考えはじめると、すこしもたいくつでなくなった。ただし、この宿題の答《こたえ》は、かんたんにはでてこなかった。

「戸倉老人の監房は、もう一階下にあるんだな」

やっとこの答が、少年の頭の中に浮かんできた。

それは小竹のデクさんが食事をはこぶときの行動で、それと察したのである。

なぜかというと、小竹さんが食事を持ってくるときは、それを手さげ式の金属製の岡持《おかもち》に入れて持ってくる。そして牛丸少年の監房の前に止まって、食事をさし入れる。それから小竹さんは、ずんずん奥へ歩いていくが、小竹の足音と岡持のがちゃがちゃ鳴る音が、やがて階段を下っていくのが分《わか》る。それから五分ほどすると、小竹さんは引返《ひきかえ》してきて、牛丸の監房の前を通りすぎる。これによって考えると、戸倉老人は、もう一階下の監房に入れられているらしい。

「一階下にあのおじさんが入れられているんだったら、ぼくと話をするのはちょっとむずかしいことになる」

少年は、ざんねんに思った。

しかしなにかうまい方法を考えつくかもしれないと、その後も頭をひねって、監房の前の交通に注意を怠《おこた》らなかった。

机博士が、朝早く一度、前を往復する。しかし牛丸少年のところへは寄らない。どうやら博士は、階下《した》の戸倉老人を診察にゆくように思われる。老人は、ずっと身体《からだ》がよくないのであろう。

ある日の夕方、食器を下げるために、小竹さんがまわってきた。いつものように頰《ほお》かぶりをし、その上にうす茶色の、かたのくずれた鳥打帽《とりうちぼう》をのせていた。彼は、監房の鉄格子《てつごうし》をとんとんと叩《たた》いて、牛丸少年に早く食器をだせとさいそくした。

牛丸は、食器を両手に持って、入口までいった。そして鉄格子の向《むこ》うに待っている人物と顔を見あわせて、おどろいた。

「しいッ」

相手は、唇《くちびる》へ指を立てて、しずかにするようにと注意した。頰かぶりに鳥打帽の姿はいつも見なれた小竹さんの姿だったが、顔はちがっていた。ひげだるまのような戸倉老人であったではないか。

「あッ、あなたは、どうしてここへ……」

「しずかに、わしは君に聞きたいことがあって、危険をおかしてここへやってきた」

と、老人はそれから岡持を床へおき、顔を鉄格子につけて早口で牛丸君に話しかけた。

そのときの話は、主に春木少年のことであった。だが老人は、彼が春木に渡した黄金メダルのことについては一言もいわなかった。老人の知りたいのは、春木君の安否《あんぴ》であったようである。

だが老人は、牛丸少年の話から考えて、春木少年の身の上に危険があることを悟《さと》った。それで春木君に警告するために、なんとか方法を考えたいと、これは牛丸君にも話した。

「ぼくをここから逃がして下さい。そうすればきっと春木君に、あなたの言伝《ことづて》をつたえます」

牛丸はそういった。老人は考えておくといい、その場を去った。彼は奥へ引返し、そして階段を下りていった様子である。

それからしばらくすると、彼はもう一度牛丸の監房の前へやってきた。だがそれは戸倉老人ではなく、本物の小竹のデクさんであった。

牛丸は、おやおやと思った。そして疑問が一つ、ぴょんと湧《わ》いてでた。

（おかしいぞ。戸倉老人は、この唖で聾の小竹さんに、どういう方法で話を通じて、小竹さんに変装することを承知させたのだろうか）

全《まった》くふしぎなことだ。

ひょっとすると、小竹さんは、わざと唖と聾をよそおっているのではあるまいか。そう思った牛丸少年は、空《から》になった食器を渡しながら、デクさんに話しかけた。すると小竹さんは、首を左右に振り、耳と口とを指さし「自分は唖で聾です」と身ぶりで語って、すぐ立ち去った。

「ふーン。やっぱり小竹さんは、ほんとに唖で聾なのかしら」

牛丸少年は、ため息をついた。

その後も、牛丸はしんぼうづよく、毎回小竹さんに話しかけた。だが小竹さんの態度は同じことであった。

ところが、それから三日目に、思いがけないことが起《おこ》った。

それは夕食後、小竹さんが食器をあつめにきたときのことだった。牛丸少年が、食べ終《おわ》ったあとの皿二枚とスープのコップとを、小さい窓口から小竹に渡そうとしたとき、あッという間に皿は牛丸の手をすべって――いや、牛丸少年は皿を小竹さんに渡し終ったつもりだったから、手をすべらせたのは小竹さんの方であろう――皿は少年の監房の床に落ちて、小さな破片になってとび散った。牛丸は青くなった。今にも唖で聾の小竹さんから、すごい形相《ぎょうそう》でにらみつけられて怒られるだろうと思った。

小竹さんは、そうしなかった。彼はかぎをだして、監房の戸を開いた。そしてしずかに中へはいって、破片をひろいだした。破片を岡持の中へ拾っていれるのだった。牛丸はおだやかな小竹さんの態度にますます恐縮して、彼もまた一生《いっしょう》けんめいになって破片を拾った。

しばらくしてそれは終った。小竹さんはそのまま立ち上《あが》り、外へでた。そして入口に錠《じょう》をかけて立ち去った。この小竹さんのおだやかさに、牛丸は始めたいへんに叱《しか》られると思っていただけに非常に意外で、小さい窓口から小竹さんのうしろ姿を見送っていた。

そのときであった、彼はうしろから、かるく背中を叩かれた。

おどろいた、このときは！　この監房には自分の外《ほか》に誰《だれ》もいないのだ。だから少年はびっくりして、その場にとびあがったのだ。

ふりかえった。

「あッ」

「しずかに！」

白いきれを頭からすっぽりかぶり、すその方まで長くひいた怪物が、子供の声をだした。その白いきれがとれ、中から少年の顔がでた。

「あッ、春木君！」

「牛丸君。よくぶじでいてくれたね」

「ぼくを助けにきてくれたんやな。こんなあぶないところへ、よくきてくれたなあ」

二人は、ひしと抱きあい、頬と頬とをおしつけて涙をとめどもなく流した。

どうして春木少年は、このおそろしい山塞にもぐりこんだのか。また、唖で聾の小竹のデクさんが、なぜ春木少年を、そっとこの監房の中へすべりこませたのか。

そのような春木少年の冒険ものがたりは、その夜くわしく、牛丸君に語られた。

また、牛丸君の家がその後、どうなっているかということや、学校の話、警察の話、チャン老人殺しの話など、春木君が牛丸君のために話してやることは多かった。

牛丸君の方でも、この山塞に連れてこられてからこっちのことについて語ることが少くなかった。

それらのことがらの中で、読者がまだ知らない話をここで述べたいのであるが、今はそれができない。というのは、今ちょうど、机博士の身の上におそろしい危難が迫っているからである。その方を先に記さなくてはならない。

陥《わ》なくらべ

黄金の糸で四頭の竜のぬいとりをしたすばらしくぜいたくなカーテンが、頭目台《とうもくだい》のうしろに垂《た》れている。

台の上には、頭目用の椅子《いす》が一つおかれているだけで、人の姿はその上にない。いやこの部屋には今、誰もいない。

垂れ幕の奥では、かすかな音が、ときどき聞《きこ》える。頭目が、この夜更《よふ》けに、なにか仕事をしているのであろうか。もう只今《ただいま》の時刻は、この山塞の人々ならどんな呑《の》んだくれの若者も寝床《ねどこ》について、高《たか》いびきを一時間もかいたはずであった。午前三時だ。この山塞も、丑満時《うしみつどき》を越えた真夜中である。

では、誰であろうか。黄竜《こうりゅう》の奥の間《ま》で、ひっそりと物音をさせているのは？

それこそ机博士であった。

博士ただひとりだ。博士は、眉《まゆ》をつりあげ、額《ひたい》に青筋《あおすじ》を立て、真剣になって、黄竜の間で家探《やさが》しをしている。

机の引出《ひきだし》もあけた。戸棚《とだな》もみんなあけて調べた。秘密の大金庫も、壁からくりだして、すっかりあけて調べた。ありとあらゆる什器《じゅうき》や家具を調べ、今は、壁をかるく叩いてまわっている。どこかに彼の知らない極秘の隠し場所があるかもしれないと思ったからだ。

だがみんな失敗だった。

（無い。なんにも無い。黄金メダルに関するものは、こんなところへはおいておかないのかな）

博士は無念に思って、唇《くちびる》をかんだ。

（たしか、この前、この部屋へ黄金メダルをしまうのを見たのだが……あれを、たとえ猫女《ねこおんな》に奪われたにしろ、あの頭のするどい頭目のことだから、メダルの写真とか、関係書類とかを、ちゃんと保存してあるにちがいないんだが、どうも見あたらないなあ）

　机博士は、チャンフー号の店で、秘密に撮影した三日月《みかづき》形の方の黄金メダルの半ぺらの写真を持っている。もし頭目の部屋に、頭目が猫女にとられた、扇《おうぎ》形の方の半ぺらの写真を持っているなら、それを手に入れたいと思った。そして両方をつきあわせてみるなら、この黄金メダルの秘密も解《と》けるにちがいないと考えたのだ。（なにも、生命をまとにして、本ものの黄金メダルを手にいれないでも、写真さえあれば、たくさんなのだ。そこに彫りつけてある暗号を解きさえすれば、大宝庫の場所が分《わか》るにちがいない。おれは頭目などより、一枚役者が上なんだ）と、博士は思っている。

　だが、いよいよ探してみると、ここぞと思った黄竜の間に、思う品物がないのである。博士はくやし

くてならなかった。腕組《うでぐみ》をして考えこんだとき、

「手をあげろ。横着者《おうちゃくもの》め」

と、はげしい叱《しか》り声が、入口の方からひびいた。いつの間にか黄竜の幕をかきわけ、四馬頭目の巨体が、長袖《ながそで》から愛用の毒棒をつきだしている。

「うッ！」

博士は青くなって、さっと両手をあげた。あの毒棒は、押釦《おしボタン》一つおすと、一回に十本の錐《きり》が、さきにおそろしい毒をつけたまま、相手の身体《からだ》にぐさりとつき刺すのであった。その毒の調合をしたのは、机博士自身であったから、その猛毒については誰よりも博士が一番よく知っている。だから博士が青くなって両手をあげたわけだ。

「この間から、どうもお前の様子がへんだと思っていたが、この部屋でいったい何をしようと思っていたのだ」

頭目は落ちつき払った中に、憎しみのひびきのはっきり分る声で、博士をきめつけた。

博士は、口をかたくつぐんでいた。

「いうんだ。いわないと、こいつがとんでいく。お前がよく知っている恐ろしい毒矢がくらいたいか、それともいってしまうか」

「黄金メダルの半分の写真でもお持ちなら、ちょっと見せていただきたいと思ったのです。それだけです」
博士は、ついに返事をした。
「それだけだって。ふふン」と頭目は皮《ひ》肉《にく》に笑って、
「しからば、お前はチャンフーのところから、三日月形の半ぺらを持ってきたんだな。いや、ちがうとはいわせない。そうでもなければ、おれが持ってい

た半ぺらの方を見たいなどという気を起《おこ》すはずがない」

そうではないと、博士は一生《いっしょう》けんめいに弁明した。だが、博士の弁明が真剣になればなるほど、頭目はそんなことが信じられるか、とはねつけた。そしてついに、

「そうだ。これからお前の部屋へいこう。この部屋でやったとおりのことを、おれはお前にやりかえしてやる。部屋のものをみんなひっくりかえして、総探しをやってやる」

「あッ、それは……頭目。許して下さい」

博士の態度が一変して、狂気したように見えた。が、すぐ博士は元にかえって、そのような乱暴は思い止《とどま》ってくれと哀願《あいがん》した。

「ならん。お前の部屋へゆくんだ。先へ歩け。命令をきかねば、毒矢をぶっ放《ぱな》すぞ」

もう仕方がなかった。机博士は、しおしおと歩きだした。その背中に、頭目が毒矢銃をぴったりとおしつけた。

「自業自得《じごうじとく》だ。頭目をだしぬこうなんて、反逆行為だ。反逆行為の刑罰はどんなものだか、知っているだろう」

向《む》うを向いて、重い足をひきずって進む机博士の顔には、ふしぎな笑《え》みが浮んでいた。

(今にめにものを見せてくれる。その時になって腰をぬかすまいぞ。へん、おれの作った罠《わな》の中にわざわざおはいり下さるのだ。四馬剣尺の化《ば》けの皮を、今にひんむいてくれる)

博士のひそかなる気味のわるい笑いは、もちろん頭目には見えるはずもなかった。その頭目もまた、ひそかなる笑みを口のあたりに浮《うか》べていたのだ。

(見ろ。こんどというこんどは、陰謀屋《いんぼうや》の机博士に致命傷をくらわせてやる。きさまは、自分のわる智恵の中に、自分でおぼれてしまうのだ。それにまだ気がつかないとは、きさまもあんがい頭がよくないて)

狐《きつね》と狼《おおかみ》の化かし合いだ。どっちが狐で、どっちが狼か。それはしばらく見ていなくては、きめかねる。

ついに机博士は、自分の部屋の扉《とびら》を開いた。そのとき彼は、自分のうしろに異様な気配を感じたので、はっとしてふりかえろうとした。

「ふりかえるな。向うを向いていろ」

頭目が大声で叱りつけた。博士はぎくりとして、首を正面へ向けかえた。……が、今ふりむいたときにちらりと見たことだが、頭目のそばにもう一人背の高い人物がいたように思った。

「早くはいれ」

机博士は背中をつかれた。

そこで室内へ足をいれた。室内は、暗室になっていた。ただ桃色《ももいろ》のネオン灯が数箇、室内の要所にとぼっていて、ほのかに室内の什器や機械のありかを知らせていた。

「部屋を明るくするんだ。これじゃ暗すぎて、なんにも見えない」

頭目がそういった。

と、博士は、心の中でおどりあがった。

(待っていました!)

「はい。今、明るくします。ちょっとお待ちなすって」

「へんなまねをすると許さんぞ。おれはお前のそばをはなれないから、そう思え」

頭目が部屋の中へ足を踏み入れた。

「大丈夫《だいじょうぶ》です。へんなまねなんかしません。そこに油だらけの機械がありますから、けつまずかないようにして下さい。今すぐスイッチをひねりますから、ちょっと——」

博士はぐんぐん奥へはいっていった。そして壁ぎわに置いてある四角い機械のうしろへまわった。博士の顔には、またもや気味のわるい微笑が浮かんだ。

(今だ。化けの皮をはいでやるときがきたぞ。覚悟しろ)

博士はスイッチを入れた。それこそこの間中から博士が考案し、組立てていた大きなエックス線装置であった。これは広角度にエックス線を放射して、人間の身体全体を照らし、そして部屋のまん中にぶら下げてある、幅二メートル高さ三メートルの大きな蛍光幕《けいこうまく》にその透視像をうつしだすようになっていた。これは、いつも覆面《ふくめん》をしている頭目を、エックス線で照らして、その正体を見てやろうという陰謀であった。そして思いがけなく早く、その機会がきたのだ。頭目の方からこの部屋へ足をはこんで、はいってきたのだ。こんないいことはないと机博士は興奮をおさえきれない。

さッと、蛍光が、幕面を照らした。

実にたくみに、頭目の全身の透視像が幕面に写った。着衣や冠《かんむり》の輪廓《りんかく》がうすく見える中にありありと黒く、むざんな骸骨《がいこつ》姿がうつしだされた。これが頭目の骨格なのだ。

「あッ」

頭目は気がついた。

手にしていた毒矢のはいった棒銃をふりあげた。その恰好《かっこう》が、そのまま幕にうつった。おそろしい骸骨が、生きているように動き、いかりに燃えて棒をふりあげたのだ。そのすさまじい光景は、筆にも画《え》にものせられないほどだった。

ガーン。毒矢の棒は博士の方へとんできた。と、室内の電灯が全部消えた。完全な暗黒となった。そしてつづけさまに、いろいろな器物のこわれる音がした。

机博士の声はしなかった。

また頭目の声もしなかった。

博士は、おそろしいものを見たのだ。

頭目の骸骨像によって、頭目の正体は、世にも奇怪なものであることが判明した。それはたしかにせむしの男だった。そのせむし男が、足に一メートル位もある高い棒をつけて立っているのだ。その上に裾《すそ》を高くひいた中国服を着ている。こうしてエックス線で透視してみないかぎり、せむし男の頭目の秘密が明《あ》かるみへだされることはなかったであろう。

四馬頭目の正体は、せむし男だったのか。

この部屋に、このおそるべき光景を見た者が外《ほか》にもう二人いた。それはその前にこの部屋に忍びこんでいた春木少年と牛丸少年とであった。二人はおそろしさに、もう生きた心地《ここち》もなかった。

さて、まっくらがりになったこの部屋のおさまりは、いったいどうなるのであろうか。

秘密の抜け穴

(われらの首領というのは、せむし男であったのか!)

机博士は、その意外に心をうたれ、危険の中に、しばらくぼんやりしていたほどだ。

彼は、首領がもっとほかの人物であると思っていたので、その予想は、エックス線を首領にあびせた結果、すっかり思いちがいであることが証明された。

（だが、どうもまだ、ふにおちないところがある。いつぞや、ひそかに懐中電灯を首領の顔の下に近づけて、覆面《ふくめん》ベールの中にある顔をちらっと見たことがあったが、あのときの首領の顔は、目鼻立《めはなだち》のよくととのったりっぱな顔であった。女にも見まがうほど美しい顔であったが……）

と、机博士の頭の中には、答《こたえ》がわり切れないで、ぐるぐる渦《うず》をまいていた。さっき、エックス線で首領の顔をてらしつけ、首領があっとひるむところを、すばやく前へとびだしてあのベールをかかげて、首領がどんな素顔をしているか、それをたしかめればよかったのだ。だがそれをしなかった。不覚のいたりだ。もっとも、そんなことをすれば、首領は一撃のもとに自分を毒針《どくばり》でさし殺したかもしれない。これだけのことを考えるのに、永《なが》くかかったわけではなく、危険の下に首をちぢめている机博士の頭の中を、電光のように走った思いであった。

がらがらッと、またもや器物がなげつけられ、机博士の頭の上に降ってくる。そして首領のあらあらしい息づかいが、だんだん近くによってくる。

（あぶない。このままでは殺される。どうかして逃げだしたい。穴倉へつづくあの下り口まで、うまくたどりつけるだろうか。下り口の戸を開くまで、死なないでいるかしらん）

博士が思いだしたのは、この部屋の東よりの隅《すみ》に、地下の穴倉へつづく下り口があることだった。これは博士が、他の者に見せたくない器械や材料などをかくしておくために作った秘密の物置であって、この山塞《さんさい》では彼以外に知る者はなかった。その穴倉の中には、さらに抜け道があって、それをくぐっていくと、山塞の外へでられるのだ。もっともそこは、けわしい崖《がけ》の上であって、そこから街道へ下りるには、特別の道具がないとだめであった。そのかわり、このけわしい崖の上に開いた抜け道は、他の者の目につくような心配は、まずないものと思われ、机博士は十分自信を持っていたのであった。その抜け道のコースへ、とびこみたい。下り口のところまで、無事にゆきつくかどうか。

（やっつけろ）

もうこうなれば、運を天にまかせる外《ほか》ないと、机博士は決心をかためた。二カ所や三カ所に傷をこしらえるのは覚悟の上で、博士はくらがりを手さぐりで、横にはっていった。

なんでも、やってみることだ。荒れ狂う首領の攻撃は、机博士の身体《からだ》の移動のあとを追っかけてはこなかった。やっぱり、元のところに博士がかくれていると思い、がらがらッどすンどすンと、しきりに重いものがなげつけられていた。だから机博士は、反《かえ》って危険を抜けることができ、うれしさに胸をおどらせながら、下り口のところにはまっている揚《あ》げ戸をひきあけることができた。

すこしは音がした。しかし室内はどんがらどんがらやっている最中であったから、すこしぐらいの音は相手に聞《き》こえそうもなかった。博士は、してやったりと、揚げ戸の下へ身体をもぐらせた。足の先に、階段がさわった。もう成功である。彼は、すっかり中へはいった。そして、揚げ戸を静かに閉めた。誰《だれ》も追い迫ってくる様子はなかった。博士は、ほっと安心の一息をついた。

ここまでくれば、虐殺者《ぎゃくさつしゃ》の手をのがれたようなものだ、と机博士は思った。彼は手と足で階段をさぐりながら下りていった。

階段を下り切った。そこに厚いカーテンが二重に張ってあった。その向こうが物置の相当広い部屋になっているのである。博士はカーテンをおして中へはいった。中は、まっくらだった。

「おやッ。今日は電池灯が消えている」

そこには、いつもは電池灯がついていて、室内を照らしていた。これは停電に関係なく、いつでもついている電灯であった。それが今日は、運わるく消えている。どこか故障をおこしたのであろうか。そう思いながら、机博士は、鼻をつまれても分《わか》らない闇《やみ》の中を、手さぐりで足をひきずりながら五六歩もすすんだであろうか、そのとき大きなおどろきが、彼を待ちうけていた。とつぜん彼の両の手首が、何者かによって、ぐっとにぎられたのであった。

「ほほほ、待っていたよ、博士さん」

闇の中に、たしかに女にちがいない声があった。

何者?

おお猫女

「誰《だれ》だ、君は!」

博士は度肝《どぎも》をぬかれて、かすれた声で、やっとこの短いことばを相手にぶっつけた。

「あたしかね。あたしは『猫女《ねこおんな》』さ。どうぞよろしく」

「えッ、猫女……」

机博士のおどろきは、五倍になった。

「猫女が、なぜこんなところに――」

「大きな声をおだしでないよ。上では、あのとおり大《おお》ぜいさんが集《あつま》っているんだよ」

なるほど、上では大ぜいの足音がいりみだれている。きっと首領がみんなを呼び集め、姿を消した自分の行方《ゆくえ》を探しているのにちがいない。

「きゅうくつだろうが、手をうしろへまわしてもらいましょう」

猫女はおそろしく力が強かった。机博士の手をかんたんにうしろへねじり、がちゃりと手錠《てじょう》をはめてしまった。

「君は、私をどうしようというんだ」

猫女は、首領から黄金メダルの半ぺらを奪ったことがある。すると、猫女は首領の敵だ。自分も今は首領の敵になっている。それならば、猫女は自分と手をにぎって、味方同志になってもいいのだと思う。

「猫女よ、なぜ私をいじめるんだ」といいたい、机博士だった。

「お前さんからもらいたいものがあるのさ。すなおに渡してくれないことは分っているから、こっちでお前さんの身体検査を行うわよ」

「なにッ。なにがほしいんだ」

机博士が不安なひびきのある声でたずねたのに対し、猫女はこたえなかった。そしてくらがりの中で、博士の身体をしらべていった。室内には、電灯はついていないし、猫女は懐中電灯さえ使わない。全《まった》くのくらがりの中で猫女は、どしどし自分の仕事をすすめていく。猫女は、猫のように、くらがりの中でも目がきくらしい。それに気がついて、机博士の不安はつのった。

「ああ、これなのね、お前さんが鬼の首をとったように思って喜んでいたのは……」

とうとう猫女は、目的物を探しあてたらしく、博士の下着のポケットから、小さいひとまきのフィルムを取出《とりだ》した。

「それはちがう。それは何でもない」

机博士は、最後の努力をした。だが、猫女はその

フィルムを返そうとはしなかった。そして尚《なお》もつづいて身体検査をやりとげたあとで、

「さっき見つけたフィルムは、こっちへもらったよ。チャお前さんは器用なことをやってのける人だよ。チャンフーを殺したのも、お前さんじゃないのかい」

と、博士をからかった。

「とんでもない。私がチャン老人を最後に見たときは、彼はこれから百年も長生きをするような顔をしていた。あの慾《よく》ばり爺《じじい》を殺したのは、私ではない」

「ふん。なんとでもいうがいい。でも、あたしはチャンフーの身内でも何でもないから、お前さんに復《ふく》讐《しゅう》しようとは思わない。が、お前さんがやったかどうか、神さまが知っておいでだよ。だからさ、これから神さまのおさばきを受けるように用意をしてあげるよ」

猫女は、へんなことをいった。机博士が、その言葉の謎《なぞ》をとこうとしていると、いきなり目かくしをされてしまった。もちろん猫女の仕業《しわざ》だった。ぎゅうぎゅうと二重に目の上をしばってしまった。机博士は恐怖におそわれ、それについて抗議をした。と、口の中へハンカチだか何だかを突っこまれた。あッとおどろいていると、口の上をぐるぐると布でまかれてしまった。もう声がだせない。猫女の手ぎわのよいことはおどろくばかりだった。

それから猫女は、机博士の身体《からだ》に、ロープをぐるぐるまきつけた。それがすむと女は博士の腰のところを叩《たた》いて、

「さあ、お歩きな。お前さんのこしらえておいた抜け穴から外へでるのだよ」

なんでも知っている猫女だった。なんというすごい奴《やつ》だろうと、ものがいえない机博士は、くやしさとおそろしさに、からだをふるわせるばかりであった。

歩いて、穴の外へでた。ひやりと涼しい風が首すじに吹きつけたので、それと察した。いやまだある。目かくしの布の下に、ほんのすこしばかりの隙《すき》があって、外の明るさが感じられた。これはさっき目かくしをされるときに、机博士は、顔をうんとしかめたのだ。その上に目かくしをされ、あとでしかめ面《つら》を元に直すと、すこし目かくしがゆるくなる。これは前から博士が知っていた術である。今うっすらと、足許《あしもと》の方の明るさが見える。明るさだけではなく、

物の形が見えないものかと、博士は目かくしの下で、しきりに目をくしゃくしゃやってみた。

しばらく彼のところを離れて、向こうでなにかやっていた猫女が、このとき博士のそばへもどってきた。

「さあ、こっちへおいで」

博士は又《また》歩かされた。ごつごつした岩の上を歩かされた。崖《がけ》の端《はし》まではいくらも距《へだた》っていない。足を踏みはずしてはたいへんだ。

「そこでストップ。さて、これから二三秒の間、息をとめているがいいよ」

猫女が、妙なことをいった。机博士は聞きかえしたかったが、ものがいえない。それで一生《いっしょう》けんめいに目かくしの隙間《すきま》から、何でもいいから見えるものを見たいと努力した。

岩かどが見えた。

(あッ、おれは今、崖の端に立っている!)

机博士は戦慄《せんりつ》した。たいへんだ。足を踏みはずせば、崖下に落ちていって、骨をくだいて人生にさよならを告げなくてはならない。あぶない。「助けてくれ」と博士はさけんだが、もちろん声がでるはずもない。

「今になって、じたばたするんじゃないよ。早いところをやってしまうからね」

猫女が机博士の方へ近づいた。何をするのかしら。その時に彼は、目かくしの隙から、猫女の服の一部を見た。足も見た。スカートは、濃い緑色の服地でできていて、短いスカートだった。その下に長くのびた形のいい脚《あし》があった。二本とも揃《そろ》っていた。うすい肌色の長靴下をはいている。そして靴は短靴《たんか》。スポーツ好みの皮とズックでできているあかぬけのした若い婦人向きの靴だった。それだけを一目で見た机博士は、猫女の腰から上が見えないことを残念に思った。

しかし緑の服、長く逞《たくま》しい二本の脚、肌色の長靴下に、若い婦人向きスポーツ好みの短靴——というところから想像されることもない猫女の人がらだった。彼女のことばつきよりも、ずっと上品な服装ではないか。一体何者であろうか。どんな顔つきの女であろう——と、そこまでを一瞬間に考えたとき、彼の身体はとつぜん「えいッ」と突きとばされた。

(うッ)

と、苦悶《くもん》のさけびも声も口のうち。

彼の足は、すでに崖の端を離れた。宙《ちゅう》にうかんだ彼の身体！

ああ、机博士の生命《いのち》は風前の灯《ともしび》同様である。死ぬか、この変《かわ》り者の悪党博士？　それとも悪運強く生《せい》の断崖《だんがい》にぶら下るか？

ごったがえす山塞

二少年は、どうしたろうか。

机博士の暗室にもぐりこんでいた春木清と牛丸平太郎は、思いがけなくも博士対首領のすさまじい争闘を見た。机博士が首領にあびせがけたエックス線が、首領の正体をがいこつの一寸法師《いっすんぼうし》として、緑色の蛍光幕《けいこうまく》へうつしだしたその怪奇も見た。そのあとで、はげしい器物の投げ合いで、室内はまっくらとなり、その部屋にとどまっていることは大危険となった。

「この部屋からでようよ」

「うん。今ならでられるやろ」

春木と牛丸とは、小犬のように四ツんばいになって、すばやく部屋からとびだした。

「あッ。ちょっと待った。しいッ」

牛丸は、春木よりも一足早く外へでたが、とたんにおどろいて、身を引いた。そしてうしろにつづく春木をおしもどした。彼は、廊下の向こうに人影を認めたからであった。

その人影は、牛丸がとびだすのと、ほとんど同時に、廊下の角《かど》を曲《まが》ったので、牛丸はその人物のうしろ姿をほんの一瞬間見ただけであった。その人物は背が高く、長いオーバーを着ていたように思った。正確なことは分《わか》らない。はっきり見たのはその人物の片方の足だけだった。水色のズボンをはいた長い脛《すね》であった。そしてスポーツごのみの派手《はで》な短靴《たんか》をはいていた。

スポーツごのみの短靴がはやると見える。そうではないであろうか。

（誰《だれ》であろう、今向こうへいった人物は？）

と、牛丸は首をひねった。

しかし彼は、その人物を追いかけていくつもりはなかった。向こうへいってくれて結構であると思った。このすきに、早いところ逃げてしまうのだ。

「さあ、走るんや。今

のうちなら、地下牢《ちかろう》の方へ引きかえせる」

牛丸は春木をうながして、廊下を縫《ぬ》うようにして走った。彼は山塞《さんさい》の地理を研究して知っていた。運もよくて、彼は春木と共に、元の地下牢の方へ走りこむことができた。

そこには、戸倉老人が待っていた。

老人は、牢番《ろうばん》の小竹と身体《からだ》をくっつけ合っていたが、少年たちがはいってきたので、離れた。小竹のデクさんは猿《さる》ぐつわをかまされ、手足はぐるぐるまきにされ、椅子《いす》にしばりつけられてあった。デクさんの目だけは自由に動いていた。いつもの睡《ねむ》そうなにぶい光の目ではなく、いきいきとした目つきで、みんなの顔を見ていた。恨《うら》めしそうでもなく、いかりにもえている様子もなかった。

「それじゃ、わしたちはでかける。あとは頼みます。これからも毎日、あんたの無事を祈る。短気をおこさぬようにな」

と、戸倉老人は、小竹の肩をかるく叩《たた》いて、眼《め》に涙をうかべた。すると小竹は、二三回あごをしゃくってみせた。

「早くゆきなさい」

と、いそがせているようだ。これでみると、戸倉老人と小竹デク公との間にはひそかなる了解があることが明らかだった。小竹がしばられたのも、二人合意の上のことであるにちがいない。

そこで戸倉老人につれられ、春木と牛丸の二人は、山塞を逃げだした。どういくと抜け道にでられるか、そのことは戸倉老人がよく知っていた。要所要所の扉《とびら》をあける鍵《かぎ》もちゃんと持っていた。あける前に、警鈴《けいれい》用の電気装置をうまく処分することも、やはり老人が知っていた。

それより牛丸少年がおどろいたのは、老人が元気いっぱいだったことである。牢の中でも、首領の前へ呼びだされたときでも、老人は一歩も歩けない重病人のように見えた。それは、わざと重病人の風《ふう》をよそおっていたのにちがいない。

しかし老人が、いくら巧《たく》みに抜け道から抜け道をたどって逃げたにしろ、わるがしこい四馬剣尺の張ってある網《あみ》の目をすべてくぐりぬけることはできないはずだった。だがすばらしい幸運が、老人と二少年とを助け、一度もへまをやらないで山塞の脱出に成功した。その幸運というのは、ちょうどこのとき山塞の中は、机博士事件でごったがえしていて、要所要所の見張りはおろそかになっていたのだ。

なにしろ、おそろしいでき事《ごと》だった。

町まで使いにいって、ちょうど山塞の近くへもどってきた一味の一人が、ふと目をあげたとき、妙なものを見つけた。身体をぐるぐる巻きにされた一人の人間が、崖《がけ》から横にでている電柱のような長い棒の先から吊《つ》り下げられ、ぶらんぶらんと揺れているのであった。

「うわッ、あぶねえ」

その使いの者は、仙場《せんば》の甲二郎《こうじろう》という男であったが、彼はびっくりして胆《きも》をひやし、その場へどすんと尻餅《しりもち》をついたくらいだ。見ていると、ますます人間は揺れ、今にもロープが棒の端《はし》からとけ、吊り下げられている奴《やつ》は崖下へまっさかさまに落ちていきそうだ。甲二郎は、気が落ちつくのを待って立ち上《あが》ると、こんどは駆け足でもって、山塞へとびこんだ。

そしてこの変事を知らせたのである。もちろん、棒の先に吊り下げられて、ぶらんぶらんしていた人間は、机博士にちがいなかった。猫女《ねこおんな》の姿は、どこにも見えない。

甲二郎の知らせで、さっきから机博士の行方《ゆくえ》を探していた団員たちは、それというので、山塞からとびだして、崖の上を見上げた。

「うわははは、たいへんだ。見ちゃおれん」

「たしかに机博士だ。早く下へ網を張れ」

「おい、首領に報告したか」

「知らせたとも。今ここへ、首領もでてくるといっていた」

こんなさわぎが起《おこ》っていたから、二少年と戸倉老人の脱出は、あんがい楽に行われたのだ。そしてみんなが網を張れだの、崖の上へいってそっと綱をひいてみろだの、竹ばしごを組んで二人ばかり登って助けろだのとさわいでいる間に三人の脱走者は反対方向の山へまぎれこんでしまったのである。

生命《いのち》がけの脱出

二少年と戸倉老人とは、たがいに助けあって、山また山をわけて逃げた。

本道へでると、六天山塞の悪者どもに見つかるおそれがあるので、道もないところを踏み分け、わざわざ遠まわりをして逃げた。山のことは、さいわいにもこの土地生《うま》れの牛丸少年がたいへんくわしいので、方向をあやまるようなことがなかった。山塞を抜けでたのが、朝の八時ごろであった。それから太陽が一等高くなる正午に近くまでの約四時間を、三人は強行して逃げた。

腹が減ってならなかったが、戸倉老人はさすがに用意がよく、腰につけてきた包みの中から、チョコレートとビスケットを出して、二少年に分けあたえた。おいしかった。谷間の水にのどをうるおしながら、三人は、あらたな元気をふるい起《おこ》し、それから又《また》もや苦しい行進をつづけた。

牛丸少年の考えでは、思い切って西の方へ迂回《うかい》し、タヌキ山から山姫山《やまひめやま》の方へでて、それを越えて千本《せんぼん》松峠《まつとうげ》へでるのがいいと思った。しかしそこまでゆくには、今日いっぱいではだめで、どうしても明日までかかる。今夜は山姫山のどこかで野宿《のじゅく》するほかない。

千本松峠へでれば、あと四時間ばかり下《くだ》って、芝原水源池の一番奥の岸につく。そこへゆけば、水道局の小屋もあるし、うまくいくと巡回の人がきているかもしれない。あとは心配ない。

とにかく問題は、千本松峠へでるまでのところにある。方角はたぶんまちがえないですむと思うが一同の体力がつづくかどうか、きっとヘリコプターをとばして追跡してくるであろう四馬剣尺の一味の目を、うまくのがれることができるかどうか、その二つにかかっているのだ。

牛丸少年は、今日のうちに山姫山までたどりつかねばならぬという計画を他の二人に話し、その日の午後は、とくに前後に気をくばりながら、できるだけの強行進をつづけてもらった。

午後二時ごろと思われるときに果《はた》して空の一角にぶーンと爆音が聞《きこ》え、やがてヘリコプターが姿をあらわした。

「そらきたぞ。動いちゃいかん。ぜったいに動くな」

戸倉老人が、叱《しか》りつけるようにいった。

このとき三人は、背の低い熊笹《くまざさ》のおい茂った山の斜面を下りているところだった。いじわるく、身をかくすに足る大木もない。そこで熊笹の中にうつ伏《ぶ》したまま、岩のように動かないことにつとめた。空から見下ろすと、背中がまる見えのはずであった。だから今にもだだだーンと、機関銃のはげしい掃射《そうしゃ》をくらうことかと生きた心地《ここち》もなかった。

いいあんばいに、ヘリコプターは、こっちへ飛んでくる途中で、とつぜん針路《しんろ》を北へ曲げたので助かった。よもやこんな西の方まで逃げてきているとは思わなかったのであろう。きわどいところであった。

ヘリコプターが追いかけてきたのは、その一回だけであった。タヌキ山を駆け下り、しばらく沢について歩き、それからいよいよ山姫山へのぼりだした。

こののぼりの二時間が、一番苦しかった。険《けわ》しい斜面で、木の根につかまって、すこしずつのぼっていくのであった。枯れ葉に足をとられて、せっかくのぼった斜面を、ずるずるとすべり落ちて、大損をすることもあった。またぐちゃりと気味のわるい山びるをつかんで青くなったことはいくたびか分《わ》からない。腹は減り、のどはかわき、目は廻《まわ》った。もうこのへんでへたばって声をあげようと思ったことも、たびたびあった。しかし自分が弱音《よわね》をふいては、他の二人をがっかりさせると思い、歯をくいしばってがんばった。みんながそうしたものだから、山姫山の嶮《けん》もついに征服して、やがて地形はわりあいにゆるやかな斜面となった。そして山姫山の頂上にある測地用の三角点のやぐらが、夕陽《ゆうひ》を背負って、にょっきりと立っているのが見えてきた。三人は、疲れを忘れて足を早めた。

山姫山の頂上に小屋があった。三角点のすぐわきのところである。これは陸地測量隊がかけていった小屋で、もちろん無人のときの方が多い。その空《あ》き小屋に三人ははいって、その夜はここで一泊することにした。

夕食の時刻がきているが、その用意はなかった。ただ戸倉老人は、チョコレートの残りと、それから三枚のするめを持っていた。それをかじって、飢《う》えをしのいだ。

日が暮れだした。もうでてもよかろうと、三人は小屋の外にでて、下界《げかい》をながめた。はるかに芝原水源池が、ひょうたんの形をして湖面がにぶく光っている。明日の行程でたどりつく目的地の湖尻《こじり》の小屋が、豆つぶほどに見える。

（ここまでくれば、もう大丈夫《だいじょうぶ》だ）

と、三人が三人とも、そう思った。入日《いりひ》の残光が急にうすれて、夕闇《ゆうやみ》が煙色のつばさをひろげて、あたりの山々を包んでいった。と、東の空に、まん丸い月が浮きあがった。満月だ。三人は危険の身の上をしばし忘れて、ほのぼのと明るい月に向きあっていた。

その夜、戸倉老人は、春木少年から黄金メダルに関するこれまでの話を聞き、少年が思いがけない苦労をしたことに深い同情のことばをかけた。そのあとで老人は二少年から問われるままに、海賊王《かいぞくおう》デルマがこしらえた黄金メダルの二片について、彼の知っているだけの秘話を月明《つきあかり》の下で物語った。

「わしも、デルマの黄金メダルの秘密について、全部を知っているわけではない。もし全部を知っているものならこんなところにぐずぐずしていないで、さっそく宝を掘りあてることに夢中になっているはずじゃ。正直なところ、わしはデルマの黄金メダルの秘密については、おぼろげながらその輪廓《りんかく》を多少聞きかじっているにすぎない。かんじんの秘密は、どうしても例の黄金メダルの二片を集めた上でないと解《と》くことができないのじゃ。だからわしの話も、あんがいつまらんことなのじゃ」

と、老人は二少年の熱心な顔を見くらべた。

「この前、春木君に渡した絹《きぬ》ハンカチは火に焼けて、三分の一しか残らなかったそうじゃが、わしはその文句を宙《そら》でおぼえている。ちょっとこの紙に書いてみよう」

そういって老人は、ポケットから、チョコレートを包んであった紙をだし、そのしわをのばした。それから鉛筆の短いのを取出《とりだ》し、その先をなめなめして次のような文章を書いた。

かっこで囲んだところは、春木君の手にのこった焼けのこりの部分に残っていた文字である。

——この黄金メダルは二つの破片
より成《な》るものにして、スペインの海
賊王デルマが死の床《とこ》において、彼の
部下のうち最も有力なるオクタンと
（ヘザ）ールとに各々一片ずつを与え
（たる）ものなりと伝う。この破片を
（二つ合）わせたるときはデルマの秘
（蔵する宝）庫の位置およびその宝庫
（の開き方を知）ることを得るよしな

（り。オクタンとヘ）ザールは仲悪かり
（したため協力せず）、互いに相手の有
（する黄金メダルの）一片を奪わんも
（のと暗殺者を送）りしため、両人共
（斃《たお》れ黄金メダルは暗）殺者の手に移
（り、それより行方《ゆくえ》不明）になりたり
（ここにある一片《いっぺん》はオ）クタンの所蔵
（せし一片にして余《よ》は地中）海某島《ぼうとう》に
（おいてこれを手に入れたる）ものなり

「まあ、こういうことなのじゃ。実はもう一枚このあとに絹ハンカチがあるのじゃ。これはわしが春木に渡すひまがなかったもので、六天山塞のきびしい取調《とりしら》べのとき、うまく見つけられないですんだものだ。それはわしの靴の中にしまってある。これがそうだ」

そういって戸倉老人は、右の靴をぬぎ、踵《かかと》のところをしきりにいじっていたが、そのうちに踵のところに小さな四角い穴があいた。その中からひっぱりだしたのが、絹ハンカチのもう一枚だった。それには次のような文句が書いてあった。

――因《ちなみ》に海賊王デルマは、かつて日本にも上陸したることありと伝う。彼は大胆にして細心、経綸《けいりん》に富むと共に機械に趣味を有し、よく六千人の部下を統御《とうぎょ》せり。また彼の部下へザールは、デルマが去りし後も一年有半日本に停《とど》まり、淡路島《あわじしま》とその対岸地方を根城《ねじろ》として住みしが、日本人には害を及ぼすことなかりしため彼を恐ろしき海賊と知る者なかりし由《よし》なり。彼は義に固く慎重にして最もデルマに愛せられたり。オクタンは剛勇《ごうゆう》にして鬼神《きじん》もさけるほどの人物なりき。

「どうだね。今読んだ文章の意味が分ったかね」
戸倉老人は、そういって二人の少年の顔を見くらべた。
「分ったような、分らないような、どっちだか分らない」

と、春木がいった。すると牛丸が笑った。それにつられて老人も笑った。春木も、なんだかおかしくなって、いっしょに笑った。

「それじゃ、もう一度話に直してしゃべろう。結局ここに書いてあるとおりのことなんだが……」

と、老人は、ことばに直して、同じことを復習して聞かせた。もちろん、ハンカチに書いてあるよりはくわしかった。しかし要領は同じことであった。

「……あの黄金メダルの半ぺらを、わしが手に入れたときは、わしはある汽船に船医として乗組《のりく》んでいて、たまたま地中海《ちちゅうかい》を通ったのだ。そのときにわしの乗っていた汽船が舵器《だき》に故障を起したので、その某島へ寄って修理をやった。そのために前後五日間そこに仮泊していた。その間に、わしははからずも黄金メダルを手に入れたのじゃ。……どうしてそれを手に入れたか。そのことは、宝探しには直接関係のないことじゃから、おしゃべりはしないでおくよ」

老人は、そういってことばを結んだ。なにかいいにくいことがあるにちがいないと、春木はそう思った。

とにかく、おどろくべきことだ。

今までは、一片の屑金《くずがね》にすぎないではないかと軽く見ていたが、こうしていわれ因縁《いんねん》を聞くと、海賊王デルマの死霊が籠《こも》っているように気味のわるい品物に思えた。

「惜しいことをしました。あれを盗まれてしまって、まことに残念です」

春木は、ほんとに残念でならなかった。

「まあ、よいわい。わしが自由の身になったからには、なんとかして取戻《とりもど》す方法がないでもないのじゃ。うまくいったら、君たちにも知らせてあげる。しかしこのことは、他の人には絶対秘密にしておくがよいぞ」

「はい」

と春木はこたえた。しかし、彼はこのことを他の人々にもしゃべってしまったことを思い出して、苦しかった。もっともしゃべったのは、金谷先生と四人の少年探偵の級友と、それからここにいる牛丸君だけにではあったが……。

「おじさんは、そのメダル探すあてがおまんのやな」

牛丸少年がたずねた。

「うむ。まあ、そういう見当《けんとう》じゃ」

「どこだんね。骨董店《こっとうてん》やおまへんか。海岸通《どおり》の方の骨董店とちがいますか」

牛丸は春木から聞いたチャンフー号の話を思い出して、あてずっぽうながら、いってみた。

「ほう」と戸倉老人は目を丸くした。「そんならその店の名をいってみなさい」

「万国骨董商のチャンフー号ですやろ」

すると戸倉老人は卒倒《そっとう》せんばかりにおどろいた。チャンフー号の事件については、春木は牛丸には話したが、戸倉老人にはまだ話をしてなかったのだ。

「どうしてそれを知っているのか」

「あそこの店には、なんの品《しな》でもおますさかいにな。しかしもうあそこは頼みになりまへん。主人が殺されましたさかい」

「なんという?」

「チャンフーという老主人が、この間ピストルで殺されましてん。まだ犯人はつかまらんちゅう話だす。春木君から、ぼく聞いたんです」

「ばかばかしい。そんなことがあるものか。はははは」

と、とつぜん戸倉老人が笑いだした。

「なんで、おかしがってんだね」

と牛丸が、けげんな顔で聞きかえすと、戸倉老人は、こういった。

「チャンフーが殺されるなんて、絶対にそんなことは有り得ないのじゃ。お前さんたちはだまされているる」

どうしたのであろうか。春木少年は、びっくりして老人の顔をながめやった。戸倉老人は、へんなことをいいだしたものである。

それとも、老人の笑うには、なにかしっかりした根拠があるのであろうか。

戸倉老人が元気になって、事件はまたもやいっそう奇怪な方向へすべりだした。しかし中天には、明々皎々《めいめいこうこう》たる大満月が隈《くま》なく光をなげていた。

燃えあがる山塞

戸倉老人は妙なことをいいだした。

「チャンフーが殺されるなんて絶対にそんなことは

あり得ないのじゃ。お前さんたちはだまされているのだ」

戸倉老人はそういって笑うのだ。

その笑いは、いかにも確信があるもののようであった。

しかし、戸倉老人はどうしてそのようなことがいえるのだろう。老人はいままで六天山塞《ろくてんさんさい》の地下の密室におしこめられていたのではないか。ちかごろ町に起《おこ》ったでき事《ごと》について意見をのべる資格はないはずだ。

それにもかかわらず、牛丸や春木の言葉をてんできこうともせず、あくまで、チャンフーの生きていることをいいはるのには、何かたしかな根拠のあることなのだろうか。それとも、老人にありがちな、いったんこうと思いこんだら絶対に、ひとの言葉をきこうとしない、かたくなさからであろうか。

それはさておき、山姫山の頂上にある陸地測量隊の山小屋に、一夜をあかすことになった、戸倉老人と春木、牛丸の二少年は、それから間もなく背すりあわせて寝ることになった。

秋ももうだいぶ更《ふ》けている。夜の山小屋は寒かった。毛布もなにもない山小屋で、三人は背すりあわせて、なかなか瞼《まぶた》があわなかった。山小屋のなかには、炉《ろ》がきってあり、たきものの用意もしてあったが、うっかりそんなものを燃《も》やすことはできないのだ。

燃せば、火がでる。煙もたとう、へリコプターの眼《め》がこわいのである。怪しいとみれば、あいてのみさかいもなく、機関銃の雨をふらせる連中なのだ。

「仕方がない、このまま寝よう。なに、すぐ夜があけるさ」

寒さも、飢《う》えも、疲労にはうちかてなかった。それから間もなく三人は、うとうとしはじめたかと思うと、やがて、前後もしらず、ぐっすりと眠りこんだ。

それから、どのくらいたったのか。

ふたつにわれた黄金メダルや、スペインの海賊王《かいぞくおう》や、さてはまた、かくされた大宝物《だいほうもつ》について、ふしぎな夢をみていた春木少年は、ふいにハッと眼をさました。夢のなかでなにやら、異様な物音をきいたからである。

いや、それは夢ではなかったのだ。げんにその物音はまだつづいている。パチパチと何かはぜるような音――春木少年はギョッとして、上半身をおこしたが、そのとたん、ドカーンとものすごい音が、夜の空気をふるわしたかと思うと、山小屋がグラグラと大きくゆれた。

「なんだ、あれは……」

戸倉老人も、その物音に、ハッと床のうえに起きなおった。

いちばんノンキな牛丸平太郎までが眼をさまして、

「なんや、なんや、いまの音……」

寝呆《ねぼ》けまなこをこすりながら、顔中を口にして、ううんと大欠伸《おおあくび》をした拍子《ひょうし》に、またもやドカーン。

「わっ！」

牛丸少年はうしろへひっくりかえった。

「おじさん、六天山の方角ですよ」

「よし、外へでてみよう」

戸倉老人はさきに立ってでかけたが、何思ったのか、

「いや、ちょっと待て」

と、春木少年の肩をとってひきもどした。

「おじさん、ど、どうしたんですか」

「あれ……あの音をお聞き」

戸倉老人の顔は、するどい刃物のようにひきしまっている。

その声に、春木と牛丸の二少年も、ギョッとして耳をすましたが、と、どこからか聞《きこ》えてくるのは、ブーというかすかな唸《うな》り声。ヘリコプターなのだ。東のほうから、しだいにこちらへ近づいてくる。

牛丸平太郎はガタガタと胴ぶるいをした。

「おじさん、まだ、ぼくらを探しているのでしょうか」

「さあ？」

戸倉老人が、首をかしげたときである。またもや、ドカーンと物凄《ものすご》い音がして、山小屋がグラグラとゆれたかと思うと、東の窓がパッと明るくなった。

「あっ、わかった。山塞に何かあったのだよ、それで、一味のものが、ヘリコプターで逃げだしているのだ」

パチパチと物のはぜるような音は、ますますはげしくなってくる。ドカーン、ドカーンと、爆発するような音が、ひっきりなしにつづいて、東の窓はいよいよ明るくなってきた。

ブーン、ブーン――竹トンボをまわすような唸り

は、しだいにこちらへちかづいて、やがて、山小屋の上空までやってきた。と、思うと、
ダダダダダダ！

すさまじい音を立てて、機関銃がうなりだした。山小屋の周囲の岩石に、機関銃の弾丸《たま》が、あられのように跳《は》ねっかえる。

「あ、危い！」

三人はパッと床に身をふせる。

「お、おじさん、見つかったのでしょうか」

春木少年の声もさすがにふるえていた。

しかし、あいては、たしかにここという確信があったわけでもないらしく、ひとしきり機関銃の雨をふらせると、そのままゆうゆうとして、西のほうへとび去った。

「ひどいやつだ。いきがけの駄賃《だちん》とばかりに、機関銃をぶっぱなしていきおった」

「いくらか臭《くさ》いとにらんだんですね」

「そやそや、ひょっとすると、このなかかも知れんと思うてうちよったんや」

三人とも汗びっしょりである。いまさらのように、兇悪無残《きょうあくむざん》なやりかたに、腹の底まで凍るような気持ちである。さいわい、三人とも怪我《けが》がなかったからよかったようなものの、もうしばらく、機銃掃射《そうしゃ》をつづけられたら、どんなことになっていたかわからないのだ。それを考えると、三人はゾッとして顔見合《みあわ》せた。

さて、それから間もなく、ヘリコプターの爆音が、西の空に消え去るのを待って、三人が山小屋から外へとびだしてみると、東のかた、六天山の上空には、炎々《えんえん》たる焔《ほのお》がもえあがっていた。

パチパチと木のもえさける音、ドカーン、ドカーンとひっきりなしに聞える炸裂《さくれつ》音、そのたびに、蒼《あお》白《じろ》い閃光《せんこう》が、パッと焔と煙をつらぬいて、阿鼻叫喚《あびきょうかん》の地獄絵巻とはまったくこのことだった。

戸倉老人と春木、牛丸の二少年は、呆然《ぼうぜん》として顔を見合せたが、それにしても、どうしてこんなことになったのであろうか。

それをお話しするためには、話を少し、もとへ戻さねばならぬ。

首領《かしら》の両脚

裏切者《うらぎりもの》の机博士が、猫女《ねこおんな》のはる綱にひっかかって、あわれ断崖《だんがい》のうえから、いのちの宙吊《ちゅうづ》りをやらされたことは、諸君も知っていられるとおりである。

町へ使いにいった、仙場甲二郎という男が、この宙吊りを発見するのが、もう少し遅れたら、さすがの悪党博士もどうなっていたかわからない。おそらく、綱は棒からはなれて、博士はまっさかさまに谷底へついらくし、柘榴《ざくろ》のようにはじけていたかも知れないのだ。

しかし、さいわい、仙場甲二郎の注進《ちゅうしん》によって、山塞《さんさい》のなかは大騒ぎになった。誰《だれ》も博士が首領《かしら》にたいして、あのような裏切行為をはたらいたことは知らないからよってたかって、やっと博士を、崖《がけ》のうえへひっぱりあげた。

このときばかりはさすがの机博士も、よっぽど肝《きも》をひやしたと見えて、青菜《あおな》に塩のようにげんなりしていたが、それでも、いうことだけはいい。

「いや、地獄の一丁目までいってきたよ。は、は、は、とんだお茶番《ちゃばん》さ」

「先生、じょ、冗談じゃありませんぜ。いったい、誰があんなことをしたんです」

「猫女だよ」

「猫女あ……?」

波立二がとんきょうな声をあげた。

「猫女といやあ、いつか首領の手から、黄金メダルの半ペラをうばっていった……」

「そうそう、あいつだ。あいつが暗闇《くらやみ》のなかからとびだして、わしをあんな眼《め》にあわせおったのだ。あいつはほんとに闇のなかでも眼が見えるらしい」

さすがの荒くれ男も、気味悪そうに顔を見合せた。

「それじゃ、先生、あいつがまた、この山塞へしのびこんだというのですかい」

「そのとおり、あいつはまるで空気のように、どこからでもこの山塞へしのびこむのだ。ひょっとすると、まだそこらの闇にしのんでいて、だしぬけにズドンと一発……」

「いやですぜ、先生、気味の悪い。いかにあいつがすばしっこいたって、忍術使いじゃあるまいし……」

「いや、そうではない。あいつは暗闇のなかで、眼が見えるくらいだから、忍術も使うかも知れん。だって、考えてみろ。いつかの晩だって、電気が消えたと思ったら、そのとたんあいつの声が四馬首領《しゅりょう》のうしろで聞《きこ》えたじゃないか。それまでは皎々《こうこう》と電気がついていたんだ。いったい、どこからいつの間に首領の椅子《いす》のうしろまで、忍びこんできたんだ。それ、即《すなわ》ち忍術をつかう証拠だ」

「いやですぜ、先生、変なことはいいっこなしに願いましょう」

「いや、変なことではない。いずれにしてもあんな妙なやつが、ひょこひょこ出入りをするようじゃ、この六天山塞もさきが知れてるな」

仔細《しさい》らしく首をひねる机博士の顔色に、さすがの荒くれ男たちも顔見合せた。相手の性《しょう》がわかっておれば、たとえ鬼でも蛇《じゃ》でも、おそれをなすような連中ではないが、闇のなかから声ばかり、姿も形もわからないとあっては、浮足《うきあし》立つのも無理ではなかった。

ひょっとするとそこらの闇にひそんでいて、猫のように眼をひからせているのではないかと思うと、襟元《えりもと》から、冷たい水をブッかけられるような気持ちだった。

口では元気なことをいってるものの、さすがに、あのような、いのちの宙吊りをやらされた机博士、その日は一日ゲッソリ参って、自分の部屋で休んでいたが、さて、その晩のことである。仙場や波立二たちと話をしていると、そこへ木戸という男がいそぎ足でとびだしてきた。

「おい、おまえたちは何をぐずぐずしているのだ。首領がお待ちかねだ。早く机博士をつれてこんか」

木戸は一同を叱《しか》りつけておいて、机博士にちかづいた。

「先生、あんた首領《かしら》になにをしたんです。首領はカンカンにおこってますぜ」

首領《かしら》――と、きくと、机博士の顔色はさっと鉛色《なまりいろ》になった。

「いやあ……別に……ちょ、ちょっと悪戯《いたずら》をしてみただけさ」

「なんだか知りませんが、首領をおこらせることが、どんなことだか、おまえさんもよく御存じのはずだ。いずれ、ただではすみませんぜ。さあ、おいでなさい。おい、みんな、机博士をにがすな」

木戸の言葉に一同は、バラバラと机博士をとりかこんだ。こうなったら、袋のなかの鼠《ねずみ》も同然、机博士は急にガタガタふるえだした。首領のおそろしさは、知りすぎるほど知っている机博士なのだ。

「さあ、先生、それじ

ゃお気の毒でも、いっしょにきてもらいましょうか」

屠所《としょ》にひかれる羊《ひつじ》とは、このときの机博士のようなのをいうのであろう。よろよろと、足下もさだまらぬ机博士を、荒くれ男が左右から、ひったてるようにして、やってきたのは首領の待っている特別室。

首領の四馬剣尺は、あいかわらず竜の彫物《ほりもの》のある、大きな椅子《いす》に坐《すわ》っていた。身のたけ六尺《しゃく》にちかく、ビール樽《だる》のように肥《ふと》ったからだは横綱もはだしで逃げだしそうな体格だ。顔は例によって、三重のヴェールによってつつまれているが、そのヴェールがブルブルとふるえているところを見ても、いかに首領がおこっているかわかるだろう。

土色になって、コンニャクのようにブルブルふるえている机博士は、首領のまえの椅子にひきすえられた。

「机博士」

首領、四馬剣尺の声は、つめたく、落着《おちつ》きはらっていた。これは首領のいかりが、いかに大きいかという証拠なのだ。四馬剣尺はいかりが大きければ大きいほど、つめたく落着きはらうのである。

「おまえは昨夜、このわたしにどのような無礼をはたらいたか、よくおぼえていような」

「首領、お許しを……」

「黙れ！」

首領は大喝《だいかつ》した。からだがいかりでブルブルふるえた。

「獅子身中《しししんちゅう》の虫とは、机博士、おまえのことだ、おまえは盗人《ぬすびと》のようにわたしの部屋へしのびこんだ。しかし、それは許してやろう。いかにおまえがコソコソと、机や戸棚《とだな》をひっかきまわしたところで、秘密をうばわれるようなわたしではない。だが……」

と、首領はギリギリと歯ぎしりをして、

「どうしても、許しがたいのは、それからあとのお前の所業《しわざ》だ。おまえはエックス線で、わたしの正体を知ろうとした。この神聖なわたしの正体を！」

首領はわれがねのような声を張りあげて、両手をふりあげ長い袖《そで》のなかで、拳《こぶし》をブルブルふるわせた。土色になった机博士の顔には、ビッショリと汗がうかんでいる。

「さあ、いえ、おまえは何を見たのだ。エックス線で透視して、おまえはいったい、どのようなものを見たのだ」

「首領、ごめんを……それればかりはごめんください」

「ならぬ、いえ！　みんなのまえでいってみろ。おれの正体がどのようなものであったかいってみろ！」

首領の声が、広い部屋にとどろきわたって、山彦《やまびこ》のように反響した。

「首領……それでは、いってもかまいませんか、みんなのまえで……」

机博士の瞳《ひとみ》に、チラと、狐《きつね》のように狡猾《こうかつ》なあざ笑いがうかんだ。

「構わぬ。いえといえば、早くいえ！」

「それじゃいいましょう。首領、あなたは一寸法師《いっすんぼうし》なのだ。あなたの、その大きなダブダブの中国服は、その一寸法師をゴマ化《か》すための煙幕《えんまく》なのだ。あなたは足に、一メートル位の棒をつけて、大男に見せかけているが、じっさいは、可哀《かわい》そうな、せむしの一寸法師なのだ！」

一瞬、部屋のなかは、シーンとしずまりかえった。あまり意外な机博士の言葉に、木戸も、波立二も、仙場の甲二郎も、呆気《あっけ》にとられてポカンとしていた。

（この、横綱のような大男の首領《かしら》が一寸法師……？）

机博士は気でも狂ったのではなかろうか。突然、爆発するような笑い声がおこった。首領の四馬剣尺だ。首領は腹をゆすって笑った。笑って、笑って、笑いころげた。

「机博士、それがおまえが見たところか。このおれが一寸法師……？　哀《あわ》れなせむしの一寸法師……？おい、机博士、おまえの眼はたしかか、いやさ、おまえのエックス線に狂いはないのか」

「断じてわたしは見たのだ。わたしのエックス線には狂いはないのだ。おまえは、棒でつぎ足した……」

そのとたん、四馬剣尺は脚《あし》をあげて、いやというほど、博士の向《む》う脛《ずね》を蹴《け》りあげた。机博士はあまりの痛さに、あっと叫んでとびあがったが、すぐに、木戸と波立二におさえつけられた。

「机博士、この脚が棒だというのか。わたしの脚が棒だというのか。さわってみろ。たった一度だけ許してやる。さわってみろ！」

机博士は首領のまえにひざまずいて、おそるおそる、首領の両脚にさわってみた。そのとたん、つめたい汗が、つるりと博士の額《ひたい》からすべり落ちた。

ああ、これはなんとしたことだ。首領《かしら》の両脚は、たしかに温《あたたか》い血のかよった、人間の脚にちがいなかった。

人間金庫

机博士はゲッソリとやつれた顔で、椅子《いす》のなかにうまっている。いっぺんに十も二十も年をとったように見える。

ああ、わからない。昨夜エックス線で見たときには、たしかに首領《かしら》は、長い棒のつぎ脚をした、哀《あわ》れなせむしの一寸法師《いっすんぼうし》だった。しかるに、いま、中国服のうえからさぐった首領の両脚は、まぎれもなく、血と肉からできたたくましい人間の両脚だった。これはいったいなんとしたことだろう。おれは気が狂っているのではなかろうか。

「そうだ、おまえは気が狂っているのだ」

机博士の考えを見抜いたように、首領がズバリといいあてた。

「おれを、この四馬剣尺を裏切ろうなどという考えが起《おこ》ることからして、おまえはもう気が狂っているのだ。だが、まあいい。これで、おまえのバカげた疑いは晴れたであろう。それではこれからおれの用事だ。おい机博士、だせ!」

首領の声が、雷のようにとどろいた。気落ちしたように、ボンヤリしていた机博士は、その声に、ビリビリと体をふるわせた。

「な、な、なんですか。なにをだせというんですか」

「白《しら》ばくれるな。おまえはチャンフーの店で、黄金メダルの半ペラを、手にとって調べてみたといったな。おまえのような狡猾《こうかつ》な男が、金がないからといって、そのまま、かえると思われるか。おまえはきっと、小型カメラで、メダルの両面を撮影してきたにちがいない。そのフィルムをここへだせ」

机博士の顔に、そのときまた、チラと狡猾なあざわらいの影がうかんだ。

「なるほど。さすがは首領だよ。えらい眼力《がんりき》だよ。感服《かんぷく》したよ。たしかにわたしは、メダルの両面《りょうがわ》を撮影してきたよ」

「よし、よくいった。それじゃ、それをここへだしてもらおう」

「ない、とられた」

「とられた？　誰《だれ》に？」

「猫女《ねこおんな》に……首領、おまえさんは利口《りこう》だよ。眼《め》はしが利《き》くよ。しかし、猫女はおまえさんより一枚上手《うわて》だ。さっき、抜穴《ぬけあな》のなかで、まんまと、猫女にまきあげられたよ。あっはっは、猫女はいつか、おまえさんからメダルの半分をまきあげたね。そして、こんどは他の半分の両面を、撮影したフィルムも手に入れたのだ。大宝物《だいほうもつ》は猫女のものだよ。あっはっはっは」

首領はギリギリ歯ぎしりをした。いかりで肩がブルブルふるえた。

「木戸、波立二、そいつの身体検査をしてみろ！」

言下《げんか》に木戸と波立二が、机博士の身体検査をしたが、むろん、フィルムはでてこなかった。

「首領、なにもありません」

「足らん」首領は地団駄《じだんだ》をふみながら、雷のような声でどなった。

「身体検査のしかたが足らん、そいつを素《す》っ裸《ぱだか》にして調べてみるんだ」

「素っ裸に……？」

どういうわけか、素っ裸にしろときくと、机博士の顔色がにわかにかわった。

「じょ、じょ、冗談でしょう。首領、服のうえからおさえても、フィルムを持っているかいないかくらい、誰にでもわかります。なにも裸にしなくたって……」

狼狽《ろうばい》して、しどろもどろになる机博士を、四馬剣尺は三重のヴェールのしたから、ひややかにながめていたが、やがて、せせら笑うようにいった。

「机博士、面白《おもしろ》い話をきかせてやろうか」

「面白い話……？」

「そうだ。とても面白い話だ。おまえが聞くと、狂喜するだろうと思うんだ。ほら、骨董商《こっとうしょう》のチャンフーが殺された日のことよ。おまえが黄金メダルの半分を見つけて、まんまと両面の撮影に成功して、ひきあげてからのことだ。間もなく顔に、恐ろしい刀傷のある、スペイン人か日本人かわからぬような、外国の船員服をきた男が、骨董屋へやってきたのだ。そして、そいつがいくらで買ったのかしらんが、黄金メダルの半分を買ってでていったんだ。ところが、すぐそのあとへまた、あのメダルを買いにきたものがあったんだ。かりにこの人物をX《エックス》としておこう。Xは骨董商のチャンフーからいまでていった、船員風の男が、ひとあしちがいで、黄金メダルを買っていったということを聞くと、急いで、そのあとをつけていったんだ。どうだ、机博士、面白い話じゃないか」

机博士はおびえたように眼をみはって、きっと首領の三重ヴェールを見つめている。額《ひたい》にはビッショリと汗。

「ところが、スペイン人か日本人かわからぬような、顔に大きな傷のあるその男は、間もなく、海岸通《どおり》のホテルへ入っていった。Xもすぐそのあとからつけて入った。船員風の男は二階の隅《すみ》のとある一室へ入っていった。Xは廊下のすみから、その部屋を見張っていたが、すると、ものの十五分もたたぬうちに、その部屋からでてきた男がある。おい、机博士、それが誰だったか知っているか」

机博士は、椅子の両腕を、くだけるばかりに握りしめている。からだがガクガクふるえて、眼玉がいまにもとびだしそうだ。首領はヴェールの奥でせせらわらって、

「あっはっは、その顔色じゃ知っていると見えるな。そうだ、その男というのは机博士、おまえだったのだ。しかも、おまえがでていったあとで、Xが部屋をのぞいてみると、そこには誰もいなかった。つまり、顔に大きな刀傷のある男とは、机博士、おまえだ、おまえだったのだ。おまえは黄金メダルの半ペラを見つけた。しかし、おまえのその姿で買いとれば、いずれ、チャンフーの口からそれがわかるにちがいない。そう考えたおまえは、外国の船員に変装して、黄金メダルを買ったのだ。顔の大きな刀傷は、できるだけ、素顔をかえるために、絵具でかいた贋《にせ》物《もの》だったんだ。どうだ机博士、面白い話じゃないか」

首領四馬剣尺は、大きな腹をゆすってわらった。机博士は、まるでおいつめられた野獣のような顔をして、三重ヴェールを見つめていたがやがてキーキー声をふりしぼって叫んだ。

「わかった、わかった、わかったぞ」

細い指を、首領の鼻さきにつきつけると、

「問うに落ちず、語るに落ちるとはこのことだ。チ

ヤンフーを殺したのはXだ。そして、Xとは首領、おまえのことなのだ」

首領はしかし、せせらわらって、

「バカをいえ。おれがこの大きな図体《ずうたい》で、町を歩いていたらどんなに人眼をひくことか……聞いてみろ、チャンフーの店は、野中《のなか》の一軒家じゃあるまいし、隣もあれば、近所の眼もある。横綱のような大男が、あの日、チャンフーの店の近所をあるいていたかどうか、誰にでもきいてみろ」

自信にみちた首領のことばに、机博士はいっぺんにペシャンコになった。

「それ、木戸、波立二、なにをぐずぐずしている。そいつを早く、裸にしないか」

言下に、木戸と波立二が、机博士をとりおさえた。そして水ガモのように細いからだで、キーキー声をあげて抵抗する机博士を、またたくうちに素っ裸にした。

博士は猿股《さるまた》ひとつになって、コンニャクのようにブルブルふるえている。そのからだを、三重ヴェールのおくから、きっと見つめていた四馬剣尺は、ふいに、椅子の腕をたたいてわらった。

「あっはっは、さすがは机博士だ。人間金庫とは考えたな。おい、左の肩にあるその傷口はどうしたのだ」

机博士はあっと叫んで左の肩をおさえた。しかし、それはおそかった。左の肩に、少し盛りあがった傷口は、まだ新しくて、生々《なまなま》しかった。

四馬剣尺はギラリと、青竜刀《せいりゅうとう》をぬき放《はな》つと、

「机博士、おまえはわざと左の肩に傷をつけ、そのなかに黄金メダルの半ペラをおしこみ、そのうえを縫合《ぬいあわ》したのだろう。いま、おれが、その金庫をひらいてやろう」

四馬剣尺は、青竜刀をひっさげて、ゆらりと椅子から乗出《のりだ》したが、そのときだった。あわただしい足音がちかづいてきたかと思うと、

「首領、たいへんです。たいへんです。警官がおおぜい押し寄せてきました。誰か内通《ないつう》したやつがあるんです。抜け道という抜け道は、全部包囲されておりますぞ」

悲痛な声だった。

首領はそれをきくと、思わず青竜刀をポロリと落《おと》した。

チャンフーの双生児《ふたご》

六天山塞《ろくてんさんさい》の大捕物《おおとりもの》は、たちまち港町の大評判になった。

何しろ、六天山からカンヌキ山へかけて、三日三晩、焼けつづけたのだから、附近《ふきん》の騒ぎはたいへんだった。

「なんですか。このあいだの晩の、あのものすごい物音は……？」

「あああれですか。あれはねえ、なんでも六天山のなかに山賊《さんぞく》が住んでいたんだそうですよ。それが警官に包囲されたので、山塞にしかけてあった爆弾に火を放《はな》ったんだっていいますよ」

「へへえ、山賊がねえ。そして、その山賊はとっつかまったんですか」

「ところが、泰山鳴動《たいざんめいどう》して鼠《ねずみ》一匹でね。つかまったのは雑魚《ざこ》ばかり。大物はみんな逃げてしまったということです」

「それは残念なことをしましたね。しかし、警察も、あれだけの騒ぎをやりながら、どうしてそんなヘマをしたんでしょう」

「そりゃ、仕方がありませんよ。向《む》うはヘリコプターとかなんとかいう、竹トンボの親方みたいな、飛行機をもっているんだからかないません」

「なるほど、それで高跳《たかと》びをしたというわけですか」

「おや、しゃれをいっちゃいけません」

などと、町の噂《うわさ》はたいへんだったが、いかにもこの噂のとおり、四馬剣尺の一味のもので、主《おも》だった連中はほとんど逃げた。

木戸と波立二、それから仙場甲二郎の三人は首領《かしら》の命令で、机博士をしばりあげ、それをヘリコプターにつんで逃げた。

そのあとで、首領の四馬剣尺は、かねて仕掛けてあった爆弾に火をはなち、いずくともなく姿を消した。だから、警察が大騒《おお》ぎしてとらえたのは、あの唖《おし》つんぼのデク公はじめ、数名の下っぱばかりであった。

それにしても四馬剣尺はどこへ逃げたか？　根城《ねじろ》としていた六天山塞を焼きはらって、かれらは解散したのであろうか。いやいや、そうは思われぬ。あの執念《しゅうねん》ぶかい四馬剣尺のことだ。いつかはまた、きっとあの偉大な体を乗出《のりだ》して、何事かをやらかさずにはおくまいが、ここではしばらくおあずかりしておいて、春木、牛丸の二少年のほうから話をすすめていこう。

危《あやう》く四馬剣尺の魔手からのがれた、春木、牛丸の二少年は、つぎの日、山をくだると、そこで後日を約《やく》して戸倉老人とわかれた。

そして無事にわが家へかえりついたが、そのとき、牛丸平太郎のお父さんやお母さんが、どのように喜んだか、春木少年に対して、どのように感謝したか、それらのことはあまりくだくだしくなるから、ここでは書かないでおくこととする。

さて、それから当分、二人の身のうえに、別に変《かわ》ったこともなく、毎日、楽しく学校へ通っていた。学校では、二人はすっかり英雄にまつりあげられ、みんなからさかんに話をせがまれた。ことに少年探偵団を結成しようとしていた、小玉君や横光君、それに田畑君などは、春木少年ひとりにだしぬかれたことをくやしがって、こんど何かあったら、きっと自分たちも、仲間に入れてくれとせがんだ。春木、牛丸の二少年はむろんそれを承諾《しょうだく》した。

こうして幾日《いくにち》か過ぎた。春木、牛丸の二少年の身辺《しんぺん》には、依然《いぜん》として平穏な日がつづいた。いずれ落着《おちつ》いたら、便りをよこすといっていた戸倉老人からも、どうしたものか音沙汰《おとさた》がなかった。

ところがある日、春木少年が学校へいくと、牛丸平太郎がまじめくさった顔をしてそばへ寄ってきた。

「春木君、ちょっと。……」

「牛丸君、なあに」

「妙なことがあるんや。ほら、あの万国骨董商《こっとうしょう》な」

「うんうん、チャンフーの店か」

「そやそや、あの店がまた、ちかごろひらいたんやぜ。ぼく昨日、海岸通《どおり》へ使いにいったついでに、あの店をのぞいたところ、表《おもて》がひらいていて、ちゃんとそこに、チャンフーが坐《すわ》っているやないか。ぼく、びっくりして、胆《きも》っ玉《たま》がひっくりかえった」

「馬鹿なことをいっちゃいけない。チャンフーはピストルで撃たれて、死んだはずじゃないか」

「そやそや、それやのに、そこにちゃんと、チャンフーがいるんや。どう見てもチャンフーにちがいないのや。ぼく、てっきり幽霊かと、おっかなびっくりで近所のひとにきいてみたんやが、なんと、店にすわっているのは、チャンフーやのうて、チャンフーの双生児《ふたご》の兄弟で、チャンウーちゅうのやそうな」

「へへえ、チャンフーには双生児の兄弟があったの」

春木少年は眼《め》をまるくした。

「そやねんて。いままで、横浜にいたんやそうやが、兄弟のチャンフーが殺されて、あとをつぐもんがないさかい、わざわざ横浜からやってきて、店を相続したんやそうな。双生児とはいえ、そらよう似とる。近所でも、まるでチャンフーさんが、生きてかえったようやというてるぜ」

春木少年は、しばらく、だまって考えていたが、やがて考えぶかい調子で、

「ねえ、牛丸君」

と、声をかけた。

「なあに、春木君」

「いつか戸倉老人はへんなことをいったねえ。チャンフーが死ぬなんて、そんなことはありえないことじゃと……」

「そうそう、いうた、いうた。あら、どういうわけやろ」

「さあ、ぼくにもそこのところがよくわからないんだが、ひょっとすると、あの言葉と、チャンフーの双生児、チャンウーとなにか関係があるのじゃないかしら」

「うん、うん、なるほど」

牛丸平太郎は牝牛《めうし》のような鈍重《どんじゅう》な表情でうなずいた。

「それで、どうだろう。チャンウーというのを、ぼくらの手でさぐってみたら。……戸倉老人は、なにか変ったことがあったら、なんらかの方法で通信するといっていたが、いまだに、何もいってこない。それでぼく、このあいだから、腕がムズムズして仕方がないんだ。だって、このままじゃ、蛇《へび》の生殺《なまごろ》しみたいで、気が落着《おちつ》かないじゃないか」

「そら、ぼくかて同じことや」

「そうだろう。だから、今度はこっちから積極的にでてみようと思うんだ。といって、さしあたり、どこから手をつけてよいかわからないから、まず、チャンウーの店からさぐってみたらと思うんだが、どんなもんだろ」

「うん、そいつは面白《おもしろ》い。それにきめたッ」

牛丸平太郎が、躍《おど》りあがってよろこんでいる姿を見つけて少年探偵団の、小玉、横光、田畑の三君が、何事ならんとかけつけてきた。そこで、春木、牛丸の二少年が、いまの話を語ってきかせると、三人とも有頂天《うちょうてん》になってよろこんだ。

「よし、それじゃ、今日、学校がひけたら、みんなで、海岸通へいってみようじゃないか」

と、相談一決《いっけつ》したが、この少年たちがチャンウーの店を偵察して、いったい、どのようなことを発見するだろうか。

大花瓶

さて、こちらは少年たちの話題にのぼった、海岸通の万国骨董堂《こっとうどう》である。

今日も今日とて、チャンウーが、店さきに坐《すわ》って、スッパスッパと水煙管《みずぎせる》を吸っていた。なるほど、孔子さまのように長いあごひげを生《は》やして、トマトのように血色のよい顔をしたチャンウーは、殺されたチャンフーにそっくりだった。ただ、ちがっているのは、チャンフーは眼鏡《めがね》をかけていなかったが、双生児のチャンウーは、黒い大きな眼鏡をかけている。あんまり似ているといわれるので、あるいは区別をつけるために、わざとそんな眼鏡をかけているのかも知れない。

チャンウーは眠そうな眼《め》をして、さっきからぼんやり店に坐っていたが、どうやら客もないらしいと考えたのか、ノロノロ立って、おくの一間《ひとま》へ入っていった。そして、なかからピンとドアに鍵《かぎ》をかけると、これはいったいどうしたことか、いままで眠そうな眼をしていたチャンウーの顔色が、急にいきいきしてきた。眼鏡のおくでふたつの瞳《ひとみ》が、にわかにキラキラかがやいた。

チャンウーは、油断なくあたりを見廻《みまわ》すと、壁にかかったスペインの帆船《はんせん》をかいた、油絵の額をはずした。それから、壁のどこかを押すと、そこにパックリ小さい孔《あな》があいた。金庫なのだ。かくし金庫なのだ。

チャンウーはもういちど、鋭い眼であたりを見廻すと、やがて金庫をさぐって、なかから小さいビロードばりの箱を取りだした。そして、金庫をとじ、額をもとどおりにかけおわると、大事そうにビロードの箱を持って、机のまえまでやってきて腰をおろした。

それから、眼鏡をかけなおし、ビロードの小箱のバネを押すと、ピンと蓋《ふた》がひらいて、なかから現れたのは、おお、なんと、黄金メダルの半ペラではないか。

チャンウーは、もういちど素速《すばや》い視線をあたりに投げると、ううんと深いいきを吸い、それからくいいるように、その半ペラに見入っていた。それはたしかに、海賊《かいぞく》デルマののこした黄金メダルのうち半月《はんげつ》形の部分である。

しかし、これはいったい、どうしたというのだろう。半月形のその半ペラは、戸倉老人から春木少年の手にうつり、のちにひげづら男の姉川五郎に掘り出されて、骨

董商チャンフーに売られ、さらにそれを、机博士が買いとって自分の肩の肉のなかに、かくしておいたはずではないか。

　そうすると黄金メダルというのは二つあるのだろうか。

　それはさておき、チャンウーは鉛筆片手に、字引きと首っぴきで、黄金メダルの裏面にかいてある、スペイン文字の飜訳《ほんやく》をはじめた。だいぶまえからやっていると見えて、はじめのほうは、スラスラいく。それはだいたいつぎのとおりであった。

わが秘密を
とする者はいさ
人して仲よく
り聖骨《せいこつ》を守る
のあとに現われ
メダル右破片

　何しろ、メダルが半分しかないから、ここまで飜訳してみても、さっぱり意味がわからない。これからしても、どうしてもメダルの他の半分、扇型《おうぎ》の半ペラがなければならぬわけである。

　チャンウーは残念そうに、黄金メダルの半ペラを見つめていたが、また思いなおしたように、鉛筆をとりなおして、飜訳をつづけていったが、そのとき、店のほうで人の足音がした。

　チャンウーはそれをきくと、あわててメダルをビロードの箱に入れ、壁のかくし金庫におさめると、飜訳しかけていた紙を、クチャクチャにかみくだいて、それから何食わぬ顔をして、店のほうへでていった。

　店へきた客は、立花カツミ先生であった。

　立花先生はチャンウーの顔をみると、ギョッとしたように眼をみはったが、すぐ気がついてにっこり笑って、

「ああ、びっくりした、あなたがあまり亡くなったチャンフーさんに似ているので、あたし幽霊かと思いましたわ。そうそう、あなたとチャンフーさんは

双生児《ふたご》ですってね」

「そう、わたしとチャンフー、双生児の兄弟、あなた、チャンフー、知ってますか」

「ええ、以前いちど、この店へきたことがありますので、……チャンフーさん、お気の毒なことをしましたわね」

「そう、弟可哀《かわい》そう、なんとかして私、犯人さがしたい」

「いまにきっとわかりますわ。警察でもほっておきはしませんもの。あたしだって、いちどお眼にかかった御縁《ごえん》がありますから、心当《こころあた》りがあったらお知らせします」

「ありがと。ときに、今日は何か御《ご》入用《いりよう》ですか」

「いえ、実は、今日は買物にきたんじゃないのです。反対にこの店で買っていただきたいものがございまして……」

「はあ、結構です。品《しな》と値段によっては、なんでもいただきます」

「そう、じゃ、ちょっと待って……」

立花先生はいったん店をでていったが、すぐ、ひきかえしてきたところを見ると、二人の男をつれており、その男たちは高さ四尺《しゃく》、直径一尺五寸《すん》もあるような、大花瓶《だいかびん》をかかえていた。

男たちがその大花瓶を、店のほどよいところへおろしてでていくと、立花先生はチャンウーのほうをふりかえり、

「買っていただきたいというのは、これですの。これは父があなたのお国を旅行した際、北京《ペキン》で買ってきたもので、あたしとしては手離しにくいものですが、急に金のいることができましたので……」

立花先生は、さすがに恥《はずか》しそうに顔をあからめ、もじもじしていた。

「なるほど、これは立派な花瓶、値段によっては買いましょう」

チャンウーは花瓶のおもてを、なでたり、さすったりしていたが、ふと、なかをのぞいてみて、妙な顔をして眉《まゆ》をしかめた。

「おや、この花瓶、なかがつまってますね」

「そうなのです。父が買ってきたときからそうなっているんです。だから父はこの花瓶のことを、開《あ》かずの花瓶だなどと笑ってました。が、……きっと、なにかわけがあって、花瓶をつめてしまったのでし

ょうね」

チャンウーが不思議に思ったのも無理ではない。その花瓶は首のところまでセメントがつめてあって、叩《たた》くとコツコツかたい音がした。

チャンウーは、しばらく考えていたが、

「いや、これは珍しい花瓶です。しかし、これくらい大きな花瓶になると、花を飾るよりも、花瓶自身が飾りものです。で、いくら御入用ですか」

「まあ、それじゃ買ってくださいますの。実は、……」

と立花先生が金額をきりだすと、チャンウーは笑って、

「それは高い。なかのつまった花瓶なんて、やっぱり疵物《きずもの》も同様ですから、その半分ぐらいでなくちゃ……」

「あら、半分はひどいですわ。もう少しフンパツしてくださいな」

と、しばらく押問答《おしもんどう》をしていたが、いったい、どれくらいで折れあったのか、それから間もなく骨董商の店をでていく立花先生の顔色をみると、いかにも嬉《うれ》しそうな微笑がうかんでいた。

チャンウーはそのうしろ姿を見送って、それから、不思議そうに首をかしげ、しばらく見事な大花瓶を、なでたり、さすったりしていたが、やがて表《おもて》のドアをしめると、奥のひと間《ま》へひっこんだ。

もう日が暮れているのである。

怪人せむし男

チャンウーの店の隣は、四階建のビルディングになっていて、一階は貿易促進展覧会の会場になっているが、二階からうえは貸事務所になっている。

ところが、都合のいいことには、その三階に、少年探偵団のひとり、小玉君のお父さんの事務所があった。

少年探偵団の一行五名は、学校がひけると、海岸通《どおり》へ出向いていって、なにくわぬ顔で、チャンウーの店のまえを通ったが、

「なんだ、ここなら、お父さんの事務所のとなりじゃないか」

と、小玉君がささやいたので、それじゃお父さんにお願いして、しばらくその事務所の片隅《かたすみ》をかりよ

うということになった。

　そこで五人の少年は、三階にある小玉商事会社の応接室へあがっていったが、ますます都合のよいことには、その応接室はチャンウーの店のがわにあり、窓からのぞくと万国骨董商《こっとうしょう》が眼《め》の下に見えた。

「ああ、こいつは都合がいいや。小玉君、なんとかしてお父さんに、しばらくこの部屋をかして下さるようにお願いしてくれたまえ」

「いいとも。ぼくのお父さんは、たいへん物分《ものわか》りのいいひとだから、きっと承知してくださるよ」

　やがて、応接室へでてきた小玉氏というひとは、いかにも物分りのよさそうな紳士であった。小玉氏は息子《むすこ》の小玉少年から話をきくと、はじめは眼をまるくして驚いていたが、一同がかわるがわる熱心にお願いすると、

「なるほど、それじゃいつか牛丸君を誘拐《ゆうかい》した、六《ろく》天山塞《てんさんさい》の山賊《さんぞく》のゆくえをさぐるために、チャンウーの店を監視するというんだね」

「そうです。そうです。ぼくらは警察に協力して、一日も早くあの山賊をとらえたいのです」

　春木少年が、熱心にお願いすると、小玉氏はにこにこ笑って、

「よしよし、いや、いまどきの少年、すべからくそれくらいの勇気がなければならぬ。いいとも、君たちの頼みをきいてあげよう。しかし、ここに条件がある」

と、いって、小玉氏はつぎのような条件をだした。

　まず、第一に、自分たちがまだ子供であるということをよく心得《こころえ》て、決して危《あやう》きにちかよらぬこと。

第二に、何か変《かわ》ったことを発見したら、すぐに警察へ報告し、みずからは手だしをしないこと。第三に、夜九時までにみんな揃《そろ》って帰宅すること。

「わかりました。お父さん。ぼくたちは決して、お父さんに御心配をかけるようなことはいたしません」

　春木少年が一同を代表して断言すると、小玉氏はにこにこ笑って、

「よしよし。それじゃ、今夜から監視をはじめるのだろうが、君たち、飯《めし》はまだだろ。それじゃ、前祝いに夕飯《ゆうはん》を御馳走《ごちそう》しよう」

と、親切な小玉氏は、五少年をひきつれて、近所の中華料理へいって夕飯をふるまった。

「それじゃ、君たちの成功をいのるよ。しかし、く

れぐれもいっとくが、自分たちがまだ子供であることを忘れちゃいかんよ」

小玉氏から激励と忠告をうけて、中華料理のまえでわかれた五少年が、すでに日の暮れた路《みち》を、ビルディングのほうへかえってくると、そのとき、万国骨董商のなかからとびだしてきた婦人があった。

「あっ、あれは立花先生じゃないか」

春木少年がいちはやく、先生のすがたを見附《みつ》けて注意すると、

「そうだ、そうだ。立花先生だ。先生は、なんの用があって、こんなところへきたんやろ」

牛丸平太郎も不思議そうな顔をしている。小玉、横光、田畑の三少年もギックリとしたような顔を見《み》合《あわ》せた。しかし、幸い立花先生は気がつかなかったらしく、男のような足どりで、スッタスッタと黄昏《たそがれ》の闇《やみ》のなかに姿を消した。

「どうも変だね。ぼくはまえから、立花先生を変だと思っていたんだよ」

春木少年はあるきながら、考えぶかそうに呟《つぶや》いた。

「変て、どういうふうに？」

小玉少年がききかえした。

「だってね、このまえ、チャンフーが殺された日にも、立花先生は万国堂のまえを通りかかって、飾窓《かざりまど》をのぞいたというんだろ。そして、そのとき、飾窓のなかには、黄金メダルの半ペラが飾ってあったんだ。しかも、そのつぎの日、金谷先生がそのことをしゃべると、立花先生、とてもいやな顔をしたという話だよ」

「うん、そういえば、立花先生はよく学校を休むね。それにどこへいくのか、ときどき寄宿舎《きしゅくしゃ》からいなくなることがあるという話だよ」

田畑少年がいった。

「よし、それじゃ、明日から手分けして、誰《だれ》かが立花先生を監視することにしようじゃないか。監視なら、子供にだってできるもの」

横光少年の言葉だった。

「うん、それがいい。いずれ、明日になったら、誰が立花先生の監視にあたるかきめよう」

こうしてまた、新しい探偵の方針がたったので、一同は、満足して三階の応接室へかえってきた。窓から下を見ると、チャンウーの店から、ほの暗い光がもれている。

「あ、見給《みたま》え。チャンウーの店には天窓《てんまど》があるよ。あそこから覗《のぞ》けば、店の様子がよく見えるにちがいないよ」

「そうや、そうや。ぼく、ひとつあの屋根へおりてみようか」

牛丸平太郎が、ハリキって、窓からからだを乗りだすのを、春木少年はおしとどめ、

「いや、ちょっと待ちたまえ。もう、しばらく、あたりが暗くなるまで待とう」

それから一時間ほど待つとあたりはすっかり暗くなった。チャンウーの店の天窓からは、あいかわらず、ほのぐらい光がもれている。

「春木君、もう、そろそろええやないか」

牛丸平太郎は、さっきから、腕がムズムズしているのである。

「そう。もうそろそろいい時刻だね。ところで、誰が偵察にいくか、これは公平を期《き》してくじ引きということにしよう。ひとりじゃ心細いから二人一組となっていくことにしようじゃないか」

春木少年のこさえた、五本のこよりを引いた結果、牛丸少年と春木君がいくことになった。ほかの少年たちは失望したが、これはまた、あとでどんな役があるかも知れないからと慰《なぐさ》めて、いよいよ、春木、牛丸の二少年が、偵察にいくことになった。

ちょうどいいあんばいに、このビルディングの側面には、火事などの場合にそなえて、非常梯子《ばしご》がついている。その非常梯子は、チャンウーの店のすぐそばをとおっており、その間、半間《げん》とはなれていない。春木、牛丸の二少年は人眼《ひとめ》をさけるために、窓から外へでて、軒蛇腹《のきじゃばら》をつたって非常梯子にとびうつった。それはかなり冒険だったけれど、身の軽い二少年には、大してむずかしい仕事でもなかった。

非常梯子をつたって一階おりると、すぐ眼の下にチャンウーの店の屋根がある。二少年は猿《さる》のように身軽にその屋根にとびうつった。屋根はかなりの傾斜だが、身のかるい少年には、天窓のところまで這《は》っていくのは、大してむずかしい仕事でもなかった。天窓には厚い針金《はりがね》入りガラスがはまっている。それは昼間、採光をよくして、陳列品《ちんれつひん》をひき立たせるためである。

ふたりが天窓まで這っていってなかを覗くと、ほの暗い電灯のなかに、珍奇な仏像や、古怪《こかい》な大時計

や、古めかしい鎧《よろい》など、さまざまな骨董品が、ところせましとまでにならんでいた。そして、店の一隅《いちぐう》に、さっき立花先生がもちこんだ、あの大花瓶《だいかびん》もおいてあった。

春木、牛丸の二少年は、息をころして、このあやしくも、風変《ふうがわ》りな店のなかを覗いていたが、ふいに春木少年がギュッと力強く、牛丸少年の腕をにぎった。

「ど、どうしたの」

「しっ、静かに！　あの大花瓶をごらん」

押しころしたような春木少年のささやきに、牛丸平太郎もなにげなく、花瓶のほうへ眼をやったが、そのとたん、ゾッとするような恐ろしさが背筋《せすじ》をながれた。

ああ、見よ！

大花瓶につめてあったセメントが、ポッカリ中から押しのけられると、その下から、ニューッと一本の腕がでたではないか。

「あっ！」

牛丸平太郎は危《あやう》く叫び立てるところを、急いで口に蓋《ふた》をした。

大花瓶のなかに誰かいるのだ。そしてそいつがいま、花瓶のなかからでてこようとしているのだ。

二少年の胸はドキドキ躍《おど》った。額《ひたい》からビッショリと汗が流れた。二人は夢中になって、天窓のわくにしがみつき、眼を皿のようにしてチャンウーの店をのぞいている。

大花瓶のなかからは、また一本の腕がでた。そして、二本の腕は、しばらく花瓶のふちを握ってモガモガしていたが、やがて、軽業師《かるわざし》のように、ヒョイと花瓶のふちへ這いのぼったのは、ああ、なんということだ！

それは世にも奇怪な、傴僂《せむし》の一寸法師《いっすんぼうし》ではないか。

一寸法師は全身に、縫《ぬ》いぐるみみたいな黒い服をぴったりつけていた。そして、頭には服にぬいつけた三角型のトンガリ頭巾《ずきん》をスッポリかぶり、顔には大きな仮面をつけていた。だから、顔はサッパリ見えなかったが、その気味悪さといったら、筆にも言葉にもつくせないほどだった。

一寸法師は猿のように花瓶のふちにしゃがんだまま、しばらくあたりをうかがっていたが、やがて、ひらりと音もなく床のうえにとびおりた。

春木、牛丸の二少年は天窓のうえから、手に汗握って、この様子を見つめているのである。

一寸法師と猫女

ああ、奇怪なる一寸法師《いっすんぼうし》、猿《さる》のような傴僂男《せむしおとこ》――いつか机博士が、六天山塞《ろくてんさんさい》の頭目《とうもく》、四馬剣尺の姿を、レントゲンで透視したことがあったが、それは脚《あし》にながい竹馬をゆわえつけた傴僂の一寸法師であった。ところがそののち机博士が、頭目の脚にさわってみたところ、それは竹馬などではなくて、まぎれもなく人間の脚であった。

机博士は、矛盾《むじゅん》するふたつの発見にびっくりしたが、今宵《こよい》チャンウーの店にしのびこんだのは、まぎれもなく、傴僂の一寸法師。してみれば、机博士のレントゲンに狂いはなく、四馬剣尺の正体は、やはり脚に竹馬をゆわいつけた一寸法師であろうか。しかし、そうだとすると机博士がさわってみた四馬剣尺の脚は、なんと説明すべきだろうか。

それはさておき、床へおりたった一寸法師は、しばらくじっとあたりの様子をうかがっていたが、やがて壁のそばへ這《は》いよると、ポケットから取出《とりだ》したのは三十センチくらいの棒である。それはちょうど、管絃楽団《かんげんがくだん》の指揮者が使う指揮棒のようなものだった。

おやおや、あんなものを何にするのだろう、と、春木、牛丸の二少年が、屋根のうえから固唾《かたず》をのんで見ているとは、もとより知らぬ一寸法師、しばらくその棒をひねくりまわしていたが、するとみるみる棒はのびて、三メートルほどの長さになった。

わかった、わかった、その棒は、伸縮自在の魔法棒なのだ。それにしても、そんな棒を何に使うのかと見ていると、一寸法師はその先端に鉤《かぎ》のようなものをとりつけた。

おやおや、変なことをするわいと、なおも二人が一生懸命《いっしょうけんめい》、天窓《てんまど》にしがみついてみていると、一寸法師はその鉤棒で高いところにあるメーン・スイッチをひっかけて切ってしまった。とたんに、家中の電気という電気が消えてあたりはまっくら。

春木、牛丸の二少年は、思わず顔を見合《みあわ》せた。

すると、そのとき闇《やみ》のなかから、店をつっきっていく足音がきこえたかと思うと、ガチャリと鍵《かぎ》をひらく音。やがて、ドアが薄目にひらいて、誰《だれ》やら店のなかへしのびこんだが、すぐドアがしまったので、その姿はよく見えなかった。

「一寸法師がドアをひらいて、誰かを呼びこんだんやな」

「そうだ。一寸法師は仲間をしのびこませるために、大花瓶《だいかびん》のなかに、いままでかくれていたんだよ。それにしても、忍びこんだのはどういうやつだろう」

二人がこんな囁《ささや》きをかわしているとき、したでもチャンウーが、なんとなく怪しい気配に気づいたのか、懐中電気を片手に持って、奥のドアから現れた。

「誰かいるのか」

とたんに轟然《ごうぜん》とピストルが鳴ってチャンウーの手から懐中電気が、木っ葉微塵《こっぱみじん》とくだけて散った。

「あ、だ、だ、誰だ！」

「猫女《ねこおんな》よ」

「な、な、なに、猫女……」

と、闇のなかでチャンウーの声が大きくあえいだ。

「ええ、そう、暗闇のなかで、ちゃんと眼《め》の見える猫女よ。逃げても駄目《だめ》。ちょっと相談があってやってきたんだから、おとなしくしていて頂戴《ちょうだい》。バカ！何をする！」

またもや、ズドンとピストルの音。あっという悲鳴とともに、何やらゴトリと床に落ちる音がした。

「ほ、ほ、ほ、だからいわないことじゃない。闇の中でも眼の見える、猫女だといってるじゃないの。ポケットからピストルをだそうとしたって、ちゃんと見えているんだから」

春木、牛丸の二少年は、顔見合せて驚いた。それじゃ猫女という女、ほんとに闇の中でも眼が見えるのか。

「さあ、これであたしのいうことが、嘘《うそ》じゃないってわかったでしょう、わかったらおとなしくしておいで。待っててあげるから、早く右手に繃帯《ほうたい》をしておしまい。ほらほら、そんなに血が流れているじゃないの。ああ、やっと繃帯ができたわね。それじゃ、奥の部屋へいきましょう。ここじゃ話もできないから」

「いったい、話って、何《な》んのことだ」

「黄金メダルのことよ」

「黄金メダル？　お、黄金メダルってなんのことだ」

「ほ、ほ、ほ。白《しら》ばくれたって駄目。こっちは何度もいうように、闇のなかでも眼の見える猫女よ。おまえがいまどんな顔をしたか、ちゃんと知ってるよ。これ、よくお聞き。おまえの双生児のチャンフーは、いつか姉川五郎という男から、黄金メダルの半ペラを買いとった。そして、それから間もなく、顔に大きな傷のある、スペイン人みたいな男に、黄金メダルの半ペラを売りつけたが、そのメダルは贋物《にせもの》だったんだよ。だから、この店にはまだ、本物のメダルがあるはずなんだ。それをここへだしておくれ」

「しかし、そりゃア、チャンフーの買ったのが、贋物だったんじゃなかったのか」

「お黙り！」

猫女は鋭い声で、

「こっちはちゃんと調べがいきとどいているのよ。姉川五郎という男にも当《あた》ってみて、そいつがどこで黄金メダルを手に入れたか、わかっているんだ。それはたしかに贋物じゃなかったのよ。チャンフーは本物をどこかへしまいこんで、贋物を飾窓《かざりまど》に飾っておいたんだ。さあ、ここでは話ができない。奥へいってゆっくり話をつけようじゃないの」

それからしばらく、チャンウーと猫女の押問答《おしもんどう》をする声がつづいていたが、やがて、猫女のピストルに脅迫《きょうはく》されて、チャンウーは奥の一間《ひとま》へ入っていった。それにつづいて猫女が入っていくと、バタンとドアのしまる音。話声《はなしごえ》はそれきり聞《きこ》えなくなって、チャンウーの店は墓場のような暗さ、静けさ。

春木、牛丸の二少年は、ほおっと顔を見合せた。

「春木君、猫女て、すごいやつやな」

春木少年はそれに答えず、しばらくは何か考えていたが、やがて低い声で、

「ねえ、牛丸君、いまの猫女の声ね、君、あれに聞きおぼえがあるような気がしなかった？」

「えっ、さあ、ぼくは気がつかなんだが、誰の声に似ていたんやね」

「いや、君が気がつかなかったとすれば、ぼくの思いちがいだろう。だけど牛丸君、さっきの一寸法師はどうしたんだろうねえ」

「さあ。あいつも奥へ入っていったんやないやろか」

二人がそんなことを囁いているとき、奥の部屋から苦しそうなうめき声がもれてきた。チャンウーの声なのだ。しかも、世にも苦しそうなうめき声……。

春木、牛丸の二少年は、ぎょっとしたように顔を見合せた。

「春木君、大変や、チャンウーが拷問《ごうもん》されてるんやないやろか」

「そうだ、そうだ、牛丸君、さっきの部屋へかえろう」

「さっきの部屋へかえってどうするんや」

「警察へ電話をかけて、お巡《まわ》りさんにきてもらうんだ。さっき小玉君のお父さんにいわれたろう。自分が子供であることを忘れちゃいけないって。だからお巡りさんに電話をかけて猫女と一寸法師をつかまえてもらうんだ」

二人は、そっと、チャンウーの店の屋根からすべりおりると、ビルディングの非常梯子《ばしご》を、脱兎《だっと》のごとくかけのぼっていった。

空かける悪魔

春木、牛丸君たちの、少年探偵団が電話をかけたとき、ちょうどさいわい、警察にいあわせたのは秋吉警部。

秋吉警部を諸君もおぼえていられるだろう。チャンフー事件の担当者だが、その後事件が進展せず、どうやら迷宮入《めいきゅうい》りをしそうな模様に、業《ごう》を煮《に》していたおりからだけに、少年探偵団からの電話をきくと、こおどりせんばかりによろこんだ。

「よし、それじゃこれからすぐいく。ときに君たちは何人いるんだ」

「はい、少年探偵団は同志五人であります」

「それじゃね、みんなで手分けして、万国堂の周囲《まわり》を見張っていてくれ。しかし、くれぐれもいっておくが、よけいなことに手をだすな。われわれがいくまで待っているんだぞ」

「承知しました。できるだけ早くきてください」

電話をきった春木少年、警部の言葉を一同につたえていたが、何思ったのか、急にはっと顔色をかえた。

「どうしたの、春木君、何かあったの？」

横光君が不思議そうに訊《たず》ねるのを、しっとおさえた春木少年。

「牛丸君、あれ……あの物音……？」

「なんや、あの物音……」

牛丸平太郎もギョッとして、春木君といっしょに耳をすませたが、にわかにガタガタふるえだした。

ああ、聞《きこ》える、聞える、ブーンブーンと竹トンボを廻《まわ》すような音。たしかにヘリコプターの爆音なのだ。しかも、しだいにこちらへちかづいてくる。

「田畑君、電気を消してくれたまえ」

田畑君が電気を消すと、応接室のなかはまっくらになった。

「春木君、どうしたの。あの物音はなんなの？」

暗闇《くらやみ》のなかで小玉君が、不安そうに訊ねた。

「ヘリコプターだよ。ほら、いつか牛丸君を誘拐《ゆうかい》していった。……」

「ああ、六天山塞《ろくてんさんさい》の頭目《とうもく》が持っているという……？」

少年たちはギョッとしたように、暗闇のなかで顔見合《みあわ》せたが、

「それにしても、いまごろどこへいくつもりだろう」

と、田畑君が訊ねた。

「ひょっとすると、万国堂めざしてやってくるのかも知れないよ。牛丸君。横光君」

「春木君、なんや」

「君たち二人は万国堂の表《おもて》のほうを見張ってくれたまえ。それから、小玉君と田畑君は、万国堂の裏口の見張りをしてくれたまえ」

「よっしゃ。わかった。しかし、春木君。君はどうするんや」

「ぼくはここにのこって、この窓から万国堂を見張っている。もうそろそろ、警部さんがくる時分《じぶん》だから、みんな早くいってくれたまえ」

「よっしゃ、春木君、気をつけたまえよ」

「大丈夫《だいじょうぶ》、君たちこそ気をつけたまえ。警部さんがくるまで、むやみに手だしをするんじゃないよ」

「わかった。わかった。さあ、みんないこう」

牛丸平太郎を先頭に立てて、四人の少年がバラバラとビルディングからとびだしていったあとには、春木少年がただひとり、暗い応接室にとりのこされた。窓のそばによってみると、ブーンブーンというヘリコプターの爆音は、いよいよこちらへちかづいてくる。下をみると、万国堂はあいかわらずまっくらだ。ああ、いま、万国堂の奥では、どのようなことが行われているのであろうか。

春木少年は爆音のちかづく空のかなたと、万国堂のくらい天窓とを、手に汗にぎって見くらべていたが、ちょうどそのとき、警部の一行が到着したらしい。

万国堂の表と裏から、けたたましくドアを叩《たた》く音とともに、

「開けろ、開けろ、ここを開けんか」

と、怒号《どごう》する声がきこえた。

「ああ、有難《ありがた》い、警部さんがやってきた……」

春木少年はにわかに気のゆるむのをおぼえたが、そのとき空のかなたから忽然《こつぜん》として現われたのは、見憶《みおぼ》えのあるヘリコプター、しかも進路は万国堂の方向である。折《おり》からの半月《はんげつ》を翼にうけて、ゆうゆうとしてこちらへちかづいてくる。

下では警部の一行が、万国堂の表と裏から、しきりにドアを叩いていたが、なかから返事がないとみるや、もうこれまでと、ドアをぶっこわしにかかった。

しめた！　もうこうなれば袋の中の鼠《ねずみ》も同然、あの奇怪な傴僂《せむし》の一寸法師《いっすんぼうし》も猫女《ねこおんな》も、逃出《にげだ》すみちはどこにもないのだ。

春木少年はほっと胸を撫《な》でおろしかけたが、いやいや、安心するのはまだ早いと気がついた。気になるのはあのヘリコプターだ。ひょっとするとあのヘリコプターは、一寸法師や猫女を、救いだしにきたのではあるまいか。

そうなのだ。やっぱりそうだったのだ。ヘリコプターはチャンウー号のうえまでくると、ピタリと虚《こ》空《くう》に停止して、しきりに地上を偵察している。

と、そのとき、万国堂のドアが破れた。バラバラと表と裏から、警部の一行が乱入する。おそらく少

年探偵団の同志たちも、いっしょになってとびこんだことだろう。

　だが、警部たちがとびこんだのとほとんど同時に、万国堂の天窓《てんまど》がガチャンとこわれた。そして、そこからモゾモゾ屋根へはいあがってきた人物をみたとき、春木少年は胆《きも》っ玉《たま》がでんぐりかえるほど驚いたのである。

　ああ、なんということだ。天窓の下から這《は》いだしてきたのは、横綱のような大男ではないか。裾《すそ》をひきずるような支那《シナ》服を着て、頭には花笠のような冠《かんむり》をかぶっている。その冠のふちには、三重のヴエールが垂《た》れていた。

「あっ、四馬剣尺！」

　春木少年は、心の中で思わずさけぶと、くらい窓のすみでふるえあがった。

　春木少年はいままで一度も、四馬頭目にあったことはない。しかし、異様なその風態《ふうてい》は、牛丸平太郎からなんども聞かされていた。鬼にもひとしい四馬頭目の残忍ぶりは、戸倉老人や牛丸平太郎から、耳にたこができるほど聞いていた。

　その四馬頭目が、警官たちに包囲された、万国堂の天窓から、忽然として現れたのだ。春木少年はびっくりすると同時にあっけにとられた。四馬剣尺はいままでどこにかくれていたのだろう。いやいや、それにもまして不思議なのは、猫女や一寸法師はどうしたのだろう。……

　春木少年が茫然《ぼうぜん》として、窓のなかに立ちすくんでいるとき、万国堂の屋根に立った四馬剣尺、かくし持った懐中電気をうえに向けると、虚空《こくう》に三度輪をえがいた。と、同時に、ヘリコプターからバラリとおりてきたのは一条の縄梯子《なわばしご》。四馬剣尺はヨタヨタとその縄梯子に手をかけた。

　ああ、このまま捨てておけば、四馬剣尺は逃げてしまう。……

　春木少年はたまらなくなって、窓から乗りだして大声で叫んだ。

「ああ、警部さん、こっちです、こっちです。悪者は屋根のうえから逃げていきます」

　ちょうどそのとき四馬剣尺は、屋根をはなれて、春木少年の鼻のさきまできていたが、その声をきくとズドンと一発！　春木少年はあっと叫んで床のうえに身を伏せた。

しかし、春木少年の叫ぶまでもなく、警部の一行もヘリコプターの爆音に気がついていた。それ、屋上が怪しいというのでバラバラと屋根のうえへあがってきたが、無念！　ひとあしちがいで四馬剣尺は、縄梯子にブラ下ったたまま、ゆうゆうとして虚空を逃げていく。

ズドン、ズドン！　警官たちの手から、いっせいにピストルが火をふいたが、もうこうなれば後《あと》の祭《まつり》だ。四馬剣尺のブラ下ったヘリコプターは、折からの半月の空を、しだいに遠く、小さく、すがたを消した。

ヘリコプターの爆音が、遠ざかるのを待って、床から這いあがった春木少年、非常梯子づたいに万国堂の屋根へおりていくと、

「ああ、君か、さっき電話をかけてきたのは……せっかく注意してもらいながら、残念にも悪者はとりにがしたよ」

と、秋吉警部が歯ぎしりしながらくやしがっている。

「えっ、それじゃ、一寸法師や猫女もにがしたのですか」

「一寸法師や猫女……そんな、妙なやつはどこにもいないぜ」

「そんなはずはありません。天窓から逃げだしたのは、横綱のような大男です。一寸法師や猫女は、たしかにまだ万国堂のなかにいるはずです」

春木少年の言葉に、警官たちや少年探偵団の同志が手分けして、万国堂の隅《すみ》から隅までさがしてみたが、一寸法師も猫女も、どこにもすがたが見られなかった。

ああ、いるべきはずの一寸法師や猫女がすがたを消して、いるはずのない四馬剣尺が、忽然として万国堂の天窓から現われたというのは、いったい、どういうわけであろうか。……

春木少年はそのことについて、深くかんがえこんでいたが、やがて思いだしたように、

「それはそうと、この家の主人、チャンウーさんはどうしたのですか」

と、警部にたずねた。

「ああ、チャンウーか。あの男は可哀《かわい》そうに、ひどい目にあわされているよ。まあ、こっちへきてみたまえ」

警部に案内されて、奥のひと間《ま》へ入ったとたん、春木少年は思わずあっと、ハンカチで顔をおさえた。部屋のなかの大火鉢《おおひばち》には、炭火がかっかっとおこっていて、あたりいちめん、肉のこげるような匂《にお》いが充満しているのだ。

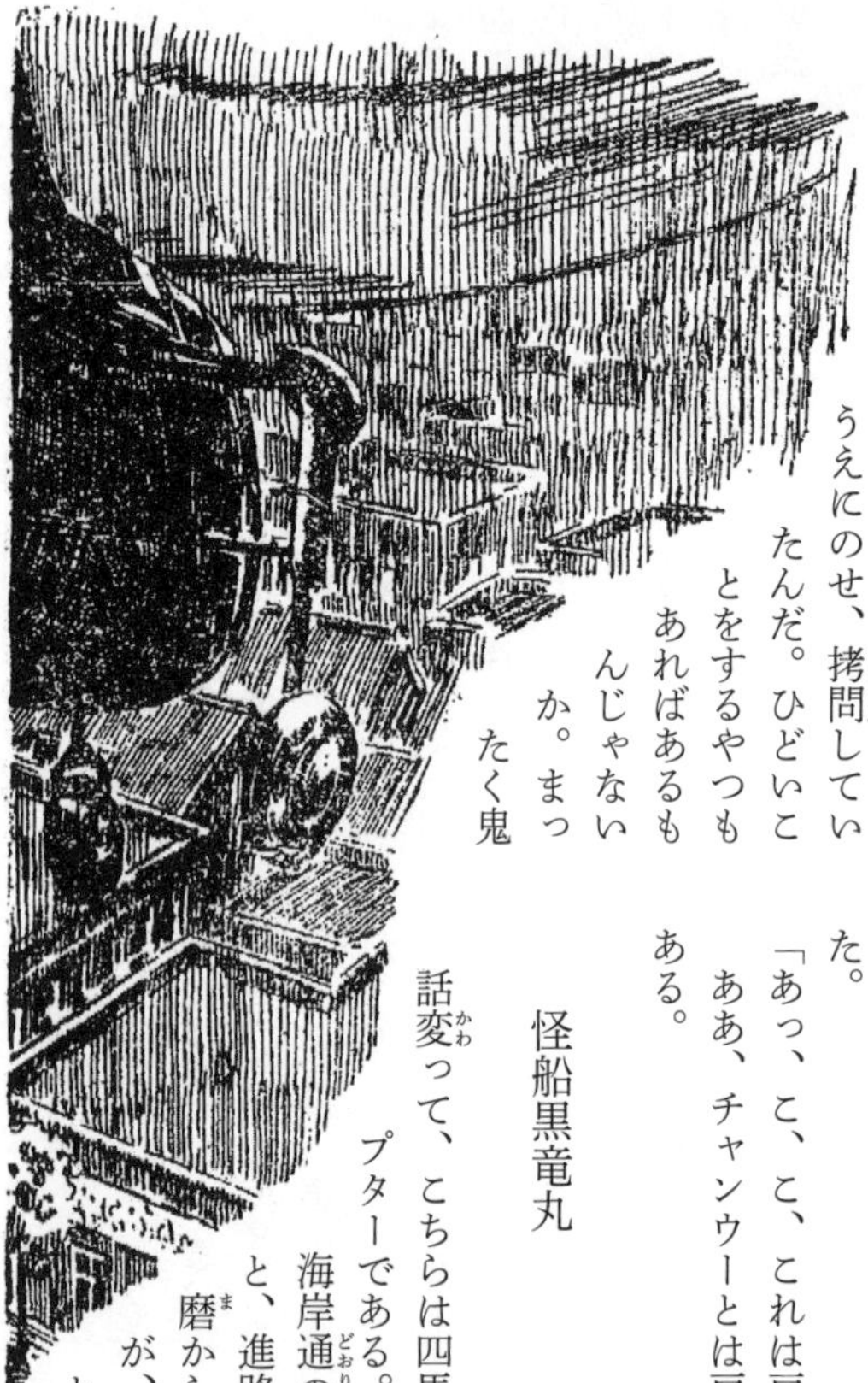

「見たまえ。チャンウーの足を……あの足を炭火のうえにのせ、拷問《ごうもん》していたんだ。ひどいことをするやつもあればあるもんじゃないか。まったく鬼だよ、悪魔だよ」

見れば椅子《いす》にしばりあげられたチャンウーの足は、いたいたしく火ぶくれがして血がにじんでいる。チャンウーはこの拷問にたえかねて、ぐったりと気をうしなっているのだったが、ひと眼《め》、その顔をみたとたん、春木少年は思わずあっと床からとびあがった。

「あっ、こ、こ、これは戸倉老人！」

ああ、チャンウーとは戸倉老人の変装だったのである。

怪船黒竜丸

話変《かわ》って、こちらは四馬頭目を救いだしたヘリコプターである。

海岸通《どおり》の万国堂のうえをはなれると、進路をしだいに西にとり、須《す》磨《ま》から明石《あかし》のほうへやってきたが、そこで急に進路をかえると、南方の海上へでていった。そして、淡路島の東海岸ぞいに、大阪湾の出口のほうへでていったが、やがて淡路の島影から、意味ありげに明滅《めいめつ》する灯火《あかり》をみると、しだいにその上空へすすんでいった。

ヘリコプターに向《む》って、発火信号をしているのは淡路の島かげに停泊《ていはく》した、三百トンくらいの小汽船、その名を黒竜丸《こくりゅうまる》という。

ヘリコプターは黒竜丸のうえまでくると、ピタリ

と進行をとめ、しだいに下降してくる。やがて縄梯《なわばし》子《ご》のさきが甲板《かんぱん》にふれると、四馬剣尺はよたよたと、縄梯子から甲板におり立った。それを見て、バラバラとそばへ寄ってきたのは木戸と仙場甲二郎。波立二はヘリコプターの操縦《そうじゅう》をしているのである。

四馬剣尺は甲板に仁王立《におうだ》ちになり、

「おまえたちは向《むこ》うへいけ。それから五分たったら、机博士をおれの部屋へつれてこい。よいか、わかったか。わかったら早くいけ」

「しかし、首領《かしら》、首尾《しゅび》はどうだったのです。本物の黄金メダルの半ペラは、手に入ったのですか」

「そんなことはどうでもいい。早くいけといえばいかんか」

首領はわれがねのような声で怒号《どごう》した。これは四馬剣尺の不機嫌《ふきげん》なときの特徴である。こんなときにうっかりさからうと、毒棒のお見舞いをうけるおそれがある。さわらぬ神に崇《たた》りなしとばかりに、木戸と仙場甲二郎は、こそこそと甲板から下へおりていったが、そのすがたが見えなくなってから、四馬剣尺はよたよたと歩きだした。

不思議なことに、四馬剣尺、いついかなる場合でも、自分の歩くところを乾分《こぶん》のものに見られるのを、ひどく嫌らくせがあった。唯《ただ》一度、机博士にレントゲンにかけられたとき、いっしょに博士の部屋までいったが、そのときとても毒棒で、机博士を脅《おど》かして、決してうしろを向かせなかった。そして、部下《い》にあうときは、いつもあの竜の彫物《ほりもの》のある大きな椅子《す》によっているのだ。

それはさておき、五分たって木戸と波立二が、机博士をひったてて頭目《とうもく》の部屋へ入っていくと、四馬剣尺はいつものように、大きな椅子にふんぞりかえっていた。

「どうだ、机博士」

四馬剣尺はわれがねのような声で、

「肩の傷はなおったか。貴様《きさま》があんなところへメダルをかくしておくものだから、つい荒療治《あらりょうじ》もせにゃならん。しかも貴様があんなに苦労して、手に入れたり、かくしたりしていた黄金メダルの半ペラが、贋物《にせもの》だったというのだから、こんないい面《つら》の皮はない。は、は、は、人を呪《のろ》わば穴二つとはこのことだな」

「ちがう、ちがう、そんなはずはない」

木戸と波立二に、左右から手をとられた机博士は、金切声《かなきりごえ》をふりしぼった。

「あれが贋物だなんて、そんな、そんな……あれは時代のついた古代金貨だ」

「そうよ、時代のついた古代金貨だ。しかし、やっぱり贋物なんだ。まあ聞け、机博士、そのわけをいま話してやろう」

四馬剣尺はゆらりと椅子から乗りだすと、

「貴様も知ってのとおり、あのメダルは、海賊王《かいぞくおう》デルマが、埋《うず》めた財宝のありかをしるして二つにわり、ひとつをオクタン、ひとつをヘザールというふたりの部下に譲ったのだ。このヘザールの子孫というのがこのおれ、即《すなわ》ち四馬剣尺様だ。それからオクタンの子孫というのが、あの戸倉八十丸じゃ。ヘザールの子孫もオクタンの子孫も、宝をさがして東洋の国々を遍歴《へんれき》しているうちに、代々東洋人と結婚したから、しだいに東洋人の血が濃くなっていったのじゃ。ところで、海賊王デルマにはもう一人、ツクーワという部下があったが、こいつは肚黒《はらぐろ》いやつで、デルマを裏切ったことがあるので、放逐《ほうちく》されて宝のわけまえにあずからなかった。それを怨《うら》んでツクーワは、ヘザールとオクタンの持っている半ペラを、しつこく狙《ねら》っていたが、ただ一度だけ、オクタンの半ペラを手に入れたことがある。そのときツクーワはその半ペラの贋物をこさえておいたのだが、その後間もなく、オクタンにつかまり、殺されて、半ペラは本物も贋物も、ふたつともオクタンの手に入ったのじゃ。貴様が手に入れて、虎《とら》の子《こ》のように後生《ごしょう》大事にしていたのは、即ち、その昔ツクーワのつくった贋物で、しかも、ツクーワとは誰《だれ》あろう、机博士、貴様の先祖だぞ。どうだ、これでわかったろう。先祖がつくった贋物に、子孫のものが欺《あざむ》かれる。世の中にこれほど滑稽《こっけい》なことがあろうか。わっはっはっ！」

われ鐘《がね》のような声で笑いとばされ、机博士はいっぺんにペシャンコになった。

四馬剣尺はしばらく、腹をかかえてわらっていたが、やがてやっと笑いやめると、

「いや、しかし、机博士、おれはやっぱり貴様に礼をいわねばならぬわい。おれは今夜、戸倉のやつがチャンウーという支那《シナ》人に化《ば》けていることを知って、忍びこんで、本物を吐きださせようと拷問《ごうもん》したが、

強情なやつでとうとう吐きださなかった。それで、ものはためしに贋物で間にあわそうと思っているのだ。これがヘザールからつたわった扇型《おうぎ》の半ペラ、これは本物だ。それからこっちが、机博士の肩の肉からでてきた、三日月《みかづき》型の半ペラ、こいつはいまいうとおり贋物だ」

と、四馬剣尺がデスクのうえにならべてみせた。

二つの黄金メダルの半ペラをみて、木戸と波立二が思わずあっと顔見合《みあわ》せた。

「頭目、そ、その扇型のやつはどうしたのです。それはいつか、猫女《ねこおんな》めに横奪《よこど》りされたはずじゃありませんか」

木戸の言葉に、四馬剣尺ははっとした様子だったが、すぐさりげなくせせら笑って、

「なに、猫女から取りもどしたのよ。たかが知れた猫女、取り戻すのに雑作《ぞうさ》はないわい。さて、この半ペラをふたつあわすと、われ目も文句もぴったりあう、だから、ここに彫ってあるこの文句は、贋物とはいえ、本物どおりに彫ったにちがいないと思うんだ。みろ、これが苦心の末、おれが飜訳《ほんやく》した文章なのだ」

四馬剣尺が、ふところより取りだした紙片《かみきれ》をみて、机博士は禿鷹《はげたか》のようにどんらんな眼《め》を光らせた。

そこには、こんなことが書いてある。

三日月型の分	扇型の分
わが秘密を	うけつがん
とする者はいさ	かいをやめ両
人して仲よく	ヘクザ館の塔にのぼ
り聖骨を守る	二匹の鰐魚《がくぎょ》を取除《とりのぞ》きそ
のあとに現われ	たるそれぞれの穴に金
メダル右破片	を右の穴に左破片を
左の穴に同時	に押入れ、それより
ただちに	ふたつのメダルを
強く押すべし	汝《なんじ》らわが命令に
正しく従うなら	ば金庫は自ら汝
らの前に開かれん	

戦闘準備

残虐《ざんぎゃく》な悪魔の頭目《とうもく》、四馬剣尺のために、両脚《りょうあし》に大火傷《やけど》をした戸倉八十丸老人は、あれからすぐに、病院へかつぎこまれたが、さいわい、その後、経過は良好で、一週間もすると、ステッキ片手に、病院の庭を散歩できるようになった。

その戸倉老人を、毎日のように見舞いにくるのは、少年探偵団の同志五人。探偵長株の春木少年をはじめとして、牛丸平太郎に田畑、横光、小玉の三少年である。

戸倉老人というひとは、海賊《かいぞく》の宝を追うて生涯をはげしい冒険にささげてきただけに、いまだ家庭のあたたかみというものを知らず、ましてや、子供の可愛《かわい》さなど、いままで一度も考えたことのないひとだが、今度、こうして思わぬ負傷をし、病院で退屈をもてあましている折柄《おりから》、毎日のように少年たちの見舞いをうけると、いまさら子供の可愛さ、無邪気《むじゃき》さというものをひしひしと感じ、平和な生活へのあこがれを、日一日と強くするのであった。

「ああ、おれももう年だ。一日も早く危険な冒険の世界から足をあらって、毎日こうして、子供たちと楽しく暮していきたいものだ」

戸倉老人の心には、そういう考えがしだいに深くなっていくのだが、少年たちはそれとは反対に、戸倉老人の口から過ぎこしかたの冒険談をきくことを、このうえもなくよろこんだ。

アフリカの猛獣狩り、熱帯での鰐《わに》退治、サワラ沙漠《さばく》の砂嵐、さてはまた、嵐に遭遇《そうぐう》して、無人島へ吹きよせられた難破船《なんぱせん》の話など、戸倉老人の口から綿々《めんめん》として語りつがれるとき、少年たちはどんなに血を湧《わ》かせ、肉を躍《おど》らせたことだろう。少年たちは、いつの日にか、自分たちも、そういう冒険談の主人公になってみたいと夢想するのだった。

ああ、老人が平和を愛し、少年たちが冒険に憬《あこが》れる、そこにこそ、人生の本当のすがたがあり、世界の進歩も、それなくしては得られないのだ。

それはさておき、今日も今日とて、見舞いにきてくれた五少年をあつめて、戸倉老人が楽しそうに、昔の思い出を語っているところへ、やってきたのが秋吉警部。

「やあ、相変《あいかわ》らず、みんなきてるな」

「ああ、警部さん、今日《こんにち》は」

「警部さん、今日は」

少年探偵団の同志五人が、帽子をとって、警部ににこにこ挨拶《あいさつ》をするのを、戸倉老人は眼《め》を細めて眺《なが》めながら、

「警部さん、聞いて下さい。この子たちが毎日きてくれるので、わしはどんなに楽しみだか知れません。ちかごろではもう、すっかり子供にかえった気持ちで、いつまでも、こうして、平和に暮したいと思うくらいです」

「はははは、あなたも変《かわ》りましたな。しかし戸倉さん、あなたが、そういうふうに平和を愛されるようになったのは結構だが、そのまえに、ぜひとも解決しておかねばならぬ問題がありましょう」

「むろんです。あの四馬剣尺のことでしょう。わしはもちろん、最後まであいつと闘う決心じゃが、警部さん、その後、あいつらの動勢について、何か情報が入りましたか」

「はあ、若干《じゃっかん》の情報は入っています。しかし、戸倉さん、それよりまえにお聞きしたいのだが、あなたと四馬剣尺とは、いったい、どういう関係なのですか」

それをきくと戸倉老人は、しばらく眼をつむって考えていたが、やがてかっとそれを開《ひら》くと、

「いや、お話ししましょう。もう、こうなっては、何もかも洗いざらい打明《うちあ》けて、あなたがたの御援助をこうよりほかにみちはない。まあ、聞いて下さい。こういうわけです」

と、そこで戸倉老人が打明けたのは、いつか山姫山の山小屋で、春木、牛丸の二少年に語ってきかせた話だが、戸倉老人はさらに言葉をついで、

「つまり、海賊王デルマから、黄金メダルの半ペラを譲られた、オクタン、ヘザールの二人の子孫というのが、この戸倉と、四馬剣尺のふたりだが、この四馬剣尺というのは、まことに疑問の人物で、わしの聞いているところでは、ヘザールの子孫というのは、幼いときに小児麻痺《まひ》にかかって、それきり身体《からだ》が発育せず、いままでは傴僂《せむし》の一寸法師《いっすんぼうし》になっているということを耳にした。それでも、年頃《としごろ》になると結婚して、娘がひとりできたということだが、まさか、その娘が、あの横綱のような大女であるはずが

ない。だから、わしにはどうも、あの四馬剣尺という覆面《ふくめん》の頭目が何者だか、さっぱり見当《けんとう》がつかんのじゃ」

戸倉老人の話をきいて、春木少年はキラリと眼をひからせたが、かれが口をひらくまえに、秋吉警部がからだを乗りだして、

「なるほど、なるほど、それでだいたい事情はわかりましたが、いつか殺されたチャンフーというのは……」

「ああ、あれですか」老人はちょっと暗い顔をして、「あれは、まったく可哀《かわい》そうなことをしました。なにあれは、わしの双生児《ふたご》でもなんでもない。海外を放浪中、わしに生きうつしなところから、何かの役に立つだろうと思って、ひろってきた男じゃ。四馬剣尺の眼をくらますために、わしはチャンフーと名乗って、あの万国骨董堂《こっとうどう》をひらいたが、わしはしじゅう、出歩かねばならぬからだじゃ。そこで、近所のものに怪しまれてはならぬと思って、わしの留守《るす》中は、いつもあの男に影武者《かげむしゃ》をつとめさせていたのじゃ。それがあのようなことになって……」

戸倉老人は眼をしばたたいたが、なるほど、これで、はじめてわかった。いつか山姫山の山小屋で、戸倉老人が断乎《だんこ》として、チャンフーが殺されたなんて、そんなことはありえないのじゃ、といい放《はな》った言葉の意味が、これではじめて、納得できるのである。

まことのチャンフーとは、戸倉老人自身であった

のだ。

「なるほど、それでだいたいの事情はわかりました。それでは、私のほうに入った情報をお話ししましょう」

秋吉警部は手帳をひらいて、

「御老人からいつか、淡路島一帯を捜索してみてくれというお話があったので、あちらの警察とも連絡をとって、虱《しらみ》つぶしに島内から、その沿岸をしらべたのですが、すると果然《かぜん》、耳よりな情報が入ったのです。まず、そのひとつは、淡路島の周囲《まわり》を、おりおり、怪しげな汽船が周遊しているということ、それについで、ときどき、深夜淡路島の上空に、竹トンボのような音がきこえるということ。更《さら》に、その竹トンボの音が常に旋回《せんかい》する中心をさぐってみると、そこはヘクザ館《かん》という、古い西洋建築があることがわかったのです」

「それだ！」

突然、戸倉老人が手を叩《たた》いて叫んだ。

「それです、それです、警部さん、問題はそのヘクザ館にあるにちがいありません。海賊王デルマが、淡路島に根拠地をおいていたということは、古い文献にも残っています。その当時、デルマは善良な宣教師をよそおい、島の中央に、カトリックの教会を建てたといわれています。ヘクザ館というのが、きっと、それにちがいありません。そこに、海賊王デルマの宝がかくされているのです」

戸倉老人の声は、しだいに昂奮《こうふん》にうわずってくる。その昂奮が伝染したのか、少年探偵団の同志たちも手に汗握って、戸倉老人と秋吉警部の顔を見くらべている。

秋吉警部もにっこり笑って、

「そうです。われわれもだいたい、そういう見込《みこみ》で、ヘクザ館には厳重な監視をおいています。ところで戸倉さん、あなたの戦闘準備はどうですか。脚のぐあいがよかったら、いっしょにでかけたら、どうかと思うのですがね」

「むろん、いきます。なに、これしきの火傷ぐらい」

「警部さん！」

そのとき、横から緊張した声をかけたのは、少年探偵団の探偵長、春木少年だった。

「ぼくたちもつれていって下さい。ぼくたちも四馬剣尺の正体を知りたいのです」

それを聞くと秋吉警部も微笑して、

「むろん、つれていくとも、君たちこそは今度の事件では、最大の功労者なんだからね」

ああ、こうして、戦闘準備はなった。兇悪《きょうあく》四馬剣尺を向《む》うにまわして、少年探偵団の働きやいかに。淡路島の上空に、いまやただならぬ風雲がまきおこされようとしている。

ヘクザ館

淡路島の中央部、人里《ひとざと》はなれた山岳地帯のおくに、ヘクザ館という建物がある。

その昔、国内麻《あさ》の葉のごとく乱れた戦国の世に、スペインよりわたってきた、一宣教師によって建てられたという伝説以外、誰《だれ》もこの、ヘクザ館の由来を知っているものはない。

爾来《じらい》、幾星霜《いくせいそう》、風雨にうたれたヘクザ館は、古色《こしょく》蒼然《そうぜん》として、荒れ果ててはいるが、幸いにして火にも焼かれず、水にもおかされず、いまもって淡路島の中央山岳地帯に、屹然《きつぜん》としてそびえている。


いつのころか、ここはカトリックの修道院になって、道徳堅固《けんご》な外国の僧侶《そうりょ》たちが、女人《にょにん》禁制の、清い、きびしい生活を送り、朝夕、聖母マリヤに対する礼拝を怠《おこた》らない。

それは秋もようやくたけた十一月のおわりのこと、二人の教師に引率《いんそつ》された中学生五名が、このヘクザ館を見学にきた。

教師のうちの年老いたほうが、院長に面会して、館内を参観させてもらえないかと申込《もうしこ》むと、スペイン人系の老院長はすぐ快《こころよ》く承諾《しょうだく》して、若い修道僧を呼んでくれた。

「ロザリオ、このひとたちが、ヘクザ館の内部を参観したいとおっしゃる。おまえ、御苦労でも、案内してあげなさい」

「は、承知しました」

長年日本に住みなれているだけあって、ヘクザ館に住む僧侶たちは、みんな日本語が上手であった。

「では、皆さん、私についておいで下さい」

「いや、どうも有難《ありがと》うございます」

むろん、この中学生の一行というのは、戸倉老人に秋吉警部、それから少年探偵団の同志五人である。

みんなてんでに、スケッチブックやカメラなどをたずさえているが、かれらの真の目的が、写生や撮影にあるのではなく、館内の様子偵察にあることはいうまでもない。

古びて、ぼろぼろに朽《く》ち果てた館内をひととおり見終《みおわ》ると、やがて若い僧侶ロザリオは、一行をヘクザの塔に案内した。この塔こそはヘクザ館の名物で、山岳地帯にそびえる古塔は、森林のなかに屹立《きつりつ》して、十里《り》四方から望見《ぼうけん》されるという。

「おお、なるほど、これはよい見晴《みはら》しですな」

塔のてっぺんにのぼったとき、老教授に扮《ふん》した戸倉老人は、眼下を見下ろし、思わず感嘆《かんたん》の呟《つぶや》きをもらした。

いかにもそれは、世にも見事な眺《なが》めであった。東を見れば、大阪湾をへだてて紀伊《きい》半島が、西を見れば海峡をへだてて四国の山々、更《さら》に瀬戸内海《せとないかい》にうかぶ島々が、手にとるように見渡せるのである。

「はい、ここはヘクザ館の内部でも、一番聖なる場所としてあります。されば、初代院長様の聖骨《せいこつ》も、この塔のなかにおさめてあるのでございます。あれ、ごらんなさいませ。あの壇《だん》のうえにおさめてあるのが、その聖骨の壺《つぼ》でございます」

と、見れば円型をなした室内の正面には、大きな十字架をかけた龕《きゅう》があり、その龕のまえには、聖壇がつくってあり、その聖壇のうえに黄金の壺がおいてある。そして、その黄金の壺の左右には、これまた黄金でつくった二匹の鰐魚《がくぎょ》が、あたかも聖骨を守るがごとく、うずくまっているのである。

戸倉老人はそれをみると、ふと、黄金メダルの半ペラに書かれた文字を思いだした。

わが秘密を……とする者はいさ……人して仲よく……り聖骨を守る……のあとに現われ……（以下略）

もう一方の半ペラがないから、完全な意味はわからないが、聖骨を守る……という言葉があるからには、黄金メダルに書かれた文句は、この塔内の、この一室を指しているのではあるまいか。

そうなのだ！

それにちがいないのだ。しかし、そうはわかっても、黄金メダルの他の半ペラのない悲しさは、それ以上の謎《なぞ》は解きようもない。それはさておき、館内の見物に手間どっているうちに、すっかり日が暮れて、雨さえポツポツ降ってきた。まえにもいったとおり、ヘクザ館は人里離れた山岳地帯にあるのだから、こうなっては、辞去《じきょ》することもできないのである。一行が途方《とほう》にくれた面持《おもも》ちをしていると、親切な老院長が、一晩泊《とま》っておいでなさいとすすめてくれた。そして、粗末《そまつ》ながらも、夜食をふるまってくれたのである。

実をいうと、これこそ、一行の思う壺であった。わざと参観に手間どったのも、ここで一夜を明《あか》したいばかりであった。

さて、一行七人、館内の二階にある、ひろい寝室へ案内されると、すぐに額《ひたい》をあつめて協議をはじめた。

「問題はあの塔にあると思うのじゃがな。みんなも見たろうが、初代院長の聖骨をおさめてある壇、あの周囲がくさいと思うがどうじゃ」

「小父《おじ》さん、そうすると、四馬剣尺もあの塔を狙《ねら》っているというのですか」

「ふむ、たしかにそうだと思う。それでどうじゃろう。今夜四馬剣尺がやってくるかどうかは疑問だが、ひとつ、あの塔を、われわれの手で調べてみようじゃないか」

それに対して、誰《だれ》も反対をとなえるものはなかった。

そこで修道僧たちが寝しずまるのを待って、一行七人、こっそり寝室を抜けだすと、やってきたのは古塔の一室。

時刻はすでに十二時を過ぎて、宵《よい》から降りだした雨は、ようやく本降りとなり、昼間はあれほど眺望《ちょうぼう》の美を誇った塔のてっぺんも、いまや黒暗々《こくあんあん》たる闇《やみ》につつまれている。

一行はその闇のなかを、懐中電気の光をたよりに、あの聖壇のまえまできたが、そのときである。少年探偵団のひとりの横光君があっと小さい叫《さけび》をあげた。

「ど、どうしたの、横光君……」

「あの音……ほら、ブーンブーンという竹トンボのような音……」

それを聞くと一同は、ギョッとしたように闇のなかで息をのんだが、ああ、なるほど、聞《きこ》える、聞える、降りしきる雨の音にまじって、ブーンブーンとヘリコプターの唸《うな》り声。しかも、その音が、またたくまにヘクザ館の上空へちかづいてきたかと思うと、やがて、さっと上から探照灯の光が降ってきた。

「あっ、しまった。ヘクザ館のありかを探しているのだ」

戸倉老人が叫んだとき、ダダダダダと物凄《ものすご》い音を立てて、機関銃がうなりだした。ヘリコプターのうえからヘクザ館の周囲にむかって、機関銃の雨を降らせているのである。

「危い。みんな、物蔭《ものかげ》にかくれろ」

一行七人、蜘蛛《くも》の巣を散らすがごとく、四方の壁にちると、カーテンのうしろに身をかくした。

ダダダダダダダダダ！

機関銃のうなりはひとしきりつづいて、ヘクザ館の周囲の森に、弾丸が雨霰《あめあられ》と降ってくる。

大団円

やがて、機銃のうなりがピッタリやむと、ヘリコプターはヘクザ館の上空に停止したらしく、ブーンブーンというらなり声が、同じ方向から落ちてくる。

ああ、わかった。わかった、四馬剣尺は今夜、空からヘクザ館を襲撃しようとするのだ。そして、そのために、誰《だれ》もヘクザ館の塔へ近寄らせぬよう、空から威嚇《いかく》射撃をやったのだ。修道僧たちは、おそらく、蒼《あお》くなって、自分の部屋でちぢこまっていることだろう。ああ、なんという、傍若無人《ぼうじゃくぶじん》の悪虐《あくぎゃく》振り！

少年探偵団の同志五人、それに戸倉老人と秋吉警部が、いきをこらしてカーテンのかげにかくれていると、知るや知らずや、やがて忽然《こつぜん》として、塔のなかへ入ってきたのは、木戸に仙場甲二郎それにつづいて机博士、最後が覆面《ふくめん》の四馬剣尺。ヘリコプターが照らす探照灯の光のために塔のなかは、昼よりもまだ明るいのである。一同はいま、ヘリコプターから縄梯子《なわばしご》づたいにおりてきたのであろう。脚《あし》が少しフラついていた。

「やい、机博士」

四馬剣尺はヨチヨチとした足どりで、聖壇《せいだん》のまえまで近寄ると、われがねのような声で怒鳴《どな》った。

「さあ、いよいよ宝の山へやってきたぞ。いまわしが手を下《くだ》せば、宝はたちどころにわしの手に入るのだ。どうだ、うらやましいか。貴様《きさま》もおとなしくしていれば、少しはわけまえにあずかれるのに、わしを裏切ったばっかりに、宝の山へ入っても、手を空《むな》しゅうしてかえるよりほかはないのじゃ。わっはっは、わっはっは！」

四馬剣尺が腹をかかえて笑っているとき、ギリギリと奥歯を嚙《か》み鳴らした机博士、物凄い形相《ぎょうそう》をしたかと思うと、いきなり四馬剣尺の体を背後からつきとばした。

と、これはどうだ。

あのいわおのような体をした覆面の頭目《とうもく》の体がふがいなくもフラフラよろめいたかと思うと、やがて、腰のへんからふたつに折れて、ドシンと床にひっくりかえった。

「おのれ！」

四馬剣尺は覆面のなかで叫んだが、どういうものか、モガモガ床で、もがくばかりで、なかなか起きあがることができないのだ。木戸と仙場甲二郎が呆《あっ》気《け》にとられてみていると、やがて、四馬剣尺のダブダブの服のなかから、ピョコンととびだしてきたものは、ああなんと、傴僂《せむし》の一寸法師《いっすんぼうし》と立花カツミ先生ではないか。

カーテンの蔭にかくれていた七人も驚いたが、それにも増してびっくりしたのは木戸と仙場甲二郎。まるで蛙《かえる》でも踏んづけたように、ギャッと叫んでとびあがった。

このなかにあって、唯《ただ》ひとり、腹をかかえて笑いころげているのは、悪魔のような机博士だ。

「わっはっは、わっはっは、東西東西《とざいとうざい》、覆面の頭目、四馬剣尺の正体とは、男のような女に肩車してもらった一寸法師とござアい。わっはっ、わはっはっはっは！　やい、その女、貴様は一寸法師の娘だろう。そして、猫女《ねこおんな》とは貴様のことだな。貴様は親爺《おやじ》と同じ服のなかに入って、われわれをさんざんおもちゃにしやアがった。やい、木戸、仙場甲二郎、相手がこんな片輪《かたわ》の一寸法師と、たかが女とわかっちゃ何も恐れることはないんだ。こんなやつのいうことを聞くより、この机先生の乾分《こぶん》になれ。そいつらふたりをやっつけてしまえ」

だが、このとき、机博士は、四馬剣尺の恐ろしい武器のことを忘れていたのだ。

机博士は、最後の言葉もおわらぬうちに、

「あっちちちち」

と、叫んで右の眼《め》をおさえた。見ると、太い針《はり》がぐさりと右の眼につきささっている。

「あっちちちち」

机博士はふたたび叫んで、今度は左の眼をおさえた。同じような太い銀の針が左の眼にもつっ立っている。

「あっちちちち、あっちちちち、わっ、た、助けて……」

一寸法師のかまえた毒棒からは、まるで一本の糸のようにつぎからつぎへと毒針がとびだしてくる。机博士はみるみるうちに、全身針鼠《はりねずみ》のようになって、床のうえに倒れ、しばらく七転八倒《しちてんばっとう》していたが、やがて、ピッタリ動かなくなった。

これが悪魔のような机博士の最期《さいご》だったのだ。

一寸法師はヒヒヒヒと咽喉《のど》の奥でわらうと、

「どうだ、木戸、仙場甲二郎、おれの腕前はわかったか。おれを裏切ろうとするものはすべてこのとおりだ。どうだわかったか」

「シュ、シュ、首領《しゅりょう》……」

木戸と仙場甲二郎は、あまりの恐ろしさにガタガタふるえながら、

「あっしは何も首領を裏切ろうなどと……」

「そうか、おれが傴僂の一寸法師とわかってもか。ふふふ、なるほど、おれは傴僂の一寸法師だが、ここにいる娘は恐ろしいやつよ。こいつはな、暗闇《くらやみ》でも眼が見えるのだ、そして、男より力が強く、人を殺すことなど、屁《へ》とも思っていないのだ」

「お父さん、何をぐずぐずいってるのよ。それより早く、鰐魚《がくぎょ》をのけて、二つの穴に黄金メダルを入れなさいよ」

ああ、恐るべきは立花カツミ。彼女は机博士が針鼠のようになって死ぬのを見ても、平然として眉《まゆ》ひとつ動かさなかったのだ。

「よし、よし、おい、木戸、仙場甲二郎、その壇のうえにある鰐魚を二つとものけてみろ。ああ、のけたか、のけたらそこに、穴が二つあるはずだがどうだ」

「はい、首領《かしら》、ございます、ございます」

「ふむ、あるか、それではな、このメダルをひとつずつ入れてみろ。右の穴には右の半ペラ、左の穴には左の半ペラ……入れたか、よし、それじゃアな。おれが号令をかけるから、それといっしょにぐっと押してみるんだぞ、一イ……二イ……三！」

そのとたん、轟然《ごうぜん》たる音響が、ヘクザ館の塔をつらぬいて、暗い夜空につっ走った。カーテンのかげにかくれていた一行七人は、一瞬、足下が水にうかぶ木の葉のようにゆれるのをかんじたが、つぎの瞬間、こわごわカーテンのかげから顔をだしてみると、こはそもいかに、木戸も仙場甲二郎も、傴僂の一寸法師も猫女も立花カツミ先生も、さてはまた、針鼠のようになって死んだ机博士も、みんなみんな影も形もなくなっているではないか。春木少年はちょっとの間、狐《きつね》につままれたような顔をしていたが、やがてこわごわカーテンから外へでると、

「ああ、みんなきて下さい。あれあれ、あんなところに傴僂の一寸法師が……」

その声に、一同がバラバラとカーテンの影からとびだしてみると、聖壇のまえ方六メートルばかり、ぽっかりと床に大きな穴があいていて、そのなかを覗《のぞ》いてみると、数十メートルのはるか下に、黒ずんだ水がはげしく渦《うず》をまいていた。そして、その渦にまきこまれ、傴僂の一寸法師も、立花カツミ先生も、机博士も、木戸、仙場甲二郎も、みるみるうちに水底ふかく沈んでいったのである。

「おとし穴ですね」

「ふむ、おとし穴だ」

秋吉警部は顔の汗をぬぐいながら、

「しかし、どうしてあんなことになったのでしょう。黄金メダルに書いてあることは、それではひとをおとし入れるための、嘘《うそ》だったのでしょうか」

戸倉老人はそれには答えず、聖壇の左の穴にはめこまれた黄金メダルの半ペラを取りだして、裏面に彫られた文字を読んでいたが、やがてにっこり笑うと、

「わかりました、かれらはこの贋物《にせもの》の半ペラにかかれた文句にだまされたのです。わしの持っている本物にはね、二つの半ペラを穴のなかに入れると、それより（壁際に身を避け）ふたつのメダルを、（長き竿《さお》にて押すべし）と、なっているのです。ところがこの贋物では、それよりただちにふたつのメダルを（強く押すべし）となっています。そのために、海賊王《かいぞくおう》デルマが万一の場合の用意につくっておいた、罠《わな》のなかにおちたのです」

ああ、それというのも自業自得《じごうじとく》だったろう。それはさておき、一同がおとし穴に気をとられて

いるとき、キョロキョロとあたりを見廻《みまわ》していた牛丸平太郎が、突然、

「あっ」

と、素《す》っ頓狂《とんきょう》な声をあげた。

「あれを見い、みんな、あれを見い、えらい宝や、宝の山が吹きこぼれてるがな」

その声に、弾《はじ》かれたようにふりかえった一同の眼にうつったのは、十字架のかかった翕《きゅう》が真二《まっぷた》つにわれて、そこからザクザクと聖壇のうえに吹きこぼれてくる、古代金貨に宝玉《ほうぎょく》の類……ヘクザ館の塔なる聖壇のうえには、みるみるうちに七色の宝の山がきずかれていったのである。……


四馬剣尺を頭目とする、悪人一味はすべて滅んだ。唯《ただ》一人、ヘリコプターに乗った波立二のみは、その後、杳《よう》として消息がわからなかったが、首領を失ったかれに何ができよう。その後、紀伊半島の沖合《おきあい》に、ヘリコプターの破片らしいものがうかんでいるのを見たものがあるというが、あるいはそれが、波立二の最後を物語っているのではあるまいか。

ヘクザ館から発見された宝石や古代金貨の噂《うわさ》は、たちまち全世界に喧伝《けんでん》された。それはいまの金に換《かん》算《さん》すると、零《れい》という字を、いくつつけてよいかわからぬほど、莫大《ばくだい》なものになろうという。

それらの財宝は、すべて、日本の教育復興のために使用されることになり、戸倉老人や少年探偵団、さてはまた、秋吉警部たちは、それから一銭《いっせん》の利益も得ることはなかった。

それにもかかわらず、いや、それだからこそ、戸倉老人も、少年探偵団の同志たちも幸福だった。

戸倉老人はその後、海岸通《どおり》の店を売りはらって、思いでの淡路島を眼のまえに見る、明石の丘に一軒の家を建てた。そして、いまでは草花を作りながら、静かに余生を送っている。その戸倉老人の何よりの楽しみは、土曜から日曜へかけて、泊《とま》りがけで遊びにくる、少年探偵団の同志たちに、御馳走《ごちそう》をすることであるという。

巻末資料

座談会　横溝正史の思い出を語る
横溝孝子・横溝亮一・山村正夫

横溝問答　日下三蔵

座談会　横溝正史《よこみぞせいし》の思い出を語る

横溝孝子《たかこ》・横溝亮一《りょういち》
（司会）山村正夫《やまむらまさお》

上諏訪時代の思い出

山村　亡くなられた横溝正史先生については、これまでにずいぶんいろいろな面で語られていますが、今日は御家庭における先生の思い出ということで、未亡人と御長男の亮一さんに、打ち明け話をして頂《いただ》きたいと思うんです。亮一さんの場合は、少年時代の頃《ころ》の思い出みたいなものから、話していただけるといいんですが……。

亮一　子供の時分の思い出はいろいろありますねえ。

夫人　息子《むすこ》は知らないけど、長女の宜子《よしこ》が生まれたときは見向きもしなかったくせに、これが生まれたら男の子だもんだから、さあ喜んで、田舎《いなか》へ電報を打って知らせようか、どうしようかと言って、階段を上がったり下りたり。大騒ぎをしたのを憶《おぼ》えていますよ。（笑い）

亮一　子供の時分の、おやじのいちばん最初の思い出というのは、やっぱりおやじが胸を悪くして転地した上諏訪《かみすわ》時代のことですね。

山村　亮一さんの生まれは上諏訪ですか。

亮一　いや、僕が生まれたのは文京《ぶんきょう》区です。小日向《こひなた》台町《だいまち》ですね。森下雨村《もりしたうそん》先生のお宅の近くだったと思います。

夫人　鳩山秀夫《はとやまひでお》さんの家の近くよ。

亮一　そこで生まれてから、すぐに吉祥寺《きちじょうじ》へ移り、吉祥寺で一回転居をして、それでぼくが三つのときだったから、昭和九年ぐらいかな、上諏訪に転居したのは。あれは当時文人医者として有名だった正木《まさき》不如丘《ふじょきゅう》先生のご命令だったんでしょう？　転地したほうがいいって……。

夫人　いいえ、いちばん初めは江戸川乱歩《えどがわらんぽ》さんが、転地したほうがいいっておっしゃって富士見《ふじみ》の療養所へはいり、その後なお転地をすすめられ正木先生のご本宅のある上諏訪へ移ったのです。

亮一　僕はその富士見の療養所なんてのは知らない

わけでして。
夫人　とにかく三つでしたからね。まだオッパイ飲んでいたんですから。
亮一　だったら、上諏訪へ移ったのは四歳のときかな……。
夫人　四つのときね。
亮一　それで、最初にある借家に入りましてね。その頃おやじは二階で寝ていたんです。そこへはあんまり行っちゃいけないって言われていたのに、僕がトコトコ行っては、おやじの布団《ふとん》の横っちょにもぐり込んでいたんですよ。おやじの本棚《ほんだな》から自動車の絵の付いている本を見つけ出しては、うつ伏《ぶ》せになって読んだんです。自動車が好きでね。まあ男の子ですからそういう機械めいたものに興味があったんでしょう。そんな僕をみて、おやじが亮一は自動車ばっかりだねえって言ったんですよ。それで自動車のことを、ぼくは「ばっかり」というんだと思って、「ばっかり」「ばっかり」と言ってたというんですけどね。(笑い) 僕自身は記憶していないんですけど……。
夫人　吉祥寺の座敷で、まだベッドに寝ていた頃もそうね。新聞を見て自動車の広告が出ていると、横溝が「アッ亮一、『ばっかり』があるよ」って。(笑い)
亮一　新聞じゃないさ。おやじは、舶来《はくらい》の雑誌なんか持ってたでしょう。それに最新式の流線型をした自動車なんかが出ているのを、僕が見たらしいんですよ。それとね。おやじと会話を交わしたいちばん最初の記憶っていうのは、その上諏訪の借家を、どういうわけか追い出されたときのことですね。
夫人　そうそう。青木《あおき》というお医者さんの借家を借りていたんですよ。私どものいた借家の隣りに川島《かわしま》芳子《よしこ》、あの人がいましたね。
山村　へえ、東洋のマタハリといわれて、スパイ容疑で中国で処刑された……あの川島芳子ですか？　それがあの当時に……。
夫人　ええ。そういうような人がいらして、ともかく産婦人科か何かのお医者さんの借家だった。で、お風呂《ふろ》が共同だったでしょう。だから、奥さんが嫌ったわけなのね。
亮一　まぁ肺病病《や》みですからねえ。
夫人　それで一生懸命《いっしょうけんめい》になって別な借家を探したん

です。少し湖水に近い小柳町《こやなぎちょう》に、二階が八畳《じょう》一間《ま》と、下が四畳半と六畳二間の家を見つけたんですよ。その引越しのときにね。わたしは家の後片付けをして、荷物の運搬なんかを頼んだりしなきゃならないでしょう。それで主人が亮一の手を引いて、新しい家のほうへぶらぶら歩いて行く。夕方になって雨が降りそうな感じ。「亮一やぁ、今晩寝る家がないんだぞ」なんていってね。すると息子がシクシク泣くんですよ。(笑)

亮一　今から考えると、あれはおやじが三十になるかならんかのときだったな。おやじに今夜寝るところがないかもしれないなんて言われて、ショボクレてついていったわけだけれども、移って行った先の借家っていうのがね、二軒あるんですよ、二軒。つまり、同じような造りの家を二軒借りたんですね。というのは肺病病みだと、隣の家の借り手がないからっていうわけでしょうねえ。

山村　はあ、そこまで考えられたんですか。

夫人　そうそう。そこは三軒とも温泉が入ってたのですよ。お風呂が温泉だったんです。

亮一　それで仕様がなくて、人の入り手のない借家をもう一軒借りたんでしょう。そちらをおやじの仕事場にしてたのかなあ。

夫人　そのとき正木先生に御相談にいったわけよ。そうしたら正木先生が、何だ、けしからんことを言うって、カンカンにお怒りになってね。それなら横溝君、仕事をすればそれぐらいの家賃は払えるだろうから、二軒借りちゃえと、そうおっしゃったんですよ。家賃が月に十五円だったかしら、一軒が。それで二軒借りて三十円……。

その時分、わたしがとうとうくたびれて、乾性肋膜炎《かんせいろくまくえん》になってしまったんですよ。そうしましたら主人がね、それまでは、何もせずに朝から検温器を離さず、時計ばっかり見てゴロゴロしていた人だったのが、びっくりして、さっと起きちゃいましてね。じゃがいもの皮をむいたり、お米を研《と》いだりして。なんとか子供に食べさせなくちゃならんと言って……。

山村　先生がそんなことまでなさったんですか。

夫人　ええ。主治医の神沢太郎《かんざわたろう》先生に診《み》てもらったんですけども。先生がすぐに家政婦を頼んで下さったんで、それがきっかけですね、おれは隣の家に行くよということになったのは。あれほど絶対安静だと言って起きてこなかった人が、机に向かってジャンジャン、書き出したんですよ。「薔薇《ばら》と鬱金香《うっこんこう》」や何かを……。

亮一　「鬼火《おにび》」の頃ですね。

夫人　そうそう。「鬼火」を最初に書いたのかしら。

亮一　「鬼火」「真珠郎《しんじゅろう》」「薔薇と鬱金香」といった一連の作品。それから「蔵《くら》の中」もそうだ。そういうのが戦前の、昭和十年から十二、三年頃までの上諏訪時代の主要作品ですね。

「鬼火」執筆の頃

山村　「鬼火」の頃の執筆裏話みたいなことで、何か特別な思い出はありますか？

夫人　あれは二度目の家へ移ってから、一日に一枚ずつ原稿を書いて完成させたものなんです。あの時分、「新青年」の編集長は水谷準《みずたにじゅん》さんだった。ところが、あれが発禁になっちゃって。

山村　そうでしたね。

夫人　ずいぶん削《けず》られたんですよね。ところが、雑誌が全国に売れたあとでしょう。それで水谷さんに迷惑を掛けた上、「博文館」にも迷惑をかけたと言って、それを横溝が気に病んで気に病んで。二人で死のうかなんて、本気で言ったことがあるんですよ。

山村　そんなに気にされたんですか。

夫人　ええ、そりゃあもう。それでこりゃ大変だと思って、ひも類や、消毒薬なんかを、わたしが全部隠しました。だって夜も昼も寝ないで悩んでいるんですもの。

ある夜なんかね、夜中に出ていってしまったんですよね。さあそれが、線路の方へ行ったか、湖水の方へ行ったかわからない。とにかく、万一のことがあったら困るから、夜中にさんざん迷ったあげく、取りあえず湖水の方へ行ってみようと思って……。わたしが出かけようとしたら、二人の子供がママーと言って泣くでしょう。そんなの振り切っちゃって、出ていったんですよ。湖水へ行くまでの半分くらいのところで、横溝は戻ってきましたけどね。たぶん思い悩んで夜も寝れないから、一時は死ぬ気になったんだろうと思うんですよ。

山村　その頃、「新青年」からは、誰《だれ》かが原稿を取りに来ていたんですか?

夫人　さあ。取りに来られるということはなかったですね。送ったんでしょう、たぶん……。

亮一　みんな郵送してましたよ。原稿取りの方は来られなかったけど、上諏訪時代にお見えになってくだすった方は、江戸川乱歩先生でしょう。それから本位田準一《ほんいでんじゅんいち》さん……。

夫人　江戸川さんは小柳町の家へは来なかったんじゃないの。

亮一　来られましたよ。大手町の家だったかな。

夫人　そうよ。小柳町の家にいらしてくだすったのは、藤田積潔《ふじたせっけつ》という人と、それから水谷準さんなんか……。

亮一　横山隆一《よこやまりゅういち》さんもいらした……。藤田さんてどういう人ですか?

夫人　神戸《こうべ》の人で、横溝が病気で寝込んだと聞いて、二枚屏風《びょうぶ》を送ってくれたの。その二枚屏風に俳句とお坊さんの絵を書いた色紙《しきし》が何枚か張ってあったんですよ。和綴《わと》じの本を壊して地にしたもので、それに色紙を点々と張ってあったんです。その中の俳句の一つに、「獄門島《ごくもんとう》」に使った「鶯《うぐいす》の身をさかさまに初音《はつね》かな」の句が書いてあったの。あの作品は、それから思いついたらしいんですよね。

山村　じゃあ「獄門島」の発想のもとというのは……。

亮一　ずいぶん古いことになりますね。「獄門島」書いたのは昭和二十年代でしょう。でも、それのオリジナルの俳句が、上諏訪時代に藤田さんという方から頂《いただ》いた二枚屏風がもとだったとはねえ……。

夫人　屏風を頂いたのは、上諏訪時代じゃないの。行く前よ。吉祥寺の家の八畳一間で寝ているときに送って来て、部屋の隅《すみ》に立ててあったんだから。

亮一　ああ、そう。いずれにせよ、二十年も歳月を経てそれが蘇《よみがえ》ったというわけだな。それは僕も知らなかった。でも、子供心に上諏訪というところは、すごくいいところだったという印象が残ってますね。水あり山ありでしょう。僕ら子供にとっては、遊びの天国だったわけですよ。そういう意味では非常によかったんだけれども……。

夫人　肺病病みということで、子供たちにはずいぶん苦労させましたからね。三回借家を追い出されて……。

亮一　それに家庭的にもね。
山村　父親としての先生は怖《こわ》い感じでしたか？
亮一　非常に怖かったですね、もう。ご機嫌《きげん》のいいときはすごくいいんですけれども、悪いときは徹底的に悪くなって。それがコロコロ変わるわけですよ。いま思い出してもいちばん辛《つら》かったなあと思うのは、苦労したおふくろが一時天理教《てんり》を信仰した頃ですね。神頼みにお祈りに行って、なかなか帰ってこなかったことがあるんです。それをおやじが怒ってですね。二階の窓から、布団だのテーブルだの何から何まで窓に放り出して……。
夫人　コップから何からみんな。おまけに襖《ふすま》や障子《しょうじ》まで破いて……。
亮一　そういう短気なところはふだんからあったんですけどね。何しろおふくろがいないんで、どうにもしようがない。それで僕と姉とが……。
夫人　二人とも我慢して、布団をかぶったまま泣いてたんじゃなかった？
亮一　いや、その前に庭に放り出した物を一生懸命にかついで上げたんだ。おやじは不愉快そうな顔をして、ほっとけなんて言ってねえ。それでもう姉と寄り添って、おふくろの帰るのをひたすら待っていた夕暮どきっていうのは、本当にさびしく辛かったですねえ。
　まあ、そういう嫌《いや》なこともあったけれども、その反面、神沢太郎先生ご一家と霧ヶ峰《きり　みね》へ登ったり、湖水の辺りを散歩したりといった非常に楽しい思い出も残っているんです。
山村　神沢太郎先生というのは、主治医の？
夫人　茅野《ちの》病院という、大きな病院の先生だったんです。まだ若いお医者さんでしたけどね。その家がすぐ近くだったもんで、お昼を食べに帰って来たときなんかに、聴診器だけポケットに入れて、横溝を診に来てくれていたんです。
亮一　神沢先生のところは、上諏訪時代に最も親しくしていた、唯一無二《ゆいいつむに》のご家庭だったんですよ。
夫人　二度目に移った小柳町の家では、わたしがとうとう肋膜になってしまったんです。そのときも、横溝は不愉快でしようがないんですね。
　今日はちょっと遊んでくるから、お金をくれっていうわけ。それで総刺繡《ししゅう》のお札入れに、当時のお金で十円入れて上げたんですよ。そうしたら、大手町の料亭へ行ってさんざん飲んだらしいんです。神沢先生を呼んだりしてね。二人で酔っぱらって帰って来たんですけど、わたしが玄関を覗《のぞ》いたら、何と芸者が六人ぐらい送って来たの。(笑)

亮一 豪快だな。

夫人 それでね。支払いはすませてきたんですかって聞いたら、おれ知らんよって言うんでしょう。ところが、持たしたお金は札入れごとないの。

山村 別な場所で使ってしまわれたんですかね?

夫人 さあ、ともかく払ってこないって言うんでしょう。仕方がないもんだから、家にありったけのお金をさらえましてね。歩いては行けないんで、人力車《じんりきしゃ》でそこの料亭へ払いに行ったんです。悔しかったですよ。(笑)

山村 療養中の先生がそんなことをされたんですか。

夫人 そうですよ。

山村 するとその頃も、お酒は飲んでおられたんですね。

亮一 ふだん家では飲みませんでしたけどねえ。

夫人 だから、わたしが寝てるもんで、ついうっぷん晴《ば》らしをしたくなったんでしょう。あの時分《じぶん》は、ポツポツ散歩なんか出来ていたし、子供を連れて本を買いに行ったりしていましたからね。まあ、「鬼火」の発禁のことでさんざん悩んでいたかと思えば芸者遊びをして、芸者が送ってきたり。いろいろさまざま……。(笑)

熱狂的な野球狂

亮一 それはそうと、おやじと一緒によく出歩いたというのは、その上諏訪時代がいちばん多かったんですよ、僕は。おやじはご承知のように、神戸の甲子園《こうしえん》の近くで生まれていますから、もう熱狂的な野球気違い。あの頃の中等野球ですよね。それで、僕はおやじに手を引かれて、よく山の上にある小学校へ連れて行かれたんです。その山の上に校庭を見下ろせる石垣があるんで、そこに二人で腰かけて、野球見物をしたんですよ。むろんそれだけでは我慢出来なくて、中等野球の県大会なんかがあると、松本《まつもと》辺りまで出かけていきましたね……。

夫人 暑いのによく行ったよねえ。

亮一 それと諏訪湖へ、おやじと一緒に釣竿《つりざお》をかついで、魚釣りに行きました。手長エビとか、小さなフナを釣りに……。

山村　家で一緒に遊んだというようなことは、なかったですか。たとえばトランプをするとか、キャッチボールをするとか……。

亮一　うん。それはあんまり。スポーツのほうはおやじには運動神経なくて。出来たのは泳ぎだけですよ。

山村　水泳はおできになったんですか。

亮一　泳げましたよ。確か写真も残っているはずです。おやじが横泳ぎをしている写真が。痩《や》せっぽちなんで、まるで水グモみたいな恰好《かっこう》でね。上諏訪の近くの親湯《しんゆ》温泉へ行ったときには温泉プールがあったんで、僕はおやじの背中につかまって、泳いだことがありますよ。

遊びで思い出しましたけど、おやじとは男っぽい遊びよりも、お手玉だとか、おはじきだとか、あやとりだとか、そういう女っぽい遊びをしたほうが多かったですね。

それからおやじは、わりと絵を上手に書いたんですよ。それで、長い紙を作って、それに絵巻物みたいな物を作って……。

夫人　それは憶えてないな。知らなかったわ。

亮一　何というか、昔の絵草紙《えぞうし》からでも取ったような、歌舞伎《かぶき》の役者絵みたいなきれいな絵を描いて、それを絵巻物にしてくれたんです。結局おやじはからだを激しく動かすことが出来なかったし、普通のサラリーマンと違ってわりと時間にゆとりがあったから、姉とぼくを膝《ひざ》のそばに寄せてですね。まあ遊びとしては、そういうようなことをしてくれましたねえ。

山村　先生が書かれた、戦前の少年物の探偵小説なんかは読まれなかったですか？

亮一　いや、その頃の僕は、小学校に入るか入らないかですから、とても。まだ字が読めない段階でしたからね。

ともかく、おやじがどういう商売しているのかさえ、知らなかったくらいなんですよ。机に向かい難しい顔をして、何か書いては原稿用紙をクシャクシャッとまるめてポイと捨てる。そういうのを背中越しに見て、何をしてるんかなあと不思議に思っていたんです。

夫人　そうそう。それで思い出した。二度目に移った家の隣りにね、この人より一つぐらい年上の男の子がいたんです。その子とよく遊んでいたんですよ。それがね、何をしてる家かっていうと、上諏訪の駅の貨物係かなんかだったのね。

亮一　鉄道員だった。お父さんが……。

夫人　ええ、それで亮一が、パパ、隣のおじさんに、お勤《つと》めを頼んでやろうかなんて言ったことがあるんです。（笑）それを聞いて主人がわたしに、亮一が心配してくれてるよ、なんて。（笑）

亮一　その頃の家は、ちょうど上諏訪駅の機関庫の裏手にあったんですよ。僕はおやじが寝てばっかりいるもんだから、気になっていたんですね。（笑）それでその男の子のお父さんにたのんで、何か仕事めっけてもらってやろうかって言ったというんだな。（笑）

夫人　そうなんですよ。

山村　最近は作家の地位も上がってきたから、そんなことはないでしょうけど、端《はた》から見ると、ブラブラと遊んでいるように見えるんじゃないですか。

夫人　そういえばね。これは上諏訪時代じゃなくて、東京の小石川《こいしかわ》小日向台町に住んでいた頃の話になるんだけど、わたしがお嫁にきてまだ間がない時分、あれは雨がビショビショと降る夜だったわ。子供をおぶった女の人が訪ねてきたことがあるんです。可哀想《かわいそう》に男の黒い足袋《たび》を履《は》いて、「この原稿は買ってもらえないでしょうか」と言って来られたときには、わたしは可哀想で泣けましたねえ。

亮一　誰なのそれは？

夫人　誰だか分からないの。いま考えても。あの時分は、横溝が牛込神楽坂《うしごめかぐらざか》の神楽館という下宿屋から体一つで来ちゃって、わたしが持って来た物で暮らしていた頃でしょう。家財道具もまだ揃《そろ》えてなくて、小さな飯台《はんだい》とお茶碗《ちゃわん》と箸《はし》ぐらいしかなくて、ガスの使い方も知らなかったときですもの。そんな辛い思いをしているときに、そういう人が訪ねてきたもんだから、身につまされましてね。

血を見るのが嫌い

亮一　まあそういう悲しい、辛いこともあったには違いないけど、僕はやっぱり、お前の故郷どこだと聞かれたら、子供の頃に過した上諏訪だと言いたくなりますね。
夫人　そう言うんですよ。この人は……。
山村　結局何年間暮されたんですか。
夫人　足かけ六年。宜子が女学校へ入るので、吉祥寺の家へ帰ったんだから。
山村　じゃあ亮一さんは、小学校は向こうで入学されたんですか。
亮一　そうです。幼稚園から三年生まで行きました。でも、当時、カンカン照りのところで魚釣りなんかをやったのが崇《たた》って、僕も肺門《はいもん》リンパ腺《せん》になってしまったんです。それでも遊び呆《ほう》けて泥んこになって帰って来るでしょう。おふくろに怒られて、家から締め出されてしまって。謝って入れてもらったりねえ。
夫人　だってね。真《ま》っ暗《くら》になっても、宜子と二人して戻ってこないんですからね。こちらは、パパの心配と子供の心配をしてるのに、ママの気持《きもち》も分からずに、なんだって、わたしが怒っちゃって。もう家に入れてやるもんかと締め出しちゃったのよ。
亮一　そんなあるとき、自転車を買ってもらったんですよ。まだ補助輪の付いた自転車でしたが、そいつにヨタヨタ乗っていて、また遊び呆けましてね。そのときも締め出しを食らったんです……。それを知ったおやじが怒ってね。自転車なんかもうぶち壊してやると言って、金槌《かなづち》を持ち出して来て、玄関で力まかせにぶっ叩《たた》くわけですよ。だけど、鉄で出来ている自転車は、金槌でぶっ叩いたくらいじゃ壊れないでしょう。僕はそれを見て、ワァワァ泣きながらも、ブキッチョなおやじだなあと思いながら見ていたことがあるんだなあ。（笑）
山村　それは、いくつぐらいのとき？
亮一　小学校の二年か三年。
夫人　大手町の家だったね。その自転車に乗っていて、馬車に突き当たったことがあったじゃない。
亮一　そうそう、馬に蹴《け》っ飛ばされてね、道路の端っこの、それこそ横の溝にころげ落ちたんだ。あちこち傷だらけになり、鼻血を出してそのときも泣きながら帰ったのを憶えている。
夫人　そのとき、宜子が迎えに行ったの。そしたら、どうでしょうね。あの子ったら、亮一を連れて帰らずに、自転車だけ持って帰ってきたのよ。そしたらパパが怒っちゃって。何だっ、自転車のほうが大事かぁって。（笑）それでいて、亮一が血だらけになって戻ると、よしよしなんて言うんじゃないんです。もう逃げちゃうんです、血が怖いから。

山村　先生は血を見るのがお嫌いでしたからね。

夫人　とにかく、犬が池にはまったたって、わたしを呼びに来るんですから。ちょっと自分で上げてやればいいのに、それが怖くて出来ないんですよ。

山村　だいたい、作家はそういうものですね。作品と実際とが正反対という人が多い。

夫人　とても気が弱いんですよね。

山村　先生の場合は、喀血《かっけつ》をなさったことがあるんで、特に血に対する恐怖症というのがあったんじゃありませんか。

夫人　ええ。お見舞いの方が赤いバラなんかを持ってきてくださっても、嫌だから引っ込めてくれって言いましたね。

亮一　また話は変りますが、上諏訪時代とその後の吉祥寺時代で、僕がおやじにいちばん恩に着るのは、やっぱり本をたくさん買ってくれたということですね。

山村　その頃は、どういう本を買ってもらったんですか？　亮一さんと僕とは同世代なんで、同じような少年時代を過《す》ごしていると思うんですが……。

亮一　そうですね。島崎藤村《しまざきとうそん》の子供向けの本。「力餅《ちからもち》」というような題だったな。それから、宮沢賢治《みやざわけんじ》とか、グリム童話集の類《たぐ》い、内外いろいろですね。「日本童話集」もこんな厚いのがありましたよ。まあ、真面目《まじめ》な子供物ですよね。

夫人　亘子は「花物語」なんて買ってもらってたわね。

山村　江戸川先生の「少年探偵団」なんかは、読まれなかったですか。

亮一　いや、読みましたよ。でもおやじからは、むしろそういうものは遠ざけられていました。

山村　へえ、そうですかねえ。

亮一　おやじが買ってくれたのは、アンデルセンやグリム童話集、それに日本童話や世界童話集といった類いの物で、買ってくれるときは一挙に二十冊、三十冊とまとめて買ってくれたですね。書店の本棚を見て、自分でパーッと選ぶんですよ。こっちはびっくりして、大丈夫《だいじょうぶ》かなと思うぐらい一挙に買ってくれたですね。

夫人　積み上げるほど買ってくれてたわね。

亮一　それとあの頃のおやじは、人の金で療養しながら、食物だけは贅沢《ぜいたく》だったですね。とにかく、煙草《たばこ》を吸っちゃいけないんでチューインガムでしょう。リグレーのチューインガムなんです。当時、チューインガムを嚙《か》んでるなんて人は、上諏訪にはいなかったですよ。もうほんとにハイカラでしたよね。

山村　いまでこそ珍しくないけど、戦前はよほどモダンな人でないと、チューインガムなんか嚙まなかったでしょうからね。

亮一　そうなんです。しかも朝起きて食べる物といったら、ご飯《はん》に味噌汁《みそしる》なんかじゃないんだ。フランスパンにアスパラガスですからねえ。それの残りを僕が戴《いただ》くのが楽しみだったんです。おやじは十五センチはあるアスパラガスを半分の長さしか食わない。晩年までアスパラガスというのは、半分しか食わないもんだと思っていたようですよ。あの当時は、昭和十年前後ですからね。その頃おふくろが、町の不《ふ》二《じゃ》家ベーカリーというパン屋から買ってくるフランスパンに、バターをつけて、それでアスパラガスやハムを食ってたんだから、まあ、贅沢なもんだな。それで仕事しながらリグレーのチューインガムを嚙んでるんでしょう。そのチューインガムをときどきおやじの抽出《ひきだし》から失敬《しっけい》してね。こっそり嚙むのがまた楽しみだったんです。(笑)

夫人　それはね、何しろ薬がない時代でしょう。栄養を摂《と》らさなくちゃいけないというんで、食物だけは贅沢させたんです。もう幾皿《いくさら》も幾皿もお料理を作って……。

二度目の吉祥寺時代

――憲兵の監視

山村　それでは上諏訪時代の話はそれくらいにして、今度は吉祥寺の元の家へ戻ってこられてから、岡山へ疎開《そかい》されるまでの話を聞かせていただきましょうか。吉祥寺の家へ戻られたのは戦前ですね？

亮一　戻ってきたのは戦前です。昭和十四年の暮れですね。

夫人　ええ、瑠美《るみ》が生まれた年の暮れだったわね。

亮一　そう。妹の瑠美が生まれたのは昭和十四年の六月ですから。まだ這《は》い這《は》いもようせんような、生後半年ぐらいの赤ん坊を抱きかかえて帰ってきたんですよ。

姉と僕は吉祥寺の小学校に転校するという形で。その後第二次大戦が始まって、女学生になった姉は吉祥寺のちょっと奥の方にあった「中島《なかじま》飛行機製作所」に学徒動員になって、クラスメートの半分近くが爆撃で吹っ飛んじゃうというようなことがあったもんだから、また岡山《おかやま》へはるばると逃げ延びたというわけですね。

だから二度目に吉祥寺へ戻ってきたのは昭和十四年で、それから昭和二十年までいましたから、足かけ六年ぐらいかな。吉祥寺で暮らしたのは。……

夫人　あの家はね。横溝が上諏訪へ転地するときには、もう二度と戻らないつもりでおったようですね。それで弟にこの家をやるから、おふくろと下の弟の面倒を見てくれと言って、いったんは譲ったところなんですよ。

ところが、宜子の女学校入学が近くなったもんで、それじゃ帰ろうということになったんだけど、さてあれは弟にやった家だから帰れないしというわけで……。それで弟に、どこか掘立小屋《ほったてごや》でも建てたいから、土地を探してくれないかと言ったんです。そうしたら弟が、あれはまあ、貰《もら》うことにはなっていたけども、そんなことはできないから、この家へ戻ってくれというんで、帰ってきたんですよ。

でも、横溝にしてみれば、いったんはやると言った手前、それではすみませんでしょう。それで、その家の分くらいのお金を払おうということになりましてね。現金でやれば使ってしまうから、通帳にして渡して、結局、弟からまた買い戻したわけなんです。

亮一　吉祥寺時代というのは、僕にとってはあんまり印象がよくないんですよ。おやじはある程度元気になったんだけど、仕事はないし……。あの頃のおやじはよく食ってたねえ。それに戦時中の何だったっけ。文芸家協会か何か……。

山村　文芸報国会《ほうこくかい》じゃなかったですか。

亮一　そうそう文芸報国会だったかな。大本営の報道部の矢萩《やはぎ》大佐だとか、文部省の監督官みたいのがいてさ。作家を集めて、お国のために尽くせみたいななことばっかり言いやがって、この馬鹿野郎とそんなことを言って、おやじはよく怒ってましたね。

夫人　作家が政府に監督されていた時代だったのよね。

亮一　当時、僕も気がついてたけども、吉祥寺の家の真向かいが、マルクス経済学の権威の大塚金之助《おおつかきんのすけ》さんという、有名な経済学者のお宅でね。この方は一橋大学の教授で、もう先年亡くなられましたけど、どういうわけか非常に可愛《かわい》がっていただいたんです、僕は。そこのお宅とうちのおやじの挙動が監視されていたんですよ。

夫人　憲兵《けんぺい》に……。

亮一　憲兵だったか、警察の特高《とっこう》だったかが、よく電信柱の陰《かげ》で見張っていたですね。そういえば、あの頃おやじは、左翼の作家の資金カンパかなんかしてたもんだから……。

夫人　あれは誰だったっけ……。

亮一　片岡鉄兵《かたおかてっぺい》さんか……。

夫人　いいえ。そうじゃない。あれはやっぱり、大塚さんの方を調べていたんじゃないの。大塚さんは思想問題で、長らく刑務所に入っていたことがあった人だから。

山村　そうするとその吉祥寺時代、つまり上諏訪から帰ってこられて、戦争のために岡山へ疎開されるまでのあいだですが、その間、執筆の方はどうだったんでしょう？

亮一　多少、子供物を「譚海《たんかい》」のような雑誌に書いたりしてたんじゃない。

夫人　あの時分は何を書いていたんだろうね。

　わたしが戦争になってからで覚えているのは、家のお風呂に入れなくなって、瑠美を寝かしつけてから、みんなを銭湯《せんとう》へ連れて行ったときのこと。その留守《るす》に瑠美がワアワア泣いたらしくて、二階で原稿を書いていた横溝が、邪魔になるってえらく怒ったんですよ。わたしたちに締め出しを食わせて、家へ入れてくれなかったんです。だから、ガラス戸をこじ開けて入り、瑠美だけを連れ出して、あの時分武蔵境《むさしさかい》にいたおばあちゃんの家に、みんなで逃げ出したことがあるんです。だから、何かを書いていたとは思うんだけど、何を書いていたのかね。

亮一　戦争中だからね。まだ捕物帖《とりものちょう》は書き始めてなかったでしょう。

山村　いや、捕物帖は書けたんじゃありませんか。戦時中でも……。

夫人　そう、上諏訪にいる時分に、乾信一郎《いぬいしんいちろう》さんが捕物帖の見本を沢山《たくさん》送ってきてくだすったの。それから書き始めたんですから、上諏訪時代から戦争中にかけて、捕物帖は書いていましたよ。それで暮らしていたわけですから。

山村　井上良雄《いのうえよしお》さんと文通されていたのは、その頃じゃないですか。

夫人　あれは、井上さんのところから原書を借りてきて、翻訳したりしていたせいじゃなかったかしら。

亮一　そうそう。捕物帖を書いていたっけ。この成《せい》城《じょう》の家を見つけてくれた神田《かんだ》の杉山《すぎやま》書店。その杉山書店から、捕物帖を出していたんだね。

夫人　そうよ。杉山書店ていうのはね、その当時赤《あか》本《ほん》屋さんだったんです。そこのおやじさんが「人形《にんぎょう》佐七《さしち》」を書け書けと言って……。

亮一　吉祥寺時代は、杉山さんのおかげで、われわれ一家は生きていられたみたいなもんだと思うな。

夫人　そう。そうだった……。

亮一　いまでも覚えているけど、杉の木が三本で山という字の形になった検印用紙。

夫人　こんなにあったわね。

亮一　切手みたいな検印紙に、「横溝」という判こを押すのを、おやじに頼まれてですね、こたつにあたりながら僕らがしょっちゅう押してましたよ、戦争中に。それはよく覚えてるな。

夫人　そう。

——乗物恐怖症と編物

山村　しかし、江戸川先生みたいに、町会の役員のような仕事はなさってなかったんでしょう。

亮一　いいえ、やりましたよ。

夫人　やってました。江戸川さんのような偉い肩書きじゃなかったけど……。

亮一　隣組《となりぐみ》の……。

山村　組長みたいなことですか。

亮一　ええ、ゲートル巻いてね。

夫人　服を詰襟《つめえり》にして、近所の酒屋のおやじさんと町内の警備なんかやってたじゃないの。相手が酒屋さんだもんだからね、生《き》ブドウ酒をくれるんですよ。それを飲んでましたね。

ほら、宜子が爆撃を受けて死に損なってね、泣き泣き戻ってきたときに、主人がその生ブドウ酒を大急ぎで貰いにいったんです。それを飲ませて元気づけて防空壕《ぼうくうごう》へ入れたことを覚えているわね。

それにしても戦争中は、緊張していたせいか、あまり仕事をしていないなかったせいか、ぜんぜん寝込みませんでしたよ。

亮一　寝込むということはなかったな。あの当時が一番丈夫だったんじゃないの。

夫人　それから、疎開してからも大した病気はしなかったわね。お医者さんにかかるなんてことはなかった。

亮一　その戦争に差しかかる前、上諏訪から吉祥寺に帰ってきた当座のおやじの思い出というのは、やっぱり、後楽園《こうらくえん》によく野球を見に行ったことですね。

山村　当時の先生は、どこの球団のファンだったんですか？

亮一　あの頃は、どこだったのかな？　とにかく野球さえ見ていれば楽しいんで、どこのゲームでも……。ぼくは「イーグルス」というチームが贔屓《ひいき》だったんですけどね。おやじはやっぱりジャイアンツだったのかなあ。とにかくあの当時は、川上《かわかみ》だの、藤村《ふじむら》だの、若林《わかばやし》だの、スタルヒンだの、青田《あおた》だのという名選手が、ズラズラいた時代でしたからねえ。ところが、おやじは乗物恐怖症で、吉祥寺の駅から中央線に乗って直行で水道橋《すいどうばし》まで行けなかったんですよ。

山村　その頃から乗物恐怖症でしたか。

亮一　そうでした。それで荻窪《おぎくぼ》の駅でまず下りるんです。当時は荻窪から新宿《しんじゅく》まで市電が走っていたんですよ、青梅《おうめ》街道を。その市電に乗って新宿まで行くわけです、大木戸《おおきど》のところまで。そこからまた中央線に乗り直して、それでも水道橋まではつらいから、その一つ手前の飯田橋《いいだばし》で下りて、そこからトコトコ歩いて後楽園球場へ行ったんですよ。あれが昭和十五年、六年の頃だったな。

夫人　そうでしょ。

亮一　だから、あの頃のおやじの思い出として一番懐かしいのは、その野球見物と、それからその帰りに夕方近く、お茶《ちゃ》ノ水《みず》の駅まで歩いて、駅前の喫茶店でホットケーキを食って、それで帰ってくることでしたね。これが何か得《え》もいわれぬハイカラな気分でね、うれしかったもんですよ。

夫人 その時分、ママは瑠美が小さかったから、どこへも出られなかったわね。

亮一 それとよく散歩をしましたね、家族連れで。

夫人 そう。是政《これまさ》の方へ行ったり。

亮一 多摩川《たまがわ》の方へ行ったり。それから石神井《しゃくじい》公園へ行ったりとかですね。まあおやじは、ほんとによく歩いた人だったな。

夫人 ほんとにね。わたしなんかついて歩けないぐらい、よく歩く人でしたよ。チョコチョコ、チョコチョコとね。

亮一 やっぱり野球見物に行ったんだよ。中央大学のグラウンドへ。吉祥寺の成蹊《せいけい》学園の裏の方に、中央大学のグラウンドがあって、そこで野球をやってたんです。

山村 吉祥寺のお宅は焼けなかったんですか。

亮一 焼けませんでした。だから、岡山に疎開している間は、ある会社の人に貸してあったんです。

夫人 強制疎開の人に貸したわけ。

亮一 でも、戦後立ちのいてくれなくてね。それで、成城に家を買って移ってきたときに、吉祥寺の家はその人に買い取ってもらったんですけどね。

山村 ところで、横溝先生が編物《あみもの》に熱中されたというのも、その吉祥寺時代のことじゃなかったんですか?

夫人 あれは瑠美がまだ小さい、離乳期の時分だったですね……。

亮一 編物を始めたのはね。

夫人 それで、瑠美の物やあんたの物なんかを編んだりして。あの頃はね、横溝は瑠美の離乳食なんかを作ったんですよ、暇《ひま》だもんだから。

山村 えっ、先生が。

夫人 はあ。おれが作ってやると言って、練炭火鉢《れんたんひばち》に片口《かたくち》をのせてね、おかゆを作ったんです。なにしろ瑠美が可愛くてしようがなかったもんだから、自分が作って食べさせたりして。まるで母親代わりでしたよ。(笑)

亮一 編物は実によくしていました。「主婦の友」の付録を見ては、自分で工夫してですね、いろんな……。

山村 かなり難しい模様編みなんかを……。

亮一 ええ、すごく難しい物をやってましたよ。

夫人 そんなのが二、三残ってますけどね、まだ。

亮一 で、姉も僕もそれを着て学校へ行くでしょう。近所のおばさんなんかに、お母さんが編んでくれたのかと聞かれて、いえ、父親が作ってくれたと言うと、みんな妙な顔するわけ（笑）

こっちは、おやじが編物するっていうのは、家庭内でしょっちゅうやってるから、不思議なことと思わない。だけど、まあ世間的には実に珍しいことでしょう。だから妙な顔をされてましたよ。

岡山への疎開

山村 それでは今度は、岡山時代の話を伺《うかが》いましょうか。疎開のいきさつについては、前に奥さんからお聞きしたことがありましたね。なんでも当時女学生だった御長女の宜子さんが、工場動員で空襲に遭《あ》われて恐ろしい経験をされたとか……。

夫人 ええ、そう。宜子は、「中島飛行機」へ行ってたんですけど、B29が、まっすぐそこを目当てに飛んでくるんですよね。それで宜子のことが心配なもんだから、横溝が警戒警報が鳴ったら何分で自分の学校の防空壕へ着くかということを、あらかじめちゃんと調べておけと言って。警報が鳴ると、すぐに時計を見るんです。そうすればその時間で、無事に逃げたがどうかが分かりますでしょう。そうやって通わせていたわけですよね。

ところが宜子が、三回ほど死に損ねたんですよ、工場に爆弾が落ちて。で、これじゃ危なくてしようがない。はじめは、末の子の瑠美だけ岡山の親戚へ預けるかなんて言ってたんですけど、それじゃ誰が死んで誰が残ると言うことになっては困るというので、いっそのこと家族全部で疎開しようということになったんです。その時分、横溝の継母《ままはは》の田舎へ置いてきた娘が、岡山県の吉備《きび》郡の方に嫁にいってたんです。その人が、疎開しろ疎開しろって矢のように勧《すす》めてくれたんですよ。電報をよこしたりして。その人は、昔、継母が横溝家へお嫁に来た時分に家へ引き取って、女学校へ行かせたことのある人なんですって。だから、横溝も割合に親しかったんでしょう。それであんまり言ってくれるもんだから、それじゃそこへ疎開しようということになったんですよ。

本当は浅口郡《あさくち》の方に主人の生家の家屋敷が幾らか残ってたんで、そちらを目指すはずだったんですけどね。その家には横溝のおじに当たる人が先に入っていたもんで、仕方がなく吉備郡の方へ行くことになったんです。行って一か月ぐらいは世話になっていましたかしら。でもどこか探さなくてはというんで、その人が桜《さくら》の家を見つけてくれたんですよ。

山村　疎開されたときの荷物が大変だったとか。

夫人　ええ。三日三晩、無蓋車《むがいしゃ》で行ってびしょ濡《ぬ》れになりました。和綴じの本なんかもすっかり駄目《だめ》になったし、布団から何からもう全部濡れちゃって。で、着いたらよその家の屋根を借りて、布団なんか干したものですよ。

亮一　そのときね。まあ本も惜しかったけど、一番残念なのは初期の吉祥寺、それから上諏訪時代のおやじの若い頃の写真を入れた箱が、そっくりなくなっちゃったことなんです。

夫人　ええ。それも大事に毛布にくるんで、その時分はもう筵《むしろ》がなかったから塩叺《しおがます》に包んでおいたのにね。たぶん、毛布が欲しかったんでしょうね。それで写真だけ全部盗まれてしまったの。

それから、氷屋の荷物と一部分が入れ替わっちゃったりしてね。その方は相手の住所が分かったもんですから、送り返してやりましたけどね。うちの物は帰ってこなかったですよ。

亮一　おやじが、上諏訪時代に、ローライコードという二眼《にがん》レフのカメラで撮った写真なんかが、みんななくなっちゃったんです、残念なんだけど。

山村　そりゃ惜しかったですねえ。

亮一　ええ。ちょっと話が逆戻りしますけど、おかしなもんですね。その頃僕は小学校低学年だったけど、おやじがハンチングをかぶり、そのカメラを肩から下げてステッキをつく姿を見て、ああハイカラだなあという感じがしましたよ。考えてみると、いまの僕よりずっと若い、三十幾つかの青年ですよね。それがそんな風に気取って歩いてたんだと思うと、おかしくなっちゃうね。(笑)

山村　すると、先生はお洒落《しゃれ》だったんですか?

夫人　昔からお洒落だったの、ものすごく。だから死ぬ前なんかでも、成城の町を歩くのに、ちゃんと髭《ひげ》を剃《そ》ってね、髪を必ず梳《す》いたりして。

亮一　血を連想するから嫌だなんて、赤いバラは遠ざけていたくせに、それでいて赤い色が好きだったんですよ。矛盾《むじゅん》してるんです。だから、わが家にある物でおやじの好みの家具や道具の類は、赤い色の物が多かったんですよ。今も座敷に置いてあるテーブル、あれだって、赤ですしね。それから衣桁《いこう》があったでしょ、壊れちゃったけど。あれも赤だったし、まだ赤い物があったんじゃないかな……。

夫人　そう、なんでもかんでも赤いの。

亮一　着る物も赤が好きでね。僕は外国へ行くたびに、おやじのために赤いカーディガンとか、赤いセーターとかしょっちゅう買って帰ってきました。それをおやじは喜んで着て、成城の町をよく散歩してましたよ。

山村　そういえば、赤いカーディガン着てらしたことありましたよね。ところで、岡山へ行かれてからの先生ですが……。

畑仕事に精を出す

亮一　あちらへ行ってからのおやじは、実によく働いたですよ。

山村　働くというのは、小説に専念されたという意味ですか。

亮一　いや、執筆の方じゃなくて、野良《のら》仕事ですよ。なにしろあばら家を一件借りて、それで何とか食っていかなきゃならんわけでしょう。でも、まあ岡山県の南部の地域は、豊かな土地だと思いましたね。都会で食べ物に苦労した疎開者だというんで、朝起きてみたら、表《おもて》の戸が開かないぐらいに、野菜なんかが積み上げてあるんですから。実に人情の厚いい所でした。だから食うには困りませんでしたよ。

山村　温かい人たちが多かったんですねえ。

夫人　その折々《おりおり》の時期にとれる野菜なんかをね。どこの誰が持ってきてくれたか分からないんですの。そら豆だ、じゃがいもだと、いっぱいくれるんです。炭まで焼いたからといって、持ってきてくれるの。

亮一　まあそんな風でしたけど、それでも自給自足を目指して、一応は土地を借りたんです。裏がすぐ低い山になっていたんですが、そこの一角を何十坪《つぼ》か借りましてね。そこでさつまいもでも作ろうと、おやじと鍬《くわ》をかついで、えっちらおっちら山へ登り、木の根っこなんかをどけて、畑を作ったものですよ。

夫人　とにかく、桶《おけ》に半分ぐらい入れた下肥《しもごえ》を二人して天秤棒《てんびんぼう》でかついで、こんな山を登っていくんですよね。それでも、松の木の根っこが出ているあいだに植えたおさつが、ちゃんととれるんで楽しかったですよ。

亮一　でも、そういうときのおやじを見ていても、ちっともつらそうじゃないんです。すこぶる丹念《しょうぶん》な野良仕事ぶりで、わりと楽しみながらやる性分でしたよ。

夫人　でも、わたしたちが住んだ家がね、ものすごい廃屋だったんですの。畳を踏むと、腐っててボコンと落っこちるような、そんな畳なんですよ。亘子なんか何べんか、その床へ落っこちたんですもの。だから畳を取り替えたり、大工さんに頼んで、大黒柱が腐ってたのを新しく継ぎ足したりして。

山村　じゃあ、かなり改築されたんですか。

夫人　ええ。改築といっても、床だけでしたけどね。

亮一　とにかく、台所というのは土間《どま》なんです。その土間に井戸があって、すぐ裏が一段高くなった田んぼでしたよ。ちょっと雨が降ると田んぼから水があふれるでしょう。その水が、うちの井戸にどんどん流れ込んできちゃって。井戸には、ナメクジがいっぱいいるんですよ。だから僕は、おふくろに弁当作ってもらっても、学校へ行って食べると、ナメクジを一緒に食っちゃうわけだ。（笑）

夫人　それがね。台所の棚《たな》に、籠《かご》の中へ入れてお茶碗を伏せるわけですよ。お弁当箱もそうしてたんです。だからたぶん、蓋《ふた》のあいだにナメクジが入ってたのを知らずにご飯を詰めて、あたしが蓋をしたらしいの。亮一が戻ってきて、ママ今日のお弁当にナメクジがいたよって。（笑）継子《ままこ》でなくてよかったねえって、わたし言ったんですよ。

それからなんと、そこの家ったら、大きなムカデがいるんです。家の柱の下に、お茶という字を逆さまに書いた紙が張ってあるの。ムカデが出てきたんでわかったんだけど、ムカデは、お茶をかけたら死ぬんですってね。それで、そんな紙を柱の下へ張ったらしいの。

亮一　おまじないね。

夫人　とにかく、寝てても蚊帳《かや》の上なんかを這《は》ってるんですもの、ほんとに。その時分、お風呂に入ってたら、風呂の縁にムカデが這ってるんですよ。もうどうしようもない。怖かったですね。

山村　先生は怖がられなかったですか？　ムカデなんかを……。

夫人　そうねえ、割合に……。

山村　それで思い出しましたけど、戦時中高知《こうち》へ疎開したら、向こうには大きなクモがいるんですよ、家の中に。

夫人　クモが、ほう。

山村　初めはカニが這ってるのかとばっかり思ったですよ。毒はないんですけどね。

夫人　軽井沢《かるいざわ》には面白いクモがいましたよ。ちいちゃいからだで、足が長くて、ちょっと触ったらその足がポロポロッと取れて。

山村　ああ。います、います。あのクモは愛嬌《あいきょう》がある。

夫人　それからあれもいるでしょ、カマドウマ。

山村　あれは、とても可愛い。

亮一　ともかく、岡山時代のおやじは、畑仕事は熱心にやってましたよ。

夫人　そう。さっきの古い畳ね。主人がそれを広げて、鋏《はさみ》で十センチくらいに切るんですよ。堆肥《たいひ》にするんだと言って。畳一枚切るったって大変です。それなのに根気よく鋏でね。キャベツだのハクサイだのを作るために……。

山村　かなり収穫はありましたか？

亮一　ありましたよ。屋敷の中に多少畑があったもんですからね。そこで、なんだかんだ作って、おやじはそれを楽しみごととしてやってましたねえ。

夫人　サトウキビまで作ってね。インゲンなんか作りましたよ。しまいにはね、お百姓《ひゃくしょう》よりも上手になっちゃって。お百姓はね、田んぼの稲作に一生懸命になって畑なんか作らないんです。だから逆にホウレンソウなんかを上げたんですよ。

「本陣殺人事件」と「獄門島」のヒント

亮一　そういうことをしながらぽつぽつと、「本陣《ほんじん》殺人事件」なんかを書く準備をあの頃してたんでしょうねえ。

山村　なにか岡山時代には、お宅が近所の人たちの集会場所になっていたとか？

夫人　このあいだ、その頃の古い手紙が、出てきたんですけどね。みんなでお別れの会をしたらしいんですよ。わたしと亮一は一足先に、この成城の家に移って来ていたもんですから、その留守に宜子がいろんな食べ物をこしらえて、お別れ会をしたらしいんですね。夜明けの五時頃までみんな話をしていったらしい。そういうことが書いてありましたよ。

亮一　あの頃、おやじに一番いろいろ岡山の話を提供してくれたのは、加藤《かとう》ひとしさんていう人なんです。

夫人　お百姓としては、かなりインテリでね。

山村　「本陣殺人事件」なんかも、その方の話をヒントにされたんでしょう？

夫人　そうそう。

亮一　田んぼ仕事が済んでからぶらっと現われて、飲みながらいろんな話をしてくれて。

　それからもう一人、藤田さんていうお医者さんと、それから、石川淳一《いしかわじゅんいち》さんという、これは東京の音楽学校を中退した……。

夫人　加藤ひとしさんが「八《や》つ墓村《はかむら》」の話や「獄門島」の話ね……。その人は、瀬戸内海《せとないかい》の小さな島の小学校の先生をしていらしたらしいんですよ。それで島の話をよくしてくれていたんです。

　それからね、「蝶々《ちょうちょう》殺人事件」は石川淳一さん……その人の話。藤田さんというお医者さんは、「本陣殺人事件」の琴。

山村　ああ、岡山一中琴の怪談ですね。

夫人　ええ、その人は、岡山の一中を出て岡山の医大へ入った人ですね。その一中はお城のすぐそばにあるんですって。夜になると琴の音《ね》がするとか、そういうような話でしたよ。そんなことから、なんとはなしに考えついたんですね。

山村　先生はそんな話を、いちいちメモしておられたんですか。

夫人　いえ、別にメモなんか取りませんでしたよ。

山村　じゃあ、記憶されていて、それを基に書かれたんですね。

夫人　ええ、そうでしたね。

山村　僕らはふつう、執筆前にコンテやシノプシスを作るんですよ。特に長い物を書いたりするときは。ところが、前に先生に伺《うかが》ったら、長編を書かれるときでも、そんなものはお作りにならなかったと……。

夫人　全然作りません。ほんとにそれは不思議でしたね。

山村　トリッキイな本格物になると、どうしたって細かな点まで辻褄《つじつま》を合わさなきゃいけないんですよ。だから設計図みたいのがないと、書けないんですけどね。

亮一　抜群《ばつぐん》に記憶力がいいんですね。もしかすると、文科系の才能よりも、理科系の才能の方が強かったんじゃないかと思いますよ。

山村　それはそうかもしれないですね。

亮一　だから理数的にですね、頭の中で理路整然と分類できたから、メモなんか取る必要なかったんじゃないかな。

それに、おやじがよく言ってましたけども、「本陣殺人事件」や「獄門島」のもとになった話は、あくまでもヒントであって、材料にもたれかかり過ぎると、その材料に引きずり回されることになるって。作家はイマジネーションで作品を作るんだと。だから、若干のヒントがあればよかったんでしょう。「女王蜂《じょおうばち》」なんかのときもね、僕が下田《しもだ》へ行って調べ、大学ノートにかなり克明《こくめい》なメモをとったりしても、そういうのパラパラパラパラッと見るだけで、ほとんどこだわらないでやってましたからね。新聞記事や事実を取材して小説を書くということはしなかったですね。

夫人　おれの頭には、抽出《ひきだし》があるんだということはよく言ってましたよ。

編集部　例の「病院坂の首縊《くびく》りの家」、あれは元の原稿が千四百枚ですか。登場人物の関係がややこしいもんですから、われわれ編集者が取り違えて、疑問を出したりすると、それはねえ、第何章の何というところにちゃんと書いてあるって。ほんとに書いてある。もう参りました。（笑）あれが全部、頭の中に入ってるのかと思って、舌を巻きましたけどね。

山村　だいたい推理作家は、文科系より理科系の才能が優れている人の方が多いんじゃありませんか。

夫人　おれは代数《だいすう》が嫌いで、幾何《きか》の方が好きだってよく言ってたもの。

編集部　それでいて、一度奥様と東急《とうきゅう》デパートへ、ライターの調子がおかしいといっていらしたら、調節ネジが緩《ゆる》んでて炎がボオーッと出るのを、女の子が簡単に直しちゃった。そうしたら先生は、いや僕は機械物に弱くてねえなんて、赤い顔して帰ってこ

られたでしょう。おかしかったですよ。（笑）

夫人　ほんと。機械なんかは分からないんですよね。

怖い家庭教師

亮一　姉も僕も学校の勉強は全部おやじに面倒見てもらったんですよ。

山村　へえ、勉強をですか。

亮一　はい。要するにおやじはもう一日じゅういるわけですから。よくも悪くもまあ、おっかない家庭教師だった。（笑）

　僕はね、いまでも覚えてるんだけれども、東京の中学に入ったでしょう。その頃の都立十中というと、わりと名門、いまでも都立西高といえば名門中の名門ですね。そこへ僕が入ったんです。そしたら一学年二百五十人中の席次が、百五十何番かで、僕は半分以下なわけ。（笑）小学校の頃は級長だ、優等生だなんて威張《いば》ってたんだけど、中学へ入ったとたんに、なんだこれはっていうんでね。他に秀才が沢山いるんだからしようがないわけだけど、そこで馬力《ばりき》かけたのは、僕じゃなくておやじなんですよね。（笑）

山村　ほう、先生がねえ。

亮一　ええ。こたつに差し向かいで、英語や国語、数学、物理・化学、とにかく僕よりも先に、一生懸命教科書や参考書を読んじゃうんですから。

　それでまあ、コテンパンにしごかれて、勉強させられたんですよ。そのおかげで、かなり成績がよくなりましたよね。一、二年のあいだに、席次が三、四十番パッパーと上がって。

夫人　一生懸命やったわねえ。宜子の小学生時分も、勉強を覚えないといって、参考書を全部御不浄《ごふじょう》へ捨てちゃったりしたこともあったんだから。そりゃあ厳しかった。

亮一　ともかく姉も僕も、おやじにはこっぴどくしごかれましたよ。そういう点では、大変教育熱心な父親だったんですねえ。道徳教育の面にしたってねえ。

夫人　宜子の帰りがちょっと遅いとね、散歩に出たような顔して、駅の方へ行って、顔が見えたらサーッとよそへ行ってしまうの。必ずそうするんです。

亮一　それで、僕と姉とはよく同盟を結んで、おやじについての恨《うら》み言《ごと》をこぼしたもんですよ。とにかく、自由奔放《ほんぽう》なことなんか、何一つできなくて、すべておやじの指図《さしず》通りにさせられていたんですから。

山村　何か買って欲しい物をねだるなんていうことは……。

亮一　それはありましたよ。顕微鏡《けんびきょう》や天体望遠鏡を買ってくれだとか……。そういう物は、かなり値の張る物でも喜んで買ってくれましたねえ。

夫人　銀座の伊東屋《いとうや》なんかへ行って買ったわね。

亮一　その点では、鷹揚《おうよう》というか、理解があるというか……。

僕が小学校の頃、模型飛行機作りに夢中になりましてね。四畳半の勉強室の天井《てんじょう》や床を、作りかけの飛行機で埋めたことがあるんです。おやじはときどき覗《のぞ》くんだけれども、別に何も言いませんでしたね。それでいよいよ、その模型飛行機を飛ばす大会があって、出場するでしょう。ところが僕のは勢いよくパーッと上がったと思うと、とたんにストンと落っこっちゃって。そしたら、おやじにさんざんからかわれましてね。(笑)「亮一の飛行機は、シュルシユルポトーンだな」って。

山村　信仰なんかはどうでした？　神や仏を信じるなどということは……。

夫人　全然信じない方でしたよ。でも、こういうことがあったんです。神戸での独身時代に、電車に乗っていたら見知らぬおばあさんに声をかけられて、あんたは、二十七のときに何もなかったら、七十まで生きられますよと言われたそうですよ……。

山村　それは知らなかった。

夫人　それで気にしたらしくて、二十七のときにはお汁粉《しるこ》一杯食べるんでも、これを食べたら死ぬんじゃないかって、一年じゅう心配したと言ってましたね。

山村　親子で酒を飲むようなことはなかったんですか？

亮一　僕が酒が飲めないんで、その点が一番物足りなかったんじゃないですか。おやじとしてはやっぱり、息子と差し向かいで杯《さかずき》を交わしたいって、誰しも望むんじゃないかと思うんですが。それが僕にできなかったってことが、おやじにとっては寂《さび》しかったんじゃありませんかね。

夫人　わたしの里の系統が、全然飲まない口だから、それでなのね。

亮一　子供三人とも、そうなっちゃったんですからね。姉と妹は女ですから酒が飲めなくてもいいが、唯一の男の子の僕が飲めないということで、おやじは物足りなかったんじゃないかな。

夫人　それで余計に話をすることがないわけよね、大人になってから。

亮一　まあね、それでもよくおやじと野球の話をしたり、僕の経験談や何かで、こういう話はどう？　なんて言うと、あ、それ面白いな、いずれネタにして小説を書こうなんて言ったりしてね。そんなことはよくありましたよ。とにかくおやじは、来る人は拒《こば》まず、去る人は追わずでね。家族の中でもそうだったんです。だから僕を呼び寄せて、話をするというようなことはなかった。ぼくの方から行けば、別にいやがりもせずに、どうだ、この頃はという調子で一緒に並んでテレビを見たりなんかしてましたけどね。

作家の孤独

山村　われわれの知ってる横溝先生は、気難しい面というのが一切《いっさい》なかった方ですが、その点はどうでした。

夫人　外からじゃ、分からないんでしょうね。

亮一　そりゃもう殴《なぐ》られる、蹴飛《けと》ばされる。それからおふくろを通して、間接的に文句を言ってくる、というようなことですね。

それに、自分が気を許している人でない限りは、絶対うちに入れない気難しいところがあって、たとえば僕が、おやじの知らない友人を連れてくるなんていうのが、えらく気に入らないんですよ。だって、僕には僕の世代でのいろんな友人関係があるわけでしょう。それがうちに遊びに来て、帰りが遅くなったりすれば、飯《めし》食っていけなんてことがあるんだけど、そういうことを絶対許さなかったですね。

夫人　そうだったかしら。

亮一　ええ。おやじも認めている僕の友だちでないと、だめだったんですよ。だから家に友だちを呼んで来て、ワアワア賑《にぎ》やかに遊ぶなんてことは僕には経験がないんです。なんといったって、封建《ほうけん》時代の父親、家長制度のもう典型的なものだったなあ。

夫人 そうだったねえ。ほんとにそうだった。

亮一 自分自身は意気地《いくじ》なしのくせして威張りくさってる。(笑) 自分だけは座ってあれせい、これせい。やかましい、うるさいって。この成城に引っ越してきてからだって、がなり立てたり、怒り出しだりしてですね、障子もなにも蹴破るみたいなことがあって。それが何が原因かというと、二十年も三十年も昔に江戸川先生や何かに言われたことを思い出し、それ考えてカーッとなるみたいなね。(笑)

山村 そうだったんですか。

亮一 で、一人で暴れてるわけですよ。ガラガラガチャーン、隣近所に聞こえるような声で吠《ほ》えてるんです。

夫人 とにかくね、ガラス戸を開けて外へ向かい、大きな声で唸《うな》るんです。ワーって。

亮一 吠えるんですよ。それで酒飲んで酔っぱらって、廊下から庭に向かってジャアジャア小便はするし、ほんとにそういう荒《すさ》んだというか、荒々しい姿というのは、晩年皆さん方には……。

山村 想像もつかない。

亮一 でしょうけど。そりゃもうねえ、そばで見ていて、作家というのはやっぱり異常なんだなと、僕はつくづく思いましたねえ。

山村 そういう異常性は僕らにもありますけどね、物を書いてる人間には誰しも……。

夫人 だもんだからもう亮一は、わたしが可哀想でしようがなかったらしいんですよね。結局どうにもこうにもならないんですもの。謝るよりほかには。謝ったって、向こうは何のことか分からないのかもしれないですけどね。

とにかく上諏訪時代でも二階の八畳のベッドに一人で寝かしてるでしょう。わたしは二人の子供に病気うつさしたら困ると思って、三度三度煮沸《しゃふつ》した食器を使ってましたけど、上でベルを鳴らすから、一日に何十回となく上がったり下りたりですもの。ご飯のおかずだって五色か六色ぐらい作りましたよ。それを大きなお盆《ぼん》に載《の》せて運ぶんでしょう。ときにはくたびれて、もう一段というところで、つまずいてガチャーンと転ぶことがあるんです。そうすると料理が全部だめになるでしょう。ところが横溝ときたら、おれに食べさせようと思って持ってくるんだったら、そんなに転ぶはずないっと、こう言って怒るんですもの。(笑)

それで、また作り直して持っていくと、もう食わんっ。時間が過ぎたから食べない。もうそりゃ手の付けようがない意地の悪さでしたよ。

山村　作家には、そういうわがままな一面があるんですよ。家族に気を遣《つか》ってたら、作品なんか書けませんからね。

夫人　真似《まね》しないでくださいよ。(笑)

亮一　でもまあ、確かに一種の狂気みたいなものが作家にとっては必要なことで、それがなきゃ、無《む》から有《ゆう》を生み出すなんてできないんでしょうね。

夫人　そうね。

亮一　それだけに、周囲にいる者はたまらんわけですよね。

山村　そうなんですよ。それに合わせられるか、合わせられないか……。幸いお宅の場合は、皆さん理解があったからいいけれども。そうでないと、孤独感で神経が参ってしまうんです。

亮一　ただ、率直にいえば、いわゆる普通の父親と息子という関係以上に、おやじに対して、この野郎っと思うことはずいぶんありましたよ。

夫人　ほんと。ほんとにそうですね。

亮一　いったい家族を何だと思ってるんだと。自分がこうして生きていられるのも、やっぱり家族の愛情や支えがあってこそだと思うのに、それを無視してですね、やりたい放題。おふくろなんて、年がら年じゅうぶん殴られてるんでしょう。そういう父親に対して、反発した時期っていうのは確かにありましたよ。

でもまあ、僕自身も大人になって、創作をするという仕事がどんなに厳しくてつらいことか分かり始めると、しようがないんだなという風に思うようになりましたけれど。

山村　救いがないんですよね。作品を書いてるあいだは、どんなに壁に突き当たっても、誰の助けも借りることができない。自分の世界と頭の中で戦ってるわけだから。そのやり場のない苦しみをどこへも持っていきようがないんで、結局そういう形でしか表わせなくなっちゃうんです。

夫人　だから、わたしなんかに当たるよりほかにはしようがないのよ。
山村　捌《は》け口《ぐち》を他人に求めるわけにいかないから、家族にぶつけるんです。
夫人　瑠美の縁談のことだって、相談に乗ってくれないでしょう。わたし腹が立っちゃってね。そんなにおっしゃるんならけっこうです。心配してもらわなくてけっこう。わたし一人で探しますからって言ったんです。
　さあ、そうなったらもう、ムカムカ腹が立っちゃってね。その夜、お酒を持っていったけれども、お銚子《ちょうし》を廊下へビシャーンと投げて、次の朝まで放っといてやった。(笑)だって、お前一人の義務だってこう言うんですから。
山村　なかなかおやりになりましたね。(笑)それで、どうしました?
夫人　どうしたか忘れちゃったけど。(笑)
亮一　おかしいんですよ。暴れた翌日はね、興奮から冷めると、自分で恥ずかしくなるらしくて反省するんですよ。そんな日は、一日朝から晩までムスーッと黙ってます。その翌日ぐらいからね、猫《ねこ》なで声《ごえ》出すんです。何かしようか、てな調子でね、台所へ来ておふくろにオベンチャラ言ったりしてるんです。だから自分でも、悪いことしたとは、思ってるんですね。まあ、そういうことは、百回に一《いっ》ぺんくらいしかありませんでしたが。
山村　やっぱり自分の中の、どうしようもない苛立《いらだ》たしさみたいなもの、それをそういう形で紛《まぎ》らす以外にないんですよ。僕なんかもね、近頃は年を取っちゃったから、頭の方もかなり鈍《にぶ》くなっちゃいましたけど、若い頃なんかは、このまま書斎《しょさい》にこもって頭を酷使《こくし》していたら、発狂しちゃうんじゃないかって不安に襲われるようなことがありましたですね。
夫人　そうでしょうね。だから、わたしはもう我慢のかたまりみたいなもんで……。わたしの母が一ぺん来たときも、連れて帰ると言いましたもんね。
亮一　姉と僕との間でね、遊び言葉があったんですよ。家の中をはね回るときの。「オーイ」「ハイ」「チーン」「ハイ」って。何のことかっていうと、おやじが「オーイ」っていうでしょ。母が「ハーイ」と答える。今度はおやじの枕許《まくらもと》の鈴が「チーン」と鳴ると、またおふくろが「ハーイ」っていう。ちり紙の一枚か何かを手渡してやるぐらいの用事なんですよ。それが朝から晩まで、何十ぺん、いや何百回となくくり返されるんですからね。それが僕たちの耳についちゃってるんですね。

夫人　その呼び鈴がまだあるわ。

亮一　それでも、そういう自分が、いやに思えてしようがないらしくて、それで酒を飲んでいたみたいですねえ。そのせいか、しょっちゅう独り言をいってましたよ。

夫人　ほんと。独り言ばっかり。

亮一　作家として思うように書けない辛さを紛らすために、酒を飲んではウロウロ歩き回る。ああ、いやだいやだ、いやだいやだというふうに。それで、得意の独り言があるんです。「ヘベレケジョンジョロマン」ていうんですよ。

夫人　そうそう。そう言ってたわね。

亮一　僕たちは、またおやじの口癖《くちぐせ》が始まったと噂《うわさ》してましたけど、それはおそらく、自分のことなんですね。ヘベレケは文字通りヘベレケで、ジョンジョロマンていうのは何を意味するか分からないけど、もうヨレヨレの、クタクタの、というような意味なんでしょう、たぶん。何かっていうと「ヘベレケジョンジョロマン」て言ってましたよ。

好敵手江戸川乱歩

夫人　それからよく江戸川さんの名前を、独り言で口にしていましたね。「エドラン」とか「江戸川さん」とかって。

亮一　何といっても、おやじにとって江戸川乱歩先生は、最大の師であり、自分を見つけ出してくれた恩人であり、壁でもあったわけですね。人間的な意味でも作品の上でも。だからもう、尊敬して尊敬の限りを尽くして、憎らしくて憎らしくてしようがなかったわけですよ。

江戸川先生に見出《みいだ》してもらったときの嬉しさを話しては、ポロポロ涙を流すかと思ったら、「エドランの野郎っ、この野郎っ」と、歯ぎしりすることもあってですねえ。愛憎表裏一体《あいぞうひょうりいったい》をなしていたんです。

夫人　あれは、「獄門島」を書いている時分でしたかね。「負けるもんか。負けるもんか」とよく言ってましたよ。髭を剃りながらでも、顔を洗いながらでもご不浄いきながらでもね。しょっちゅう乱歩さん、乱歩さんでしたね。

山村　それだけ、横溝先生にとって乱歩先生は大きな目標だったんでしょうね。

夫人　そりゃそうですとも。

亮一　おやじがあんなに年取っても、書きつづけよう、現役でいたいと思ったのは、やっぱり乱歩さんに対して恥ずかしくない作家としての生き方をしたいという、そんな考えがあったからではないですかね。

夫人　ええ。きっとそうだろうと思いますね。

亮一　僕がおやじの泣く姿を見たのは、乱歩さんが亡くなった日の、あの枕元での一回だけですものね。そのときのことをよく覚えてるんですけど、当時、僕は新聞社の文化部に勤めていたもんですから、「江戸川乱歩死す」というニュースを真っ先にキャッチしたんです。それで、社会部じゃなかったんですが、池袋《いけぶくろ》のお宅にすっ飛んで行ったんですよ。そのあとから駆けつけてきたおやじが、枕元で泣くのを、そばにいた水谷準先生が、「おい、ヨコセイ、そう泣くなよ。また会えるじゃないか」って言ったのを、覚えてるんです。ああ、いい慰《たぐさ》め方だなと思ってねえ。僕はそのときすごく、江戸川さんと横溝正史、それに水谷準という、博文館の「新青年」を中心に一時代を画《かく》した三人の、友情っていうか、繫《つな》がりの強さみたいなものを、ひしひしと感じましたね。

夫人　そりゃねえ、上諏訪へ転地できたんだって、江戸川さんと水谷さんのおかげですからねえ。

山村　僕の知ってる限りでも、乱歩先生が戦前派の作家の中で一番意識しておられたのは、やっぱり横溝先生じゃなかったかと思いますよ。何かにつけて。

亮一　ぼくは江戸川先生に、とても可愛がっていただきましたよ。直接いただいた手紙だって、いまだに何通もちゃんと持ってますよ。いつも江戸川乱歩とは書かないで、平井太郎《ひらいたろう》の本名で来るから、普通の人には分からないですけどねえ。

夫人　あの当時、江戸川さんからおもちゃの電気機関車を頂いたことがあったわね。

亮一　上諏訪に来られたときに、おねだりしたんだな。

夫人　そうしたらそれを、すぐに送ってくださったんです。それと宜子に、可愛いおカッパの日本人形。二人にそれぞれ手紙を書いてよこしてね。で、瑠美なんかもそりゃあ可愛がってくださって、いつでも江戸川さんの膝の上に乗っちゃって写真写ってましたけどね。

亮一　子供心にやっぱり江戸川先生というのは、親分肌というか、抱擁力《ほうようりょく》のある人だったと言う気がしますねえ。

山村　長時間お話しいただいてありがとうございました。いろいろ家庭での思い出話をお聞きして、横溝先生の知られざる素顔といいますか、人間としての一面や作家としての苦悩などがよくわかり、かえって身近な親しみが湧《わ》いたような気がします。それではこの辺で……。

角川文庫『姿なき怪人』(一九八四年)、『風船魔人・黄金魔人』(一九八五年)所収

横溝問答

日下《くさか》三蔵《さんぞう》

一、三津木俊助とは――

「ごめんください。K書店ですが、原稿いただきにあがりました」

「やぁ、いらっしゃい。横溝正史《よこみぞせいし》先生についてのエッセイだったね。原稿はあとで渡すから、まぁ座ってお茶でも飲みなさいよ」

「これはどうも。それでは遠慮なく……」

「どうぞどうぞ。ところで、このエッセイなんだけど、なんでまた今になって横溝先生について頼んできたんだい？」

「実は今度うちで横溝正史の少年向けミステリを復刊することになりまして……」

「へぇ、そいつは驚いた。しかしそれはいいことだよ。横溝先生の作品は今読んでもべらぼうに面白《おもしろ》いからね」

「まったく同感です。ぼくも仕事で読み始めたのですが、やめられなくなってしまいました」

「そうだろう。そうだろう。君が読んだのはどの本だい？」

「いま『青髪鬼《せいはつき》』というのを読んでいます。この探偵役の三津木俊助《みつぎしゅんすけ》という新聞記者、前に読んだ『夜光怪人』にもでてきましたけど、いったいどういうキャラクターなんですか？」

「あぁ、三津木俊助か。横溝先生の名探偵といえば、なんといっても金田一耕助《きんだいちこうすけ》が有名だけど、ぼくらのような古いファンには三津木俊助もおなじみの探偵役なんだ。もと警視庁の捜査課長だった由利麟太郎《ゆりりんたろう》先生とコンビを組んで、いくつもの難事件を解決しているんだよ」

「へぇ、そうなんですか。しかし、その由利先生というのは、ぼくが読んだ本には出てきませんでしたよ」

「昭和二十四年の『幽霊鉄仮面』では、由利&三津木の名コンビが活躍するんだが、それ以降のジュニアものには由利先生はでてこない。そのかわり、幽霊鉄仮面事件で知り合った探偵小僧・御子柴進《みこしばすすむ》少年が、俊助の助手として活躍するようになるんだ」

「なるほど、ジュニアものなら少年探偵がいたほうが、親しみやすいですからね」

「三津木俊助というちょっと変わった名前は、横溝先生が少年時代に愛読していたという明治時代の探偵作家・三津木春影《しゅんえい》からとったものだと思うよ」

「この『青髪鬼』では、俊助を名指しで新聞社に人が訪ねてきたりしていますが……」

「新日報《しんにっぽう》の花形記者で、多くの事件を解決しているので一般の人にも名前が知られているんだ。それからジュニアものには出てこなかったと思うけど、通《みち》子《こ》さんという妹がいるね。俊助は熱血漢だから、可《か》哀相《わいそう》な犯人に同情して逃がしてやった事件もあったなぁ」

「この『青髪鬼』のことじゃないでしょうね」

「いや『青髪鬼』の犯人は、実に憎むべき男だよ。しかもその正体というのが意外でね……」

「あーっ、いわないで下さいよ。まだ読み終わってないんですから。そんなことより早く原稿をいただきたいのですが……」

「あぁ原稿ね。実は今の会話をこっそり録音していたんだよ。このテープを渡すから、そのまま使ってくれたまえ」

二、横溝正史先生について

「ごめんください、K書店です」

「やぁ、いらっしゃい。あれ、でも今月は君のとこの原稿はないはずだけど……」

「いえ、今日は横溝正史について、いろいろ教えていただきたいと思いまして」

「なんだ、あせらせないでくれ、〆切りを忘れていたかと思ったよ。でもそんな用なら大歓迎だ。横溝先生の何を知りたいの？」

「何といわれても、最近少年ものを読みはじめたばかりで、他にはなにも知らないものですから……。いつごろ活躍した人なんですか？」

「いきなり難しい質問だな。なにしろ大正十年から昭和五十六年まで、ほとんどずっと活躍していた人だからね」

「一、二、三……と、え～っ、うそでしょう、六十年も書きつづけていたことになりますよ」

「うそじゃないよ。まぁ、間に戦争があったりして、いろいろ合計すると十年ぐらいは執筆をお休みしていた期間があると思うけど……」

「それにしたって五十年ですよ」

「君も疑《うたぐ》りぶかいね。じゃあ順を追って解説してあげよう。横溝先生は、さっきもいったように大正十年に十九歳でデビューしている。乱歩《らんぽ》さんの大正十一年より早いんだ」

「へぇ〜、横溝正史って江戸川《えどがわ》乱歩より先にデビューしているんですね」

「戦前に探偵小説を大いに載《の》せた「新青年」という雑誌があったんだけど、横溝先生はその名編集長として腕をふるいながら、かなりの数の作品を発表している。このころはコント風の洒落《しゃれ》た短篇が多かった時代だ」

「作家専業になったのは、いつからですか」

「昭和七年だ。でも、すぐ次の年に大病をわずらって、しばらく療養生活を余儀なくされる。その間、構想を練りに練っていたんだろうね、昭和十年に発表した復帰第一作の「鬼火《おにび》」は、もの凄《すご》い傑作だよ。その後、戦争で探偵小説を発表できなくなるまでは、今でいう耽美《たんび》派ミステリが多かった時代だ」

「戦争中はどうしていたんでしょう?」

「ディクスン・カーなどの本格ミステリを原書で読んでいたそうだ。戦争が終われば本格の時代がくる、と思ってアイディアを温めていたというから凄いよ」

「まさに探偵小説の鬼、という感じですね」

「実際、終戦直後から『本陣《ほんじん》殺人事件』『獄門島《ごくもんとう》』といった本格推理の傑作を次々と発表して、探偵小説ブームの中核を担うことになる。本陣で初登場した金田一耕助は、文句なしに日本一有名な名探偵だと思うよ」

「僕も金田一耕助は知っています。映画やテレビドラマでも、よくやってますよね」

「昭和四十年代にはほとんど作品がなかったんだけど、四十八年ぐらいかな、古い長篇が君のとこの文庫に入ってから一大横溝ブームが起こった。日本中の人々があの黒い文庫本を読んでいたんだよ」

「全部で五千万部以上も売れたそうです」

「先生はもう七十をこえていたのに、昭和五十六年に亡くなるまで、現役で長篇を書きつづけておられたんだ」

「推理作家として、理想的な生き方ですね」

三、名探偵・由利麟太郎

「ごめんください。K書店です」

「やぁ、いらっしゃい。横溝正史先生の話だね。今月は何を聞きにきたのかな」

「先日、『幽霊鉄仮面』という長篇を読んだんですが、これに出てくる探偵役の由利先生というのは、いったい何者なんですか？」

「あぁ、元警視庁捜査課長の由利麟太郎先生だね。なつかしいなぁ、君たちは横溝先生の名探偵といえば、金田一耕助しか知らないだろうけど、ぼくらのように古い読者にとっては、由利先生と三津木俊助のコンビは、金田一耕助以上に馴染《なじ》みぶかい存在なんだ」

「それはまた、どういうわけなんですか？」

「金田一耕助が登場したのは、戦後になってからのことで、戦前は横溝先生の名探偵といえば、由利&三津木コンビだったんだよ。もっとも、印象が強いわりには、活躍した時期はそれほど長くない。中断が多かったからね」

「中断？」

「由利&三津木コンビの初登場は、たしか昭和八年の『憑《つ》かれた女』という中篇だったと思うけど、すぐその後、前にも話したように、横溝先生は大病を患《わずら》われて、一年以上も闘病生活を強《し》いられることになったんだ。ようやく体が良くなったと思ったら、今度は戦争で、人殺しの小説など発表できないご時勢になってしまった。だから、実際に二人が活躍したのはせいぜい五年間くらいだと思うよ」

「戦後は由利先生ものはもう書かれなかったんですか？」

「いや、一本だけある。終戦直後、横溝先生は、二本の探偵小説を同時に連載したんだけど、その一つが、由利&三津木コンビ最後の作品となった『蝶々《ちょうちょう》殺人事件』、もう一つが金田一耕助が初めて登場した『本陣殺人事件』なんだ。つまり、探偵役が、由利先生から金田一耕助にバトンタッチされたわけだ」

「由利先生ものも、やはり本格ミステリなんですか？」

「いや、謎解《なぞと》きがメインのいわゆる「本格」ものは『蝶々殺人事件』だけで、戦前に書かれた作品は、どちらかといえば、ストーリー展開のおもしろさに重点をおいたスリラー小説だね。横溝先生の草双紙《くさぞうし》（江戸時代の庶民むけの読み物）趣味や美少年趣味が色濃く反映されていて、ほら、タイトルも耽美的なものが多いだろう」

「はぁ、『蜘蛛《くも》と百合《ゆり》』『白蠟少年《びゃくろうしょうねん》』『焙烙《ほうろく》の刑《けい》』『花《はな》髑髏《どくろ》』『薔薇《ばら》と鬱金香《うっこんこう》』……。なるほど、いかにもといった題名ばかりですね。この中で、おすすめの傑作はどれですか？」

「どれもおもしろいけど、強いてあげるとしたら『真珠郎《しんじゅろう》』『夜光虫《やこうちゅう》』『仮面劇場』の三長篇かなぁ。さっき、由利先生ものはスリラー小説だ、といったけど、そこは横溝先生のことだから、トリックを仕掛けることも忘れてはいないよ。『真珠郎』『仮面劇場』の犯人が途中で判《わか》ったら、たいしたものだ。この三冊、貸してあげるから、チャレンジしてみたらどうだい」

「うちに帰って、さっそく読んでみます」

四、不滅の悪役「怪獣男爵」とは？

「ごめんください。K書店ですが、原稿いただきにあがりました」

「やぁ、いらっしゃい。つい今しがた書き上がったばかりなんだ。ちょうど一息ついていたところだから、君もお茶を飲んでいったらどうだい」

「これはどうも。それでは遠慮なく……」

「そういえば、横溝先生の少年向けミステリーを復刊するという例の企画は、今はどうなってるの？」

「十二月の発売に向けて着々と準備中です」

「表紙のイラストや口絵を描くJET《ジェット》さんという方も、そうとうの横溝ファンみたいだね。いちどお目にかかってお話ししてみたいなぁ」

「JET先生の担当者に伝えておきます。ところで今月は『怪獣男爵《かいじゅうだんしゃく》』というのを読んだんですが」

「面白かっただろう。小山田《おやまだ》博士と怪獣男爵のかけひきには、子どもの頃《ころ》の僕らも、手に汗握ったものだよ。もっとも子供心に一番印象に残ったのは、なんといっても怪獣男爵の恐ろしい容貌《ようぼう》だったけどね」

「たしかにゴリラとも人間ともつかない巨体のうえに、天才科学者・古柳《ふるやなぎ》博士の頭脳を備えているんですから、これは怖《こわ》いですよ」

「この『怪獣男爵』は、戦争が終わってから横溝先生が書かれた初めての少年もので、昭和二十三年の作品なんだけど、今読んでも、異様な迫力に満ちているね」

「そうですね。このラストで一応、怪獣男爵は滅ぶんですが、はっきりとは書かれていませんね。何か言葉をにごしているというか……」

「いいところに気がついたね。お察しのとおり怪獣男爵には続篇があるんだよ。横溝先生も、これだけのキャラクターを一回で使い捨てにするのはもったいない、と思われたんじゃないかな。怪獣男爵は、この後『大迷宮』と『黄金の指紋』に登場して、『黄金の指紋』では金田一耕助と戦うことになるのも、当然の成り行きといえるだろうね」

「この怪獣男爵という異様なキャラクターは、いったいどこから生まれたんでしょうか？」

「江戸川乱歩さんの名作『人間豹《にんげんひょう》』に対する横溝先生流の挑戦だと思うよ。人間豹に登場する恩田《おんだ》は、やはり人間とも豹ともつかない怪物なんだけど、なぜそんな奴《やつ》が現れたのか、という説明は結局されてないいんだ。それで横溝先生は怪獣男爵に脳移植手術という科学的、SF的な設定を作られたんじゃないかな」

「横溝作品には、怪獣男爵以外に何度も登場する悪役キャラクターはいるんですか？」

「いや、他にはいない。しかも、例えば乱歩さんの『少年探偵団』シリーズでは、いつも怪人二十面相が出てくるから、読者のほうも判っているけど、怪獣男爵は忘れた頃、ここぞという時に出てくるからね。その分、印象も強烈だ。二十面相に匹敵する名悪役だと思うよ」

五、JET《ジェット》と謎の先生大いに語る!!

全部で七冊同時刊行

――小説本はもとより、テレビ、映画、そしてもちろんコミックで注目され続けている横溝作品。

今回の少年少女向け娯楽作品のシリーズは、なかなか手に入れるのが難しかった逸品ぞろい。両先生のような「フリーク」はもちろん、じつは若葉マークの初心者にも読みやすい、オモシロイ内容なのです。

某作家の先生（以下某先）「ごめんください」

某編集者（以下某編）「あれ、先生、どうなさったんですか？　わざわざ編集部までいらっしゃるとは」

某先「いや、実は来週締め切りの原稿がばかにはかどってね。もう書き上がってしまったので、散歩がてら届けに来たんだよ」

某編「これはどうも、珍しいこともあるもんだ」

某先「何か言ったかね？」

某編「いえいえ、こちらのことで。しかし先生、いい時にいらっしゃいましたね。例のスニーカー文庫のジュブナイルシリーズなんですが、ようやくカバーが刷り上がってきましてね。今ちょうど、ＪＥＴ先生が見にいらしてるところなんですよ」

某先「あの横溝ファンのマンガ家さんか。ぜひ紹介してくれたまえよ」

某編「ええ、それじゃあ、奥の部屋へどうぞ」

華やかさと妖しさと

――某Ｋ書店の某小説誌編集部。熱烈な横溝正史ファンの担当作家のおかげで、すっかり横溝正史の魅力にとりつかれた某編集者。実在の人物、団体とはだいたい無関係ですが、約一カ月前、待望の「横溝正史作品集」七冊同時発売直前の情景だと思ってください。

某編「こちらがＪＥＴ先生です。それから、こちらはミステリーＤＸで口絵の先行紹介をしたときに、解説のページを担当してくださった推理作家の……」

某ＪＥＴ先生（以下某Ｊ）「ああ、あの横溝問答を書かれた方ですね。初めまして、ＪＥＴです。どうぞよろしく」

某先「いや、こちらこそ。ＪＥＴさんにお目にかかって横溝先生の話をしたいと思っていたんですよ。そのカバー絵をちょっと拝見させていただけますか。ほう、きれいですね。作品の妖《あや》しい雰囲気《ふんいき》がよく出ていると思います。すべて花が描かれているんですね」

某J「活劇ものが多いので、挿《さ》し絵はどうしてもイラストというよりマンガの絵になってしまうんですよ。せめてカバーは少女マンガ家らしく花をあしらってみました。必ずしも本文の内容にこだわらないので、一枚の絵として楽しめるように描いたつもりです。まあ、イメージイラストですね」

耽美路線で意見一致

――運命のいたずらか、天の配剤か。刷りあがったばかりの表紙カバーイラストを見ながらの初顔合わせとあいなりました。もちろん一冊一冊でも充分手ごたえアリの内容ですが、とりどりのイラストを見ると、全部一度に手に入れたくなるのです。

某先「なるほど。ところで、このシリーズは三津木俊助が活躍する作品が多いですよね。『まぼろしの怪人』、『青髪鬼』、『真珠塔《しんじゅとう》・獣人魔島《じゅうじんまとう》』もそうだな。由利先生と三津木俊助コンビの作品では、何がお好きですか」

某J「少年向けでは、残念ながら由利先生は『幽霊鉄仮面』にしか出てこないんですけどね。そうですねぇ、おとな向きだと『夜光虫』かな。あと『花髑髏』というのも好きです」

某先「あれはいい短篇集ですよね。しかし、謎解きものの『蝶々殺人事件』よりも『夜光虫』が出てくるあたり、趣味がうかがえますね。実は私も『夜光虫』や『真珠郎』のような耽美路線が好きなんですよ。では、金田一ものはいかがですか？　少年向けでは『夜光怪人』と『蠟面博士《ろうめんはかせ》』に出ていましたが……。

マンガ⇅小説で倍楽しむ

――話題は、だんだん内容の方に移ってきます。横溝正史の全ジャンル全作品に知識が及んでいるから、会話を聞いているだけで今回の七冊のホントーの楽しみ方がわかってしまいます。キャラクターの追っかけをしてもヨシ。傾向別に追ってもヨシ。特に金田一耕助の出てくる作品に注目。

某J「『獄門島』や『本陣殺人事件』のような名作を別格とすれば、『悪魔の寵児《ちょうじ》』です。

某先「それはまた……。月刊誌に一年連載して、毎月人《ひと》が死ぬという大衆サービス路線ですね。猟奇スリラーというと、乱歩さんの『人間豹』や『蜘蛛男』といったあたりが有名ですが、横溝先生のスリラーものも、もっと評価されていいと思うんです。おもしろいですよ」

某J「まったく同感です。マンガもいいけれど、若い読者には、もっと小説を読んでほしいですね。私が金田一耕助やエラリー・クイーンを描くのは、もちろん自分が大好きだからなんですけど、マンガから入って、原作ファンになってくれる子が一人でも増えてくれれば、という気持ちもあるんです」

某先「とりあえず、このスニーカー文庫を読んで横溝作品のおもしろさを試してほしい。それで気にいったら、角川文庫のおとな向けが、まだたくさんある訳ですから、ぜひそちらに進んでほしいと思いますね」

「ミステリーＤＸ」
（一九九五年七、八、十、十一、九六年一月号）掲載

編者解説

日下三蔵《くさかさんぞう》

横溝正史《よこみぞせいし》の少年少女向けミステリをオリジナルのテキストで集大成する柏書房の《横溝正史少年小説コレクション》、最終巻の本書には、戦前から戦後にかけてのノンシリーズ作品を、まとめて収めた。冒険小説やＳＦ（！）がメインであり、ミステリ中心だったこれまでの六巻とは、かなり趣《おもむき》が変わっている。別巻的な位置付けと考えていただくのが分かりやすいかもしれない。

『南海の太陽児《たいようじ》』は博文館の月刊誌「譚海《たんかい》」に一九四〇（昭和十五）年十一月号から四一年八月号まで十回にわたって連載された。四二年十一月に熊谷書房から単行本化されたが、戦後は九二（平成四）年五月に三一書房の大部のアンソロジー『少年小説大系　第18巻　少年ＳＦ傑作集』に再録されたことがあるだけで、横溝正史の著書として復刊されたことはない。

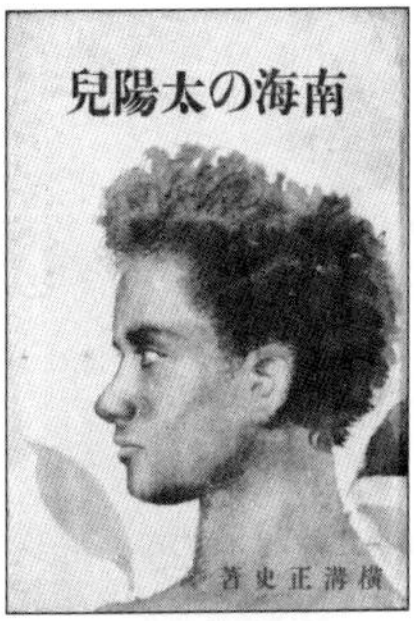

『南海の太陽児』
熊谷書房　表紙

「譚海」1941年２月号表紙。
連載第４回（「密林を縫うて」から「秘境の扉」まで）を掲載

この三一書房版は、当時の言葉狩りの風潮を反映して「土人」を機械的に「現地人」に置き換えているのみならず、ダヤク族の首狩りの慣習のくだりなどもカットされていて、改変が甚《はなは》だしかった。もちろん、本書では、初刊本に準拠して収録している。

《少年小説大系》の該当の巻の責任編集を務めた會津《あいづ》信吾《しんご》、横田《よこた》順彌《じゅんや》両氏の連名による解説で、この作品について触れた部分は、以下の通り。


　SFの古典的なテーマに、「失われた種族《ロスト・レース》」ものがある。秘境に今もなお古代文明を継承する民族がいて——というのがこのテーマの基本で、広義には陶淵明《とうえんめい》『桃花源記《とうかげんき》』のような仙境譚《せんきょうたん》や日本の隠《かく》れ里《ざと》伝説も、一種のロスト・レースと考えることができよう。舞台や設定にバリエーションを作りやすいので、F・オーブリイ『黄金郷の食人樹』（一八九七）、A・メリット『蜃気楼《しんきろう》の戦死』（一九三二）、イアン・キャメロン『呪《のろ》われた極北の島』（一九六一）など前世紀末から現在に至るまで、連綿と書きつがれている。

　昭和十四年、日米通商航海条約の廃棄にともなって、日本は熱帯資源に活路を求めるようになり、社会の視線は南洋へと注がれた。さらに時局の推移で探偵小説が書けなくなった作家たちを迎えて、秘境探検小説は急速に発展していった。本編はこうした時代背景のもとに、十九世紀イギリスの冒険ロマンス作家として名高いH・ライダー・ハガードの『二人の女王』Allan Quatermain（一八八七）と『ソロモンの宝窟』King Solomon's Mines（一八八五）を骨子《こっし》に、和寇《わこう》の子孫という日本独自の要素を加え、結果としてはシュールなまでの伝奇的効果をあげている。同じく鎖国《さこく》以来の日本人渡航者の末《まつ》裔《えい》を扱った作品に、北村寿夫《きたむらひさお》『髑髏《どくろ》党の秘密』（昭和十七）があった。


メリット『蜃気楼の戦死』は『蜃気楼の戦士』の誤植。北村寿夫は「笛吹童子《ふえふきどうじ》」「紅孔雀《べにくじゃく》」などを含む「新諸国物語」シリーズで知られる脚本家、児童文学家である。

横田順彌はノンフィクション『明治おもしろ博覧会』（98年3月／西日本新聞社）でも「横溝正史の秘

境小説」の項で『南海の太陽児』を紹介しており、文章の一部が流用されていることから、前掲の解説の執筆担当は、横田さんだったと推測される。

なお、本編の冒頭部分は、戦後の金田一《きんだいち》もののジュブナイル長篇『迷宮の扉《とびら》』（本シリーズ第二巻所収）の冒頭に、ほとんどそのまま使用されている。戦後は『南海の太陽児』を再刊するつもりがなかったため、再使用したものであろう。

連載時の挿絵は玉井徳太郎《たまいとくたろう》。本書には初出誌から同氏によるイラスト十五葉を再録した。また、十二〜十三ページに再録した地図は、芝義雄《しばよしお》氏の手になるものである。

『南海囚人塔《しゅうじんとう》』は「譚海」と改題される以前の「少年少女譚海」の一九三一（昭和六）年一月号から八月号まで八回にわたって連載された。これまで単行本化されたことはなく、今回が初めての刊行となる。

従来の書誌では『南海囚人島』と表記されることが多かったが、これは連載第一回の掲載号の目次で、タイトルをこのように誤植しているためである。また、七月号までの七回連載としている資料がほとんどだったが、今回、八回連載であったことが判明した。

これまで、この作品の掲載誌で公共図書館に所蔵されているものは、飛び飛びに三回分しか確認されておらず、そのため未刊行のまま残されていた訳《わけ》だが、本シリーズの編集作業中に、柏書房の担当編集者である村松さんが、神奈川近代文学館に三月号以外が所蔵されているのを発見し、単行本化の目途《めど》が立った。神奈川近代文学館は数年前に「少年少女譚海」をまとめて購入しており、そこに掲載号のほとんどが含まれていたのだ。

さらに出版美術史研究家の三谷薫《みたにかおる》さんに三月号のコピーを提供していただき、全編を収録することが出来た。村松、三谷の両氏に感謝いたします。

「魔王出現」の章（本書１９４ページ）の冒頭、初出では「佐伯船長と山口船医が」となっていたが、ここは山口船医ではなく澤田運転士でないとおかしいので、そのように訂正した。

連載時の挿絵は嶺田弘《みねだひろし》。本書には初出誌から同氏によるイラスト十二葉を再録した。

短篇「黒薔薇荘《くろばらそう》の秘密」は講談社の少年向け月刊誌「少年クラブ」一九四九年八月増刊号に発表され、ポプラ社『仮面城』（52年10月）に初めて収録された。河出書房『日本少年少女名作全集14　真珠塔《しんじゅとう》・夜光怪人・怪獣男爵《かいじゅうだんしゃく》』（55年1月）、ソノラマ文庫版『蠟面《ろうめん》博士』（76年11月）、角川文庫版『蠟面博士』（78年6月）、角川スニーカー文庫版『蠟面博士』（95年12月）にも収録。

本書には初刊本から諏訪部晃《すわべあきら》氏によるイラスト一葉を再録した。なお、ポプラ社版『仮面城』の目次のみ、タイトル表記が「黒ばら荘の秘密」となっている。また、河出書房『日本少年少女名作全集14　真珠塔・夜光怪人・怪獣男爵』以降、本文に挿入された二枚の図版が逆版になっていたが、作中の描写と矛盾《むじゅん》するので、初出の状態に戻した。

短篇「謎《なぞ》の五十銭銀貨」は「少年クラブ」五〇年二月号に発表され、ポプラ社『仮面城』（52年10月）に初めて収録された。角川文庫版『夜光怪人』（78年12月）、角川スニーカー文庫版『夜光怪人』（95年12月）にも収録。

本書には初刊本から諏訪部晃氏によるイラスト一葉を再録した。

短篇「悪魔の画像」は「少年クラブ」五二年一月増刊号に発表され、偕成社『蠟面博士』（54年12月）に初めて収録された。河出書房『日本少年少女名作全集14　真珠塔・夜光怪人・怪獣男爵』、ソノラマ文庫版『仮面城』（76年9月）、角川文庫版『仮面城』（78年12月）にも収録。

本書には初刊本から岩田浩昌《いわたひろまさ》氏によるイラスト一葉を再録した。

短篇「あかずの間《ま》」は講談社の少女向け月刊誌「少女クラブ」一九五七年七月増刊号に発表され、角川文庫『姿なき怪人』（84年10月）に初めて収録された。

本書には初出誌から高木清《たかぎきよし》氏によるイラスト三葉を再録した。


横溝の盟友だった探偵作家・海野十三《うんのじゅうざ》の少年向けミステリ『少年探偵長《たんていちょう》』を、特別に収録した。連載中に海野が急死したため、急遽《きゅうきょ》、後半を横溝が書き継いで完成させたものである。

連載された東光出版社の少年誌「東光少年」は、四八（昭和二十三）年十二月の創刊号と四九年二月の第二号までは隔月刊。四月の第三号から月刊。第七号となる八月号から通巻ではなく月号表記に変わっている。『少年探偵長』は四九年十一月号まで十回にわたって掲載された。

連載第六回（「生命《いのち》がけの脱出」の章まで）の末尾に「海野先生の御逝去《ごせいきょ》を悼《いた》む」という追悼《ついとう》の囲み記事がある。


海野先生は五月二十三日、日頃《ひごろ》の御療養のかいなく、惜しくも御永眠されました。

愛読者諸君と共に深く先生の御逝去を悲しむものであります。

先生は本名を佐野昌一《さのしょういち》といわれ、早大卒業後、逓信《ていしん》省電気技師としてお勤《つと》めになっておられたが、三十才頃からお体を悪くしお役所をおやめになり、今まで研究された科学知識を活用され、すぐれた小説を次々と書かれ、戦時中にもお体の悪いのをおして、南方に従軍記者としていき、文化への貢献に努力され、今日の大先生になられ、東光少年へも先生の傑作中の傑作である「少年探偵長」を大長篇としてお書き下さっておられ次々東少へ書いて戴《いただ》く予定でしたのに本当に残念でした。

しかし、愛読者諸君が、春木、牛丸二少年のように悪に敗《ま》けず沈着に、正しい方へ邁進《まいしん》されることが先生の探偵長を書かれた念願であり、そうすることこそ毎号僕等《ら》を楽しまして下さった先生への御恩返しと信じます。

ここに先生の御逝去を深く悲しむと共に、厚く先生の御尽力に感謝し、先生の日頃の御念願を胸にしっかりとおさめて、諸君ともども文化日本再建への覚悟を新《あらた》にしたいと思います。

――編集部――


第七回（「燃えあがる山塞《さんさい》」の章から）の冒頭には「海野先生が東少のために書きのこされた探偵長はいよいよ諸君の血をわかす！」、最終回（「戦闘準備」の章から）の冒頭には「海野先生の遺作！　少年探偵長は最高潮の中に、本号をもって愈々《いよいよ》完結！」の惹句《じゃっく》が付されていた。

読者に対しては、生前に著者が最後まで書き上げていた、ということにして、違う作家が後を引き継いでいたことは伏せられていたことが分かる。

この作品は、五〇年四月に東光出版社から刊行された『海野十三全集　第一巻』で初めて単行本化された。五二年九月には東光出版社から、同年十一月にはポプラ社から、それぞれ単独でも刊行されている。

三一書房版『海野十三全集　第13巻』（92年2月）に収録された際、この巻の責任編集を務めた瀬名《せな》堯彦《たかひこ》氏の解説で、以下の情報が明かされた。


なお、海野十三の連載未完作のうち、「未来少年」（『少年読売』）は高木《たかぎ》彬光《あきみつ》が書き継いで完成させたことが知られているが、当時の『東光少年』編集者の談によれば、本篇も後の方は横溝正史の手になるという。正史は岡山から引き揚げる際も海野の世話になったし、最後まで文通を続けた仲であったから、故人の友誼《ゆうぎ》に報《むく》いる意志があったのであろう。それにしても、文体といい人物の描き方といい、どこから書き手が替ったか、読者に全《まった》く気付かせずに、テーマを無理なく受け継いで最後まで引張って行く手腕は流石《さすが》である。完結したお蔭《かげ》で、本書はその後も版を改めて、昭和四十年代まで刊行され続けるのである。

『少年探偵長』のポプラ社版には、五四年版、五八年版（少年探偵小説文庫1）、六〇年版（少年探偵小説全集3）、六七年版（名探偵シリーズ6）などがある。

横溝正史の旧所蔵資料を大量に購入した二松学舎大学の山口直孝《やまぐちただよし》教授は、『横溝正史研究6』（17年4月／戎光祥出版）に寄稿した「海野十三との友情——『少年探偵長』・『獄門島《ごくもんとう》』から見える絆《きずな》」の中で、「ヘクザ館」と題された謎の草稿に触れている。これが『少年探偵長』の一部であったことから、前掲の瀬名解説で紹介された編集者の証言が裏付けられた訳だが、山口教授は作中のヘリコプターの描写を手がかりに、横溝執筆分は連載第七回（「燃えあがる山塞」の章）以降ではないかと推定し、以下のように述べている。

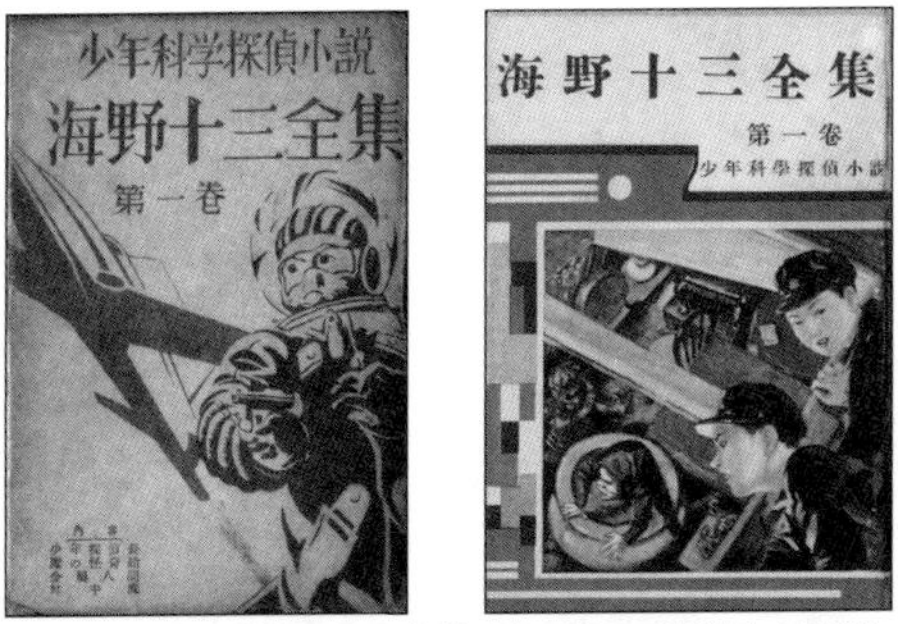

東光出版社版『海野十三全集 第一巻』の函（左）と表紙

一九四九年の後半、正史は、『八《や》つ墓《はか》村』・『女が見ていた』・『夜《よる》歩く』などの連載を抱えていた。少年物の『夜光怪人』も手掛けている中、『少年探偵長』の続きを引き受けるのは、相当の難事であったにちがいない。負担となる作業を厭《いと》わなかったことは、海野に対する正史の強い思いを語っていよう。

『少年探偵長』
ポプラ社（54年版）カバー

『少年探偵長』
ポプラ社（58年版）カバー

『少年探偵長』
ポプラ社（67年版）カバー

海野が連載中だった少年もののうち、「少年読売」の『未来少年』は高木彬光が『続・未来少年』として書き継ぎ、「東光少年」の『少年探偵長』は横溝正史が担当したことが判明した。「少女世界」の『美しき鬼』は島田《しまだ》一男《かずお》が引き継いで完結させたと言われているが、この証言もかなり信憑性《しんぴょうせい》が高いと言えそうだ。編集者や遺族とも相談しただろうが、若手の有力作家を動員して海野の遺作を完結に持って行ったのには、横溝正史の口利《くちき》きがあったのではないかと思われる。

本書には初出誌から飯塚羚児《いいづかれいじ》氏によるイラスト十四葉を再録した。初刊の東光出版社『海野十三全集』版では、会話文の改行や送り込みが初出と異なっていた。続く東光出版社の単行本版は参照できなかったが、ほとんど同時に出たポプラ社版では初出の通りに戻っていて、そちらの方が自然なので、本書では基本的に初出誌の表記に準じた。

巻末に資料として、山村正夫《やまむらまさお》（司会）、横溝孝子《たかこ》夫人、長男の横溝亮一《りょういち》氏による「座談会　横溝正史の思い出を語る」を収めた。『姿なき怪人』（84年10月）に（一）、『風船魔人・黄金魔人』（85年7月）に（二）が掲載された。「血を見るのが嫌い」の章までが（一）、「二度目の吉祥寺《きちじょうじ》時代」の章からが（二）である。角川文庫版では、（二）の末尾に「**山村**　ありがとうございました。お話の続きはまた次回に」

とあったが、本書では一挙収録のため割愛した。

九五年十二月に角川スニーカー文庫で横溝正史の少年もの七冊が一挙に復刊されたのに合わせ、角川書店の少女マンガ誌「ミステリーDX」では、「JET《ジェット》先生の「横溝正史」ワールド」と題して、同誌で横溝作品のコミカライズを数多く手がけていたJET氏によるスニーカー版の表紙や口絵イラストを先行公開する企画ページが掲載された。九五年六月号と八月号には、JETさんの「車井戸はなぜ軋《きし》る」が前・後編で掲載されている。

95年6月号　夜光怪人
95年7月号　青髪鬼《せいはつき》
95年8月号　真珠塔・獣人魔島
95年10月号　幽霊鉄仮面
95年11月号　怪獣男爵
95年12月号　まぼろしの怪人
96年1月号　全体の特集

最終回は七冊すべての紹介となっていたため、『蠟面博士』だけが詳しい内容を紹介してもらえず、割を食った形であった。

この企画ページに、横溝正史の知識がまったくない若い女性読者に向けて、基本的な情報を紹介して欲しい、と頼まれて私が書いたのが、今回、まとめて収録した「横溝問答」である。戦後は由利《ゆり》先生ものは『蝶々《ちょうちょう》殺人事件』しか書かれていない（「カルメンの死」「模造《もぞう》殺人事件」などがある）とか、横溝ジュブナイルの悪役キャラクターは怪獣男爵しかいない（実際には白蠟《びゃくろう》仮面がいる）など、今から見ると間違いも散見されるが、少ない字数に情報を盛り込もうとした結果なので、ご勘弁《かんべん》いただきたい。

私の原稿は、九五年六月号と九六年一月号以外の五回分に掲載された。最終回はＪＥＴさんとの対談形式になっているが、これは実際に対談を行った訳ではなく、横溝作品についてＪＥＴさんから色々とうかがった話を元にして、すべて私が書いたものである。

最終巻なので、既刊の解説の補足と訂正をしておこう。第一巻『怪獣男爵』の刊行後、読者の方から「解説でカセットブックへの言及がない」との指摘があった。申し訳ありません。失念しておりました。

ドラマＣＤが一般化する少し前に、カセットテープで本を聴くカセットブックという商品があった。当初は、俳優や作者自身が作品を朗読するものが多かったと思うが、ラジオドラマの商品化が加わり、朝日ソノラマがソノラマ文庫の作品を声優による音声ドラマにして売り始めた。朝日ソノラマは、もともとソノシートでアニメや特撮のドラマ盤を出していた会社だから、これは思いがけぬ原点回帰であった。

これに続いた角川書店の「カドカワカセットブック」も、声優によるドラマを収めたものである。このレーベルから「金田一耕助《きんだいちこうすけ》の冒険　悪魔の降誕祭《クリスマス》」（88年12月）と『金田一耕助の冒険2　怪獣男爵』（89年2月）が出ており、金田一耕助を神谷明《かみやあきら》、等々力《とどろき》警部を八奈見乗児《やなみじょうじ》が演じていた。その他の配役は、「悪魔の降誕祭《クリスマス》」が、関口たまきに川島千代子《かわしまちよこ》、服部徹也に家弓家正《かゆみいえまさ》、柚木繁子に藤田淑子《ふじたとしこ》、服部由紀子に堀江美都子《ほりえみつこ》、「怪獣男爵」が、小山田博士に家弓家正、古柳《ふるやなぎ》男爵に柴田秀勝《しばたひでかつ》、音丸《おとまる》に田中亮一《たなかりょういち》、史郎に塩沢兼人《しおざわかねと》、美代子に荘真由美《しょうまゆみ》という布陣であった。ジャケットイラストは、「悪魔の降誕祭《クリスマス》」が高河《こうが》ゆん、「怪獣男爵」が麻宮騎亜《あさみやきあ》。

カセットブック版
『怪獣男爵』

第五巻の『蠟面博士』の解説で、予告時のタイトル「怪人魔人」について、このように書いた。

ちなみに「怪人魔人」は、一九二七（昭和二）年に横溝正史が初めて手がけた少年向けミステリと同じタイトルである。森下雨村《もりしたうそん》名義で博文館の少年向け月刊誌「少年世界」一月号から十二月号に連載され、二〇〇八（平成二十）年十月に論創ミステリ叢書《そうしょ》『横溝正史探偵小説選Ⅱ』に初めて収録された。

しかし、「怪人魔人」は論創ミステリ叢書以前に、平凡社の少年冒険小説全集の第一巻として二九年に刊行された『渦巻く濃霧 外二篇』に収録されていました。お詫《わ》びして訂正いたします。

二〇二一年十月、『横溝正史研究』『雪割草《ゆきわりそう》』の戎光祥出版、本シリーズの柏書房、《完本 人形佐七《にんぎょうさしち》捕物帳全集》の春陽堂書店、『横溝正史探偵小説選』の論創社、四社の合同で横溝正史フェアが開催され、書店で対象の書籍を購入した読者に小冊子「横溝正史と私」がプレゼントされた。二階堂黎人《にかいどうれいと》（作家）、山前譲《やままえゆずる》（推理小説研究家）、小松史生子《こまつしょうこ》（金城学院大学教授）、掛谷治一朗《かけやじいちろう》（「横溝正史エンサイクロペディア」管理人）、渡辺東《わたなべあずま》（イラストレーター）、高木晶子《たかぎあきこ》（高木彬光長女）の各氏のエッセイが収録されたものだが、このうち高木晶子さんの「〝母〟と慕《した》った横溝先生」に衝撃的な情報が含まれていた。

横溝正史『仮面城』（本シリーズ第二巻所収）の一部を高木彬光が代作していたというのだ。原稿も残っていて、これは間違いないとのこと。ただし、横溝から細かい展開についての指示を書いた手紙も来ているので、ただ単に名前だけを貸した全面的な代作ではない。

『仮面城』は小学館の児童向け月刊誌「小学六年生」に五一（昭和二十六）年四月号から翌年三月号まで連載されているが、五一年の年末には、文京出版「少年少女譚海」の『皇帝の燭台《しょくだい》』（『黄金の指紋』と改題、本シリーズ第一巻所収）、大日本雄弁会講談社「キング」の『女王蜂《じょおうばち》』に加えて、岩谷書店「宝石」で『悪魔が来《きた》りて笛を吹く』の連載が始まっている。年が明けると講談社「少年クラブ」の『金色の魔術師』（本シリーズ第二巻所収）もスタートして、『仮面城』も含めると連載の本数は五作に及んだ。
浜田《はまだ》知明《ともあき》さんの推測によると、生来の体調不良にこの仕事量が重なって、『仮面城』の終盤の何回かの執筆をピンチヒッター的に高木に頼んだものではないか、とのことであった。

本稿の執筆及び本シリーズの編集に当たっては、横溝正史の蔵書が寄贈された世田谷文学館に多大なご協力をいただきました。また、弥生美術館、黒田明氏に貴重な資料や情報をご提供いただいた他、創元推理倶楽部分科会が発行した研究同人誌「定本　金田一耕助の世界《資料編》」の少年もの書誌を参考にさせていただきました。記して感謝いたします。この大部のシリーズに、最後までお付き合いくださった横溝ファン、児童小説ファンの読者の皆さまにも、厚くお礼申し上げます。ありがとうございました。

本選集の底本には初刊本を用い、旧字・旧かなのものは新字・新かなに改めました。なお、山村正夫氏編集・構成を経て初刊となった作品および単行本未収録作品については初出誌を底本としました。明らかな誤植と思われるものは改め、ルビは編集部にて適宜振ってあります。今日の人権意識に照らして不当・不適切と思われる語句・表現については、作品の時代的背景と価値とに鑑み、そのままとしました。また、挿画家の諏訪部晃・高木清・芝義雄、三氏のご消息を突き止めることができませんでした。ご存じの方がいらっしゃれば、ご教示下さい。

横溝正史《よこみぞせいし》少年小説《しょうねんしょうせつ》コレクション7

南《なん》海《かい》囚《しゅう》人《じん》塔《とう》

二〇二二年一月五日　第一刷発行

著　者　横溝正史《よこみぞせいし》
編　者　日下三蔵《くさかさんぞう》
発行者　富澤凡子
発行所　柏書房株式会社
東京都文京区本郷二-一五-一三（〒一一三-〇〇三三）
電話（〇三）三八三〇-一八九一［営業］
（〇三）三八三〇-一八九四［編集］
装　丁　芦澤泰偉＋五十嵐徹
装　画　深井　国
組　版　株式会社キャップス
印　刷　壮光舎印刷株式会社
製　本　株式会社ブックアート

ISBN978-4-7601-5390-9